FANTASY

Buch

Auf der Flucht stirbt der alte Moondark – jedoch nicht, ohne seinen Sohn Gan in die Prophezeiung seiner toten Mutter einzuweihen, wonach er einmal die Hundemenschen anführen wird. Als Gan und die Rosenpriesterin Sylah ihren Weg in Richtung Harbundai fortsetzen, werden sie Zeugen einer Schlacht zwischen den bedrohlichen Teufeln, Kriegern von König Altanar und Elitesoldaten aus dem 21. Jahrhundert, die den Atomkrieg überlebt haben. Sie waren 500 Jahre lang in einer abgeschlossenen Höhle im Kälteschlaf versunken und versuchen nun verzweifelt, einen Platz in der fremden Welt zu finden. Gan Moondark und Sylah können zwei der Überlebenden retten und setzen ihre Flucht unter schwierigsten Bedingungen fort …

Autor

Donald E. McQuinn diente 20 Jahre bei den US-Marines, bevor er mit dem Schreiben begann. Er sieht sich selbst als Geschichtenerzähler – was ihm durch seine irische Abstammung im Blut liegt. »Die Rosenpriesterin« ist sein erster Fantasy-Roman, nachdem er zuvor mehrere Spionagethriller geschrieben hat. Donald McQuinn lebt mit seiner Frau Carol im Nordwesten der USA.

Bereits erschienen:

Donald E. McQuinn: Die Moondark-Saga 1. **Die Rosenpriesterin** (24789) • Die Moondark-Saga 2. **Das Spiel des Kriegers** (24790)

In Kürze erscheint:

Donald E. McQuinn: Die Moondark-Saga 3.
Die Geiseln des Königs (24791)

Weitere Bände sind in Vorbereitung.

Donald E. McQuinn

Das Spiel des Kriegers

Die Moondark-Saga 2

Roman

Aus dem Amerikanischen
von Andreas Helweg

GOLDMANN

Die amerikanische Originalausgabe erschien
unter dem Titel »Warrior« (Book II)
bei Del Rey/Ballantine Books, New York

Umwelthinweis:
Alle bedruckten Materialien dieses Taschenbuches
sind chlorfrei und umweltschonend.
Das Papier enthält Recycling-Anteile.

Deutsche Erstveröffentlichung 1/99

Umschlaggestaltung: Design Team München
Umschlagillustration: Agt. Schlück/Kukalis
Satz: deutsch-türkischer fotosatz, Berlin
Druck: Elsnerdruck, Berlin
Verlagsnummer: 24790
Redaktion: Waltraud Horbas
V. B. · Herstellung: Peter Papenbrok
Printed in Germany
ISBN 3-442-24790-X

1 3 5 7 9 10 8 6 4 2

In Liebe für unsere Besten –
Tim, Conn und Mark.

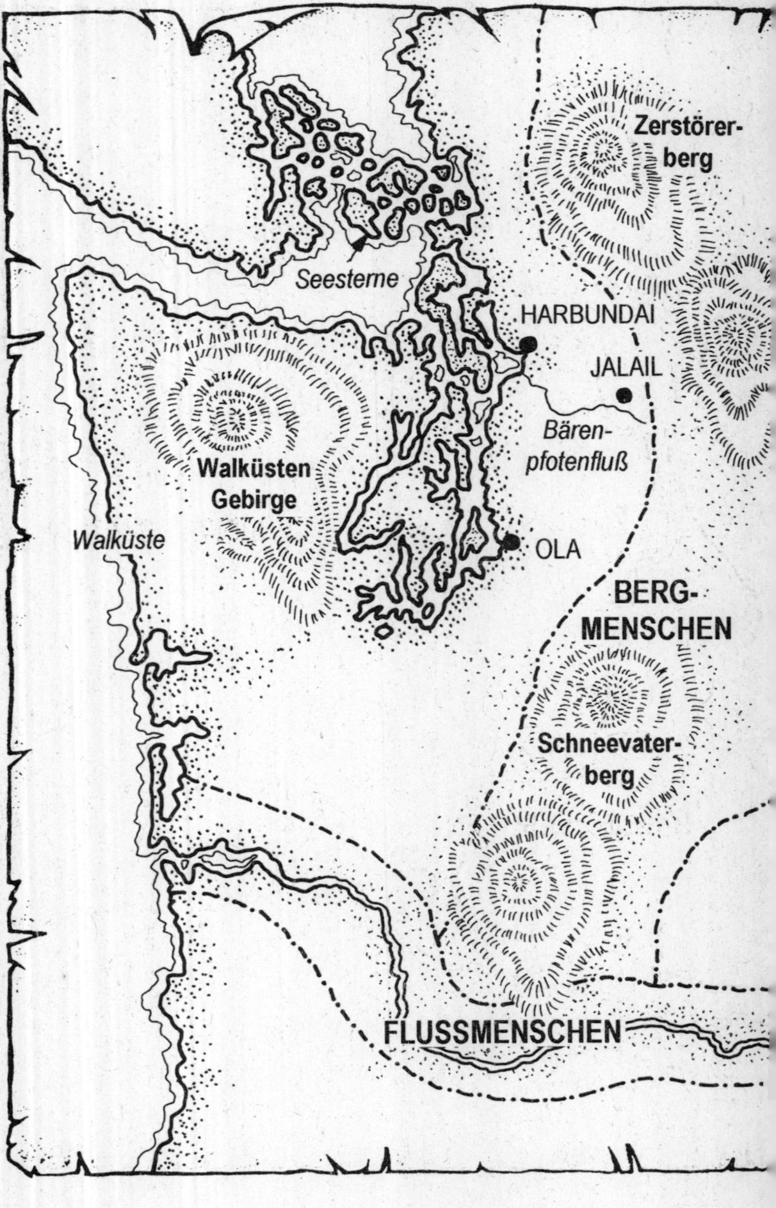
Zerstörer-
berg
Seesterne
HARBUNDAI
JALAIL
Bären-
pfotenfluß
Walküsten
Gebirge
Walküste
OLA
BERG-
MENSCHEN
Schneevater-
berg
FLUSSMENSCHEN

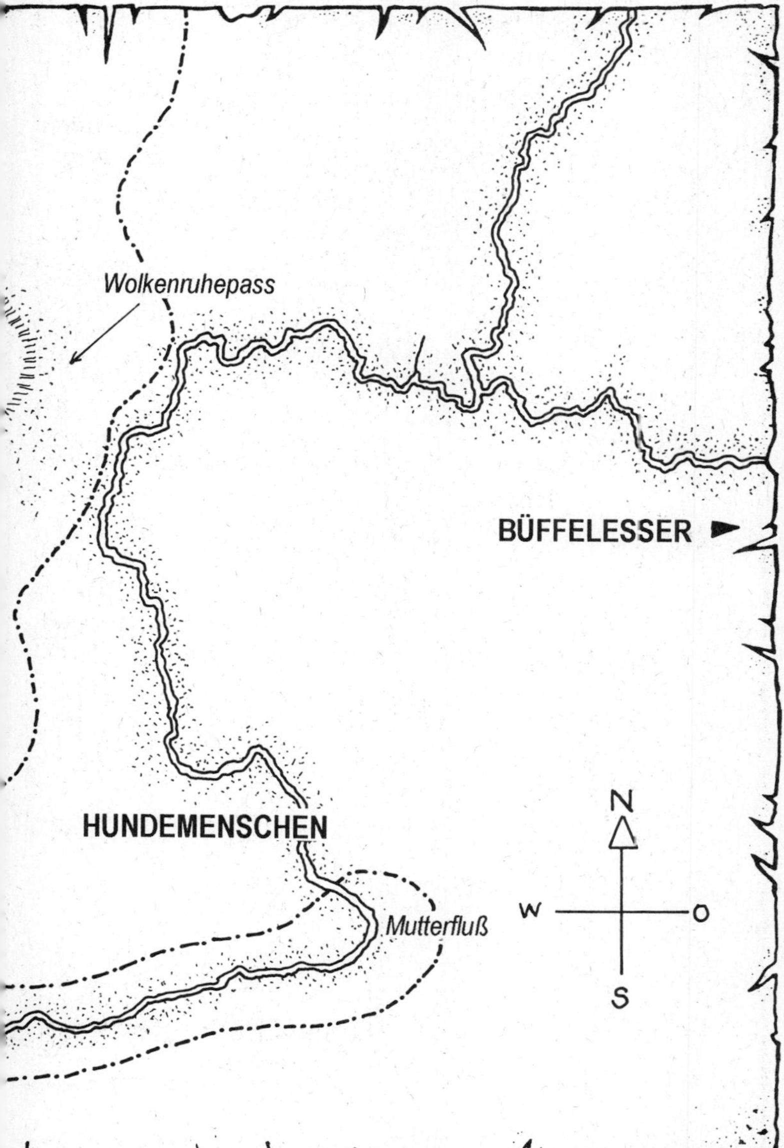
Wolkenruhepass
BÜFFELESSER
HUNDEMENSCHEN
Mutterfluß
N
W
O
S

Eins

Das Bewußtsein, daß sie seit einer Woche tiefer und tiefer ins Gebiet der Teufel eingedrungen waren, lastete auf Gans Schultern wie eine kalte Hand. Er stellte sich vor, wie die besten Menschenjäger sie verfolgten, während der Rest der Teufelskrieger sich zunächst im Hintergrund hielt. Vermutlich hofften sie, Gan würde die Pferde zu großem Tempo antreiben. Dadurch würden die Tiere ermüden, aber gerade deren Ausdauer mußten sie schonen. Denn wenn die Teufel sie einholten, stellte die Kraftreserve für einen schnellen Ritt womöglich den alles entscheidenden Faktor dar.

Er blickte zur Priesterin hinüber, die erschöpft im Sattel schwankte. Auch für sie bestand nun große Gefahr. Denn die Teufel hielten es eher mit dem Aberglauben als mit der Religion.

An der Spitze der kleinen Kolonne ritt Clas mit täuschender Ruhe und suchte den Weg. Gan konnte nicht anders: Der abrupte Fall des Mannes, der seinen hohen Rang im Stamm verloren hatte, ging ihm durch den Sinn. Jetzt war er nur mehr ein Mitglied dieser kleinen Gruppe, in der jeder verschiedene Ziele hatte – manche offen, andere im Verborgenen – und von unterschiedlicher Herkunft war.

Führerschaft betrachtete Gan inzwischen mit anderen Augen. Bislang hatte er ein sehr romantisches Bild davon gehabt. Einer tat das Richtige. Die anderen folgten seinem Beispiel. Selbst nachdem er erfahren hatte, daß Faldar Yan seinen Vater herausfordern wollte, hatte er nicht recht begriffen, was sich eigentlich abspielte. Er verfluchte seine kindliche Naivität. Zu spät hatte er verstanden, wie viele Menschen um ihres eigenen Vorteils willen das Böse billigen.

Clas wartete auf Gan. Er hatte am Kriegsgrat gestoppt, an

dem Punkt des Hangs, von dem aus man das ganze Tal überblicken konnte. Der geographische Grat wurde für gewöhnlich vermieden; von dort hatte man zwar einen wundervollen Ausblick, doch hob man sich als Silhouette gegen den Himmel ab und war weithin zu sehen. Clas wies den Fremden mit Zeichen den Ort zu, wo sie anhalten sollten, während er sich mit Gan besprach. Tate zeigte auf sie und sagte etwas zu Jones, fast als wolle sie ihm erklären, wie sie das Gelände ausnutzten. Das war zwar unwahrscheinlich, aber irgendwie war an den beiden alles unwahrscheinlich.

Der Freund seines Vaters deutete in die Ferne. »Wenn wir ostwärts durch diese Ansammlung von Wildrindern reiten, werden die unsere Spuren zertrampeln. Sobald wir die Mitte der Herde erreichen, wenden wir uns in Richtung Norden und schließlich nach Westen.«

»Du spürst die Teufel in unserem Nacken«, stellte Gan fest.

Clas wischte sich mit der Hand über das Gesicht. Dabei zog er die Haut straff und verzerrte die Tätowierung. Auf seiner Miene war die Erschöpfung zu lesen, die, wie Gan wußte, mehr die Seele denn den Körper erfaßt hatte. Clas nickte. »Ich habe die ganze Zeit an sie gedacht und daran, wie Olaner sie angegriffen haben. Warum haben sie das getan? Sie haben mit der Auseinandersetzung nichts zu tun.«

»Versetz dich in Bay«, erwiderte Gan. »Selbst wenn du glaubst, deine Schwester sei mit deinen Feinden ausgerissen, würdest du jenen, mit denen du ein Bündnis anstrebst, nicht erklären, sie sei entführt worden? Der Stamm jagt im Westen nach uns. Wahrscheinlich sind sie zu dem Ort am Gipfelpaß geritten, wo sich im Herbst alle zum Handel treffen. Du hast mir von dem großen Fort und den olanischen Truppen dort erzählt. Ich möchte wetten, Bay oder Likat haben den Gefolgsleuten des Königs berichtet, Neela wäre in Gefangenschaft geraten. Natürlich wollen die Olaner nicht, daß sie den Teufeln in die Hände fällt; sie wäre die perfekte Geisel, bis Bay Lösegeld für sie gezahlt hätte. Bay soll jedoch frei von solchen Sorgen sein, damit er sich ganz den Belangen von Ola widmen kann, daher haben sie ihre Reiter losgeschickt, damit sie das Mädchen suchen. Als diese auf den Kampf zwischen den Fremden und den Teufeln stoßen, müssen sie sich einmischen, schließlich könnte sich Neela ja dort befinden. Nachdem alles vorbei ist, nehmen sie die Fremden und brechen auf, denn sie ahnen nicht, daß wir ganz in der Nähe sind.«

Clas fügte hinzu: »Und wir haben die Teufel auf den Fersen. Wenn wir die nicht loswerden, waren all unsere wunderbar ausgeheckten Pläne umsonst.«

Während die Kolonne sich wieder in Gang setzte, dachte er an die Fremden. Sie gaben ihr Bestes, um möglichst schnell voranzukommen, dennoch waren sie offensichtlich nicht gerade die besten Reiter. Für Gan stellten sie ein Bündel von Widersprüchen dar, und er wünschte, er hätte die Zeit – und die Möglichkeit –, sich mit ihnen zu unterhalten. Zwar hatten sie sich inzwischen ein wenig beruhigt und bereits ein paar Worte mit ihm gewechselt, doch ähnelte diese Sprache nichts, was er je zuvor gehört hatte. Ihr fehlte das nervöse Schnalzen der Händler oder die breite, gedehnte Aussprache der Olaner. Und mit den schnarrenden Zischlauten der Bergmenschen hatten ihre Äußerungen ebenfalls keine Ähnlichkeit. Vielleicht, so überlegte er, stammten sie aus dem sagenhaften Lande Nion, allerdings bezweifelte er das. Alle Geschichten über dieses Volk stimmten zumindest in einem überein: Dessen Angehörige hatten bronzefarbene Haut und Schlitzaugen.

Er drängte sein Pferd voran, um sich Tate genauer anzusehen. Ihre Augen unterschieden sich von seinen, aber nicht sehr stark. Sie war sich seines musternden Blickes bewußt, das spürte er. Zwar wollte sie sich nicht umdrehen und ihn erwidern, doch entging ihm nicht, wie ihre Haltung etwas steifer wurde. Enttäuscht, weil ihr die Schlitzaugen der Nions fehlten, und nichtsdestoweniger beeindruckt von ihrem Charakter, ließ er sich wieder zurückfallen.

Jones, der hin und her wankte, drohte aus dem Sattel zu fallen. Tate begab sich an seine Seite, um ihn zu stützen. Noch immer wirkte der Mann sehr blaß. Die Art, wie sie sich um ihn kümmerte, erstaunte Gan ebenfalls und verwirrte ihn gleichzeitig. Ihm wollte keine Erklärung dafür einfallen, warum der Fremde nicht bewaffnet war. Und mußte er sich darüber hinaus nicht erbärmlich fühlen, so viel Hilfe zu beanspruchen, obwohl er nicht verwundet war? Einen Augenblick lang fragte er sich, ob der Fremde vielleicht krank war. Diese Sorge belastete ihn jedoch nur kurz. Die beiden waren anders, aber deshalb nicht unbedingt krank. Von welchem Ort sie auch immer stammen mochten, bestimmt gab es dort Heiler für ihre Probleme.

Er versuchte sich vorzustellen, einen Krieger mit einem derartigen Schwächling loszuschicken, und hätte beinahe laut aufgelacht, weil ihm klar wurde, daß er der Frau einen solchen Rang einräumte; nüchtern erinnerte er sich jedoch daran, wie sie hinter dem Felsen gehockt und ihre Waffe auf ihn gerichtet hatte. Es wäre ein Fehler, sie nicht als Krieger zu betrachten, entschied er. Auch im Stamm kannte er einige Frauen wie sie, denen es gelang, weiblich zu wirken und dennoch Stärke zu zeigen. Neela war dafür das beste Beispiel. Frauen wie sie hatten es gelegentlich bis zum Hunde- oder Pferdehäuptling gebracht, wobei ihnen trotzdem der Zutritt zum Erdherz oder zu den geheimen Versammlungen der Männer verwehrt wurde. Und etliche Familien standen unter der unausgesprochenen Herrschaft einer Frau.

Neela war ganz bestimmt eine Kämpferin. Nur würde sie vermutlich niemals jene Verschlagenheit erwerben, die ein weibliches Mitglied des Stammes brauchte, um ein erfolgreicher Anführer zu werden. Selbst ein Mann benötigte einiges davon. Eine Frau durfte dagegen ohne die doppelte Portion gar nicht erst hoffen, sich an der Spitze zu halten.

Er nickte im Takt zum Schritt seines Pferdes vor sich hin, während das Tier steifbeinig die letzten Meter des steilen Hangs bis zur Talsohle zurücklegte. Als er sich umblickte, sah er, daß Tate die Waffe auf ihrer Schulter zurechtschob. Selbst ohne den Donner und den Blitz wirkte das Eisen kalt und unheilverkündend. Die glatte Oberfläche war von ehrfurchtgebietender

Handwerksarbeit, dennoch ermangelte es dem Stück am Herz einer guten Klinge oder eines anständigen Messers.

Clas führte sie durch die Wildrinderherde. Die Tiere schnaubten und schwangen die ausladenden Hörner nervös hin und her, während sie zur Seite trotteten und die Reiter passieren ließen. Ihr durchdringender Geruch lag schwer in der Luft. Er würde die Spur ihrer Gruppe zusätzlich überdecken. Gan hoffte nur, keiner der Stiere käme auf die Idee, sein Territorium verteidigen zu wollen. Denn erstens würde ein scharfer Ritt, um in Sicherheit zu gelangen, die Pferde sehr anstrengen, und außerdem könnten die Fremden vermutlich nicht mithalten.

Er fragte sich, ob er einen Fehler gemacht hatte, weil er sie für so wichtig erachtete.

Sie hinterließen eine Schneise durch die Tiere, die wie ein Pfeil auf dem Boden ihre Richtung zeigte. Nachdem sie schätzungsweise eine Meile zurückgelegt hatten, hielt Gan an, während der Rest weiterzog. Als die anderen einen weiten Pfeilschuß entfernt waren, stellte er sich in den Steigbügeln auf. Mit seiner Pfeife und den Armen gab er den Hunden Signale und schickte Raggar und Cho jeweils auf einen Platz, von dem aus sie die Wildrinder über die Spur treiben konnten. Auf Befehl hin jagten die Hunde los. Sie genossen diese Arbeit. Shara tänzelte buchstäblich und erhob sich auf die Hinterläufe, damit er besser sehen konnte. Trotzdem blieb der Kleine dicht bei Gans Pferd.

Schließlich waren ausreichend Rinder über die Spur getrampelt und hatten sie ausgelöscht, und Gan pfiff die Hunde zurück. Clas hatte bereits eine nördliche Richtung eingeschlagen. Mit einem Blick nach hinten sah er, daß die Herde noch immer hin und her lief. Die Gruppen steckten sich gegenseitig an, und das ganze Tal befand sich in ständiger Bewegung. Nicht einmal ein Wolf würde ihre Fährte durch dieses Durcheinander verfolgen können. Gan sputete sich, um aufzuholen.

Sie setzten den Weg nach Norden fort und machten bis zum späten Nachmittag kein weiteres Mal halt. Vorsichtshalber nahm Gan Raggar, Cho und Shara und bildete mit ihnen die Nachhut.

Erst lange nach Sonnenuntergang erreichte er mit den Hunden das Lager und hatte dann kein Anzeichen von Verfolgung zu berichten. Lediglich mit Hilfe von Raggars feiner Nase fanden sie in der Finsternis den Weg, denn die Glut, die Clas in einer kleinen Grube zum Kochen entfacht hatte, konnte man erst sehen, wenn man geradewegs davorstand.

Die anderen schliefen bereits. Clas bot Gan Suppe aus getrocknetem Rindfleisch an. Gan genoß den scharfen Geschmack von Pfeffer und Salz. Aus einer der Taschen neben Clas holte er das getrocknete Ziegenfleisch für die Hunde.

Er stellte sich vor, wie es wäre, auf Dauer ein solch freies und ungebundenes Leben zu führen.

Das war nichts für ihn.

Wie die Sterne über sich hatte er einer vorgezeichneten Bahn zu folgen.

Erschöpft erhob er sich und schlich mit den Hunden davon, um Wache zu halten.

Zwei

Tate wachte erschrocken auf und blinzelte in die aufgehende Sonne. Ohne sich zu bewegen, beobachtete sie, wie sich in der Ferne die Gestalt des Kriegers mit Namen Gan erhob, sich nach Osten wandte und dann Stirn und Herz berührte. Sie vermutete dahinter eine religiöse Geste und fühlte sich darin bestätigt, da es sich bei dem, was er dabei murmelte, nur um ein Gebet handeln konnte. Danach machte er sich auf den Weg zurück zum Lager, und wie aus dem Nichts tauchten die Hunde auf und schlossen sich ihm an. Als Jones wach wurde, wälzte sie sich zu ihm herum. Sie berichtete ihm, was sie gesehen hatte, und fragte: »Ob das Reste von Katholizismus sind? Der Vatikan befindet sich auf jeden Fall östlich von hier. Die Praktiken könnten sich entsprechend verändert haben. Gestern abend haben wir ja schon darüber geredet, daß sich ihre Sprache wie Englisch anhört – der Rhythmus und die Betonung –, auch wenn sie andere Worte benutzen.«

»Mit Sicherheit ist es Englisch«, antwortete er. »Das garantiere ich Ihnen. Zwar haben wir es in dieser Weise noch nie gehört, und eigentlich hätten wir das auch gar nicht mehr erleben sollen, aber so hat sich unsere Sprache entwickelt, nachdem die Menschen isoliert zurückblieben, um die Welt neu aufzubauen.«

»Das gehört wahrscheinlich dazu«, meinte sie, und Jones stimmte ihr zu.

»Natürlich«, fuhr er fort. »Bestimmt ähnelt das Englisch, das heute in Pennsylvania gesprochen wird, diesem nur entfernt. Sie hatten ja Jahrhunderte Zeit, verschiedene Akzente und Redewendungen auszubilden, wenn nicht sogar eigene Dialekte.«

»Demnach sollten wir es ja zumindest relativ schnell lernen können«, sagte Tate. »Wenn ich allerdings daran denke, was wir überhaupt alles noch zu lernen haben, bekomme ich es mit der Angst zu tun.«

»Passen Sie auf!« warnte Jones sie. »Der Tätowierte steht auf.«

Clas vollführte rasch sein Morgenritual und ließ sich nicht von der Aufmerksamkeit stören, die sie ihm entgegenbrachten.

»Sehen Sie?« fragte Tate. »Der andere macht genau das gleiche. Kommt mir vor wie eine Art Morgengebet.«

»Dann sollten wir genau auf die Frau in dem schwarzen Umhang achten«, erwiderte Jones. »Mir schwant, daß die irgendeine religiöse Funktion innehat.«

»Vielleicht. Vergessen Sie die beiden Soldaten«, sagte Tate. »Falls die einer Religion angehören, dann vermutlich einer, bei der man in den Himmel kommt, wenn man die Bösen umbringt. Ich wüßte nur zu gerne, woher Gan diese Verletzung an der Schulter hat. Und was ist mit diesem Clas und seiner quadratischen Tätowierung? Ich sage Ihnen, bei uns im Corps hatten wir einige echt harte Jungs, aber gegen diese Leute wirkten die wie Sonntagsschullehrer. Womit ich Ihnen nicht zu nahe treten möchte, Pastor.«

»Nun, das habe ich auch nicht so aufgefaßt, Donnacee. Eigentlich habe ich nur gerade darüber nachgedacht – oder besser: gegrübelt –, was wir bisher alles erlebt haben.« Er brachte ein mattes Lächeln zustande. »Die Sorge um unsere Freunde bedrückt mich schon sehr, obwohl sie offensichtlich auf eine etwas fortgeschrittenere Kultur gestoßen sind. Und bestimmt befinden sie sich nicht in der Gesellschaft von Flüchtlingen, so wie wir. Bislang habe ich überall nur Feindseligkeit beobachtet, und das bereitet mir doch ziemlichen Kummer. Eigentlich hinterläßt diese Welt insgesamt einen sehr feindseligen Eindruck.«

Ironisch spitzte Tate es noch zu: »Das gilt selbst für die Hunde. Die sehen einen an, als würden sie nur darauf warten, daß man eine falsche Bewegung macht. Wenn ich vor ihnen nicht weglaufe, dann nur aus einem Grund: Das würde den Biestern bestimmt nicht passen. Ich wette, Gan kann ihnen alles befehlen. Die Pferde – die, die sie reiten, nicht die, die sie gestohlen haben – scheinen regelrecht mit ihren Reitern verwachsen zu sein. Aber die Hunde. Von solchen Monstern habe ich noch nie gehört.«

»Sie erinnern mich an Bilder von den alten irischen Wolfshunden«, entgegnete er. Auf Tates fragende Miene hin fügte er hinzu: »Früher gab es verschiedene Rassen von solchen Riesenhunden. Und die Menschen hielten sich auch Katzen. Meine Eltern hatten ein Buch darüber. Nach der Anti-Haustier-Verordnung wurden sie alle ausgerottet. Damals waren wir noch Kinder.«

»Irgend jemand muß diese Rasse so geliebt haben, daß er sie heimlich durchgebracht hat.«

Bei dieser Bemerkung hob Jones den Kopf. »Das waren nutzlose Tiere. Sie haben der Bevölkerung das Essen weggefressen.«

»Über diese Diskussion habe ich mal etwas gelesen, Pastor. Dabei habe ich mich nur gefragt, ob ein Mehr an Menschen die richtige Antwort auf Überbevölkerung ist. Und darüber bin ich mir noch immer nicht im klaren.«

»Menschenleben standen auf dem Spiel; sie mußten geschützt werden. Hätten Sie lieber Geburtenkontrolle eingeführt? Wer hätte bestimmen sollen, wer Kinder bekommen darf? Sie? Dann nennen Sie mir mal Ihre Kriterien.«

Verärgert schlug Tate zurück: »Ich habe nicht behauptet, auf alle Fragen die richtige Antwort zu kennen, Pastor. Aber sehen Sie sich doch einmal um; hierhin hat uns Ihre wunderbare Gefühlsduselei gebracht. Und darauf sind Sie allen Ernstes stolz?«

»Überbevölkerung war nicht der einzige Grund –«

Tate packte ihn an der Schulter. »Unsere Gastgeber beobachten uns. Wäre vermutlich schlauer, wenn wir uns nicht vor ihnen streiten, okay?«

»Sie haben recht. Tut mir leid. Meine Schuld.«

»Meine auch. Das liegt am Streß.«

Die Frau im schwarzen Umhang schien ihre Lage zu verstehen und Spannungen vermeiden zu wollen, denn sie lächelte Tate an und bedeutete ihr, sie und das blonde Mädchen zu begleiten.

»Schließen Sie sich ihnen besser an, Donnacee. Sie gibt sich alle Mühe, freundlich zu sein«, sagte Jones.

Unschlüssig erhob sich Tate, und der Pastor fügte hinzu: »Manche Dinge ändern sich wohl niemals. Die werten Damen brauchen offensichtlich wie früher Gesellschaft, wenn sie sich die Nase pudern gehen.« Sie schüttelte den Kopf und zeigte ihm so, daß er ihre Geduld auf die Probe stellte, dann eilte sie den anderen hinterher. Die beiden wirkten etwas verunsichert, doch während sie hinter der nächsten Anhöhe verschwanden, lächelten alle drei schon.

Als Tate zurückkehrte, hatte Jones bereits die Schlafsäcke zusammengerollt, stand jedoch noch an der gleichen Stelle. Sie steuerte auf Clas' kleines Feuer zu. Er hatte fünf Vögel gerupft, die sie für eine Art Rebhühner hielt, und die schmorten nun über dem praktisch rauchlosen Feuer. Jones kam heran. Sie widerstand dem Drang, ihn näher zu sich zu rufen; er ließ sich gerade weit genug entfernt nieder, um sich von ihnen auszuschließen, und daß ihre Gastgeber ihm das übelnahmen, war offensichtlich. Clas blickte vom Feuer auf und starrte ihn nur kurz an, bevor er ihr ein knappes Lächeln schenkte. Der Krieger zeigte auf sie, dann auf einen der Vögel und rieb sich den Bauch. Tate grinste breit und setzte sich ihm gegenüber ans Feuer.

Der Mann berührte seine Brust, zeigte dann auf Gan, der die Pferde mit Getreide fütterte, und nannte seinen Namen. Daraufhin deutete er dorthin, woher sie gekommen waren. Er zog von der rechten Schläfe über die Stirn und das linke Auge einen Finger bis zum Wangenknochen. Noch bevor er die Augen schloß und zusammensank, wußte sie, daß er ihr etwas über ein Mitglied seiner Gruppe erzählte, das sie verloren hatten. Sie nickte, und er wies erneut auf Gan, ehe er abermals in die Richtung hinter ihnen zeigte.

Okay, dachte sie; hinter uns. Die Vergangenheit? Ach – sein Vater. Clas bestätigte ihre Vermutung. Das Wort, das er benutzte, entsprach zwar nicht genau *Sohn*, doch klang es so ähnlich, daß sie ein Experiment wagte. Sie zeigte auf den Horizont. »Sonne«, sagte sie und versuchte dabei, sein *Sohn* so exakt wie möglich zu imitieren. Dann deutete sie auf Gan und wiederholte es.

Clas erstarrte und sah sie stechend an. Sie wußte, diesen Blickkontakt durfte sie auf keinen Fall abbrechen. Plötzlich sprudelte ein Schwall Worte aus ihm hervor. In ihnen schwang ein verärgerter Vorwurf mit. Aus den Augenwinkeln bemerkte sie Gan, der von den Pferden herüberschlenderte. Seine Hand lag auf dem Heft seines bösartigen Schwertes, das mit seinem Körper so verwachsen zu sein schien wie seine Arme.

Tate zwang sich zu einem Lächeln und gab sich alle Mühe, unwissend und unschuldig zu wirken. Derweil verfluchte sie sich, da sie ihre Waffe neben dem Schlafsack liegengelassen hatte. Sie deutete auf Gan und Jones. »Sohn«, sagte sie, deutete nun auf Clas und wiederholte es. Dann zeigte sie auf sich selbst und schüttelte den Kopf. »Kein Sohn«, fuhr sie fort und wies auf Sylah und Neela. »Kein Sohn.«

Langsam entspannte sich Clas. Er blickte zu Gan, sagte etwas und zuckte die Schultern.

Um sich wieder ganz unbesorgt zu geben, schüttete Tate Wasser in ihren Aluminiumtopf und setzte ihn aufs Feuer. Es hatte eine Weile gedauert, bis es jetzt soweit war, daß sie sich das Feuer teilten, und nun, wo das Eis gebrochen war – wenn auch nicht ganz ohne einen problematischen Zwischenfall –, hatte sie sich entschlossen, ein wenig Eindruck zu schinden. Mehrfach war ihr aufgefallen, wie die Nasen ihrer Gastgeber zuckten, wenn diese ihre Rationspäckchen rochen. Nach einigen Minuten kochte das Wasser, und sie fügte drei Tütchen gefriergetrockneten Kaffee hinzu, rührte um und bot ihn Clas an. Der reagierte darauf mit einem mißtrauischen Blick, woraufhin sie selbst erst einmal einen Schluck trank. »Vielleicht nicht der Beste, den ich je vorgesetzt bekommen habe«, sagte sie mit freundlichster Stimme und breitem Lächeln, »aber einen solchen Blick hat er wohl kaum verdient, du tätowiertes Rhinozeros. Ich will dich schließlich nicht vergiften.«

Sie bot ihm den Kaffee ein zweites Mal an, und nun griff er zu. Seine Augen leuchteten auf, und er grinste wie ein kleiner Junge. Mit großer Würde reichte er den Topf zurück und sah dabei kurz verstohlen zu Gan hinüber. Tate entging der Wink nicht, und sie rief den jungen Mann und hielt ihm den Topf hin. Gan zeigte sich weniger beeindruckt. Standhaft und voller Bedauern weigerte sich Clas, weiteren Kaffee anzunehmen.

Nachdem sich Jones endlich nahe genug herangewagt hatte, damit sie sich unterhalten konnten, berichtete sie ihm das Geschehene. »Die sind vollkommen unberechenbar«, endete sie, während sie ihr gegrilltes Rebhuhn von Clas in Empfang nahm. »Brutal direkt mit ihren Gefühlen auf der einen Seite, auf der anderen vornehm und zurückhaltend wie Herzöge.«

»Wir müssen mit äußerstem Bedacht vorgehen«, erwiderte Jones.

»Vielleicht mit mehr, als wir zunächst geglaubt haben. Heute morgen habe ich herausgefunden, daß die Frau, die Sylah heißt, eine Nonne oder so etwas in der Art ist. Diese Rose auf ihrer Schulter stellt ein Rangabzeichen dar. Ich habe zwar die genaue

Bedeutung nicht begriffen, aber solange sie kein Lieutenant Colonel ist, bin ich ihr an Dienstzeit um Jahrhunderte überlegen, also brauchen wir uns deswegen keine Sorgen zu machen. Das Mädchen heißt Neela, und ich denke, sie steht unter der persönlichen Fürsorge der Nonne – vielleicht ist sie auf dem Weg in ein Kloster oder so etwas.«

Jones hielt darin inne, den kleinen Vogel auseinanderzureißen, und entgegnete wehmütig: »Ich frage mich, wo sich wohl die nächste protestantische Gemeinde befindet? Mir ist ein Stein vom Herzen gefallen, daß wir nicht die letzten Menschen auf der Erde sind, bloß weiß ich nicht, was ich tun soll, wenn ich herausfinde, daß ich der letzte Methodist bin.«

Tate lachte fröhlich, suchte dann einen Augenblick in ihrem Rucksack herum und brachte ein Päckchen Salz zum Vorschein. Sie bot es ihren Gastgebern an, bevor sie sich selbst bediente, und die gesamte Gesellschaft murmelte beifällig. Sehr sorgsam teilten sie es unter sich auf, und nachdem es einmal in die Runde gegangen war, blieben nur ein paar Kristalle übrig. Ein ähnliches Päckchen mit Pfeffer rief freudige Verblüffung hervor. Davon konnten sie nicht genug bekommen, sie schnüffelten daran, bis sie niesten, und schütteten es sich auf die Handflächen und leckten daran, während ihnen glitzernde Tränen in den Augen standen. Jones zeigte zwei weitere Päckchen, und sie klatschten ungeniert vor Freude. Clas nahm sogar noch einen Schluck Kaffee an – zur Feier des Tages, wie Tate es auffaßte.

Nach dem Frühstück bestiegen sie abermals die Pferde. Jones stöhnte vor Schmerz, während er sich in den Sattel kämpfte, und als das Tier nach ihm zu beißen versuchte, wäre er fast gestürzt, weil er den schnappenden Zähnen auswich. Schließlich waren sie wieder unterwegs, und Tate sagte: »Von jetzt an sollten wir die Sprache studieren, so oft sie sich mit uns abgeben.«

Jones zuckte zusammen. »Glauben Sie denn nicht, wir werden zu den anderen zurückfinden?«

»Das sollten wir hoffen. Und daran arbeiten. Und mit der Sprache fangen wir an.«

Gan bildete das Ende der Kolonne, und er wirkte erfreut über Tates Gesellschaft. Tatsächlich, meinte sie, schien er regelrecht darauf gewartet zu haben. Der größte der drei Hunde verhielt sich weniger freundlich; er lief mehrere Minuten lang bedrohlich nahe um sie herum, bevor Gan ihn bemerkte und zur Flanke davonschickte. Der Hund gehorchte ohne Zögern, warf jedoch häufig einen Blick über die Schulter zurück. Während sie vor sich hin trabten, bekam sie ihn gelegentlich zu Gesicht, meistens kurz bevor er gerade wieder irgendwo verschwand. Das Weibchen – es hieß Cho, hatte sie erfahren – und das junge Männchen namens Shara beachteten sie kaum.

Die ersten Stunden verflogen nur so. Tate war von der Fruchtbarkeit des Landes überwältigt. Sie zogen an riesigen Herden von Rindern mit langen Hörnern vorbei, Tiere, die sie an Geschichtsbücher und Cowboys erinnerten. Zudem sah sie auch Antilopen, zierliche Wesen, die die Gruppe im Auge behielten, bis sie die Fluchtdistanz für zu gering einschätzten und dann schnaubten und mit lockeren Sätzen davonsprangen, wobei ihre weißen Puderquastenschwänze aufblitzten.

Mit den Rindern war das nicht so einfach. Einmal startete ein brüllender Bulle einen Scheinangriff auf sie. Tate hatte sofort das Gewehr zur Hand und den großen Lauf entsichert. Gan bemerkte ihren Gesichtsausdruck und ihre Entschlossenheit, nickte nüchtern, senkte den Kopf und ahmte ihre Bewegungen nach. Dann zog er sich, mit einer Geste, die diesen Menschen für ihren Geschmack viel zu vertraut war, den Zeigefinger über die Kehle.

Noch während sie über die Bedeutung dieses Zeichens grübelte, bekam sie das nächste Beispiel für die Ethik dieser Welt geliefert. Eine Gruppe Rinder, die weit zu ihrer Rechten gegrast hatte, brach plötzlich in stampfenden Galopp aus. Tate stellte sich in den Steigbügeln auf und entdeckte einen Tiger, der einem einjährigen Kalb nachjagte. Die beiden gingen in einer Staubwolke zu Boden, und zwei halberwachsene Junge sprangen aus dem Gebüsch, das dem Weibchen Deckung geboten hatte. Sie schlugen und bissen nach dem verstörten Kalb wie Kätzchen nach einer Maus und lernten dabei, ihre Kraft und Technik perfekt einzusetzen.

Tate wandte sich ab und war sprachlos, da der Rest der Herde bereits wieder graste, obwohl gelegentlich etwas Unruhe aufkam. Die betroffene Mutterkuh stand allein da und brüllte hilflos ihren Schmerz hinaus.

Von den Wilden hatte nur die Frau mit Namen Sylah mehr als einen Blick für diese Jagdszene übrig, und, dessen war sich Tate sicher, es interessierte sie eher, ob die Tiger auf Abstand blieben.

Dieser Zwischenfall half ihr, die Härte dieses Landes zu begreifen. Er enthüllte ihr das Denken ihrer neuen Gefährten.

Sie wußten, wie man überlebte.

Sie wußten, was Jagd bedeutete.

Wenn sie und Jones hier überleben wollten, genügte es nicht, nur zu lernen: Sie mußten verstehen.

Bis Mittag hatte sie ein Vokabular erworben, das mehrere Substantive und Verben enthielt. Sie versuchte sich damit bei Sylah, die sich über ihre Anstrengungen aufs äußerste amüsierte und Tränen lachte. Neela dagegen benahm sich höflich und distanziert.

Das Mittagessen hatte offensichtlich keinen besonderen Namen, genausowenig wie Frühstück und Abendbrot. Als Tate und Jones die drei Mahlzeiten darstellten, stimmten die Wilden geschlossen zu, sie hätten die gleiche Sitte, doch verwendeten sie für alle das gleiche Wort. Der Pastor erklärte es ihr. »Ich nehme an, sie differenzieren dabei nicht – Essen ist eben Essen. So war es stets, so wird es ewig sein. Das erinnert mich an einen chinesischen Gruß: ›Hattest du Reis?‹ Ein schlichtes Hallo gab es bei denen nicht, und sie meinten mit Reis schlicht ›Essen‹. So unterteilten sie denTag.«

Tate erwiderte: »Wo wir von Wörtern und Bedeutungen sprechen, fällt mir ein – ich glaube, diese Longhorns nennen sie ›Wildkühe‹. Ich werde mal ein Experiment machen.« Sie legte die Hände an die Stirn, streckte die Zeigefinger aus und versuchte das Wort so auszusprechen, wie sie es bei ihnen gehört hatte, mit einem harten W, das I fast wie ein E, und Kuh ähnlich wie »Zoo«. Ihre Gefährten lachten, applaudierten jedoch und nickten.

»Wunderbar.« Sie beglückwünschte sich selbst und strahlte zufrieden. »So langsam kommt eins zum anderen. Wir können uns für die Aussprache eine Liste zusammenstellen, und dann dürften wir fest im Sattel sitzen.«

Jones stöhnte und rieb sich das Hinterteil. »Falls es Ihnen nichts ausmacht, würde ich lieber nicht mehr im Sattel sitzen. Dieses Cowboyleben ist nichts für mich.«

Clas beobachtete sie und hörte stirnrunzelnd zu. Mit finsterem Blick wandte er sich Gan zu und sagte rasch einige Worte. Der junge Mann entgegnete etwas, das den älteren beschwichtigen sollte, offenbar jedoch nicht den beabsichtigten Erfolg zeigte.

Jones lächelte reumütig. »Wissen Sie, die mögen mich nicht besonders gern. Aus mir werden sie nicht schlau. Zu gern würde ich ihnen erklären, daß ich ein religiöser Mann bin. Das verstehen sie.«

»Damit wäre ich vorsichtig«, warnte Tate. »Möglicherweise verstehen sie das, gut, aber mir gefällt der Blick dieser Leute nicht, wenn sie etwas stört. Und Sie haben nicht mitbekommen, wie Clas reagierte, als ich auf die Ähnlichkeit zwischen ›Sohn‹ und ›Sonne‹ hinwies. Gehen Sie es langsam an, bitte. Würden Sie das beherzigen?«

Er lachte laut. »Ich werde nichts Übereiltes anstellen, Donnacee. Meine Güte, es ist meine Spezialität, andere davon abzubringen, übereilt zu handeln. Ja, das ist mein Leben.«

Sie akzeptierte den milden Tadel mit einem verständnisvollen Lächeln, doch als Gan ihrem Gespräch ein Ende bereitete, indem er etwas sagte, woraufhin die anderen sofort das Lager abbrachen, war sie froh, daß sie eine Entschuldigung hatte, sich von Jones' müdem Blick, in dem so viel Angst lag, abwenden zu können.

Drei

Wie stets verweigerte sich der Winter in den Bergen bis zum Letzten dem Wechsel der Jahreszeiten. Der jüngste Sturm heulte durch die Nacht. Der Wind krallte sich in die hohen Fichten. Die Böen, die durch den Paß fegten, schienen selbst das massive Fort niederzudrücken.

Altanar sagte sich zum wiederholten Male, daß er sich das Zittern nur einbildete, woraufhin der bisher heftigste Windstoß des Orkans das Gebäude mit solcher Wucht traf, daß die Dachbalken sich ächzend beschwerten.

Er umklammerte beide Henkel des kupfernen Krugs und trank ihn fast leer. Den Kopf weit in den Nacken gelegt, stellte er Blickkontakt mit dem Soldaten her, der draußen auf dem Balkon, welcher sich ganz um den Raum zog, Wache hielt. Der Mann blinzelte und wandte sich rasch ab. Altanar setzte den Krug auf dem Tisch ab, hielt den Blick jedoch unverwandt auf den Soldaten draußen gerichtet und forderte ihn im Geiste auf, abermals hereinzuspähen. Als er feststellte, daß der Kerl zu feige war, um einen weiteren Blick zu wagen, feuerte die Enttäuschung seine Gereiztheit noch an. Er wandte seine Aufmerksamkeit etwas anderem zu und betrachtete seine Umgebung zum hundertsten – zum tausendsten? – Mal.

Das Fort stellte die Grenze zu den Hundemenschen dar. Es war zwei Stockwerke hoch, wobei auf dem ersten aus Felssteinen ein zweites aus meterstarken Baumstämmen thronte. Das obere Stockwerk ragte über das steinerne hinaus, und beide Etagen waren über die ganze Länge mit hohen, schmalen Schießscharten versehen. Der Waffengang war auch im Boden mit ähnlichen Löchern ausgestattet, so daß man sich Angreifern sowohl frontal als auch von oben widmen konnte. Durch eisenverstärkte Türen aus dicken, rauhen Balken gelangte man nach draußen. Sie boten Schutz gegen jeden Mann und jede Waffe, von einer

Ramme einmal abgesehen. Doch angesichts der Gewalt des Sturms ächzten sie jetzt in ihren Rahmen.

Das Gebäude war einfach und ganz zur Verteidigung angelegt, und doch wirkte in einer Nacht wie dieser sogar der große Hauptraum gemütlich, wo im riesigen Kamin – nur wenige Meter von dem langen Holztisch und den Bänken entfernt, die die wesentlichen Möbel des Raumes bildeten – ein Feuer brannte. Kerzen leuchteten in den Haltern an den Wänden. Die Mischung von verzehrtem Wachs, glühenden Holzscheiten und dem noch in der Luft hängenden Duft des exzellenten Bratens vom Abendessen würden die vollkommene Atmosphäre abgeben, entschied Altanar, wenn der verfluchte Wind ihm nur einen Augenblick ließe, das Ganze zu genießen.

Der Rest des Gebäudes verbarg sich hinter der kleineren Tür zu Altanars rechter Seite. Eine Treppe führte zu den Wohnräumen im oberen Stockwerk. Lager und Ställe befanden sich darunter. Zur Linken, jenseits der schweren, eisenbeschlagenen Tür, lagen die Hochlandwiesen, die das Fort umgaben. Auf der geschützten Seite standen die Zelte, die sich die Hundemenschen, die gefangenen Fremden und die olanische Kavallerie teilten. Pferde konnten nicht lauschen, daher hatte man sie alle gemeinsam im Stall unter den Schlafräumen eingestellt.

Einen Moment lang spielte er mit dem Gedanken, eine seiner verbliebenen Wachen loszuschicken, um diese interessanten Neuankömmlinge mit ihren noch weitaus faszinierenderen Waffen holen zu lassen, aber er ließ den Gedanken rasch wieder fallen. Je weniger Augen und Ohren diesem Treffen beiwohnten, desto besser.

Altanar wünschte nur, die Fremden seien der einzige Grund, aus dem er zu diesem verlassenen Außenposten aufgebrochen war. Bay Yan. Er wiederholte den Namen bei sich, während er Bierschaum von den Lippen wischte. Der Spitzel hatte ihn folgendermaßen beschrieben: »Ein großer Mann, stark wie ein Büffelbulle und ebenso gefährlich. Niemals vergißt er seine tote Hand. Vielleicht steckt deshalb mehr Grausamkeit und Verschlagenheit in ihm, als je jemand von uns erwartet hätte. Sei vorsichtig.«

Natürlich mußte man eine solche Nachricht sorgsam abwägen. Was war ein Spitzel schon, wenn nicht ein Lügner oder ein Verräter?

Für gewöhnlich beides.

Diese Witzelei gefiel ihm, rückte seinen Blickwinkel zurecht. Allein seine eigene Einschätzung zählte. Andere konnten sich Fehler leisten. Könige mußten das Richtige tun. Nur aus diesem Grund gab er sich mit Spitzeln und Menschen ab, die das Gehirn eines Büffelbullen besaßen.

Bay Yan, ein Verbündeter. Das war niederschmetternd.

Ein ungebildeter Wilder, ein Mann, der das Ziehen einer Waffe mit dem Treffen einer Entscheidung gleichsetzte.

In diesem Moment flogen die Doppeltüren auf, getrieben von der Wucht des Orkans. Sie krachten erzitternd an die Steinwände und ließen einen Windstoß herein, der die Kerzenflammen horizontal bog und Funken aus dem Kamin in den Schornstein jagte.

Nur der blanke Schock ließ Altanar auf dem Stuhl sitzen bleiben und verhinderte, daß er sich bloßstellte.

Bay Yan stand, in das Fell eines Präriebären gehüllt, auf der Schwelle. Den schneegesprenkelten, fauchenden Kopf des Tiers trug er wie eine Kapuze.

Die Schrecksekunde verstrich, und Altanar erhob sich graziös, um seinen Gast zu begrüßen. Einen Moment lang betrachtete er den Bärenkopf und überlegte sich, was die Händler der Nions wohl allein dafür zahlen würden. Er seufzte; der Mantel war ein Vermögen wert. Die Fertigkeit der Hundemenschen, Leder und Pelze zu veredeln, war legendär, und ihre handwerklichen Fähigkeiten mußte man fast schon Kunst nennen.

Bay schlug die Tür zu und legte den Riegel vor, um sie zu verschließen. Im wankenden Gang eines Reiters trat er zu Altanar und nahm sich mit einer raschen Bewegung den Mantel von den Schultern. Innen war dieser mit Wolle gefüttert; Altanar wußte, darunter würden sich Daunen befinden. Dem guten Aussehen zum Trotz brauchte man einiges an Kraft, um einen so schweren Umhang zu tragen.

Selbst ohne das Fell bot der Mann einen wilden Anblick. Das kurzgeschorene Haar amüsierte Altanar, und das prunkvoll bestickte Hemd sowie die gleichermaßen bunte Hose, die in die Stiefel gesteckt war, leuchteten grell genug, um die Augen zu blenden. Dennoch verspürte er keine Neigung zu lachen, auch dann noch nicht, als Bay seinen Mantel sorglos auf den Tisch schleuderte und sich setzte, ohne die Stiefel auszuziehen und gegen Hausschuhe zu tauschen, wie es ein zivilisierter Mensch getan hätte.

Genau so etwas hatte er erwartet. Er machte sich auf eine unendliche Reihe ähnlicher Beleidigungen gefaßt. Im stillen schnaubte er, da Bay ihm gegenüber am Tisch mit dem Rücken zum Feuer Platz nahm. Ihr Getue um Reinlichkeit würde er nie verstehen; im Moment roch der Mann so streng nach Kräutern, als würden demnächst Blätter aus ihm sprießen.

Er tröstete sich mit einem Blick auf seine eigene, elegante und zweckmäßige Kleidung. Die wattierte Unterwäsche war natürlich nicht zu sehen, obwohl er sich das jetzt gewünscht hätte, um dem Wilden zu zeigen, was wirklich gute Handarbeit war. Er schob die Strickjacke zurück, in die ein kompliziertes traditionelles Muster aus grauer, schwarzer und weißer Wolle gearbeitet war. Was Bay wohl von seinem Mantel aus weichem Meerotterpelz halten würde?

Der nächste Windstoß ließ die Balken ächzen. Altanar trank seinen Bierkrug leer und rief den Hauptmann des Postens, der an der Feuerstelle stand. »Die Küchenmagd soll Bier bringen.«

»Für mich nicht«, lehnte Bay ab.

Altanar zuckte mit den Schultern. »Dann soll sie für mich zwei Krüge bringen.«

Den Befehl zu wiederholen war nicht vonnöten. Die Frau, Lebensgefährtin eines der Soldaten des Postens, eilte zum Tisch. Der Hauptmann begleitete sie und drückte sich nervös um sie herum, während sie bediente.

Und nochmals traf eine Böe das Gebäude, der heftigste Stoß bisher. Der Hauptmann sah zur Decke hoch. Altanar wollte das gleiche tun, bemerkte jedoch die Bewegung seines Untergebenen und grinste ihn breit an.

»Was ist los, Hauptmann? Angst vor dem bißchen Wind?«

Der Mann erstarrte. »Nein, Sir. Ich habe mir lediglich Sorgen um die Sicherheit des Königs gemacht. Und um die seines Gastes.«

»Natürlich.« Der Sarkasmus war nicht zu überhören. Aus den Augenwinkeln beobachtete Altanar Bay und war befriedigt, bei ihm eine gewisse Zustimmung festzustellen. Darin lag eigentlich auch der Sinn dieser Vorstellung. Er wollte seinen Gast beeindrucken, und darüber hinaus wollte er verstehen, was seinem Gegenüber gefiel und was nicht. Was der Wilde fürchtete. Ohne dieses Verständnis konnte er kaum hoffen, die Oberhand zu gewinnen, wenn die Zusammenarbeit endete und es nur noch um Betrug ginge.

Und darum würde es sich am Ende mit Sicherheit drehen. Der Trick bestand darin, schon im voraus so viel wie möglich aus dem anderen herauszubekommen, um sich dann seiner zu entledigen, bevor er Gelegenheit fand, Schaden anzurichten.

Altanar entschloß sich, ihm wahre Autorität zu demonstrieren. Er sagte zum Hauptmann: »Schick alle hinaus, damit wir ungestört sprechen können.«

Der Offizier nahm eine steife Haltung an. Altanar blickte hoch und runzelte die Stirn. »Also?«

»Alle hinausschicken, Sir? Wir sollen nach draußen? Jetzt?«

»Kriegshäuptling Bay Yan und ich wollen reden; dabei werde ich keine einfältigen Soldaten dulden, die meine Geheimnisse bei allen Huren des Königreichs ausplaudern. Raus mit euch!«

Die Frau legte die Hand vor den Mund und wich zurück. Um die zusammengepreßten Lippen des Hauptmanns leerte sich die Haut von Blut. Er schluckte, bevor er antwortete. »Bis zu den Zelten sind es über fünfzig Meter. Der Schnee – man kann nichts sehen –«

Altanar baute sich langsam zu voller Höhe auf. »Noch ein Wort, Hauptmann, nur ein kurzes Zögern, und ich werde dich hinrichten lassen und deinen Rang jemandem verleihen, der nicht ständig widerspricht. Wäre dir das recht?«

»Nein, Sir.«

»Du bist also glücklich, weil du mir gehorchen darfst?«

»Ja, Sir.«

»Lauter, Hauptmann. Ich wünsche Begeisterung zu hören.«

»Ja, Sir!«

Altanar entließ ihn mit einer Kopfbewegung und setzte sich. Er trank einen langen Zug aus seinem Krug, ehe ihm sein Gast wieder einfiel. »Immer das gleiche«, beschwerte er sich. »Da gibt man ihnen ein wenig Einfluß, wenn es auch nur das Kommando über einen Misthaufen ist, und schon vergessen sie, wer ihr eigentlicher Herr ist.«

Er ignorierte Bays Zustimmung und blickte düster vor sich hin, während der Hauptmann die Wachen im Raum zusammentrieb und hinaus in die Nacht scheuchte.

Bay lächelte angesichts des Abschiedsgrußes des Hauptmanns. »Meine Männer werden sich weniger schlecht behandelt vorkommen, da dein Offizier das Zelt mit ihnen teilt.« Er lachte schwerfällig. »Selbst ich habe mir heute abend ein wenig Sorgen gemacht, und wir kennen den Schnee viel besser als ihr aus dem Westen. Was ist mit deinen Gefangenen? Sie haben mich kaum beeindruckt, da sie keinesfalls besonders stark zu sein scheinen.«

»Sie haben nicht die Erlaubnis zu sterben. Oder uns zu verlassen. Nicht, bis ich mehr über sie in Erfahrung gebracht habe. Mein Kavalleriehauptmann schwört, ihr Anführer habe einen Bergkrieger auf wenigstens fünf Pfeilschüsse Entfernung getötet, und das allein mit Donner und Blitz. Entweder war der ganze Trupp betrunken, oder es war Magie im Spiel. Gleichgültig was, wir sollten es herausfinden. Und benutzen.«

»Gegen die Teufel.«

Altanar entging der herausfordernde Ton der Bemerkung nicht. Er rief sich ins Gedächtnis, daß er nicht aus der Haut fahren wollte. Dennoch mußte man diesen Mann auf seinen Platz verweisen. »Col Moondarks Flucht zieht einige unerwartete Probleme nach sich.«

»Col Moondark ist tot. Er ist in Ungnade gefallen. Meine Schwester und deine Missionarin sind Geiseln seines Sohnes und seines Freundes, aber welche Probleme können uns solche Männer schon bereiten?«

Altanar hätte sich beinahe an seinem Bier verschluckt. Er tarnte seine Verwirrung damit, daß er umständlich einen weiteren Schluck trank.

Warum hatte ihm sein Spitzel nichts über den Tod von Col Moondark berichtet? Das war unverzeihlich. Solange ... natürlich. Der Mann war vielleicht klüger, als er dachte. Dem König von Ola würde es nicht gut anstehen, sich allem gegenüber, was der neue Kriegshäuptling zu sagen hatte, unbeeindruckt zu zeigen. Dieser Zug war wohlüberlegt.

Der schlaue Likat, der für seinen neuen Kriegshäuptling kundschaftete.

Er sagte: »Meine Glückwünsche. Ich wußte nur, daß er mit Clas na Bale und seinem Sohn geflohen ist und die beiden Frauen entführt hat.«

Die Muskeln an Bay Yans Kinn spannten sich. »*Nur*? Du weißt sehr viel.«

»Mach dir keine Sorgen. Soldaten tauschen stets Geschichten aus, und ich erfahre alles, was meine Truppen hören. Meine Verbündeten spioniere ich nicht aus.« Altanar unterdrückte ein Grinsen und dachte daran, wie Bay Yan seine Krieger am nächsten Tag peinigen würde und wie diese armen Wilden sich fragen würden, welches Klatschmaul für diesen Zorn verantwortlich war. Es würde ihn amüsieren, diesen arroganten Haufen springen zu sehen, selbst wenn es einer der ihren war, der die Peitsche knallen ließ.

Bay nahm die behinderte Hand schützend in die gesunde und beugte sich vor. »Dieses Halbblut und Clas na Bale sind in einigen Tagen tot. Das verspreche ich dir.«

»Ich verstehe nicht, warum solche Männer überhaupt ihr Heil in der Flucht suchen. Wie mir zugetragen wurde, gehören sie doch zu jener Sorte, die dem Tod aufrecht ins Gesicht sehen.« Er hob die Hand, da Bay Yan ihn unterbrechen wollte, und fuhr fort: »Am Tag nach ihrem Aufbruch, als deine Krieger mit den Nachrichten über die Geschehnisse hier eintrafen, hatte mein Hauptmann einen sehr guten Einfall und sandte ein paar Reiter zu mir. Gleichzeitig schickte er eine Patrouille los, die nach den Flüchtlingen Ausschau halten sollte.«

Altanar fühlte sich verpflichtet zu erzählen, daß seine Männer den Lärm des Kampfes zwischen den Fremden und der Jagdgesellschaft der Bergmenschen gehört hatten. Er ging rasch darüber hinweg, weil er zu erpicht darauf war, auf sein Hauptanliegen zurückzukommen.

»Könnte Gan Moondark möglicherweise mit den Bergmenschen handelseinig werden?«

»Nicht einmal Gan Moondark würde sich mit den Teufeln einlassen«, antwortete Bay. »Jedenfalls weiß er nichts über uns oder unseren Plan. Und meine Schwester ebenfalls nicht.«

»Das hoffe ich auch. In der Zwischenzeit muß ich den Anschein der Neutralität wahren. Ich arbeite bereits daran, diesen Vorfall, der zur Gefangennahme der Fremden geführt hat, zu bereinigen.« Bay runzelte die Stirn, und Altanar fuhr fort, um seine Position so rasch wie möglich darzulegen. »Im Augenblick kann ich weder dich bitten loszuziehen, weil die Bergmenschen dir dann in die Flanke fallen, oder schlimmer, weil du dein Volk ohne Verteidigung im Lager zurückläßt, noch kann ich ohne deine Krieger an meiner Seite gegen Harbundai vorgehen. Solange wir uns nicht versichert haben, ob Moondark unseren Plan den Bergmenschen verraten hat, sind wir zur Untätigkeit verurteilt.«

»Wir hatten eine Abmachung!« Bay erhob sich ruckartig und beugte sich bedrohlich über den Tisch vor.

Altanar lächelte unbewegt. »Die will ich auch nicht brechen. Es handelt sich lediglich um einen Aufschub. Und daran trägt nicht Ola die Schuld, mein Freund. Vergiß das nicht.«

»Gan weiß überhaupt nichts! Er kann nichts wissen.«

»Die Rosenpriesterin hat sich im Hauptlager der Bergmenschen aufgehalten, bevor sie zu euch kam. Sie ist eine kluge Frau. Möglicherweise hat sie unseren Plan durchschaut. Im Moment glauben die Teufel, wie ihr sie nennt, ich würde mit ihnen zusammenarbeiten, um dich zu zerstören. Denk doch mal nach. Von uns beiden bist du der bei weitem bessere Jäger; wie würde unser Wild reagieren, wenn es eine Falle vermutet?«

»Einem verwundeten Tiger gleich würde es angreifen.« Bay starrte auf den Tisch und ließ sich langsam wieder auf der Bank nieder. Er massierte sein vernarbtes Handgelenk. »Wir sind auf sie vorbereitet, aber ich kann mir keine Verluste leisten. Jedenfalls jetzt nicht. Würde die Priesterin Gan von ihrem Verdacht erzählen? Ihr Gelübde …« Er machte eine vage Geste.

»Priesterin oder nicht, sie ist eine Frau, und die sind arglistig und schwach. Wie dem auch sei, ich habe eine Lösung anzubieten.« Er dehnte die Worte und sprach mit Bedacht langsam, wobei er erfreut beobachtete, wie Bays wachsende Ungeduld noch weiter angestachelt wurde. »Sie scheinen zu glauben, daß sie sich im Lande der Bergmenschen verstecken können, während sie darauf warten, deine Schwester und die Priesterin gegen ihre Sicherheit einzutauschen. Also, in meinem Sold stehen einige Händler, die mich darüber auf dem laufenden halten, was sie während ihrer Reisen sehen und hören. Da der Frühling vor der Tür steht, werden jene, die fern vom Meer überwintert haben, mit Pelzen und anderen Handelswaren nach Ola aufbrechen. Außerdem kann ich Boten schicken, um sie abzufangen und sie von deiner Suche in Kenntnis zu setzen.«

»Boten!« Bay Yan spuckte das Wort förmlich aus. »Jedesmal, wenn wir sie sehen, haben wir nur Schwierigkeiten zu erwarten. Sie tragen den Gestank des Todes an sich.«

Diese Reizbarkeit verwirrte Altanar. »Aber ihr trefft sie doch häufig, oder? Ich meine, wenn du mit mir in Kontakt treten mußt, wird es keine Verzögerung geben, ja? Ich werde die Händler anweisen, ihre Berichte gleich bei dir abzuliefern.«

»Bei mir?«

»Ja. Niemand darf erfahren, daß ich irgendein Interesse an den Flüchtlingen, an dir oder den Hundemenschen habe. Wenn wir die Bergmenschen nicht im argen halten können, fallen sie vielleicht ohne Vorwarnung über euch her. Sollte das geschehen, würde ich natürlich versuchen, euch beizustehen.«

»Natürlich.«

Altanar meinte, einen Hauch Unglauben in Bays Tonfall gespürt zu haben, und er musterte die Miene seines Gegenübers, aber weiterhin verdeckte der Zorn jedes andere Gefühl. Er tat diese Möglichkeit als zu subtil für diesen Mann ab. Bay fragte: »Wie lange kannst du den Feldzug gegen Harbundai aufschieben?«

»Höchstens bis zum Sommertag. Sobald die Sonne ihren Marsch nach Süden beginnt, haben wir die Gelegenheit für dieses Jahr verpaßt. Warum fragst du danach?«

Bay hob das Kinn. Seine Stimme klang defensiv. »Denke niemals, wir würden einem Kampf aus dem Weg gehen. Hundekrieger sind jederzeit bereit, in den Krieg zu ziehen. Unser Volk hält sich ständig verborgene Vorräte. Wir verbringen unsere Tage nicht mit einem Pflug oder einem Fischernetz wie jene, die auf der Regenseite des Gebirges leben. Doch die Ehre verlangt, daß ich Gan Moondark töte, und das Land der Bergmenschen ist groß und bietet viele Verstecke. Er könnte uns lange Zeit entwischen.«

»Mach dir keine Sorgen. Wir sind Anführer, und wir arbeiten für die Zukunft. Falls wir ein Jahr Aufschub erdulden müssen, werden wir in dieser Zeit nur bessere Pläne schmieden. Gib dein Bestes, mein Freund, und zweifle nie an einem: Ich stehe stets auf deiner Seite.«

Bay war beeindruckt. Schwerfällig stand er auf. »Du bist der Verbündete, den die Hundemenschen gebraucht haben. Dein Vertrauen in uns wirst du nicht bereuen.« Er brach zu seiner Unterkunft auf.

Altanar sah ihm hinterher, hob den Krug an die Lippen und

hielt ihn dort, bis die Tür zu den Schlafräumen zufiel. Eine höchst erbauliche Unterhaltung, dachte er. Er hatte sowohl etwas über Likat als auch über den neuen Kriegshäuptling gelernt. Man hätte meinen sollen, der würde den ehrfurchtgebietenden Krieger Clas na Bale mit mehr Respekt betrachten, aber offensichtlich bereitete ihm der Junge weitaus größeres Unbehagen. Höchst aufschlußreich.

Und nun mußte er nur noch das Warum erfahren.

Er blickte zur Tür, durch die Bay hinausgegangen war, und gönnte sich einen weiteren herzhaften Schluck. »Unkultivierter Kerl«, murmelte er in die Tiefen des Krugs und starrte auf die Scheite im Kamin. »Wenn ich mich nur für einen einzigen Moment auf diese verfluchten Bergmenschen verlassen könnte, wärst du längst Krähenfutter.« Er schalt sich, weil er laut sprach, wenn er allein war, denn das mochte durchaus gehört und weitergetratscht werden. Spöttisch grinste er über diese Sorge; der Klang seiner Stimme beruhigte ihn und gab ihm Sicherheit. Und außer ihm befand sich nur noch eine Person im Gebäude, Bay, der vermutlich bereits friedlich schnarchte. Er stürzte mehr Bier hinunter. »Was würde wohl passieren, wenn ich die Bergmenschen dazu bringe, den ganzen Sommer über Harbundai zu überfallen? Bay Yans heißblütige Krieger würden das Vertrauen in ihren neuen Kriegshäuptling verlieren. Vielleicht sogar so sehr, daß ich ihn loswerde. Mit Likat läßt sich wesentlich besser umgehen.« Er brütete über dieser Idee, erhob sich dann abrupt und schüttete die Bierneige auf die Glut. Das Feuer zischte und sprühte Funken, und eine Dampfwolke stieg auf, die nach verbrannter Gerste und Hefe roch. »Nichtsdestotrotz müssen diese Flüchtlinge sterben, und zwar bald. Je länger ich darüber nachdenke, desto mehr mißfällt mir dieser Blick, den Bay in den Augen hat, sobald er von dem Jungen spricht. Irgend etwas an diesem – wie heißt er doch gleich? – Gan … läßt ihn nicht los.« Erneut verstummte er, ging um den Tisch zum Feuer und stocherte in der Glut herum.

Sehr leise setzte er seinen Monolog fort, gerade so laut, daß er selbst die Worte verstehen konnte. »Falls du irgendwelche Gebete kennst, Gan, so bete, daß die Bergmenschen dich zuerst in die Finger kriegen mögen. Die werden dich einfach töten. Denn das würde dir sehr viel besser gefallen, als wenn meine Beschützer dir deine Geheimnisse entlocken!«

Vier

»Wir müssen hier in der Nähe eine Weile lagern«, sagte Clas. Seine Geste, mit der er auf den Wasserlauf deutete, unterstrich unnötigerweise den Grund für ihren Aufenthalt. Der tosende Sturzbach hatte sich vom ablaufenden Schmelzwasser gräulichgrün verfärbt. Sein Ufer war von wirren Gebüschen gesäumt, und dort, wo er einen scharfen Knick machte, drängten sich ausgewachsene Bäume in Felsspalten. Die Gruppe befand sich gute fünfzig Meter von dem Bach entfernt, und etwa dreißig Meter darüber. Der Lärm war ohrenbetäubend. Gan stieg ab und bemerkte sofort das anhaltende Beben im Boden. An seichten Stellen fiel ihm eine unregelmäßige Bewegung unter der Wasseroberfläche auf, und er brauchte mehrere Sekunden, bis er seine Verblüffung überwunden hatte und erkannte, daß sich das Bett des Wasserlaufs, welches aus Steinen in der Größe von Kieseln bis hin zu Felsen bestand, beständig bewegte und in einer einzigen Masse knirschend bergabwärts schob. Der Frühlingsregen und der tauende Schnee hatten eine unüberwindbare Kraft in Gang gesetzt.

Gan stieg wieder auf. »Die Pässe werden vermutlich sowieso überwacht«, sagte er. »Und wir brauchen Ruhe.«

»Ist das der Zwei-Bären-Bach, wie ihn die Bergmenschen nennen?« erkundigte sich Sylah.

Clas nickte überrascht. »Ich glaube schon. Du kennst ihn?«

Sie erklärte, warum. »Ein Bote hat mir die Pässe beschrieben, die er benutzt, wenn er den Bergmenschen aus dem Weg gehen will. Ich denke, zumindest einer von ihnen sollte unbewacht sein.«

»Würdest du einen dieser Pässe finden?«

»Es gibt drei, nördlich von uns. Ich würde sie alle finden.«

Er lächelte beifällig und führte sie vom Bach fort über den Grat zum Hang. Dort angekommen, ließ der Lärm stark nach. Das Beben verringerte sich ebenfalls. Gan stieg ab und führte sein Pferd am Zügel, und er war glücklich, als das Zittern im Boden schließlich ganz aufhörte. Es gefiel ihm überhaupt nicht, da es ihn an Flüstern und Tuscheln erinnerte.

Sie beschäftigten sich mit den Routinearbeiten, die beim Aufschlagen des Lagers anfielen. Die Fremden beteiligten sich daran und konnten sich sogar schon mit einigen Worten verständlich machen. Tate beobachtete die anderen, während sie ihre Aufgaben erledigte, und sie setzte sich rasch in Bewegung, nachdem sie erst einmal begriffen hatte, was man von ihr verlangte. Irgendwie kamen sie und Sylah gut miteinander zurecht und lachten oft freundschaftlich miteinander. Selbst Neela taute ihr gegenüber manchmal ein wenig auf.

Gan brach auf, um einen jungen Baum zu schlagen, der das Dach stützen sollte, und grinste in sich hinein. Er hatte Clas geradeheraus gefragt, ob er an der schwarzen Frau interessiert sei, und der war vor Lachen fast aus dem Sattel gefallen. Nachdem er sich wieder beruhigt hatte, gestand er seine Neugier; sie schien einen guten Sinn für Taktik zu besitzen, sagte er, und er habe beobachtet, daß sie unterwegs wachsam wie ein Krieger aufpasse, auch wenn sie mit der Grazie eines Bündels Feuerholz im Sattel sitze.

Gan schnitt die letzten Zweige vom Stamm und trug ihn zurück. Die Stange wurde zwischen zwei Bäumen befestigt und an jedem Ende mit einem Pfahl gestützt. Der Bau des keilförmigen Schutzzeltes ging rasch voran, das Dach bildeten Decken, auf die dann Äste gelegt wurden. Letztere schnitten sie von Bäumen und Büschen, die sich in einiger Entfernung vom Lager befanden, damit die Vegetation in der Nähe nicht auffällig beschädigt wurde. Sie bauten zwei solcher Schutzhütten, jeweils mit einer Feuergrube versehen.

Nachdem diese Arbeit getan war, sammelten die Frauen weitere Zweige für die Betten. Gan nahm Jones mit auf die Suche nach Feuerholz. Sie überquerten den Grat und stiegen hinunter zum Ufer des Baches. Treibholz brauchte man nicht zu hacken, und es enthielt auch keinen Pflanzensaft mehr, wenn man das richtige auswählte. Als sie zurückkehrten, tropfte das Fett der Wildkuhsteaks bereits spritzend in die Flammen des Kochfeuers. Eine leichte Brise verteilte den Rauch, aber Gan ging ein Stück mit dem Wind und konnte den Geruch des Lagers und des Qualms noch nach hundert Metern wahrnehmen. Er zog ein bißchen weiter bis zu der Stelle, wo er Nachtwache halten würde, und merkte sich die Besonderheiten des Geländes, damit er sich in der Dunkelheit würde orientieren können.

Wieder im Lager unterhielt sich Sylah gerade sehr ernst mit Clas, kratzte mit einem Stock im Boden herum und beschrieb den Weg zu den Pässen. Gan lauschte auf den Fluß und schätzte bei sich, es würde wenigstens zwei Tage dauern, bis sie wagen durften, ihn zu überqueren. Solange sie nicht entdeckt wurden jedenfalls. Falls das geschah, wäre der Sturzbach vermutlich der weniger gefährliche Gegner.

Clas rief ihn zu sich, damit er sich anhöre, was die Priesterin zu sagen hatte. Sie hockten sich zu beiden Seiten von ihr hin und runzelten die Stirn über ihrer Zeichnung, bis Clas lächeln mußte und an Kinder im Unterricht dachte. Tate näherte sich ihnen und hielt sich zwar in gewissem Abstand, zeigte jedoch keinerlei Anstrengung, ihr Interesse zu verbergen.

Das unerwartete Kichern seines älteren Freundes riß Gan aus seinen Gedanken. Er sah auf und entdeckte Neela, die sich zu ihnen gesellt und mit Clas ein paar Worte gewechselt hatte, welche ihm entgangen waren. Erneut stieg Groll in ihm auf. War Clas so blind, daß er nicht bemerkte, wie ihm Sylah ständig an den Lippen hing? Seit ihrem ersten Ausritt im Lager der Hunde, als Clas die Spuren der Teufel gefunden hatte, beobachtete sie ihn ohne Unterlaß. Verstohlen. Rasche, sanfte Blicke, wenn sie glaubte, niemand würde auf sie achten. Warum widmete Clas ihr nicht mehr Aufmerksamkeit? Sie war wunderschön. Anders. Aus welchem Grund mußte er gleichzeitig auch mit Neela anbändeln?

Zugleich mit diesen Gedanken stellte sich ein Gefühl der Selbsterniedrigung bei ihm ein. Er schätzte Clas falsch ein, sagte er sich. Sie alle schätzte er falsch ein. Der Schmerz verharrte nichtsdestotrotz.

Neelas knappes Lächeln verschlimmerte alles nur. In Gan rangen schwierige, widersprüchliche Emotionen miteinander: Die Angst vor Treulosigkeit kämpfte mit einem vagen Gefühl des Betrogenseins; die Wut über ihre Aufmerksamkeit Clas gegenüber prallte mit Wucht auf sein Bedürfnis nach Bestätigung und Zuneigung von beiden.

Darüber mußte er sich ein für allemal klarwerden.

Er begrüßte es, als Sylahs belehrende Stimme wieder ertönte. Die Priesterin setzte ihre Erklärungen während des ganzen Essens fort, welches Neela und Jones brachten. Wieder und wieder beschrieb sie Routen und Merkmale der Landschaft, und schließlich knabberten die Hunde bereits an den Knochen der Steaks. Gan bat Sylah, ihnen Fragen zu stellen, und abwechselnd antworteten die beiden Männer, bis sie die erforderliche Karte selbst zeichnen konnten. Am Ende griff sie in ihre Satteltasche und holte eine Nordnadel hervor, doch die zwei erklärten höflich, dafür hätten sie keine Verwendung. Eigentlich waren sie beleidigt. Kurz darauf war die Besprechung vorbei.

Auf dem Weg zu seinem Wachposten folgte Gan dem Grat, der parallel zum Bach verlief. Er entschied, sich in den ersten vier Stunden etwas Schlaf gönnen zu können. Die Hunde würden wachen.

Sein Gewissen warnte ihn davor, nachlässig zu werden, und eine Weile lang war er fast überzeugt, aus genau diesem Grund nicht einschlafen zu können. Er wälzte sich herum und rückte von einem Stein fort, der ihn zwischen den Schultern drückte.

Die Sterne am Himmel strahlten hell; sie verschwanden und tauchten wieder auf, wenn der Wind die Äste der Fichte über ihm hin und her wiegte. Eine kleine Eule, die Art, die man Nachtsänger nannte, stieß zitternd mit hohen und tiefen Lauten ihre Rufe aus. Er erinnerte sich daran, daß man sich in seinem Volk erzählte, sie singe so traurig, weil sie den schlafenden Menschen tief ins Herz blicken könne und daran verzweifelte. Das war natürlich ein Kindermärchen. Und trotzdem setzte er sich auf.

Raggar hob den Kopf, da Gan zu sprechen begann. »Der Mann ist mein Freund, und darüber hinaus ist er mir wichtiger als mein eigenes Blut.« Raggar reagierte auf seinen Tonfall, indem er sich mißtrauisch zur Seite legte, aber schließlich erhob sich Gan und schleuderte einen Stock in den Baum, und nun sprang der Hund unauffällig auf und suchte sich in angemessener Entfernung einen neuen Platz für seine Wache.

Fünf

Am Morgen begann es erneut zu regnen. Der Wind hatte nachgelassen und schaffte es nur langsam, die Wolken von Westen nach Osten zu schieben. Gans Volk nannte diese Masse dunkler runder Formen, die sich Schulter an Schulter drängten, einen Büffelhimmel.

Nachdem er sein Morgenritual beendet hatte, pfiff er die Hunde zu sich und beobachtete den Anblick über sich, während er auf sie wartete. Er fragte sich, ob es im Lager der Hundemenschen ebenfalls regnete, wer seinen Posten als Nachtwache übernommen hatte und ob derjenige seine Arbeit gut erledigte.

Für einen Moment befiel ihn starkes Heimweh.

Die Rückkehr der Hunde von ihrer letzten Runde durch die Umgebung lenkte seine Aufmerksamkeit wieder auf die anstehenden Aufgaben. Shara trottete hinter Raggar her und hielt sich auf Höhe seiner rechten Hüfte, derweil Cho auf Schulterhöhe an seiner anderen Seite lief. Offensichtlich stellte der Welpe in Raggars Augen weiterhin eine Bürde dar, und Gan hätte schwören mögen, daß Raggar verzweifelt wirkte, als er den Hügel hinauftrabte. Shara wedelte mit dem Schwanz, trug sich allerdings offensichtlich nicht mit der Absicht, Raggar überholen zu wollen, was sehr gut war. Demnach lernte der jüngere Hund. Der ältere Rüde war ihm in allem ein Beispiel, einschließlich des Tricks, sich hinter den Ohren kraulen zu lassen, ohne dabei zu enthüllen, wie sehr man darauf erpicht war. Gan begrüßte sie und streichelte sie in angemessener Reihenfolge.

Raggar gab sich deswegen vollkommen unbesorgt. Gan mußte lächeln. Er wußte, wenn er zuerst einen der anderen Hunde liebkoste, würde der graue Hund ihm so lange vorwurfsvolle Blicke zuwerfen, bis er dieses Versäumnis wiedergutgemacht hätte.

Auf dem Weg ins Lager dachte er darüber nach, daß Shara sehr schnell lernte. Für die Ausbildung des Welpen war fast keine Zeit geblieben, dennoch schien das Tier zu begreifen, was von ihm verlangt wurde, und Raggar stellte stets rasch klar, wenn er einen Fehler beging. Trotzdem barst der Kleine geradezu vor Stolz. Gan war sicher, Shara würde sich niemals von einem anderen Hund als Raggar maßregeln lassen. Manchmal fragte er sich, ob die beiden eines Tages ernsthaft um die Rangfolge kämpfen würden. Was Cho betraf, so tat sie ihre Arbeit ohne große Umschweife. Ihre stille Stärke war ein Segen, vor allem dann, wenn die beiden Männchen mal wieder aneinandergerieten. Nach einer kurzen Mahlzeit aus übriggebliebenem Steak und etwas Suppe brach Gan mit Clas und Tate zum Fluß auf, um den Wasserstand zu begutachten. Dort war allerdings keinerlei Veränderung eingetreten.

Da er jetzt einen ganzen Tag totzuschlagen hatte, beschloß er, die Zeit sinnvoll zu nutzen. Er forderte Tate mit Zeichen auf, ihm zu folgen, und führte sie ins Zelt, wo er in seinem Gepäck wühlte und ein Bündel von etwa zwanzig Stöcken hervorholte. Sobald sie diese sah, zeigte sie auf den Bogen und zog an einer imaginären Sehne. Gan nickte und tastete herum, bis er den kleinen Topf mit Leim und das Lederpaket mit Falkenfedern entdeckte. In letzterem befand sich noch ein getrenntes, kleineres Bündel.

Tate nahm einen der Schäfte und betrachtete ihn genau, maß die Länge, wiederholte das gleiche mit einem zweiten und einem dritten, wobei sich auf ihrem Gesicht mehr und mehr Verwirrung offenbarte. Sie wandte sich wieder Gan zu, hielt einen der Schäfte an beiden Enden mit den Fingerspitzen und drehte ihn. Dazu sah sie ihn fragend an.

Gan wies sie auf die Spuren einer Säge an den Enden der Pfeile hin, und deutete die Länge an, die die Schäfte vorher gehabt hatten. Dann ahmte er die Bewegung eines Mannes an einer fußbetriebenen Drehbank nach. Tate lächelte und nickte.

Daraufhin band Gan einen Stein an ein Stück Faden und hängte ihn ans eine Ende des Rohlings, während er das andere mit den Fingern hielt. Nach kurzer Zeit hatte er ein halbes Dutzend ausgewählt, die sich unter dem Gewicht des Steins auf gleiche Weise bogen. Wieder hatte Tate keine Ahnung, wozu das gut war, daher demonstrierte er ihr, wie sich ein losgelassener Pfeil unter der Krafteinwirkung der Sehne verbiegt. Die Treffgenauigkeit erforderte Schäfte, die gleiche Flexibilität besaßen.

Nun holte er die Falkenfedern aus dem Lederpaket, suchte sich eine aus und spaltete sie mit einem Obsidiansplitter längs des Kiels. Aus der Hälfte schnitt er drei Führungen von exakt gleicher Größe. Es brauchte mehrere Anläufe ausschweifender Erklärungen mit Händen und Füßen, bis sie verstanden hatte, daß nur Stücke von derselben Feder eine Flugbahn gewährleisteten, bei der sich der Pfeil gleichmäßig um die eigene Achse drehte.

Die Führungen an den Schäften zu befestigen war eine mühsame Arbeit. Gan schmierte die Kiele mit Leim aus dem Töpfchen ein und lächelte über ihre Reaktion auf das stinkende Zeug. Er setzte die Federn an den Schaft und schwenkte den Pfeil dann über dem Feuer, um den Kleber mit Hilfe der Hitze schneller zu trocknen. Dazu sang er das erforderliche Blutgebet und freute sich, weil sie ernst wurde und sichtlich Haltung annahm. Einen Augenblick glaubte er, ein wenig Angst bei ihr zu spüren, unterstellte ihr allerdings schließlich nur Respekt.

Nachdem der Leim ausgehärtet war, ging er erneut zu seiner Ausrüstung und kehrte mit sechs Stahlspitzen zurück.

Bei deren Anblick erschien sie sehr aufgeregt, was in seinen Augen keinen Sinn ergab. Ihre eigenen Waffen waren ganz offensichtlich ebenfalls aus Stahl hergestellt, und zwar von einem höchst kunstfertigen Schmied; warum faszinierte sie dann etwas so Einfaches wie Pfeilspitzen?

Nachdem er das nicht gefiederte Ende des Schafts mit Leim eingestrichen hatte, zwängte er den hohlen Zylinder am Fuß der Spitze darüber. Während das trocknete, zeigte er ihr die mit etwas Öl versetzten Sägespäne am Boden seines Otternhautköchers. Darin ruhten die Spitzen der Pfeile, wodurch sie nicht aneinander rieben und sich so gegenseitig abstumpften. Das Öl verhinderte Rost.

Er legte die Pfeile aus, damit sie vollständig aushärten konnten, und sagte ihr gute Nacht, angesichts der falschen Stunde ein Scherz. Tate kannte die Redewendung bereits und war wegen der Tageszeit verwirrt. Sie zögerte und verzog das Gesicht, woraufhin er lachte und sich ihr ein wenig verbundener fühlte.

Jones wartete auf sie, als sie heraustrat. Er gesellte sich zu ihr, und die beiden schlenderten ein wenig ziellos umher. Sie führte das Gespräch, indem sie ihm erzählte, was sie gerade gesehen hatte. Dabei entging ihr nicht, daß er mit seinen Gedanken woanders war. Sie ließ ihm Zeit, bis er das Gespräch aus eigenem Antrieb auf das Thema bringen würde.

Er blickte sich nervös um und versicherte sich, ob irgendwelche Zuhörer in der Nähe waren, bevor er begann: »Dies ist die erste Gelegenheit, bei der ich das Gefühl habe, frei sprechen zu können. Sie runzeln ständig die Stirn und fauchen einen an, wenn man während des Ritts redet, und wenn wir Rast machen, bin ich zu erschöpft. Mein nervöser Magen …« Er machte eine hilflose Geste. »Für dieses Leben bin ich nicht geschaffen, fürchte ich. Es entspricht nicht gerade dem eines Stadtbewohners und Intellektuellen. Haben Sie schon herausgefunden, wovor sie davonlaufen?«

»Bisher nicht der geringste Hinweis.« Sie schüttelte den Kopf. »Ich bin nur froh, weil sie uns vor diesem anderen Pack gerettet haben. Mein Gefühl sagt mir, die wären nicht so gastfreundlich mit uns umgesprungen.« Da Jones sie nur anstarrte, fuhr sie fort: »Ich weiß es auch nicht. Sylah hilft mir, was die Sprache betrifft, und sie bringt mir so viele Namen von Körperteilen bei, daß ich fast glaube, sie ist irgendeine Art von Arzt. Das Mädchen ist ganz in Ordnung, aber sie kann auch ziemlich hochnäsig sein, wenn es ihr plötzlich in den Sinn kommt. Sie ist in Clas verliebt.«

»Sind Sie sicher? Woher wollen Sie das wissen?«

Sie lächelte ihn schief von der Seite an. »Das läuft folgendermaßen ab: Ich sehe, wie er mich anblickt, okay? Dann sehe ich, wie sie ihn anblickt, während er mich anblickt, und dann weiß ich eben, daß sie von ihrem hübschen Lederstirnband bis hinunter zu den perlenverzierten Stiefeln eifersüchtig ist.«

»Ich habe auch bemerkt, wie er Sie beobachtet.«

»Neugierde. Er betrachtet mich und Neela nicht als Frauen. Sylah hat ihn an der Angel. Deshalb könnte Gan mit seinen verträumten Augen auch noch Erfolg haben.«

»O Gott.« Er legte die Hände vors Gesicht, senkte den Kopf und schüttelte ihn langsam.

»Wir haben da nur eine Wahl«, fuhr Tate fort, »Augen zu und durch. Was ist Ihnen aufgefallen, während ich das Liebesleben unserer Gastgeber gecheckt habe?«

»Widersprüche! Sie erzählen mir, die Schäfte werden an einer Drehbank bearbeitet, die Pfeilspitzen dagegen mit der Hand geschmiedet. Nichtsdestotrotz produzieren sie einen hervorragenden Stahl. Die Spitze, die Falconer am Fluß gefunden hat, bestand aus Bronze. Die Kavallerie, die wir gesehen haben, trug Helm und Rüstung. Inzwischen glaube ich, wir begegnen tatsächlich ständig den mutierten Kulturen, über die wir in der Höhle gemutmaßt haben. Die Leute, bei denen wir uns jetzt aufhalten, haben sich perfekt dem Nomadentum angepaßt. Diese Kavallerie sollte demnach eine etwas komplexere, zivilisiertere Kultur repräsentieren.«

»Das gleiche habe ich mir auch überlegt. Über die kulturelle Entwicklung, meine ich. Körperlich sehen bisher alle ganz normal aus. Nach unseren Maßstäben. Aber mit Sicherheit wissen sie nichts mit einem Schwarzen anzufangen.«

»Die überlebenden Gruppen haben die Rassenmerkmale von Minderheiten wohl ausgesondert.«

»Auf jeden Fall haben sie die eliminiert, soviel ist sicher.« Als er sich zu ihr umdrehte, bedachte sie ihn mit einem knappen Lächeln. Sie fuhr fort: »Finden Sie bei diesen Menschen irgend etwas, das nicht zu einem soliden weißen Genmaterial gehört? Na?«

»Die Minderheiten sind in der Mehrheit aufgegangen.«

»Natürlich. Ich weiß nur eins: Sie mögen darüber scherzen, der letzte Methodist auf dieser Erde zu sein, aber ich könnte die letzte Schwarze auf diesem Kontinent sein.«

Daraufhin lächelte er, versuchte, sie zu beschwichtigen, und wollte gerade die Arme ausbreiten und etwas antworten, da schob sie ihr Gesicht bis auf wenige Zentimeter vor seins und funkelte ihn an. »Tun Sie das bloß nicht einfach so ab! Und behandeln Sie mich nicht so von oben herab! Das lasse ich mir von niemandem gefallen!«

Er wich langsam, sehr langsam zurück. »Damit wollte ich lediglich verdeutlichen, daß wir beide hier Minderheiten angehören. Ihre Hautfarbe könnte Ihnen sogar zu Vorteilen verhelfen. Ganz bestimmt jedoch Ihre militärischen Kenntnisse.«

Plötzlich und unvorhersehbar, wie eine Mauer in sich zusammenbricht, löste sich ihr feindseliger Blick auf. Ihre glasharten Augen füllten sich mit Tränen. Obwohl sie schluchzte, schwangen in ihrem Eingeständnis Verärgerung und Stärke mit. »Verdammt, Pastor, ich habe *Angst*!«

»Ich auch, Donnacee. Das ist ganz norm –«

»Seien Sie still! Ich kann auf Ihre verfluchten Nettigkeiten verzichten, begreifen Sie das nicht? Können Sie nicht einmal einfach nur zuhören.« Sie holte ein olivgrünes Taschentuch aus der Hosentasche und tupfte sich das Gesicht ab. Nach wenigen Sekunden hatte sie sich wieder unter Kontrolle. »Ich dachte, ich wüßte alles über Angst und hätte sie besiegt. Für das Kälteschlafprogramm habe ich gelogen. Und gemogelt. Sie sagten, es sei gefährlich, aber ich habe mich umgehört. Und alle meinten, es würde nicht weh tun.« Sie hielt inne und wickelte sich das Taschentuch zu einer unendlichen Schlaufe um die Hand. »Da dachte ich, es wäre wie Selbstmord. Wir wußten doch alle, daß wir in diesem Krieg draufgehen würden, was? Und sich schlafen zu legen war immer noch besser, als gegrillt zu werden oder sich die Eingeweide wegen irgendeiner Krankheit rauszukotzen, von der niemand je zuvor gehört hatte. Dann sagte plötzlich jeder, ich sei ein Held, und ich ließ die anderen dabei. Warum auch nicht? Jetzt bin ich hier, und sie sind tatsächlich tot, und es gibt nichts, was ich dagegen tun könnte. Außer, daß ich nicht sterben will. Nicht mehr. Nicht noch einmal.«

Er führte sie sanft den Hügel hinunter zu einem riesigen Felsen, der über den tosenden Bach ragte. Sie standen gerade mal einige Momente dort, da begann er zu sprechen. »Ich glaube Ihnen, daß Sie selbst an das geglaubt haben, was Sie damals gesagt haben. Trotzdem denke ich, Sie wollten im tiefsten Innern einfach nur überleben. Vergessen Sie nicht, ich selbst bin ebenfalls aus einem der Behälter gekrochen. Uns alle hat ein großes Schuldgefühl befallen.«

Etwas in seinem Tonfall veranlaßte sie, ihm den Kopf zuzuwenden. Er lächelte halbwegs. »Wir werden in dieser Welt einen positiven Einfluß ausüben. Etwas zu ihrer zweiten Chance beitragen. Dessen bin ich sicher.«

»Sie hören sich an wie Colonel Falconer. Oder Madge Mazzoli.«

»Vermutlich. Aber lassen Sie es sich doch einmal durch den

Kopf gehen. Wir wissen, wohin es führen wird, wenn diese Welt den gleichen Weg einschlägt wie beim letzten Mal.«

Sie hatten die halbe Strecke zum Lager zurückgelegt, da rief Clas ihnen etwas zu. Er gab Tate ein Zeichen, sie solle ihre Waffe holen, auf die Verwunderung hin, die er damit erzeugte, lächelte er jedoch nur und ahmte die Bewegung des Essens nach.

»Wow.« Tates Anspannung löste sich in diesem einen Wort auf. »Er will jagen. Einen Moment lang dachte ich, diese andere Gruppe hätte uns eingeholt.«

Jones erwiderte: »Ich auch«, und eilte sich, um Schritt zu halten. Sie nahm zwei Magazine für den kleinen Lauf. Während sie die Waffe und die Ausrüstung checkte, versuchte sie dem, was sie sagte, einen beiläufigen Klang zu verleihen, was ihr jedoch knapp mißlang. »Ich hoffe nur, Sie haben recht, Pastor, was uns betrifft. Trotzdem müssen wir jeden Schritt mit äußerster Vorsicht setzen. Tun Sie nichts, was mich hier ganz allein zurückläßt, verstanden?«

»Keine Angst. Und außerdem werden wir bald wieder bei unseren Freunden sein. Dann wird die Lage schon viel besser aussehen.«

Zum Abschied lächelte sie ihn nur kurz an, denn das Verlangen, sich endlich körperlich zu betätigen, drängte sie.

Sobald sie aufgesessen waren, trieb Clas die Pferde im schnellen Trab zur Talsohle hinunter. Innerhalb von Minuten bedauerte Tate dabeizusein. Während des Marsches waren sie im Schritt geritten, was ihr die Möglichkeit gegeben hatte, sich an den Sattel zu gewöhnen, doch die rechte Sicherheit fehlte ihr weiterhin, und der Weg den Hügel hinab gestaltete sich qualvoll für sie. Unten mußte sie, als er ihr das Zeichen gab abzusteigen, ein Stöhnen unterdrücken.

Clas zeigte auf eine nichtsahnende Herde Wildkühe, die kaum fünfzig Meter entfernt graste. Sie hob das Gewehr. Er packte den Lauf. Er zeigte auf sein Ohr, dann auf die umliegenden Berge und ahmte nach, wie andere lauschten.

Plötzlich war ihr Mund staubtrocken.

Auf allen vieren krabbelte sie so leise wie möglich hinter ihm her und benahm sich darin immerhin so gut, daß sie nur einige wenige säuerliche Blicke erntete. Sie schätzte die Entfernung zu den Tieren auf unter zwanzig Meter, da erhob Clas sich in Schußposition. Die nervösen Rinder spürten den Räuber. Der Bulle, dessen Fell auffallend mit weißen Flecken auf rotem Grund gemustert war, umrundete die Herde und reckte die Nase prüfend in den Wind. Alle paar Schritte blieb er stehen und scharrte im Boden. Eine alte Kuh mit vernarbtem Rücken und einem zerfetzten Ohr schnaubte wütend und suchte das Gebüsch ab.

Clas' Pfeil traf einen Jährling genau hinter der Schulter. Das Tier brüllte und sprang vorwärts, doch als es gerade losrennen wollte, folgte der zweite Pfeil.

Tate war bereit, ihm hinterherzulaufen, Clas hielt sie aber zurück und zeigte angelegentlich auf den Bullen. Der blieb hinter der fliehenden Schar zurück und blickte sich um. Wie auf Stichwort erspähte er sie. Mit erstaunlicher Beweglichkeit für ein so massiges Wesen wirbelte er herum und griff an. Das Nächste, was Schutz bot, war ein alter Apfelbaum. Sie sprinteten darauf zu und kletterten Affen gleich hinauf. Dort saßen sie und schnitten dem Bullen Gesichter, wobei Tate ihre Vorstellungen über Affen korrigierte. Die hätten sich vernünftiger benommen.

Schließlich war der Bulle befriedigt, da sie nicht herunterkamen, trottete davon und schüttelte derweil den mächtigen Kopf.

Die Aufregung, die Tate ergriffen hatte, überraschte sie. Sie hatte schon einmal gejagt, und damals hatte es sie kaltgelassen. Jetzt kletterte sie schwitzend und schmutzig hinunter und war erpicht darauf, die Beute vor Clas zu erreichen, dem ihr Jagdfieber sichtlich Vergnügen bereitete. Dann fanden sie das Tier, und ihre Stimmung erlitt einen empfindlichen Dämpfer, denn nun mußte es zerlegt werden, damit sie es transportieren konnten. Sie schluckte und ließ sich vorführen, wie man es am besten in handhabbare Portionen aufteilte.

Nachdem das erledigt war, demonstrierte er ihr, wie man die

Last sicher und gleichmäßig auf einem Pferd festschnürte. Tate hatte das Gefühl, genau das gleiche schon einmal beobachtet zu haben, und plötzlich trat ihr das Bild deutlich vors innere Auge.

Ein altes Lehrbuch über Kriegführung in den Bergen hatte eine Abbildung enthalten, auf der ein Mann ein Packpferd belud. Der Knoten, mit dem die Ausrüstung dort befestigt worden war, hieß Diamant. Dieser war identisch. Für einen Augenblick drohte das Nebeneinander von etwas aus ihrer Welt und etwas aus dieser sie aus dem Gleichgewicht zu werfen.

Aus den Augenwinkeln bemerkte sie Clas' Geste. Sie ging los und holte Bogen und Köcher. Unterwegs kam sie an ihrem Pferd vorbei und schob das Gewehr in die Murdatscheide, die sie ihrer Waffe angepaßt hatten. Sie drehte sich um, als sie Clas' Pferd wiehern hörte, und sah es gerade noch davongaloppieren. Zur gleichen Zeit ging ihr eigenes Pferd ebenfalls durch und hätte sie beinahe umgeworfen. Während sie darum kämpfte, auf den Beinen zu bleiben, schoß ihr nur der Gedanke durch den Kopf, daß das Gewehr verloren war. Ihr wurde übel, und sie fuhr zu Clas herum.

Zwischen ihr und dem Krieger baute sich ein Bär zu ganzer Körpergröße auf. Er war riesig, und vor Schreck stand sie wie versteinert da.

Im Augenblick hatte er sich ganz auf Clas konzentriert, der mit seinem Packtier kämpfte. Da er mit dem Rücken zu dem Bär stand, war er sich dessen Gegenwart nicht bewußt. Das Pferd, das sich schon wegen des Blutgeruchs des Rindfleisches unruhig gebärdete, hatte die Bedrohung jedoch klar vor sich. Es wieherte und bäumte sich wild auf, wobei das Fleisch in alle Richtungen auseinanderflog. Als die Zügel schließlich rissen, ging Clas zu Boden, überschlug sich und blieb in Richtung des Bären sitzen.

Dolchartige Klauen funkelten an den Vorderfüßen, mit denen das Untier herumfuchtelte. Die Hufschläge des davonrennenden Pferdes verklangen. Dann brüllte der Bär.

Ohne jede Bewegung, von den Augen einmal abgesehen, suchte Clas Tate. Er sah ihre leeren Hände, und sein Gesicht fiel vor Enttäuschung und Resignation in sich zusammen. Mit unendlicher Langsamkeit schob er die Hand zur Seite, um sein Messer zu ziehen.

Die drei bildeten ein ungleichschenkliges Dreieck. Um Bogen und Pfeil in gerader Linie zu erreichen, hätte Tate die Entfernung zwischen sich und dem Bären verringern müssen. Da sich das Tier im Moment Clas zugewandt hatte, wagte sie versuchsweise einen Schritt.

Das brachte ihr die Aufmerksamkeit des Bären ein. Indem er sich umdrehte, entdeckte sie den abgebrochenen Stumpf eines Pfeils, der aus seinem Kiefer ragte. Der Bereich um die Wunde war fürchterlich vereitert. Die Zunge hing aus dem Maul, und mit Sicherheit konnte das Tier nicht schlucken. Von Schmerz und Durst zum Wahnsinn getrieben, wollte es sich an allem und jedem rächen.

Rasch und bedrohlich trabte der Bär nun auf sie zu, blieb jedoch erneut stehen und wandte den Kopf zu Clas um. Es war, als wisse er, welcher Gegner ihm am gefährlichsten werden würde. Und er hatte es nicht eilig. Ihn trieb die Absicht, sich einen nach dem anderen vorzuknöpfen.

Sechs

Der Bär griff an.

Clas eilte sich, auf die Beine zu kommen, und stellte sich ihm mit vorgehaltenem Messer. Nicht in der Lage zu beißen, schlug das Tier einfach nach ihm. Das war mehr als genug, um den Mann wieder zu Boden zu schicken.

Tate rannte auf die Waffe zu. Mit unglaublicher Geschwindigkeit holte der Bär fast sorglos aus. Der Hieb traf sie während des Laufs in den Rücken, hob sie von den Füßen und warf sie vorwärts. Nur die kugelsichere Weste verhinderte, daß die Krallen ihr das Fleisch zerfetzten; dennoch ging ihr der Schlag durch den ganzen Körper. Es war gar nicht einmal ein schlimmer Schmerz, doch die Welt schien für einen Augenblick stillzustehen und zog dann in einer sirupzähen langsamen Bewegung an ihr vorbei. Sie landete der Länge nach auf der Erde, erhob sich, Staub und Dreck spuckend, und langte nach Pfeil und Bogen.

Der Bär hatte Clas niedergeworfen. Obwohl er die Kiefer nicht mehr schließen konnte, setzte er seine entblößten Zähne mit fürchterlicher Wirkung ein. Der Mann stieß immer wieder mit dem Messer zu. Das Gebrüll der Bestie deutete mehr auf Wut als auf Schmerz hin.

Tate hatte noch nie in ihrem Leben einen Pfeil abgeschossen.

Sie rannte auf das Kampfgetümmel zu, bis sie nah genug war, um das Tier zu berühren, zielte auf die Stelle zwischen Schädel und Wirbelsäule und ließ los. Der Bär brüllte und wirbelte zu ihr herum; abermals wischte er sie mit einem Hieb aus dem Weg. Während sie taumelnd hochkam, sich duckte und den Schlag erwartete, der sie töten würde, konnte sie plötzlich für einen Moment wieder klar sehen – das Tier schwankte hin und her und umklammerte den Schaft. Dann richtete es sich auf, streckte die Vorderbeine aus und trat vorwärts. Clas lag reglos da.

Noch immer nahm Tate die Welt eher verschwommen wahr. Das Bild des Bären wollte sich nicht recht zu einem festen Ganzen formen. Sie fummelte herum, legte einen weiteren Pfeil auf und schoß.

Das Tier sprang vor und riß sie mit einer erdrückenden Umarmung zu Boden. Heißer, stinkender Atem drang in ihre Nase und füllte ihre Lungen. Sie versuchte zu schreien, aber die Schulter des Bären erstickte ihre Stimme. Wild schlug sie um sich, dann war sie zu erschöpft und konnte sich nicht mehr bewegen.

Erst da wurde ihr bewußt, daß der Bär sich nicht mehr rührte.

Sie schlug die Augen auf. Jetzt überflutete sie in einer explosionsartigen Welle der Schmerz, und sie stöhnte. Nach und nach gelang es ihr, sich zu befreien. Es dauerte noch länger, bis sie endlich auf den Beinen stand. Ein Schluck Wasser bewirkte Wunder.

Sie ging zu Clas hinüber. Auch ihm half das Wasser, und einige Minuten später lehnten sie aneinander. Sie suchte sich nach Verletzungen ab, doch außer einem Kratzer auf der Stirn hatte sie nur ein paar blaue Flecken davongetragen. Bei Clas sah das nicht so gut aus. Seine eine Wange war übel zerfetzt, ein Ohr hing halb herab, sein Skalp war an mehreren Stellen aufgerissen, und mindestens ein Dutzend Krallenspuren zogen sich kreuz und quer über seinen Leib. Es erstaunte sie, daß der Mann überhaupt noch lebte.

Was als nächstes geschah, ließ sie an ihrem gesunden Menschenverstand zweifeln. Er wusch sich die Hände mit Wasser aus dem Schlauch, dann schüttete er es über die Wunden auf der Brust und säuberte sie so. Nachdem alles vom Schmutz befreit war, ließ er das Kinn auf die Brust sinken und murmelte etwas vor sich hin. Die Worte waren ihr unverständlich, was sie nicht anders erwartet hatte, doch dem monotonen Rhythmus nach mußte es sich um eine Art Beschwörungsformel handeln. Der Anblick war ihr unheimlich, dieser zusammengesunkene Mann, der im Sterben begriffen zu sein schien und halb sang, halb sprach, während ihm das Blut aus den Kopfwunden über Gesicht und Nacken lief.

Dies war der Moment, in dem sie feststellte, daß die Blutung auf der Brust zum Stillstand gekommen war.

Er wiederholte das gleiche mit den Kopfverletzungen. Am Ende brachte er das Ohr mit Hilfe seines Stirnbandes zurück an Ort und Stelle. Zu diesem Zeitpunkt blutete er überhaupt nicht mehr.

Nachdem er damit fertig war, ging er daran, seine Waffen aufzusammeln. Tate schaute ihm mit offenem Mund zu.

Er untersuchte den Bär daraufhin, wo die Pfeile getroffen hatten, und zeigte ihr die Stelle, an der der zweite von einem der Zähne abgeglitten und durch den Gaumen ins Gehirn eingedrungen war. Sie zitterte und begriff, wieviel Glück ihr zuteil geworden war; kein anderer Schuß hätte das Tier so schnell getötet.

Clas grinste lobend, ballte die Faust, legte sie über dem Herzen auf die Brust und tauchte schließlich die Finger in das Blut des Bären. Tate schluckte hörbar, als er es ihr und sich selbst auf die Lippen schmierte. Während er seins ableckte, bedeutete er ihr, sie solle das gleiche tun, und sie ermahnte sich, an etwas anderes zu denken. Ihr Magen rebellierte zwar aufs heftigste, dennoch überwand sie die Übelkeit.

Dann stieß Clas einen Pfiff aus. Wegen seiner geschwollenen Lippen waren mehrere Versuche notwendig, dann aber erschien sein Pferd innerhalb von Sekunden. Auf einen zweiten Pfiff hin drehte das Tier zu Tates Überraschung um und verschwand wieder. Da sie nicht nach dem Grund fragen konnte, setzte sie sich einfach hin und wartete die weitere Entwicklung ab. Es dauerte nur einige Minuten, bis das Pferd zurückkehrte. Diesmal trieb es die beiden anderen vor sich her. Sie mochte kaum ihren Augen trauen. Zwar hatte sie schon Gelegenheit gehabt, die Ausbildung der Hundepferde zu bewundern, doch so etwas hatte sie noch nie erlebt. Gemeinsam lief sie mit Clas los, um die Tiere einzufangen. Vor Erleichterung hätte sie am liebsten geweint, als sie ihr Gewehr unversehrt in der Scheide entdeckte. Dann begann Clas mit gequälter Entschlossenheit, die den Angriff des Bären zu einem bloßen unangenehmen Zwischenfall herabwürdigte, das verstreute Fleisch aufzusammeln und auf dem Packpferd zu befestigen.

Auf dem Weg ins Lager verhielt er sich eigenartig schweigsam. Tate verstand, warum er das Tal ständig prüfend absuchte, während sie noch oben ritten – schließlich mußte der abgebrochene Pfeil im Kiefer des Bären von einem Menschen stammen, und sie befanden sich auf der Flucht. Was sie noch mehr erschütterte, waren seine häufigen Seitenblicke auf sie. Er schien einen Entschluß zu fassen.

Ihre Ankunft rief große Aufregung hervor. Sofort schafften die Frauen die beiden Ankömmlinge ins Zelt und nahmen sich ihrer an. Clas achtete gar nicht auf Sylah und Neela, die ihn wuschen und abscheuerten. Es schien ihm nicht nur nichts auszumachen, er redete währenddessen sogar lebhaft, und zwar mit Händen und Füßen. Ihr selbst fiel es schon schwer, bloß zu atmen, weil bereits das schmerzte.

Sylah arbeitete mit Neela Hand in Hand, und Tate wurde in eine holprige zweisprachige Diskussion darüber verwickelt, wie man sie und Clas am besten behandeln sollte. Das Mädchen durfte ohne Einschränkung die medizinische Ausrüstung der Frau benutzen, was Tate verwunderte. Dazu reagierte Neela rasch auf die Instruktionen der Älteren, demnach war sie also ausgebildet. Über Schamanismus oder andere primitive Medizin wußte Tate fast nichts, aber nach allem, was sie gehört hatte, sollten sie jedenfalls geheimnisvoller und mystischer Natur sein. Sylah dagegen ging die anstehenden Probleme direkt an. Nur ein einziges Mal schien sie ein Gebet für notwendig zu erachten, ganz zu Anfang, während sie ihre Hände sorgfältig in abgekochtem Wasser wusch. Damit reinigte sie anschließend auch die Wunden, woraufhin sie eine Salbe darüberschmierte.

Am Ende holte sie mit einer schwungvollen Bewegung eine schlanke, lackierte Schachtel hervor. Tate und Jones wechselten wissende Blicke, denn jetzt war offensichtlich der Zeitpunkt für die Magie gekommen. Statt dessen fielen ihnen beinahe die Augen aus dem Kopf, als Sylah das Kästchen öffnete und sich darin winzige Nadeln und Seidengarn auf Keramikspulen befanden. Auf Tates unverhohlene Neugier hin reichte Sylah ihr eine der Nadeln, damit sie sie ansehen konnte, während sie selbst unbekümmert Garn in eine andere einfädelte und in das kochende Wasser warf.

Tate hielt die Nadel Jones hin. »Können Sie das glauben? Und ich garantiere Ihnen, der Faden ist reine Seide.«

»Ich muß es ja wohl glauben«, antwortete Jones. »Wer hat die produziert? Und wie?«

Sylah nähte Clas' Wunden. Als sie die Haut zusammendrückte und durchstach, zuckte Tate zusammen. Gan bemerkte ihre Reaktion und sagte etwas zu Clas, der sich ihr zuwandte und sie anlachte. In dem Lachen schwang keinerlei Spott mit.

Gan fiel fröhlich mit ein, stellte mimisch dar, wie er sich in die eigene Haut schnitt, während er desinteressiert dreinschaute und auf Clas zeigte.

»Das glaube ich allerdings«, sagte Jones. »Der Mann hat ja mehr Narben am Leib als ein billiger Golfball.«

Sylah bat ernst um Ruhe und verband die versorgten Wunden mit ausgekochten Tüchern. Zuletzt kümmerte sie sich um Clas' Ohr, das sie mit feinen Stichen nähte, die in der Haut fast verschwanden.

Sobald sie damit fertig war, lieferte Clas einen anschaulichen Bericht der Ereignisse des Morgens. Tate ergriff die Gelegenheit und fragte Neela über seine bemerkenswerten Selbstheilungskräfte aus. Wegen der Sprachprobleme war das nicht ganz einfach, doch schließlich reimte sie sich die Sache einigermaßen zusammen.

Neela erzählte ihr von dem Sias, der den Stamm gerettet und zu einer nomadischen Räuberbande geschmiedet habe, die zu einem Generationen währenden Zug nach Norden aufgebrochen sei. Unter anderem habe er sie gelehrt, daß die Seele der Herr über den Körper sei. Vieles, sowohl in ihrer Medizin als auch in den Jagd- und Fischereikünsten, drehe sich um diese Anschauung. Clas könne damit am besten umgehen, versicherte Neela ihr, und Tate glaubte das nur allzu bereitwillig. Die Erinnerung an die Wunden, die sich geschlossen hatten, während sie dabei zusah, war noch frisch.

Tate hakte nach, ob es irgendwelche speziellen Frauen gab, die diese Lehren befolgten, doch hier zeigte sich Neela äußerst zurückhaltend. Sie schien behutsam sichere und verbotene Bereiche abzustecken, und erklärte Tate, daß alles, was sie nun über die »Seele der Frauen« erfahren würde, grundsätzlich vor Männern geheimzuhalten sei. Wie sie behauptete, waren viele Frauen ihres Stammes in der Lage, Empfängnis durch etwas zu verhüten, das sie kalte Gedanken nannte. Soweit Tate dies begriff, bestand das Prinzip darin, die Gebärmutter mental in einen kalten, leblosen Ort zu verwandeln, ein Ding, das sich dem Leben und der Schöpfung verweigerte. (Tate stellte es sich als einen See, Teich oder etwas vor, dessen Wasser sich äußerlich nicht von anderem unterschied, das man jedoch trotzdem nicht trinken durfte.) Bei einer normalen Geburt litten die Frauen wenig, manche sogar überhaupt nicht.

Neela deutete darüber hinaus Geheimnisse an, für die jetzt jedoch keine Zeit blieb. Tate versuchte, mehr aus ihr herauszukitzeln, abgesehen von einem Hinweis auf das »Essen der Frauen« verriet das Mädchen allerdings nichts weiter. Mit einer vorgeschobenen Entschuldigung verschwand sie, und das Gespräch war beendet.

Tate ging hinüber zu Jones und schilderte ihm, was sie bei Clas beobachtet hatte. Aus irgendeinem Grunde fühlte sie sich verpflichtet, ihm das, was Neela ihr über den Sias und die Frauengeheimisse erzählt hatte, vorzuenthalten. Sie fragte ihn lediglich, ob er einen Zusammenhang zwischen der Kontrolle über die Blutung und der Schmerzschwelle erkenne.

Er strich sich übers Kinn. »Schmerzen kann er offensichtlich sehr gut beherrschen. Ich verstehe allerdings nicht, wie er die Geschwindigkeit der Blutgerinnung beeinflussen sollte. Ich meine, mit einem ausgeklügelten Training und der richtigen Ausrüstung wäre eine fortgeschrittene Kultur vielleicht in der Lage, diese Fähigkeit zu erwerben – Betonung auf vielleicht! Aber diese Wilden? Die können nicht einmal ihre Wutausbrüche kontrollieren.« Er lachte trocken. »Ich würde jede Wette eingehen, daß das nicht funktioniert.«

»Mich würde es nicht überraschen«, entgegnete sie und hielt dann inne. »Doch, würde es. Alles an diesen Menschen überrascht mich.«

Er murmelte eine mitleidige Erwiderung, die sie sich gar nicht erst anhörte. Statt dessen fauchte sie ihn ohne Überleitung an: »Ja, danke, mir geht's gut. Machen Sie sich bloß keine Sorgen um mich, ja?« Sofort darauf entschuldigte sie sich. »Tut mir leid. Das ist der Streß. Und auch ein bißchen der Schmerz. Tut mir wirklich leid.«

Jones lächelte verständnisvoll. Ein leichtes Ziehen an ihrem Ärmel ließ sie zusammenzucken. Sie drehte sich um und fand Sylah vor. Die Frau wirkte seltsam zurückhaltend, dazu ein wenig besorgt. Sie wies mit einer Kopfbewegung auf das Zelt und richtete den Blick dann auf die Hundekrieger.

Noch immer erstattete Clas Gan Bericht und zeigte häufig in Tates Richtung. Gan erschien ausgesprochen beeindruckt. Neela hing ihm ebenfalls an den Lippen, aber in ihrem Benehmen spiegelte sich eine gewisse Ablehnung. Nichts Feindseliges, wie Tate erleichtert feststellte, dennoch etwas definitiv Kühles.

Inzwischen fuchtelte Clas wild herum und erzählte immer aufgeregter. Er erhob sich und drängte Gan, ihn zu begleiten. Die beiden anderen Frauen verschwanden so rasch im Zelt, daß Tate plötzlich allein dastand. Clas packte sie im Vorbeigehen am Arm und zog sie mit sich. Bereits nach ein paar Metern hielt er an. Ostwärts dem Tal zugewandt, nahm er eine feierliche Pose ein. Seine Art zu reden änderte sich ebenfalls; er schien zu einem Publikum zu sprechen. Zum Finale schloß er die Augen, verschränkte die Arme vor der Brust und imitierte einen Toten. Nachdem er die Augen wieder aufgeschlagen hatte, ergriff er Tates Hand, und ehe sie irgend etwas dagegen unternehmen konnte, zog er mit seinem Messer einen blutroten Strich über die Innenseite ihres Unterarms. Erschrocken und wütend protestierte sie lauthals und wich zurück, während er sich selbst auf ähnliche Weise schnitt.

Leicht für dich, dachte sie: Du merkst es vermutlich gar nicht.

Er begann mit leiser, feierlicher Stimme zu singen und verschmierte das Blut von beiden Schnitten auf den drei mittleren Fingern seiner rechten Hand. Sylah und Neela gaben leise klagende Laute von sich. Aus den Augenwinkeln bemerkte Tate Sylah, die die Hand ausstreckte und Jones näher zu sich heranzog. Gan und Clas starrten weiterhin nach Osten und nahmen dabei eine stramme Haltung ein, die Tate an eine militärische Habachtstellung erinnerte.

Endlich berührte Clas mit seinen verschmierten Fingern ihre

Stirn, dann einen Punkt oberhalb ihrer Brüste und einen genau unter dem Zentrum ihrer Rippen. An jeder Stelle hinterließ er drei deutliche Abdrücke aus Blut. Dieses Zeichen wiederholte er auf seinem eigenen Körper und trat zurück. Erneut wandte er sich nach Osten, wobei sein Singsang jetzt fast wie seine normale Sprechstimme klang, hob sodann die Arme, als würde er jemanden begrüßen, verschränkte sie abermals vor der Brust und schloß die Augen in der bekannten Totenpose. So verharrte er etwa zehn Sekunden, bis er und auch Gan sich entspannten.

Der jüngere Mann trat zu ihr, legte ihr die Hand auf die Schulter und sprach langsam und mit würdevoller Stimme. Sie hörte ihren Namen und den von Clas na Bale.

Jetzt übernahm Clas wieder das Reden und lächelte trotz der dicken Schweißperlen, die ihm auf die Schläfen traten. Sie quollen vollkommen unerwartet aus ihm hervor, als stünde er an einem Ofen und nicht in einem kühlen Wald. Langsam ging er zu seinem Schlafplatz und streckte sich auf seinem Lager aus. Tate war sicher, er schlief bereits im gleichen Moment, in dem er die Augen schloß. Wie auch immer der Geist dieses Mannes den Schmerz verleugnete, der Körper beharrte trotzdem auf seinem Bedürfnis nach heilsamer Ruhe.

Und das war eine ausgesprochen gute Idee. Sie schaffte es selbst kaum zu ihrem eigenen Schlafsack.

Gan war vorsichtig genug, das Stirnrunzeln zu verbergen, das sich auf sein Gesicht schleichen wollte, während sie beide sich hinlegten. Er hätte gegen den Präriebären kämpfen sollen, nicht Clas. Nun war die Fremde von ihm adoptiert worden; was eigentlich sein ureigenstes Privileg darstellte, hatte der Mann an sich gerissen, den er für seinen besten Freund hielt. Clas hatte sogar den Einen, Der Zwei Ist, beschworen, und sich nicht darum gekümmert, daß Frauen in Hörweite waren. Die Folgen, die sich daraus ergeben mochten, machten ihm fast angst. Würde Clas sich in Zukunft Tate mehr verpflichtet fühlen als ihm?

Er kam sich betrogen vor. Und er verspürte Groll. Clas hätte Tate niemals so in Gefahr bringen, geschweige denn überhaupt mit auf die Jagd nehmen dürfen. Ihrer Tradition nach brachte das Unglück, und beinahe hätten sie dadurch eine der Blitzwaffen verloren.

Stunden später brütete er noch immer vor sich hin, während er in der Nähe des Frauenzeltes saß. Tates Waffe lag neben ihm. Sie zu berühren konnte keinen Schaden anrichten. Er blickte sich sorgsam um. Neela bestreute das Wildrindfleisch mit Asche, wodurch Fliegen entmutigt werden sollten, und hängte es in einem Baum auf, damit es sich außerhalb der Reichweite von Tieren befand. Sylah war unterwegs und suchte nach Kräutern. Clas schnarchte im anderen Zelt.

Er rutschte bis zur Waffe heran. Während er ihre glatten Formen betrachtete, spürte er ihre Kraft, die ihn anzog. Fast wie von selbst stahl sich seine Hand zu ihr und strich über den schwarzen Teil, den man an die Schulter setzte. Seine Finger fuhren über die Oberfläche, und die kalte Bedrohlichkeit des Stahls versetzte ihn in eigentümliche Aufregung. Wenn man die Waffe benutzte, so erinnerte er sich, packte man sie mit einer Hand vorn, mit der anderen in der Mitte.

Als er sie hochhob, wunderte er sich über ihr geringes Gewicht. Seine Hand schloß sich über der Mitte und umfaßte den halbrunden Bügel, der die schwarze Zunge schützte, die aus dem Boden hervorragte. War die wichtig, so wie der auslösende Arm bei einer Kaninchenfalle? Öffneten sie damit die Tür, um den Tod herauszulassen?

Etwas bremste ihn. Er sah auf, und sein Blick traf sich mit Tates, bemerkte das leuchtende Weiße um ihre dunklen, starrenden Pupillen. Ihm stockte der Atem. Auf keinen Fall wollte er sie beunruhigen, er war doch nur neugierig. Er richtete die Waffe auf sie und schüttelte sie. Sie riß die Augenbrauen hoch, zog die Lippen zurück und entblößte die Zähne. Wie der Blitz hatte sie den vorderen, rohrartigen Teil zur Seite geschoben.

Er fühlte sich zutiefst beleidigt. Daher spannte er sich an und packte nur noch fester zu, während sie sich langsam vorbeugte und die Waffe aus seinem Griff lösen wollte. Plötzlich wurde er sich sehr schmerzlich der Tatsache bewußt, daß dieses Ding vielleicht Möglichkeiten besaß, von denen er nichts ahnte.

Bedurfte es eines besonderen Gebetes, um den Tod eingesperrt zu halten? Konnte die Waffe, wenn sie verärgert war, gegen denjenigen zurückschlagen, der sie einsetzte?

Langsam legte er sie ab, doch beim Loslassen verfing sich einer seiner Finger in dem Riegel über der Zunge. Er bewegte ihn hin und her, um ihn zu befreien.

Sie piepste wie eine Maus, und dann faßte sie seine Hand. Ohne ein Wort drückte sie auf eine Unregelmäßigkeit in der Stahloberfläche, die er zuvor nicht bemerkt hatte. Es klickte. Danach löste sie den Griff um seine Hand, lehnte sich zurück und keuchte, als wäre sie gerannt.

Er machte Anstalten davonzugehen, doch sie winkte ihn zurück und ließ ihn dableiben, bis sie nicht mehr zitterte. Dann nahm sie die Waffe und rief nach den anderen. Clas wachte rasch auf. Sylah und Neela eilten zusammen mit Jones herbei.

Nachdem sie sich versammelt hatten, tat sie etwas, wodurch sie die lange, schmale Eisenschachtel am Boden der Waffe aus ihrer Halterung löste. Sie war mit winzigen, wie Juwelen glänzenden Pfeilen gefüllt, die Gan an Wespen erinnerten, welche sich in ihrem Nest drängen. Tate holte für jeden eine heraus. Jones lächelte, lehnte ab und ging davon.

Neela fragte, ob sie daraus eine Kette machen könne.

Tate gab ihr zu verstehen, daß diese kleinen Dinger für den Lärm und den Tod verantwortlich waren. Sofort ließ Neela ihres fallen. Gan tadelte sie, weil sie sich der Waffe eines anderen gegenüber nicht respektvoll benahm, und das Mädchen reichte es dankend an Tate zurück. Die schwarze Frau schob es wieder in die Eisenschachtel und sammelte die anderen ebenfalls ein.

Nachdem sie die Schachtel wieder in ihrer Halterung untergebracht hatte, zeigte Tate ihnen ähnliche Dinger, die wie fette, komische Versionen der kleinen Pfeile aussahen. Sie ahmte das dumpfe Geräusch beim Losfliegen und das krachende, zerstörerische Knallen beim Aufprall nach.

Gan drehte sich zu Clas um. »Ich muß mehr über all dieses erfahren. Wie mächtig diese Waffen sind!«

Clas rieb sich besonnen das Kinn. »Menschentöter, nichts weiter. Sie ändern gar nichts. Aber du mußt einen Weg finden, auf dem du die Menschen änderst, nicht tötest.«

Der junge Mann verbiß sich eine Entgegnung. Es war genau wie früher. Nur hatte jetzt Clas den Platz seines Vaters eingenommen. Ständige Maßregelungen, dauernder Streit. Er nickte und wandte sich ab.

Hätte er noch einmal zurückgeblickt, dann hätte er Clas' halberhobene, beschwichtigende Hand gesehen. Unvollendet ging die Geste in eine niedergeschlagene, schneidende Bewegung über.

Die Patrouille kam am Morgen des zehnten Tages, acht Bergkrieger, die ihre Reittiere führten. Sie wanderten als flüchtige Gestalten das Tal hinauf und waren nur gelegentlich durch den Wald zu erkennen. Schließlich zogen sie entlang des Bachs weiter nach oben.

Sylah drückte sich am Grat der Bergkuppe in den Boden und wünschte, sie könnte darin verschwinden. Hügelabwärts hielten sich Gan, Clas und Tate verborgen. Allein Clas beschattete die sich nähernden Krieger, wodurch die Möglichkeit einer Entdeckung auf das kleinste Maß verringert wurde. Sylah war bereit, alle Beobachtungen an Neela und Jones weiterzugeben, die unten die Pferde hielten. Die Hunde waren auf ihrer rechten Seite verschwunden.

Tate bewegte sich leicht, und ihre Blicke trafen sich. Die Erinnerung an die glänzenden Blitzpfeile in ihrer Hand löste eigentümliche Erregung in Sylah aus.

Magie.

Die Kirche vernichtete jeden Magier, der behauptete, mehr zu sein als ein bloßer Unterhalter. Wie würde sie mit diesem Wunder umgehen?

Der Anführer der Bergkrieger sagte etwas. Sie befanden sich

am anderen Ufer des Bachs – dessen Wasser vor zwei Tagen wieder ungefähr seinen gewöhnlichen Stand erreicht hatte –, und er sprach sorglos laut. Die Worte waren zwar nicht zu verstehen, aber seine Stimme trug trotzdem herüber. Bestimmt war der Mann gelangweilt, vielleicht sogar entmutigt. Ja, genauso wirkten sie, wie sie da entlangmarschierten, ohne festgelegte Ordnung, die Waffen an die Sattelknäufe gehängt. Ganz nach Art der Bergmenschen waren sie bunt und protzig gekleidet, aber dreckig, die Perlenarbeiten waren zerschlissen, die Oberbekleidung aus Leder voller Flecken. Sie schauderte, als ihr die gewebten Hemden und Hosen einfielen, die sie darunter trugen.

Nur ein einziger Mann suchte den Boden nach Spuren ab. Allerdings ging er dabei mit großer Sorgfalt vor.

Zwei der Krieger begannen einen Wettkampf im Steinewerfen und lachten und johlten dabei.

Sie blickte zu Clas hinüber, und der Atem stockte ihr, als sie seine Hand sah, die den Bogen umklammerte. Ein Schuß von hier den Hügel hinunter war äußerst schwierig. Schlimmer noch, er war überflüssig. Für die Flüchtlinge wäre es wesentlich besser, wenn sie unentdeckt blieben. Das mußte er doch wissen. Dennoch bemerkte sie das Glitzern des Jägers in seinen Augen.

Sie beugte sich vor und wollte ihn zurückhalten. Ihre Bewegung genügte schon, um seine Aufmerksamkeit abzulenken. Er senkte den Bogen, drehte sich zu ihr um, und ein Lächeln breitete sich auf seinem Gesicht aus. Das war nur eine schwache Tarnung für die Gewalt, die dahinter lauerte. Dennoch zog es sie gleichzeitig an und stieß sie ab.

Sie wandte den Blick zur Seite, zurück auf die Krieger.

Die setzten ihren Weg bachaufwärts fort.

Nachdem sie außer Sicht waren, stieg Clas zum Wasserlauf hinunter und vergewisserte sich, ob nicht ein zweiter Trupp die erste Gruppe begleitete. Gan und die Hunde verfolgten die Patrouille.

Tate blieb an Ort und Stelle. Sylah ging zu ihr und setzte sich neben sie. Die Fremde verwickelte sie sofort in eine Unterhaltung und gab sich größte Mühe, alles zu verstehen. Die Priesterin erkannte amüsiert, daß Tate die Anspannung der Situation auf etwas ganz anderes zurückführte.

Die Kirche lehrte, was Tate instinktiv tat; der Begriff dafür lautete Umlenkung. Sie erinnerte sich an das erste Mal, als sie schreiend von einem Alptraum aus dem Schlaf gerissen worden war und die Irisäbtissin vorfand, damals noch Schlafsaalaufseherin, die sie wachrüttelte. In dieser Nacht und in einigen folgenden hatte die Äbtissin sie in ihre Kammer getragen und getröstet. In der Stille ihres Zimmers hatte sie ihr erläutert, daß, was immer die Seele belastete, von der Seele zum Guten gewendet werden konnte. Sie unterhielten sich über den Alptraum, und gemeinsam fanden sie dafür einen Ausgang, der ihr gefiel und sie nicht ängstigte.

Im Laufe der Zeit, nach unendlich geduldsamer Betreuung durch die Äbtissin, *glaubte* sie, daß ein Traum, der die Seele im Schlaf erschütterte, nur eine Herausforderung für ihre Phantasie war.

»Die Seele möchte sich wohl fühlen, Kind«, hatte die Äbtissin ihr erklärt. »Sie kann wahre Wunder vollbringen.« Angesichts von Sylahs Gesichtsausdruck lachte sie. »Ja – ich habe Wunder gesagt, und das ist Gotteslästerung. Jetzt kennst du eines meiner Geheimnisse.«

Während Donnacee Tate die Kraft ihrer Ängste in die Konzentration auf Sylahs Worte umlenkte, sprang zwischen ihnen ein Funke über. Im Flüsterton unterhielten sie sich über die einfachen Dinge ihrer Umgebung, als entdeckten sie etwas Aufregendes – die Anblicke, die Gerüche, die Beschaffenheit.

Die Sonne stand schon fast direkt über ihnen, da unterbrach sie Gans Rückkehr. Er hatte die Stirn gerunzelt. »Sie überqueren die Bergkuppe und ziehen nach Norden und Osten ins nächste Tal weiter. Morgen werden sie zurückkommen.«

Sylah erklärte Tate, was er berichtete. Die Frau begriff schon, bevor sie noch ausgesprochen hatte, und Sylah wurde klar, daß sie das Wesentliche des Gesprächs zwischen ihr und Gan bereits aufgeschnappt hatte. Unwillkürlich umarmte sie die Fremde, und selbst Neela, die herbeigeeilt war, mußte lächeln, nachdem sie davon erfahren hatte.

Clas kam kurz darauf angetrottet. Gan erzählte ihm, was er herausgefunden hatte, und die beiden stimmten überein: Es war Zeit zum Aufbruch. Wenn der Kundschaftertrupp den gleichen Weg zurück wählte, würde ihnen keine Gefahr drohen. Falls die Bergkrieger jedoch auf der Lagerseite abstiegen, war die Entdeckung unvermeidlich.

Innerhalb von Minuten wurden die Zelte abgedeckt und die Ausrüstung auf die Pferde gepackt. Clas entledigte sich der Zeltstangen weiter unten am Berg in einem Gebüsch. Gan fegte das Lager mit Kiefernästen aus und verstreute Zweige und Laub. Nach kaum einer Stunde hätte Sylah schwören mögen, sie seien gerade erst angekommen und hätten nicht schon zehn Tage hier gewohnt.

Die Krieger zeigten sich weniger beeindruckt. Gan schnüffelte am Boden herum, was sie fast zum Lachen gebracht hätte. »Wir brauchen einen starken Regen, damit der Geruch des Feuers und der Menschen überdeckt wird«, stellte er fest. »Jeder Menschenjäger wird erkennen, wer wir sind und wie viele.«

Sylah dachte an den Bergkrieger mit Namen Fuchs. Er hatte damit geprahlt, Fische mit der Strömung verfolgen zu können. Falls der dieses Tal durchstöberte …

Für Sorgen blieb keine Zeit. Gan führte sie fort. Clas bildete die Nachhut und tat, was er konnte, um ihre Spuren zu verwischen.

Nachdem sie den eiskalten Bach durchquert hatten, blieb Gan stehen, ohne einen von ihnen zu beachten, und blickte zurück. Schließlich drehte er sich um und ging wieder voraus. Einhellig hielten sich die anderen ein Stück hinter ihm und überließen ihn seinen Gedanken.

Der Weg entlang des Bachs war idyllisch, und da im Schatten der riesigen Bäume kaum Unterholz wuchs, kamen sie gut voran. Das leise Knarzen eingeölten Leders, der gleichmäßige Atem der

Pferde und der gedämpfte Hufschlag auf dem weichen Boden begleiteten sie. In der Luft hing die Feuchtigkeit, die vom schäumenden Wasser in seinem felsigen Bett aufstieg, der Duft von Zedern und Fichten und der milde Farngeruch des Hochlandfrühlings.

Sylah zügelte ihr Pferd und ritt dann neben Tate und Neela her. Das Mädchen schien Kraft aus der Gesellschaft ihrer Freundin zu schöpfen und begann zu sprechen, wobei sie die Stimme verschwörerisch senkte. Sie benutzte die Wörter in ihrer Grundform und bezog so Tate mit in das Gespräch ein. »Ich fürchten. Gan anders. Nicht richtig. Du verstehen?«

Tates Blick suchte den jungen Mann. »Verstehen«, antwortete sie. »Heute neu. Gestern vorbei; heute nicht der gleiche. Niemals. Gan niemals der gleiche.«

Sylah nickte. Sie fragte sich, ob Tate begriffen hatte, wie sehr das auf sie alle zutraf.

Sieben

Altanar wartete, bis in der Halle des Königs vollkommene Stille eingekehrt war, und ließ die Spannung noch anwachsen. Er hatte eine stolze Pose eingenommen und war sich bewußt, welch auserlesene Szenerie er für diesen Augenblick geschaffen hatte. Hinter ihm hingen von der Decke vor dem Thronaltar regenbogenfarbene Perlmuttscheiben herab. Neben dem Thronaltar standen zwei blutrote Schirme, hinter denen zwei Männer mit Fächern einen ständigen Wind erzeugten, der durch die Dekorationen wehte. Die sich bewegenden Scheiben erfüllten den Saal mit andauernd wechselnden bunten Lichtpunkten.

Er trug das Zeremoniengewand des Wächters des Inneren Meeres, eine gefiederte schwarzweiße Robe, die einen Mörderwal symbolisieren sollte. Sein schwarzes Stirnband war mit hauchdünnen weißen Reiherfedern verziert. An seinen Fingern funkelten Ringe aus Gold, Silber, geschliffenen Steinen und Glas.

Zu seiner Rechten ragte eine Balkenplattform aus der Steinwand. Darauf drängten sich Musiker und warteten auf sein Zeichen. Sie waren zehn an der Zahl und nur Männer, wie es bei Staatsmusik vorgeschrieben war. Zwei standen vor im Halbkreis angeordneten Trommeln. Drei saßen vor Halterungen, an denen Gongs hingen, während ein weiterer vor einem Instrument aus Holzstücken verschiedener Längen hockte, die auf einem hohlen Kasten befestigt waren, der die Klänge verstärkte. Darüber hinaus standen zwei Hornisten an den Seiten der Gruppe. Ihre spitz zulaufenden, mindestens drei Meter langen Kupferinstrumente ruhten vorn auf Stützen und waren zum vorderen Eingang hin ausgerichtet. Für dieses Ereignis hatte man alle Kerzen außer denen im Bereich des Thronaltars gelöscht, so daß nur die Feuergruben Licht spendeten. Die schweißüberströmten Gesichter der nervösen Musiker glänzten fast so hell wie das polierte Metall ihrer Instrumente.

Auf Altanars Signal hin schmetterten sie los. Die Schlaginstrumente sorgten sowohl für den Rhythmus als auch für Melodie, und die Hörner erklangen in einer volltönenden Harmonie. Die zusammengepferchten Menschen erzitterten unter den tiefen Schwingungen, die ihnen das Fleisch von den Knochen zu rütteln schienen.

Die Musik verstummte ebenso abrupt, wie sie begonnen hatte.

Erneut gab Altanar ein Zeichen. Soldaten seiner Leibwache marschierten in zwei Reihen, vier Fuß voneinander entfernt, durch die Haupttür herein. Ein Trommelschlag bestimmte den Takt ihrer Schritte. Die Menge wich zurück und gab zwischen den großen Feuern eine Gasse frei.

Die Männer blickten starr geradeaus, ihre zeremoniellen, blankpolierten Harnische und Helme funkelten. Die Schwerter trugen sie in Armeslänge aufrecht vor sich her. In klassischer

Form geschmiedet, waren diese Waffen ausgesprochen einfach, weshalb sie keinerlei Eleganz ausstrahlten, sondern lediglich wirkungsvolle Brutalität.

Nach den ersten zwanzig Männern kam es zu einer kurzen Verzögerung. Dann traten Falconer, Conway, Leclerc, Anspach, Carter und Bernhardt als Gruppe ein. Ihnen folgten weitere Wachen. Diese zweite Abteilung trug die Gewehre, darunter auch Falconers Scharfschützenwaffe, die Fremden allerdings hatten noch immer die Pistolen in ihren Hüftholstern.

Die Zuschauer schoben sich vor, um besser sehen zu können. Die musternden Blicke trafen die Gruppe wie eine Welle und drängten sie enger aneinander. Falconer hob den Kopf und drückte den Rücken durch. In scharfem Ton sagte er etwas zu den anderen. Die Soldaten schwenkten zur Seite hin ab und ließen die Gefangenen in der Mitte vor der Kniebank stehen. Jetzt hatten sich die sechs erheblich beruhigt, eine respektvolle Haltung eingenommen und machten nicht mehr einen solch eingeschüchterten Eindruck.

Die letzten Wachen hatten die Wände erreicht, und Altanar erhob sich. Abermals brandete die Musik auf. Die sechs knieten sich hin.

Die Musik verstummte. Altanar breitete die Arme aus. Mit tiefer, feierlicher Stimme sprach er: »Anführer von Ola! Ihr glaubt, ihr seiet zu einem zeremoniellen Fest gerufen worden, um Gefangene aus einem Land zu sehen, welches so fern liegt, daß wir nichts darüber wissen. Der König allein entscheidet, was getan wird und was nicht. Ihr wurdet zu einer Feier geladen, doch nicht, um die Gefangenen zu begutachten. Altanar braucht keine Gefangenen. Seine Bedürfnisse sind die seines Volkes.«

Er klatschte, und eine der Wachen mit Gewehr trat aus dem Glied bis an die Bank, wo er sich hinkniete, den Kopf neigte und mit beiden Händen die Waffe darbot. Altanar ging zu ihm und nahm sie entgegen. Der Mann kehrte an seinen Platz zurück.

Altanar hob die Waffe über seinen Kopf. »Warum sollte ein König seine wichtigsten Männer versammeln, um sich diese sechs Menschen anzuschauen? Drei davon sind Frauen, keine Heilerinnen, nicht einmal Mitglieder der Kirche. Würde Altanar euch aus einem so armseligen Grunde hierherbestellen?«

Diesmal wurde die Stille unterbrochen, zuerst durch einen Ruf »Nein!«, dann schrie jemand: »Hoch lebe Altanar!« Andere Stimmen fielen ein: »Warum sind wir hier, König? Führe uns – wir folgen!« Die vereinzelten Rufe schwollen zu regelrechtem Jubel an, und Altanar aalte sich in der zunehmenden Lautstärke. Auf das erste Nachlassen des Beifalls hin gebot er sofort mit einer Geste Ruhe.

Er gab Falconer das Zeichen, aufzustehen. Dann winkte er ihn vor, und der ganze Saal hielt den Atem an, als der Mann über die Kniebank stieg. Die Erlaubnis dazu wurde nur zu besonderen, streng festgelegten Anlässen gewährt. Die Versammlung reagierte mit verblüfftem Schweigen.

Falconer nahm die Waffe mit einer respektvollen Verneigung entgegen und stellte sich rechts neben den König. Er schlug das Gewehr auf, überprüfte es und ließ es wieder zuschnappen. Das metallische Klicken hallte durch die Stille.

Altanar sagte: »Ihr werdet die Macht kennenlernen, die diese neuen Freunde in die Hände eures Königs gelegt haben, der sie einsetzen wird, um euch Wohlstand und Herrschaft über alle Träume hinaus zu bescheren. Erblicket die Zukunft!«

Falconer wartete, während ein Trommelwirbel weiteren Männern der Leitwache signalisierte, erneut etwas hereinzubringen. Die ersten Männer trugen Bretter, zwei Zoll stark und drei Fuß lang. Die zweite Gruppe taumelte unter dem Gewicht eines riesigen Keramikgefäßes auf einer Trage, die einem kurzbeinigen Tisch mit Griffen ähnelte; Wasser schwappte über den Rand des Behälters. Eine dritte Abteilung schleppte wieder Bretter. Es dauerte nicht lange, bis sie jeweils vor und hinter dem Wasserbehälter aus dem Holz eine Wand errichtet hatten. Daraufhin scheuchten die Soldaten die Zuschauer zur Seite. Die Konstruktion stand nun allein da.

In aller Ruhe legte Falconer das Gewehr an und gab drei

Schüsse in ebenso vielen Sekunden ab. Holzsplitter, erhitztes Wasser und Keramikscherben flogen durch die Wucht auseinander. Das Brett, auf das der Colonel gezielt hatte, löste sich von den anderen, tänzelte wild in der Luft und fiel zu Boden. Der Rest kippte langsam um. Brüllender Lärm echote von Wand zu Wand.

Im Thronsaal brach Panik aus. Männer trampelten übereinander und drängten zu den Türen. Kreischen trat an Stelle des vorherigen Jubels. Wachen, sowohl die normalen Hallensoldaten als auch Altanas persönliche Truppe, schrien Befehle und schlugen mit der flachen Seite ihrer Schwerter auf die Menschen ein, um die Ordnung wiederherzustellen. Altanar gab lauthals lachend dem Orchester den Einsatz, und der vertraute Rhythmus beruhigte die verängstigte Menge. Der Anblick der Soldaten, die einen Weg für die Sklaven bahnte, welche Körbe und Tragen voller Speisen schleppten, tat das übrige zur Beschwichtigung der Anwesenden.

Heilerinnen schlüpften hinter den Sklaven herein und eilten zu den Seiten der Halle, wo sie sich der Verletzten annahmen, die noch auf dem Boden lagen. Weitere Sklaven luden die schlimmsten Fälle auf Bahren und brachten sie hastig nach draußen.

Altanar streckte die Hände über die Halle aus und verlangte laut Aufmerksamkeit. Als man ihn wieder verstehen konnte, sagte er: »Diese Männer sind Mündel des Königs. Sie werden bei uns leben und mit größtem Respekt behandelt werden. Die Frauen werdet ihr wie Heilerinnen betrachten – so heilig, als wären sie in der Kirche erzogen worden. Altanar zieht sich nun zurück, um seinen Triumph zu feiern und dankzusagen. Feiert! Wir werden erobern!«

Noch immer für die Menge ein Lächeln im Gesicht, flüsterte er Falconer zu: »Meine Wache wird euch zu mir führen. Warte bei den anderen.«

Falconer verneigte sich und trat dann zu seinen Gefährten. Leclerc grinste. »Das hat sie ganz schön wachgerüttelt, Colonel. Sie hätten Altanar sehen sollen. Obwohl er wußte, was kommt, hat er sich fast in sein Kostüm gemacht.«

„Ich wünschte, wir hätten die Sache irgendwie anders demonstrieren können«, erwiderte Falconer. »Reine Feuerkraft allein hilft uns nicht weiter. Eines Tages geht uns die Munition aus, und es tut mir in der Seele weh, sie für solche Vorführungen zu verschwenden. Das können wir uns nicht leisten.«

»Ihnen blieb kaum eine andere Wahl«, sagte Conway. »Er hat das Kommando, wie Sie selbst meinten.«

»Wir müssen unsere Wünsche eben nachdrücklicher durchsetzen.«

Anspach sagte: »Dem stimme ich zu, aber wir sollten uns auch ständig daran erinnern, in welch sensibler Situation wir uns befinden, und nicht zu starken Druck ausüben. Vor allem müssen wir die Sprache besser beherrschen.«

»Ich würde meinen, das tun wir schon recht gut. Vor allem Sie.«

»Das hat sie auch nötig.« Carters Miene war so verbittert wie ihre Worte. »*Sie* sind Retter. *Wir* sind Frauen.«

»Er hat gesagt, Sie seien wichtig«, entgegnete Falconer.

»Haben Sie ihn das wörtlich sagen hören? Und Sie wurden auch nicht den ›Damen‹ dieser sogenannten Zivilisation zugewiesen. Hier verkaufen sie Frauen, Colonel.«

»Ich weiß das. Deshalb brauchen Sie mir keine Vorwürfe zu machen. Und denen besser auch nicht. Sonst ist es innerhalb kürzester Zeit mit unseren Privilegien vorbei, und wir landen im Gefängnis. Würden Sie sich dann besser fühlen?«

Ehe sie noch etwas erwidern konnte, tauchte neben Falconer ein Mann von Altanars Leibwache auf. Auf seinem stählernen Brustpanzer war ein stilisierter Bär als Offiziersabzeichen graviert. Er grinste sie breit an und tippte auf das Emblem. »Der König befahl. Hauptmann, seine Wache. Euch finden.« Er sprach sehr langsam, da er der wachsenden Redegewandtheit der früheren Gefangenen mißtraute.

Falconer antwortete: »Ich bin froh, Eytal. Du bist ein guter Soldat.«

Sie folgten ihm durch eine Seitentür, wo ein Sklave mit einer

Fackel wartete, um ihnen den Weg zu leuchten. Draußen schritten sie einen mit Kies bestreuten überdachten Gang entlang. Altanars Palast war fünfzig Meter entfernt, und die oberen Stockwerke überragten die fackelerhellten Steinmauern, die sie umgaben. Die düstere Beleuchtung verlieh dem Gebäude einen brütenden, unheimlichen Charakter, und die wenigen Fenster, hinter denen Licht brannte, schienen finster auf sie herabzustarren. Die Wachen am eisenbeschlagenen, massiven Holztor ließen sie durch eine kleinere Tür ein. Der Durchgang unter der Mauer bildete quasi einen Tunnel, an dessen anderem Ende sich ein zweites Tor befand. Über ihnen in der Decke waren Schlitze angebracht. Angreifer, die das äußere Tor gestürmt hätten, würden dann auf seinen Zwillingsbruder stoßen – und die Bogenschützen direkt über ihrem Kopf. Der Eingang stellte eine Todesfalle dar.

Nachdem sie das zweite Tor passiert hatten, richteten sich alle unbewußt auf. Sie verlangsamten den Schritt ein wenig.

Die Architektur des Palastes ähnelte der des Forts draußen in den Bergen, wenngleich in weitaus größerem Rahmen. Die untere Steinmauer war vielleicht sieben Meter hoch und sehr glatt gearbeitet, so daß man keinen Halt daran fand. Wie das Fort war das Gebäude zur Verteidigung gedacht und besaß sowohl im Boden des überstehenden zweiten Geschosses als auch in der Mauer Schießscharten. Weitere Wachen geleiteten sie durch den eigentlichen Eingang, eine zwei Meter breite Tür aus Zedernbrettern, die über zwanzig Zentimeter stark waren. In sie hineingeschnitzt war die Darstellung eines Lachses.

Conway zeigte auf die Handwerksarbeit, während sie eintraten. »Wundert sich eigentlich niemand darüber, wie sehr dies der Kunst der alten Indianer ähnelt, die hier früher ansässig waren?«

Die Antworten waren entlarvend. Anspach bemerkte lediglich, sie wisse nichts über Indianerkunst. Bernhardt blickte nur kurz hin und murmelte etwas über die Gewalt, die überall gegenwärtig sei. Leclerc fragte, ob es wohl die Resultate eines Versuchs der ersten Überlebenden seien, die gemeinsame Vergangenheit wiedererstehen zu lassen. Carter schnaubte, einfache Imitation sei wohl das Beste, was man von diesen Barbaren erwarten dürfe.

Im Inneren wartete abermals ein Sklave. Er trug die Robe des königlichen Haushalts, eine wollene gelbe Röhre, die vom Hals bis zu den Knöcheln reichte und lange Ärmel aufwies. Er zeigte auf ihre Füße und schüttelte den Kopf. Murrend bückten sie sich und zogen die beleidigenden Stiefel aus. Mit der üblichen, um den Gürtel geschlungenen Schuhtasche der olanischen Oberklasse hatten sie alle schon Bekanntschaft gemacht. Man steckte die Schuhe hinein und holte die zusammengerollten Slipper heraus. Solchermaßen beschuht, wurden sie durch einen langen Gang an verschiedenen Räumen vorbeigeführt.

Altanar öffnete auf das Klopfen hin persönlich die Tür. Er hatte sich seines lästigen Kostüms entledigt und begrüßte sie in reichbestickter Jacke und Hose. Nachdem er die Gruppe hereingewinkt hatte, ging er zu einem Tisch, auf dem er eine Karte entrollte. Fackeln standen in schmiedeeisernen Haltern an jeder Ecke des Tisches und spendeten ausreichend Licht. Zusätzlich knisterte dahinter ein Feuer im Kamin. Um den Flammen zu helfen, die Kälte aus dem Raum fernzuhalten, hingen an den beiden langen Wänden Wandteppiche, auf denen Jagdszenen dargestellt waren.

Altanar fuchtelte über der Karte herum und strahlte voller Stolz. »Die Welt«, erklärte er, »Jahre der Arbeit, Hunderte Berichte.« Er zeigte auf einen Punkt. »Kos.« In dem einen Wort schwang Selbstgefälligkeit mit. »Sie glauben, wir wüßten nichts von Ihrem Land, aber wir kennen es sehr wohl.«

Falconer beugte sich neugierig vor und erbleichte. »Falls diese Karte stimmt, hat die Bucht eine vollkommen neue Gestalt angenommen. Sehen Sie, hier – die ganze Küste im Südwesten sieht anders aus.«

Anspach berührte ihn am Arm. »Burl, denken Sie doch mal drüber nach. Erinnern Sie sich –« Weiter kam sie nicht.

Als er den Schmerz in ihren Augen bemerkte, nickte er knapp.

»Sie haben recht. Vermutlich war niemand, den wir kannten, mehr am Leben, um davon betroffen zu sein. Vielleicht war überhaupt niemand mehr am Leben.« Er rieb sich die Schläfen. »Gelegentlich macht mein Verstand ein paar wilde Sprünge. Tut mir leid.«

»Sprich so, daß ich auch verstehe.« Der weiße Rand um Altanars zusammengepreßte Lippen verriet, wie sehr er sich beherrschen mußte. Sein Kinn bebte.

Falconer verneigte und entschuldigte sich. »König Altanar überrascht uns. Wir denken, nur wir kennen die Südlande.«

»Ihr kennt sie? Ihr aus Norden, Osten. Wie kennen Kos?«

»Unser König schickt Menschen wie uns hierher.« Falconer deutete einen südlichen Kurs zur östlichen Seite der Rocky Mountains an. »Nicht gehen Kos. Andere Menschen sprechen Kos.«

Mißtrauen umwölkte Altanars Lächeln, doch die Neugier überwand seine Vorbehalte. Er beugte sich über die Karte und winkte die Gruppe näher heran. »Hier Harbundai. Generationen kämpfen wir um Inneres Meer. *Mein* Meer. Jetzt Sommer – jetzt alle töten. Ihr helft.« Pantomimisch stellte er dar, wie er ein Gewehr anlegte. »Bumm! Harbundai.« Er lachte und wandte sich erneut der Karte zu.

In der folgenden Stunde berichtete er ihnen über die Kundschafterritte und Spionageexpeditionen, die notwendig gewesen waren, um das wertvolle Stück anzufertigen. Manchmal zeigte er auf weiße Flecken oder Stellen, die nur umrißartig gezeichnet waren, und nannte ihnen den Namen des Spions, der bei dem Versuch, weitere Informationen zu sammeln, ums Leben gekommen war. Er besaß außerdem ein umfassendes Wissen über die politische, strategische und taktische Bedeutung der verschiedenen Gebiete. Conway suchte Falconer mit den Augen, und sie wechselten einen Blick, in dem sich zunehmender Respekt für den Mann spiegelte.

Ein Klopfen an der Tür unterbrach sie, und Altanar bat herein. Eine weibliche Haussklavin trat mit gesenktem Kopf ein.

Der König kniff die Augen zusammen und schürzte die Lippen. Diese Kombination bewirkte in seinem Gesicht hohle Wangen, die seine sowieso schon harten Züge noch betonten. »Du wagst es? Du wußtest doch, daß ich Gäste habe.«

»Die geschenkte Frau, König. Du hast mich herbestellt.«

»Ach ja, das habe ich.« Er drehte sich gereizt und unentschlossen wieder zum Tisch um. Dann lächelte er die Männer an. Von Gesten begleitet erklärte er: »Ein Brauch. Frühling. Stamm gibt Geschenk. Frau für König. Lebt hier, bis sie ein Kind bekommt, dann nach Hause gehen. Blut von König vermischen mit allen Stämmen.«

Carters Stimme war die im Zaum gehaltene Wut deutlich anzuhören. »Haben die Frauen sich das ausgesucht?«

Altanar beantwortete die Frage, ignorierte sie dabei jedoch und sprach nur zu den Männern. »Heilig. Zu wichtig für Frauen. Mein Meister sucht aus.«

Carter erwiderte: »Dort, woher wir kommen, bezeichnet man Männer, die für andere Männer Frauen besorgen, als –«

Falconer packte sie am Arm und brüllte ihren Namen. Sie drehte sich zu ihm um, und ihr Zorn verrauchte augenblicklich im Schock über seine Grobheit. Langsam bekam sie ihre Miene wieder unter Kontrolle, während der Colonel sie belehrte: »Sie haben sich vergessen. Frauen haben hier ihren festen Platz. *Den haben wir alle*.« Dann entschuldigte er sich bei Altanar. »Wir reden nicht über solche Dinge, König. Meine Freundin ist müde und hätte beinahe ein Geheimnis meines Volkes verraten. Bitte vergib ihr.«

Altanars abwiegelnde Geste überzeugte niemanden. Er zeigte auf die Sklavin. »Ich lasse euch zu führen. Bleiben, solange ihr wollt.«

»Dank. Bevor gehen, König – deine Männer finden unsere Freunde?«

»Getötet von Bergmenschen? Nein. Ihr müßt sehr glückliche Männer sein, weil gerettet.«

»Wir sind glücklich. Wir danken dir.«

An der Tür lächelte er vielsagend. »Geschenkte Frau ist vom Lapsastamm. Sehr religiös. Morgen werden ich sehr müde sein.«

Er grinste, während er den Raum verließ, und Bernhardt machte schon den Mund auf. Sie riß sich zusammen und starrte erst die Sklavin an, dann die Flammen im Kamin, und murmelte etwas in sich hinein.

Falconer wandte seine Aufmerksamkeit wieder der Karte zu und dachte nach. Schließlich konnte Carter nicht länger an sich halten. »Grübeln Sie darüber, wie Sie Ihrem Freund helfen können, Colonel? Dafür gibt es interessante Sondervergünstigungen, nicht wahr? Wenn Sie Ihre Aufgabe zu seiner Zufriedenheit erledigen und –«

Er wirbelte herum. »Seien Sie still!« Die anderen erstarrten angesichts seiner Vehemenz. Carter riß die Augen auf. Er sprach weiter, und seine Worte klangen so zerknirscht, als hätte er sie durch den Stein der Wände gezogen. »Ich verachte diesen Mann. Nichtsdestotrotz kann er über unsere Leben bestimmen. Wir haben nur eine Hoffnung, wenn wir uns nützlich für ihn erweisen. Und genau das beabsichtige ich zu tun.«

Leclerc zupfte plötzlich alle am Ärmel und blickte zu der Dienerin, die noch immer an der gleichen Stelle stand. Er zog die Gruppe in einen engen, vertraulichen Kreis und sagte: »Sehen Sie, Colonel, wir müssen alle stets wissen, wo jeder von uns steht.«

Falconer nickte. »Sie haben recht. Tut mir leid, Janet; ich hätte mich nicht so aufregen sollen. Aber wir können Altanar nun einmal nicht aufhalten. Oder seine Fortschritte verzögern. Aber wir können nach Schwachstellen suchen. Die Spannungen zwischen ihm und der hiesigen Kirche sind uns allen bereits aufgefallen, und Sie haben auch den Jubel während der Zeremonie in der Halle gehört. Da waren Claqueure drunter, die die Menge angeheizt haben, darauf würde ich mein Leben verwetten. Der Mann wird eher gefürchtet denn respektiert. Trotzdem hat er eine gute Armee, und die ist ihm offensichtlich treu ergeben. Ich bin mir nicht sicher, ob sich uns eine günstige Gelegenheit bieten wird, doch solange wir darauf warten, arbeiten wir für ihn. Zumindest sollte es so aussehen.«

Conway überzeugte das nicht. »Wir mischen uns in Angelegenheiten ein, über die wir nicht Bescheid wissen. Was ist, wenn er diesen Krieg verliert, in dem wir ihn unterstützen sollen?«

Falconer lächelte so roh wie frisches Fleisch. »Einmal hat man bereits um uns getrauert, und diejenigen, die das taten, sind seit etlichen Jahrhunderten tot. Was bleibt uns also?«

In seinen Gemächern unterzog sich Altanar der rituellen Entkleidung und Untersuchung durch die Heilerinnen des Lapsastammes und starrte leeren Blicks auf das Porträt seines Vaters an der Wand. Das alles empfand er für gewöhnlich als unerträglich erniedrigend, doch die Gesetze erlaubten ihnen, sich zu vergewissern, ob der König gesund war.

Diesmal machte es ihm nicht so viel aus, überlegte er. Eigentlich steigerte es nur seine Gereiztheit und machte die Entscheidung leichter.

Solche Dinge entwickelten sich niemals zufällig. Dessen war er gewiß. Jedesmal, wenn er eine unangenehme Handlung vorzunehmen hatte, geschah etwas, das seine Verärgerung noch vergrößerte. Was konnte es sein, wenn nicht die Botschaft einer höheren Macht? Der Eine In Allem mochte vielleicht nicht direkt zu ihm sprechen, trotzdem gab es genug Botschaften, die nur richtig ausgelegt werden mußten. Glücklicherweise war er in der Lage, dies deutlich zu erkennen.

Der Mann namens Falconer war zu aufmerksam, zu schnell und viel zu beherrscht. Die anderen stimmten nicht immer mit ihm überein, aber sie hörten auf ihn. Er besaß die Fähigkeit, einzuschätzen, was notwendig war und welche Leistungen die Gruppe zustande bringen konnte.

Also war er der Anführer.

Und mußte demnach beseitigt werden.

Die Heilerinnen führten die geschenkte Frau in der traditionellen Robe herein, die vom Hals bis zu den Knien reichte und angeblich bescheiden wirken sollte, jedoch allenfalls die Sinnlichkeit noch verstärkte. Sie war eine Augenweide, eine Schönheit. Mehr als ihm sein Meister des Hauses in Aussicht gestellt hatte. Und schüchtern. Er genoß es stets, wenn sie zitterten und sich ihm nur widerwillig hingaben. Wenn sie so aufregend war, wie sie versprach, würde er seinen Meister des Hauses an dem Vergnügen teilhaben lassen, nachdem er sie erst geschwängert hatte. Sein Untergebener zeigte sich immer sehr dankbar, und warum sollte man das Mädchen verschwenden?

Er notierte im Geiste, sich morgen früh in dieser Angelegenheit an den Kommandanten der Wache zu wenden. Und auch, um mit ihm über diesen Falconer zu reden.

Acht

Altanar deutete auf die Wand und legte warnend den Finger an die Lippen. Die Irisäbtissin, die in der Dunkelheit kaum zu erkennen war, folgte ihm vorsichtig. Der nasse Stein des Ganges schien eine Präsenz abzusondern, etwas, das sich gerade jenseits der Sichtbarkeit befand und nur darauf wartete, sie zu umklammern. Die Feuchtigkeit plagte ihre Gelenke, und der unregelmäßige Fußboden hatte sich verschworen, sie zum Stolpern zu bringen. Nichtsdestotrotz hielt sie den Blick starr auf Altanars Rücken gerichtet; das war immer noch besser, als die umherhuschenden Wesen zu sehen, die ihre Finger gelegentlich aufstöberten.

Im flackernden Lichte von Altanars Kerze bemerkte sie seine spröde Miene, die sie aus bitterer Erfahrung allzu gut kannte: ein falscher Satz, vielleicht gar nur ein falsches Wort, und er würde vor Wut in die Luft gehen.

Sie verscheuchte diese Sorge, und als er ihr ein Zeichen gab, reckte sie sich vor und legte das Auge an das Guckloch. Vor Verlegenheit brannten ihre Wangen. Das brachte wiederum ein reumütiges Lächeln auf ihr Gesicht, welches kaum mehr denn einen Mundwinkel verzog. Hier stand sie und schämte sich, die Fremden auszuspionieren, wo sie doch ihr ganzes Leben lang den Mann ausspioniert hatte, der ihr dieses befahl.

Sie stritten sich. Wenn sie bloß ihre ausländische Sprache besser verstünde. Der Versuch, diese bei den gelegentlichen Unterhaltungen mit der Frau und in geheimen Stunden mit dem Sklavenmädchen zu lernen, das an der Tür saß, hatte wenig Erfolg gezeigt.

Plötzlich blickte ihr die Fremde namens Anspach geradewegs ins verräterische Auge, als würde sie in ihrer Seele lesen.

Der Äbtissin wich mit einem unterdrückten Keuchen zurück.

Altanar lächelte und flüsterte ihr zu: »Aufregend, nicht wahr? Wenn jemand den Elch auf dem Wandteppich betrachtet, glaubt man, er würde einen geradewegs anschauen. Keine Angst, Äbtissin; sie können nichts sehen. Und jetzt paß auf. Eytal kommt.«

»Der Hauptmann deiner Wache? Der, der sie gerettet hat?«

»Ich habe sie gerettet, Äbtissin. Hauptmann Eytal hat sie entdeckt und gefangengenommen. Ich dagegen habe sie zu meinen persönlichen Mündeln erklärt.«

»Warum werde ich in all dies eingeweiht, König?«

»Hör zu. Und beobachte. Erklärungen folgen später.«

Auf Eytals Klopfen hin öffnete die Sklavin die Tür. Die Gruppe winkte ihn zu sich. »Der König sagte, ich solle bei euch bleiben. Führer. Helfen mit Sprache. Ihr verstehen?«

Sie reagierten offen erfreut, und die Äbtissin drehte sich um, da Altanar sie an der Schulter berührt hatte. Er deutete auf seine Augen und Ohren und gab ihr ein Zeichen, ihm zu folgen.

Sie traten durch die gleiche Tür auf den Gang hinaus, durch die sie auch hereingekommen waren, und diesmal stellte die Äbtissin fest, daß sich der Korridor noch in die andere Richtung fortsetzte, wo er in der Dunkelheit verschwand. Der Gedanke, was das hieß, ließ sie schaudern. Wie oft waren ihre Gespräche in diesem Gebäude belauscht worden? Gab es überhaupt Räume, die nicht überwacht werden konnten?

Sie wünschte, er hätte ihr das alles nicht gezeigt. Die Erfahrung hatte sie gelehrt, daß Unwissenheit – oder der Anschein der Unwissenheit – in Ola die sicherste Überlebensstrategie darstellte. Wissen bedeutete Macht, doch wenn man es anhäufte, war dies, als kletterte man einen Baum hoch; je höher man stieg, je weiter man sehen konnte, desto tödlicher war der Fall, sollte man einen einzigen Fehlschritt tun.

Und die Kenntnis um die Geheimgänge in den Mauern war jene Sorte verrotteter Ast, der zu leicht zum Sturz führte.

Fackeln erhellten den Raum, den sie nun betraten. Rauch kringelte sich zur Decke empor und verschwand durch die Lüftungslöcher. Sie beneidete ihn um sein Entkommen.

Altanar ließ sich auf einem großen weichen Lederkissen nieder, das unter seinem Gewicht mit einem Seufzen nachgab. Er bedeutete der Äbtissin mit einer Handbewegung, auf einem ähnlichen Sitz Platz zu nehmen. Eingedenk ihrer durch den feuchten Gang geplagten Gelenke und Muskeln wählte sie statt dessen einen Stuhl mit harter Lehne.

Ihre vorsichtigen Bewegungen amüsierten ihn. »Wie steif du wirkst. Ganz wie immer. Aus diesem Grund bist du auch hier. Anstand. Der moralische Einfluß auf mein Streben. Weshalb wir noch engere Verbündete werden als jemals zuvor.«

Sie zog skeptisch die Augenbrauen hoch, und Altanar lachte. »Diesmal verfolgen wir genau die gleichen Ziele, falls uns nicht sogar dieselben Gründe antreiben. Hauptmann Eytal spielt für uns den Köder in der Falle. Sollten diese Fremden irgendwem von uns vertrauen, dann dem Mann, der ihre Kapitulation entgegengenommen hat. Eytal hat ihnen ihre Waffen gelassen.«

»Ich verstehe nichts von Fallen und Ködern.«

Er kicherte. »Du lockst schon länger Seelen an, als ich überhaupt auf dieser Welt weile. Du bist die schlaueste Person im Königreich, abgesehen von mir. Und so gedenke ich es auch zu belassen. Ich muß *alles* wissen.«

»Und von welchem Nutzen bin ich dir dann? Wo Eytal dir schon Berichte liefert, und –«

»Lange genug habe ich sie hier in der Burg zusammen gelassen. Doch jetzt möchte ich sie voneinander trennen. Die Frauen kommen zu dir in die Abtei. Halte sie dir warm. Was sie dir anvertrauen, wiege ich gegen das auf, was ich von den Männern erfahre.«

»Mein König! Ich bin so treu wie jeder andere Untertan, doch bitte mich nicht, mein Gelübde zu verraten. Das kann ich nicht.«

»Natürlich kannst du das.«

Sie hatte sich darauf vorbereitet, zu kämpfen und sich zu ergeben und dabei alle Zugeständnisse zu machen, die notwendig waren, und diese gegen Privilegien und Erlaubnisse zu tauschen. Die ausgesprochene Milde seiner Reaktion versetzte ihr einen Schock. Er fuhr fort: »Diese Leute bereiten mir Sorgen. Und du solltest dir ebenfalls Sorgen machen. Zum einen: Ihre Sprache ist unverständlich, obwohl sie mir irgendwie vertraut erscheint. Beim nächsten Mal, wenn sie sprechen, versuche nicht, den Inhalt zu begreifen, sondern *höre* einfach nur. Zum anderen: Die Macht ihrer Waffen ist wundervoll, und trotzdem zieren sie sich überraschend, sie vorzuführen. Das leitet zu der Frage über: Wieviel Macht besitzen sie tatsächlich? Reicht ihre Kraft nur eine bestimmte Zeitlang aus, so wie das Öl in einer Lampe? Können sie zusätzliche erzeugen, nachdem sie diese verbraucht haben? Und noch weitere Fragen: Warum zweifele ich daran, daß sie wirklich aus diesem Königreich im Nordosten stammen, von dem noch nie jemand etwas gehört hat? Aus welchem Grund bin ich so sicher, daß sie mehr – und weniger – wissen, als sie uns enthüllen?«

»Offensichtlich wollen sie mit uns zusammenarbeiten. Sie müssen dir dienen, soviel haben sie bereits verstanden.«

»Jeder weiß, was gut für ihn ist, Äbtissin. Du eingeschlossen. Dennoch verblüffst du mich. Du hast mit den Fremden gesprochen; bist du nicht neugierig auf die beiden, die verschwunden sind?«

»Darüber habe ich noch nicht nachgedacht.«

»Das sieht dir gar nicht ähnlich. Und ich halte es für einen Fehler. Sie behaupten, die eine war schwarz. Von schwarzen Menschen habe ich noch nie gehört, außer in den Legenden über die Riesen. Und den Mann bezeichnen sie als Pastor Jones. Doch schon seit einer Weile nennen sie ihn nicht mehr Pastor, seit ihr Heilerinnen ihnen von der Kirche und ihrem unausstehlichen Anspruch auf höchste Autorität in religiösen Belangen erzählt habt. Kannst du damit etwas anfangen?«

Sie rutschte auf ihrem Stuhl hin und her. Ihre körperliche Kraft war nicht mehr so groß, wie sie sein sollte, und sie wußte, sie schwand immer mehr. Was hatte sie übersehen? Welchen Unterschied bildete es, ob sie den Mann nun so oder so nannten und früher oder jetzt? Plötzlich bereitete ihr nicht mehr der Schmerz große Sorgen, sondern das überwältigende Gefühl von Wachsamkeit. Sie wünschte, nach Hause gehen zu dürfen. »Ich weiß nicht, was ein Pastor ist, König. Sollte ich das kennen?«

»Irgend jemand sollte es!« Abrupt sprang er auf, und sie fuhr auf dem Stuhl zurück. Er beugte sich dicht zu ihr vor. Eine weinrote Vene zuckte unter seinem rechten Auge. »Das muß ein religiöser Begriff sein, alte Frau!« setzte er hinzu. »Wir haben unsere Meinungsverschiedenheiten, du und ich, aber zwischen uns teilen wir die Herrschaft über dieses Königreich auf. Diese Menschen haben eine neue religiöse Gestalt mitgebracht, und die ist ein *Mann*! Denke darüber nach, Äbtissin – ein Mann mit der tödlichen Macht dieser Fremden, der für den Einen In Allem spricht. Die Kirche stellte bislang die Stärke der Frauen dar. Falls Jones noch lebt, könnte er der Samen sein, aus dem eure Vernichtung erwächst. Schon allein deswegen wirst du die Freundschaft dieser Frauen suchen wollen.« Nachdem er verstummt war, wollte sie glauben, er sei fertig, aber in ihrem Hinterkopf warnte sie eine Stimme, die Zunge im Zaum zu halten und zu warten. Und das erwies sich als gut.

»Falls du mir widersprechen möchtest, laß mich dir einige weitere Punkte aufzeigen, die ohne Antwort sind. Du hast die

Rosenpriesterin Sylah als Missionarin zu den Kriegerstämmen gesandt. Und wenn sich nun diese Abtrünnige der neuen religiösen Gestalt angeschlossen hat? Diese Fremden in unserer Hand könnten unsere einzige Waffe gegen diesen Jones darstellen. Sie sollen an mich gebunden sein, insofern das möglich ist. Wenn das nicht geht, dann muß ich erfahren, worin ihre Macht begründet liegt. Daher haben wir uns in Geduld zu üben. Und müssen aufmerksam sein. Hast du wirklich einen Herzschlag lang geglaubt, sie hätten uns alle ihre Fähigkeiten offenbart? Nein, Äbtissin, sie besitzen weitaus stärkere Kräfte, die sie lediglich zurückhalten und erst entfesseln werden, wenn wir sie ernsthaft bedrohen. Da bin ich mir sicher.«

Er schlug sich mit solcher Vehemenz die Faust in die andere Hand, daß sie zusammenzuckte und beinahe aufgeschrien hätte. Sich dessen nicht bewußt, fuhr er fort: »Sollte es sein müssen, werde ich es riskieren. Sie sind Menschen. Meine Beschützer werden schon mit ihnen fertig werden. Habe ich erst ihre Waffen …« Diesen Gedanken ließ er unbeendet, wirbelte statt dessen herum und zeigte auf die Äbtissin. »Du wirst ohne Aufschub verlangen, die Rosenpriesterin Sylah aus der Kirche zu verbannen. Ich will sie hier sehen.«

Sie erhob sich, zwang sich in eine aufrechte Haltung, wobei sie den wiedererwachten Schmerz und ihr Herzrasen ignorierte. »Die Last deiner Verantwortung erfordert es, die völlige Treue einer Frau wie mir einzufordern. Was dem König dient, dient auch der Kirche. Jedes Wort und jeder Verdacht wird dir gemeldet werden. Um die Angelegenheit der Rosenpriesterin Sylah wird man sich kümmern. Darf ich mich zurückziehen?«

Er winkte sie hinaus.

In dem langen Korridor verwandelten die Lampen den Schatten ihres zögerlichen Gangs in einen sorgenfreien Tanz. Der Schatten eilte ohne Schmerzen dahin, zunächst vorneweg, dann fiel er ins Nichts, um erneut fröhlich hinter ihr aufzutauchen und ihr zu folgen. Gnadenlos verspottete er sie.

Wütend tat sie die Möglichkeit ab, Sylah könnte sie oder die

Kirche verraten haben. Trotzdem beruhigte es sie, daß Sylah keine Kontaktleute in Harbundai preiszugeben vermochte, weil sie vielleicht schon bald ein Foltermeister zu zwingen versuchen würde, sie zu enthüllen.

Sie selbst besaß einen solchen Schutz nicht. Oft hatte sie jene behandelt, die die Verhöre von Altanars Beschützern überlebt hatten. Manchmal glaubte sie, ihr Stöhnen im winterlichen Wind zu hören, der vom Meer heranwehte, dann wieder erstarrte sie, wenn die Schreie von Möwen so beängstigend jenen der Gefolterten glichen. Bevor sie Heilerin geworden war, hatte sie diese Spaziergänge am sturmgepeitschten Strand stets genossen.

Und Altanar hatte die Kirche schon einmal gezwungen, eine Schwester auszuliefern. Das war lange her, und sie hatte immer vermutet, er habe die Beschuldigungen seinerzeit lediglich vorgetäuscht, um seine Macht zu demonstrieren.

Oft verglich sie diese lange tote Schwester mit Sylah. Die Frau war natürlich gebrochen worden; sie hatte alles und jedes gestanden. Bei der Hinrichtung jedoch hatte sie dem Henker ins Gesicht gespuckt und sich für unschuldig erklärt. Sie war geläutert gestorben.

Die Haltung, die sie in ihren letzten Augenblicken an den Tag gelegt hatte, dachte die Äbtissin, erinnerte sie an sich selbst und an Sylah, an den bewußten Stolz und den lebendigen Trotz noch in der kleinsten Kopfbewegung.

Abrupt blieb sie stehen – verängstigt –, und schlagartig war ihr das Interesse an Tapferkeit vergangen, statt dessen erinnerte sie sich an das leidvolle Stöhnen der Frau, als die Beschützer sie auf die Hinrichtungsrampe hievten.

Wenn Altanar Sylah in die Finger bekam, würde er seine Rache an allen austoben, die mit ihr zu tun hatten.

Die Äbtissin betrachtete ihre knorrigen Hände und versuchte, sie zur Faust zu ballen, brach jedoch ab, ehe sie sie auch nur einen Zentimeter gekrümmt hatte. Das verursachte schon solchen Schmerz. Würde sie stärkeren aushalten? Und für wie lange? Und – diese Frage war alles entscheidend – zu welchem Zweck?

Die Tür nach draußen lag gegenüber in der Eingangshalle. Sie schien tausend Meilen entfernt zu sein. Die Äbtissin lehnte sich an eine Statue und sprach ein Gebet, um ihre Gedanken zu klären.

Sie wandte sich wieder der Gegenwart zu.

Eytal war also ein Spion. Sehr wohl. Wenn sie nur Altanar in sein aufgeplustertes, arrogantes Gesicht sagen könnte, daß die scheue Sklavin für sie von eigenem Wert war. »Unfruchtbarer Abschaum«, hatte er sie vor zwei Jahren genannt, da sie seine Gabe nicht empfangen hatte. Wie wenig er wußte, geschweige denn verstand. Das Mädchen hatte nur zu bereitwillig Kräuter gegessen, die verhinderten, daß sie mit seinem Kinde schwanger gehen würde. Hoffentlich erfuhr er das eines Tages. Die Frauen ihres Stammes flüsterten ehrfürchtig und stolz ihren Namen und schöpften Mut aus dem ihren.

Die Wache öffnete ihr die Tür, und sie trat hinaus in die Nacht. Auf dem Pfad hatten ihre Füße wieder Halt gefunden. Das große Ziel der Kirche war noch immer zu verwirklichen. Der Plan, um es zu erreichen, mochte zwar gefährdet sein, doch nicht allzusehr. Sobald die rechte Zeit gekommen war, würde es damit wieder vorangehen.

Im Alten Buch der Kirche stand geschrieben: Kein Geheimnis ist so groß, daß es nicht durch die Kirche gelüftet werden könnte, denn die Kirche ist die Mutter aller Geheimnisse. Ihre Verwalter mögen bedrängt, ihre Diener unterdrückt, ihre heiligen Stätten zu Staub zermalmt werden. Und doch wird sie sich wieder erheben, und eine von ihren vielen wird die Fackel der Wahrheit abermals entzünden, und wieder und wieder, solange die Menschheit existiert.

Zeit war nicht der springende Punkt. Oder Schmerz. Oder gar das Leben.

Kurz stellte sie sich Sylahs Gesicht vor, ihre Hingabe, ihre flammenden blauen Augen, in denen eine Zukunft loderte, die sie sich wünschte und die sie fürchtete, so wie Frauen sich stets eine Geburt wünschten und sich davor fürchteten.

Neun

Von Sylahs Wissen geführt, zogen sie nach Norden in die riesigen Sporne und Finger, welche die Pfeiler der Feindseligen Berge bildeten. Auf diesem Terrain kostete jede Meile Fortschritt zermürbende Stunden Zeit. Der Regen, der nur selten durch blauen Himmel von strahlender Klarheit unterbrochen wurde, war ein Segen und gleichermaßen ein Fluch. Die Bergmenschen wußten, daß sie sich auf ihrem Territorium befanden. Darüber hinaus hatten sie herausgefunden, in welche Richtung sie wollten. Der Regen und der Wind waren die besten Verbündeten, um alle Spuren zu verwischen. Doch ebenso fühlten sich die sechs miserabel, und zwar insbesondere Jones. Es war ihm nie richtig gutgegangen, jetzt aber war er ernsthaft erkrankt. Nur aufgrund von Tates Unterstützung befand er sich noch bei ihnen.

Niemand sprach darüber, allerdings brachten es die versteckten Seitenblicke und abgewendeten Gesichter deutlich zum Ausdruck; die Gruppe würde sich nicht für ihn opfern.

Am dritten Tag kam ein einsamer Kundschafter kaum zwanzig Meter vor der Stelle entlang, an der Clas mit aufgelegtem Pfeil hockte und wartete. Der Wind fuhr dem Bergkrieger durch den Dachsfellmantel und trug seine Witterung so kräftig heran, daß die Hunde trotz ihrer guten Ausbildung fast nicht stillzuhalten waren. Raggar zitterte heftig und hatte die Zähne zu einem schweigenden Fauchen gefletscht. Shara erhob sich halb, und Gan mußte dem Kleinen die Hand auf den Kopf legen, damit er sich beruhigte. Cho wartete einfach nur, wobei ihre Blicke ständig zwischen Raggar, Gan und dem Krieger hin und her schossen.

Es schien, als wäre das knappe Entkommen ein Vorbote weiterer Schwierigkeiten. Sie zogen den größten Teil des Tages zu Fuß voran und zerrten und schoben die scharrenden Pferde auf einem messerscharfen Grat, von dem ein genauso schmaler Pfad wieder nach unten führte. Dort waren sie erschöpft und gezwungen, durch einen schmalen Cañon zu wandern. Sie überquerten denselben Fluß siebenmal innerhalb von drei Stunden, ehe sie einen Weg entdeckten, der sie auf einen breiten Bergrücken brachte.

Die Höhe stellte für die Fremden eine weitere Bürde dar. Obwohl Tate und Jones so viel zusätzliche Kleidung bekamen, wie der Rest der Gruppe entbehren konnte, litten sie trotzdem unter der Kälte. Diese Tatsache blieb für Gan ein Rätsel. Wo auch immer sie herstammten, gab es Weber von wundersamer Kunstfertigkeit, und dennoch verstanden sie kaum etwas von Wolle und Leder. Selbst ihr Schuhwerk war aus irgendeinem Stoff hergestellt, der, wenngleich unvorstellbar fest, primitiv wirkte und nicht im geringsten verziert war. Für Menschen, die wie bemerkenswerte Individuen aussahen und auch so handelten, kleideten sie sich mit auffallender Gleichheit. Und Häßlichkeit.

Zweifel über ihre Wichtigkeit begannen ihn zu plagen.

Nachdem sie den Bergrücken erreicht hatten, der das letzte größere Hindernis auf dieser Teilstrecke bildete, atmete er tief durch und füllte seine Lungen mit Luft, bis sie schmerzten. Für die Fremden war der Weg über diese Berge eine Tortur, er dagegen genoß ihn. Natürlich drohten überall Gefahren; selbst trotz des Waldes konnten sie leicht von Verfolgern beobachtet werden. Dennoch zog er die Höhen den engen Tälern vor.

Eines der Probleme einer solch aufreibenden Reise bestand darin, daß sie Unterhaltungen unmöglich machte und so viel Zeit bot, seinen innersten Gedanken nachzuhängen.

Neela hatte gesagt, er habe keine Freunde. Sein Vater hatte behauptet, er müsse ein Anführer sein. Damit hatten die beiden ihm in keiner Hinsicht weitergeholfen, sondern allein neue Fragen aufgeworfen. In Wahrheit hatte er keine Ahnung, wer oder was er war, geschweige denn, wie er etwas werden sollte.

An sein Überleben glaubte er. Und seine Mutter hatte vorhergesagt, sein Überleben würde Ruhm bedeuten.

Er blickte über die Schulter zurück auf die Gruppe. War dies der Weg zu Größe?

Das würde er herausfinden. Falls sie jemals aus diesen Bergen herausgelangten.

Sie erreichten ein Gebiet, das leichter zu bewältigen war, und kamen schneller voran. Gegen Abend begannen sie mit dem letzten Abstieg. Sein Pferd entspannte sich unter ihm und wieherte leise, weil es nun endlich in der Lage war, wenigstens die Beine ein wenig zu strecken, da der Boden wieder halbwegs eben war. Gan tätschelte mitfühlend seinen Hals.

Die Hänge im Osten waren in die Farben des Sonnenuntergangs getaucht. Hätten sie auf ihrem Weg nach Norden das einfachere Gelände jenseits dieser Ausläufer vorgezogen, wären sie durch die fast versteckte Lücke im Osten in das Tal gekommen. Die schwierigere Route erhöhte jedoch die Chancen, unentdeckt zu bleiben.

Die Steigung an der Westseite wäre eine gute Stelle, um eine Rast einzulegen, bevor sie den Paß angingen. Erneut sah er zum Himmel, schnüffelte an der Luft und tauschte Blicke mit Clas, ob sie wohl endlich der Gefahr später Stürme entkommen waren. Falls nicht … Er zuckte mit den Schultern, denn darauf hatte er sowieso keinen Einfluß. Sie würden ausruhen, sich vorbereiten und nach Plan weiterziehen. Sollten sie von den Teufeln überfallen werden, bevor sie sich darauf vorbereitet hatten, würden sie kämpfen, wenn sie mußten, und um ihr Leben rennen.

Manchmal war die Welt ein sehr einfacher Ort.

Er beobachtete die Umgebung, während sie sich nach Westen wandten. Überall sah er Bäume, die Knospen trieben und in der Wärme des Frühlings rasch auflebten. Bald würden die weißen Blüten ihre Äste einhüllen und ihnen etwas Schwebendes verleihen, im Gegensatz zum schweren Schnee, der noch vor kurzem auf ihnen gelastet hatte.

Raggars zunehmende Nervosität zog seine Aufmerksamkeit auf sich. Gan war sicher, den Grund zu kennen. Die jüngeren Bäume, darunter viele Äpfel und Kirschen, waren abgefressen, an den unteren Schößlingen und kleinen Zweigen zeigte sich Verbiß. Aus vielen dieser Wunden tropfte der Saft. Dafür war herumstreifendes Wild verantwortlich. Und wo es viele Hirsche und Rehe gab, waren Wölfe nicht fern.

Er verlangsamte den Schritt seines Pferdes und ließ Clas aufschließen. Sie ritten an der Spitze der anderen im Gang weiter. »Hast du die Zeichen bemerkt?«

»Ja. Viel Wild. Wittern die Hunde Wölfe?«

»Ich glaube. Ich –« Er hielt inne und holte tief Luft.

»Da sind sie ja.«

Das Rudel war groß, vierzehn wunderschöne Tiere, die eine sichelförmige Anordnung bildeten, deren vorderste Punkte bis zu den Flanken der Menschengruppe reichten. Das Leitmännchen befand sich in der Mitte, etwas vor der Reihe. Reglos hockte es da.

Außer Raggar, der mit steifen Pfoten vor Gans Pferd stolzierte, bewegte sich nichts. Doch das genügte, damit sich der Wolf auf alle viere erhob. Die beiden Tiere starrten einander an und sahen dann zur Seite. Gan schätzte, der Wolf übertraf Raggar an Gewicht um mindestens dreißig bis vierzig Pfund.

Leise sagte Clas: »Ich kenne keinen von ihnen. Du?«

»Nein. Ich werde vorsichtig sein müssen.«

»Vorsichtig?« Clas war geschockt. »Wir ziehen uns zurück. Sie lassen uns in Ruhe, wir lassen sie in Ruhe.«

»Wir haben ihr Revier betreten. Daher werde ich ihnen begreiflich machen, daß wir in friedlicher Absicht kommen.«

»Dies ist das Land der Teufel! Sie kennen uns nicht. Falls sie über dich herfallen, werde ich sie vielleicht nicht aufhalten können.«

»Schon gut. Sie reagieren auf die richtige Weise. Das sind Brüder.«

»Brüder eines Narren. Sei vorsichtig!« Clas gab dem Rest der Gruppe das Zeichen, umzukehren, und übernahm Gans Zügel, als der junge Mann abstieg. Daraufhin befahl Gan Cho und Shara, die anderen zu bewachen. Die Mähne des jungen Hundes sträubte sich widerwillig.

Langsam und ohne die Wölfe eines Blickes zu würdigen, zog

sich Clas zurück. Die beiden Hunde begleiteten ihn. Während Gan nun allein neben Raggar stand, hatte er keine Waffe mehr außer dem Murdat in der Scheide.

Der Leitwolf reckte sich und fuhr sich mit der langen Zunge über Zähne, die Gan an nagelneue Speerspitzen aus dem Zelt des Schmieds denken ließen. Die steigende Anspannung im Rudel offenbarte sich in ständigem Gähnen und Hecheln. Sie wirkten, als würden sie über einen Witz lachen, den nur Eingeweihte verstehen. Raggar gehorchte seinem Herrchen und blieb an Ort und Stelle, derweil Gan auf das Zentrum der Sichel zuschritt. Das Rudel näherte sich ihm mit gesenkten Köpfen, wie auf der Pirsch.

Gan vermied jeden Blickkontakt. Der Leitwolf starrte ihn an, doch Gan drehte den Kopf um fünfundvierzig Grad und betrachtete die Berge über den Wölfen. Vorsichtig, so langsam, wie sich eine Blüte der Sonne zuwendet, richtete er das Gesicht auf den Anführer. Höflich drehte nun das große Männchen den Kopf und gab vor, interessiert die Grashüpfer zu beobachten.

Sylah hielt es nicht mehr aus. Sie flüsterte Clas zu: »Was tut er da? Warum zieht er nicht wenigstens den Murdat?«

Clas antwortete mit normaler Stimme. »Ruhig. Wir brauchen nicht zu flüstern. Auf diese Entfernung können sie das Blut in deinen Adern rauschen hören. Du hast es doch schon einmal erlebt. Alles läuft sehr gut – sieh nur.«

Diese Aufforderung war überflüssig. Nichts hätte Sylah dazu bringen mögen, den Blick abzuwenden. Gan verhielt sich absolut still und war kaum mehr einen Meter von der glänzenden Schnauze des Wolfs entfernt. Kalt lief es ihr über den Rücken, da sich das Tier vorbeugte und beinahe Gans Bein berührte, und während es versuchsweise einen Schritt vortrat, entfuhr ihrer Brust ein Laut, mit dem sie sich einen warnenden Blick von Clas einhandelte. Ohne sich dessen bewußt zu sein, krallte sie die Finger in den Ärmel des älteren Mannes.

Der Wolf, hüfthoch, umkreiste Gan mit gemessenen Schritten. Immer wieder starrte er den Mann mit funkelnden Augen an.

Gan erwiderte den Blick gelegentlich, nur um seine Aufmerksamkeit kundzutun. Nachdem das Tier zufrieden war, wandte es sich Raggar zu.

Gan holte sehr langsam Luft. Vor dem, was jetzt folgen sollte, fürchtete er sich. Raggar benahm sich nicht nur stolz, sondern arrogant, und trotz des größeren Gewichts des Wolfs glaubte er, der Hund würde aus einem Kampf der beiden als Sieger hervorgehen. Das jedoch würde ihre Probleme nicht lösen.

Er brauchte die Wölfe.

Ganz gegen die guten Sitten hielt Raggar den Schwanz in die Höhe, so wie auch der Leitwolf. Schlimmer noch, er weigerte sich, dem anderen die Kehle zur Unterwerfung darzubieten, sondern umkreiste und beschnüffelte ihn wie einen Gleichrangigen.

Verärgert stellte der Wolf die Nackenhaare auf und knurrte tief in der Brust. Raggar erwiderte das Knurren unbeeindruckt.

Gan trat einen Schritt vor und zog den Murdat. Er ließ die Klinge, die in der letzten Sonne glänzte, an seiner Seite baumeln. »Wir wollen keinen Kampf, Bruder. Der Hund gehört zu mir, und ich gehöre zu dem Hund. Zwar sind wir nicht von gleicher Art, dennoch sind wir Brüder. Wir lassen euch in Frieden. Wir werden jagen. Raggar, komm her. Zu mir, Raggar.«

Der Hund zitterte und verzog die Lefzen zu einem Fauchen, das seinen Willen zum Kampf sowie sein Verlangen zum Gehorsam ausdrückte. Er bewegte sich, als würde er dabei Schmerzen empfinden, doch er wich zurück. Der Leitwolf beobachtete ihn dabei. Er regte sich nicht, um ihm zu folgen. Raggar hielt bei Gan an.

Inzwischen hatte sich eine seltsame Situation ergeben. Gan und Raggar standen mit dem Rücken zum Rudel, das unruhig wurde. Die jungen Männchen konnten sich kaum mehr beherrschen. Dem Wolf fiel nun auf, daß er mit dem Rücken zu der Menschengruppe stand, und er blickte Gan fast verwirrt an und schien nach einem würdigen Weg aus dieser eigentümlichen Lage zu suchen.

»Ruhig, ganz ruhig«, beschwor ihn Gan. »Wir bewegen uns alle gleichzeitig.« Mit der Hand gab er Raggar ein Zeichen und ging langsam nach links.

Mehrere Wölfe knurrten und rührten sich.

Der Anführer des Rudels trat ebenfalls nach links. Stück für Stück näherten sich alle drei wieder ihren ursprünglichen Positionen. Gan schob den Murdat in die Scheide. »Ich werde zurückkehren, Bruder. Dann werden wir jagen.«

Der Wolf stieß einen eigentümlichen Laut aus, kein Knurren, kein Bellen. Im einen Augenblick waren die Tiere noch deutlich zu sehen, im nächsten erkannte man nur noch ein graues und schwarzes Durcheinander im Unterholz. Einige Blätter und Äste, die sich gelegentlich bewegten, waren die einzigen Zeugen ihrer Anwesenheit.

Gan legte dem Hund die Hand auf den Kopf. Er konnte nicht recht entscheiden, ob er oder Raggar zitterte, dann lachte er, da er feststellte, daß sie beide bebten. Raggar blickte ihn fragend an und konnte in dieser Situation nichts Lustiges entdecken.

Clas war ähnlicher Ansicht. »Du solltest ruhig lachen. Alle Verrückten lachen.«

Sylah bemerkte erst jetzt, daß ihre Hand auf Clas' Arm lag. Sie zog sie hastig zurück.

Inzwischen war Gan aufgestiegen, und sie setzten ihren Marsch nach Westen fort.

Lange noch nach diesem Zwischenfall blickte Sylah ständig über die Schulter, doch entdeckte sie keine Spur von dem Rudel mehr. Trotzdem beschlich sie das Gefühl, die Tiere seien weiterhin da und beobachteten sie. In ihrem ganzen Leben, so wurde ihr klar, ging es ständig nur noch darum, sich Unsichtbarem und Unerwünschtem bewußt zu werden. Der Gedanke half ihr, die Dinge wieder im rechten Lot zu betrachten; Wölfe stellten jedenfalls ihren geringsten Kummer dar.

Schließlich überwand die Erschöpfung alle Sorgen. Der Abend war mild und unerwartet warm. In ihren Umhang gehüllt, döste Sylah fast, während der stetige, langsame Schritt ihres Pferdes sie einlullte. Halb träumte sie, halb vermischte sich Phantasie mit Wirklichkeit. Sie stellte sich das Lager der Hundemenschen wie einen Zufluchtsort vor, trotz der Härte und ihres Mißerfolgs dort – ganz im Gegensatz zum Luxus ihrer Gemächer in Ola. Von diesem Punkt aus waren ihre Gedanken rasch bei Clas gelandet.

Dieser Mann war wirklich schwer zu durchschauen; als die Patrouille der Teufel auf der Suche nach ihnen vorbeikam, hatte er schießen wollen. Nein. Sie berichtigte sich. Er hatte töten wollen. Und trotzdem spürte sie in dem Blick, den er ihr zugeworfen hatte, etwas wie Verzweiflung. Erschüttert nahm sie zur Kenntnis, mit welcher Klarheit sie sich ein Bild von ihm machte und wie stark es sie berührte. Ihre Wangen wurden bei diesem Gedanken heiß, und sie erinnerte sich an seine Muskeln, die kraftvoll angeschwollen waren.

Die Wärme in ihrem Gesicht breitete sich in ihrem ganzen Körper aus, und sie erinnerte sich an Dinge, die sie nur aus geflüsterten Gesprächen im nächtlichen Schlafsaal kannte.

Ruckartig fuhr sie im Sattel auf. Clas ritt neben ihr und streckte besorgt die Hand zu ihr aus. »Alles in Ordnung mit dir?«

»Ja, ja.« Sie entzog sich ihm unbeholfen.

Er runzelte angesichts ihres überhasteten Zurückweichens die Stirn und trieb sein Pferd voran zu Gan.

Genau diesen Augenblick wählte das Wolfsrudel, um als Chor in Geheul auszubrechen. Daraufhin gesellte sich Neela zu ihr. Sylah begrüßte sie und lächelte sie tröstend an. Doch dieses Lächeln war falsch.

Für die Kameradschaft war es hingegen die richtige Geste. Die Härte der Reise schmolz sie zu einem Ganzen zusammen. Langsam glaubte sie tatsächlich, sie würden Harbundai erreichen.

Abermals heulten die Wölfe, und die Echos hallten durch die Cañons, die aus dem Tal herausführten. Sylahs Herz sehnte sich nach der Freiheit, die sich darin ausdrückte.

»Ich auch«, flüsterte sie vor sich hin. »Bitte. Eines Tages. Ich auch.«

Zehn

Während sie warteten, bis der Frühling den Paß für sie von Schnee und Eis befreite, lagerten sie auf einem vergleichsweise ebenen Felsen hoch über dem Tal der Wölfe. Der Platz lag gut, in der Nähe eines Bachs, und recht verborgen. Fast jede Nacht der folgenden drei Wochen sang das Rudel und ließ sie wissen, daß es keine Eindringlinge gab. Für alle außer Clas, der sofort für eine Woche auf Kundschaft ging, war es eine Zeit der Ruhe. Gan erschien es, als sei sein Freund begierig darauf gewesen, sie zu verlassen. Er stellte keine Fragen. Clas wußte, was er tat.

Bärtig und stinkend kehrte er zurück. Der Schnee beschränkte sein Vorwärtskommen, und er war nicht weit in den Paß eingedrungen. Entmutigenderweise stieß er auf viele Teufel, die sich auf Skiern und Schneeschuhen rasch fortbewegen konnten. Clas badete und rasierte sich in dem nahen Bach, und daraufhin schlief er vierundzwanzig Stunden durch. Noch immer benahm er sich sehr zurückhaltend. Gan sah die Ursache dafür in dem langen Alleinsein und dem damit verbundenen Schweigen. An diesem Morgen kam Gan von seiner Nachtwache zurück, während sich die Sonne hinter einer weißen Wolkenmasse versteckte, die das Lager mit ihrer Feuchtigkeit einhüllte. Nebel war hier nicht ungewöhnlich – noch ein Grund, weshalb Clas' Kundschaftertour so lange gedauert hatte –, doch heute wirkte er anders. Er lastete schwer auf der Erde und belud die Zweige der Fichten mit Wassertropfen, die wie ein beständiger Regen nach und nach herabfielen. Gan schnüffelte in der feuchten Luft, beobachtete, wie sie die Bäume durchdrang, und mißtrauisch legte er die Stirn in Falten. Zu Clas sagte er: »Ich werde hinabsteigen und Fleisch besorgen. Außerdem Häute, damit wir Schneeschuhe bauen können.«

Clas sah ihn zweifelnd an. »Das Wetter ist mild. Der Paß wird bald frei sein.«

»Ich möchte kein Risiko eingehen.«

Sein älterer Freund deutete mit dem Daumen auf das Zelt. »Schlechtes Wetter wird ihn umbringen. Ich werde ihn nicht tragen. Das ist mein letztes Wort in dieser Angelegenheit.«

Gan blickte zu Jones hinüber, der unter jedem Stück Decke und Fell lag, das sie erübrigen konnten, und der trotzdem noch zitterte. Er antwortete: »Der Mann kämpft nicht um sein Leben.«

»Und ich werde nicht für ihn kämpfen«, erwiderte Clas.

Gan beobachtete Clas, der davonging, und befahl den Hunden dazubleiben. Zwei ganze Stunden ritt er bergabwärts, bis er weit genug unten war und den anderen Jägern seine Gegenwart verkündete. Er legte den Kopf in den Nacken und heulte.

Die Antwort trieb durch den Nebel zu ihm herüber. Leise, komplexe Musik ließ die graue Luft erbeben. Nachdem sie verklungen war, deckte sich die Stille wie ein Schleier über das Tal und teilte den Gejagten mit, daß die Jäger zum Streifzug aufbrachen.

Er suchte sich einen Standort, von dem er die Kreuzung dreier Wildwechsel überblicken konnte.

Um den Gürtel geschlungen trug er ein Stoffcape, das in einem Zickzackmuster schwarzer Streifen auf braunem Grund gewebt war. Während er sich setzte, um auf Wild zu warten, hüllte er sich von Kopf bis Fuß darin ein. Das Muster, dessen Symmetrie durch Falten und Knicke durchbrochen wurde, machte ihn vor dem Hintergrund des Waldes fast unsichtbar. Ein eingeöltes Tuch braunen Stoffs bedeckte die Bogensehne und schützte sie vor Feuchtigkeit.

Von der rechten Seite des Tals wehte ein Heulen zu ihm herauf. Von links wurde es durch einen Ruf erwidert, der fast an ein Bellen erinnerte. Das Rudel würde sich in einer Schlangenlinie langsam auf ihn zubewegen. Das Wild würde durch die Lücken zu entkommen suchen, dadurch direkt vor seinem Unterschlupf herlaufen und ihm vor den Bogen geraten.

Ein Wassertropfen fiel ihm in die Augen, und einen Moment

lang verzerrte sich die Welt. Nachdem er wieder klar erkennen konnte, starrte er auf eine junge Damgeiß. Sie stelzte den Weg von rechts entlang, ein schwieriger Schuß für ihn. Obwohl sie ihn weder sah noch witterte, spürte sie dennoch, daß etwas nicht stimmte. Sie kam weiter näher, doch Gan entschied sich, sie laufenzulassen. Das Rudel würde ihm noch bessere Beute zutreiben. Oder gar keine.

Es dauerte fast eine Stunde, bis ein Hirschbock zu Gans Linker heranlief. Es war ein einfacher Schuß, und das Tier starb ohne großen Kampf. Gan erhob sich schon und langte nach seinem Messer, um es ausbluten zu lassen, da erstarrte er. Rechts von ihm trottete ein riesiger Wildeber den Pfad entlang und wollte in dem täuschend zierlichen Gang seiner Art vorbeitraben. Er war sich des Mannes, der ihn beobachtete, nicht bewußt, und die Wölfe in der Ferne hinter ihm beunruhigten ihn kaum. Seine Hauer würden jedes Rudel entmutigen, nun, vielleicht nur das hungrigste nicht. Dann bemerkte er Gan. Einen Augenblick lang war er sich nicht sicher, was er da vor sich hatte, dann jedoch hatte er sich eine Meinung gebildet. Sein alarmiertes Quieken hallte durch das ganze Tal, und Gan wußte, nun war sein Versteck unwiderruflich preisgegeben. Den Bock brauchte er für sich, und die Übereinkunft zwischen ihm und den Wölfen verlangte, die Beute zu teilen. Zwei Pfeile bescherten dem Rudel eine Schweinefleischmahlzeit.

Er eilte hinunter zu dem Hirsch und schnitt ihm die Kehle durch, um ihn ausbluten zu lassen. Rasch entfernte er die Genitalien, legte dann den Grimmdarm frei und riß ihn heraus. Beides war notwendig, damit das Fleisch nicht verdarb, ebenso die Entnahme der Moschusdrüsen an den hinteren Sprunggelenken, sonst würde der starke, saure Moschus das Fleisch ungenießbar machen. Nachdem er die Klinge gründlich gesäubert hatte, schlitzte er das Bauchfell bis zur Brust auf. Er ging schnell vor, da er viel Übung besaß, doch zugleich sehr sorgfältig; nur ein wenig zu tief, und er würde den Dickdarm verletzen. Auch dadurch könnte er das Fleisch ruinieren. Durch die Brust zu schneiden stellte eine härtere Arbeit dar, doch schon bald konnte er das Tier auf die Seite legen und die inneren Organe herausziehen.

Er enthauptete den Kadaver und schnitt rund um die beiden Hinterläufe, etwa zwei Zoll unterhalb des zweiten Gelenks. Durch die Schnitte zog er ein Lederband, dessen anderes Ende er an einem Ast befestigte und den Hirsch so vom Boden hochwuchtete.

Nun schnitt er ringförmig das Fell an jedem Hinterbein durch und trennte die Haut mit einem langen Schnitt von Lauf zu Lauf von den Schinken. Mit einigen kleineren Schnitten zog er das Fell von den Hinterläufen und zerrte es hoch bis zu den Schulterblättern. Dieses Vorgehen wiederholte er bei den Vorderbeinen und beendete die Arbeit damit, daß er die Haut über den Hals abzog.

Trotz des kühlen Nebels schwitzte er, und noch mußte er das Tier vierteln, um es zum Lager zurückbefördern zu können. Rasch fuhr er fort und achtete sorgsam darauf, daß nicht zuviel Haar und Schmutz an das Fleisch geriet.

Nachdenklich betrachtete er den Haufen Abfall von seiner Beute, und der Anblick betrübte ihn. Er haßte es, irgend etwas zu verschwenden, besonders, wenn es von seiner Hand gestorben war. So vieles hätte man aus dem herstellen können, was nun ungenutzt liegenblieb; allein die Geweihe würden Knöpfe, Ahlen und Griffe und vieles mehr liefern. Trotzdem blieb ihm keine andere Wahl. Sie brauchten Fleisch und Fell und hatten weder Zeit noch Gelegenheit, den Rest zu verwerten.

Als letztes, bevor er aufbrach, hackte er ein paar dicke Äste von einem toten Apfelbaum in der Nähe. Mit Lederbändern zurrte er sie außen an das in Fell verpackte Fleisch und schleppte gerade das Bündel zum Pferd, als er die Ankunft des Rudels spürte. Er erreichte sein Tier, ehe er sie überhaupt hörte. Ihre Augen funkelten noch immer im Jagdfieber. Mit vollem Bauch beobachteten sie nichtsdestotrotz interessiert, wie er seine Beute hinter dem Sattel befestigte.

Futter war für sie von ihren Fähigkeiten und den Launen der Natur abhängig. Hunger war für sie normal und ein häufiger Gast. Genug zu fressen gab es nur selten, und der Mann vor ihnen hatte Fleisch. Unruhig traten sie von einem Bein aufs andere.

Das Pferd schnaubte und zerrte an den Zügeln. Während sich Gan im stillen dafür schalt, einen der Gäule der Teufel und nicht sein eigenes Tier mitgenommen zu haben, reckte sich der Leitwolf und gähnte. Die anderen folgten seinem Beispiel.

Inzwischen war das Pferd so nervös, daß es zum Kampf wurde, die Ladung festzuzurren. Nachdem Gan endlich damit fertig war, hatten die Wölfe ihn umzingelt.

Steif trat der Anführer des Rudels vor, der Gan bis zur Hüfte reichte. Er knurrte leise, blieb stehen, kaum einen Meter entfernt, und schnüffelte demonstrativ an dem Mann, dem Pferd und dem noch immer tropfenden Bündel.

Gan benötigte seine ganze Kraft, um das Pferd mit der linken Hand zu halten, während seine Rechte langsam zum Griff des Murdats ging. Endlich, ob nun aus reiner Aussichtslosigkeit oder durch Gans Drängen, gab der Gaul in seinem Zerren und Aufbäumen nach und blieb zitternd stehen. In seinen Augen war das Weiße zu sehen. Vor dem Maul hatte er Schaum, als wäre er den ganzen Tag gelaufen.

Gan sprach beruhigend auf den Leitwolf ein, vermied jeden Blick auf seine Augen, und starrte statt dessen vor sich auf den Boden. »Bruder, wir haben heute zusammen gejagt. Das Rudel hat gefressen. Wir haben in Frieden geteilt.«

Zwischen zwei Männchen kam es zu einer Rangelei, und schnappend und fauchend konnten sie ihre Aggressivität nicht länger zurückhalten. Trotzdem hielt Gan den Blick weiterhin auf die gleiche Stelle fixiert. Eins der Tiere fiepte, und damit war die Sache erledigt.

Gan löste die Zügel und wickelte sie sich um die Faust. Mit der anderen Hand zog er die Klinge ein Stück aus der Scheide. »Ich habe euch überlassen, was ich nicht brauche. Den Rest werde ich zur Not mit Gewalt verteidigen.«

Die untere Lefze des Wolfes zitterte beim Klang seiner Stimme.

Gan führte das Pferd davon und achtete sorgsam darauf, den Leitwolf zu keiner Regung zu veranlassen. In diesem Augenblick hätte jede Beleidigung einen Angriff ausgelöst. Die anderen traten hechelnd und verunsichert aus dem Weg.

Er zwang sich, langsam zu gehen. Das Rudel hinter ihm rief ein Gefühl hervor, als würde ihm eine Feder über den Rücken gestrichen. Zehn Meter hatte er zurückgelegt. Dann zwanzig. Nach fünfzig Metern blieb er stehen und drehte sich um. Nur der Anführer war noch da und beobachtete ihn. Gan winkte. Der Wolf starrte ihn weiter an. Während Gan den Weg den Berg hinauf fortsetzte, nahm er einen langen Schluck Wasser aus seinem Schlauch.

Mit den Brüdern auszukommen stellte stets eine sensible Angelegenheit dar. Dieses Verhalten war ihm dennoch neu. Irgend etwas hatte sie aufgestört.

Nach den nächsten Schritten fiel ihm unten im Tal eine Bewegung auf. Er dachte zunächst an einen Präriebären, so laut brüllte das Wesen, ohne sich um Heimlichkeit zu bemühen. Erst als sich das Gebüsch lichtete, konnte er einen Mann auf einem Pferd sehen, der drei Packesel hinter sich herzog.

Ein Händler. Niemand sonst führte ein Leben ohne irgendeine Form von Gesellschaft, lediglich die Händler wanderten nur mit ihrer Familie als Schutz vor den Grausamkeiten der Welt umher.

Dieser reiste sogar vollständig allein. Gan unterdrückte einen Schauder. Sich an keine Gruppe zu binden war ausgesprochen unvernünftig. Selbst jetzt, wo er ein Ausgestoßener war, fühlte er persönlich sich weiterhin dem Hundestamm zugehörig.

Er trat in ein Erlenwäldchen und beobachtete, wie der Mann näher kam. Die Sonne brannte ein Loch in den bedeckten Himmel und ließ ein wenig Licht ins Tal. Der Boden war von Blüten übersät, die sich in undisziplinierten Haufen von Gelb und Weiß und Hellblau zusammenrotteten. Die zahlreichen Obstbäume wirkten wie rosafarbene Schneeverwehungen. Durch sie hindurch ritt der bärtige Händler, der in einen schweren Mantel aus Waschbärfellen gehüllt war und einen dazu passenden Hut trug. Manchmal pfiff er, manchmal sang er vor sich hin. Sein Pferd zuckte mit den Ohren, wenn er gelegentlich darin innehielt und mit ihm sprach. Gan war sich des Lächelns auf seinem eigenen Gesicht nicht bewußt, als der Mann kaum zehn Meter entfernt plötzlich sein Tier zügelte. Beim Anblick des Kriegers, der ihn beobachtete, fiel er fast aus dem Sattel. Wie ein Bergbach sprudelten die Worte aus seinem Bart hervor.

»Du hast doch friedliche Absichten, oder? Ich habe nichts, wofür sich zu sterben lohnte. Nimm, was du willst, und viel Glück. Vielleicht ergeht es dir damit besser als mir. Ich bin Meilen und Meilen und Meilen gereist und habe nicht genug Gewinn gemacht, um –« Gan hob die Hand, und sofort verstummte der Mann.

»Wer bist du? Woher kommst du, und wohin willst du?« fragte Gan.

Der Kiefer des Neuankömmlings arbeitete schon, bevor er zu sprechen begann. »Was denn, kann doch jeder sehen, daß ich ein Händler bin, der Sohn eines Händlers, Enkel –« Abermals hob Gan die Hand, und der Mann hielt erneut inne und fuhr dann fort: »Ja. Das sind wir. Und waren wir stets. Ich habe bei den Büffelessern überwintert. Bin auf dem Weg zurück nach Harbundai.«

»Für den Paß ist es sehr früh. Und du hast mir deinen Namen nicht genannt.«

»Du mir auch nicht, junger Hund.« Er kicherte, und teilweise verschwand die Nervosität aus den glänzenden grünen Augen und wurde durch einen Scharfsinn ersetzt, der wesentlich natürlicher erschien. »Hat einen Moment gedauert. Ich bin Bilsten. Ich erkenne dich, Gan Moondark.« Er erhob sich in den Steigbügeln und blickte sich um. »Versteckt sich der Rest in der Nähe?«

»Welcher Rest?«

Jetzt strahlten die Augen Zuversicht aus. »Da warst du und

auch der Kampflehrer, Clas na Bale; Neela Yan, die Tochter von Faldar Yan, den du getötet hast; dein Vater, Col, der wahre Kriegshäuptling; und dann noch eine Rosenpriesterin aus Ola mit Namen Sylah. Ach ja, zudem hast du drei Hunde bei dir. Also, wo sind die anderen?«

»Mein Vater ist gestorben.«

Der Händler reagierte mit ehrlichem Mitgefühl, und Gan bedauerte, ihn so harsch behandelt zu haben. Dennoch, so ermahnte er sich, war der Mann das, was er war. Er fragte: »Woher weißt du so viel?«

»Was ich weiß, erhält mich am Leben.«

»Was du über mich weißt, könnte das ändern. Du bist klug genug, um das zu begreifen. Mit deinem Wieselverstand heckst du vermutlich schon ein Geschäft aus.«

Er nickte heftig. »Gut! Das gefällt mir. Kein Feilschen. Die Wahrheit. Bay Yan hat hundert Pferde auf jeden eurer Köpfe ausgesetzt. Außer dem seiner Schwester natürlich. Für die bekommt man zweihundert, wenn man sie lebend und unverletzt zurückbringt. Für die Priesterin hat er kein Angebot gemacht. Gäbe zuviel Schwierigkeiten mit der Kirche, verstehst du? Eine Menge Pferde, hundert Stück. Dazu Hundepferde.«

»Willst du meinen Kopf?«

Der Mann zeigte sich entrüstet. »So was von mißtrauisch. Und dabei so ein junger Mann. Eine Schande. Hier ist mein Vorschlag. Nimm an, jemand – du, zum Beispiel – hätte einen Bergkrieger getötet, vielleicht sogar zwei. Wenn man sie ein paar Tage dem Wetter und den wilden Tieren überlassen würde, könnte ein Mann – möglicherweise ein Händler – mit dem Kopf – oder mit zweien – zu Bay Yan gehen, wie ich gesagt habe. Der junge Bay würde sich die nicht allzu genau angucken wollen, nicht wahr? Und falls, würde er doch nichts erkennen, vor allem nicht, wenn man gleichzeitig deinen Bogen oder deinen Murdat als Beweis mit dem Kopf liefern würde. Siehst du, ein Mann könnte sich also hundert, vielleicht zweihundert Pferde verdienen. Und das nur für einen toten Bergkrieger.«

»Oder zwei«, entgegnete Gan trocken, und Bilsten grinste erneut breit. Der junge Krieger fügte hinzu: »Ich werde darüber nachdenken. Was gibt es sonst für Neuigkeiten?«

»Ich verkaufe Neuigkeiten, Moondark.«

»Und ich verschenke Pfeile.«

»Ach ja, verstehe. Trefflicher Einwand. Also, die Büffelesser haben sich mit dem Stamm vom Schlammigen Fluß angelegt. Ein Häuptling namens Viel-Eisen – er ist der Oberste Häuptling des Farmbundes – drängte die Schlammigen nach Westen, ins Territorium der Büffelesser. Viel-Eisen kommt vom Oberlauf. Kennst du einen dieser Namen?«

»Ich habe von den Büffelessern gehört. Das ist alles.«

Das Kinn auf die Hand gestützt, runzelte Bilsten die Stirn. »Hm. Dann habe ich dir wohl nicht viel zu berichten. Oh – die Bergmenschen, die nach dir suchen, haben mir eine Lüge erzählt, die dir Vergnügen bereiten wird. Die behaupten, sie hätten ein Gefecht mit Menschen gehabt, die mit Donner und Blitz kämpfen. Wollten mir weiterhin weismachen, sie hätten zwei von ihnen getötet und hätten auch den Rest erwischt, wenn nicht die Kavallerie von Ola aufgetaucht wäre und sechs der anderen gerettet hätte. Zwei weitere sind entkommen. Zeigten mir fremdartige Kleidung und Stiefel und Ausrüstung, aber keine dieser Waffen. Hätten mich fast davon überzeugt, daß sie an ihre eigene Geschichte glauben.«

»Du hast mir noch nicht gesagt, wohin du willst.«

Bilsten ließ sich zu Boden gleiten und lehnte sich an sein geduldiges, still dastehendes Pferd. »Du mußt ziemlich erpicht darauf sein, durch diesen Paß zu gelangen. Wie würd's dir gefallen, wenn ich dich hindurchbringe? Schnell und sicher.«

»Was würdest du dafür verlangen, uns zu führen?«

»Ich würde euch nicht führen.« Auf Gans Stirnrunzeln hin hob er beschwichtigend die Hand. »Nicht gleich aufregen. Geduld. Wenn ich auf der Westseite mit dir auftauchen würde, wüßte jeder, daß ich dich geführt habe. Davon bekämen die Bergmenschen Wind, und auf meiner nächsten Reise würden sie mir die Kehle aufschlitzen. In aller Seelenruhe. Aber sollte ich eine deutliche Spur auf einem Pfad hinterlassen, den sie für gewöhnlich nicht überwachen, wer könnte mir die Schuld daran zuschieben, wenn du mir gefolgt bist?«

»Was schulde ich dir, falls das klappt?«

»Für Bay Yan seid ihr tot jeder einhundert Pferde wert, das sind zusammen zweihundert, und wir wissen beide, daß er für seine Schwester dreihundert herausrücken würde. Aber zu meinem unendlichen Leid bin ich ein großzügiger Mann, ja? Obwohl ich von Bay Yan fünfhundert Tiere bekäme, brauchst du mir nur, sagen wir, fünfhundertfünfzig zu versprechen, und ich hinterlasse eine Spur, die du im Dunkeln nicht übersehen wirst.« Er wischte mit der Hand durch die Luft, als würde er etwas ausradieren, da öffnete Gan mit hochrotem Kopf den Mund zur Erwiderung. Bilsten war zerknirscht. »Ach, nein, das ist zu gierig, du sitzt hier in der Falle, und überhaupt. Machen wir eine runde Summe draus. Fünfhundert, und dafür darfst du mich zudem einen weichherzigen Narren nennen.«

»Fünfhundert *Hunde*pferde? Für einen Weg, den du sowieso einschlägst, ob wir dir nun folgen oder nicht? Vier, Händler, und kein einziges mehr, oder du wirst uns an der Spitze meines Murdats führen.«

Bilsten richtete sich auf. »Hart. Hast du nur einen Gedanken an das Risiko verschwendet, das ich eingehe, da ich das Wort eines Mannes annehme, der vermutlich tot sein wird, bevor er seine Schulden bezahlen kann?« Er vollführte rasch das Dreizeichen, und Gan bemerkte die beiläufige Anmut dieser Geste. Er fuhr fort: »Abgemacht, vierhundertfünfzig. Und wann?«

»Komm mit zu unserem Lager. Iß. Kein Streit mehr. Ich kann dir nicht genau sagen, wann, aber ich verspreche dir vierhundertundfünfzig.«

Bilsten schwang sich in den Sattel. »Danke. Während des Ritts kannst du mir von deinen Reisen erzählen.«

Die Hunde beobachteten ihre Ankunft mit geringem Interesse. »Ich bin Bilsten«, rief der Händler Clas na Bale entgegen, der ihn mit offener Feindseligkeit begrüßte. »Clas na Bale, möchte ich meinen?«

»Clas na Bale, gleichgültig, was du meinst«, knurrte der Hundekrieger. An Gan gewandt, fügte er hinzu: »Wo hast du den aufgetrieben? Und warum hast du ihn hierhergebracht?«

Bilsten riß das Wort an sich. »Und vielen Dank für das herzliche Willkommen. Darf ich vielleicht bitten –« Sein aalglattes Geschwätz brach mitten im Satz ab. Tate half Jones aus dem Zelt der Männer, während Sylah und Neela vor dem anderen auftauchten. Der Händler unternahm einen tollkühnen Versuch, Anstand zu zeigen, und zog die Mütze vom Kopf. »Ich erkenne dich, Rosenpriesterin Sylah, und dich, Neela Yan. Ich bin Bilsten, ein Händler, so wie mein Vater vor mir, und –« Er blickte hinüber zu Gan und endete rasch: »– und so weiter.« Nun widmete er seine Aufmerksamkeit den Fremden, und seine grünen Augen funkelten nur so vor Neugier.

Tate sagte: »Wir erkennen dich, Bilsten. Ich bin Donnacee Tate. Dies ist John Jones.«

Bilsten richtete sich im Sattel auf und schwenkte seine Mütze in großer Geste. Langsam wandte er sich Gan zu. »Also, da hat der junge Mann den armen Händler zu einer Abmachung überredet, der zufolge er sechs Menschen zu führen hat, und nicht nur drei vom Hundestamm und die Priesterin. Bilsten wird das nicht vergessen.«

»Was für eine Abmachung?« wollte Clas wissen.

Gan erzählte ihm von ihrem Zusammentreffen und dem Gespräch.

Als wollte Bilsten alle Bedenken zerstreuen, glitt er von seinem Pferd und strahlte jeden mit seinem unschuldigen Lächeln an. Zu den Fremden sagte er: »Ihr seid diejenigen, die den Bergmenschen entkommen sind. Ist das deine richtige Haut, Donnacee? Ich war schon an vielen Orten und habe viele Dinge gesehen – ja, und ich kenne die Geschichte über die schwarzen Menschen, die in den Zeiten der Riesen lebten. Da ich dich jedoch für freundlich halte, glaube ich kaum, daß du ein Riese bist.«

Sie antwortete: »Nenn mich Tate.«

»Woher stammst du?«

»Aus dem Osten. Sehr weit aus dem Osten.«

»Und wie bist du hierhergekommen?«

Clas öffnete den Mund und wollte sich einmischen, doch Gan gebot ihm mit einem raschen Zeichen Einhalt. Die Ausflüchte der Fremden störten ihn schon lange, und der dreiste Bilsten würde ohne Rücksicht auf gute Manieren nach Einzelheiten bohren. Jones, dem unbehaglicher zumute zu sein schien als je zuvor, zog sich in das Zelt der Männer zurück. Tate blieb unerschütterlich. »Zu Fuß«, antwortete sie.

»Am Volk vom Schlammigen Fluß vorbei? Und den Büffelessern? Gehörst du zu den Menschen vom Oberlauf?«

Sie blinzelte nicht einmal. »Noch weiter aus dem Osten. Wir haben sorgsam jeden Kontakt vermieden.«

»Sorgsam? Ihr müßt Geister sein.« Bilsten drehte sich zu Gan um.

»Wie seid ihr auf sie gestoßen?«

»Als sie uns sahen, wußten sie, daß sie bei den Hundemenschen bleiben wollten.«

»Warum bei dir? Es gibt andere –« Angesichts von Gans Miene klappte er den Mund zu. Doch nicht für lange. »Natürlich. Ein so wichtiger Stamm.«

»Du hast ein sehr loses Mundwerk«, merkte Clas an.

Bilsten schämte sich dessen nicht. »Manchmal sind Worte schneller als Stahl.«

»Darauf würde ich nicht allzuoft wetten«, erwiderte Clas und verschwand bei Jones im Zelt.

Sylah trat vor. »Wir wollen nach Harbundai. Hat Gan dir das erzählt?«

»Das, aber sonst nur wenig anderes, Priesterin. Du stammst aus Ola, nicht wahr? Aus der Irisabtei?«

Sie überging die Frage. »Zum Wolkenruhepaß – sind wir da auf dem richtigen Weg?«

Er nickte. »Woher kennst du den?«

Sie überlegte einen Augenblick und berichtete ihm dann von dem Kranken, den sie behandelt hatte. Anschließend strich sich der Händler durch den Bart, dachte nach und wandte sich an Gan. »Verfluche mein weiches Herz, aber ich muß sagen, was ich für deine Leute für am besten halte.« Er deutete auf Jones. »Der wird es nicht schaffen. Der Paß ist auf jeden Fall zu hoch für ihn. Man braucht viel Kraft, um ihn zu bewältigen.«

Tate stand nahe genug dabei, um seine Worte zu hören. »Er wird es schaffen.«

Bilsten zuckte mit den Schultern. »Ihr solltet meinen Namen nicht erwähnen. Niemandem gegenüber, aus welchem Grund auch immer. Das könnte mich das Leben kosten, ja?«

Gan nickte. »Du hast mein Wort.«

Bilsten deutete mit dem Kopf auf die anderen. »Natürlich. Und ihres?«

»Ich trage die Verantwortung.«

Er kniff die stechenden Augen herausfordernd zusammen. »Bist du deiner Autorität so gewiß?«

Aus den Augenwinkeln bemerkte Gan Sylahs Stirnrunzeln. »Sie vertrauen mir. Ich vertraue ihnen. So verhält es sich.«

Bilsten klatschte in die Hände und erhob sich. »Die Antwort wollte ich hören! Und jetzt, mit deiner Erlaubnis ...?« Obwohl er nicht abwartete, wirkte er dennoch nicht unhöflich, als er sich halb verbeugte und sich zu den Fremden aufmachte.

Gan kicherte und sah ihm hinterher. »Der Mann ist auf Antworten aus wie eine Elster darauf, ein Ei aufzubrechen.«

»Er ist verschlagen«, gab Sylah nachdenklich zurück.

»Solange er uns durch die Berge bringt.«

Sie blickte ihm tief in die Augen. »Du lernst, Menschen zu benutzen. Dabei handelt es sich um ein gefährliches Wissen. Verwende es *für* dein Volk.« Sie drehte sich um und ging davon. Er starrte ihr hinterher.

Daß Neela sich ihm näherte, bemerkte er nicht, bis sie schon neben ihm stand und sprach. Sie hatte zugehört und machte keine Anstalten, dies zu verbergen. »Ja, Gan, wie wirst du deinem Volk dienen? Willst du es bekämpfen? Ihm noch mehr Elend bringen? Ich habe zumindest als Geisel meinen Wert. Vielleicht darf ich hoffen, den Hundemenschen etwas Frieden einzubringen.«

Vor Schock erstarrt, saß er einen Augenblick lang da, und dann reagierte er und stürmte zu dem Packpferd, schnitt die Leinen los und warf das Bündel aus Fleisch, Fell und Holz zu Boden. Danach bestieg er sein eigenes Pferd und ließ es den Weg hinunter ins Tal trotten. Er wollte nur Abstand zwischen sich und Neela und ihre schmerzenden Worte bringen, und sein Zorn schwoll mit jedem Schritt an, bis er die Talsohle erreicht hatte. Nun ging seine Wut mit ihm durch. Er trieb das Tier zum halsbrecherischen Galopp an und donnerte zwischen den Bäumen hindurch, hackte blühende Äste mit seinem Murdat ab und ließ einen wilden Blütenregen hinter sich zurück.

Der wahnsinnige Ritt dauerte, bis Gan die Erschöpfung des Pferdes zu Bewußtsein kam. Er schwang sich aus dem Sattel, führte das Tier zu einem Bach und bremste es, bevor es zuviel trinken konnte, was ihm nicht guttat. Während das geschundene Pferd noch keuchte, hielt er seinen Hals und entschuldigte sich. Hoffentlich hatte seine Dummheit nicht die Wirkung der langen Ruhe und des guten Futters zunichte gemacht. Abermals ließ er das Tier trinken und lenkte es zum oberen Ende des Tals.

Ungefähr auf halbem Wege tauchten die Wölfe hinter ihm auf. Eine Weile lang befürchtete er erneut Schwierigkeiten, doch der Leitwolf ließ das Rudel lediglich bis auf eine Entfernung heran, die den Respekt wahrte. Sie waren angespannt, doch nicht aggressiv.

Auf dem Felsen, von dem aus man die Wildwechsel überblicken konnte, drehte er sich um. Sie hatten sich unten zu einer Gruppe versammelt. Lethargisch legten sie sich hin und rekelten sich in der Sonne. Plötzlich sehnte er sich ebenfalls nach Ruhe. Er band sich die Zügel um die Handgelenke, bevor er sich an eine Fichte setzte.

Er spürte, wie der Traum kam, als der Schlaf ihn übermannte.

Clas war bei ihm. Sie standen einem Rat finsterer Männer gegenüber. Ihre Gesichter wollten sich ihm nicht recht enthüllen, sie erschienen ihm nur wie Narben und harte Züge. Clas war der einzige, den er benennen konnte. Dennoch kannte Gan, der bei ihnen saß, alle von ihnen.

Sie warteten darauf, daß er sprechen würde.

Hinter ihnen spürte er eine riesige Weite, wenngleich er sie nicht sehen konnte. Er wußte, sie war dunkel, eine Schwärze, die wie Obsidian glänzte. Sie zog ihn an. Der Gan, den er im Traum beobachtete, wußte genau, worum es sich handelte.

Diesem Traum-Gan stand ein Mann gegenüber. Eine Drohung lag in der Luft.

Dann war da eine Waffe, eine schlanke Axt mit Stahlgriff. Der bedrohliche Mann hob sie und wollte sie auf ihn werfen. Gan bemerkte selbst die kleinste Bewegung jedes Muskels an dem entblößten Arm.

Hinter sich hörte er ein Geräusch von Clas. Sein Schwert, kein Murdat, zischte durch die Luft und traf den Axtwerfer unterhalb der Rippen. Dessen Waffe fiel zu Boden und landete scheppernd auf dem Stein.

Die Zeit blieb stehen. Im Herzen des Gans aus dem Traum tobte der Haß auf Clas, auf den Mann, der sein Leben gerettet hatte.

Abrupt erwachte er. Der Hall einer Stimme bestätigte ihm, daß ihn sein eigener »Nein!«-Schrei aus dem Schlaf gerissen hatte. Die Sonne stand tief.

Vorsichtig erhob er sich und erwartete halb einen Schmerz, der aus dem quälenden Traum herrührte.

Was konnte er bedeuten? fragte er sich und entschied, die Bilder seien nur ein Zeichen und kein Vorzeichen.

Während er diesem Gedanken nachhing, wurde er sich der Wölfe bewußt, die ihn umzingelt hatten. Wie auf Befehl trotteten sie zurück und formierten sich hinter ihrem Anführer. Jetzt waren sie ganz ruhig.

Als er aufbrach, verblich das Licht der Sonne langsam. Der

Erde wurde die Farbe entzogen. Dunkelheit hatte die Tiefen der Cañons erobert.

Noch immer führte er sein Pferd, während er bergaufwärts trabte. Der Gesang der Wölfe folgte ihm und füllte seine Seele mit dem Gefühl von Verlust und Einsamkeit.

Weit über ihm hörte Neela den Chor und schauderte. Sylah, die ihr gegenüber an einem kleinen Feuer saß, welches das Zelt wärmte, blickte besorgt auf. »Mach dir keine Gedanken«, sagte sie. »Das sind seine Freunde, wie du selbst erlebt hast.«

Sie nickte. »Ich weiß, aber ich kann trotzdem nichts dagegen machen. In meinen Ohren klingen sie immer so traurig. Ich hasse dieses Geheul.« Mit der Faust schlug sie sich auf den Oberschenkel. »Ich habe ihn verletzt. Vielleicht wollte ich das gar nicht, dennoch habe ich es getan. Warum habe ich mich so dumm benommen?« Dann, fast ohne Unterbrechung, fügte sie hinzu: »Er hätte es wissen müssen, hätte es verstehen müssen.«

Sylah kam zu ihr und nahm sie in die Arme. »Immer der gleiche Kummer. Wir verstehen uns selbst nicht und erwarten das trotzdem von den anderen; die verstehen sich selbst nicht und erwarten es von uns. Möglicherweise würde es genügen, wenn wir nur gegenseitig ein wenig füreinander da wären.«

Elf

Sylah beobachtete Tate bei ihrer allabendlichen Reinigung der Blitzwaffe. Wie gewöhnlich rieb sie die Waffe mit einem besonderen, eingeölten Tuch ab, öffnete sie sodann in der Mitte – wobei sie ein Geräusch erzeugte wie ein brechender Stock –, um aufmerksam in die beiden hohlen Röhren zu gucken. Das erschien Sylah ausgesprochen eigentümlich, waren die beiden doch offensichtlich leer. Jedesmal starrte Tate von beiden Seiten hinein, als könnte in der Zeit, wo sie die Waffe umdrehte, etwas hineingeschlüpft sein, und das stachelte Sylahs Neugier noch mehr an.

Sie bückte sich und richtete ihr Lager, wobei sie Tate insgeheim um dieses erstaunliche Ding beneidete, welches sie Schlafsack nannte, und als sie sich wieder aufrichtete, nahm sie mit Überraschung zur Kenntnis, daß Neela bereits das Zelt betrat. Das Mädchen sagte: »Jones ist etwas kräftiger geworden, glaube ich. Heute hat er mehr Brühe gegessen.«

Tate erwiderte: »Du hast ihn gut versorgt.« Sie legte sich die nächsten Worte sorgsam zurecht. »Er läßt sich gern von dir behandeln.« Daraufhin beschäftigte sie sich mit der kleinen Waffe, die sie an der Hüfte trug, nahm sie auseinander und rieb die Einzelteile mit dem Öllappen ab. Sylah bemerkte selbst nicht, wie angelegentlich sie ihr dabei zuschaute, bis Tate aufblickte.

Da hob die Priesterin das Kinn und entschied sich, ihre Neugier einfach einzugestehen. »Du trägst die Waffen eines Kriegers. Jones hat keine. Das ist ausgesprochen verwirrend. Kannst du das erklären?«

Tate antwortete: »In meiner Zeit –« Sie unterbrach sich und hüstelte. Schließlich fuhr sie fort: »Ich wollte sagen, in meinem Land, gab es, als ich aufwuchs, sehr viele Kriege. Manchmal mußten Frauen an der Seite von Männern kämpfen. Wir wurden dazu ausgebildet.«

Neela wandte ein: »Wir wurden ebenfalls ausgebildet, und trotzdem tragen wir keine Murdats. Hast du gekämpft? Wie ein Krieger, meine ich?«

Sie überlegte, wie sie am besten erklären könnte, daß sie nur mit administrativen Aufgaben beschäftigt gewesen war. Zwar hatte sie eine Kampfausbildung absolviert, und sie hatte intensiv Militärgeschichte studiert. Aber darauf wollten die Frauen nicht hinaus; sie interessierte, ob sie eine Stütze sein würde. Sie dachten an eine bevorstehende Auseinandersetzung mit diesem Stamm, den sie abwechselnd als Bergmenschen und als Teufel bezeichneten. Die Lüge ging ihr leicht über die Lippen. »Ja, ich bin eine Kriegerin.«

»Hast du dich freiwillig gemeldet?« fragte Sylah. »Oder wurdest du gezwungen? Hat man dir erlaubt, Kinder zu bekommen?«

Wie sollten sie eine überbevölkerte Welt begreifen? »Ja, das hätte man mir erlaubt.«

Neela lachte. »Natürlich hätte man es ihr erlaubt.« Sie wandte sich an Tate und erklärte es. »Wenn man in Ola sagt, einer Frau sei ›erlaubt‹, Kinder zu bekommen, bedeutet das, sie wurde einem Manne gegeben. Frauen, die keine Kinder bekommen, sind eine Schande. Hundefrauen wählen sich ihre Gefährten frei aus, und auch bei uns sind Kinder der ganze Stolz einer Frau. Manchmal –« Abrupt hielt sie inne und richtete den Blick angstvoll auf die Priesterin.

Sylah lächelte milde und machte eine beschwichtigende Geste. Währenddessen erhob sie sich und gab Tate ein Zeichen, damit die ihr half, die lederne Abdeckung vor dem Eingang des Zeltes herunterzulassen. Danach flüsterte sie: »Wir drei sollten mehr übereinander erfahren. Kommt näher zusammen. Die Männer dürfen uns nicht hören.«

Die Köpfe eng zusammengesteckt, die Gesichter vom Schein der Kohlen in der Feuergrube beleuchtet, fragte sie Tate intensiv über ihre Rechte und Pflichten in ihrem Stamm aus. Im Dämmerlicht erzeugten die nüchternen, unverblümten Antworten, daß alle frei und wie sie privilegiert waren, einen wachsenden Groll, der Sylahs Stimme hart klingen ließ. Selbst Neela, die stolz auf ihre Kultur war, welche in Sylahs Augen den Frauen große Freiheiten zugestand, äußerte mehrfach ihre Überraschung.

Tate war scharfsinnig genug, daß ihr der tiefere Sinn der Fragen und die Wirkung ihrer Antworten nicht entging. Nach einer Weile sagte sie: »So wie du redest, möchte man glauben, die Frauen wären nicht sehr frei in Ola.«

Die entlarvende Stille, die darauf folgte, machte alle weiteren Kommentare überflüssig. Sylah fielen die nächsten Worte sehr schwer, weil sie sich schämte. »Du hast recht. In meinem Land werden wir gekauft und verkauft.«

»Jesus«, entfuhr es Tate.

Neela schrie halb auf und wich zurück, wobei sie seitlich in ihrer Fluchtbewegung hinfiel. Sylah glaubte, das Herz wolle ihr stocken. Der Schock hielt sie so lange in Erstarrung fest, bis Neela sich aus ihrem Bettzeug freigezerrt hatte und erneut aus dem Zelt flüchten wollte. Sylah langte nach ihr und erwischte sie am Knöchel. Die Priesterin zog sie heftig zurück, umklammerte die Schultern des Mädchens mit einem Arm und bedeckte seinen Mund mit der Hand. Sie fauchte Tate an: »Geh nach draußen! Clas wird kommen. Sag ihm, du hättest ein Geräusch gehört – ein Tier. *Beeil dich!*«

Tate war gerade rechtzeitig vor dem Zelt, um Clas zu begegnen, dessen Murdat in seiner Hand wie ein finsterer Schatten wirkte. Sie erzählte ihre Geschichte, und er murmelte etwas über nervöse Frauen und kehrte zu seinem Lager zurück.

Sie stieß wieder zu den beiden anderen, und Neela hatte sich inzwischen beruhigt. Im Licht der Scheite, die in die Feuergrube gelegt worden waren, sah sie, daß das Mädchen noch immer die Augen weit aufgerissen hatte. Sobald sie sich gesetzt hatte, schob Sylah ihr Gesicht Zentimeter vor Tates. »Du hast den Namen benutzt, den verbotenen Namen. Was, wenn *sie* es gehört haben? Sie würden über uns aussagen müssen!«

»Ich habe doch nur gesagt –«

»Nein!« Sylah packte sie an den Schultern und rüttelte sie. »Die Kirche verbietet das. Der Name darf weder von uns ausgesprochen werden, noch von jemandem, den wir hören können!«

Tate schluckte vernehmlich, ehe sie antwortete. »Wir benutzen den Namen häufig. Er ist unser Freund.«

»Natürlich. Er ist jedermanns Freund. Aber Männer haben Ihn getötet, und wenn wir Frauen den Namen aussprechen, erinnern wir sie daran. Seit der Säuberung ist es verboten. Du hast gesagt, in eurem Stamm gebe es ebenfalls die Kirche, wie konntest du das nicht wissen?«

Einen Moment lang zögerte Tate und erwiderte dann: »Uns wurde das nicht gelehrt.«

Neela keuchte. Während sie zu Sylah sprach, fuhr ihr Blick zurück zu Tate. »Vielleicht gab es bei ihnen keine Säuberung. Womöglich haben sie immer noch die Lehrer!«

Sylah reagierte schroff: »Genug. Falls hier jemand über Religion redet, dann ich. Für dich ist das viel zu gefährlich.«

»Sie können uns hier aber nicht hören.«

»Es gibt noch ein anderes Hier. Immer. *Er* war ein Mann.«

Neela setzte sich auf und zog die Knie dicht vor die Brust. Sylah fuhr fort. »Du hast Clas verärgert, als du ihn auf die Ähnlichkeit der beiden Wörter »Sonne« und »Sohn« hingewiesen hast. Die Kirche erklärt uns, die Sonne sei das Antlitz des Einen, Der Zwei Ist, des Sohns des Einem In Allem. Keine Frau darf über ihn sprechen. In meinem Land kommen, wenn eine Frau Seinen Namen im Munde führt, die Wahrheitsbeschützer des Königs, und die Betreffende verschwindet.«

Das letzte, was sie erzählt hatte, verschnürte ihr die Kehle, und Tate griff nach ihrer Hand. »Ist schon in Ordnung, Sylah.« Sie zögerte und suchte nach dem richtigen Ausdruck. »Nicht weh tun. Oder Angst. Ich verstehe.«

Der Priesterin war, als läge in den Worten die gleiche Kraft wie in der körperlichen Berührung. Sylah war überzeugt, sie könne sich auf diese unvorhersehbare neue Freundin verlassen.

Während sie ihre Mission bei den Hundemenschen erläuterte, spürte sie, wie sich der frühere Groll und das alte Mißtrauen auflösten, obwohl sie im Herzen wußte, daß Tate sie in vielerlei Hinsicht belogen hatte. Sie fragte sich nach dem Grund dafür, empfand jedoch keine Besorgnis um sich selbst oder ihre Geheimnisse. Langsam dämmerte es ihr; Tate log vielleicht nur zu ihrem eigenen Schutz und dem ihrer neuen Gefährten.

Aber warum?

Nachdem Sylah fertig war, wartete sie eine lange Weile, während Tate erst einmal das gerade Gehörte verdaute. Schließlich bat die Fremde: »Sag mir, was ich Jones verraten darf und was nicht. Und wie ich euch helfen kann. Erkläre mir dein Ziel und deine Kirche.«

Am folgenden Morgen bemerkte Sylah die dunklen Ringe um Neelas Augen. Das Mädchen aß kaum. Die Priesterin lehnte sich zurück und wartete, bis sie zu ihr käme. Mit schlecht vorgetäuschter Ziellosigkeit tat Neela das dann endlich. Sie starrte auf den Boden und schien zu schwanken, ob sie sprechen oder davonlaufen sollte.

Sylah gab ihr einen kleinen Anstoß. »Du hast nicht gut geschlafen.«

Die Zurückhaltung löste sich auf. Das Mädchen sank in sich zusammen. »Ich habe überhaupt nicht geschlafen. Die ganze Zeit mußte ich über das nachdenken, was du Tate erzählt hast. Darüber, mein Volk zu verlassen und mit meiner Familie zu brechen. Damals kam es mir so richtig vor. Jetzt bin ich nicht mehr so sicher. Die Menschen sollen doch einen Toten rächen und nicht mit dem Mörder davonlaufen. Der Stamm weiß nichts über Likat. Oder Kolee. Und er weiß auch nicht, daß ich einen Krieg verhindern will. Ich glaube, mehr kann ich nicht schaffen. So wichtig bin ich nun auch wieder nicht.« Sie hob den Blick zu Sylah, und in ihren Augen standen die Tränen. »Wird es Bay überhaupt kümmern, was mit mir geschieht? Wenn wir nun sterben und niemand erfährt davon?«

Sylah seufzte. »Ich kann es dir nicht sagen. Mir erscheint es, daß wir uns alle in einem Knoten verheddert haben, und ich weiß nicht, wie wir den lösen sollen.« Sie blickte an Neela vorbei und sah Gan, der von seiner Nachtwache unten im Tal zurückkehrte. »Wie sich das alles zugetragen hat, ist mir auch nicht klar, aber irgendwie werden wir immer weiter hineingezogen.« Neela drehte sich um, entdeckte Gan, und jetzt rannen ihr die Tränen über die Wangen. Sylah wandte sich ihr zu. »Laß ihn deine Tränen nicht sehen. Wir sind genauso stark wie sie. Und zweifle nicht an dir. Du hast etwas sehr Tapferes getan; das Richtige, wie du selbst erkannt hast. Das wirst du noch verstehen. Ich verspreche es dir. Nun wollen wir diesen Hirsch räuchern.«

Sie war erleichtert, als sie das zustimmende Lächeln bemerkte.

Dabei tat es ihr leid, leichthin etwas versprochen zu haben, das ihr selbst so viele Sorgen bereitete.

Das Fleisch hatten sie schon vorbehandelt und mit einer Salzlake getränkt, die auch getrockneten, scharfen Pfeffer enthielt. Sie trugen das in Scheiben geschnittene Fleisch zum Bach, wo sie es abspülten, und brachten es dann zum Räucherofen. Der bestand aus einem Fichtenholzgestell. Neela entfachte in einer Grube ein kleines Feuer, und nachdem es zu Kohlen heruntergebrannt war, legten sie Apfelholz, das in Scheiben gehackt und befeuchtet war, darüber. Rasch hängten sie nun das Fleisch in das Gestell und plazierten dieses über der Grube, und während Sylah das Fleisch ausbreitete, deckte Neela das Ganze mit Fichtenzweigen ab. Sobald Sylah fertig war, beendete Neela ihre Arbeit auf der anderen Seite des Räucherofens, und schließlich legten sie eine der Lederklappen der Zelte darüber. Bevor sie sich daneben niederließen, eilte Neela zum Bach und kehrte mit einem gefüllten Wasserschlauch zurück. Die Apfelholzscheiben durften auf keinen Fall zu brennen beginnen, und über die nächsten vier Stunden hinweg mußten sie das Feuer auf einer Temperatur halten, bei der das Fleisch trocknete, ohne daß ihm das gesamte Wasser entzogen wurde, derweil es jedoch das Aroma des Rauchs in sich aufsog.

Ein Stück entfernt, hinter einem großen Baum verborgen, hatten Tate und Jones sie beobachtet. Jones war der erste, der sprach. »Ich hatte schon Angst, sie würden uns bemerken und denken, wir belauschten sie. Obwohl das gar nicht notwendig wäre, um zu verstehen, wie deprimiert Neela ist.«

Tate verdrehte spöttisch empört die Augen. »Wer ist das nicht?«

Er kicherte leise. Sie blickte ihn fragend an. Er lächelte. »Heute morgen habe ich noch gar nicht an meine Depression gedacht. Ist das ein Fortschritt oder ein Rückfall?«

»Fortschritt«, antwortete sie fest. »Je mehr wir Trübsal blasen, desto schlechter stehen unsere Chancen für morgen.«

»Genau. Wissen Sie, was mir im Moment am meisten Sorgen

bereitet? Wie wir uns den Entwicklungen anpassen können, wenn wir erst den Ort erreicht haben, zu dem wir unterwegs sind.«

Sie lachte laut und harsch. »Was für ein Haufen Arschlöcher das waren – diese Clowns, die uns ausgesucht haben, damit wir in die Tiefkühltruhe steigen. Die glaubten tatsächlich, sie würden uns an einen Ort verfrachten, der eine Miniatur des Landes darstellt, das wir hinter uns gelassen haben. Nichts außer den Zahlen sollte sich ändern.«

Übermäßig beiläufig erwiderte er: »Sie haben noch nie erwähnt, daß man Sie dazu gedrängt hat.«

Sie starrte ihn an, bis er den Blick abwendete. Es dauerte noch einige Sekunden, dann stieß sie einen Seufzer aus und lehnte sich mit dem Rücken an den Baum. »Nicht alle haben Colonel Falconer oder den Leuten, die ihn unbedingt als Freiwilligen dabeihaben wollten, über den Weg getraut, okay? Ich schon. Der Mann ist kein Verräter. Aber mancher befürchtete, er könnte mit seinen Truppen selbst die Macht übernehmen oder einen Mann seiner Wahl zum Boß machen. Daher haben sie zwei Gegentruppen aufgestellt, eine im Blue-Ridge-Gebirge, eine zweite in Iowa. Teil meiner Aufgabe war, Falconer zu beobachten, mit ihm nach Osten zurückzugehen und Bericht zu erstatten.«

»Der Gedanke gefiel Ihnen nicht?«

»Ich haßte ihn. Das ist Spionieren.«

»Sie müssen ein ziemlich guter Soldat sein.«

»Feldmarschall bin ich nicht gerade. Ich habe hart studiert und hart gearbeitet.«

»Warum sollte ihm irgend jemand dermaßen mißtrauen?«

»Eingleisiges Denken. Die Leute sagten, sie hätten ihn bei einer Operation beobachtet, bei der er sich wie der Wolf einem Lamm gegenüber benommen hätte. Er kann sich ziemlich rücksichtslos gebärden.«

»Was hätten Sie denn gedacht?«

Der Sarkasmus brachte ihm ein schiefes Grinsen ein. Er wechselte das Thema. »Was halten Sie von diesem Händler, Bilsten?«

»Er sieht aus wie Mr. Hommerbocker.«

»Hommerbocker?«

Sie lachte laut. »Mein Lehrer in der sechsten Klasse. Der netteste Mann, den ich jemals kennengelernt habe. Dieser Vogel hier ist ein kaltblütiger Scheißer; kein Vergleich mit Mr. Hommerbocker.«

»Ich war froh, daß uns die Zeit blieb, unsere Geschichte abzusprechen. Glücklicherweise hat er nichts über Religion gefragt. Ich muß Ihnen sagen, das war sehr schwierig für mich – ganz im Ernst –, mich nach Osten zu wenden, die Finger zu kreuzen, und dieses Zeichen zu vollführen; und sie beten für alles und jedes. Das ist Gotteslästerung.«

Sie dachte daran, ob sie ihm einiges von dem erzählen sollte, was sie erfahren hatte. Er war ein guter Mann, dem sie vertrauen durfte.

Dann überlegte sie es sich anders. Nein, nein, er würde nicht losrennen und anderen Männer gegenüber ausplappern, was er über das Gespräch der Frauen erfahren hatte, aber irgendeines schönen Tages ließe er vielleicht eine Bemerkung fallen, die über sie selbst auf Sylah zurückgeführt werden könnte.

Sie hatte begonnen, Sylah und Neela zu mögen, und diese Erkenntnis verblüffte sie. Frauen gegen Männer.

Warum nicht? Die Frage bohrte sich wie ein Messer in ihren Kopf. War das so anders, als ein Schwarzer in einer weißen Gesellschaft zu sein? Oder ein weiblicher Offizier in einer Einheit von lauter Männern? Also, sie hatte immer eine Minderheit gebildet, nur hatte sie das bislang noch nicht richtig begriffen. Was also war neu daran?

Sie blickte Jones aus den Augenwinkeln an. Er wartete darauf, daß sie sich wieder am Gespräch beteiligte. Geduldig. Versöhnlich.

Ihn würde sie so gut beschützen, wie sie konnte. Doch er mußte lernen, besser auf sich selbst aufzupassen. Das stand für sie beide an. Falls sie jemals aus diesen eisigen Bergen herauskamen.

So nahm sie ihn am Arm, führte ihn ein Stück vom Lager fort und versuchte, ihm zu erklären, daß die Kirche in dieser neuen Welt eine sehr reale, sehr wichtige Rolle spielte. Einmal wollte er sie unterbrechen, doch sie fuhr ihn absichtlich rüde an, er möge den Mund halten, weil sie im Kopf zu viele Informationshäppchen aussortieren mußte. Er sollte nur genug wissen, damit er sich durchschlagen konnte. Sie wagte nicht, ihm irgendwelche Geheimnisse mitzuteilen. Sylah hatte sich in diesem Punkt eindeutig geäußert.

Und die Kirche war die einzige Zuflucht, auf die sie sich verlassen durfte. Er hatte die Männerwelt. Falls er sich mit der nicht überwarf.

Nachdem sie ihn über die Gewohnheiten und die Grenzen ins Bild gesetzt hatte, hörten sie beide dem Wind zu, der in den Bäumen wisperte. Ein nasser, scharfer Geruch lag in der Luft. Sie hofften darauf, daß es keinen Sturm geben würde.

Kaum die Hälfte der Distanz zum Lager hatten sie zurückgelegt, als die Böen unangenehm wurden. Ächzend beschwerten sich die schweren Baumstämme, und die Zweige und Nadeln fielen in aufgeregtem Tenor ein.

»Vielleicht verschwenden wir nur unsere Zeit, indem wir uns über die Zukunft Gedanken machen«, sagte Tate. »Im Augenblick bereitet mir die Gegenwart viel mehr Kopfzerbrechen.«

Jones nickte und kroch ins Männerzelt. Die Front lag auf der windabgelegenen Seite und war noch nicht herabgelassen. Gan saß auf seinem Schlaflager und lehnte sich an den schlummernden Raggar. Shara und Cho hatten sich neben ihm ausgestreckt. Raggar betrachtete die Neuankömmlinge verschlafen, begrüßte sie mit einem einzelnen Schwanzwedeln und schloß die Augen wieder, wobei er, wie Tate glaubte, selbstzufrieden grinste. Sie nahm auf dem Boden im Windschatten Platz und sah Gan zu, wie er seine Schlechtwetterstiefel auszog.

Die Genialität dieses Schuhwerks faszinierte sie. Der wadenhohe äußere Stiefel war am oberen Rand geschmeidig und mit Fransen besetzt und an einen Schuh aus festem Leder genäht.

Darin steckte der Innenstiefel; er war aus feinerem, weicherem Leder gefertigt. Der Außenstiefel war groß genug, um eine gute Isolation zu gewährleisten. Bevor man ihn anzog, wurde die Sohle mit getrocknetem Gras bedeckt, und nachdem er am Fuß saß, stopfte man ihn weiter aus.

Sie stellte sich selbst in ihnen vor, und plötzlich sah sie sich vor sich, wie sie für ihr abgetragenes, technisch perfektes, maschinenproduziertes Material noch die kleinsten Flicken reißfesten Nylons, Kunstleders und wasserdichten Stoffs sammelte. Sie würde in ein Mischmasch von natürlichen und laborerzeugten Materialien gekleidet sein, so gescheckt wie eins der Hundepferde. Darüber, ob sie das lustig finden sollte oder nicht, war sie sich nicht ganz im klaren.

Nachdem er seine Stiefel ausgezogen hatte, winkte Gan sie zu sich und holte hinter Raggar ein Bündel hervor. Er öffnete es und reichte ihr einen halbfertigen Schneeschuh. Sie nahm ihn zögerlich entgegen, nicht nur, weil er aus dem Fell des gestern erlegten Hirsches gemacht war, sondern weil sie sich an die einzige Gelegenheit erinnerte, zu der sie solche getragen hatte. Das war bei einem Kaltwettertrainingslager gewesen, und sie hatte sich auf diese Tage gefreut, weil es sie an Orte führte, von denen sie nie etwas geahnt hatte.

Die Schneeschuhe waren in dem Stil gehalten, den man Bärenpfoten nannte. Nahezu rund, fehlte ihnen das Schwanzstück des Trappertyps. Wie ihr jetzt wieder einfiel, waren erstere am leichtesten zu benutzen, falls bei solchen Dingern von leichter Benutzung überhaupt die Rede sein konnte.

Er legte einige Zweige und weitere Fellbänder auf den Boden zwischen seine ausgestreckten Beine. Dabei sprach er langsam, damit sie seine Erklärungen folgen konnte, doch seine Hände bewegten sich rasch und bogen die weichen Äste zu der fast runden Form, die ihm vorschwebte. Nur unter größten Schwierigkeiten konnte sie es ihm nachmachen. Als nächstes zeigte er ihr, wie man die Querstreben befestigte. Geduldig und ermutigend erläuterte er ihr die Knoten der Sehnenbindungen und schilderte ihr die Vorteile anständig gegerbten Leders im Vergleich zu diesem Rohleder, das zu benutzen sie gezwungen waren.

Ihre Hände folgten seinem Beispiel, doch ihr Verstand war noch immer zu abgelenkt und zu besorgt über die Gespräche der letzten Nacht, um sich ganz auf diese handwerkliche Aufgabe zu konzentrieren. Erst als sie bemerkte, daß Jones schlief, fiel ihr auf, wie wenig sie sich eigentlich mit diesem rätselhaften jungen Mann unterhielt. Sie betrachtete ihn als Freund, und das überraschte sie.

Durften in dieser Welt Frauen und Männer Freunde sein? Der Gedanke behagte ihr nicht gerade. In ihrer eigenen Welt waren ein paar Männer ihre Freunde gewesen. Ja, sie hatte viele Männer gekannt, die wenigsten würde sie allerdings Freunde nennen. Und die besten von denen waren mit den besten ihrer Freundinnen verheiratet gewesen. Bittersüß? Nein. Nur bitter.

Dann fand sie sich unerklärlicherweise in einer anderen Zeit wieder, saß auf dem Schoß ihres Vaters und atmete den vertrauten Geruch ein, der zu ihm gehörte. Er hielt, wie jeden Abend nach dem Essen, ein Glas Whisky in der Hand, während er ihr Lesen beibrachte und ihrer Mutter gegenüber prahlte, daß sie so schnell lernte.

Seit Jahren hatte sie nicht mehr an ihn gedacht. Damals hatte sie geglaubt, er wisse alles. Er sei einer dieser Menschen, die jedes Buch gelesen hätten, und aus seinem Verstand sprudelten die Fakten nur so hervor. Ein beständiger Mann, ein Bürokrat. Für die Welt gesichtslos, war er der Baum, in dessen Schatten sie und ihre Brüder heranwachsen konnten, um die Zukunft in Angriff zu nehmen und selbst Wurzeln zu schlagen.

Die Zukunft.

Plötzlich hatte sie einen widerlichen Geschmack im Mund. Sie zuckte zusammen, als Gans Stimme in ihre Erinnerungen eindrang. Er fragte sie, was »ihr Volk« über diesen Teil der Welt wußte. Sie hielt ihre Antworten allgemein und stellte dabei ebenfalls Fragen. Dabei erfuhr sie, daß er von einem Volk mit bronzefarbener Haut und anderer Sprache gehört hatte, das auf der anderen Seite des Großen Meeres lebte. Sie erklärte ihm, in ihrem Volk hieße es, sein Land würde sich bis zu einem zweiten Großen Meer ausdehnen, dessen Namen sie nicht kannte. Daß sie den Mutterfluß kannte, der sich durch das Gebiet der Hundemenschen zog und ins Meer mündete, freute ihn. Sie erkundigte sich nach Dämmen und nach allem, was sie sonst noch über den Columbia wußte; gab es vielleicht ein altes Bauwerk, das den Strom staute?

Er lachte über den Scherz. An kleinen Bächen baute man Wehre zum Fischen, aber nicht am Mutterfluß. Dort gab es zwar Überreste von den Bauwerken der Riesen; die Flußmenschen suchten an diesen Stellen nach Metall. Aber auch die Riesen hätten den Mutterfluß in seinem Lauf nicht aufhalten können. Er erzählte ihr von seiner Mutter, die zu einem dieser Stämme gehört hatte, und sein Gesicht hüllte sich in Wolken.

Daher lenkte sie das Gespräch auf die Hundemenschen zurück. Daß diese neben Viehzucht auch ein wenig Ackerbau betrieben, nahm sie mit Erstaunen zur Kenntnis, bis zu Cols Zeiten hingegen waren sie vorwiegend Jäger und Sammler gewesen. Und Räuber. Sie verstanden sich auf Geschwindigkeit und Überraschungsangriffe. Seine gesteigerte Aufmerksamkeit ihren Fragen gegenüber entging ihr nicht, und als sie ihn nach grundlegenden Daten fragte – Meilen pro Tag, welche Rationen ein Mann bei sich trug, welche taktischen Formationen sie bildeten –, arbeiteten seine Hände langsamer, und er blickte sie geradewegs an, während er antwortete.

Seine Fragen über ihren »Stamm« konnte sie mit den richtigen Zahlen parieren; der durchschnittliche Trooper in der Infanterie ihrer Zeit schleppte bis auf vielleicht zehn Pfund genau das gleiche, was ein römischer Fußsoldat getragen hatte. Gan war enttäuscht, da sie so auf die Infanterie fixiert war, meinte jedoch höflich, die Macht ihrer Waffen würde diesen Nachteil vermutlich aufwiegen.

Die Schneeschuhe waren fertig, ein Paar für jeden der beiden. Sie war verblüfft, was sie da zustande gebracht hatten. Er untersuchte ihr Werk kritisch und schüttelte oftmals zweifelnd den Kopf. Der begrenzte Salzvorrat zum Behandeln der Hirschhaut bereitete ihm Sorgen.

Während sie die Schneeschuhe zusammenlegten, betrachtete sie ihn im stillen. Sie mochte ihn wirklich. Den tätowierten Clas auch, was das betraf. Sie waren primitiv, stark, ehrlich. Die Gewalt war ihr Leben.

Nein.

Sie berichtigte ihr oberflächliches Urteil. Diese Männer besaßen Ziele und Ambitionen. Sie als dumme Waffenschwinger anzusehen war falsch. Sie waren komplizierter, doch hatten sie gelernt, ihre Energien zu koordinieren und zielstrebig Hindernisse zu überwinden.

Sie waren Überlebende.

Und Donnacee Tate war ebenfalls eine Überlebende. Eine Siegerin. Sie hatte dem Krieg nicht ein Schnippchen geschlagen, um dann, nachdem sie aus dem Tiefkühlbehälter gekrochen war, zur Verliererin zu werden. Nicht jetzt. Nicht nach allem, was sie durchgemacht hatte.

Indes sie den letzten Schneeschuh richtete, trafen sich ihre Blicke. Er streckte beide Hände nach ihnen aus und wollte sie ihr abnehmen, doch aus irgendeinem Grund ließ sie nicht sofort los. Sie lächelte. In seinen Augen bewegte sich etwas, ein Wirbel, der wieder verschwand, bevor sie ihn genau erkannt hatte. Trotzdem mußte sie an das Entzücken eines Kindes denken, das ein lange erhofftes Geschenk erhält.

Zwölf

Sylah erwachte und kam in der Stille langsam zu Bewußtsein. Im ersten Moment konnte sie sich nicht recht erinnern, wo sie sich befand.

Als sie die Augen aufschlug, atmete Neela regelmäßig im Schlaf, und ihr goldenes Haar lag wie ein Schleier über der Seite ihres Gesichts, das aus dem Berg von Decken und Fellen lugte. Dahinter sah die Priesterin die dunklen, reglosen Züge von Tate, deren Atem so flach ging, daß er kaum die Decken bewegte. Sylah erinnerte sich daran, wie sie die schwarze Frau nach ihrer Wache ins Zelt hatte schlüpfen hören.

Sie dachte an die Zeiten zurück, da das Aufwachen ein Vergnügen gewesen war, wo helle Sonnenaufgänge das Versprechen auf einen schönen Tag bereithielten. Die Erinnerung war dermaßen verblaßt, daß sie ihr wie aus einem anderen Leben erschien. Und das stimmte ja auch, ging ihr mit grimmigem Humor durch den Kopf.

Dieses Leben verlangte Wachen. Gan ging mit seinen Hunden auf Nachtwache, während sich die Frauen und Jones im Lager schichtweise zu zweit abwechselten, wobei Clas die letzte allein übernahm.

Neela seufzte tief, und Sylah stützte sich auf den Ellbogen und betrachtete sie. Der Schlaf wollte dem Mädchen die unbelastete Unschuld der Kindheit zurückgeben, doch neue Züge prägten das Gesicht, Anzeichen des Gewappnetseins für das Erwachsenenleben.

Sie hüllte sich in ihren gesteppten Daunenmantel, schob den Fellvorhang vor dem Eingang zur Seite und trat hinaus. Angesichts des Nebels schnitt sie eine Grimasse, doch sofort begutachtete sie das Wetter aufmerksam. Gestern hatte der Wind einen eigenartigen Geruch gehabt. Heute war die Luft anders, dicker, mit dem Geruch nach Fels und Eis erfüllt.

Ein Stück entfernt tauchte eine dunkle Gestalt auf, die sich ihr näherte und in der sie Bilsten erkannte. Er verbeugte sich und ahmte dabei großspurig die Posen des olanischen Hofes nach, wobei seine Augen vergnügt funkelten. »Guten Morgen, Priesterin. Der Anblick deines Gesichts in der Frühe läßt den Tag angenehm beginnen. Das gibt einem Kraft.«

Sie erwiderte das Lächeln. »Ich begreife langsam, wie du auf deinen Reisen überlebst. Was sagst du alten Frauen, die die Schönheit ihrer Jugend bereits verloren haben?«

»Jugend? Ach, Priesterin, ist nicht jene Schönheit, die kein Auge erblicken kann, die wichtigste von allen? Steht nicht im Testament der Apokalypse geschrieben – wie war es gleich noch; ja – ›Der Mensch muß seinen Platz finden. Wenn der Mensch das Gut als einzige Schönheit betrachtet, wird ihn das Übel überkommen, und dem Rechtschaffenen ist befohlen, ihn zu meiden‹?«

Ihr Stirnrunzeln verkündete mehr Grimm, als sie tatsächlich empfand. »Wir werden unterwiesen, daß nur der Böse die Schrift zitiert. Ich wäre dir dankbar, wenn du dich nächstens daran erinnern würdest.«

Er zwinkerte und wandte sich ab. Erst jetzt bemerkte sie die dicke Kleidung, die er trug. »Warum hast du dich heute morgen so warm angezogen?« fragte sie.

Der Händler zeigte an ihr vorbei, und sie drehte sich um. Die Tiere standen bepackt und zum Abmarsch bereit da. Sorge ließ ihre Stimme scharf klingen. »So bald?«

»Dieser Wind gestern ...« Er zupfte an seinem Bart, und alle Fröhlichkeit war verschwunden. »Ich befürchte Schneefall. Schnee und dann Wärme. Das bedeutet Lawinengefahr, und dem möchte ich gern zuvorkommen. Und sollten die Teufel euch hier entdecken, möchte ich lieber nicht anwesend sein.«

»Ist es nicht riskanter, allein zu reisen?«

Er zuckte mit den Achseln. »Es ist leichter. Bei Schwierigkeiten brauche ich mir nur um eine einzige Person Gedanken zu machen.« Sie sah, wie sich sein Bart bewegte. Erst eine Sekunde später erkannte sie, daß er auf seiner Unterlippe herumkaute. Unvermittelt sprach er weiter: »Halte ein Auge auf diesen jungen Moondark, Priesterin. Er ist mehr vom Ehrgeiz getrieben, als ihm selbst bewußt ist. Sei vorsichtig.« Und im Nu lächelte er wieder. »Muß aufbrechen. Wäre schön, wenn wir uns länger unterhalten könnten.«

»Vielleicht in Harbundai.«

In seinem Lachen schwang Schwäche mit. »Vielleicht. Jeden Tag fallen die Würfel aufs neue.«

Er verabschiedete sich von Gan und Clas, die gerade eintrafen. Mit einem letzten »Viel Glück« schob er sich an Sylah vorbei, dann verschluckte ihn der Dunst. Eine kurze Weile hörte man noch Hufschlag und das Knarzen des Leders der Packgestelle, und sie roch den warmen Salmiakgeruch der Tiere. In der Leere, die darauf folgte, schien der Nebel sich noch zu verdichten.

Sie betrat das Zelt und suchte nach ihren Waschsachen. Beim Rascheln des Fells fuhr Neela mit aufgerissenen Augen hoch. Unter ihrem Bettzeug kam ein Messer zum Vorschein, das dort verborgen gewesen war. Tate murmelte verschlafen: »Was ist los?«

»Nichts«, antwortete Sylah. »Ich wollte nur gerade aufstehen. Alles ist ruhig.«

»Zu ruhig.« Neela schlüpfte unter ihren Decken hervor, schob das Messer in die Scheide und kniete sich neben die Priesterin, um nach draußen zu gucken. »Noch mehr Nebel.«

Sylah berichtete: »Bilsten ist bereits aufgebrochen. Ich glaube, Gan und Clas entscheiden gerade, wann wir ihm folgen sollten.«

»Je eher, desto besser.« Neela blickte stirnrunzelnd in Richtung der Berge. »Ich vertraue ihm nicht. Er hat Schlechtes über Jones gesagt.«

»Wir müssen Schritt mit dem Händler halten. Jones ist eine Last.«

»Er ist freundlich. Ich habe mich noch nie mit einem Menschen wie ihm unterhalten. Er hat mir erzählt, dort, wo er herkommt, bestand seine Arbeit darin, Leuten zu helfen, die verwirrt und verängstigt waren. Ich habe ihn gefragt, ob das alles war, was er getan hat, und er hat ja gesagt. Was für ein Ort muß das sein, an dem ein Mann nichts anderes tun muß, als Menschen zu helfen.«

»Die Kirche macht das gleiche.«

»Zum Wohle der Kirche.« Reumütig verzog sie das Gesicht. »Und der Frauen. Er sagt, er hätte für alle gearbeitet, die in Schwierigkeiten steckten.«

»Er ist nicht stark. Wenn wir seinetwegen in Gefahr geraten, weißt du, was er zu tun hat.«

»Ja.« Die Antwort war kaum zu verstehen. Bei dem, was Sylah meinte, handelte es sich um eine Sitte, der die Hundemenschen mit düsterem Stolz folgten. In einer Rückzugssituation starben jene, die die Überlebenden behinderten, von eigener Hand oder führten einen Selbstmordangriff durch, um die Flucht ihrer Gefährten zu decken. Die Familie eines solchen Mannes baute eine neue Palatrommel und gab ihr seinen Namen, damit seine Stimme so lange lebte wie der Stamm. Sylah versuchte zu erklären, dieser Brauch diene genau dem Zweck, daß gutherzige Menschen sich nicht für jene aufgaben, für die jedes Opfer zu spät kam. Zudem erlaubte dieser Brauch dem Verletzten, in Ehren zu sterben, während die Gesunden überlebten, um ihn zu rächen.

Sylah entschied, sich zu Gan und Clas zu gesellen, und ließ Neela allein bei Tate. Die beiden Hundekrieger hockten am morgendlichen Kochfeuer. Sie rief ihnen einen Gruß zu, und die Männer erwiderten ihn mit schwachem Lächeln. Gan zwang sich zu ein wenig Herzlichkeit. »Zumindest ist das Wetter mild geblieben. Vielleicht wird der Paß doch nicht so schwierig, wie wir dachten.«

Clas schüttelte den Kopf. »Du weißt es sehr wohl besser. Hoffentlich wird uns dein wunderbarer neuer Freund nicht aufhalten. Eigentlich wünschte ich, wir hätten ihn nie getroffen.«

Gan starrte ins Feuer, und dann, so rasch, daß er alle erschreckte, streckte er die Hand aus und legte sie Clas auf die Schulter. »Mehr als je einen anderen brauche ich dich an meiner Seite.«

Clas beäugte die Hand auf seiner Schulter, und die Berührung schien ihn zu ängstigen. Sein Blick suchte schließlich Gans. »Was ich deinem Vater versprochen habe, habe ich auch dir versprochen.«

Sylah zog sich zurück, da sie die Szene vor sich weder belauschen noch die beiden Männer stören wollte. Sie sprachen so instinktiv, so impulsiv. Aus Clas' Stimme hörte sie die Verpflichtung heraus, aus Gans die Entschuldigung. Mehr noch als die Unerwartetheit dieses Gesprächs beeindruckte sie die Leidenschaft in ihnen, die sie nie vermutet hätte. Sie mußte sich selbst eingestehen, wie sehr sie das erschütterte. Bis jetzt hatte sie Clas' Bund mit Gan für einen Handel gehalten; eine Abmachung von Redlichkeit und großer Bedeutung, trotzdem eine Angelegenheit der Wörter. Was sie jedoch nun hörte, diese wenigen Worte, kam so offen über ihre Lippen, daß sie wußte, dies ging über alle Logik, über jeden Willen hinaus.

Sie drehte sich um und suchte sich durch den Nebel den Weg zum nahen Bach. Gedankenverloren, im Geiste in die Beziehungen innerhalb der Gruppe vertieft, wurde sie sich plötzlich ihrer Unachtsamkeit bewußt. Sie war eine ganze Zeitlang am Wasserlauf entlanggegangen und hatte nun keine Ahnung, wo sie sich befand. Irgendwie war sie zu weit bergab geraten, an ihrem gewöhnlichen Waschplatz vorbei. Der Nebel verzerrte alles, nichts erschien ihr mehr vertraut. Dennoch war sie kaum beunruhigt. Um den Weg zum Lager zu finden, brauchte sie nur dem Bach wieder aufwärts zu folgen. Sie würde sich hier waschen, ein wenig zu Atem kommen – sie war wirklich ein gutes Stück gewandert, erkannte sie nun doch ein wenig besorgt – und dann zurückkehren.

Das Wasser war eiskalt und brannte an ihren Händen. Bei der ersten Berührung mit dem Gesicht keuchte sie unwillkürlich und lachte über sich selbst. Mit einem kleinen Tuch rieb sie Hände und Gesicht ab, dann zog sie Mantel und Stiefel aus, um Arme, Beine und Füße zu waschen. Ein zweites Tuch benutzte sie zum Abtrocknen. Als sie schließlich fertig war, hatte die Frische einer aufdringlichen Klammheit Platz gemacht, die ihr tief in die Knochen gekrochen war. Rasch machte sie sich daran, ihren Mantel wieder anzulegen.

Sie zog ihre Stiefel an und wollte gerade aufstehen, da sie meinte, bachaufwärts etwas bemerkt zu haben. Die bewegte Luft über dem brausenden Wasser erzeugte einen stetig wechselnden und sich verschiebenden Tunnel durch den Nebel. Sie beugte sich vor und spähte hinein, wobei es sie ein wenig peinlich berührte, daß ihre Freunde nach ihr suchten.

Ein Windstoß schob den grauen Vorhang zur Seite und enthüllte in Todesfarben bemalte Teufelskrieger, die am Ufer hockten. Sie trugen weiße Umhänge, die ihre Gestalten undeutlich und noch beängstigender wirken ließen. Alle blickten bergaufwärts, zum Lager hin, außer einem, der am Wasserlauf entlang auf sie zuhielt. Er zeigte mit dem Finger auf den Boden. Bevor sich der Nebel wieder schloß, sah sie noch, wie die Krieger sich an beiden Ufern nach unten bewegten.

Sie könnte ihnen etwas zurufen, sie warnen, daß sie eine heilige Person verfolgten, eine Unberührbare, eine Rosenpriesterin, eine Kriegsheilerin.

Die Männer trugen die Bemalung des Todes. Sie wußten, wem sie nachspürten und was sie zu tun gedachten.

Sylah versuchte zu schreien, doch kein Laut löste sich aus ihrer Kehle. Sie hätte beinahe gehustet, als ihr bewußt wurde, daß jedes noch so leise Geräusch die Krieger zu ihr führen würde. Sie wäre tot, bevor sich im Lager irgend jemand rühren, geschweige denn sie retten konnte.

Sie lief los.

Bei jedem Blick über die Schulter nahm ein anderer Nebelwirbel die Gestalt eines auf sie zustürzenden Teufels an. Ihr Herz klopfte, als wollte es ihr die Rippen sprengen. Sie blieb stehen und lauschte. Ein Grauhörnchen schrie verärgert eine Warnung. Sie rannte wieder los.

Plötzlich tat sich vor ihr eine Kluft auf, die wenigstens fünf Meter abfiel, und unten vereinigte sich der Bach mit einem zweiten. Sie kletterte auf der einen Seite hinunter, kraxelte auf der anderen wieder nach oben und stürzte dann kopfüber bergaufwärts los, von dem ersten Wasserlauf fort.

Ihren Fehler sah sie schon nach ein paar Dutzend Metern ein, da sie vor einem Durcheinander von Felsbruchstücken stand. Diese erreichten teilweise die Höhe einer Hütte, andere waren wackelige kleine Steine, nicht größer als ihre Faust. Sie hatte keine andere Wahl, sie mußte weiter, und so kletterte und sprang sie rücksichtslos von Fels zu Fels, um möglichst viel Distanz zwischen sich und die Gefahr zu bringen. Ihrem Irrtum setzte eine zerklüftete Felswand, die Quelle all des Gerölls, das sie überquert hatte, den Gipfel auf. Rechts und links verschwand die Klippe im Nebel. Unerbittlich blockierte sie ihr den Weg.

Blinde Wut bemächtigte sich ihrer. Sie schlug mit den Fäusten gegen die Wand, hielt jedoch rasch in dieser Raserei inne, trat zurück und suchte nach einer Stelle, an der sie hochklettern konnte.

Hinter ihr schepperte etwas metallisch.

Sie fand mit den Händen Halt, dann einen Tritt für die Füße. Sie kraxelte nach oben, brach ihre Fingernägel ab, drückte sich gegen den Fels, bis sie glaubte, er müsse sich schon auf ihrer Haut abzeichnen.

Zollweise, fußweise, kam sie voran.

Und dort war ein Vorsprung. Indem sie den Hals reckte, konnte sie erkennen, wie er sie geradezu erwartete.

Heisere Stimmen drangen durch den Nebel zu ihr vor. Sie hörte Zuversicht aus ihnen heraus.

In Todesangst hangelte sie sich von Halt zu Halt, bis eine Hand triumphierend über den Vorsprung griff. Vor Erschöpfung keuchend zog sie sich nach oben und rollte sich in eine kleine Vertiefung.

Dort lag sie, zu furchtsam, sich zu bewegen, bis ein rauher Schrei ertönte, und ihr Kopf herumfuhr. Aus dem Grau kam bedrohlich ein Schatten auf sie zu. Sie wäre fast in hysterisches Lachen ausgebrochen, als der erschrockene Rabe sie entdeckte und wild flatternd abdrehte. Für einen Moment starrte er sie aus hellen, bösartigen Augen an, und der Nebel teilte sich, damit sie ihm nachsehen konnte, wie er zu seinen Brüdern in einen nahen Baum flog.

Todesvögel. Sie krächzten und kicherten untereinander.

Die Krieger unterhielten sich genau unter ihr. Der Vorsprung hatte so weit entfernt geschienen, als sie ihn erreichen wollte, und nun befand er sich dem Boden gefährlich nahe, kaum fünf Meter hoch. Sie wagte einen Blick. Die vier Krieger stritten sich. Einer deutete auf die Felswand, und sie zuckte zurück. Kurz darauf hörte sie die Stimmen in der Ferne verschwinden und schöpfte Hoffnung, doch die Wirklichkeit holte sie sofort wieder ein, da ein heftiges Keuchen unter ihr verriet, daß einer der Verfolger die Felsen hochkletterte.

Sie drückte sich in die Ritze. Dabei versuchte sie, einen klaren Gedanken zu fassen, und stellte sich vor, wie er über der Kante auftauchen würde. Er würde beide Hände brauchen, um sich festzuhalten, sagte sie sich; ich greife ihn an, ehe er sich verteidigen kann.

Der Krieger begriff dieses Dilemma offensichtlich genauso deutlich wie sie, denn nachdem er an dem Vorsprung Halt gefunden hatte, schwang er sich in einer Bewegung nach oben. Die Überraschung und der Schreck über sein fürchterlich bemaltes Gesicht, das plötzlich so dicht vor ihrem eigenen auftauchte, ließen sie erstarren. Zu spät stach sie zu. Er packte ihren Unterarm mit der freien Hand. Dennoch war es hier ausgesprochen beengt, und das Gewicht des Kriegers lag auf seinem Ellbogen, so daß er nicht mit dem Ma, der unter ihm festgeklemmt war, zuschlagen konnte. Sie rangen miteinander, und mit seiner überlegenen Kraft drängte er die Spitze ihrer Klinge unaufhaltsam, Zoll für Zoll, auf ihren Bauch zu.

Jählings ließ er nach. Seine Augen traten hervor, als würde er die Priesterin erst jetzt erkennen. Langsam, fast abwesend, lockerte er den Griff um ihr Handgelenk. Der Ma sank, kratzte über den Fels und lag still.

Der Krieger sackte gegen sie. Der gefiederte Schaft des Pfeils in seinem Rücken brach ab, als er zur Seite rollte.

Dann begann sie zu schreien und konnte nicht mehr aufhören, bis Clas zum Vorsprung hinaufgeklettert war und sich – und ihr – versichert hatte, daß sie nicht verletzt war. Nachdem er sie von der Leiche des Teufels befreit hatte, legte er ihr die Hand mit festem Griff auf die Schulter, lenkte sie so zum Rand und stützte sie beim Abstieg. Unten auf dem Boden verweigerten ihr die Beine den Dienst, und sie fiel ihm in die Arme. Plötzlich erinnerte sie sich an die anderen Teufel, die sie gesehen hatte.

»Drei«, brachte sie würgend hervor. »Noch drei. Dort entlang.« Sie zeigte in die gemeinte Richtung.

Er nickte. »Ich weiß. Bin ihnen gefolgt.«

Sie wich zurück. »Du bist ihnen *gefolgt*?«

»Ich habe Futter für die Tiere gesucht. Dabei habe ich die Teufel entdeckt. Ich wußte, sie jagten jemanden. Dann fand ich deine Spuren. Also waren sie hinter dir her, aber sie hatten sich zu weit verteilt, so daß ich keinen Schuß auf einen von ihnen wagen könnte. Ich mußte abwarten.«

»Du hättest angreifen sollen! Du hast sie mich verfolgen, mich zu Tode ängstigen lassen! Ich dachte –«

Er preßte sie eng an sich. »Du warst tapfer. Unser aller Leben hast du gerettet, weil du nicht geschrien hast.«

»Ich konnte nicht. Sie haben mich wie ein Tier gehetzt.« Sie schauderte, und er tätschelte ihre Schulter.

»Wir müssen uns beeilen«, sagte er. »Das hier wird die Lage für uns noch erschweren. Zumindest hält es die Teufel davon ab, uns zu folgen.«

Sie blickte wegen der letzten Worte verwirrt auf und stellte fest, daß es schneite. Bisher war sie zu aufgeregt gewesen, um den alarmierend aufgekommenen Wind zu bemerken. Der Nebel wogte in zerrissenen Wolken vorbei.

Clas brach sorgsam den Pfeil ab, der den Teufel getötet hatte, und zog dem Krieger dann den Mantel aus. Er faßte die Leiche mit gerümpfter Nase an, weil der Mann so stank. Die gesteppte weiße Jacke schüttelte er aus, bevor er die kurzen weißen Skier einsammelte, die an der Felswand lehnten. Außerdem fand er noch ein langes Knäuel Lederseil, das er ebenfalls mitnahm. Als letztes, nachdem er die Waffen des Feindes zerbrochen und die Klingen so weit wie möglich fortgeworfen hatte, holte er sich noch seine Trophäe.

Sylah wandte sich ab. Clas tauchte schließlich neben ihr auf. »Du hast die Tätowierungen auf seinem Unterarm übersehen. Eine Biene und ein Auge.«

Sie runzelte die Stirn. »Die Bedeutung verstehe ich. Er kommt aus dem Süden und ist ein Menschenjäger. Für gewöhnlich treiben die sich nicht so weit im Norden herum.«

Schweigend nickte er. Sie bewegten sich, so rasch es ging, voran, doch der Schnee erschwerte das Fortkommen mit jedem Schritt. Er verhüllte die Felsen, die sie überqueren mußten, und verdoppelte die Gefahr, weil er sie rutschig werden ließ.

Ehe sie den Schutz der Bäume erreichten, schrie ihr Clas ins Ohr, daß sie einen Unterstand brauchten, und zwar bald. Sie kamen zu einem riesigen Felsen, und er führte sie unter einen Überhang, wo sie zu ihrer größten Freude den Eingang einer Höhle entdeckten. Zuerst zuckte sie bei der Aussicht darauf zusammen. Wenngleich die Höhle weitaus größer war, erinnerte sie die Priesterin an den Vorsprung, wo sie sich vor den Teufelskriegern versteckt hatte. Auf Clas' Drängen hin krabbelte sie hinein und hockte sich an die Wand. Ob ihr Zittern eher von der Kälte oder von ihren Nerven herrührte, wußte sie nicht zu sagen.

Sobald sie sich gesetzt hatte, brach er wieder auf und lehnte ihr Flehen, bei ihr zu bleiben, entschieden ab. Nach einigen Minuten kehrte er schneebedeckt mit Feuerholz zurück. Er schlug Funken mit Feuerstein und Stahl in die Hede, die er in einem Beutel bei sich trug, und bald brannte im Eingang ein Feuer.

Die Flammen hatten eine magische Wirkung und vermittelten ihr das Gefühl von Schutz und Sicherheit. Mochte der Sturm draußen tosen. Eigentlich war er ihr Freund, verbarg er doch ihre Spuren. Ihre Muskeln entspannten sich, und die leichten Schmerzen klangen rasch ab. Sie lehnte sich an Clas' feste Schulter und genoß seine Wärme. Die Ereignisse des Morgens tobten in ihrem Kopf, doch wo zuvor der Schrecken gehaust hatte, stellte sich nur eine köstliche Erregung ein, das Gefühl, eine Gefahr überwunden zu haben. Schließlich überkam sie eine schwache Benommenheit, eine wunderbar verschwommene Friedlichkeit.

Die erste Berührung seiner Hand auf ihrer Wange war sogar noch angenehmer, und während die Finger langsam über den Hals zu ihren Schultern fuhren, erkannte sie seine Absicht. Dennoch erschütterte es sie, als er zu ihrer Brust kam. Sie streckte die Hand aus, um die seine fortzuschieben, doch er ließ es nicht zu. Der Augenblick verging schnell, ihre Gegenwehr war ein Hohn. Bald hatte die traumartige Mattigkeit sie erneut umfangen. Sie spürte jetzt eine Wärme, die über die des Feuers hinausging, und eine Macht in ihr verlangte noch mehr. Mit geschlossenen Augen deutete sie seine Bewegungen, wußte, er zog seinen Pelzmantel aus und breitete ihn neben ihr auf dem Boden aus. Dann drehte er sie an den Schultern herum, drückte sie auf das Fell und legte sich neben sie. Er stützte sich auf die Ellbogen; während er mit beiden Händen an den Bändern ihrer Bluse herumnestelte, mußte sie fast lächeln, so wunderbar erfüllte sie alles, und jede Berührung, jeder Gedanke, jedes bis dahin nur in der Phantasie vorhandene Geheimnis entfaltete sich unter dem Zauber dieses Augenblicks.

In einem blitzartigen Moment des Schmerzes und der Wollust wollte sie alles verstehen, wollte alle Gedanken aus ihrem Kopf verbannen. Für sie gab es nur noch Clas. Sie hatte keine Ahnung, wie lange sie schon in der Höhle waren, als ihr auffiel, daß der Sturm nachgelassen hatte. Das Feuer war zu bloßen Kohlen heruntergebrannt. Ihr Gesicht glühte; und doch war es ihr so gleichgültig, wieviel Zeit verstrichen war. Sie wünschte nur, es möge alles noch einmal von vorn beginnen. Nun blickte sie ihn an. Er schlief fest wie der Fels um sie herum, und die Narben zu vieler Kämpfe bedeckten seinen Körper. Einige davon rührten von nahezu tödlichen Wunden her, stellte sie schockiert fest, und sie fragte sich, warum sie sich ausgerechnet in einen Mann verlieben mußte, dessen Weg so dicht am Rande des Todes entlangführte. Und wieso hatte er die Kraft, in ihr solche Leidenschaft zu entfesseln, weshalb hatte er sie unter all den anderen Frauen erkoren?

Sie schob ihn so sanft wie möglich zur Seite, damit sie sich anziehen könnte. Bei ihrer ersten Berührung erwachte er und griff in seiner Hast unbeholfen nach seiner eigenen Kleidung. Sie nahm sein Gesicht in beide Hände, drehte es zu sich herum und küßte ihn leicht auf die Lippen. Er zuckte zusammen.

»Es hat passieren sollen, Clas«, flüsterte sie. »Wir wußten es beide.«

Er schüttelte stur den Kopf. »Nein.« Halb wandte er sich wieder zu ihr um, dann ließ er den Kopf hängen und versuchte, ein Lächeln zu unterdrücken. »Ich hatte darauf gehofft. Aber nicht so.« Er ergriff ihre Hand und küßte sie auf die Innenseite. »Ich komme mir vor wie ein Dieb.«

»Ich kann mir vorstellen, was dir im Kopf herumgeht. Du bist ein Mann, der nichts verbirgt, aber wir dürfen trotzdem nicht wagen, über diese Sache zu den anderen zu sprechen.«

»Sie werden es verstehen.«

»Vermutlich. Doch das Risiko können wir nicht eingehen.«

Drängend fragte er sie: »Wann werden wir – ich meine …?« Da sie vortäuschte, alarmiert zu reagieren, wurde er feuerrot.

Sie lachte und zog ihre Hand zurück, um sich weiter anzuziehen. »So bald nicht, mein Lieber. Wenn wir können.«

Grinsend umarmte er sie. Allerdings hielt er sie nur einen Augenblick lang fest, dann lief er los und sah nach draußen. »Der Sturm hat nachgelassen«, berichtete er. Und kichernd fügte er hinzu: »Welch gelungenes Zusammentreffen.«

»Können wir jetzt zurück zum Lager?« fragte sie.

»Ja. Wenn der Sturm nicht wieder losgeht, wird uns nichts passieren.«

»Und falls doch?«

Er blickte sie nicht an. »Diese Teufel holen ihre Freunde, und zwar bald. Wir müssen die anderen warnen. Jetzt befinden wir uns mitten in einem Wettrennen von hier nach Harbundai. Sollten wir das Lager nicht erreichen, haben wir schon verloren, bevor es richtig angefangen hat.«

Sie stellte sich neben ihn und spähte hinaus in den vorbeitreibenden Schnee. »Versprich mir, daß du es niemandem verrätst.«

»Darf ich dir sagen, ich liebe dich?«

»So oft du möchtest. Ich liebe dich auch.« Sie reckte sich, um seine Lippen zu berühren. »Trotzdem bleibt es unser Geheimnis. Falls sie irgendwie dahinterkommen, werden wir alles abstreiten.«

Er nickte, kroch hinaus und stemmte sich gegen den Wind. Sie folgte ihm, und er streckte eine Hand aus und legte sie ihr auf den Rücken. »Halt dich an mir fest«, forderte er sie auf, »und laß nicht los.« Sie beugte sich vor und suchte hinter ihm Schutz.

Nichts wird mich jemals dazu bringen, dich loszulassen, dachte sie und spürte die Kraft, die sie aus diesen Worten schöpfte.

Dreizehn

Gan stocherte gereizt im Feuer herum. Rauch stob auf und kringelte sich zwischen den schmalen Lücken zwischen der Front des Zeltes und den Seitenwänden nach draußen. Ein Stück neben ihm saß Neela auf dem Boden und betrachtete besorgt die Fransen ihrer Stiefel. »Du hättest ihn ihr nicht allein hinterhergehen lassen sollen«, warf ihr Gan vor.

»Er ist ihr nicht nachgegangen!« Ihr Gesicht brannte. »Zumindest ursprünglich nicht. Sie hat ihre Waschsachen mitgenommen. Er wollte Futter für die Tiere suchen.«

Der junge Hundekrieger hob den Vorhang und sah nach draußen. Das Frauenzelt war noch immer geschlossen. Er ließ das Fell fallen. »Der Sturm nimmt wieder an Heftigkeit zu. Eben schien er noch aufzuhören, aber er hat wohl nur einmal tief Luft geholt.« Hoffentlich glaubte Neela weiterhin, Clas und Sylah säßen an irgendeinem geschützten Ort fest. Ihm stand nicht der Sinn danach, ihr zu erklären, daß sie – falls sie Schutz gefunden hatten – nun vom vorübergehenden Nachlassen des Sturms herausgelockt worden wären und sich vermutlich in größerer Gefahr als zuvor befänden. Was die Möglichkeit betraf, sie könnten mit einem Trupp Teufel zusammengestoßen sein, so gab er sich selbst alle Mühe, nicht darüber nachzudenken.

»Für gewöhnlich bleibst du immer noch eine Weile lang wach, wenn du von der Nachtwache zurückkommst. Er hätte ihr nicht auf eigene Faust folgen sollen.«

Neela gelang es, zur gleichen Zeit vorwurfsvoll und verteidigend zu klingen, und gedankenlos entgegnete er: »Also habe ich schuld? Um etwas anderes geht es dir gar nicht – nur darum, wer schuld ist.«

Sie fuhr zurück.

Er fuchtelte mit den Armen herum. »Komm schon, tut mir leid.«

Darauf antwortete sie beschwichtigend: »Das hätte ich nicht sagen sollen. Hab's auch nicht so gemeint. Ich mache mir nur Sorgen.«

»Ich kann nicht länger untätig hier sitzen und ins Feuer starren. Du bleibst bei Tate und Jones. Sag ihnen, was zu tun ist.«

Sie klammerte sich an ihn, als er aufstand. »In diesem Sturm wirst du sie niemals finden. Und du wirst dich selbst verirren.«

Er nahm ihre Hand von seinem Arm und hielt sie einen Augenblick lang fest, ehe er sie losließ. »Ich werde aufpassen. Kümmere du dich um die Fremden und halte sie wach. Du hast jetzt das Kommando.«

Die Worte hingen schockierend schwer zwischen ihnen in der Luft. Es war nicht das, was er hatte sagen wollen, und gewiß nicht das, was sie erwartet hatte. Er biß sich auf die Lippen, um sich nicht zu berichtigen, und sie reckte das Kinn und erwiderte: »Keine Angst.«

Sie ging hinaus, während er sich für die Suche anzog. Zusätzlicher Schutz war ein Muß. Er begann damit, sein gewohntes Lederhemd und seine Hose abzulegen, und zog die gesteppte Baumwollwinterunterwäsche über die normale. Als nächstes war die Hose dran. Die Jacke überlappte sie, wurde vorn zugeschnürt und saß auf diese Weise warm, aber nicht zu fest. Mit Knöpfen an der Seite wurde sie mit der Hose verbunden, damit das Ganze nicht verrutschte. Kleidung, die eng anlag, ließ nicht genug Platz für warme Luft, und Kleidung, die verrutschte, bestrafte den Träger mit kalten Stellen. Und eine einzige kalte Stelle war anfangs vielleicht nur unangenehm, konnte jedoch innerhalb kürzester Zeit zur Gefahr werden. Sie kostete den Körper soviel Kraft wie eine Wunde.

Dann zog er die lederne Überkleidung an. Diese hielt den Wind ab und sorgte zudem für Isolation. Er schlüpfte in seinen Schaffellmantel, schlug die Ohrenklappen der Waschbärenpelzmütze herunter und schlang den Murdat um die Schulter. Bei diesen Sichtverhältnissen ergab es keinen Sinn, den Bogen mitzunehmen.

Draußen hatten sich die drei Hunde jeweils hinter einem Baum im Windschatten zu einem engen Knäuel zusammengerollt. Sie wußten, woher auch immer, Bescheid; drei Augenpaare erwarteten ihn, als er die Zeltklappe hochschlug. Sie erhoben sich wie ein Tier, schüttelten sich und warfen den Schnee wieder in den Sturm. Die ovalen Abdrücke, die sie hinterließen, begannen sich sofort zu füllen.

Die Hunde nahmen eine Formation ein, die Gan nicht kannte. Raggar lief neben ihm, vielleicht einen Meter voraus, während Cho und Shara hinter ihm zu den Seiten Position bezogen. Sie waren dicht genug beieinander, um sich nicht aus den Augen zu verlieren, obwohl sie offensichtlich ausschwärmen wollten. Er dachte daran, sie in ihrem normalen Keil aufzustellen, Raggar vorn und die beiden anderen an seiner Seite, entschied jedoch, ihnen ihren Willen zu lassen. Sie würden eine Gewohnheit nicht ohne guten Grund aufgeben.

Der Schnee wurde ihnen unermüdlich ins Gesicht getrieben, manchmal stellte er sich ihnen fast einer Wand gleich entgegen, dann wieder ließ er gehässig nach und gab zu der Hoffnung Anlaß, der Sturm würde bald aufhören. Dieser Fall trat jedoch nicht ein. Gan war vielleicht hundert Meter über die Waschstelle hinausgegangen, da entdeckte er einen abgebrochenen Zweig. Nur weil das spitze Ende vom Wind fort zeigte, bemerkte er überhaupt die hellere Farbe des frischen Holzes. Er hockte sich hin, fegte den Schnee zur Seite und suchte nach weiteren Spuren.

Raggar knurrte leise, fast in sein Ohr, und sofort war er mit gezogenem Murdat auf den Beinen.

Der Leitwolf stand am Rand des Bereichs, der für den Hundekrieger noch erkennbar war. Dunkle Schemen hinter ihm mochten die Tiere des Rudels oder auch nur Vorspiegelungen des ständig wechselnden Lichtes sein.

Nach einem Augenblick schob Gan die Waffe in die Scheide und ging vorwärts. Die Flanken des Wolfes hoben und senkten sich von seinem schweren Atem, und er war offensichtlich sehr erschöpft. Die Zunge hing ihm aus dem Maul, während er Gans Näherkommen beobachtete. Dann befanden sich nur mehr ein paar Meter zwischen ihnen, und er drehte sich um, lief bergab und blickte dabei über die Schulter.

Raggar sah Gan an, als wollte er zustimmen. Gemeinsam folgten sie dem Wolf, wobei sich die anderen Hunde weiterhin hinter ihnen hielten. Die Schemen, die der Rest des Rudels sein mochten, tauchten gelegentlich auf und wurden rasch wieder unsichtbar. Und so plötzlich, wie er erschienen war, verschwand auch der Leitwolf. Vor ihnen, wo er gestanden hatte, taumelten Clas und Sylah den Berg hoch.

»Was machst du hier draußen?« fragte Clas.

»Ich suche nach euch, was sonst. Was ist geschehen?«

»Vier Teufel.« Er deutete mit dem Kinn talwärts. »Sie haben Sylah gejagt, und ich bin ihnen gefolgt. Habe einen getötet – Bienenclan, Menschenjäger, in Kriegsbemalung. Sylah trägt jetzt seinen Schneemantel. Dies sind seine Skier und seine Jacke. Auf dem Rückweg hat uns der Sturm überrascht. Du hättest nicht nach uns suchen sollen; was wäre, wenn wir uns verfehlt hätten?«

Gan blickte sich um. »Wo sind die Wölfe?«

Sylah drängte sich näher an Clas heran. »Wölfe?«

»Sie haben mich zu euch geführt.«

Clas grunzte. »Gut für sie. Habe sie überhaupt nicht gesehen. Hilf mir bitte, Sylah zu stützen, ja?«

Gan schickte Shara und Cho voraus, damit die anderen im Lager auf ihre Ankunft vorbereitet waren. Die Frauen stürzten sich auf Sylah, doch bevor sie die Priesterin ins Zelt bringen konnten, drehte sich Gan um und entdeckte die Wölfe.

Die Pferde tänzelten nervös und zerrten an ihren Leinen. Neela lief zu ihnen und brachte sie mit fester Hand und Stimme zur Ruhe.

Ein scharfer Geruch nach Salmiak und nassem Fell kam mit den Dampfschwaden herüber, die von den Körpern der Wölfe aufstiegen. Von hinten kam ein junges Weibchen quasi nach vorn gekrochen. Es hatte große Angst und zog sich sofort zurück, nachdem es den Pfeil, den es in der Schnauze trug, fallen gelassen hatte.

In diesem Augenblick fiel Gan auf, daß ihre Zahl kleiner war als beim letzten Mal. Der Leitwolf blickte über die Schulter zu den Verbliebenen und bewegte die Schnauze hin und her, als würde er auf die Verluste zeigen. Danach wandte er sich Gan zu und knurrte.

Neben Gan erstarrte Raggar. Der Hundekrieger legte dem Hund die Hand auf den Kopf.

Ein großes Männchen löste sich aus dem Rudel und trottete bergauf am Lager vorbei. Die anderen liefen ihm hinterher, wie dunkler Rauch, der im Schneegestöber verwirbelt. Der Leitwolf kratzte im Boden und warf Stöcke und Erde in die Luft, bevor er ihnen folgte.

Clas hob den Pfeil auf. »Teufel«, stellte er fest.

Tate trat zu ihm. Sie wirkte völlig durchgefroren. »Sie haben dir den Pfeil gebracht, um dir das mitzuteilen?«

»Das muß es sein«, antwortete Gan. »Aber das haben sie noch nie getan. Und sie haben mich auch zu Clas und Sylah geführt.«

In diesem Moment redeten alle durcheinander und wollten wissen, was geschehen war. Etwas an der Art, wie Sylah Clas ansah und seiner Geschichte zustimmte, versetzte Gan einen unangenehmen Stich. Er beobachtete Neela und war sicher, bei ihr die gleiche Reaktion zu bemerken. Die Gruppe versammelte sich im Männerzelt, während Clas von ihrem Abenteuer berichtete.

Nachdem er geendet hatte, meinte Neela: »Sie werden herkommen, sobald der Sturm sich gelegt hat.«

Gan widersprach. »Aber höchstens zwei. Einer muß Meldung machen.«

»Hat irgendwer schon mal an Bilsten gedacht?« fragte Tate.

Gan lächelte schief. »Ja. Er ist aufgebrochen, und kurz darauf tauchen die Teufel hier auf.«

»Er hat eine Spur hinterlassen, gut.« In Clas' Lachen schwang keinerlei Belustigung mit. »Geradewegs zu uns.«

»Wir müssen die Berge überqueren«, sagte Gan. »Ob Bilsten uns nun verraten hat oder nicht, wir müssen zum Wolkenruhepaß. Das ist ein Wettrennen. Packt. Wir brechen jetzt auf, damit der Schnee unsere Spuren bedeckt.«

»Oder uns«, fügte Clas hinzu, der bereits seine Sachen in die Satteltasche stopfte.

Am ersten Tag kamen sie trotz des Wetters gut voran. Am Nachmittag trabten sie in gleichmäßigem Schritt dahin. Die beste Nachricht war, daß sie keine Verfolger hatten. Bislang.

Es war etwas wärmer geworden; dessen war sich Gan sicher. Nicht genug, um einen deutlichen Unterschied auszumachen, doch die Schneeflocken wirkten dicker. Sie fielen auch gerader und ließen sich nicht mehr so stark vom Wind verwehen. In der Luft lag dennoch ein Geruch nach stählerner Kälte. Eigentümlich.

Unter ihm trottete sein Pferd gleichmäßig dahin, fast still, und arbeitete sich durch den Schnee, der ihm beinahe bis zu den Sprunggelenken reichte. Er dachte an das schwere Terrain, das vor ihnen lag; steilere Hänge waren ihnen gewiß. Falls der Schnee tiefer wurde, wären die Tiere damit vielleicht überfordert. Unbewußt tätschelte er den Hals des Pferdes. Er konnte sich kaum noch an eine Zeit erinnern, in der sie keine Gefährten gewesen waren. Sie kannten einander. Es schnaubte und warf den Kopf zurück, und er lachte in sich hinein und fragte sich, ob es ihn aufmuntern wollte.

Gans Gedanken kehrten zu dem zurück, was Bilsten und Sylah über Wolkenruhe erzählt hatten. Da es sich dabei eher um eine niedrige Stelle zwischen den Bergen und nicht um eine schmale Schlucht handelte, würde die Breite des Passes die Teufel zwingen, ein großes Gelände zu überwachen, wollten sie die Gruppe abfangen. Bilsten hatte versprochen, einen »sicheren« Pfad zu kennzeichnen, einen, der parallel zur Hauptroute verlief und aller Wahrscheinlichkeit nach nicht beobachtet wurde.

Ihr Dilemma bestand in dem Gebot zur Eile und der Notwendigkeit, den Weg mit größtmöglicher Vorsicht auszukundschaften. Die Verfolger waren vermutlich bereits unterwegs. Der Sturm würde für die Teufel nur ein kleineres Hindernis bilden. Auf Skiern und Schneeschuhen würden sie schnell wie der Wind vorankommen.

Er sah zurück zu den anderen. Neela ritt kurz vor Clas, der die Nachhut bildete. In ihrem schweren Bärenfellmantel und der wollenen Kapuzenmaske war sie schwerlich zu verkennen. Lustlos ritt sie dahin und starrte zu Boden. Sonnenflieger paßte sich wie gewöhnlich ihrer Stimmung an. Ruhelos marschierte er fast auf Zehenspitzen und hob und senkte den Kopf, als würde er hacken. Das Mädchen spielte abwesend mit seiner Mähne, ihr Blick war durch die Schönheit der dicken Schneeflocken auf das warme Biberfell ihrer Fäustlinge gerichtet.

Gan gab Clas ein Zeichen, er solle die Führung übernehmen, und wartete, bis Neela ihn eingeholt hatte. Sie zuckte zusammen, da seine Worte sie aus tiefer Konzentration rissen. »Mach dir nicht so viele Sorgen«, sagte er.

»Über wen? Ach, über sie, die Teufel. Vor denen habe ich keine Furcht.«

Er lachte leise. »Du bist mutiger als ich. Mich ängstigen sie.«

Sie schob die Kapuze nach hinten und zog die Maske ab. Ihre

Mundwinkel bewegten sich fast nicht beim Lächeln. »Ich habe gerade über etwas anderes nachgedacht.« Vor ihnen stieg Clas ab und zeigte an, daß die Pferde Erholung brauchten. Nachdem ein jeder die Schneeschuhe angeschnallt hatte, führte er sie weiter voran. Noch immer in ihre Gedanken vertieft, blieb Neela zurück. Gan ging neben ihr und sagte nichts, bis das Schweigen zwischen ihnen bedrückend wurde. Er versuchte, sie aus der Reserve zu locken. »Irgend etwas bereitet dir doch Kummer. Kannst du nicht mit mir darüber reden?«

Sie war mit gesenktem Kopf gegangen, hatte auf den Boden gestarrt, und bei diesen Worten suchte ihr Blick die Spitze der kleinen Kolonne. Daraufhin sah sie Gan an, um sich zu vergewissern, ob er den Hinweis verstanden hatte, wobei ihre Miene Besorgnis und Verlegenheit verkündete.

Gan glaubte, begriffen zu haben. »Ach, Sylah. Ich weiß, wir hätten sie beinahe verloren, aber jetzt ist sie wieder wohlauf. Sie hat ihre Lektion gelernt, dessen kannst du dir sicher sein. Und selbst wenn das nicht der Fall sein sollte, wird Clas sie den Vorfall nicht vergessen lassen. Ich glaube, er wußte selbst nicht, wieviel ihm an ihr liegt, bis sie sich verirrt hatte. Manchmal übersehen die Menschen ausgerechnet das, was sie geradewegs vor der Nase haben.«

Sie blieb stehen, als wäre sie vor eine Wand gelaufen. Sonnenflieger zog die Leine straff und kam überrascht zum Stand, doch auch da regte sie sich kaum und starrte Gan weiter ins Gesicht. So wie sie sich benahm, dachte Gan, er habe in einer fremden Sprache zu ihr gesprochen. Dann stieß sie ein Lachen aus, ein scharfes Rasseln, das ihm ins Gemüt schnitt wie eine Säge. Verwirrt streckte er die Hand nach ihr aus, doch sie wich zurück, stolperte unbeholfen und stieß mit ihrem Pferd zusammen. Mit einer Hand bedeckte sie den Mund und erstickte ihr schreckliches Lachen. Die andere landete mit einem Krachen wie ein brechender Ast in seinem Gesicht.

Und sofort darauf, noch ehe er irgendwie reagieren konnte, sprang sie vor und warf ihm die Arme um den Hals.

Sie weinte. Er war so verwirrt, daß er keinen klaren Gedanken fassen konnte.

Daher hielt er sie einfach in den Armen und gab leise, aufmunternde Laute von sich, die, so hoffte er, sie trösten würden. Die Gruppe setzte ihren Weg fort und ließ sie allein. Er spürte, daß die Schluchzer langsam abklangen und daß sie die Beherrschung wiederfand. Da wagte er die Frage, ob er ihr helfen könne.

»Halt mich einfach nur fest, Gan. Einfach nur fest.«

Und genau das war es, was er gern tun wollte. Er legte ihr von hinten eine Hand auf den Kopf und drückte ihn an seine Schulter. Der warme Geruch ihres Haars erschien ihm, als wäre gerade der Frühling auf diesem verschneiten Weg eingetroffen.

Sie schmiegte sich an ihn, und die Wunde, die ihr Bruder Bay ihm zugefügt hatte, pochte leicht.

Der kurze Schmerz löste eine Sturzflut von Gedanken aus.

Zum ersten Mal in seinem Leben hielt er eine Frau in den Armen. Ihr Vater war von seiner Hand gestorben. Ihr Bruder hatte versucht, Gan zu töten, und er würde es abermals darauf anlegen.

Mochte es so sein. Sie war die einzige Frau, die er in seinen Armen halten wollte, jetzt und für immer, und Familien und Stamm würden sich damit auf irgendeine Weise abfinden müssen.

Nun begriff er, sie hatte an Clas und Sylah gedacht und daran, daß die beiden allein gewesen waren und wie sie sich seitdem ansahen. Sie hatte sich mit den beiden beschäftigt, aber auch mit ihm und sich selbst. Er erinnerte sich an die Nacht, in der sie Sylah kennengelernt hatten, daran, wie beeindruckt sie bei ihrer Ankunft von ihr gewesen waren, da sie eine solche Schönheit und zudem noch Priesterin war. Damals hatte er Neela etwas so Dummes gesagt und ihr peinlich entlarvende Fragen über die ältere Frau gestellt.

Und dann fiel ihm ein, wie er in Neelas Zelt geschlichen war, weil Sylah ihn darum gebeten hatte, in der Nacht ihrer Flucht, und Neela hatte erst eingewilligt mitzukommen, nachdem Clas' Name gefallen war.

Clas und Sylah hatten einander gefunden. Und Neela weinte.

Aber sie lag in *seinen* Armen.

Er hatte seinen Griff gelockert, fiel ihm auf. Er zog sie wieder fester an sich. Sie war zu ihm gekommen, und das war genug. Das bedeutete ihm alles.

In einem kleinen Winkel seines Herzens, einem Ort, so winzig, daß er ihn kaum selbst fühlen konnte, fragte er sich, ob sie jemals um ihn so weinen würde, wie sie jetzt um Clas na Bale weinte.

Vierzehn

Gan ließ sie so lange weiterziehen, bis es fast zu spät war, eine Schutzhütte zu bauen. Und so mußten sie sich am Ende sehr damit beeilen. Der Neuschnee war schwer und pappte glücklicherweise gut zusammen, daher wuchs das Schneehaus rasch. Gan und Clas übernahmen das eigentliche Bauen, während die anderen die Blöcke formten. Nachdem sie an einer Stelle den Grund festgestampft hatten, gaben die beiden Krieger den weißen Quadern mit Murdat und Messer den letzten Schliff und legten sie Reihe um Reihe in immer engeren Kreisen aufeinander. Bald hatten sie ein kuppelförmiges Bauwerk errichtet, das einen tunnelähnlichen Eingang besaß und sie vor Wind und Kälte schützte.

Tate und Jones benutzten, wie die anderen überrascht feststellten, das alte Wort dafür, Iglu.

Neela bestand darauf, daß sie alle aßen, denn, so erklärte sie Tate, das scharfe Essen ersetze die Wärme, welche die Kälte des Winters dem Körper entzog. Mit einer pulverartigen Mischung aus einem großen Lederbeutel bereitete sie einen Eintopf zu. Tate entschuldigte sich einmal mehr, weil sie – und Jones – so wenig zu ihrer Versorgung beitragen konnten. Neela wischte die

Bemerkung mit einer Handbewegung beiseite und sagte, alle hätten ihre Vorräte genossen, solange sie gereicht hätten, und lobte die Art, wie sie ohne Zögern bei der Nahrungsbeschaffung half. Schließlich habe sie mit Clas das einjährige Wildrind zur Strecke gebracht, von dem sie so lange gezehrt hatten.

Damit war Tate froh, das Thema beenden zu können, und merkte an, sie würde zum ersten Mal konserviertes Essen sehen – bisher hatten sie immer alles frisch zubereitet.

Neela erklärte ihr, sie würden stets Vorräte mit sich führen, und wenn es möglich war, stockten sie diese wieder auf, so wie mit dem geräucherten Hirsch. Konservierte Nahrungsmittel wurden für schlechte Zeiten gehortet.

Daraufhin fragte Tate, aus welchen Zutaten das Pulvergemisch bestehe, und Neela verriet ihr, es handele sich um ein Familienrezept, das ihre Mutter jeden Sommer zubereitete und dann in der Sonne trocknete. Huhn und Kaninchen bildeten die Fleischeinlage. Außerdem kamen Tomaten, Kartoffeln, Zwiebeln, Knoblauch und einige andere Gemüsesorten dazu.

Während die Suppe vor sich hin köchelte, schwärmte Tate vom köstlichen Duft, und sie bemerkte, wie gespannt die drei Hunde und Sylah sie beobachteten, derweil sie probierte. Die ihr zugewandte Aufmerksamkeit machte sie ein wenig nervös. Es dauerte einen Augenblick, bis sie angesichts des heftigen Brennens vom ersten Nippen begriff, daß die Wärme vor allem durch einen fürchterlich starken Pfeffer »ersetzt« wurde. Sie spuckte und hustete, und alle brachen lauthals in Gelächter aus.

Sie schimpfte mit sich selbst, aß weiter und war froh zu sehen, daß den anderen einschließlich Sylah die schwere Last der Sorgen vom Herzen fiel, die sie bedrückte, seit die Kundschafter der Teufel sie entdeckt hatten. Dann erfreute sie die Gruppe, als sie sagte, das scharfe Essen schmecke ihr, und mit Genuß zulangte.

Mit vollem Bauch, vor dem Wetter geschützt und von dem langen Marsch tiefer in die Berge hinein wohlig müde, schliefen sie in dieser Nacht sehr gut. Der restliche Eintopf bildete ein nahrhaftes Frühstück, obwohl Sylah unglücklich wirkte, da sich

Jones deswegen bei Tate beschwerte. Er hatte einiges davon herunterbekommen und schien eher die Qualität denn den Geschmack zu beanstanden. Das ärgerte die Priesterin, die sich jedoch sofort ermahnte, an etwas anderes zu denken. Kleine Anlässe konnten in einer solch angespannten Situation zu gewaltigen Streitereien führen.

Sie wandte ihre Aufmerksamkeit Clas zu und lächelte schief, weil ihr auffiel, daß sie das viel zu oft tat. Sie mochte es, wie er Tate half. Die Frau war mit dem Leben im Schnee nicht sehr vertraut, und er unterstützte sie, wo immer es möglich war. So sollte es auch sein. Die beiden hatten Blut ausgetauscht, weil sie ihm das Leben gerettet hatte. Dieser Gedanke brachte sie auf Gan. Der versuchte angestrengt, seinen Groll wegen dieser engen Beziehung zwischen Tate und Clas zu verbergen. Die anderen bemerkten auch nichts, dessen war sie sicher. Aber die Anzeichen waren zu deutlich, wenn man nur genau hinsah; jetzt zum Beispiel gesellte sich Clas zu ihr, um die Eßschalen mit Fichtennadeln und Schnee auszuschrubben, während Gan den Pferden Getreide in die Futtersäcke gab und dabei ständig zu ihnen herüberblickte. Fast tat er ihr leid. Er respektierte Tate und liebte Clas. Die Freundschaft zwischen ihnen begrüßte er. Dennoch verlangte er von beiden Treue. Er hatte ein Schicksal zu erfüllen. Davon waren sie ein Teil. Sie fragte sich, wie lange er noch mit diesem Gedanken leben könnte und dabei ein normaler Mensch bleiben würde.

Bald waren sie wieder unterwegs.

Der Wind wehte warm und mild, als wollte er sich entschuldigen. Gan erkannte seine Lügen. Sein heimliches Flüstern löste den Schnee von gebeugten Fichtenästen. Manche dieser Brocken waren schwer genug, um Verletzungen nach sich zu ziehen. Und selbst die kleineren konnten die Kleidung durchnässen und die Tür für den »leisen Tod« aufstoßen, der schmerzlos Leben stahl, bevor man überhaupt bemerkte, was vor sich ging.

So trotteten sie neben den Pferden her, und das gedämpfte Trommeln des herabfallenden Schnees begleitete sie auf ihrem

Marsch. Obwohl das Weiß ihnen Sorgen bereitete, mußten sie dennoch seine Schönheit bewundern. Sonnenstrahlen brachen durch die Bäume und verwandelten den umhertreibenden Schneestaub in weiße Federn, die den Frauen immer wieder lautes Entzücken entlockten. Ihre Pelze, auf denen die Eiskristalle knisterten, schienen vor Energie zu vibrieren. Das nahezu horizontal einfallende Sonnenlicht umrahmte jeden Baum mit einem Glühen, und überall funkelten ähnliche Strahlen wie glänzende Klingen.

Diese Schönheit war jedoch tückisch. Auf den Hängen über ihnen, die durch die Bäume nicht zu sehen waren, stapelten sich unvorstellbare Mengen Schnees in einem labilen Gleichgewicht. Der milde Wind und die wunderschöne Sonne berührten diese Masse mit verführerischer Sanftheit. So begann eine Schmelze, die eine tödliche Verlagerung zur Folge hatte.

Der Weg selbst war nicht so schlecht, wie Gan erwartet hatte. Schließlich glaubte er, daß sie alle Pferde durchbringen würden. Sie hatten bereits eine Höhe erreicht, die der südlichen Schulter des Passes entsprach. Wenn Bilsten nicht gelogen hatte. Dennoch hielt Gan es für das beste, noch nicht wieder zu reiten und die Kraft der Tiere zu schonen.

Die Spur, die sie hinter sich zurückließen, erweckte den Eindruck, schwerfällige Tiere würden den Berg erklimmen. Menschenjäger würden aus ihr viel über den körperlichen Zustand – und das seelische Gleichgewicht – einer jeden Person und eines jeden Tieres herauslesen können.

Gan bedachte auch die Möglichkeit eines Hinterhalts. Sehnsüchtig betrachtete er ausgezeichnete Stellen, die seitlich des Wegs näher kamen und vorbeizogen. Falls er abbog, um eine zu erreichen, würden die Fährtenleser dies sofort bemerken. Sich zurückfallen zu lassen war eine Überlegung wert, aber erst, wenn die Situation aussichtslos wurde. Einen Überfall mit ein oder zwei Mann, gleichgültig wie erfolgreich, würden die skilaufenden Teufel schnell zurückschlagen, und die Gruppe wäre danach lediglich geschwächt. Falls sich alle an einem Hinterhalt beteiligten, wäre es nur noch ein bloßer Überraschungsangriff. Der jedoch würde entweder zur vollständigen Vernichtung oder zu einer kopflosen Flucht führen. Ihre einzige Chance bestand darin, zwischen sich und den Verfolgern Distanz zu halten, bis sie ihnen entkamen und irgendeinen Schutz fanden.

Spät am Nachmittag überquerten sie einen tosenden Bach mit silberschäumendem, kristallklaren Wasser, das so kalt war, daß es die Gelenke in den Fingern knacken ließ. Beim Trinken war es, als würde einem ein Messer über die Linie gezogen, wo sich Gaumen und Zähne berührten. Sie waren erst ein kleines Stück weitergeritten, da hob Clas, der die Gruppe anführte, die Hand, damit die anderen anhielten, und zeigte dann nach vorn. Dort lag der letzte Bergrücken, den sie zu bewältigen hatten, bevor es abwärts nach Harbundai ging.

Bilsten hatte bislang den Weg gut für sie markiert. Während die Pferde ohne große Hoffnung, etwas Grünes zu finden, im Boden scharrten, suchten die Menschen die Gegend ab, soweit sie sehen konnten, doch weitere Zeichen waren nicht zu entdecken. Clas umfaßte immer aufs neue wütend das Heft seines Murdats und ließ es wieder los. Gan blickte grimmig drein.

Raggar lief zu einem Baum westlich von ihnen, schnüffelte daran, betrachtete den Stamm und legte den Kopf zur Seite. Gan beobachtete ihn abwesend und dann aufmerksamer, als der Hund langsam zurückwich, noch immer zu der Stelle blickte, zu seiner ursprünglichen Position ging und das Bein hob. Er schien verwirrt und spannte sich bei seiner Tätigkeit so sehr an, als würde er umfallen. Und schließlich verstand Gan.

»Weißt du, was Bilsten gemacht hat, Clas? Dieser Sohn eines Kojoten hat den Weg markiert wie ein Hund, und er hat dabei auf seinem Pferd gestanden, damit selbst der heiligste Schneefall die Spur nicht überdecken konnte. Glücklicherweise hat sich Raggar nicht verletzt, als er die Stelle erreichen wollte.«

Mit größerer Zuversicht zogen sie weiter, folgten den Hunden und kamen so gut voran, wie sie nur hoffen durften. Das Tageslicht schwand bereits, da gab Gan das Zeichen zur Rast. Über

Handsprache teilte er Clas mit, er beabsichtige, die Strecke vor ihnen auszukundschaften. Clas war von Gans plötzlichem Schweigen überrascht, stellte jedoch keine Fragen. Eigentlich hatte Gan ihn noch nie so besorgt und nervös erlebt.

Er ging in Richtung Westen weiter und war zufrieden, da er keine Patrouille in der Nähe entdeckte, und kam am Ende zu einer Stelle, von der aus er den Hauptweg überblicken konnte. Die ganze Zeit über hatte er gelegentlich Vögel rufen hören – Elstern, Fasane, einen Adler –, und einmal glaubte er, ein Hirsch hätte in der Ferne gebrüllt. Zu sehen war jedoch kein größeres Tier, und er entdeckte nur die Spuren eines Tigers an einem Baum, allerdings waren die Kratzer schon alt. Dabei beunruhigte ihn eher die *Abwesenheit* von allem; die Wildnis schien sich seltsam zurückzuhalten und abzuwarten.

Gegenüber den Herausforderungen von Bilstens geheimem Pfad stellte die Hauptroute eine Straße dar. Gan gab den Hunden ein Zeichen und schlich geduckt von Baum zu Baum weiter, den Bogen über den Rücken gehängt, den Murdat in der Hand.

Er hätte den Mann nicht bemerkt, wenn sich der Eichelhäher nicht beschwert hätte. Als der Vogel das erste Mal hoch oben in den Wipfeln kreischte, hätte Gan beinahe nicht darauf geachtet. Möglicherweise schimpfte er nur mit einem anderen Tier.

Auf der gegenüberliegenden Seite der Hauptstraße tauchte ein Krieger zu Fuß am Ufer eines Baches auf. Er schöpfte einen Felleimer voll Wasser und war Sekunden später wieder verschwunden, aber Gan wußte jetzt, was er hatte herausfinden wollen. Falls der Mann zu dieser Tageszeit Wasser in einem Eimer holte, trug er es mit Sicherheit zu einem Lager, das zwischen den Bäumen verborgen lag. Der Paß wurde gut bewacht.

Gan eilte zu den anderen zurück.

Er versammelte sie dicht um sich und berichtete, was er erkundet hatte, und Minuten später waren sie wieder unterwegs. Bald stellten sie den Grund dafür fest, warum die Teufel ihr Lager an jener Stelle aufgeschlagen hatten. Ihre Gesichter zeigten Niedergeschlagenheit und Unglauben, während sie sich an einem Bach zusammendrängten, der zuvor von einer Erhebung verborgen gewesen war. Eine leere Schneewüste erstreckte sich eine halbe Meile weit vor ihnen. Die Teufel brauchten in ihrer Position im Tal nur gelegentlich den Kopf zu heben, und nichts würde ihnen entgehen, was sich dort bewegte.

Gan bewunderte Bilstens Mut, denn der hatte diese Stelle mit einem beladenen Packtierzug durchquert, doch damit hatte der Händler sie in eine verzweifelte Lage gebracht. Ihn hatte ein Schneegestöber verborgen und seine Spuren ausgelöscht. Die Gruppe dagegen kam nicht in den Genuß dieser Gunst.

Clas gab schließlich dem Offensichtlichen Ausdruck. »Entweder müssen wir uns durchkämpfen, oder wir ziehen in der Nacht weiter.«

Zunächst einmal führte Gan sie in den Schutz des Waldes zurück. Abermals bauten sie eine Schneehütte. Tate führte Jones eilig hinein, da den Pastor ein Hustenanfall heimsuchte. Sie kam wieder heraus, und Widerwillen verschaffte sich auf ihrem Gesicht neben der Erschöpfung Platz. Ihre Miene verbat sich alle Kritik. Gan brach das unbehagliche Schweigen. Er rieb sich die Schulterwunde und sagte: »Wir ziehen heute nacht weiter.«

Neela gab einen leisen Laut von sich, und er drehte sich zu ihr um. »Selbst mit der Überraschung auf unserer Seite werden wir auf jeden Fall Opfer zu beklagen haben, sollte es zum Kampf kommen. Hinter uns müssen sich zudem ebenfalls Krieger befinden, und die werden aufholen.«

Jeweils zwei behielten das Gelände hinter sich im Auge. Der Rest drängte sich in die kleine Schutzhütte und genoß ein kaltes Mahl, das aus geräuchertem Hirschfleisch bestand. Die Hunde nahmen ihre schmale Ration mit Enttäuschung entgegen, doch was Gan wirklich Sorgen bereitete, waren die vorwurfsvollen Blicke der Pferde. Er widmete sich zusammen mit Neela der Aufgabe, sie mit Getreide zu füttern, und verteilte die letzten Körner fast einzeln. Leise fragte das Mädchen ihn: »Glaubst du, diese armen Tiere werden es bis nach drüben schaffen?«

»Ich weiß es nicht.« Sie hatte Sonnenfliegers Mähne fest gepackt. Er fuhr fort: »Wir werden sie nicht hier zurücklassen. Versprechen kann ich dir jedoch nichts. Das verstehst du doch?«

Sie nickte, wandte sich ab und lehnte sich an ihr Pferd. Gan fügte hinzu: »Ich werde mein Bestes geben, Neela.« Er streckte die Hand aus, konnte sich aber nicht überwinden, das Mädchen zu berühren. So ließ er die Hand wieder an seine Seite fallen. »Du sollst wissen, Neela, daß es mir sehr leid tut ... alles, was geschehen ist. Ich habe mich nicht gerade klug benommen. Inzwischen habe ich viel dazugelernt.« Wenn er nur den Mut aufbringen könnte, ihr anzuvertrauen, daß ihm sehr wohl bewußt war, wie närrisch er wirken mußte, wie lächerlich seine Worte in seinen eigenen Ohren klangen.

Langsam wandte sie sich ihm wieder zu und trug eine kontrollierte, nichtssagende Miene im Gesicht. »Du bist ein guter Freund. Und ich werde stets deine Freundin sein, solange wir leben.«

Das war nicht gerade das, was er hören wollte, vor allem nicht die leise Reserviertheit am Ende. In diesem Augenblick entschied er, sie müsse Teil der Prophezeiung sein, Teil der Zukunft, die zu gestalten man von ihm erwartete. Denn sonst wollte er mit dem allen nichts mehr zu tun haben. Er würde sie mit einbeziehen, und der Traum mußte es ebenfalls tun.

Ohne etwas hinzuzufügen, wandte sie sich ab und nahm den Tieren die leeren Futtersäcke ab. Sie ließ sie auf den Boden fallen, und er verbiß sich einen Protest über die Verschwendung, bis ihm das klar wurde, was sie längst begriffen hatte – ohne Getreide waren die Ledersäcke lediglich nutzloser Ballast.

Am wolkenlosen Himmel ging ein Handmond wie aus getriebenem Silber auf. Nachdem Gan und Clas sich von den anderen abgesondert hatten, konnte Tate sich mit ihren angespannten Nerven nicht mehr zurückhalten und bedrängte Neela um Antworten. »Was haben sie vor? Warum reden sie?«

Neela gebot ihr Schweigen und erwiderte flüsternd: »Wir nennen das Nara. Wenn ein Krieger vor einem Kampf Zeit zu beten hat, bittet er um Mut und dankt dem Einen In Allem dafür, daß er ihm tapfere Gegner beschert hat, die ihn auf die Probe stellen. Und er bittet darum, daß seine Seele stark genug ist, um den Körper und die Gedanken zu beherrschen.«

Aha, dachte Tate, wir haben es also mit einer Meditation zu tun. Und mit der Biofeedback-Methode – autosuggestiver Körperkontrolle. Damit hätten wir auch die Erklärung für die Fähigkeit, die Blutung zu stillen und Schmerz zu ignorieren. Obwohl das nicht notwendigerweise die kurze Zeit erklärt, in der die Blutung zum Stillstand kam; vielleicht handelt es sich dabei um reine biologische Anpassung. Wenn sie das in fünf Jahrhunderten erreicht haben, wozu werden ihre Nachfahren dann in einem Jahrhundert in der Lage sein? Oder in fünf?

Wie werde ich mich in einem Jahr verändern?

Werde ich überhaupt noch den morgigen Tag erleben?

Neela legte Tate die Hand auf die Schulter, und auf diese Aufforderung hin erhob sich die schwarze Frau nervös und eilig, überprüfte ihre Waffen und starrte in die Nacht hinaus. Daraufhin ging sie rasch zu Jones, brachte ihn auf die Beine und wickelte ihn gegen die Kälte ein. »Sobald Ihnen etwas wärmer wird, machen Sie einige der Knöpfe auf. Lüftung. Damit Sie nicht überhitzen, verstanden?«

Er murmelte etwas, und sie ließ ihn die Antwort wiederholen, bis sie sicher war, er habe begriffen.

Die Hundemenschen und Sylah vollführten gerade das Dreizeichen, als sie sich wieder umdrehte, und dann winkten sie sie voran.

Zunächst wirkte die Helligkeit beängstigend auf sie. Ferne Gipfel ragten in kalter Klarheit auf, während selbst das dunkle Tal die Bereitschaft zeigte, all seine Geheimnisse zu enthüllen. Eiskristalle funkelten sternengleich.

Sie hatten kaum ein Drittel des Weges zurückgelegt, da war Gan sicher, daß es sich bei den fürchterlichen Behauptungen der Kirche über das Unterland um maßlose Übertreibungen handelte. Keine Strafe konnte so schrecklich sein, wie die erschöpften Pferde über diese tückische Schneefläche zu treiben. Selbst mit Schneeschuhen glitt man aus. Ihr Vorankommen bestand aus Hinfallen und wieder Aufstehen, und bei jedem Mal wurde es anstrengender. Die Kleidung näßte durch und gab einen Dampf von sich, der sich mit den Atemwolken der Menschen, Hunde und Pferde vermischte. Jones war bereits in ein Fell eingehüllt; die Frauen kümmerten sich um ihn, zwei schleppten ihn, und die dritte ging daneben und hielt seinen Kopf aufrecht. Gan hoffte nur, der Fremde möge sich in seiner Halbbewußtlosigkeit weiterhin still verhalten.

Die erste Andeutung der Dämmerung zeigte sich in ihrem Rücken, während sie in den Schutz des Waldes taumelten und hinfielen. Zwei der gestohlenen Teufelspferde lagen auf der weißen Fläche; sie hatten sie getötet, um ihrer Misere – sie hatten sich die Beine gebrochen – ein Ende zu bereiten. Gan winkte hektisch alle an sich vorbei und ließ sich hinter einem Baumstumpf nieder, von dem aus er sowohl das Gebiet hinter ihnen als auch das Lager der Teufel im Tal überblicken konnte. Shara und Cho rollten sich müde neben ihm ein. Raggar bezog unter dem schneebeladenen Baldachin einer jungen Fichte Stellung. Obwohl sich Gan alle Mühe gab, döste er ein, bis ihn das tiefe, traurige Dröhnen eines Kriegshorns der Bergmenschen verwirrt und unsicher wieder zu Bewußtsein brachte. Der Ton wurde seltsam von den Bergen zurückgeworfen. Gan sah sich um – die anderen rührten sich an denjenigen Stellen, an denen sie zu Boden gesunken waren. Die Pferde kämpften sich neben den Bäumen, an die Clas sie gebunden hatte, auf die Beine.

Der ältere Krieger trat neben ihn und zeigte träge über den Bach hinweg. »Muß eine ganz schöne Anzahl sein, wenn sie ein Horn mitbringen.«

»Sie grüßen«, sagte Neela. Stolz und aufrecht erhob sie sich. »Clas na Bale ist unser bester Kämpfer. Gan und ich sind die Kinder von Kriegshäuptlingen.«

Das Lager unter ihnen erwachte zum Leben. Durch den Wald, der sie abschirmte, sahen sie Männer und Pferde, die herumliefen wie Ameisen in ihrem Haufen.

Tate gesellte sich zu Gan und Clas. Sie hörten Rufe. Die Verfolger hatten die andere Seite der weiten Schneefläche erreicht. »Ich kann sie aufhalten«, schlug sie vor.

Gan schüttelte den Kopf. »Wir haben keine Zeit, Widerstand zu leisten. Sollten wir hier warten, werden die aus dem Tal heraufkommen, um uns den Weg nach Westen abzuschneiden.«

»Sie werden uns aber einholen, wenn wir sie nicht irgendwie aufhalten«, wandte Clas ein. »Sieh nur, sie führen Ersatzpferde mit. Und sie haben alle Skier.«

Tate zeigte auf einen Punkt und fragte: »Vielleicht kann ich diesen Schnee dort zum Rutschen bringen.«

Gan war skeptisch. »Selbst das Gewicht unserer Körper hat das nicht geschafft.«

»Ich möchte es wenigstens versuchen«, gab Tate zurück. »Ihr solltet euch aber ein Stück von hier entfernen.«

Gan zuckte zusammen. Sie war ein Freund. Aber die Prophezeiung mischte sich ein. Er glaubte, diese Frau würde in seiner Zukunft eine wichtige Rolle spielen. Würde sie die Flucht ermöglichen? Um den Preis ihres eigenen Lebens?

Glaube und Träume würden sich entweder bewahrheiten oder nicht. »Tu, was du kannst«, sagte er und brach auf.

Tate lud eine Salve der großkalibrigen Munition und zielte auf den unteren Rand der Schneemasse. Das Knallen ihres Gewehrs ließ die Teufelskrieger kalt, da die Salve, ohne Schaden anzurichten, weit entfernt einschlug, und sie erhoben die Stimmen und stießen Spott und Drohungen aus. Auf das Signal des Kriegshorns hin strömten sie hinaus in den offenen Raum, manche auf Pferden, während der Rest den Schnee aus eigener Kraft bewältigte. Es waren mindestens dreißig Mann. Zwei mühten sich mit dem Gewicht des riesigen Messinghorns ab, das mindestens drei Meter lang war. Schließlich blieben die beiden stehen, um es erneut erklingen zu lassen, wobei der Trichter auf der Schulter des einen ruhte, während der andere hineinblies.

Hoch oben auf dem Berg lösten sich Schneestücke. Jemand

schrie den Hornisten etwas zu, und sie kamen wieder hinterher, jetzt jedoch ganz leise.

Tate schoß erneut, ohne ein besseres Resultat zu erzielen. Die Krieger erhöhten ihre Geschwindigkeit.

Sie feuerte abermals und machte sich schon darauf gefaßt, beim nächsten Mal auf die vorderste Reihe zielen zu müssen.

Der Berg atmete.

Es hörte sich an, als würde die Erde keuchen, wie ein schockierter, hell klingender Laut. Und darauf folgte das Rumpeln.

Tate rannte los. Sie betete, daß sie bei ihrer gehetzten Flucht vor dem Schrecken, der auf den Bach herunterstürzte, nicht stolperte. Die Bäume um sie herum peitschten hin und her und knackten, während ein orkanartiger Wind durch sie hindurchfuhr. Der Sturm nahm ihr die Luft und blendete sie.

Ein Ausläufer der Lawine riß sie mit spielerischer Kraft von den Füßen. Sie wälzte sich herum und rannte weiter.

Als sie schließlich ihre Gefährten erreichte, mußten die sie festhalten. Sylah nahm sie in den Arm und beruhigte sie, indes Clas aufgelöst im Hintergrund herumlief. Eigentlich war es Jones, der sie wieder zu sich brachte. Er rührte sich auf seinem Fellschlitten und fragte, da sie nicht mehr voran zogen, ob es ein wenig heiße Suppe gebe. Tate brach in schallendes Gelächter aus, und Sylah schüttelte sie kräftig, dann befreite sich die schwarze Frau von den Händen, die sie stützten. Sie lehnte sich an eins der Pferde und hatte sich immer noch nicht wieder ganz unter Kontrolle. »Diese Krieger könnt ihr vergessen«, sagte sie schließlich, und noch immer schwang das Lachen in ihrer Stimme mit.

Sie setzten den Marsch fort, und Neela blieb bei ihr.

Gan gebärdete sich wie besessen. Er trieb seine kleine Kolonne voran, mahnte, forderte, schalt. Die Hunde stahlen sich davon und verschwanden geisterhaften Schatten gleich zwischen den Bäumen, wo sie sich in sicherer Entfernung wähnten. Jones war auf Neelas Pferd festgebunden, auf einer Decke ausgebreitet, da sie den Sattel heruntergenommen hatte, um das Gewicht des

Mannes wenigstens teilweise auszugleichen. Bis an die Grenzen ihrer Kraft taumelten sie weiter. Zwei Pferde, eines davon Sonnenflieger, bluteten aus der Nase und ließen hinter sich rubinrote Sprenkel als Beweise ihrer Erschöpfung zurück.

Dann machte Gan sie auf ein kleines Rinnsal aufmerksam, das an ihrer Seite floß, ein erstes Anzeichen dafür, daß sie sich bergabwärts bewegten, doch das einzige Geräusch, welches die Verkündung beantwortete, war ein langgezogenes Kreischen hinter ihnen. Die Teufel aus dem Lager im Tal waren ihnen auf den Fersen.

Die Jagd dauerte stundenlang. Wieder ging ein Pferd zu Boden und schlug schwach mit den Beinen aus. Clas tötete es fast abwesend und blickte Gan an. Beim Sprechen klang seine Stimme heiser.

»Weit genug«, stellte er fest. »Ich werde mich auf der Flucht nicht erst stellen lassen, wenn ich zu schwach zum Kämpfen bin.«

Gan wankte und riß sich zusammen. »Da hast du recht.« Er gab einen Laut von sich, der ein Lachen hätte sein mögen. »Sie sollen etwas bekommen, worüber sie Lieder singen können, nicht wahr? Bei diesen Felsen dort drüben an der Biegung des Flusses können wir uns gut verschanzen.«

Die Frauen brachten Jones in die Mitte des Felsgewirrs. Neela kam heraus und führte die Pferde ein paar Meter weiter den Wasserlauf hinunter und schlug mit der Decke nach ihnen. Die erbeuteten Teufelspferde schlenderten fort. Die Hundekriegspferde trotteten auf den Befehl von Clas davon. Kupfer scheute und weigerte sich wegzulaufen, bis Neela Steine nach ihm warf. Sonnenflieger leistete noch größeren Widerstand. Er kam wieder und wieder zu ihr zurück und duckte sich vor den Steinen. Dabei wieherte er mitleiderregend und war zu erschöpft, um sich aufzubäumen. Endlich war er des Spiels müde, lief davon und schüttelte den Kopf wie ein verwirrter Mensch. Neela rannen die Tränen über die Wangen, während sie sich wieder ins Innere der Felsformation begab, und Tate und Sylah, die sie trösten wollten, stieß sie nur von sich.

Gan beobachtete sie, sagte allerdings nichts, und plötzlich fuhr sie herum, als hätte sie seinen Blick gespürt. Ihre Tränen waren verschwunden. Kein Stahl hätte je einen härteren Eindruck machen können, dachte er, und ihn überkam eine Vorahnung, er würde ihre Stärke vielleicht niemals vollständig verstehen. Er wollte ihr mitteilen, daß er verstand, warum sie die Tiere verjagt hatte. Sie wies sein Mitgefühl zurück.

»Sie sollten nicht getötet werden, weil sie so hart für uns geschuftet haben.«

»Die Teufel werden sie kriegen.«

Sie hob ihren Murdat in die Höhe. »Zumindest einer der Teufel wird sie nicht bekommen.«

»Mehr als einer. Und möglicherweise holen wir uns die Pferde zurück.«

Ihr Lächeln munterte ihn auf.

Die Hunde näherten sich aus dem Wald und gesellten sich zu ihnen. Er rieb ihnen die Köpfe, und sie wedelten mit dem Schwanz, bevor sie sich niederließen und nach Osten guckten. Für diesen Augenblick waren sie aufgezogen worden. Das begriffen sie sehr wohl.

Ein Krieger rannte aus dem Wald und blieb stromaufwärts am Ufer stehen. Er trug die Todesbemalung. Seine Barmalrüstung war weiß, darauf hatte er schwarze Rippen und ein blutendes Herz gezeichnet. Er trug einen Ma und einen kleinen runden Schild.

Jones richtete sich unter Mühen neben Tate auf. »Können wir nicht wenigstens versuchen, mit ihm zu reden?« fragte er. »Er ist doch noch außer Reichweite. Schießen Sie nicht, Donnacee.«

»Er wird herankommen.«

»Woher wissen Sie das?«

»Ich kann es riechen. Er zeigt allen, daß er keine Angst hat. Er wird kommen.«

Andere Krieger huschten zwischen den Bäumen herum. Der, der sich zeigte, tanzte näher, rief etwas und schlug im Takt mit dem Ma auf seinen Schild.

Tate schoß auf ihn.

Der Mann fiel in den Fluß. Einen Augenblick lang herrschte eiskalte Stille, doch während das erste Echo des Knalls von den Bergen zurückgeworfen wurde, erhoben Hunderte von Krähen einer Kolonie in der Nähe die Stimmen und kreischten aufgeregt. Gleichzeitig stießen die Gefährten des Kriegers einen lauten Schrei aus.

Tate grinste Jones finster an. »Der Spaß geht los.«

»Versuchen Sie gar nicht erst, mir etwas vorzumachen«, fauchte er sie mit überraschender Heftigkeit an. »Noch vor ein paar Tagen haben Sie mir selbst gestanden, wie sehr Sie sich fürchten.«

In der Stille, die sich auf die letzten Echos ihres Schusses einstellte, wirkte ihr Lachen außergewöhnlich laut. Mit einer raschen Bewegung pflückte sie eine gelbe Blume von einem grünen Flecken zwischen den Felsen und steckte sie in ein Knopfloch. »Angst zu haben ergibt nur dann Sinn, wenn man nicht weiß, wie das Ganze ausgeht, nicht wahr?«

Einige Sekunden verstrichen, ehe Jones sie anblickte und erwiderte: »Was für eine Verschwendung. Sie sind wirklich eine außergewöhnliche Lady.«

»Danke schön, Sir.« Sie deutete mit dem Finger auf den Feind, ohne ihre Hand von der Waffe zu nehmen. »Einen Krieg überleben, in einem Kampf sterben. Da müssen Sie doch auch an Schicksal denken, oder?«

»So sollte es nicht laufen. Niemals und für niemanden.«

»Genau. Und jetzt aus dem Weg.«

Die Teufel hatten die Lektion begriffen. Mit Schleudern und Bögen ließen sie einen ständigen Hagel von Geschossen auf die Gruppe niedergehen. Gan kroch von einem zum anderen und verkündete, daß sie offensichtlich auf den Einbruch der Nacht warteten, denn dann, das hofften sie, wären die Blitzwaffen nicht so wirkungsvoll. Diejenigen Geschosse, die sie verfehlten, zischten über sie hinweg, derweil andere auf den Felsen krachten wie Gewehrschüsse. Manche zerplatzten und streuten Splitter, die häßliche Verletzungen verursachen konnten, wie Tate erkannte.

Unerwartet, da es erst später Nachmittag war, brachen die Krieger aus ihren Verstecken hervor, brüllten und schwangen ihre Waffen. Die Gruppe war vollkommen überrascht. Tate riß mit ihrer ersten Salve Lücken in die Reihen und schaltete auf Schnellfeuer um, da die ersten Teufel sie erreichten. Dann gab es Arbeit für das Bajonett, denn alle vermengten sich zu einer wilden, schreienden Masse. Ein Krieger ergriff die Mündung ihrer Waffe, verdrehte sie und hätte ihr beinahe den Finger am Abzug gebrochen. Sie zerrte sie zurück, und ein zweiter Krieger griff sie an. Cho sprang voller Wut hoch und verbiß sich in dem erhobenen Schwertarm. Tate erlangte die Gewalt über ihr Gewehr zurück, duckte sich unter einem Hieb durch und machte mit geschlossenen Augen einen Satz vorwärts. Als sie wieder hinsah, lagen zwei Teufel zu ihren Füßen, und Cho war verschwunden. Der nächste Krieger rannte auf sie zu.

Gan spürte, wie ihn etwas von hinten in die Knie traf. Er schien zu Boden zu schweben, und der Sodal, der auf seinen Bauch zukam, bewegte sich ähnlich langsam. Im Gegensatz dazu bildete Clas' Murdat nur ein stählernes Blitzen, das im Bogen vor dem Teufel mit dem Sodal niederging. Der bemalte Krieger starrte benommen auf den Blutstrom, an dessen Stelle sich noch kurz zuvor sein Unterarm befunden hatte. Gan schlug auf der Erde auf, rollte sich hoch und machte den nächsten Mann nieder. Einer taumelte mit Cho im Nacken auf ihn zu, und Gan traf ihn, während er vorüberstolperte. Raggar sprang auf einen weiteren zu, und Gans Schwert brachte auch diesen Angriff zum Ende.

Noch schneller, als es begonnen hatte, war es vorbei, und die Teufel jagten über die Felsen davon und platschten durch den Fluß. Der letzte Tote war ein ausgesprochener Narr, da er einen Felsstein in ihre Mitte schleudern wollte, sich jedoch dabei auf Neelas Murdat aufspießte. Das Mädchen wälzte den Kerl in aller Ruhe über die Felsen außer Sicht, reinigte die Klinge und krümmte sich, während sie vor Anstrengung heftig keuchte.

Schrille Blechmusik aus dem Tal löste eine neue Welle von geschleuderten Steinen und Pfeilen aus. Sylah rief den anderen zu: »Das sind die Trompeten von Harbundai!«

Die Teufel schrien sich gegenseitig an und stritten darüber, ob sie angreifen sollten oder nicht. Tate feuerte in die Richtung einer besonders kriegslustigen Stimme, die sich Falkenzeder Acht nannte. Der Mann brüllte einmal laut und antwortete nicht mehr auf die folgenden Anrufe, bis eine andere Stimme verkündete, er sei tot. Die Befürworter der Fortsetzung des Angriffs wurden deutlich leiser.

Die Truppen von Harbundai waren noch immer nicht zu sehen, da verklangen die Schlachtrufe der Teufel und ihre niedergeschlagenen Drohungen flußaufwärts.

Clas brachte die Kraft für einen Pfiff auf. Von weiter unten am Fluß wieherten die Pferde zur Antwort.

Gan wandte sich zunächst seinem Freund, dann Tate zu. Seine Augen waren blutunterlaufen, und sein Lächeln wirkte irgendwie abwesend, und er erkannte etwas, das nur er und er ganz allein sehen konnte. Er sagte: »Also, meine Freunde. Jetzt bin ich mir sicher, daß sich alles wirklich zutragen wird.«

Tate lachte kichernd über Clas' eilig vollführtes Dreizeichen. Dieser arme, abergläubische Mann, dachte sie. Und Gan bekam offensichtlich vor Erschöpfung schon Halluzinationen. Was konnte möglicherweise noch passieren, fragte sie sich und sprach es laut aus, ohne sich dessen bewußt zu werden. »Alles in bester Ordnung, Leute!« rief sie. »Die Marines sind gelandet und haben die Lage unter Kontrolle.«

Selbst die Hunde starrten sie seltsam an. Erneut kicherte sie. Dann wurde sie ohnmächtig.

Fünfzehn

Die Gruppe verneigte sich vor der Irisäbtissin, und diese empfing sie mit einem steifen, beherrschten Nicken. Ihren mit Holzschnitzereien und hoher Lehne versehenen Stuhl hatte man im Sonnenlicht aufgestellt, das durch das Fenster dahinter hereinfiel. Ihr Gesicht lag im Schatten, während das Licht auf ihre prachtvolle blau-grüne Robe schien, die mit Goldfäden durchwirkt war. Das schwere Goldarmband und dessen Amethyste glühten regelrecht an ihrem Handgelenk. Sobald die Gruppe in aller Form begrüßt worden war und die junge Auserwählte, die sie begleitet hatte, die Tür hinter sich schloß, sagte sie: »Der König hat euch in diesen Wochen, seit ihr bei uns seid, in der Isolation gehalten. Dies steigert die Neugier. Ich muß fragen: Was bedeutet der Name Falconer? Ist der Vogel dein Clanbeschützer?«

»Nein, Äbtissin. In unserem Land gibt es keine Clanbeschützer.«

Die Antwort klang träge, und Conway hätte schwören mögen, der Colonel wirke schwächer als noch vor einer Stunde, da sie zu diesem Treffen gebeten worden waren. Falconer fuhr fort: »Wir haben auch Symbole – Adler, Bär und ähnliches –, aber das sind keine religiösen Zeichen. Doch möchte ich ebenfalls eine Frage stellen, bitte. Uns wurde gesagt, die Kirche stehe mit Menschen aus allen Königreichen hier in Kontakt. Hast du etwas darüber gehört, ob unsere Freunde den Bergmenschen entkommen sind?«

Sie erwiderte, sie habe nichts darüber gehört, aber ihre Aufmerksamkeit galt dem Benehmen der anderen. Die kleinste der Frauen, Carter, war besonders faszinierend. Sie zappelte herum und starrte wie ein hungriger Nerz vor sich hin. Die Äbtissin überraschte es nicht, daß sie als nächste sprach, doch was sie sagte, war schockierend. »Wir bitten um deine Hilfe, Äbtissin.

Der König hält uns gefangen. Wir dürfen die Burg nicht verlassen. Und wir haben keine Arbeit.«

Die Äbtissin überlegte sich ihre Antwort wohl und dachte daran, was später folgen sollte. »Ihr wäret nicht hier, wenn König Altanar nicht entschieden hätte, von euch Gebrauch zu machen.« Sie hielt kurz inne, damit sie alle Andeutungen dieser Bemerkung begreifen konnten, und fuhr dann fort: »Meine Offenheit beunruhigt euch, wie ich sehe, hingegen habt ihr eins sicherlich beobachtet: Der König und ich sind in manchen Angelegenheiten Widersacher, in anderen Verbündete.«

»Du bringst uns in Verlegenheit«, gab Falconer zurück. »Ich habe dich unterschätzt.«

Sie machte eine matte Geste, die den Gegensatz zwischen ihrem anmutigen Arm und der arthritischen Hand herausstellte. »Achtet darauf, mich nicht zu überschätzen. Natürlich darf ich mich nur mit den Frauen beschäftigen. Ich habe euch Männer nur hergebeten, um euch meinen Respekt vor eurem Rang zu zollen und damit ihr vielleicht dem zustimmt, wie wir das Wissen und die Fertigkeiten eurer Frauen einzusetzen gedenken.«

Carter schäumte vor Wut. »Wir brauchen keine Zustimmung.«

Die Äbtissin blickte zur Seite und mahnte sich innerlich zur Ruhe. Das Sklavenmädchen hatte ihr natürlich von dieser Scharade berichtet, aber sie hatte selbst Fremde für rücksichtsvoll genug erachtet, die Beleidigung der Intelligenz einer Äbtissin zu vermeiden. »Brauchen keine Zustimmung«, ja, tatsächlich. Sie sah Falconer geradewegs in die Augen. »Altanar wird den Frauen niemals direkt Erlaubnis geben, irgend etwas zu tun. Auf diese Weise kann er mir, sollten sie mit ihren Fähigkeiten zuviel Einfluß erlangen, die Schuld geben und mich anweisen, ihr Tun zu beenden. Wenn er mich – also die Kirche – dazu veranlaßt, sie zu bremsen, werden alle Frauen erkennen, daß die Kirche nur so viel Einfluß besitzt, wie der König erlaubt. Begreift ihr die Tiefe unseres Problems?«

Sue Anspach lieferte nun ihren ersten Beitrag zu diesem Gespräch. »Die Kirche ist die Macht der Frauen, doch Männer begrenzen diese Macht.«

Erfreut strahlte die Äbtissin. »Genau. Hat dir deine Mutter das beigebracht?« fragte sie.

Anspach schüttelte den Kopf. »Ich habe lediglich beobachtet und nachgedacht. Und dir zugehört.«

Jetzt noch zufriedener, wandte sich die Äbtissin wieder Falconer zu. »Würdest du den Frauen gestatten, zu einem privaten Gespräch hierzubleiben?« Ehe er etwas erwidern konnte, sprach sie bereits weiter. »Indem ihr mir helft, lenkt ihr die Aufmerksamkeit des Königs auf euch. Sorglosigkeit dürft ihr euch nicht leisten. Mancher wird versuchen, euch zu benutzen. Vertraut niemandem.«

»In diesem Punkt sind wir einer Meinung«, sagte Conway.

Beim Ton seiner Antwort hob sie den Kopf. Er begegnete ihrem Blick mit reizender Verwegenheit. Sie sah zu den Frauen. »Natürlich wollte ich euch nur vor Gefahren warnen. Trotzdem bin ich ein Instrument der Kirche, die Dienerin unserer Schwester Mutter. Meine Verpflichtungen gehen weit über euch oder mich hinaus. Vergeßt das niemals.«

Falconer wollte gestikulieren und zuckte zusammen. »Wir verstehen. Wir haben selbst unsere eigenen Verpflichtungen.«

»Danke für deine Ehrlichkeit.«

Abwesend nickte die alte Frau Anspach zu, beugte sich vor und fragte: »Was bereitet dir Kummer, Falconer? Du bist schwach und fieberst; du hast doch Schmerzen? Wo?«

»In meinem Arm. Ein Insektenstich. Vermutlich ein Flohbiß. Anscheinend hat er sich entzündet. Eine Weile lang blieb er unverändert, jetzt wird er offensichtlich schlimmer.« Er krempelte den Ärmel hoch und zeigte ihr die Stelle.

»Unsichtbare«, sagte sie.

Conway erkundigte sich: »Kannst du ihm helfen?«

Sie nahm den Arm, befühlte das Fleisch um die Wunde und roch daran. »Geh zurück in dein Zimmer. Leg dich ins Bett. Ich werde eine Kriegsheilerin schicken. Hast du etwas dagegen, wenn die Frauen bei mir bleiben?«

Er stimmte dem zu und verließ dann, von Conway und Leclerc an den Seiten gestützt, das Zimmer.

Mit einem Glöckchen rief die Äbtissin die Auserwählte herein, die draußen wartete, und gab ihr Anweisungen, wie man Falconer pflegen sollte. Daraufhin winkte sie die drei Frauen näher zu sich heran und bedeutete ihnen, sich zu setzen. Schließlich begann sie: »Falconers Probleme müssen wir für eine Weile vergessen. Vergebt mir. Wir haben wichtige Angelegenheiten zu erledigen. Wenn ihr bereit seid, das zu tun, was ich euch sage, können wir einander gegenseitig helfen.«

Ohne Zögern antwortete Kate Bernhardt: »Das hängt ganz davon ab, was wir tun sollen und welche Art Hilfe du erwartest. Bevor wir das besprechen, hätte ich da noch eine kleine Frage. Wie nennt ihr eure Sprache?«

Die Äbtissin starrte sie an. Von allen Fragen, die sie hätte stellen können, war dies gewiß die seltsamste. »Sie nennen? Nun, Sprache, natürlich. So sprechen alle. Fast alle. Ich weiß, eure Art zu reden ist uns unverständlich, dennoch halte ich sie für eine Sprache. Zumindest klingt es nicht nach dem eigentümlichen Klick-Klack der Nions. Dann sind da noch die Hents, die viele Monate Reise von hier im Süden leben. Die haben auch keine richtige Sprache; in meinen Ohren klingt es eher wie Gesang. Geht nach Norden und nach Osten, so weit ihr wollt, und jeder besitzt eine Sprache. Was für eine seltsame Frage. Wer hat einen Namen für die Art, wie wir sprechen? Ihr?«

Die Frauen wechselten untereinander einen Blick. »Nein, aber viele eurer Sitten sind anders. Wir haben uns nur darüber gewundert. Das ist nicht weiter wichtig.« Sie wurde ernst. »Sag uns, was du von uns willst.«

»Natürlich. Zuerst möchte ich mehr über euer Land erfahren. Seit Generationen hat die Schwester Mutter Missionare weit fort von der Heiligen Stadt ins Land geschickt, und trotzdem kennt ihr die Kirche nicht. Das erscheint mir ungewöhnlich.«

Sie beobachtete den Blickwechsel, mit dem schweigend entschieden wurde, wer antworten sollte, und es überraschte sie, daß die am wenigsten Aggressive, Anspach, das Wort ergriff. »Wir haben nur Geschichten über deine Kirche gehört. Die Sklavin, die uns zugeteilt wurde, ist eine junge Frau namens Tee. Sie warnt uns ständig, mit niemandem zu sprechen, solange wir uns nicht mit dir unterhalten haben, vor allem nicht über Religion und Rechte. In unserem Land ist es uns überhaupt nicht erlaubt, Religion zu diskutieren. Das ist eine Sache der Anführer.«

Was für eine ungeschickte Lüge, dachte die Äbtissin; wie faszinierend. Können sie das wirklich nicht besser, oder glauben sie, ihre Macht würde sie beschützen? Bestimmt waren sie nicht so dumm. Sie seufzte. Die Fremden hatten noch einiges zu lernen. Aber erst, nachdem sie ein paar Antworten erhalten hatte. »Habt ihr eine Schwester Mutter in eurer Kirche?«

»In unserem Volk gibt es verschiedene Religionen«, sagte Anspach. »Fast alle religiösen Führer sind Männer.«

Carter beugte sich vor. »Drei der wichtigsten Religionen gestatten Frauen nicht, die heiligsten Rituale auszuführen.«

Diesmal las ihr die Äbtissin die Wahrheit ihrer Worte vom Gesicht ab. Eine plötzliche Unruhe berührte sie mit eisigem Finger. Wie lange war es jetzt her? Ein Jahr. Damals waren die ersten Gerüchte über eine neue geheime Religion aufgetaucht. Ein Glauben der Nacht und des Mondes, der Blut verlangte und nur Anhänger oder Feinde kannte. Wie man vernahm, kam diese Religion weit aus dem Osten, von jenseits des Ozeanflusses. Männer waren ihre Priester.

Die Fremden stammten ebenfalls weit aus dem Osten. Sylah befand sich möglicherweise bei dem, den Altanar als religiöse Gestalt beschrieben hatte.

»Hier sind Frauen die Kirche und die Kirche Frauen«, erwiderte sie.

Erneut tauschten die drei Blicke, die bei diesem Thema Uneinigkeit zwischen ihnen verrieten. Wieder ergriff Anspach das Wort. »In unserem Land sind Frauen mehr als Heilerinnen und mehr als nur die Kirche. Wir …« Sie zögerte, und die Äbtissin ballte die Fäuste, da sie erwartete, nun endlich etwas zu erfahren. Wegen des Schmerzes in ihren Knöcheln schrie sie auf und verdarb so alles. Anspach endete lahm: »…haben oft die Gleichstellung mit den Männern erwogen.«

Die alte Frau schluckte ihre Wut herunter und wartete mit ihrer Entgegnung. Die erste Lüge war schlicht ungeschickt gewesen. Diese dagegen war dreist. Sie wunderte sich darüber, daß sie die lange Reise überlebt hatten. Dahinter mußte mehr als nur die wundersamen Waffen stecken. Plötzlich kroch ihr die Angst den Rücken hinauf. Waren sie womöglich Seher? Nein, unmöglich. Dann hätten sie sich nicht von den Bergmenschen überraschen lassen, und außerdem hätten sie gewußt, wo ihre Gefährten steckten. Vielleicht hatten sie lediglich unglaubliches Glück.

In diesem Fall sollte sie das Gespräch noch ein wenig in die Länge ziehen; dadurch würde das spätere Zerren an der Leine um so mehr Wirkung zeigen. »Was möchtet ihr hier in Ola gern tun?« fragte sie und amüsierte sich nun erst recht über ihre durchsichtigen, verschwörerischen Blicke untereinander. Sie lehnte sich in ihrem Stuhl zurück und erwartete eine unterhaltsame Lüge. Beim Gedanken daran, was die drei vor sich hatten, fühlte sie sich tatsächlich ein wenig verlegen.

Mit einem Selbstvertrauen, das bloße Arroganz übertraf, und mit dem unschuldigen Gesicht eines Kleinkindes sagte Anspach: »Wir dachten, am besten wäre es, wenn man uns zur Arbeit mit Kindern einteilt, besonders jenen, die ihr Auserwählte nennt. In unserem eigenen Land waren wir Lehrer.«

Der Äbtissin stockte der Atem. Der Raum wurde ihr zu eng, schien sie zu erdrücken. Sie stand auf und ging ein paar Schritte. Nachdem sie tief Luft geholt hatte, errang sie die Fassung zurück.

Endlich konnte sie sich ihnen wieder zuwenden. »Habt ihr euch unterwegs mit anderen Stämmen unterhalten?«

Die drei schüttelten einmütig den Kopf.

Sie trat zu ihrem Stuhl. »Was hast du den Menschen beigebracht?«

»Ein bißchen von allem; und wir haben jede Altersklasse unterrichtet. Mathematik, Lesen, Schreiben, Eng –« Sie unterbrach sich mitten im Wort und berichtigte sich. »Sprache.«

»Und du?«

Carter antwortete: »Wir hatten andere Berufe, aber die können wir hier nicht ausüben. Eure Kultur unterscheidet sich zu sehr von unserer.«

Auch ihrem Lächeln gelang es nicht, den scharfen Unterton ihrer Bemerkung zu überdecken. Nur weil es ihnen erlaubt war, Lehrer zu haben, stellte dies keine Entschuldigung für offene Mißachtung dar. Sie waren bestimmt keine *Lehrer*, nicht im Sinne dieser wundervollen, mythischen Gestalten, die all jenen, die sie berührten, Fertigkeiten und Wissen brachten. Das, was diese drei an die Kinder ihres Landes, wo immer das auch liegen mochte, weitergegeben hatten, war sicherlich wichtig, aber es kam nicht ihm geringsten an das heran, was die *Lehrer* verheißen hatten. Obwohl die Enttäuschung einen bitteren Geschmack hinterließ, machte dieses Wissen die Frauen sympathischer. Offensichlich waren Kinder ein wichtiger Teil ihrer Kultur. Für einen Moment fragte sie sich, wie ihre fürchterlichen Waffen in dieses Bild paßten, und wünschte, sie hätte Zeit, dieses Thema weiterzuverfolgen. Vielleicht später. Jetzt war Eile geboten. Hastig holte sie ein Kohlestück hervor und Pergament.

Sie waren außergewöhnlich gut geschult. In Wahrheit überraschte sie ihr Verständnis von Zahlen und Buchstaben. Schreiben bildete für sie kein Problem, und wenn man sie im Umgang mit Zahlen prüfte, lachten sie lediglich und schwatzten, als wären lange Divisionen ein Kinderspiel. In kürzester Zeit hatten sie sich bis zu den Handgelenken mit Holzkohle besudelt, und das unschuldige kleine Stück Pergament war über und über bekritzelt, so daß alles ineinanderlief.

Und es gab weitere drängende Angelegenheiten. Sie mußten vieles über ihre neue Umgebung lernen. Rasch. Langsam fühlte sie sich stärker und sagte: »Kommt.« Sie führte die drei aus der Abtei. Während sie versuchten, das Gespräch in Gang zu halten, reagierte sie nur mit vagen Ausflüchten. Damit die Fremden verstanden, mußten sie sehen.

Nachdem sie einige Minuten unterwegs waren, fragte Carter, wo es hingehe. Die Äbtissin hätte am liebsten geantwortet: Ich mag euch nicht; ihr stoßt mich ab, aber jetzt seid ihr in meinem Land. Ihr braucht mich. Statt dessen sagte sie, und es war eine kleine rachsüchtige Spitze in ihrem Tonfall: »Nur noch ein bißchen weiter, und wir sind da. Der Ort heißt der Strand der Lieder.«

Sie hoffte nur, für die nächsten Minuten würde Ruhe einkehren.

Auf dem unkrautüberwucherten Stück Land am Rande des Waldes hatte sich eine Menschenmenge versammelt. Der klare Himmel dahinter verriet, wo das Innere Meer begann. Die Äbtissin drängte sich durch die Menschen mit der Selbstsicherheit einer Privilegierten. Manche wollten sich zunächst dem Drücken von hinten widersetzen, bei ihrem Anblick jedoch traten Männer wie Frauen aus dem Weg. Auf jedem Gesicht breitete sich zum Gruß der Fremden ein Lächeln aus. Hinter ihnen brodelten geflüsterte Bemerkungen.

Die vorderste Reihe teilte sich vor ihnen und sie standen am Rande einer mannshohen Steilküste, vor der sich der Sandstrand in leichter Neigung bis zum Wasser des Inneren Meeres erstreckte. Fast wäre es der Äbtissin nicht mehr rechtzeitig gelungen, Anspach in die Seite zu stoßen und den Schrei zu verhindern, zu dem sich ihr Mund formte, als die Frau die Sänger erblickte. Glücklicherweise waren Bernhardt und Carter so geschockt, daß sie sich lediglich gegenseitig stützten.

Zwanzig Meter vor ihnen hingen ein Mann und eine Frau ausgebreitet und nackt in zweien von vielen viereckigen Rahmen, die auf dem Strand aufgestellt waren. Das Paar stand sich gegenüber, nur wenige Zoll voneinander entfernt, und war mit Hand- und Fußfesseln angekettet.

Die Äbtissin gratulierte sich im stillen, als sie die Ankunft zweier Männer auf makellos weißen Pferden bemerkte, denn sie hatte genau den richtigen Zeitpunkt gewählt. Die Reiter waren vollständig in Weiß gekleidet – Jacke, Hose und Haube. Auch die Pferde trugen weiße Hauben und weißes Zaumzeug, und in der grellen Sonne zogen die schwarzen Löcher für die Augen und die glänzenden schwarzen Schwänze der Peitschen, die von den geweißten Sätteln baumelten, unwillkürlich alle Blicke auf sich.

Leise erklärte die Äbtissin: »Dies sind König Altamars Wahrheitsbeschützer. Sie verhören Gefangene und verhängen alle Strafen, die erforderlich sind. Falls ihr je die Gelegenheit habt, einen von ihnen sprechen zu hören, wird euch seine tonlose Stimme auffallen. Sie sind der Tod, sie sind befugt, jeden umzubringen, der Widerstand leistet und den Gehorsam verweigert.«

Die Männer stiegen ab und zogen ihre Peitschen im Sand hinter sich her. Die Enden teilten sich zu drei kleineren Schwänzen. Die Frau wand sich und drehte sich herum, um sie zu betrachten. Der Mann verhielt sich still und hatte die Augen zugekniffen.

Carter bemerkte: »Sie tragen *weiß*.«

»Natürlich«, erwiderte die Äbtissin. Ihr Lächeln war eher eine Grimasse. »Auf der Farbe der Reinheit sieht man das Blut besser.«

Carter zuckte zusammen und wandte den Kopf ab, und die Äbtissin kniff ihr von hinten ins weiche Fleisch des Arms. Bei dem plötzlichen Schmerz blinzelte sie und wollte sich der alten Frau entziehen, aber die Äbtissin hielt fest und drängte sie weiter vorwärts, von der Menge fort, und bedeutete auch den anderen mit einem Blick, näher zu kommen. Nachdem sie sich versichert hatte, daß niemand sie hören konnte, erläuterte sie: »Alle öffentlichen Bestrafungen finden am Strand der Lieder statt. Die Beschützer sind sehr erfinderisch. Und ihr habt gesagt, ihr wolltet Lehrer sein.« Sie zeigte auf die Szene vor sich. »Diese Frau hat das Gesetz gebrochen. Sie lernte lesen, schreiben und ein paar Zahlen, damit sie ihrem Mann bei seinen Geschäften helfen konnte. Und sein Vergehen? Er hat sie nicht angezeigt.«

Carter schluckte heftig. Tränen traten ihr in die Augen. Sie blickte die Äbtissin an und rang um Fassung. »Sie können sie nicht dazu bringen, alles wieder zu vergessen, oder? Ich meine, wie heftig sie die Frau auch auspeitschen, sie wird sich trotzdem an all das erinnern, was sie gelernt hat.« Ein Gedanke schien ihr durch den Kopf zu schießen und raubte ihr fast den Atem. »Sie werden sie doch nicht …« Die Frage blieb unbeendet.

»Töten?« ergänzte die Äbtissin. »Dies war ihr erstes Mal. Sollte man sie abermals erwischen, wird sie geblendet.«

»Nein.« Der Aufschrei war gedämpft. Die alte Frau ertappte sich dabei, wie sie die straffe kleine Frau insgeheim bewunderte. Sie besaß Mitgefühl, und sie war zäh. Vielleicht war ich zu gehässig, überlegte sie, und winkte sie hinter sich her.

Nur wenige Anwesende schenkten ihrem Aufbruch Beachtung; alle Augen waren auf die Wahrheitsbeschützer gerichtet, die ihre Peitschen untersuchten und prüften. Die vier Frauen brachten die letzte Reihe der Zuschauer hinter sich, und Anspach konnte sich einen letzten Blick nicht versagen. Einer der Beschützer landete gerade einen Probehieb auf den senkrechten Pfosten eines Rahmens.

Sie zuckte zusammen, als hätte der Hieb sie persönlich getroffen.

Dann waren sie auf dem Weg durch den Wald allein, und die Äbtissin sagte: »So liegen die Dinge in jedem Ort, der der Kirche bekannt ist. Ihr müßt noch viel lernen, wenn ihr hier überleben wollt. Später werde ich euch die ganze Legende über jene erzählen, die wir die Lehrer nennen. Zunächst jedoch dieses: Wir finden viele Dinge, die die Riesen hinterlassen haben, auf denen Buchstaben stehen. Ich persönlich glaube, sogar manchen der Sklaven war Lesen und Schreiben gestattet, weil die Männer, die in den Gottestoden graben, oft eine Art Pergament mit Buchstaben entdecken. Für die Augen von Riesen sind diese Buchstaben aber viel zu klein. Doch überall, wo der Segen der Kirche erbeten wird, muß alles – wirklich alles – mit Schrift oder Zahlen darauf sofort bei der Kirche abgeliefert werden. Jeder, der solches Material für sich behält, gilt als Abtrünniger und muß sterben. Die Kirche ist dafür verantwortlich, diese Dinge zu vernichten.

Das erledigen wir in einer Zeremonie, die wir die *Rückgabe* nennen.«

»Wem gebt ihr es zurück?« fragte Carter. »Und wie wird es zerstört?«

»Wir verbrennen es und streuen die Asche dann in fließendes Wasser. Und ich habe keine Ahnung, was ›Rückgabe‹ eigentlich bedeutet. So heißt die Zeremonie eben. Muß das etwas zu sagen haben?«

Bernhardt schaute verwirrt drein. »Wie kann es eine solche Zeremonie und die Legenden der Lehrer geben? Das widerspricht sich doch.«

»Widersprechen ist genau das richtige Wort. Deshalb sind die Lehrer schließlich auch nur eine Legende.« Die Äbtissin deutete mit dem Kopf auf die Szene hinter ihnen. »Wenn sie das einer Frau antun, die sich selbst etwas beigebracht hat, was glaubt ihr, machen sie mit einer Frau, die andere unterrichtet.«

Der Schrei der Frau ertönte fast gleichzeitig mit dem des Mannes. Carter konnte die Tränen nicht mehr zurückhalten.

Steif wandte die Äbtissin den Kopf um. Auspeitschungen waren abstoßend, natürlich, und niemand mochte es, Menschen leiden zu hören, aber gleich Tränen? Sie mußten aus einer unglaublich verweichlichten Gesellschaft stammen.

Sie fragte sich, wie solch leicht zu schockierende Menschen eine so weite Reise hinter sich bringen konnten, und mußte sich selbst berichtigen. Sie waren nicht nur leicht zu schockieren, sie waren dumm. Wenn sie nicht ihre fremdartige Kleidung und diese monströsen Waffen besäßen, hätte sie ihnen ihre Behauptungen niemals geglaubt.

Oder Altanar. Was also plante er für sie?

Sie beobachtete die drei, während sie, die Arme verschlungen wie Erbsenranken, den Weg entlangeilten. Vielleicht setzte es ihnen auch nur so zu, daß die Schreie jetzt ununterbrochen gellten. Sie hatte die Schmerzenslaute ganz aus ihrem Kopf verbannt. Die Fremden waren dazu möglicherweise nicht in der Lage.

Sie unter die Fittiche zu nehmen, brachte gewisse Risiken mit sich, dachte sie. Dann hellte sich ihre Miene auf. Da sie so frei über die Lehrer in ihrem Land sprachen, wußten sie eventuell etwas über die Tür.

Die Tür.

Dieses brennende Gefühl in ihren Augen traf sie ohne Vorbereitung. Ein schiefes Lächeln stahl sich auf ihr Gesicht, als sie sich erinnerte, wie sie noch kurz zuvor im stillen wegen der Tränen über Carter gespottet hatte.

Und es dauerte eine Weile, bis sie wieder ruhig über die Tür und über Sylah nachdenken konnte. Abermals überraschte sie die Liebe, die sie für diese eigentümliche Heimatlose empfand, welche mit solchem Hunger nach Liebe, solcher Angst vor Liebe zu ihr gekommen war. Und zwischen ihnen gab es Liebe. Die Äbtissin hatte mit ihr mehr denn nur eine weitere Heilerin ausgebildet, und das, was sie ihr beigebracht hatte, sollte sie in den Augen aller zu Größe führen. Sie war zum Wagnis geboren, mit Verschlagenheit erzogen. Anders hätte es nicht gelingen können.

Auch wenn sie Sylah nicht geliebt hätte, dachte sie ärgerlich, um wieviel aufregender war sie doch als diese widersprüchlichen, *wertvollen* Fremden!

Hätte nur ihre Mission bei den Hundemenschen nicht als ein so verheerender Fehlschlag geendet. Jetzt stellte sie für alle, die ihr Schutz gewährten, eine Belastung dar.

Armes Kind. Arme Sylah, die stets geglaubt hatte, ihre Entschlossenheit, das Geheimnis der Tür zu enthüllen, sei aus ihr selbst erwachsen.

Sechzehn

Falconer schwitzte auf seinem Bett. Die Heilerin saß bei ihm auf der Kante, und auf dem Schränkchen neben ihr dampfte Suppe in einem Feuertopf. Im Schoß hielt sie ein Kupferbecken, in dem

Wasser mit Alkohol gemischt war. Von Zeit zu Zeit tauchte sie ein Tuch hinein, wrang es aus und wischte dem Colonel über das Gesicht oder über den Leib, wo sich dieser unter dem Laken zeigte. Weder der Alkohol noch die Salbeiessenz, die ihm als Duftmittel beigesetzt war, konnte den Gestank der schwärenden Wunde überdecken.

Die Kriegsheilerin bot ihm einen Löffel voll Suppe an, den Falconer verärgert murmelnd zurückwies. Davon unbeeindruckt schob sie einen Stab durch die Griffe des Feuertopfes und trug ihn zusammen mit dem Essen hinaus. In diesem Augenblick erschienen Conway und Leclerc in der Tür.

Falconer verdrehte die Augen und konnte so erkennen, wie das Gift aus der Wunde langsam durch die Venen den Arm hinauf zum Herzen kroch. Den winzigen Biß hatte die Heilerin mit zwei kreuzweisen Schnitten geöffnet, um den Druck zu mindern und um Zugang zu dem verunreinigten Fleisch zu erhalten. Sie wußte nicht, daß alle Mittel der Erste-Hilfe-Ausrüstung die Entzündung nicht hatten hemmen können.

Der Colonel blickte seine Freunde an. Nur für sie brachte er ein Lächeln auf die Lippen. »Können Sie sich das vorstellen? Nach all dem ausgerechnet Wundbrand.«

»Das muß etwas anderes sein.« Leclerc schob die Unterlippe vor. »Wundbrand habe ich schon gesehen, und das ist nicht das gleiche. Unsere Erste-Hilfe-Ausrüstung hätte dagegen helfen müssen. Sie haben irgend etwas gemacht, Colonel. Jemand hat die Keime verändert. Sie haben uns reingelegt.«

»Wer auch immer das war, derjenige ist lange tot, Louis. Vergessen Sie das nicht.« Er richtete den Blick bedeutungsvoll auf die Tür, durch die die Heilerin hinausgegangen war.

»Hätten Sie Lust, daß wir Sie ein wenig an die Sonne bringen? Gestern hat das doch geholfen, oder?« schlug Conway vor.

»Mir schon. Aber dem Arm nicht.« Er drehte den Kopf auf dem Kissen. »Ich habe geschrien, als Sie mich im Sonnenschein geweckt haben. An manches kann ich mich noch erinnern. Was genau habe ich gesagt?«

Hochrot im Gesicht gab Conway vor, er untersuche den Arm. »Ach, nichts weiter. Nur ein Schrei.«

»Lügen Sie nicht«, entgegnete Falconer, und Conway zuckte angesichts der Hitze in seinem Blick zusammen. Das ganze Fieber schien sich dort plötzlich konzentriert zu haben. Der Colonel fuhr fort: »Ich habe Ihnen befohlen, die Truppen auf die Laster zu bringen. Wir sollten zum Flughafen und waren unterwegs zum Cry-Projekt. Wieviel haben Sie verstanden?«

»Nichts.«

Das war nicht gut. Je mehr er zu lügen versuchte, desto besser durchschaute ihn Falconer, und dann drückte er sich auf den Ellbogen hoch und verlangte die Wahrheit von Leclerc. Der kleinere Mann gab sofort jeden Widerstand auf. »Es war außer uns niemand da. Sie haben lediglich ein paar Befehle ausgegeben. Und nicht einmal laut. Ehrlich.« Er zuckte mit den Schultern und zog eine entschuldigende Miene.

Falconer ließ sich zurückfallen und schnappte gierig nach Luft. Schweiß rann ihm übers Gesicht. Conway sagte: »Burl, es reicht. Sie machen es sich nur selbst schwer.«

Der Colonel schnitt eine Grimasse. »Mir bereitet viel mehr Sorgen, ob ich es dem Rest von Ihnen schwermache.« In der anschließenden Stille klang sein Atem unnatürlich laut. »Sicherheit hat von nun an für uns alle absolute Priorität. Hier geht etwas Seltsames vor sich. Sie haben ihre Krankenhäuser, nur nennen sie die Heilungshäuser. Warum besteht Altanar darauf, daß ich hierbleibe? Ich weiß, ich rede irre. Was, wenn ich in ihrer Sprache über das Cry-Projekt rede? Über Nuklearwaffen? Oder über unsere Herkunft?« Wieder sank er aufs Bett zurück und fiel im gleichen Moment in Schlaf, wobei sein Atem rasselte.

Conway wünschte sich nur, er wüßte einen Weg, wie er den Mann beruhigen könnte. Die Wahrheit war: Er hatte sie alle zutiefst verängstigt. Daraufhin hatten sie einen Wachplan aufgestellt, damit er niemals allein war. Das Delirium hatte mit erschreckender Plötzlichkeit eingesetzt, am Tag nach dem Gespräch mit der Äbtissin. Er fragte sich häufig, ob sie nicht bemerkte, wie schlecht Falconers Zustand war. Offensichtlich vermochte sie das hervorragend zu verbergen, genauso gut wie das, was sie den Frauen an jenem Tag gezeigt hatte. Carter konnte darüber noch immer nicht sprechen.

Und jetzt lag der Mann, den sie alle für den Stärksten unter sich hielten, für ihren anerkannten Anführer, im Sterben.

Er starrte die einfache graue Steinwand an und dachte an seine Panik bei Falconers erstem Anfall. Tee, das Sklavenmädchen, hatte das mitbekommen. Sie verstand zwar nichts, doch sah sie sein Gesicht und begriff sofort, da wurden Geheimnisse enthüllt. Sie warnte ihn vor den Geschichten, die über sie kursierten, Legenden, denen zufolge sie magisch waren und von einem Ort stammten, den niemand aufsuchen und heil von ihm zurückkehren konnte. Conway fragte sie, ob sich die Menschen hier bedroht fühlten, weil sie so anders waren, aber sie versicherte ihm, das sei in Ordnung. Wie die Leute in dieser Welt auf Bedrohungen reagierten, wußte er bereits.

Falconer wurde eine gute Behandlung zuteil. Altanar behauptete, er bekäme alles, worum sie baten, und in der Tat stimmte das, ja, einschließlich der Reinigung des Zimmers.

Tee machte sich unentbehrlich. Wenn keine Heilerin da war, übernahm sie alle Aufgaben, die sie erledigen konnte. Falconer verlangte nach ihr, sobald sie auch nur ein paar Minuten lang nicht anwesend war. Conway mochte sie ebenfalls. Sie war recht hübsch, erklärte ihnen gern die hiesigen Sitten und half ihnen bei der Sprache. Altanar gegenüber war sie, dachte Conway, übermäßig mißtrauisch, und ihr Benehmen in dieser Hinsicht war nicht unbedingt gut für Falconer. Er vermutete, sie habe Falconer die Angst eingeimpft, daß er in diesem Zimmer belauscht würde. Das war durchaus möglich; doch ärgerlicherweise mochte Altanar ein Dutzend Gründe haben, warum er den Colonel hierbehielt. Vielleicht gefiel es ihm einfach nur nicht, wenn das Volk sähe, wie verwundbar seine neuen Freunde waren.

Conway verzog das Gesicht und erinnerte sich an die Suche nach Gucklöchern in den Wänden, um Falconer zu beschwichtigen. Der Hauptmann der Wache, Eytal, hätte ihn dabei beinahe erwischt. Das hätte ihr Ende bedeuten können, sagte er sich, und es überraschte ihn zu erkennen, daß er den Mann ohne zu zögern getötet hätte, falls er sich durch ihn bedroht gefühlt hätte.

Bedroht.

Er wurde ihnen immer ähnlicher. Denen, die diese Welt herbeigeführt und ihn dazu verurteilt hatten, sein Leben darin zu verbringen. Was hatte jemand zu ihm gesagt, damals, in jenen historischen Zeiten? »Wir mußten das Dorf zerstören, um es zu beschützen.« War die Menschheit in alle Ewigkeit zu solchem Verhalten verdammt? Würde das auch aus ihm werden?

Die Heilerin kehrte zurück. Conway murmelte etwas vor sich hin und rannte fast nach draußen, wo die Sonne schien und die Luft klar war.

Hinter dem Wandbehang bückte sich Eytal unbeholfen zum Beobachten. Mit einer Hand strich er nervös über den Stein, als könnte er so seine Sicht vergrößern und die Szene und die Stimmen klarer machen. Er hatte gelernt, vieles von ihrer gurgelnden Sprache zu deuten, dennoch war das Lauschen von immenser Schwierigkeit. Hin- und hergerissen überlegte er, ob er mit dem, was er bisher erfahren hatte, zum König eilen sollte. Beim Gedanken an den Duft der Suppe begann sein Magen zu knurren.

Er brach auf.

Die Wachen im Vorzimmer zu den Arbeitsgemächern des Königs unterzogen ihn einer gewohnheitsmäßigen Durchsuchung, bevor sie seine Bitte um eine Audienz weiterleiteten. Der wurde durch eine kleine vergitterte Luke stattgegeben, und danach schwangen die Wachen die eisenbeschlagene Tür mit ausdruckslosen Mienen auf. Gleich dahinter kam er an eine Barrierewand, die sich fast bis zu den Steinwänden erstreckte. Sie war aus Holz und mit Kupferplatten verstärkt. Fackeln zu beiden Seiten ließen das polierte Metall in einem sanften Glanz erstrahlen, doch die finster dreinblickenden Augen, die darauf gemalt waren, bildeten für alle, die eintraten, eine Warnung.

Eytal ging um die Barriere herum. Das Zimmer selbst stellte einen dunklen, stickigen Würfel dar. Die Zeichen von Luxus unterstrichen nur seine Abgeschiedenheit.

Ein massiver Eichentisch beherrschte die Mitte des Raumes. Altanars Stuhl stand am Kopfende, ein erhöhtes, thronähnliches Stück aus wertvollem Walnußholz, dessen Armlehnen mit Jadeschnitzereien in Lachsform verziert waren und über dessen hoher, ledergepolsterter Lehne ein Ebenholzadler aufragte. Der Boden war vollständig mit Teppichen aus Bärenfellen bedeckt, und ein silberner Kandelaber lieferte mit seinen Dutzenden Kerzen Licht.

Altanar stand neben dem Stuhl und trommelte ungeduldig auf den Tisch. Nachdem Eytal seinen Bericht beendet hatte, verlangte er zu wissen: »Ist das alles?« In seiner Stimme schwang eher ein drohender denn ein fragender Unterton mit. Eytal sank sichtlich in sich zusammen.

»Du hast gesagt, ich sollte dir alles Wichtige mitteilen, König. Dieser Falconer hat Angst vor dem, was er ausplaudern könnte. Sie haben darüber gesprochen, woher sie kommen, aus einem ›Projekt‹.« Da Altanar ihn weiterhin nur schweigend anstarrte, fügte er kleinlaut hinzu: »Sie sind schwer zu verstehen.«

Altanar trat langsam an ihn heran und verspottete den zitternden Soldaten in höhnischem Falsett. »›Alles Wichtige, König.‹ ›Angst vor dem, was er ausplaudern könnte.‹ Ach ja, ein ›Projekt‹.« Er blieb geradewegs vor Eytal stehen. »Du hirnloser Abschaum. Du hast sie allein gelassen, um hierherzukommen und mir zu berichten, daß du nichts erfahren hast. Ist er jetzt wach? Was sagt er?«

Eytal stotterte, sein ganzer Körper war in die Suche nach einer Antwort miteinbezogen. Sein Blick wandte sich sehnsüchtig dem Ausgang zu.

Altanar schlug ihm ins Gesicht. »Versuche, sie zu verstehen. Mir gefällt es, wenn er stirbt. Dann erspare ich mir die Mühe, ihn töten zu lassen. Mir gefällt es auch, wenn er im Delirium liegt. Vielleicht verrät er etwas, das mir hilft, die anderen zu verhören.

Geh zurück. Ich muß alles wissen, was er sagt. Heute nacht, sobald er schläft, erstattest du den Beschützern Bericht. Richte ihnen aus, sie sollen dich ein wenig auspeitschen, damit du deine Pflichten nicht vergißt, aber nicht zu stark, denn du mußt morgen wieder arbeiten. Hast du kapiert?«

Eytal nickte stumm, und Altanar stieß ihm mit dem Knie in die Leistengegend: »Antworte!«

Zusammengekrümmt keuchte Eytal vor Schmerz, und Altanar schlug ihn wieder und wieder, verlangte, er solle sprechen, bis Eytal schließlich in der Lage war, eine annehmbare Erwiderung zu krächzen. Altanar war schweißbedeckt, atmete heftig und schrie ihn an, er solle hinausgehen. Eytal taumelte in den Vorraum, ertrug das höhnische Grinsen der Wachen, eine letzte Demütigung, und erreichte schließlich die Zuflucht eines leeren Ganges. Er lehnte sich an die Wand und drückte die Seite seines Gesichts an den kalten Stein. Langsam und unter Schmerzen richtete er sich wieder auf. In seinem rechten Ohr wollte das Rauschen nicht enden, er berührte es mit der Hand und sah, daß die Finger blutverschmiert waren. Ausgesprochen nachdenklich betrachtete er das Rot.

Conway war zurück, als Falconer erwachte. Der Colonel bemerkte seinen Besucher und starrte daraufhin eine Weile an die Decke, bevor er sich ihm wieder zuwandte.

»Ich werde es nicht schaffen.« Die schwache, keuchende Stimme klang überrascht. Conway wollte protestieren, doch Falconer winkte ab. »Das ist schon schwierig genug. Ersparen Sie mir also das Theater.« Für einen Augenblick kehrte seine befehlsgewohnte Haltung zurück. Rasch verschwand sie wieder. »Ich muß die ganze Zeit daran denken, wie wir die Indianer in Amerika fast ausgelöscht haben, indem wir ihnen die Pocken gebracht haben. Mir blüht das gleiche Schicksal – nur ist diesmal der Eindringling das Opfer.«

»Sagen Sie so etwas nicht. Sicherlich sieht es nicht gut aus, aber Sie müssen durchkommen. Wir brauchen Sie.«

Er schüttelte den Kopf. »Nein. Ich brauche Sie.«

Der düstere Verdacht, der über Conways Miene huschte, amüsierte Falconer, und er versuchte ein Lachen, das jedoch in einen Hustenanfall überging. Ein Schluck Wasser brachte Linderung, und er fuhr fort: »Ich werde Sie nicht bitten, mein Leben zu beenden, mein Freund. Allerdings habe ich eine schwere Aufgabe für Sie.«

Conway entgegnete: »Das alles gefällt mir ganz und gar nicht. Warten Sie ab, bis es Ihnen besser geht, danach werden wir darüber reden.«

»Möglicherweise findet unser Gespräch dann in der Hölle statt. Nein, ich werde sprechen, solange ich noch kann. Sie werden die Verantwortung übernehmen, die ich im Moment trage.«

»Denken Sie noch immer an diesen Idioten, der Ihnen erzählt hat, irgendwer müsse das Land wieder aufbauen? Sie sind noch verrückter, als der es ist. War. Es gibt kein Land mehr, es hat seit Jahrhunderten keines gegeben. Alles ist anders.«

»Ideen sterben nicht, und wir stellten eine Idee dar. Einen Traum.« Er streckte die trockene, heiße Hand aus und umklammerte Conway. »Alles braucht einen Ort, an dem es wachsen kann, Matt. Sie sind der einzige, der es schaffen kann. Der Rest – gute Leute – sind die besten. Aber keine Anführer.« Schlaff ließ er die Hand sinken.

Conway blickte auf die ausgemergelte Gestalt, und geschockt wurde ihm bewußt, daß das Gesicht nur mehr aus Haut und Knochen bestand. Die geschlossenen Augen lagen tief ihn ihren Höhlen und waren so dunkel gerändert wie die entzündeten Linien, die den geschwollenen Arm entstellten.

Plötzlich kämpfte sich Falconer in eine sitzende Position hoch. Er sah erregt in den Raum und fuchtelte mit dem gesunden und auch mit dem verletzten Arm herum. »Postieren Sie das Maschinengewehr dort! Feuer auf die Bäume dort!« So schnell er sich erhoben hatte, sank er schnaufend wieder zurück. In seiner Brust raste das Herz.

Conway wusch ihn mit dem Alkohol-Wasser-Gemisch. Die

kurze körperliche Anstrengung forderte ihren Zoll, und die Muskeln erschlafften. Der Mann unternahm jetzt keinen Versuch, auch nur den Kopf zu heben, und sagte: »Ich kann nichts dagegen machen, Matt. Das erscheint mir so wirklich, und sobald es vorbei ist, weiß ich, es war nur wieder eine dieser verdammten Halluzinationen. Das könnte leicht dazu führen, daß Sie gefoltert werden. Altanar will mehr über diese Geschichte herausbekommen, derzufolge wir von einem fremden Ort stammen. Wenn nur einer von uns etwas behauptet, wonach wir mehr als das sind, übernatürlich oder so, dann wird er gezwungen sein, uns Fragen zu stellen. Auf seine Weise. Und wir werden ihm Antworten geben.«

In aller Ruhe und logisch bestritt Conway dies. Falconer lag mit geschlossenen Augen da und regte sich nicht. Conway war nicht einmal sicher, ob er wach war, bis der Mann schaudernd seufzte und erwiderte: »Bis wir nicht selbst einen Weg finden, die Leute in die richtige Richtung zu führen, wird sich alles wiederholen. Wir müssen es versuchen. Und Sie will ich vor meinem Tod noch sagen hören, daß es wahr ist.«

Conway sprang auf. »Das wäre armselig und unverzeihlich.«

Falconer mühte sich ein Lächeln ab. »Genau das wollte ich von Ihnen hören. Ich gewinne.«

»Ich werde es trotzdem nicht tun, verdammt noch mal. Auf jede mögliche Weise werde ich, solange ich kann, überleben. Und eins können Sie mir glauben: In Ihren dummen Kreuzzug werde ich mich weder durch Tricks noch durch Schuldgefühle reinziehen lassen. Sie sterben, und das ist Ihre Niederlage.«

Falconer schlug die Augen auf. »Sie werden es dennoch machen. Nicht so, wie ich es tun würde, aber machen werden Sie es. Wir unterscheiden uns zwar wie Tag und Nacht, dennoch verfolgen wir die gleichen Ziele. Und jetzt brauche ich Ruhe.«

Einige Sekunden lang stand Conway über ihm und ballte wütend die Fäuste. Mißgelaunt fuhr er schließlich auf dem Absatz herum und schritt zur Tür. Noch ehe er sie öffnen konnte, bremste ihn ein Laut von Falconer. Als er sich umdrehte, sagte der andere Mann: »Ich biete Ihnen einen Ausweg, genauso wie in den alten Kinofilmen, wenn Sie sich erinnern.« Er hielt abrupt inne, und aus seiner Brust löste sich ein Ton, den Conway nicht genau identifizieren konnte. Der Colonel fügte hinzu: »Ich wollte nur sagen, ich wünsche … ach, nichts. Wünsche sind reine Zeitverschwendung. Bis dann.« Sein Kopf fiel ins Kissen.

Leise schloß Conway die Tür.

Nachdem Conway gegangen war, klebte Eytal weiterhin mit dem Auge am Guckloch. Durch das Rauschen in seinem rechten Ohr war er fast taub. Wenn er es rieb, tat es nicht mehr so weh. Viel nützte das jedoch nicht, denn der Schmerz saß tief in seinem Kopf. Das Stechen in der Leistengegend hatte so gut wie aufgehört.

Mißhandelt zu werden war eine Sache; gedemütigt zu werden eine andere. Er schloß die Augen und sah vor sich die verschwommenen Gesichter der Wachen. Dann schlug er sie wieder auf und erinnerte sich an die Nacht in dem Bergfort, in der Altanar ihn gezwungen hatte, durch den Sturm zu seinem Zelt zu gehen. Er fragte sich, ob die Frau angesichts der Erfrierungen alle ihre Finger behalten hatte. Das bezweifelte er jedoch. Wenn er nicht hinter ihr gewesen wäre –

Die Tür öffnete sich heimlich und verschwörerisch. Das Sklavenmädchen, das den Fremden zugeteilt war, spähte herein. Schnell wie eine Katze schlüpfte sie ins Zimmer und warf noch einen vorsichtigen Blick in den Gang hinter ihr, ehe sie die Tür schloß. Daraufhin eilte sie zum Bett, und überrascht stellte Eytal fest, daß Falconer sie erwartet hatte.

Angespannt drückte er sich näher an die Wand und hätte sie fast angeschrien, damit sie lauter sprachen. Falls er sie nicht verstehen konnte, würde sich Altanar noch schlimmer aufführen als zuvor.

Die Frau beugte sich über den Mann, und einen Moment lang glaubte Eytal, sie würde ihn küssen, doch fummelte sie nur an ihrem Bein herum. Sie richtete sich wieder auf und hatte ein

Messer in der Hand. Er holte schon Luft, um zu brüllen, sie solle aufhören, da reichte sie die Klinge Falconer. Diesmal küßte sie ihn tatsächlich, auf die Stirn. So rasch sie gekommen war, verschwand sie wieder.

Eytal verfluchte sich und bewunderte ihre Verschlagenheit. Jetzt erst begriff er den wahren Grund, warum sie sich so eifrig bemüht hatte, von der Liste der Personen gestrichen zu werden, denen der Besuch des Kranken erlaubt war. Sobald Falconers Leiche entdeckt wurde, ließe Altanar alle Wachen foltern, um denjenigen zu finden, der dem Fremden das Messer gebracht hatte. Niemand konnte etwas gestehen, das er nicht wußte, und Eytal war sicher, viele Menschen würden bezeugen, daß die kleine Tee sich an diesem Tag weit von diesem Zimmer entfernt aufgehalten hatte.

Falconer strich prüfend über die Klinge.

Eytal spürte etwas Stechendes im Auge. Schweiß. Trotz der kalten Feuchtigkeit hier im Gang war er durchnäßt.

Falconer plante also seinen eigenen Tod. Damit wollte er seine Freunde vor dem schützen, was er in dem Wahnsinn, den das Gift in seinem Blut auslöste, ausposaunen könnte. Ein solches Handeln war tapfer.

Eine tiefe Ruhe erfüllte Eytal.

Wenn er rief, verriet er sein Versteck, und Altanar würde ihn höchstwahrscheinlich töten lassen. Rannte er zu dem Zimmer, um den Selbsmord zu verhindern, käme er vermutlich zu spät, und Altanar würde ihn vermutlich ebenfalls töten lassen. Tat er nichts, würde der König ganz gewißlich seinen Tod verlangen.

In jedem Fall würde Altanar ihn der Folter überantworten, bis er den Namen des Sklavenmädchens verraten hätte. Sie würde den Beschützern eine hübsche Unterhaltung bieten.

Eytal richtete sich auf. Mehrere Minuten lang starrte er in die Dunkelheit. Beim nächsten Blick in das Zimmer hatte Falconer das vollbracht, was er beabsichtigt hatte. Eytal trat von dem Guckloch zurück und sprach das Ritual, welches für Clanangehörige vorbehalten war, die einen guten Tod gefunden hatten.

»Gute Reise. Sei unseres Respekts versichert. Bitte hinterlasse uns, die wir den Kampf fortsetzen, deinen Mut.«

Ihm war nicht klar, weshalb er die Verpflichtung empfand, die Worte für Falconer aufzusagen, für den fremdartigsten der Fremden, und dennoch fühlte er sich wesentlich wohler so. Er zog sich den Gang hinunter zurück.

Siebzehn

Conway und Leclerc sahen von ihrem Aussichtspunkt hinaus über die Landschaft, und der größere Mann sagte: »Das muß der Mount Rainier sein, aber an den Anblick dieser abgerundeten Spitze und dieser Kerbe an der Seite kann ich mich nicht gewöhnen.«

Leclerc nickte. »Und wie tief das Flußbett ist. Fast schon ein Cañon. Die Bäume sind ebenfalls kleiner. Ich nehme an, der Berg ist vor vielleicht zweihundert Jahren ausgebrochen, und die ganze Talsohle besteht aus Lava und Schlamm von der Eruption. Bemerken Sie, wie gleichmäßig die Höhe ist? Kaum ein Hügel bis hin zum Sund. Ob hier wohl Menschen gelebt haben, als es passiert ist?«

»Das würde ich bezweifeln«, antwortete Conway. »Ist das nicht Ironie des Schicksals? Häuser, Fabriken, Felder – niemand weiß, was hier einmal stand. Die Menschen, die es aufgebaut haben, mußten die Zerstörung mitansehen, aber nicht die komplette Auslöschung.« Er hielt einen Moment lang inne und suchte die Umgebung ab. »Schneevaterberg. Interessant. Flüsse und Seen tragen meist weibliche Namen. Die Erde ist ja auch weiblich. Berge dagegen sind männlich. Vielleicht, weil die Dinge, die Leben schenken, weiblich sind, und solche, die den Tod bringen, männlich.«

»Könnte vor langer Zeit gestimmt haben. Frauen schenken

noch immer Leben, aber das wär's dann schon. Wo wir gerade beim Thema sind, ich mache mir Sorgen um Carter. Sie wird es an diesem Ort nicht lange aushalten.«

»So lange, wie sie überleben möchte. Die alte Äbtissin beschäftigt sie ganz gut. Und sie sind außerdem sehr hilfreich.«

In diesem letzten Satz klang etwas mit, das Leclerc die Stirn runzeln ließ. Vorsichtig bat er: »Sie sollten mir vielleicht erklären, was Sie damit genau meinen?«

»Wir leben nur, solange Altanar uns braucht. In dem Augenblick, wo er unsere Waffen versteht, wird er sie uns wegnehmen.«

Leclerc betrachtete gewollt lässig weiterhin den Berg. »Colonel Falconer hat es Ihnen aufgebürdet, nicht wahr?«

Conway spürte, wie ihm heiß im Nacken wurde. »Das habe ich nicht gemeint. Unterstellen Sie mir keine Motive, bevor Sie mich nicht zu Ende angehört haben.«

»Ich höre.«

Conway wünschte, er hätte sich bereits überlegt, was er sagen sollte. So viel brannte ihm auf der Seele; der deutliche Patriotismus, wenn er an sein Land dachte, das Land, das verschwunden war, und jenes neue, das darauf wartete, gegründet zu werden; die Gruppe und ihre düstere Zukunft angesichts der olanischen Barbarei; seine Unfähigkeit, eine sichere Flucht zu planen. Er stolperte durch diese Ereignisse und fühlte sich immer unzulänglicher.

Als Conway schwieg, wandte ihm Leclerc den Blick zu. »Ich hab's doch gesagt, er hat es Ihnen aufgebürdet.« Er winkte den Protest beiseite, ehe der noch ausgesprochen wurde. »Geben Sie es ruhig zu; eine Alternative gibt es nicht. Daß der König uns fallenläßt, sobald er uns nicht mehr braucht, haben Sie bereits eingestanden. Können wir uns unabkömmlich machen?«

»Müssen wir wohl.«

Leclerc nickte nüchtern, als würde er einen Zug beim Schachspiel diskutieren. »Demnach helfen wir ihm, seine Kriege zu führen, was uns wiederum zum Befehl des Präsidenten bringt, das Land wiederzuvereinigen.« Jetzt verlor er den Gleichmut, und das Lächeln, das seine Züge verzerrte, wirkte gequält. »Ich kann mich nicht einmal mehr an seinen Namen erinnern. Wir sind die einzigen Menschen, die jemals von ihm und überhaupt von diesem ganzen verdammten Land gehört haben, und ich habe sogar den Namen des Präsidenten vergessen.«

»Das Land war gut. Es sollte neu erstehen.«

»Sie sind doch verrückt. Glauben Sie, dieser wilde Volltrottel wird die Independence Hall wiederaufbauen, was? Sehen Sie, ich habe mich für das Cry-Projekt entschieden, weil es einen Ausweg bot. Ich war ein Niemand, und der Krieg hätte mich wie alle anderen ausgelöscht. Da habe ich mir ausgerechnet, wenn ich ins Projekt käme, hätte ich die Chance auf ein richtiges Abenteuer. Aber durch diese Rechnung hat man mir einen Strich gemacht. Dieses Abenteuer ist ein wenig beängstigend, und so hatte ich es mir nicht vorgestellt. Okay, okay – schon aufregender, als nur den Radex-Anstecker zu beobachten, während er die Farbe wechselt und du dich voll Gammastrahlen saugst. Wenn Sie auf Aufregung aus sind, können Sie auf mich zählen. Sollten Sie Ola übernehmen wollen, bin ich dabei, und zwar mit Leib und Seele. Aber einen Kontinent wiedervereinigen?« Mit einem Schwung des Arms umfaßte er den Schneevaterberg, das Tal und den Horizont im Osten. »Wir wissen doch nicht einmal, wie es dort heutzutage aussieht.« Conway ging los. »Machen wir uns auf den Rückweg zur Burg. Die mögen es nicht besonders, wenn wir zu lange abwesend sind.«

Die Wanderung dauerte zwei Stunden. Mehr als die frische Luft und die Landschaft genossen sie die Bewegung, obwohl sie unter ständiger Beobachtung standen. Die Wachen, die sie begleiteten, zeigten keine Anstalten, sich unsichtbar zu machen, wenngleich sie sich in einer Entfernung hielten, die ein privates Gespräch erlaubte.

Des weiteren wurden sie auch nicht darin eingeschränkt, wohin sie gingen und mit wem sie Kontakt aufnahmen. Die Olaner waren kein unfreundliches Volk, hatten sie festgestellt, und sie behandelten die Fremden mit Geduld und Humor. Nichtsdestotrotz ließ man die Wachen niemals aus den Augen; und offen gaben die Einheimischen zu, daß man sie über den Inhalt ihrer Gespräche aushorchte. Unter sich staunten Conway und die anderen Mitglieder der Gruppe immer wieder darüber, wie sehr die Menschen Altanar fürchteten und wie interessiert sie an der Welt waren, die außerhalb ihres Horizonts lag. Reisen wurden nicht gern gesehen und streng kontrolliert.

Während sie heute eine steingepflasterte Straße entlangschlenderten, fiel Conway die olanische Ingenieurskunst auf. Stein und Holz bildeten die bevorzugten Baumaterialien, aber den perfekten Rundbogen hatten sie noch nicht entdeckt; Fenster und Türen hatten Stürze, von denen einige eine erstaunliche Größe besaßen. Leclercs Meinung nach favorisierten sie Stärke gegenüber Anmut oder Ausgewogenheit. Die Straße selbst stützte seine Ansicht. Sie war schnurgerade und besaß ein hervorragendes Fundament, sonst hätte sie längst unter den riesigen Wagen mit Holz nachgegeben, die ständig über sie hinwegrumpelten. Dennoch waren die Steine von unterschiedlicher Höhe und Form, wodurch die Oberfläche holprig wurde. Höhnisch kommentierte er: »Wie kann man nur so sein? Ich meine, wenn sie Vierecke brauchen, können sie die auch produzieren, aber statt dessen bauen sie diese unebene Straße, spannen mehr Pferde vor die Wagen und lassen sie von mehr Sklaven schieben.«

Bei den letzten Worten mußte er die Stimme heben. Ein Wagen fuhr heran, und der Fahrer fluchte herzhaft sein aus vierzig Ochsen bestehendes Gespann an. Sein Gehilfe saß hinten auf der Ladung, dem sechs Fuß starken Ende eines einzigen Baumstamms. Seine Aufgabe war es, die Peitsche über den schweißnassen Rücken der dreißig Sklaven zu schwingen, die an die Schiebestangen gekettet waren. Conway fragte sich, was das Ganze wohl wiegen mochte. Die Räder allein waren schon beeindruckend. Sie hatten einen Durchmesser von über zwei Metern, und die Holzreifen waren zwanzig Zentimeter stark. Versengte Stellen deuteten darauf hin, daß das Eisen noch glühte, als man die Räder damit beschlagen hatte, und sie drehten sich sehr langsam, wobei man die massiven Nieten erkennen konnte, die das Eisen am Holz festhielten. Speichen, so dick wie das Bein eines Mannes, gingen von einer Nabe aus, die einem Faß glich. Die Ladenfläche des Wagens bestand aus Balken, die wenigstens zwölf Zentimeter stark waren und zusätzlich noch durch Eisenbänder gestützt wurden.

In unausgesprochener Einigkeit warteten Conway und Leclerc, bis der quietschende, ächzende Wagen vorbeigefahren und ein gutes Stück voraus war. Conway blickte derweil hinüber zur Stadt.

Auf einer flachen Ebene breitete sie sich vor ihnen aus und quoll über einen recht steilen Hang bis hin zum glitzernden Blau des Inneren Meeres. Die grauschwarzen Steinmauern waren eine halbe Meile lang und fünf Meter hoch. Davor lagen Weiden, zweihundert Meter flacher, abgegraster Grund, der einem möglichen Angreifer keinerlei Deckung bot. Im Inneren der Mauern war alles rechtwinklig. Nichts durfte das Straßenraster stören außer jenen offiziellen Gebäuden, die breiter waren als ein Block. Diese hatte man stufenförmig gebaut, so daß die Decke eines unteren Geschosses immer eine Terrasse für das darüberliegende bildete. Die Straßen, die an ihren Mauern endeten, führten auf der anderen Seite weiter.

In einem zwei mal vier Blocks großen Bereich befand sich eine runde Rennbahn und ein Sportplatz für Athleten. Beeindruckender war das noch größere, doch gleich symmetrische Wasserreservoir.

Die Perle des Königreichs stellte Altanars Burg in ihren hohen Mauern dar, die an die westliche Stadtmauer grenzten. Das Gelände im Inneren war wie ein Park angelegt, und ein Tor gewährte Zutritt zum Inneren Meer, die Stadtmauer hatte somit insgesamt eigentlich fünf. Die vier öffentlichen Tore waren allerdings sehr viel größer und trugen die Namen Sonnenaufgang, Sonnenuntergang, Nordstern und Sommergold. Letzteres war so benannt, weil seine polierten Messingplatten die Sonne hell reflektierten. Der Fluß mit Hafen und Speichern lag auf der südlichen Seite.

Weit jenseits davon ragten die Glasklippen auf, allgegenwärtig, nicht zu übersehen, zweihundert Meter hoch spiegelglatt geschmolzene Erde. Was auch immer dort gestanden haben mochte, der Mensch hatte eine thermonukleare Hölle entfacht. Als die Gruppe die Stelle zum ersten Mal gesehen hatte, war sofort eine erhitzte Diskussion darüber ausgebrochen, welche Funktion das Ziel vermutlich und welchen Namen der Ort gehabt hatte, um einen solch massiven Schlag zu rechtfertigen. Bernhardt war die erste, die stur behauptete, es müsse sich um eine verirrte Rakete gehandelt haben.

Das war also einer dieser Nukpunkte, wie sie hier hießen. Jeder gab seinen Kommentar dazu ab, aber niemand wußte genau, was er bedeutete. Die nukleare Verseuchung stellte schon lange keine Gefahr mehr dar, und das Wissen um Radioaktivität war verloren. In einem Anfall von Philosophiererei meinte Conway, Bildung sei ein zarter Garten, in dem Unwissenheit wie Unkraut wuchere. Die Geschichte – ihre Geschichte – sei voller Beispiele, die bewiesen, daß, wenn eine Zivilisation unterging, das Wissen als erstes verschwand.

Dann machte Leclerc ihnen klar, wie gefühllos sie sich benahmen, und alle waren geschockt. Seine Stimme zitterte und seine Gesten wirkten erregt, fast krampfhaft. »Wir haben ganze Berge in Glas verwandelt«, sagte er. »Begreifen Sie das nicht? Wir haben die Erde an sich zerstört. Wen kümmert es, was dort einmal stand? Sehen Sie sich nur an, was zurückgeblieben ist; das ist widerlich!«

Und dann hatten sie ihn verstanden, den glänzenden Horror, hatten die halb abgestorbenen Bäume gesehen, die den Rand der Klippe mehr verschandelten als schmückten. Danach vermieden sie den Anblick. Und sprachen nie wieder darüber.

Der Wagen war weit genug entfernt, daß Conway und Leclerc sich wieder unterhalten konnten, und so setzten sie ihren Weg fort. Sie hatten ungefähr eine Meile zurückgelegt, da zeigte Conway auf einen Erdhügel am Rand der Straße. »Haben Sie eine Ahnung, was das ist?« fragte er.

Leclerc wußte es nicht.

»Können Sie sich an die Familie erinnern, die wir vor einer Woche auf dem Markt gesehen haben?« fuhr Conway fort.

»Sie schien aus einem anderen Stamm zu kommen, und die Menschen gingen nicht gerade freundlich mit ihnen um. Ich habe mich bei Tee nach ihnen erkundigt. Sie heißen Händler.« Er beschrieb ihre seltsamen Existenzen. »Ihr Ruf ist schlecht. Und sie titulierte sie mit ›Plünderer der Gottestode‹.« Er hielt an und deutete mit dem Daumen auf den Erdhügel. »Das ist ein Gottestod. Ein Ort, wo ein Dorf oder eine Stadt gestanden hat. Jetzt sind sie überwuchert, begraben, verbrannt – was auch immer. Die Händler suchen nach ihnen. Wenn sie einen finden, beuten sie ihn aus. Zwar werden sie ständig von den Behörden vertrieben, aber erst, nachdem sie einiges herausgeholt haben. Gottestod.«

»Ich dachte, wir wären Riesen.«

»Ich auch. Leider kam ich nicht dazu, sie danach zu fragen. Weitaus interessanter ist jedoch etwas anderes: manche dieser Gottestode werden auch Nukpunkte genannt. Die Händler haben zuerst in Erfahrung gebracht, daß sie ungefährlich sind. Vermutlich, indem sie Tiere beobachtet haben, die in die betreffenden Gebiete gingen, zurückkehrten und danach noch jahrelang überlebten. Zähes Volk. Tee nannte sie auch ›Todesdiebe‹. Niemand mag diese Leute, und das wundert mich nicht.«

Auf Leclercs Vorschlag hin schlenderten sie hinüber, um zu erfahren, was bei einem Gottestod vor sich ging. Im ersten Moment wirkte es wie eine Tagebaumine; Männer arbeiteten auf stufenförmigen Einschnitten. Am Rand des Loches befanden sich mehrere Materialhaufen, und diese nahmen sie nun unter die Lupe.

Ihre Bewacher blieben zurück und gaben sich damit zufrieden, sie nicht aus den Augen zu verlieren.

Der größte Haufen bestand aus Baumaterial; Ziegel und Betonblöcke warteten auf weiteren Gebrauch. Der Beton wurde gewissenhaft zertrümmert, und das Moniereisen wurde als Stahl deklariert, der zu einem zentralen Ablageplatz für Metalle gebracht wurde. Kupferrohr in gutem Zustand wurde separat und unter Bewachung aufbewahrt. Beide Männer wußten, es wurde für genauso wertvoll wie Juwelen erachtet, und das gleiche galt für die anderen Materialien, Keramik und Glas, die ebenfalls hier gelagert wurden.

Die Männer auf den verschiedenen Minenstufen lieferten ihre Ausbeute an einem zentralen Punkt ab, von wo sie mit einem Kran nach oben befördert wurde. Während Conway und Leclerc zusahen, rief einer der Auflader seinem Kollegen zu, er solle die wertvolleren Güter hochziehen.

»Gucken Sie sich das Ding mal an«, staunte Leclerc. »Ein v-förmiger Arm, der von einem Seil hochgezogen wird. Eine einzige Rolle. Und können Sie das glauben, nicht einmal eine Winde? Der Kerl macht das alles mit reiner Muskelkraft, und –«

Ehe er den Satz beendet hatte, konnte der Mann das Seil nicht mehr halten. Mit bemerkenswerter Flinkheit packte er eine Schlaufe darin und warf sie um einen Pfosten, der offensichtlich für diesen Zweck gedacht war. Trotz seiner Geschwindigkeit traf die Last den Arbeiter unten, bevor sie mit einem Ruck hängenblieb. Der Getroffene sank zu einem zitternden Häuflein zusammen. Glas und Geschirr schepperten und klirrten.

Bis jetzt hatten Conway und Leclerc geglaubt, die Aufseher stünden nur herum. Keiner der beiden hatte die Keulen an ihren Gürteln bemerkt. Drei der Wachen liefen nun herbei, die Waffen in der Hand. Der Kranführer rannte zuerst in die eine, dann in die andere Richtung los. Verzweiflung stand ihm ins Gesicht geschrieben. Als sich ihm die Aufseher näherten, fiel er auf die Knie und flehte sie an, ihn nicht zu schlagen. Sie hörten nicht darauf.

Leclerc griff nach seiner Pistole. Conway stieß seine Hand zur Seite. »Machen Sie keine Dummheiten!« rief er und lief zu der am Boden liegenden Gestalt und dem Mann, der auf sie einschlug. Beim Anblick von Altanars Fremden traten die Aufseher zurück. Sie grinsten, offensichtlich mit ihrer Arbeit zufrieden.

Nun eilte auch Leclerc herbei. Zwischen ihm und Conway besprachen sich die Aufseher und rekapitulierten das Ganze. Als sie gingen, rappelte sich der blutende Arbeiter auf die Knie hoch und kurz darauf auf die Beine. Und sofort ging er wieder zu seinem Kran.

In diesem Augenblick begriffen sie, daß die Arbeiter sämtlich Sklaven waren.

»Das müssen ja mindestens hundert ein«, schätzte Conway, und einer der Aufseher nickte zufrieden. »Genau neunundneunzig«, erwiderte er. »Die meisten aus Harbundai, einige sind von den Stämmen am Mutterfluß. Wir haben hier die größte Gottestodgrube im Königreich. Jede Menge Sachen von Riesen.«

»Wir haben Trinkbecher in dem Haufen gesehen«, warf Leclerc ein. »Die wirkten nicht gerade so wie von Riesen.«

Der Mann schien überrascht. »Natürlich nicht. Niemand weiß, wo sie eigentlich lebten. Dies ist ein Gottestod, einer der Orte, wo ihre Sklaven wohnten. Als sie den Riesen entkommen wollten, haben ihre Götter sie alle getötet. Habt ihr keine Gottestode bei euch?«

»Natürlich.« Conway richtete sich beleidigt auf. »Nur haben unsere Riesen niemals etwas in Gottestoden hinterlassen. Die hätten eine Sklavenbehausung niemals betreten.«

»Ach.« Der Mann erweckte einen niedergeschlagenen Eindruck, gewann jedoch rasch die Fassung wieder zurück. »Nun, an dieser Stelle gibt es nur wenige Sachen von Riesen. Ein bißchen Stahl. Den haben die Sklaven wahrscheinlich gestohlen.«

»Vermutlich«, antwortete Leclerc, doch sein Ton paßte nicht recht zu den Worten.

Conway verabschiedete sich. Wieder auf der Straße, gingen sie eine Weile schweigend vor sich hin.

»Warum hat sie Ihnen nicht erzählt, daß es sich um Sklaven handelt?« erkundigte sich Leclerc schließlich.

»Ich weiß es nicht. Aber ich werde sie danach fragen.«

Leclerc hohnlächelte. »Darauf möchte ich wetten.« Er war vorbereitet, als Conway zu ihm herumfuhr und ihn finster anstarrte. »Sie haben genug Gelegenheit, sie zu fragen, nicht wahr? Tee heißt sie, ja? Dorthin verschwinden Sie doch immer ganz allein, oder etwa nicht? Zu einer Lady. Wenn sie nicht wie der Rest dieser Wilden wäre, würde sie wissen, daß das fürchterlich erschütternd auf uns wirken muß.«

Eine Ader zuckte an Conways Hals. »Sie ist selbst eine Sklavin, Louis. Das gefällt ihr zwar nicht, doch ist das nun einmal ein Bestandteil dieser Welt. Macht sie das zum gleichen wie ›der Rest dieser Wilden‹?«

Den verbleibenden Weg durch die Stadt bis zur Burg legten sie fast im Spurttempo zurück, und beide Männer schäumten vor Wut. Sie trennten sich vor der Tür zu Leclercs Quartier, wo dieser sich auf dem Absatz umdrehte und sein Zimmer betrat, während Conway weiter den Gang hinunterstürmte.

Sechs Tage später wurde Conway von einem Klopfen an seiner Tür geweckt. Auf alles vorbereitet, nahm er sein Gewehr zur Hand, bevor er rief: »Ja, bitte?«

»Ich bin's.« Leclerc klang fröhlich. In jedem einzelnen Wort schwang Aufregung mit.

Verschlafen vor sich hin murmelnd, machte Conway auf. Leclerc eilte herein und packte ihn am Arm. »Sie sind ja noch nicht angezogen«, bemerkte er und schwatzte, von Conways Verärgerung unbeeindruckt, weiter. »Ich muß Ihnen unbedingt etwas zeigen. Die einfachste Sache der Welt. Kann mir gar nicht vorstellen, warum ich nicht eher daran gedacht habe.«

Auf seine Fragen hin erntete Conway nur ein wissendes Grinsen. Und schon bald lächelte er ebenfalls. Der Enthusiasmus des Mannes war unwiderstehlich. Schnell wusch und rasierte er sich, dann ließ er sich in den Hof der Burg führen, über die Wiese durch die Mauer in die Stadt. Leclerc duckte sich schließlich unter einer Tür in einem Bretterzaun durch und zerrte den anderen Mann praktisch hinter sich her. Als dieser sich wieder aufrichtete, stand er im Hof einer großen Werkstatt. Leclerc zeigte triumphierend auf einen hohen, schlanken Apparat.

Conways gute Laune löste sich in Luft auf. »Was soll das?« wollte er wissen.

Verwirrt erwiderte Leclerc: »Das da.«

»Das ist ein Kran«, sagte Conway und nahm überrascht zur Kenntnis, daß Leclercs Fröhlichkeit zurückkehrte.

»Nein, nein.« Er zog seinen Freund näher. »Sehen Sie doch – eine doppelte Rolle. Stellen Sie sich die mechanischen Vorteile vor. Aber das hier ist das eigentlich Entscheidende.« Er trabte zu der Winde. »Die erhöht die Hebelkraft noch«, erklärte er und drehte sie. An einem Ding, das oben angebracht war, klickte etwas, und Conway betrachtete es, während Leclerc strahlte. »Das habe ich gemeint. Ein einfacher Zahnkranz. Sehen Sie, wie er sich dreht? Und wie der Haken hier an der Winde faßt? Dadurch kann sich das Ganze nur in einer Richtung drehen, Matt, solange man den Zahnkranz nicht manuell löst, um das Seil herunterzulassen. Jetzt können die armen Teufel in der Grube mehr heben, dazu einfacher, und sie brauchen keine Angst zu haben, daß es hinabfällt.«

Conway lächelte erneut, trat näher an die Maschine heran und inspizierte sie. »Großartig«, lobte er. »Genau das, was wir für diese Menschen tun sollten.«

»Wir arbeiten bereits an einer Verbesserung, einem hebbaren Arm, der sich drehen läßt, damit sich die Männer nicht über den Abgrund recken müssen, um die Last seitlich heranzuziehen. Das ist mir eingefallen, als ich die Steinmauern betrachtet habe. Die meisten Steine werden kleiner, je höher die Mauer ist, weil es so anstrengend ist, die schweren Dinger dort hochzubekommen. Ich kann mir auch vorstellen, einen beweglichen oder zusammenbaubaren Kran zu konstruieren; ich weiß, das kriege ich hin. Damit sind wir in der Lage, Mauern – stärkere Mauern – überall dort zu errichten, wo wir wollen. Und Aquädukte. Es gibt keine Einschränkungen –«

»Doch, die gibt es sehr wohl«, entgegnete Conway und führte ihn von den Arbeitern fort, die sich um sie versammelt hatten. »Wir dürfen nicht zuviel helfen. Vergessen Sie nicht, dieser Altanar ist ein mörderischer Tyrann. Wenn wir seine Mauern erhöhen –«

Leclerc unterbrach ihn zwinkernd. »Falls wir sie bauen, wissen wir auch, wo ihre Schwachpunkte liegen. Jedenfalls bedeuten Mauern Verteidigung. Verteidigung ist für Football gut, nicht für den Krieg. Alles, was ich diesen Jungs zeige, wird sich wie ein Lauffeuer verbreiten, Matt. So ist das schon immer gewesen. Manche Geheimnisse kann man für sich behalten, aber das, was ein anderer Mensch sieht, vermag er auch nachzubauen. Oder es sogar zu verbessern. Damit schenke ich nicht nur Altanar etwas.«

»Dennoch hilft es ihm.«

»Wir müssen uns nützlich machen; das haben Sie selbst gesagt. Auf jeden Fall ist es unmöglich, das Wissen aufzuhalten.«

»Möglich ist das durchaus, wenn man der einzige ist, der es besitzt.«

»Wenn ich diesen Kran vor zwei Wochen konstruiert hätte, würde dieser Sklave noch leben.«

»Darum geht es nicht.«

»O ja, genau darum. Meiner Meinung nach müssen wir tun, was wir können, um Verbesserungen einzuführen, wenn auch mit Bedacht. Selbst wenn wir damit den Bösen und den Guten gleichzeitig einen Dienst erweisen.«

»Und ich sage, dafür muß es eine bessere Zeit und einen besseren Ort geben.«

»Ich bin hier. Jetzt. Und dieser Schlächter Altanar beunruhigt mich genauso sehr wie Sie. Aber andere Dinge machen mir ebenfalls Sorgen.«

Conway wandte sich um, studierte den improvisierten Apparat, und versuchte, einen Weg durch das Dickicht moralischer Fragen zu finden. Als ihm klar wurde, daß dieser Streit allein auf der Entwicklung einer so einfachen Sache wie einer automatischen Bremse beruhte, fühlte er sich zutiefst deprimiert.

»Tun Sie, was Sie für das beste halten, Louis«, sagte er versöhnlich. »Trotzdem, bedenken Sie die Auswirkungen. Versprechen Sie mir das?«

»Sicherlich.« Leclerc klopfte Conway auf die Schulter, während der sich zum Gehen wandte, und als der größere Mann durch die Tür hinausging, beschäftigte er sich bereits wieder mit den Handwerkern und malte mit dem Finger Zeichnungen auf den Boden.

Zurück in der Burg, vertändelte Conway den Tag bis zum Abendessen. Kurz danach machte er sich zu dem winzigen Garten auf. Zwischen Steinmauern wuchsen in kleinen Beeten Farne und Blumen. An der Wand gegenüber dem Eingang hatte man einen künstlichen Wasserfall errichtet. Wie gläserne Laken ergoß sich das Wasser über einen Felsvorsprung in einen sonnengewärmten Teich.

Hinter einem Rhododendrongebüsch befand sich ein zweiter, kaum sichtbarer Eingang. Ihn erreichte man über einen Pfad, der durch eine Fliederhecke verborgen war. Dort kam man zum Schuppen des Gärtners. Conway machte es sich auf einer Bank gegenüber dem Wasserfall bequem und wartete.

Er war so lange dort und verhielt sich so still, daß drei Vögel ihn nicht mehr als lebendig erachteten, landeten und in einer Pfütze ein Bad nahmen. Sie waren so groß wie Krähen, ihr Gefieder glänzte jedoch blaßgrün. Die Spezies war ihm unbekannt und gehörte bestimmt nicht zur Natur des nordwestlichen Pazifiks seiner Zeit. Ihre exotische Art rührte an eine schwache Erinnerung. Er dachte an einen Sommertag, an einen Ort, der genauso roch wie dieser, nach Pflanzen und Wasser. Tierlaute drangen an sein Ohr. Ein Zoo. Ein Kind lachte.

Er erhob sich ungeschickt und scheuchte die Vögel auf, die über die Mauer auf und davon flogen.

Während sie noch flohen, schlüpfte Tee durch die zweite Tür herein. Mit der angespannten Haltung eines Rehs näherte sie sich, dunkle Haut, schwarzes Haar, langes Gewand, schemenhaft gegen die Sträucher. Zweige und Blätter schob sie so lautlos zur Seite, als ginge sie durch Nebel. Sie eilte auf ihn zu.

Er erzählte ihr von dem Treffen mit Leclerc und von der vorherigen Begebenheit an dem Gottestod. Die ganze Zeit vermied er, ihr geradewegs in die Augen zu blicken oder ihre einfache, überwältigende Präsenz wahrzunehmen. Nachdem er ihr vom Tod des einen Sklaven und der Bestrafung des anderen berichtet hatte, beging er den Fehler, ihr Gesicht zu betrachten, und zuckte zusammen, da kalte Hinnahme ihre Miene versteinern ließ.

Erst ein einziges Mal in seinem Leben hatte ihn eine Frau so sehr hingerissen, und Verlegenheit überkam ihn, da er lange überlegen mußte, was er damals gefühlt hatte. Er redete sich ein, er sei nicht treulos und jene andere Verlockung sei irgendwie wichtiger gewesen.

Seiner Prüfung nicht bewußt, sagte sie: »Es tut mir leid, daß du das mitansehen mußtest. Nicht nur Altanar mißhandelt uns, sondern fast jeder Adlige des Königreichs. Falls du uns noch immer helfen möchtest – ich habe mit einigen Freunden gesprochen. Sie haben eingewilligt, sich mit dir zu treffen, wenn du die Anweisungen befolgst.«

Die Plötzlichkeit dieser Eröffnung vertrieb alle anderen Gedanken. Er lachte leise. »Ich kann mir vorstellen, wie sich deine Freunde schützen. Was für Anweisungen?«

»Du mußt allein kommen, zusammen mit mir. Und du darfst keine Waffen tragen.«

»Unmöglich.« Das Wort platzte verärgert aus ihm heraus. Sofort klappte er den Mund zu.

»Sie werden sich nur unter dieser Bedingung mit dir treffen. So oder gar nicht.«

Tee wandte sich ab, doch zu spät, denn er bemerkte die Abneigung noch, die ihre stoische Entschlossenheit verdrängte.

Ihre Reaktion gefiel ihm. Sie mochte das Ultimatum genausowenig wie er. Mit dieser Folgerung fest im Herzen, überdachte er seine Situation noch einmal ernsthaft.

Falls sie ihn in eine Falle locken wollte, könnte er sich nur mit dem Gewehr den Weg freischießen. Flüchtete er, wüßte Altanar, daß sich sein Gefangener in der Nacht herumgetrieben hatte. Das zarte Gewebe aus Täuschung und tiefer Angst wäre unrettbar zerrissen. Der König würde mit seinen Spielchen Schluß machen und schlicht alle Geheimnisse unter Folter aus ihnen herausholen lassen.

Er schauderte, und seine Nackenhaare stellten sich auf. Altanar würde das sowieso früher oder später tun, falls sie sich ihm nicht ebenso unterwarfen wie seine weißgekleideten Beschützer. Solange er, Conway, keinen Weg fand, die Gruppe zu befreien. Vertraute er Tee, war das, als setzte er auf eine kleine Gewinnchance, der eine sichere Niederlage gegenüberstand.

Und ironischerweise vertraute er ihr sogàr. Dieses Eingeständnis überraschte ihn. Er fürchtete sich vor dem, was die Nacht bereithalten mochte, aber er war glücklich, sie mit ihr zu verbringen. Er glaubte an sie.

Ihm gelang ein Lächeln, und er wußte, wie dümmlich er aussah. »Vielleicht ist es doch nicht ganz unmöglich. Diese Leute – sind die durchweg aus deinem Stamm?«

»Nein.« Sie bemerkte die Befriedigung in seinem Nicken und fragte scharf: »Warum? Magst du die For nicht?«

»Immer mit der Ruhe. Ich würde nur auch gern Menschen von anderen Stämmen kennenlernen, mehr nicht.«

»Das wirst du.«

Sie war gereizt, und Conway tätschelte ihre Hand. Sie zuckte zurück, doch er sprach, als hätte er das nicht bemerkt. »Ich möchte mit jedem Stamm Freundschaft schließen.«

»Zu viele.« Sie verzog das Gesicht und schüttelte den Kopf, wobei ihr seidiges Haar hin und her wogte.

»Ihr wollt euch doch alle von Ola und Königen wie Altanar befreien.«

»Ja! O ja! Darin stimmen wir überein.«

Eher zu sich selbst sagte er: »Eins zu null«, und dann rasch: »Wie erfahre ich, wann ich dich hier treffen soll?«

»Kennst du das Signal zum Wachwechsel?«

»Die Glocke? Wie sollte ich die überhören können – die hallt durch die ganze Stadt.«

»Ja. Eine Stunde nach dem ersten Wachwechsel kommst du hierher. Ich werde auf dich warten.«

Er nickte und hoffte, die Wasseruhr in ihrem Quartier würde so ähnlich gehen wie die, nach der er sich richtete. Sie trennten sich, ohne sich zu verabschieden. Während er den Garten verließ, bückte er sich und band sich den Schnürsenkel zu.

Obwohl er sich die Zeit nahm, nach Beobachtern Ausschau zu halten, entging ihm die Gestalt, die hinter einer etwas entfernteren Zeder lauerte. Wenn er sie gesehen hätte, wäre da noch eine zweite Sache gewesen, die ihn weitaus mehr beunruhigt hätte: von jenem Standpunkt aus konnte man nicht nur den Haupteingang des Gartens überblicken, sondern auch den sonst verborgenen Pfad zu dem kleinen Schuppen.

Achtzehn

Conway ertastete sich den Weg den dunklen Gang hinunter bis zur Tür nach draußen. Er mußte sowohl die Wachen vermeiden, die vor den Gemächern des Königs postiert waren, als auch die Zwei-Mann-Patrouillen, die in der ganzen Burg und auf dem Gelände um sie herum Streife gingen.

Er hörte eine dieser Patrouillen, drückte sich sofort an die Wand und erstarrte. Wegen der Gewohnheit, im Inneren von Gebäuden Hausschuhe zu tragen, waren sie extrem leise. Auch er trug seine Stiefel in der üblichen Tasche, was ihm zum einen eine Belastung war, zum anderen ein unbeholfenes Gefühl gab. Er wünschte, er besäße Tees Geschicklichkeit. Sie war eine For, von einem Waldstamm, hatte sie gesagt, und die Art, wie sie sich bewegte, bewies das. Hätte er nur nie auf sie gehört. Nicht, daß sie auffallend gesprächig wäre. Über sich selbst erzählte sie nur wenig, aber wenn, dann durchbrach der Fels ihres Charakters die Oberfläche, die als eingeschüchterte Demut erschien. Sie war eine Sklavin in Altanars Burg, und sie hatte Verbindungen zum Widerstand. Das verlangte unglaublichen Mut.

Widerstand. Bei ihm war dieses Wort mit ganz eigenen Erinnerungen verknüpft. Widerstand war ein Kode, den sie benutzt hatten, um seinen Sinn des Lebens zu zerstören. Um Unschuldige, die den »geheiligten Zweck« nicht kannten, zu beseitigen. Widerstand bedeutete Mord – aus gutem Grund selbstverständlich –, zum Beispiel im Namen des Mitleids.

Er erreichte den Garten und wollte sich gerade aufs Warten einrichten, da erhob sie sich aus einem Versteck hinter einem Busch, keinen Meter von ihm entfernt. Ihm fiel auf, daß sie bei ihren bisherigen spätabendlichen Treffen nie als erste erschienen war. Während er sie seine Hand ergreifen und ihn davonführen ließ, bemerkte er das zusammengerollte Seil über ihrer Schulter.

Unten an einer der Leitern, die hinauf zum Wehrgang auf der Innenseite der Burgmauern führte, hielt sie an. Sie eilten hinauf.

Der Laufsteg lag etwa zwei Meter unter dem oberen Rand der Mauer und war mit Schießscharten für Bogenschützen versehen, die ungefähr zwei Meter voneinander entfernt lagen. Die Plattform selbst war breit genug, damit zwei Männer Seite an Seite gehen konnten. Von der Innenseite her gab es keinen Schutz, was der Logik folgte, daß ein Angreifer, sollte er die Mauer überwinden und auf den Wehrgang gelangen, ohne Deckung Pfeilen und geschleuderten Steinen aus dem Burghof ausgesetzt war.

Rasch befestigte Tee einen großen Haken in einer der Schießscharten, und Conway versuchte, nicht daran zu denken, wie dünn das Ganze wirkte, derweil er nach unten auf den Boden vor der Burg kletterte. Sie folgte ihm, ließ sich den letzten Meter fallen und landete mit der Lautlosigkeit einer Fledermaus neben ihm. Ein Ziehen aus dem Handgelenk löste den Haken, der mitsamt des Seils herunterkam. Sie hob ihn auf, nahm wieder Conways Hand und lief mit ihm über die offene Wiese. Am anderen Ende stürmte sie ohne Zögern durch die offene Tür einer Schäferhütte.

Conway duckte sich, um nicht gegen den niedrigen Türbalken zu stoßen. Den berührte er noch mit dem Hinterkopf, und er wollte sich gerade gratulieren, weil er ihn überhaupt bemerkt hatte, da brach das gesamte Gebäude über ihm zusammen. Zu dem Zeitpunkt, an dem er schließlich feststellte, daß die Wände Hände besaßen, um ihn zu fesseln, und Zungen, um seine Gegenwehr zu verfluchen, hatte man ihn schon zusammengeschnürt und geknebelt und etwas, das sich wie eine Decke anfühlte, über ihn geworfen, damit er nichts sehen und kaum etwas hören konnte, allerdings auch nur schwer atmen.

Außer sich vor Wut über seine Dummheit und den Verrat des Mädchens, kämpfte er um Beherrschung und dachte nach. Wenigstens war er ohne Waffen gekommen; so gingen also auch keine verloren. Und genützt hätten sie ihm hier bestimmt nichts, dachte er gequält.

Was wollten sie durch seine Entführung erreichen?

Er wurde an Schultern und Füßen in die Luft gehoben, ein Stück getragen und auf ein hartes Brett fallen gelassen. Quietschende Räder und Hufschlag verrieten ihm, daß es sich um einen Pferdewagen handelte. Der Kutscher fuhr in höchster Eile los, ohne auf den armen Passagier Rücksicht zu nehmen, dem bei dieser Tour die Seele aus dem Leib gerüttelt wurde.

In den folgenden zehn Minuten hüpfte er zunächst ständig auf und ab oder lauschte mit seinen Entführern, wenn der Wagen anhielt. Bei diesen Gelegenheiten spürte er ihre Anspannung, und genauso deutlich fühlte er seine eigene Hilflosigkeit. Von weit zu seiner Rechten hörte er lautes Lachen und den Lärm eines Festes. Während er noch lauschte, wurde er vom Karren gehoben. Augenblicke später verstummten alle Geräusche. Er hatte den Eindruck, eine Tür sei hinter ihm zugefallen. Zwei Männer schleppten ihn eine lange Treppe hinunter, als sei er ein Baumstamm.

Sie ließen ihn in einer sitzenden Haltung nieder. Ein nicht näher zu bestimmendes Gefühl warnte ihn vor einer Masse, die sich auf ihn zubewegte. Ein Geräusch wie eine ablaufende Welle drang an seine Ohren. Danach herrschte Stille.

Jemand packte ihn, und er zuckte zusammen. Er wollte sich dem Griff entziehen. Kräftige Hände zerrten grob den Sack von ihm herunter. Seine Augen brauchten einen Moment, bis sie sich ans Licht gewöhnt hatten, dann sah er eine Gestalt in schwarzer Robe, die von ihm fortging und zu einer Gruppe weiterer Gestalten trat, die ebenfalls in bis zum Boden reichende schwarze Kapuzengewänder gehüllt waren. Sie strahlten Feindseligkeit aus. Er schätzte ihre Anzahl auf fünfzehn.

Jeder von ihnen hatte die Kapuze aufgesetzt und die untere Hälfte des Gesichts hinter einem Tuch verborgen. Nur zwei zeigten sich unverhüllt: Tee und der riesige Mann neben ihr. Das unbedeckte Gesicht schmückte ein Vollbart, der so schwarz war wie die Roben.

Beim Klang einer kleinen Glocke wandte sich die Gruppe von Conway ab und richtete die Aufmerksamkeit auf ein erhöhtes Podest an der linken Seite. Es wurde von kleinen Kerzen umrandet, die das Auge anzogen, aber nur karges Licht spendeten. Conway hatte den Eindruck, er befände sich unter der Erde. Massive Deckenbalken kreuzten sich über ihm. Der schwache Schein von der Vorderseite des Raums verstärkte die undurchdringliche Finsternis um ihn herum.

Eine verschleierte Gestalt stieg schweigend die Stufen zum Podest hinauf. Der Mann sprach leise, und so konnte Conway nichts verstehen; das Publikum hing an seinen Lippen.

Nun hob der Mann die Arme und stimmte eine langsame, feierliche Melodie an, in die die Gruppe miteinfiel. In dieser Musik lag eine hypnotische Kraft. Conway kämpfte gegen den Drang an, seinen Widerstand aufzugeben und sich der Gruppe in ihrer Solidarität anzuschließen. Plötzlich und erschreckend ertönten kurz hintereinander mehrere scheppernde Beckenschläge. Die folgende Stille wurde nur von scharrenden Füßen durchbrochen, da die Gruppe sich umdrehte und auf ihn zukam. Bedrohlich schweigend bildete sie einen Halbkreis um ihn.

Der bärtige Mann trat aus der Menge. Mit einer Hand drückte er Conways Kopf gegen die Wand. In der anderen hielt er einen langen, dünnen Dolch. Ausdruckslos schob er die Spitze von Conways Kinn aus hoch durch den Knebel. Der gab nun nach, und Conway spuckte ihn aus. Der Mann schnitt danach die Seile durch, die seine Hände und Füße fesselten. Schließlich, den Blick noch immer starr auf Conways Augen gerichtet, ließ er die Spitze der Klinge unterhalb der Kehle des Gefangenen ruhen, wo sie sich scharf in die gespannte Haut drückte. Er brachte sein Gesicht dicht an Conways heran. »Warum bist du hier?« verlangte er in dröhnendem Baß zu erfahren.

Conway schluckte, und das Messer stach in das Fleisch, das sich bewegte. »Das wollte ich dich gerade fragen.« Der Bärtige blinzelte. »Du bist Altanars Hund, und du bist gekommen, um uns hinterherzuschnüffeln. Glaubst du, da könntest du dir auch noch Scherze erlauben?«

»Ich gehöre keinem anderen Mann.« Er blickte an seinem Verhörer vorbei. Die Szene vor ihm mochte aus einem Alptraum stammen. Die formlosen Gestalten warteten bedrohlich vor ihm. Selbst Tee hatte eine Robe gefunden. Mit Erleichterung nahm er zur Kenntnis, daß sie, wie auch der Bärtige, das Gesicht nicht verhüllte.

Er sah den Mann wieder an. »Vielleicht seid ihr auch nur Altanars Leute. Woher soll ich wissen, ob ihr mich nicht nur täuschen wollt, wenn ihr behauptet, gegen den König zu sein?«

Ein Murmeln ging durch die Gruppe. Das konnte ein Kompliment für seine Vorsicht oder Wut über seinen Vorwurf sein, was genau, das vermochte er nicht zu unterscheiden. Tee antwortete: »Du hast gesehen, wie ich lebe. Glaubst du, es gäbe einen anderen Grund, dieses Leben fortzusetzen, außer Rache?«

»Ich bin gleichermaßen ein Gefangener und ein Gast in der Burg«, erwiderte Conway. »Tee hat euch das erzählt.«

»Das hat sie. Aber noch haben wir keinen Beweis erhalten, daß du nicht für Altanar arbeitest.«

»Falls meine Freunde und ich dazu gezwungen werden, müssen wir das tun.« Die Gestalten beugten sich vor, und instinktiv versuchte er zurückzuweichen. Die Dolchspitze verlor nie den Kontakt mit seiner Haut. Er gab sich Mühe, ruhig zu klingen. »Ich bin meinen Leuten verantwortlich. Altanar wird uns benutzen, so wie er alle anderen auch benutzt, dennoch ist unser Ziel die Freiheit.«

Der Mann seufzte tief. »Und uns würdest du Informationen liefern, um sie zu erlangen, oder?«

Bedächtig hob Conway die Hand und schob den Dolch zur Seite. »Ich bin als Freund hierhergekommen.« Mit gleicher Langsamkeit stand er auf. Das Messer folgte seinen Bewegungen, berührte ihn nun nicht mehr, blieb aber geduldig einsatzbereit. Nachdem er auf die Füße gekommen war, fragte er den Mann, der es hielt: »Wie heißt du?«

»Wal«, antwortete der. »Doch das wirst du niemandem verraten. Du kannst nicht entkommen.«

»Das habe ich schon vermutet«, stimmte Conway zu. Daraufhin deutete er mit einem lässigen Wink auf die Gruppe. »Wenn du mich töten wolltest, hättest du das gleich auf der Wiese bei der Burg erledigen können. Wozu das alles?«

Wutentbrannt antwortete Tee: »Ich habe dir doch gesagt, er würde sich nicht fürchten. Hoffentlich bist du jetzt zufrieden. Du bringst uns nur in Verlegenheit.«

Wal schob den Dolch in die Scheide, blickte sich im Raum um und suchte nach jemandem, der seine Scham teilen wollte. Fast murmelnd erwiderte er schließlich: »Wir mußten uns seiner vergewissern.«

»Ich bin mir seiner sicher, und ich bin diejenige, die innerhalb der Mauern lebt. Du wirst wieder mit deinem Schiff verschwunden sein, ehe wir den Rückweg hinter uns gebracht haben. Behandele ihn anständig, oder wir verschwinden auf der Stelle.« Spott huschte über Tees bewegtes Gesicht. Conway entsetzte ihr Auftritt. Bei all ihren bisherigen Begegnungen hatte ihr Gesicht nie ein Gefühl verraten, und ihre Worte hatte sie stets mit Bedacht wohl erwogen. Jetzt versprühten ihr Ton und ihre Mimik eine ungewohnte Heftigkeit.

»Genug!« Wal wandte sich wieder Conway zu. »Ich bin Tees Cousin. Falls sie sich in dir getäuscht hat, wird sich unser Stamm dich vorknöpfen, verstehst du?« Er blickte Conway finster an, doch der bemerkte, daß diese Feindseligkeit nur noch Pose war; die Form mußte gewahrt bleiben. Er antwortete freundlich und schloß die anderen mit ein, als er versicherte, Tees Leben bedeute ihm so viel wie ihnen. Bei diesem Satz schien die Sklavin Altanars nicht zu wissen, ob sie sich geschmeichelt fühlen oder lachen sollte.

Conway fuhr fort: »Ich muß eins fragen – habt ihr Pläne, ihn in nächster Zukunft zu stürzen?«

»Stürzen? Du scherzt schon wieder. Wir können ihm nicht einmal den Schlaf rauben. So schwach sind wir, und seine Spione hat er überall. Aber wir arbeiten daran. Ja; eines Tages werden wir ihn vernichten.« In den letzten Worten schwang jedoch mehr der Wunsch als die tatsächliche Überzeugung mit.

»Erzählt mir etwas über das Königreich. Wenn ich außerhalb der Burg mit den Menschen spreche, haben sie alle offensichtlich Angst, obwohl sie zur Rebellion bereit zu sein scheinen.«

Bevor Wal ihm darauf antwortete, sprach er mit einem Mann hinter sich, der nun in der Versammlung von einem zum anderen ging. Daraufhin löste sich die große Gruppe in mehrere kleine auf. Wal erklärte: »Du redest nur mit Olanern.« Während der nächsten Stunde berichtete er Conway, Ola sei ursprünglich lediglich ein lockerer Verband von acht Stämmen gewesen. Vor einigen Generationen hätte ein olanischer Häuptling sie unter seiner Herrschaft vereinigt. Zwei Stämme, die Lapsa und die For, die beide in dem Gebiet lebten, das Conway unter dem Namen Olympic Peninsula kannte, hatten sich eine gewisse Autonomie erhalten. Die anderen waren im wesentlichen in den Olanern aufgegangen. Wal war ein For. Seine Heimat trug heute den Namen Walküste.

Er fuhr fort: »Mit den Nions von jenseits des Großen Ozeans – von ihnen hast du gehört, ja? – läßt uns Altanar keinen Handel treiben. Natürlich tun wir es trotzdem. Wir sind Schmuggler, und zwar die besten. Einige Nions wissen allerdings, daß wir uns beim König nicht beschweren können, und deshalb rauben sie uns aus oder töten uns. Manchmal überfallen sie sogar unsere Waltöter. Altanar läßt sie in jeder Hinsicht gewähren, gelegentlich schickt er sogar Truppen, um unsere Dörfer zu zerstören und nach dem zu suchen, das er Konterbande nennt.«

Conway unterbrach ihn. »Sind die For keine Waldmenschen?«

Tee ergriff das Wort. »Das sind sie, und die Lapsa heißen unter sich selbst die Kinder des Ozeans. Die Angehörigen beider Stämme schlossen schon immer Ehen untereinander. Wir haben zwei Kulturen, dennoch sind wir wie ein Volk.«

Wal nahm den Faden wieder auf. Das Problem stellte der König dar. Dessen Vater war ein Tyrann gewesen, und Altanar gebärdete sich noch schlimmer. »Seine Adligen bereichern sich an unserem Land. Steuereinnehmer quetschen uns aus. Die jungen olanischen Männer – und es gibt fast so viele Olaner wie der Rest von uns zusammen – drängen wegen des Solds und der Privilegien in die Armee. Männer aus anderen Stämmen folgen ihrem Beispiel, um der Armut zu entgehen.«

»Ist die Armee treu ergeben?«

Die Frage erntete mildes Lächeln. »Die Disziplin ist ausgesprochen streng. Allerdings bildet die Armee trotzdem Altanars größten Schwachpunkt. Er braucht sie, um seine Macht zu halten, die Soldaten dagegen haben Familien, Clans, Stämme. Sagen wir mal, sie ist nicht unloyal. Bisher.«

Der große Mann hielt an dieser Stelle inne und zögerte plötzlich. Er sah Tee an, die herausfordernd zurückstarrte. Seufzend wandte er sich Conway zu. Er fuhr fort: »Tee hat gesagt, du könntest uns eine große Hilfe sein. Wir brauchen dich.« Er betrachtete eingehend seine Fingerknöchel. »Ich habe es für notwendig erachtet, dich auf die Probe zu stellen.«

»Das gleiche habe ich auch getan«, erwiderte Conway. »Schwamm drüber. In der Burg wird viel über einen Krieg zwischen Ola und Harbundai geredet. Was weißt du darüber?«

Wal zuckte zusammen. »Altanar möchte den Krieg.« Mit seinem Dolch kratzte er eine große Karte in den Holzfußboden. »Hier ist die Walküste, hier das Innere Meer, und hier sind Ola und Harbundai. Harbundai hat diese Inseln im Norden unter sich – die Seesterne –, aber es mischt sich nicht in die Schiffahrt zwischen dem Inneren Meer und dem Großen Ozean ein, außer um einen geringen Zoll zu erheben. Die Nions glauben, falls sie Harbundai loswerden könnten, würden sie auch den Zoll nicht mehr entrichten müssen. Dabei übersehen sie, was es bedeutet, sich mit Altanar einzulassen, um überall auf dem Inneren Meer Handel treiben zu dürfen. Altanar wird früher oder später die Hände auch nach der Küste im Norden ausstrecken.«

Tee unterbrach ihn. »Erzähl ihm von den Piraten.«

Er warf ihr einen finsteren Blick zu, bei dem die meisten Männer Deckung gesucht hätten. Sie reagierte gelassen. »Ein paar ehrliche Schmuggler und Walfänger haben auf den Inseln Zuflucht gesucht. Manchmal überfallen sie ein reiches Handelsschiff aus Nion oder einen olanischen Frachter. Nichts weiter Wichtiges.« Er zeigte erneut auf die Karte. »Falls Ola Harbundai erobert, beherrscht der König das gesamte Innere Meer. Diese unbedeutenden Seeleute, die Tee Piraten nennt, würden von den Olanern und den Nions zur Strecke gebracht. Die Lapsa und die For würden zermalmt.«

»Wie lange wird es noch dauern, bis der Krieg beginnt?«

Wal strich sich nachdenklich durch den Bart. »Schwierige Frage. Wie man hört, sollte einer der Stämme aus dem Inland, die Hundemenschen, Altanar unterstützen, doch irgend etwas ist schiefgelaufen. Nach einer anderen Geschichte sollten auch die Bergmenschen helfen, allerdings haben sie sich zurückgezogen. Ich kann nur eins sagen: Altanar hat seine Truppen drillen lassen und hält sie bereit. In den Lagerhäusern der Stadt befinden sich Vorräte und Ausrüstung. Er kann den Angriff binnen weniger Stunden starten.«

»Weiß Harbundai darüber Bescheid?«

Tee platzte abermals dazwischen. »Der König dort ist ein Narr. Er denkt, er könne mit Ola feilschen. Hier gibt es für alle genug Land und Möglichkeiten zum Handel; er vermag nicht zu glauben, daß Altanar alles für sich ganz allein will.«

»Das beantwortet meine Frage nicht.«

Wal gebot Tee mit einer Geste Schweigen. Sie warf den Kopf zurück und kochte vor Wut. Ihr Cousin sagte: »Harbundai ist über Altanars Angriffsgelüste im Bilde. Dennoch glaube ich nicht, daß die Armee dem König dort besonders treu ist. Sie spürt seine Schwäche.«

»Demnach kann Altanar sie schlagen?«

»Solange der König von Harbundai seine Barone im Griff hat und den Mut zum Kämpfen findet, könnte Altanar zwar siegen, jedoch nur zu einem hohen Preis. Deshalb ist er auf die Unterstützung der Hunde- oder der Bergmenschen aus. Und wir werden nicht eher erfahren, ob sie sich mit ihm verbünden, als bis sie tatsächlich zuschlagen.«

»Das Problem ist doch ein wenig schwieriger, als es mir zunächst erschien. Ich werde darüber nachdenken.«

Conway überraschte Wals aufgebrachte Reaktion. »Da gibt es für dich nichts nachzudenken. Misch dich nicht ein, und hüte dich davor, daß wir dich oder einen deiner Freunde jemals bei einer Lüge erwischen. Du bist keiner von uns, und wir vertrauen dir noch lange nicht. Jetzt nicht und vielleicht niemals.«

Es entging Conway nicht, wie hin- und hergerissen Tee war, einerseits ängstlich, sich vorzuwagen, andererseits zu nervös, um stillzubleiben. Ihre Hände bewegten sich ziellos, schossen vor und zogen sich wieder zurück. Conway sagte: »Ich kann dich sehr gut verstehen. Allerdings liegt mir viel daran, euer Vertrauen zu gewinnen. Eins jedoch mußt *du* verstehen: Sprich nicht noch einmal in diesem Ton mit mir.« Er fuhr zu Tee herum. »Ich werde jetzt aufbrechen. Verbinde mir die Augen, und führe mich, wenn du willst, aber tragen und in den Karren verfrachten lasse ich mich nicht mehr.«

Wal hatte offensichtlich eine Art Signal gegeben, denn zwei Männer lösten sich aus der Gruppe und legten ihm ein Tuch über die Augen. Danach hüllten sie ihn in einen Kapuzenmantel. Vorsichtig führten sie ihn die Treppe hinauf. Tee gesellte sich an seine Seite und warnte ihn davor, nach hinten zu treten. Er spürte frische Nachtluft an sich vorbeiziehen und schloß daraus, vor einer offenen Tür zu stehen. Dann erlaubte ihm eine andere Stimme, die Kapuze abzunehmen. Er sollte jedoch mit gesenktem Kopf gehen, und zwei Männer würden ihn leiten. Die Augenbinde würde ihm abgenommen werden, sobald es sicher war. Nach einem langen Marsch mit vielen Kurven und Biegungen war es schließlich Tee, die ihn davon befreite. Die Eskorte konnte er nirgendwo mehr sehen.

Den Weg durch die stillen Straßen brachten sie ohne Zwischenfall hinter sich. Zum ersten Mal sah er sie bei Nacht. In der Gasse, die sie durchquerten, und in den meisten, die sie kreuzten, fanden sich Wohnhäuser und kleine Geschäfte. Ziegel- oder Steinwände engten die gepflasterten Gassen ein, und so war vom sternenübersäten Himmel nur ein schmaler Streifen zu erkennen. Selten leistete ein erleuchtetes Fenster ein wenig Hilfe beim Gehen auf dem unebenen Grund. An den größeren Straßen standen Gerbereien, Ziegeleien, Holzmühlen und andere Manufakturen sowie Verwaltungsgebäude. Aus dem Schornstein einer Töpferei tanzten Funken in die Luft. Gelegentlich begleitete das Gebell eines Hundes ihren Weg, aber niemand sprach sie an. Überhaupt begegneten ihnen kaum andere Fußgänger. Dann und wann sahen sie in der Ferne das Licht einer Schenke, doch Tee hatte eine Route gewählt, die sie weiträumig um solche Orte herumführte.

Über das Feld vor der Burgmauer liefen sie in geduckter Haltung. Tee warf den Haken mit überraschender Leichtigkeit und Treffgenauigkeit über die obere Kante. Nachdem sie kurz daran gezogen und sich vergewissert hatte, daß er hielt, hangelte sie sich leise und rasch hinauf, wie ein dunkler Fleck in der Nacht. Conway kletterte scharrend hinter ihr her. Sie lösten den Haken und eilten die Leiter hinunter. Conway wickelte gerade das Seil auf, da hörte er Tee scharf nach Luft schnappen.

Er fuhr herum und blickte in den Lauf von Leclercs Gewehr. Der kleine Mann flüsterte ruhig: »Ich denke, Sie werden mir ausführlich erzählen wollen, was hier vor sich geht.«

»Das Gewehr brauchen wir dazu aber nicht, Louis«, erwiderte Conway.

Er streckte eine Hand aus, doch Leclerc schlug sie mit dem Lauf zur Seite und riß die Waffe zurück, wobei er sie sich beinahe selbst in den Bauch gerammt hätte. »Versuchen Sie das nicht noch einmal. Für solche Spielchen bin ich zu nervös.«

Conway drehte sich zur Burg um. Während er losging, warf er einen Blick über die Schulter und sah, wie Leclerc Tee voranschubste, bis sie neben ihn kam. Mit vorgehaltenem Gewehr folgte er ihnen. Sie liefen über den Hof und pirschten sich vorsichtig durch die Gänge bis zu Conways Zimmer. Wie Falconers bildete dieses ein kleines Rechteck mit einem Bett, zwei Stühlen, einem Kleiderschrank und einem Tisch. Falconers Ausrüstung hing noch immer an dem Hirschgeweih an der Wand. Trotz seiner mißlichen Lage verspürte Conway plötzlich ein schlechtes Gewissen, weil er die Sachen nicht längst weggepackt hatte. Nachdem Leclerc die Kerzen in den Wandhaltern angezündet hatte, bedeutete er Tee, sich auf den größeren Stuhl zu setzen, während Conway sich auf dem Boden vor ihr niederlassen sollte. Er nahm den Stuhl vom Schreibtisch für sich. Schließlich hatten alle Platz genommen, und er sagte: »Dann lassen Sie mal hören, Matt. Aber bitte etwas Glaubwürdiges.«

»Ich habe nicht gewollt, daß sich die Situation in dieser Richtung entwickelt«, entgegnete Conway.

Leclerc schüttelte den Kopf. »Das war ein schlechter Start. Ich wußte, Sie würden sich mit Tee treffen. Zunächst dachte ich, es ginge nur um das alte Männlein-Weiblein-Spiel. Heute, als sie sich von Ihnen getrennt hat, betrachtete sie diese Mauer, als würde ihr Leben davon abhängen. Ich habe Sie beobachtet, wie Sie über die Mauer sind. Dabei haben Sie unser aller Leben riskiert. Wofür?«

»Sie hat mich in den Widerstand eingeführt.«

Der Gewehrlauf senkte sich geringfügig. »Soviel habe ich mir auch schon gedacht. Und das habe ich gehofft. Warum haben Sie mir nichts davon gesagt? Wir sitzen im gleichen Boot.«

»Ist eben so gekommen. Ich wollte es Ihnen erzählen – hatte es wirklich vor –, aber irgendwie habe ich es dann aufgeschoben. Bestimmt habe ich nichts hinter Ihrem Rücken unternommen.«

»Doch, das haben Sie. Und zwar nicht nur hinter meinem.« Er erhob sich. »Am besten erfahren die Frauen nichts davon. Falls wir geschnappt werden, könnte die Unwissenheit sie retten. Ich werde meinen Mund halten und die Sache Ihnen überlassen. Zunächst jedenfalls. Aber geben Sie uns keinen Anlaß, uns vor Ihnen schützen zu müssen, Matt.« Er zeigte auf Tee. »Erschütternd, daß Sie ihr mehr vertrauen als uns, daß Sie sogar glauben, sie dringender zu brauchen. Sie haben heute nacht jede Menge Glück gehabt.«

Leclerc ließ sie allein, und eine ganze Minute lang regte sich keiner der beiden. Dann beugte sie sich hinter ihm vor und legte ihm die Hände auf die Schultern. Er zuckte bei der Berührung zusammen, und seine bereits angespannten Muskeln verhärteten sich noch mehr. Sie knetete sie mit linderndem Druck durch. Er ließ den Kopf zurücksinken, und sie brachte die Unterarme näher aneinander und wiegte ihn dazwischen. Dann rutschte sie auf dem Stuhl näher heran, hielt das Gewicht seines Kopfes mit ihrem Körper und massierte seine Arme und seine Brust.

Zuerst entspannte ihn das halb schmerzhafte, halb angenehme Suchen ihrer Finger, machte seinen Kopf frei und löste seinen Körper. Als sie sich jedoch weiter vorwagte, verspürte er eine Regung im Unterleib, und gerade sagte er sich, er müsse Abstand gewinnen, da war es schon zu spät. Sie beugte sich über ihn, drängte ihre Brüste an seinen Kopf, ihr Geruch zog ihm in die Nase, und die Hitze in seinen edlen Teilen breitete sich aus und schien sich dann wieder in seiner Lendengegend zu konzentrieren.

Fast hätte er ihre Berührungen nicht ausgehalten. Seine Lippen fühlten sich heiß und trocken an, und als er mit der Zunge darüberfuhr, schmeckte er Salz. Sie öffnete die Knöpfe seiner Hose. Ein erleichterter Schauder ging ihm durch den ganzen Körper angesichts der plötzlichen Befreiung, und sie hielt ihn mit Händen, die mit jeder Bewegung mehr Verzückung hervorriefen und ein größeres Feuer zu entfachen versprachen.

Er drehte sich um, zog sie zu sich heran, zerrte kopflos und grob in seiner Hast an ihrem Kittel. Sie schaffte es, den Kopf zurückzunehmen, und sah ihm in die Augen. »Zieh dich aus«, sagte sie und schob ihn von sich. Als er damit fertig war, lagen ihre Schuhe und ihr Kittel auf dem Boden und sie nackt im Bett, von wo aus sie ihn mit einem geheimnisvollen, verschleierten Blick beobachtete. Sie streckte die Arme aus, und er ging zu ihr.

In seiner Eile blieb keine weitere Zeit für Vorspiele, und vom ersten Stoß, bei dem sie den Rücken durchdrückte, um seinem Drängen zu begegnen, bis zu dem gemeinsamen Stöhnen und den unterdrückten Schreien des Höhepunkts stellte sich ihr Liebesakt als eine heftige, fordernde Bezwingung dar. Nicht lange, nachdem sie sich verausgabt hatten, war er wieder in der Lage, sich zu bewegen, und erst da erhob er sich von ihrem stillen Körper unter sich und bemerkte, wie sie ihn ansah.

Der Blick versengte ihn, trieb ihn auf die Kante des Bettes. Sie lag reglos da und beobachtete ihn. Er fühlte sich unbeholfen, zog sich die Hose an und ließ sich auf einen Stuhl fallen. Sie fragte leise: »Geht es dir jetzt gut?«, und er hörte in ihrer Stimme Untertöne, bei denen er sich unerklärlicherweise schämte. Er murmelte ein Ja und dankte ihr, klang dabei jedoch heiser und unangemessen plump. Beim Geräusch ihrer Bewegung drehte er sich um und bemerkte, daß sie sich ankleidete. Er bewunderte sie, ihre weiche Anmut, ihre unerwartete Schönheit. Nackt, die Arme mit ihrem Gewand über dem Kopf, war sie erotischer, als er sich jemals hätte träumen lassen. Und trotzdem war sie ihm fern wie die Sterne.

Er hatte sie im Arm gehalten. Besessen hatte er sie nicht. Ob das gleiche auch für ihn galt, wußte er nicht.

Sie überraschte ihn, indem sie sich ihm gegenüber auf den anderen Stuhl setzte, anstatt zu gehen. Er fühlte sich linkisch, zu keiner Bewegung fähig.

»Du bist ein guter Mann, Matt Conway«, sagte sie. »Jetzt fürchtest du, glaube ich, du hättest mich in irgendeiner Weise verletzt. Aber verstehe, ich bin dazu da, benutzt zu werden. Du kennst meine Geschichte. Ich habe Altanar kein Kind zur Welt gebracht, und das würdigt mich zu einem bloßen Gegenstand herab. Zu einem Werkzeug vielleicht.« Ihre Worte strotzten von auf sich selbst gemünztem Spott.

»Du bist mehr als das.« Was für eine dümmliche, unzulängliche Entgegnung.

»Ich bin sein Eigentum.« Sie streckte die Arme aus und ordnete sein Haar, strich es zurecht und betrachtete es, als würde ihr die Konzentration auf etwas anderes über diese Gedanken hinweghelfen. Dennoch fügte sie hinzu: »Ich habe mich dabei wohl gefühlt, dir zu helfen und dich das alles eine Weile vergessen zu lassen.«

»Das hast du. Ich wünschte ...« Mit einer Geste wischte er die übrigen Worte aus.

Sie holte tief Luft. »Wir haben vieles gemeinsam. Mein Volk vertraut dir nicht. Deine Freunde trauen mir nicht. Ich dachte, auf diese Weise könnte ich dir begreiflich machen, daß ich es ehrlich mit dir meine.«

Doch er starrte nur den Fußboden an und antwortete nicht. Sie blieb bei den Kerzen stehen. »Das kannst du nicht mit mir teilen, nicht wahr? Wie schade. Gute Nacht.« Sie blies die Kerzen aus und ging.

Er ließ sich aufs Bett fallen, und seine Gefühle befanden sich in solchem Aufruhr, daß er vergaß, sich die Hose wieder auszuziehen. Sein ausgestreckter Arm landete auf der Kleidertruhe, auf einer sorglos abgelegten Kaninchenfelljacke. Das Fell ließ ihn durch die Zeit taumeln, und wieder befand er sich in dem Zoo. Er sah den Kinderbereich mit den Kuschel- und Streicheltieren. Aufgeregtes Lachen drang an seine Ohren, schrille Freude, und das liebevolle, zur Vorsicht mahnende Murmeln einer Mutter.

Der Schlaf kam und bot ihm die ersehnte Zuflucht.

Neunzehn

»Ich werde nicht zulassen, daß er noch einmal bewegt wird«, beharrte Sylah. Sie beugte sich über Jones' Trage. Ein Tuch, das ihm um den Kopf geschlungen war, schützte die Wunde, die von einem Stein aus einer Schleuder herrührte. Die Priesterin war vor Erschöpfung bleich, und ihr Gesicht hart und starr. Gan hatte sie nie zuvor so unattraktiv gesehen und auch noch nicht bemerkt, wie fürsorglich sie sein konnte. Und alles nur wegen dieses unnützen Jones.

Die Umgebung, in der sich diese Szene abspielte, stand im völligen Gegensatz zu der Angespanntheit und Gefahr der Situation. Um sie herum begannen Rhododendronbüsche in allen Rot- und Weißtönen zu blühen. Manche Pflanzen besaßen die Größe kleiner Bäume. In einiger Entfernung, durch die Sträucher verschleiert, trieben geisterhafte Farbflecken durch den Wald. Inzwischen beleidigten Lärm und Abfälle der schlechtausgebildeten Soldaten aus Harbundai Augen und Ohren.

Gan versuchte, es ihr nochmals zu erklären. »Drei Tage sind schon verstrichen. Die Teufel folgen uns und werden immer verwegener. Dieser Baron aus Harbundai droht, uns allein zu lassen.«

Neela erhob sich von ihrem Platz am Feuer, wo der morgendliche Getreidebrei gerade zu blubbern begann. Sie stellte sich neben Sylah. »Ich bleibe bei ihr.«

Die Heilerin warf ihr einen knappen dankbaren Blick zu und sagte dann: »Es handelt sich um meine Pflicht, Gan. Das weißt du. Und was wird der König von Harbundai davon halten, wenn sein Baron Jalail die Tochter eines Kriegshäuptlings im Stich läßt?«

»Vermutlich gar nichts. Jedenfalls nicht, solange er einen Krieg mit Ola erwartet.«

»Lassen wir ihn doch gehen«, verkündete Neela höhnisch

grinsend. »Falls uns irgendwelche Teufel verfolgen, warum sind deine Hunde dann nicht aufgeregter? Diese sogenannten Soldaten sind auch darauf erpicht, von hier fortzukommen.«

Wie auf Stichwort stürzten die Nachtwachen aus Harbundai aus dem Gebüsch hervor ins Lager hinein. Gan hatte sie bereits vor einiger Zeit bemerkt. Er starrte sie kalt an. Zwei der fünf trugen ihre Rüstung an die Speere gehängt über der Schulter. Clas gesellte sich zu der Gruppe um Jones und murmelte: »Jetzt sind sie im Lager, und vielleicht halten sie nun den Mund. Ich habe sie die ganze Nacht miteinander sprechen hören.«

»Dummköpfe!« fluchte er leise, doch dem scharfen Auge des Barons entging sein Gesichtsausdruck nicht. Trotz seiner ergrauten Schläfen erinnerten seine rundlichen, verschwommenen Züge eher an Pausbäckchen denn an einen Gehorsam verlangenden, finsteren Blick. Man mochte ihn viel mehr für ein bockiges Kind als für einen wütenden Adligen mittleren Alters halten. Dennoch besaß er unanfechtbare Macht, und die Gruppe beobachtete ihn besorgt, während er näher trat. Er baute sich mit weit gegrätschten Beinen vor ihnen auf. »Seit drei Tagen sehe ich mir schon deine Mißbilligung an, junger Mann – deine und die von Clas na Bale. Ihr schuldet uns euer Leben. Du zeigst deinen Dank wirklich auf eigentümliche Weise.«

Verlegen machte Gan einen Rückzieher. »Ich habe nichts gegen dich gesagt, Baron Jalail.«

»Jedenfalls nicht in Worten.« Der Baron zupfte seine gepanzerte Jacke zurecht. Sie war aus Leder, auf das man Reihen kleiner Metallplatten genietet hatte. Die Plättchen überlappten sich wie Fischschuppen, und während er die Schultern bewegte, um die Jacke in einen angenehmen Sitz zu rücken, klingelten sie aneinander. »Darüber wollte ich nicht mit dir sprechen. Als wir uns begegnet sind, habe ich dir gesagt, daß der König mir nur diese fünfzig Mann geschickt hat. Mehr konnte er nicht erübrigen, da er jederzeit einen Angriff von Ola erwartet. Falls die Bergkrieger uns folgen und sich entscheiden, uns zu überfallen, werden wir keine Verstärkung bekommen.«

»Die Rosenpriesterin behauptet, Jones dürfe nicht mehr bewegt werden«, erwiderte Gan.

Der Baron warf sich in die Brust. »Meine strategischen Entscheidungen fußen nicht auf dem Gejammer von Frauen. Wir marschieren in einer Stunde ab.«

»Ihr marschiert«, gab Gan zurück. »Bitte erkläre deinem König folgendes: Neela, die Schwester von Bay Yan, konnte dich nicht begleiten, weil dies das Leben eines Menschen gefährdet hätte, der ihr sehr teuer ist. Was die Kriegsheilerin betrifft, wird die Kirche entscheiden, ob du deine Pflicht ordentlich erfüllt hast, wenn sie von den Teufeln getötet wurde, nachdem du sie unter deinen Schutz gestellt hast. Wir sind durch die Ehre gebunden, bei ihnen zu bleiben, und das werden wir auch tun.«

Jalails runde Wangen wabbelten und nahmen einen bestürzend purpurroten Ton an. Sichtlich rang er um Beherrschung. »Deine Frauen stellen für meinen König ein größeres Problem dar, als du denkst. Die Königinmutter und die Kirche haben ihn jahrelang mit unnötigen ›Reformen‹ für die Frauen im Königreich gequält. Wir sind bereits aufgeklärt, im Gegensatz zu diesem Schwein Altanar. Aber sie sind nie zufrieden. Jetzt ist die Königinmutter erkrankt. Ihr Einfluß schwindet. Was deine Rosenpriesterin betrifft, so hat sie eine ihr aufgetragene Mission abgebrochen. Die Kirche wird nicht gerade zimperlich mit ihr umgehen. Ich habe keine Lust mehr, mich länger über sie zu streiten.« Er machte auf dem Absatz kehrt und schritt aufrecht und mit der Hand auf dem Schwertknauf davon. Damit brachte er Gan in ein Dilemma. Falls der Baron seinen Leuten ein Zeichen mit der Hand gab, würden sie vielleicht aus heiterem Himmel über sie herfallen. Sollte es dazu nicht kommen, würde Gan eine schwierige Situation heraufbeschwören, wenn er sich zu versessen auf einen Kampf zeigte. Clas, so sah er, schätzte die Lage ebenso ein. Nach außen hin gab sich sein Freund unbesorgt, aber seine Haltung hatte sich ein wenig angespannt. Er war bereit.

Auf Gans Pfiff hin waren die Hunde alarmiert.

Baron Jalail kehrte langsam zu ihnen zurück. Sein Gesicht

wirkte beherrscht. Tatsächlich erweckte er nun sogar einen leicht belustigten Eindruck, als er in dem abgehackten, eintönigen Dialekt seines Volkes sprach. »Da du so wenig von Verhandlungen verstehst, möchte ich dir sagen, daß du mit deinen Argumenten auch ein wenig recht hast. Überraschend für einen Hund.«

Er drehte sich um und rief seinen Männern Befehle zu. Von dieser Bemerkung getroffen, öffnete Gan den Mund zu einer Entgegnung, aber Neela zog ihn mit festem Griff an seiner Schulter zu sich herum. Sie lächelte schwach und schüttelte den Kopf. »Laß ihn doch das letzte Wort haben. Und sag den Hunden, sie sollen sich beruhigen.«

Gan gab ihnen das entsprechende Zeichen und murmelte etwas in sich hinein, hielt jedoch inne, als er bemerkte, wie sich Sylah um ihren Kranken kümmerte. Vor dem Streit mit Baron Jalail hatte er ihre kompromißlosen, verhärteten Züge unattraktiv, ja sogar häßlich gefunden. Jetzt fiel ihm ihre innere Kraft auf, die ihrem Gesicht eine erstaunliche Schönheit verlieh.

Tate kehrte von ihrer Morgenwäsche zurück und ging geradewegs zu Jones, der auf einer Decke lag und außer dem schnellen, heftigen Pulsschlag am Hals kaum ein Lebenszeichen zeigte. Sylah nahm ihm den Verband ab. Die gesamte linke obere Seite seines Kopfes war grotesk angeschwollen und ließ das kurzgeschorene Haar wie Borsten wirken. In der Mitte der Schwellung befand sich ein Schnitt, der allerdings im Vergleich zu dem sichtbaren Schaden ringsherum unbedeutend aussah.

Sylah rief Neela zu sich, wobei sie nicht einmal aufblickte, und sagte zu dem Mädchen, das sich neben Jones hinkniete: »Es ist schlimmer geworden. Guck dir nur mal die gelbe Flüssigkeit an. Er ist ganz heiß, und letzte Nacht hat er sich mehrmals übergeben. Ich muß etwas Drastischeres versuchen.«

Tate gebärdete sich feindselig. »Hilf ihm doch«, fauchte sie. »Kriegsheilerin.« In dem Wort schwang Sarkasmus mit.

Neela verteidigte Sylah. »Er bleibt nicht einmal lange genug wach, um zu essen. Außerdem spricht er wenig, und wenn, ergibt sein Gerede keinen Sinn.«

»Ist dir aufgefallen, daß er beim Atmen Schwierigkeiten hat? Ich bin sicher, der Knochen drückt aufs Gehirn.«

»Und du wirst dagegen etwas unternehmen?«

»Genau.« Ein Lächeln huschte über Neelas Gesicht, als das Mädchen verstand.

»Wie? Was meinst du mit ›etwas Drastisches‹?« fragte Tate.

Sylah sprach mit tröstlicher Milde. »Dazu muß ich den Knochen freilegen und das entfernen, was den Druck erzeugt. Allerdings birgt ein solches Vorgehen Risiken.«

»Was geschieht, wenn du es einfach so läßt?« wollte Tate wissen.

Sylah schüttelte den Kopf und wischte Jones abwesend den Schweiß von der Stirn.

Scharf erwiderte Tate: »Sag uns, wie wir helfen können.« In diesem Augenblick gesellte sich Gan zu ihnen.

»Kocht ein paar Baumwolltücher aus. Wascht euch die Hände. Alles, was in seine Nähe kommt, muß absolut sauber sein. Während der Behandlung werden wir das Gebet zum Schutz vor Unsichtbaren aufsagen. Ihr dürft es nicht unterbrechen, außer um nach Anweisungen zu fragen oder Antworten zu geben. Neela, hol mir bitte meine Tasche.« Ihr Körper versuchte, den Befehlen des besorgten Verstandes zu gehorchen. Statt dessen bewegte sie sich jedoch abrupt und ruckartig. Sie steckte die Hände in die Tasche, und noch ehe sie den anderen den Rücken zugewandt hatte, bewegten sich ihre Lippen bereits im stillen Gebet.

Dann reichte sie Gan ein Stück Stoff und eine versiegelte Flasche. »Ich möchte, daß du sauberes Tuch über die Wunde legst. Reiß das Stück in zwei Hälften. Koch es in dem Öl aus, das sich in dieser Flasche befindet. Wenn ich es dir sage, nimmst du das Tuch heraus und läßt es abkühlen, dann wringst du es so gut wie möglich aus. Ich möchte nicht darauf warten müssen. Verstanden?«

Er beeilte sich, ihre Wünsche zu erfüllen. Sie gab weitere Tücher an Neela und Tate. »Sobald ich die Wunde geöffnet habe, wird sie sehr stark bluten, und sehr viel gelbe Flüssigkeit wird heraussickern. Ihr säubert sie, während ich nach der Ursache für das Übel suche. Wehe, euch wird schlecht, oder ihr werdet gar ohnmächtig; dafür fehlt uns die Zeit. Gan, hol Clas; sag ihm, er soll stets kochendes Wasser bereithalten, damit sie die Tücher auswaschen können, die sie benutzen.«

Als nächstes zog sie einen Obsidiansplitter aus ihrer Tasche. Mit einem Kalkstein schlug sie einmal hart darauf. Ein glänzendes schwarzes Stück in Größe und Form eines Erlenblattes brach ab. In einem weiteren Töpfchen aus ihrer niemals leer werden wollenden Tasche hatte sie Seife, mit der sie den Bereich um die Wunde einstrich, bevor sie Jones' Kopf mit dem Obsidian rasierte.

Mehrere Sekunden lang hockte sie, den Kopf zurückgeworfen, die Augen geschlossen, über dem Mann auf der Decke und hielt die schwarze Klinge mit ausgestreckten Armen in zitternden Händen hoch. Danach hatte sie sich gefaßt. »Seid ihr fertig? Kochen Wasser und Öl?«

Zustimmendes Murmeln wurde laut. Sie nickte. »Beginnt mit dem Schutzgebet.« Aufmerksam zuhörend, leitete sie die drei Hundemenschen an, bis das Summen ihrer Worte in einen gleichmäßigen, auf- und absteigenden Singsang überging.

Sylah schnitt rasch, und die Klinge hinterließ eine feine Linie neben der Wunde. Beim zweiten Schnitt platzte die Haut auf. Selbst Clas erbleichte angesichts der Fäulnis, die daraus hervorquoll. Die beiden Frauen waren schockiert, Tate verdrehte die Augen, und Neela hatte Mühe, das Gebet fortzusetzen. Dennoch arbeiteten sie Hand in Hand zusammen.

Rasch und sicher schnitt Sylah die Kopfhaut zu einer Klappe auf, die sie zurückziehen konnte. Der große, fast runde Bereich des Knochens, wo der Stein getroffen hatte, drückte nach innen und bildete eine kleine Delle. Sylah probierte das Wasser und holte dann einen kleinen Metallhaken daraus hervor. Damit griff sie unter die Stücke des Knochens und hob sie vom faserigen äußeren Gewebe des Hirns ab. Mit einer schmalen Klinge brannte sie die Blutgefäße aus. Nachdem das Messer abgekühlt war, befreite sie damit ebenfalls zwei Gerinnsel. Einmal warf sie Clas einen flehenden Blick zu, und der wischte ihr sofort den Schweiß ab, der ihr über das Gesicht rann, und hielt ihr einen Becher mit kaltem Wasser hin. Anschließend wartete er hinter ihr, damit sie sich nur noch umdrehen mußte, wenn sie etwas brauchte.

Als sie endlich innehielt, um ihre Arbeit zu begutachten, war Gan steif geworden. Erst ein Blick zur Sonne verriet ihm, wie lange sie beschäftigt gewesen war. Wieder griff sie in ihre Tasche und holte ein birnenförmiges Metallfläschchen von vielleicht drei Zoll Größe hervor. Im Hals steckte ein hölzerner Verschluß, der so fest saß, daß sie Gan bitten mußte, ihn zu öffnen. Danach reichte er ihr das Fläschchen zurück, und sie streute den Puder daraus auf die Wunde.

Tate hatte sich inzwischen vollkommen unter Kontrolle, da sie in die Operation mit einbezogen war. »Was ist das?« fragte sie und deutete auf das Pulver. Sylah nähte gerade die Wunde zu, wobei ihre Hände ein wenig zitterten.

Mit Tate zu sprechen schien sie zu erleichtern, und ihre Finger arbeiteten viel ruhiger. »Das wird aus einem Pilz hergestellt. Wir züchten ihn auf Kohlblättern, kratzen ihn ab und trocknen ihn.« Sie blickte auf und bemerkte, wie interessiert Tate sich zeigte. Ihr Gesicht strahlte Mitgefühl aus. »Für gewöhnlich hält es die Unsichtbaren fern und fördert eine rasche Heilung. Manchmal hilft es nicht. Und dann wieder ...« Sie brachte den Satz nicht zu Ende. Die letzten Stiche nahm sie rasch und sicher vor. Erneut bestäubte sie die Wunde, dann reichte sie Gan das Fläschchen, damit er es wieder verschloß.

Unter schwachem Protest ließ Sylah sich von Clas davonführen, während Neela und Tate den Verband anlegten. Als sie im Zelt war, fiel Gan auf, wie viele Soldaten aus Harbundai sich in einiger Entfernung versammelt hatten und aufmerksam zuschauten. Ihr Verhalten verblüffte ihn, doch Neelas Ruf nach einem eingeölten Tuch riß ihn aus diesen Gedanken.

Sie faltete es genau passend für die rasierte Stelle an Jones'

Kopf. Darum wickelte sie trockene Tücher. Dazu benötigte sie einige Minuten, und nachdem sie alles gereinigt und wieder in Sylahs Tasche verstaut hatte, fragte sich Gan zum wiederholten Mal, warum dieser bleiche, halbtote Mann irgendeine Bedeutung für sein Leben haben sollte. Nichts anderes erschien ihm so unwahrscheinlich.

Am folgenden Tag besuchte Baron Jalail den Kranken und beglückwünschte Sylah. Noch immer erschöpft, antwortete sie mit einem matten Lächeln und fuhr darin fort, Jones mit kaltem Wasser aus dem Bach in der Nähe zu waschen. Ein barscher Befehl des Barons ließ sie innehalten.

»Ich muß mit dir sprechen«, sagte er und fügte dann zu Gan hinzu: »Komm mit uns. Das betrifft dich ebensosehr.« Tate übernahm das Waschen. Der Baron führte sie zu dem Sand- und Kiesufer des Bachs. Sorgsam setzte er sich mit dem Rücken zum Wasser, damit er jeden sehen würde, der sie belauschen wollte. Sein weiches Gesicht war freundlich und unverbindlich. Die nervösen Hände, die keine Rast finden wollten, verrieten seine Erregung.

»Priesterin, ich habe schlechte Nachrichten. Gerade habe ich erfahren, daß deine Äbtissin eine Delegation zur Schwester Mutter geschickt hat, die deinen Ausschluß aus der Kirche erwirken soll. Daher habe ich einen Reiter zu meinem König geschickt, der ihm mitteilen soll, ich würde dir eine Bleibe in meiner Baronie anbieten, bis diese Angelegenheit entschieden ist, unter der Bedingung jedoch, daß du keine kirchlichen Tätigkeiten unternimmst.«

Gan hätte fast die Hand ausgestreckt, um Sylah zu stützen, die schwankte, als hätte man sie mitten ins Gesicht geschlagen. Beinahe nicht vernehmbar und ungläubig fragte sie: »Meine Äbtissin? Aus welchem Grund?«

Er rutschte unbehaglich hin und her und schien sich für eine schwierige Aufgabe zu wappnen. »Sie behaupten, du hättest deine Interessen über die der Kirche gestellt. Ich glaube das nicht. Doch ich habe beobachtet, wie du den Verletzten behandelt hast. In meinen Land habe ich keine Kriegsheilerin. Allerdings brauche ich eine.«

»Mich?«

Baron Jalail mißverstand ihre Überraschung als Ablehnung. »Ich werde dich beschützen.« Da sie ihn weiterhin nur anstarrte, fügte er hinzu: »Du bekommst dein eigenes Heilungshaus.« Und verärgert schloß er: »Mehr kann ich dir nicht anbieten!«

Sylah fuchtelte überwältigt mit den Händen herum und suchte nach Worten. Sie platzte heraus: »Danke, Baron«, und brachte schließlich schwach zustande: »Ich nehme an.« Daraufhin eilte sie zu Jones zurück.

Jalail wandte sich an Gan. »Sie weint. Das ist das letzte, was ich erwartet hätte.«

»Zwei Schocks so kurz hintereinander, Baron; kein Wunder. Und sie ist eine Auserwählte. Die Kirche war ihr ganzes Leben.«

»Oh, hier in Harbundai droht ihr keine Gefahr. Wir sind viel verständnisvoller als die Olaner. Manche Adlige hätten sicherlich einen Platz für sie. Sie ist schließlich anziehend genug. Solange sie nicht unfruchtbar ist, versteht sich. Möglicherweise würde sie vielleicht sogar einen Händler finden, der sich ihrer annimmt oder sie gar heiratet.«

Gan dankte still dafür, daß Clas nicht dabei war. »Du solltest eins wissen: sie und Clas stehen sich sehr nahe.«

»Also, dann haben wir es ja. Es gibt sozusagen gar kein Problem, oder? Zumindest nicht in dieser Hinsicht.«

»Brennt dir ein anderes auf der Seele?«

»Geh ein Stück mit mir.« Baron Jalail schlenderte am Wasser entlang. »Dieser bevorstehende Krieg mit Ola macht mir angst«, gestand er. »Das ist natürlich Hochverrat, aber du wirst das für dich behalten. Du bist ein Anführer, junger Mann. Wenn eine offene Frage auf Lösung drängt, richten sich die Blicke deiner Gruppe auf dich.«

Gan schwieg. Der Baron nickte beifällig und fuhr fort. »Harbundai ist ein Land, das förmlich darauf wartet, erobert zu werden. Du hast meine Männer gesehen; sie würden ihre eigenen

Häuser verteidigen, aber damit hätte es sich schon. Ich bin kein Krieger, und meine drei Söhne ebenfalls nicht. Außer dem jüngsten, doch der will nur kämpfen, dabei fehlen ihm jedoch die Ziele.«

Er verstummte, ging schneller und trieb die Hacken in den steinigen Strand, als würden die knirschenden Schritte den Aufruhr in seinem Kopf vertreiben. Ein erstaunlich blauer Eisvogel schoß flußaufwärts an ihnen vorbei. Auf seinen schnatternden, spöttischen Schrei hin blickte der Baron beleidigt auf, bevor er sagte: »Du und deine Freunde, ihr müßt euch in meine Dienste stellen. Falls Neela Yan nicht bei mir bleibt, wird der König jemanden für sie aussuchen. Zwar hat sie es in einer unserer Burgen nicht so bequem, dafür wird man sie nirgends so herzlich willkommen heißen. Und nirgendwo wird sie so sicher sein, denn wenn du dich entscheidest, mir zu dienen, wirst du in ihrer Nähe bleiben.«

»Und sollte der König deinem Plan nicht zustimmen?«

Baron Jalail lächelte. Gan erschrak über die Verschlagenheit, die plötzlich über die sonst so unschuldige Miene zog. »Manche Barone unterstützen mich. Er kann sich im Augenblick keine inneren Streitigkeiten leisten.«

»Du möchtest also, daß wir Krieger aus deinen Männern machen. Dein Sohn soll Harbundai verteidigen, und nicht nur euer Land.«

Indem sich der Baron am Ohr zupfte, antwortete er: »Du bist ein kluges Köpfchen. Hüte deine Zunge, sonst schneidet man sie dir am Ende noch heraus. Falls der König oder einer seiner Informanten gehört hätte, was du gerade gesagt hast, würden wir beide seinen Galgenbaum schmücken.«

»Galgenbaum?«

»Na ja – wo sie die Verbrecher aufhängen. Am Hals?« Er demonstrierte es Gan mit den Händen und gab dabei einen würgenden Laut von sich. »So werden wir die los. Wie geht ihr mit ihnen um?«

Gan erklärte ihm die Ehrenreise. Baron Jalail schüttelte den

Kopf. »Unsere Männer wirst du nicht dazu bringen, so etwas zu tun. Mach nur einfach Krieger aus ihnen, um mehr bitte ich dich nicht«, sagte er und begann den Rückweg zum Lager. »Die schwarze Frau und ihre Blitzwaffe werden unser Rückgrat bilden, mein Sohn das Herz, meine Männer die Muskeln. Und indem wir an Stärke zunehmen, werden sich uns andere anschließen. Mein Sohn wird sie alle führen. Wenn Harbundai mächtig wird, kann es ohne Angst wachsen und gedeihen.«

Gan fragte, warum keiner der Barone dies bislang von sich aus unternommen hätte, und Jalail erklärte, in Harbundai wären Leben und Macht eine Frage des Gleichgewichts. Kein Baron akzeptierte den Ehrgeiz eines anderen, sondern würde sich eher mit einem anderen verbünden, um sich dem ersten entgegenzustellen. Der König auf der anderen Seite spielte sie ebenfalls ständig gegeneinander aus, damit er stets genug Unterstützung für seine Krone zur Verfügung hatte. Im Augenblick war er jedoch mit der olanischen Bedrohung beschäftigt. Sobald diese angespannte Lage sich geklärt hätte, würde er, Jalail, stark genug sein, um Verbündete anzuziehen.

Später, als Gan das Gespräch für die anderen zusammenfaßte, endete er: »Ich habe zugestimmt. Nur auf diese Weise können wir beieinander bleiben. Und ohne das geht es nicht.«

Tate sagte: »Er bittet uns, Männer zu drillen und auszubilden, die das nicht gewöhnt sind. Uns betrachtet er als Anführer, und du mußt zugeben, daß du zu jung für diese Aufgabe bist. Was ist mit mir: Ich bin eine Frau und schwarz? Hältst du diesen Zug wirklich für gelungen?«

Er beugte sich vor. »Manche werden mich einen Jungen nennen. Aber nur die Mutigsten werden das in meiner Anwesenheit sagen, und keiner – das verspreche ich dir – keiner wird es ein zweites Mal wagen. Ich bin ein Anführer. Dafür wurde ich geboren. Ich meine das als Einladung. Glaube an mich. Glaube an *uns.*«

Die Worte sprudelten ungebeten aus ihm hervor. Er beobachtete, wie die Zweifel auf ihrem Gesicht erloschen und sich statt dessen zunächst Überraschung und dann wachsende Überzeugung darauf breitmachten. Clas strahlte vergnügt.

Sylahs Priesterinnenblick war unlesbar und voller Geheimnisse. Bestimmt fürchtete sie sich trotzdem, denn sie, da war er sicher, spürte wie er die unsichtbaren Mächte, die sie alle beherrschten.

Er sah Neela an, und seine Vision sank in Trauer zusammen. Was auch immer das Leben für ihn bereithielt, ohne sie könnte er es nicht genießen. Und sie würde sich stets nach einem anderen Ort sehnen.

Zwanzig

Drei weitere Tage bestand Sylah darauf, Jones nicht zu transportieren. Mehrmals während des verlängerten Aufenthaltes bemerkte sie, wie sie am Rande der Hysterie zitterte. Gleichgültig, welche Mühe sie sich gab, die kratzende Stimme in ihrem Kopf wiederholte wieder und wieder: *Ausgestoßen! Ausgestoßen!*

Ihr war, als hätte sie ihre eigene Hinrichtung überlebt.

Sie hatte zur Kirche *gehört.* Ihr ganzes Leben lang war sie ein Besitz der Kirche gewesen, und sie hatte es gehaßt. Das galt nun nicht mehr. Sie hatte sich nach Freiheit gesehnt. Statt dessen war sie jetzt verbannt.

Die Nächte waren die Zeit der größten Folter. Während sie sich in den Schlaf kämpfte, ging ihr ein Gewirr von Gedanken durch den Kopf. Sie betrachtete ihre Mission, die Hundemenschen von einem Angriff auf Harbundai abzuhalten, als schalen, schrecklichen Erfolg.

Darüber hinaus hatte sie eine Kraft freigesetzt. Wäre sie nicht zu den Hundemenschen gegangen, wäre Gan niemals nach Harbundai gekommen. Jetzt stand ihm, wenn er davon sprach, Baron Jalails Männer zu befehligen, der Blick des Eroberers in den

Augen. Der Gedanke an Macht erfüllte ihn zunehmend. Sie konnte ihn nicht ansehen, ohne an den ersten unbedeutenden, fallenden Stein zu denken, der einen Erdrutsch auslöste.

Solcherlei Bilder erschienen ihr, bis die Erschöpfung endlich dem Schlaf erlag – Visionen des Schadens, den sie angerichtet hatte, Visionen der Schlachten und Feuersbrünste, die ihnen bevorstanden.

Clas war die starke Kette, die sie mit der Hoffnung verband. Aber durfte sie ihn mit der Bürde einer ausgestoßenen Frau belasten?

Sie bereiteten sich gerade zum Aufbruch vor, da trat Neela zu ihr. Das Mädchen sprach, als würde ihr jedes Wort große Anstrengung abverlangen. Der Lärm der Soldaten, die das Lager abbrachen, bildete einen mißtönenden Hintergrund. Neela sagte: »Wenn ich dir eine Frage stelle, versprichst du mir, sie ehrlich zu beantworten?«

»Falls ich kann.«

»Hast du schon einmal daran gedacht, daß ich ihn vielleicht auch liebe?«

Eine Sekunde lang, die sich wie eine Ewigkeit erstreckte, weigerte sich Sylah zu glauben, was sie gehört hatte. Wie hatte sie so blind sein können, so ganz und gar verständnislos? Sie ließ zu, daß ihre eigenen Sorgen und ihre Pläne den letzten von Neelas Träumen zerstörten.

Ihr Gesichtsausdruck war bereits Antwort genug, und Neela sprach weiter, bevor Sylah etwas zu sagen vermochte. »Glücklicherweise nicht«, meinte sie, und Sylah zuckte zusammen. Wie konnte das sein? Falls ihr jemand Clas' Liebe stahl – sie wies den Gedanken und den Haß, der dahinter gärte, zurück.

»Ich habe ihn so geliebt, wie Mädchen Helden verehren«, erklärte Neela. »Er war mein Freund und stets in der Nähe, daher konnte ich bei ihm sein und ihn bewundern, ohne daß es auffiel.« Sie lachte, und die Stille danach stand dazu im Gegensatz. »Dabei habe ich mich offensichtlich sehr schlau angestellt, denn selbst meine beste Freundin hat es nicht bemerkt.«

»Bist du mir nicht böse?« fragte Sylah. »Du verzeihst mir?«

»Verzeihen? Wozu? Der einzige, der mich verletzt hat, bin ich selbst. Als ich erkannt habe, wie sehr Clas dich liebt und wie sehr du ihn liebst, wollte ich dich hassen. Das ging nicht. Dann spürte ich, daß sich unsere Reise dem Ende näherte, und ich wurde sehr traurig. Ich fürchtete um das Glück, das du bei Clas gefunden hast. Und ich hatte Angst, Gan würde die Ehre, die ihm gebührt, niemals erlangen. Ich –« Sie zögerte. »– ich habe an viele Dinge gedacht.« Die Ausflucht war unbeholfen, und Neela errötete.

Sylah nahm ihren Arm und führte sie von dem Lärm fort zum tröstlichen Murmeln des kleinen Flusses. Am Ufer hob Neela eine Handvoll Kieselsteine auf, warf sie ins Wasser, wo sie konzentrische Kreise hervorriefen, und blickte diesen nach, wie sie mit der Strömung abwärts trieben. »Ich weiß nicht, was ich dir sagen soll, Neela. Meine Gedanken laufen wild auseinander, als wären sie vergossene Milch. Wenn ich dir Leid zugefügt habe, tut mir das sehr leid, und dennoch bin ich froh, daß dir das in anderer Hinsicht die Augen geöffnet hat. Hast du darüber schon mit … jemand anderem gesprochen?«

Neelas frühere Gesichtsfarbe stellte sich wieder ein. Sie schüttelte den Kopf. »Das kann ich nicht. Sollte ich ihm jetzt davon erzählen, würde er denken, ich hätte das alles hier nur wegen ihm getan. Ich wollte ihn für mich, und ich hatte Pläne für uns geschmiedet.«

»Liebst du ihn?«

Bedächtig und kaum merklich nickte sie.

»Dann vertraue ihm. Sag ihm, was du fühlst und was du gefühlt hast.«

Wie ein erschrecktes Tier trat Neela zurück. »Über Clas? Seinen Freund? Nein.« Sie zog das Wort gequält in die Länge. »Am Ende stünde ich noch zwischen ihnen. Du hast selbst gehört, was Gan gesagt hat – er braucht Clas an seiner Seite. Falls er je denkt, ich hätte mir etwas aus Clas gemacht, könnte sich das auf seine Gefühle ihm gegenüber auswirken, wenn er seinen Freund am dringendsten braucht.«

»Warum sollte er sich von dir unterscheiden? Wenn du ihn lieben und ihm vertrauen kannst, weshalb kann er nicht das gleiche tun?«

Neela drückte ihren Arm und flehte sie mit den Augen an. »Du darfst es ihm niemals erzählen. Er weiß nicht, wie ich fühle; er denkt ständig nur an andere Sachen. Als ich dich mit Clas gesehen habe und plötzlich Bescheid wußte, hat Gan mich getröstet, aber er dachte, ich würde nur wegen deiner Flucht aus dem Lager so reagieren. Was ich Clas gegenüber empfunden habe, hat er nicht gewußt, und auch nicht, wie ich für ihn selbst empfinde. Oben auf dem Paß hat er mir gesagt, er sei mein Freund. Vielleicht wird er eines Tages mehr als das in mir sehen. Aber Clas gegenüber darf er niemals Mißtrauen hegen. Was ich dir erzählt habe, muß unser Geheimnis bleiben, Sylah. Bitte. Versprich es mir!«

Sylah versprach es ihr, obwohl sie dies für eine Falle hielt, die für sie beide große Gefahren barg.

Arm in Arm gingen sie ins Lager zurück. Je mehr Sylah darüber nachdachte, desto stärker wuchs der Wunsch, Neela würde einfach ehrlich zu Gan sein. Das Mädchen war stur und gleichermaßen besorgt; das verriet die Haltung ihres Kinns und die Art, wie sie ihre goldenen Zöpfe nach hinten warf. Sylah wollte ihr sagen: Ich weiß, was aus Liebe werden kann, wenn sie zu lange unterdrückt wird. Die repressive Atmosphäre in der Abtei hatte für die Frauen dort oftmals schwierige Situationen heraufbeschworen, wenn sie sich zu Männern hingezogen fühlten, die ein normaleres Leben führten. Manche Romanze schwelte jahrelang, bevor sie aufflammte und zu brennen begann. Das Schreckliche daran war, daß niemand voraussagen konnte, wann das geschah oder welche Form es annehmen würde. Aus Liebe muß nicht erst Haß werden, um eine Gefahr darzustellen. Ein Verdacht, Eifersucht oder allein Neid kann das schon bewerkstelligen.

Das Verladen verlief schnell, da die Truppen des Barons möglichst rasch nach Hause wollten. Die Teufel ließen sie in Ruhe, wenngleich niemand daran zweifelte, daß die Krieger sie beobachteten.

Das Wetter verschlechterte sich. Dichte Wolken zogen von Westen heran, dämpften das angenehme Murmeln des Flusses und verhüllten die Sicht auf ihn. Feuchtigkeit ließ die Zweige der Bäume glänzen. Tröpfchen kondensierten und prasselten wie Regen herab. Sylah hatte den Wald nicht so unheilverkündend in Erinnerung, und es erschien ihr kälter, als der Jahreszeit angemessen war.

Während sie die Träger der Bahre beaufsichtigte, näherte sich ihr der Baron. Er lud sie ein, neben ihm zu reiten, und rief auch die anderen zu sich. Nachdem sie sich erst einmal in Marsch gesetzt hatten, zeigte er sich redselig. »Man hat mir erzählt, dieser Weg sei vor langer Zeit einmal eine Handelsstraße gewesen. Jetzt liegt es an Händlern wie Bilsten, daß sie nicht ganz vergessen wird.« Er lachte angesichts ihrer Überraschung. »Ja, ich kenne ihn, aber er ist wegen euch nicht zu mir gekommen. Er ging zum König, denn nur dort würde er eine Belohnung erhalten. Der König hat mich losgeschickt, weil dies mein Land ist. Was die Bergmenschen jedoch bestreiten. Wie auch immer, die Händler sind unsere einzige Verbindung zum Osten. Das ist allerdings nicht so günstig für uns.«

»Treibt ihr auch Warenhandel mit anderen?« erkundigte sich Gan.

»Sogar mit Ola, wenn wir nicht gerade Krieg führen. Trotzdem wird der Zugang zum Osten immer wichtiger. Unsere Bevölkerung wächst. In unserem Klima gedeihen Getreide, Mais oder Vieh nicht so gut wie bei euch.«

Gan fragte, was für Waren sie mit Ola tauschten, und der Baron setzte zu einem Monolog über alles und jedes an, angefangen vom Handel bis hin zu Kommentaren über die bald ununterbrochenen Gefechte zwischen Ola und Harbundai um die Kontrolle des Inneren Meeres und der Walküste.

Sylah beobachtete Gan. Er sagte nichts weiter, da er das Gespräch nun in die Richtung gelenkt hatte, die ihm recht war. Sein

Gesichtsausdruck stellte ihr ein Rätsel dar. Sie freute sich, als sie endlich begriff. Je mehr ihn die Unterhaltung interessierte, desto weniger Gefühle zeigte er. Schließlich wandte sich das Gespräch Angriffen und Gegenangriffen der befeindeten Land- und Seestreitkräfte zu, und nun blickte er stur geradeaus, bleich wie Milch und ließ sich von nichts mehr ablenken.

Sie achtete auch auf ihn, als Neelas Pferd stolperte und das Mädchen überrascht aufschrie. Wie hatte sie die Wahrheit, die so deutlich von diesen besorgten Augen abzulesen war, übersehen können?

Innerlich zuckte sie zusammen. Wie oft mochte Neela sie voller Schmerzen angeblickt haben? Oder eifersüchtig? Das hatte sie nie bemerkt, und dabei war sie ausgebildet, noch auf die kleinsten Nuancen in der Körperhaltung anderer Menschen zu achten.

Ein beunruhigender Gedanke schoß ihr durch den Kopf. Sie hatte sich bereits selbst gefragt, ob sie Clas bitten durfte, mit einer verbannten Priesterin zu leben, doch nun mußte sie auch mit einbeziehen, ob Gans Sorge um Neela den jungen Mann vielleicht verletzlicher machte. Bis jetzt war Gan mit diesem Schicksal allein, wenngleich es sie alle einschloß. Was würde mit den anderen passieren, sollte er in einem wichtigen Augenblick durch die Sorge um das Mädchen abgelenkt sein?

Dies führte sie zu einer weiteren Frage, die ihr einen Schauder über den Rücken jagte: Stellte sie selbst möglicherweise für Clas ein Risiko dar? Sylah mochte das nicht glauben. Sie blickte sich nach hinten um, wo Jones auf seiner Bahre lag, die von vier Männern in raschem Schritt getragen wurde. Er war das beste Beispiel für ihre Kraft, Leben zu verlängern und zu bewahren. Wie sollte sie eine Gefahr für den Mann sein, der ihr am meisten bedeutete?

Gan bog von Neelas Seite ab und ritt wieder zum Baron auf. Er wandte sich zu einem letzten Blick auf das Mädchen um, bevor er das Gespräch fortführte. Während er den Kopf nach vorn drehte, traf sein Blick Sylahs und hielt ihm einen Moment stand.

Die Zeit genügte nicht für eine Einschätzung. Sie wünschte, der Moment wäre auch zu kurz gewesen, damit ihr das verwirrte Verlangen in seinen Augen entgangen wäre. Traurigkeit machte sich in ihr breit, und sie sehnte sich nach Clas' tröstlicher Umarmung.

Einundzwanzig

Eigentlich sollte Raggar weit vor der Kolonne die Vorhut bilden, und sein Erscheinen, insbesondere so dicht bei ihnen, war eine unangenehme Überraschung. Zuerst drehte er den Kopf Gan zu, dann wieder in ihre Marschrichtung. Sein Anblick ließ auf seltsame Unsicherheit schließen. Gan beobachtete ihn eine Weile lang, bevor er ihn mit einem Zeichen wieder an die Arbeit schickte, und der Hund gehorchte sofort und fuhr herum. Es dauerte lediglich einige Minuten, da tauchten auch Cho und Shara, die zusammen die flußabseits gelegene Flanke bewachten, auf einer Bergkuppe auf. Er pfiff sie fort.

Die Zwischenfälle erhöhten seine Anspannung. Ihm gefiel der Wald nicht. Bäume umdrängten den schmalen Weg und spotteten der winzigen Gestalten, die sich ihren verschlungenen Pfad durch ihre uralte Macht bahnten. Selbst ihre gerissene Rinde kündete von unvorstellbar langen Zeiträumen. Schwarze Flecken und Narben zeugten stolz davon, daß manche sogar dem Wüten von Waldbränden widerstanden hatten. Über der marschierenden Kolonne verflochten sich die Äste ineinander und sperrten das Licht aus; am Boden herrschte düstere Dämmerung. Der Himmel selbst tat ein übriges zu dieser bedrückten Stimmung und verhüllte mit grauer Beharrlichkeit die Sonne.

Und der Wald sprach. Heimlichtuerisch schwatzende Böen wisperten lockend, gerade so leise, daß er nichts von ihrem Flüstern verstehen konnte und sie doch fortwährend hören mußte.

Tierleben gab es wenig. Das gelegentliche Schimpfen eines Eichhörnchens oder der Ruf eines Vogels zerrissen die Stille mit unnatürlicher Lautstärke. Er versuchte, sich auf die Soldaten zu konzentrieren, die vor ihm trabten, und beneidete sie um ihre Langeweile, wenn er ihnen zugleich auch ihre mangelnde Aufmerksamkeit vorwarf.

Raggars nächstes Erscheinen gestaltete sich dramatischer. Er kam um eine entfernte Biegung des Wegs und rannte auf sein Herrchen zu. Alarm gab er nicht. Ein solches Benehmen hatte Gan nie zuvor erlebt, und nun kehrten auch Shara und Cho zurück, wobei der jüngere Hund vorneweg lief. Beide rannten, so schnell sie konnten. Aufs äußerste beunruhigt, ritt Gan zum Baron am Kopf des Zuges auf. Geduldig lauschte er Gans drängender Forderung nach einer Vorhut und Flankenreitern. Allerdings gründeten Gans Befürchtungen allein auf dem unerklärlichen Verhalten der Hunde. »Ich habe noch nie gesehen, daß Raggar sich so benommen hat. Er ist nervös und verwirrt«, gestand er ein.

»Und du?«

Die Herablassung des Barons schockierte Gan, und er fauchte: »Nur verwirrt. Ich würde die Vorhut gern anführen.«

»Nein. Meine Truppen gehorchen meinen Befehlen.« Der Baron stellte sich in den Steigbügeln auf und rief einen grauhaarigen Soldaten aus dem Pulk zu sich, der es sich am Rande des Weges auf dem Boden gemütlich gemacht hatte. Der Kerl schlenderte herüber und bürstete sich im Gehen beiläufig Laub und Schmutz von seinem Hinterteil. Gan warf er einen abschätzenden Blick zu, dann drehte er sich um, flegelte sich mit dem Rücken an das Pferd des Hundekriegers und sah zum Baron hoch. Das Tier zitterte angesichts der unwillkommenen Frechheit, die sich der Soldat herausgenommen hatte.

Der Kerl deutete mit dem Kinn den Weg entlang. »Ist dir unheimlich wegen der Hunde, Baron?« fragte er. Gan verblüffte diese Beobachtung dermaßen, daß er sogar vergaß, das respektlose Benehmen als Beleidigung zu betrachten.

Baron Jalails rundes Gesicht zeigte ein dümmliches Stirnrunzeln. »Gan glaubt, vor uns könnte eine Gefahr liegen.«

»So nahe an zu Hause? Die Hunde haben vermutlich schon unsere Hühner gewittert und sind gekommen, um sich Befehle zu holen.«

Der Baron wandte sich ab. »Nimm fünf Männer mit dir als Vorhut. Und schick vier weitere auf die rechte Flanke. Die Seite zum Fluß braucht uns nicht zu sorgen.«

»Ich sorge mich sowieso um nichts, außer darum, meine Zeit zu vertändeln.«

Gan berührte sein Pferd am Hals, das tat daraufhin einen Sprung nach vorn, und der Soldat verlor ohne Vorwarnung seine Lehne. Er ging glattweg rücklings zu Boden. Zu dem Zeitpunkt, als der Mann sich puterrot und wutschäumend zum Aufstehen anschickte, hatte Gan das Pferd bereits herumgedreht, und das unrasierte, verzerrte Gesicht fand sich nur wenige Zoll vor dem stampfenden, zähneknirschenden Tier wieder. Gan zwang den Mann, rückwärts davonzukriechen, und sagte ruhig: »Beobachte einen richtigen Krieger. Lerne. Wenn ich dich nicht mit dem Murdat erwische, wird dich ein Huftritt verkrüppeln. Also beeil dich, und führe die Befehle des Barons aus.« Er zügelte das erregte Pferd, das immer noch tänzelte und schnaubte.

Der Kerl richtete sich vorsichtig auf. Er trat zurück, hob schließlich die Augen und überraschte Gan aufs neue. Etwas, das verdächtig nach Belustigung aussah, verdrängte den finsteren Blick des Soldaten, der sich nun abwandte und zu den anderen zurücktrottete. Knurrend gab er Befehle aus, und als einer der jüngeren Männer sich nicht schnell genug bewegte, schlug er ihm mit der Flachseite des Schwertes auf den Helm, daß es laut schepperte.

Einige Minuten später waren die beiden Gruppen aufgebrochen, und wütend fuhr der Baron nun Gan an: »Von allen Männern unter meinem Kommando hast du ausgerechnet den verläßlichsten gedemütigt. Du bist auf dem besten Wege, dich für mich als unnütz zu erweisen.«

Gan schüttelte den Kopf. »Meine Nützlichkeit hängt vom Gehorsam in der Schlacht ab.«

Der Baron grunzte und winkte die Kolonne voran. Gan ritt weiterhin neben ihm.

Die Entscheidung, dem Mann eine Lektion zu erteilen, stellte möglicherweise tatsächlich einen Fehler dar, gestand sich Gan ein. Trotzdem gab es eine Grenze des Zumutbaren. Und dann war da noch dieser seltsame Ausdruck in den Augen des Mannes gewesen.

Er überlegte noch, ob er die Hunde wieder ausschicken sollte, da lief Raggar von sich aus zum Kundschaften davon. Er rief den Hund zurück. Was immer dort vor ihnen lag, war höchst eigentümlich; sollten die Leute des Barons ihre Probleme doch selbst lösen, dachte er. Seine Hunde waren zu wichtig, um sie für diese bewaffneten, disziplinlosen Dummköpfe in Gefahr zu bringen. Er beugte sich hinunter und rieb Raggar die Ohren, und der Hund sah ihn kurz an, bevor er vorgab, nichts zu bemerken.

Der Baron beobachtete sie. »Diese Tiere behandelst du besser als die Männer.«

Dieser Tadel verlangte nach einer Entgegnung. Gan hörte auf das sorglose Geklapper und Schwatzen der Kolonne, derweil er sich die Worte zurechtlegte. Er dachte an die Nachtwachen, die sich verstohlen wie Eulen verhielten, und an Männer, die Überfälle mit stiller Handsprache planten und einen Kampf als Vergnügen betrachteten. Das Gefühl der Einsamkeit drohte ihn zu überwältigen, und dann, ebenso plötzlich, verspürte er nur größere Entschlossenheit. »Zuneigung hat mit Zielen nichts zu tun. Du und dein Sohn, ihr könnt euch um die Liebe deiner Soldaten bemühen, falls euch die etwas bedeutet. Ich will einzig und allein ihre kämpferischen Fähigkeiten.«

Baron Jalail lachte harsch. »Was hält mich von dem Glauben ab, du würdest versuchen, meine Männer für deine eigenen Ziele einzuspannen?«

»Mein Wort, Baron.« Gan mußte sich zwingen, dies über die

vor Zorn zusammengepreßten Lippen zu bringen, und er sagte zu sich selbst, daß er eine Welt betrat, in der es mehr Motive gab als Sterne am Himmel.

»Das würde ich dir zu gern glauben«, erwiderte der Baron. Sein nachdenklicher Ton zog etwas von dem Gift aus der Atmosphäre zwischen ihnen. »Verstehe mich, mein Land hat seit fast hundert Jahren nicht mehr mit deinem Volk in Verbindung gestanden. Wir haben nur gehört, wie kriegerisch und stolz ihr seid. Und ehrlich. Wenn du mir helfen willst, mußt du zuerst eins lernen: Die Lüge ist in Harbundai – oder wo immer sich Menschen zivilisiert nennen – eine Kunst.« Gans Augen blitzten auf, und Baron Jalail kicherte. »Oh, ich weiß, daß dich das beleidigt. Für dich besteht Zivilisation aus Mut, intakten Sitten und Ehre; wir denken dabei an Häuser, Brücken und Abwasserkanäle.«

»Wir leben so frei, wie es erforderlich ist«, erklärte Gan.

»Glaubst du nicht, jeder sagt das gleiche? Wir sind alle von der Richtigkeit *unseres* Weges überzeugt.«

Nun wurde Gan nachdenklich. »Das habe ich mir noch nie so recht klargemacht. Bei uns heißt es, ein Mann kann nur so leben, wie es ihm der Eine In Allem gezeigt hat.«

Lautes Geschrei ertönte vor ihnen, und beide rissen die Köpfe hoch. Sekunden später rannte einer der Männer der Vorhut um eine Wegbiegung und kam auf sie zu, wobei er im Laufen versuchte, seine Rüstung anzulegen. Der Baron trieb sein Pferd voran. Gan blieb an seiner Seite.

Sie jagten an dem Mann vorbei um die Biegung und blieben abrupt an einer Stelle stehen, wo die Straße den Abstieg in ein weites, flaches Tal begann. Schätzungsweise eine Meile entfernt stieg träge Rauch von wenigstens zwanzig brennenden Häusern in die Luft. Die einzelnen Säulen vereinten sich zu einer langen schwarzen Wolke, die anklagend nach Südosten zeigte.

»Sklavenjagd.« Baron Jalail gab seinem Pferd die Zügel. Erneut hielt Gan Schritt, drehte sich um und sah Clas und Tate, die hinter ihnen hergaloppierten.

Als sie auf die Vorhut trafen, waren nur zwei Mann da, unter anderem derjenige, der sich so unverschämt benommen hatte. Die übrigen waren zu den Häusern aufgebrochen.

Kurz darauf kamen sie mit den ersten Überlebenden zurück. Eine Frau, die sich die Seite umklammerte und ein Kind an der Hand hielt, taumelte auf sie zu. Der Baron stoppte, schwang sich aus dem Sattel, stützte sie und bot ihr einen Schluck Wasser aus seinem Schlauch an. Nun erkannte sie ihn und wollte sich verbeugen, zögerte jedoch unvermittelt. Blut trat zwischen den Fingern an ihrer Seite hervor. Das Kind, ein vielleicht zehnjähriger Junge, sah zu der Wunde und dann zum Baron. Sein Augen waren klar und keineswegs von Tränen geschwollen, doch lag ein entsetzlich vorwurfsvoller Blick in ihnen.

Der Baron räusperte sich. »Wie lange ist das her? Wie viele waren es?«

»Vielleicht eine Stunde. Wie viele? Zwanzig? Vierzig?«

»Der König hat Truppen hergesandt«, fuhr er fort. »Wo sind die?«

Sie starrte ihn verdutzt an. »Hier war niemand, Baron. Alte Männer, Jungen. Ein paar Krüppel, wie mein Mann, der Ledermacher. Sie haben versucht, sich gegen die Angreifer zu wehren.«

»Du bist entkommen«, sagte Gan. »Dein Mann …?«

Sie schüttelte den Kopf. Automatisch sprach ihr Gan sein Beileid aus. Sein Blick lag auf dem Kind, das noch immer seine Mutter stützte. Gan half ihr, sich hinzusetzen. Er kniete sich vor den Jungen, sah ihm in die Augen und tröstete ihn: »Eine Kriegsheilerin kommt, eine Frau in Schwarz, die eine rote Rose trägt. Sie wird deiner Mutter helfen.«

Er wollte sich wieder erheben, doch der Junge platzte heraus: »Der Mann, der das tat, hatte eine Narbe, so wie diese.« Er zeigte auf ein Wundmal an seinem Arm. Die Mutter streckte die Arme aus. »Pst, Sohn«, doch der Junge war entschlossen, eine letzte Frage zu stellen. »Wirst du ihn erwischen?«

»Ich weiß es nicht«, antwortete Gan. »Jedoch wenn, bekommst du sein Schwert.«

Der Junge stimmte mit einem feierlichen Nicken zu.

Sie ritten los, nachdem sich Clas und Tate zu ihnen gesellt hatten. Gan wiederholte, was die Frau ihm berichtet hatte. Zu dem Zeitpunkt, da er damit fertig war, hatten sie den Rand des Dorfes erreicht. Die gesamte Siedlung war nicht länger als fünfzig Meter, die Häuser reihten sich entlang der Handelsstraße Seite an Seite auf. Überall brannte es lichterloh. Sie ritten umher und kamen zu einer Stelle, wo sich die weniger Verletzten um die Schwerverwundeten kümmerten. Es herrschte fast Stille. Erschöpfte Kinder schliefen oder starrten im Schock vor sich hin. Eine Frau schluchzte herzzerreißend. Während Baron Jalail vorbeiritt, richtete sich ein alter Mann unter Mühen in eine sitzende Position auf und drohte ihm mit der Faust. Der Baron gab vor, ihn nicht zu bemerken.

Von der anderen Seite des Dorfes aus konnte Gan die Burg des Barons sehen. Sie lag noch ein Stück entfernt, aber die gerade, viereckige Form war nicht zu verwechseln. Fahnen, die von den Ecken herunterhingen, bestätigten das noch. Ein Reiter sprengte aus ihrem Schutz hervor und stürmte auf sie zu. Sie eilten ihm entgegen. Sobald er so nah war, daß der Baron ihn erkennen konnte, erbleichte er. »Das ist Ops. Wenn er persönlich kommt, muß irgend etwas nicht stimmen.«

Er trieb sein Pferd zu noch größerer Hast an. Gan und die anderen hetzten ihm hinterher, und als der junge Hundekrieger über die Schulter zurückblickte, rief Tate ihm zu: »Hat er Ops gesagt?«

Gan antwortete, das habe er jedenfalls verstanden, und nun zeigte ihre Miene statt Verblüffung blanke Neugier. »Seltsamer Name«, meinte sie.

Dann brachte der Neuankömmling sein Tier vor seinem Herrn zum Stehen. Er hob die rechte Faust ans Kinn, um zu sprechen, wobei er den Handrücken nach außen richtete. Der Mann war schon älter, und sein Gesicht war von Sorge und Erschöpfung zerfurcht. Der Baron erwiderte den eigentümlichen Gruß, und Ops sagte: »Dein Sohn hat die Verfolgung aufgenommen, Baron. Ich wollte ihn zurückhalten.«

»Wie viele begleiten ihn?« fragte der Baron zurück, während er sein Pferd auf die Burg zutraben ließ.

Ops gesellte sich an seine Seite. »Die Burgwache, Baron. Alle zwölf«, und als Jalail zu ihm herumfuhr, wurde er aschfahl und wiederholte: »Ich wollte ihn zurückhalten.«

»Was ist geschehen?«

Ops zeigte nach Norden. »Sie haben vier Frauen und drei Jungen geraubt. Sobald dein Sohn davon hörte, ritt er in diese Richtung. Die Räuber schlugen dann hier zu, und da sah die Burgwache den Rauch und kehrte um.«

Gan unterbrach ihn. »Wie weit war er schon nach Norden?«

Der Mann sah ihn an, daraufhin den Baron, der ihm mit einem Nicken zu verstehen gab, er möge antworten. »Acht oder neun Meilen.«

»Somit war er sechzehn bis achtzehn Meilen geritten, als er wieder hier eintraf. Hat er die Pferde in der Burg gewechselt?«

Baron Jalail entgegnete: »Wir sind keine Kavallerie, sondern Infanterie. Daher haben wir nicht genug Pferde, um sie jedesmal zu wechseln, wenn eins müde wird.«

Gan wandte sich erneut Ops zu. »Die Männer beim Sohn des Barons – waren das Krieger?«

Höchst erregt sprach der Baron selbst. »Kinder. Der älteste ist vierzehn, der jüngste erst elf. Die Söhne meiner Dienstboten. ›Burgwache‹ ist nur ein Begriff, mit dem die Jungen auf ihre zukünftigen Pflichten als Männer vorbereitet werden sollen.«

Dem Baron entging es nicht, daß Gan sich eine Bemerkung verkniff. »Zwölf Kinder. Auf erschöpften Pferden. Wir müssen sie einholen.«

»Wenn die Pferde zusammenbrechen. Die Sklavenjäger waren ebenfalls beritten, nicht wahr?«

»Natürlich«, gab Ops zurück. In seiner Stimme schwang ein Hauch Spott mit. »Sie hatten auch einen Wagen dabei.« Auf Gans Nachfrage hin erklärte er: »Damit befördern sie die Gefangenen.«

Gan sagte zum Baron: »Wir haben eine Chance«, und zu Ops:

»Zeig mir den Weg, den sie eingeschlagen haben.« Während der andere Mann dies tat, benutzte Gan die unhörbare Pfeife und rief die Hunde.

Einige Minuten später befanden sie sich bereits südlich des Dorfes, doch der Gestank des Brandes blieb ihr ständiger Begleiter. Ops deutete auf den Pfad, der nach Süden führte. Gan studierte die Spuren; ein Tier lahmte, ein anderes hatte ein seltsam gekerbtes Hufeisen. Auch eines der Wagenräder hinterließ einen besonderen Abdruck. Er befahl Raggar, an den Fährten zu schnüffeln, dann schickte er ihn los. Der Hund trottete davon und konzentrierte sich auf die Geruchsspur. Shara und Cho liefen an seinen Flanken.

Gan erklärte, die Hunde würden der Fährte folgen, bis die Gesuchten in Sicht kämen. Raggar würde dann zurückkehren, während die anderen Kontakt hielten. Er rief Clas und Tate zu, sie sollten ihn begleiten. Als der Baron Ops mitnehmen wollte, meinte Gan, der ältere Mann wäre den Dorfbewohnern vielleicht von größerem Nutzen.

Der Baron stimmte zu und ritt neben Gan los. Sie schlugen einen mäßigen Trab ein, doch die Anspannung war zuviel für Jalail. »Wir müssen uns beeilen. Mein Sohn ist dort oben mit meinen Enkeln unterwegs. Das muß doch schneller gehen!«

»Nein!« Gan behielt sein Tempo bei. »Unsere Tiere sind müde. Schon bald müssen wir Rast machen und sie tränken und füttern. Sieh dir die Spuren deines Sohnes und deiner Enkel an. Ihre Pferde sind ebenfalls erschöpft.«

»Wie kannst du das wissen?«

Gereizt hätte Gan beinahe eine scharfe Erwiderung zurückgegeben, doch er schluckte sie herunter und fuhr ruhig fort: »Sie ziehen die Hufe. Hier an diesem Busch ist Speichel. Dort drüben Schweiß. An dieser Stelle ist eins gestolpert. Kein Wunder, es trägt eine schwerere Last als die anderen – und einen schlechten Reiter.«

»Anancha«, antwortete der Baron fast im Flüsterton. »Ein grobschlächtiger Junge, der vielleicht ein bißchen Übergewicht hat. Er wird einmal ein riesiger Mann werden.« Die Hoffnung in diesen letzten Worten klang wie ein Gebet. Er sah Gan an. »Wenn die Pferde nicht mehr können, müssen sie doch anhalten, oder? Wir werden sie finden, während sie auf uns warten.«

»Das hoffe ich auch.«

Baron Jalail spornte sein Pferd zum Galopp an. Er drängte sie, gleichfalls schneller zu reiten.

»Nein«, entgegnete Gan.

Der Baron gab einen angewiderten, niedergeschlagenen Laut von sich und schlug auf sein Pferd ein, es solle laufen.

Clas gesellte sich zu Gan. »Kennt er sich denn überhaupt nicht aus?«

»Nicht mit Pferden«, sagte Gan. Er ließ sich aus dem Sattel rutschen und untersuchte die Spuren genauer. Als er sich aufrichtete, blickte ihn Tate mit einer stummen Frage im Gesicht an. Er erklärte: »Sieh hier. Die Sklavenjäger haben Ersatztiere. In etwa zehn Meilen wird das erste Tier der Jungen zusammenbrechen. Sollten sie dann den Ritt unterbrechen, können sie zumindest die Stellung halten. Der Baron holt sie möglicherweise ein, bevor die Sklavenjäger sich ihnen zuwenden.« Er tätschelte den Hals seines Pferdes und führte es zu einem Bach.

Tate kam zu ihm. »Habt ihr bei euch im Stamm jemanden, der Ops heißt?«

»Nein«, antwortete Gan. »Hast du den Namen schon einmal gehört?«

»Ja.« Sie zögerte und fügte hinzu. »Nicht genau. Früher – wir hatten einen Mann, den wir den Operationsleiter nannten. Er fertigte Kriegspläne an.«

Gan nickte. Was immer sie sagte, entsprach nicht ganz der Wahrheit, andererseits gab sie sich auch keine Mühe, sie vollständig zu verschweigen. Verwirrend. Er sagte nichts weiter, sondern brach zu Fuß wieder auf und führte sein Pferd am Zügel.

Während sie gewartet hatten, bis sich Jones erholte, um weiterzureisen, hatte Gan neue Futtersäcke für die Pferde gemacht.

Jetzt füllte er Getreide in seinen und ließ das Tier beim Gehen fressen. Die anderen folgten seinem Beispiel.

Er dachte über den Überfall nach. Etwas daran roch verdächtig nach einer Falle. Er selbst hatte eine Sklavenjagd noch nie erlebt. Die Hundemenschen waren stets vorbereitet, und das ersparte ihnen die schlimmsten Angriffe. Und jedermann wußte, welche Rache er vom Hundestamm zu erwarten hatte. Dennoch wollte sich der Gedanke, daß irgend etwas nicht stimmte, nicht aus seinem Kopf verscheuchen lassen. Für so wenige Sklaven handelte es sich um eine große Anzahl Banditen. Sie waren tief in die Baronie eingedrungen, und das erschien ihm weder besonnen noch notwendig, und die Zerstörung, die sie angerichtet hatten, war im Rahmen ihres Raubzugs ganz und gar nicht angemessen.

Und da steckte bestimmt noch etwas anderes dahinter. Bloß was, fragte er sich.

Die Sonne stand tief, als sie das erste tote Pferd erreichten. Gan las die Spuren und schüttelte ungläubig den Kopf. »Einer von ihnen hat den Reiter mit auf sein Tier genommen.«

»Sie sind entschlossen, gemeinsam zu sterben«, sagte Clas.

Augenblicke später erschien Raggar und trabte keuchend auf sie zu. Gan streichelte seinen Kopf. Er hörte auf den Atem des Hundes und fühlte seinen Herzschlag. »Nicht weit entfernt von hier«, erklärte er Clas. »Er ist noch ganz ruhig. Vielleicht haben die Banditen sich entschlossen, einfach weiterzureiten und zu fliehen.«

Clas nickte unverbindlich.

Es dauerte eine Stunde, bis sie an den nächsten beiden Tieren vorbeikamen. Sie lagen im Abstand von fünfzig Metern. Krähen und Raben beschwerten sich verbittert über die Störung. Der verwegenste Vogel saß noch auf dem Boden, flatterte erst bei ihrem Näherkommen auf und hockte sich in einen Baum, wo er einen schwarzen Schemen vor dem dunkler werdenden Wald bildete. Das zweite Tier hatte dem Baron gehört und war durch einen Pfeil im Hals gestorben.

Ein paar Meter abseits des Weges fanden sie ihn. Neben ihm lag ein zweiter Mann, dessen ausgestreckter Arm auf der blutigen Brust des Barons ruhte, als wollte er ihn trösten. Clas grunzte. »Die Sklavenjäger haben eine Nachhut zurückgelassen, die auf Narren wartet, die ihnen folgen.«

»Er ist noch nicht tot«, stellte Gan fest und gab sich keine Mühe, seine Überraschung zu verbergen.

Ein Schluck Wasser gab Jalail ein wenig Kraft. Er verdrehte die Augen von Gan zu dem toten Olaner und wieder zurück. »Hinterhalt«, krächzte er. »Ich habe mir die Rippen gebrochen. Und das Bein, glaube ich. Habe mich totgestellt. Er wollte mich ausplündern.« Halb erhob er sich, sank jedoch sofort zurück. »Laßt mich hier allein. Rettet die Jungen.«

Gan betrachtete ihn nachdenklich eine Weile lang, bevor er Clas ein Zeichen gab, ihm zu helfen. Gemeinsam wuchteten sie ihn in den Sattel von Tates Pferd, wo sie ihn festbanden und seine inständige Bitte weiterzuziehen überhörten.

Der junge Hundekrieger blickte Tate an, die das Kinn hob und vor ihm das Wort ergriff. »Schick mich bitte nicht mit ihm zurück. Du könntest mich brauchen. Daß ich kämpfen kann, weißt du. Wenn du mich zurückschickst, bist du um mehr als nur eine Person geschwächt.« Sie hob das Gewehr bedeutungsvoll in die Höhe.

Er nahm ihren Arm und führte sie ein paar Schritte davon. Seine Stimme klang sanft, aber eindringlich. »Er braucht Hilfe. Entweder mußt du zurückkehren, oder Clas. Überlege dir, wieviel dieser Mann für uns wert ist. Falls diese Kinder sterben, weiß keiner, welche Streitigkeiten in der Baronie aufflammen. Was geschieht mit uns, wenn *er* stirbt? Rette sein Leben. Beschütze ihn. Er stellt unseren Schild dar.«

Zerknirscht stimmte sie zu, und er mußte über ihre Haltung lachen. Mit tiefer Bewunderung beobachtete er, wie sie aufbrach. In mancherlei Hinsicht war sie so unschuldig wie ein Kleinkind – er zuckte zusammen, denn gerade im Moment unterstrich sie diesen Gedanken, indem sie geräuschvoll davonstapfte –, in anderer legte sie eine unheimliche Weisheit an den Tag.

Aus diesem Grund überraschte ihn seine eigene Weitsicht. Einen Monat zuvor hätte er niemals an einen möglichen Machtkampf unter den Söhnen des Barons gedacht, viel weniger daran, welche Auswirkungen dies auf ihn und seine Freunde haben mochte. Jetzt konnte er über die Wichtigkeit dessen nicht mehr hinwegsehen.

Er sandte Raggar voraus und ritt hinter Clas her. Die Nachmittagssonne brach durch die Wolken und ließ den Wald mit ihren schrägen Strahlen aufleuchten, ohne die Sicht zu verbessern.

Als würde er auf dieses eigentümliche, nichts enthüllende Glühen reagieren, schweiften seine Gedanken von der Gegenwart ab. Er fühlte sich zwiegespalten, einerseits der augenblicklichen Situation gegenüber vollständig wachsam, andererseits frei, über andere Dinge nachzudenken. Er betrachtete sich selbst wie zwei Männer, die nebeneinander standen. Der jüngere von ihnen war heißblütig, ein Tiger, der für die Jagd und von der Jagd lebte. Der andere Krieger war ebenfalls ein Jäger, doch ein kalter und logischer. Ohne den Grund dafür zu kennen, hielt Gan den zweiten für den eigentlich gefährlichen.

Das Tosen eines rasch dahinfließenden Bachs unterbrach ihn und holte ihn zurück in die Gegenwart. Sie ließen die Pferde trinken und noch etwas Getreide knabbern.

Kurz darauf stellte sich Raggar wieder ein. Er lehnte sich an Gans Bein und knurrte. Damit warnte er vor einer Gefahr, die vor ihnen lag. Beide Männer traten eilig vom Weg und zogen etwas entfernt davon weiter.

Wegen der dauernden Dämmerung unter dem Fichtenbaldachin gab es wenig Unterholz. Schwertförmige Farne konnten hier gedeihen, und gelegentlich ragten auch spindeldürre Überlebende anderer Arten aus dem dunklen Boden. Sie sahen viele Schnecken. Deren silbrige Schleimspuren überzogen alles mit einem wunderschönen Netz.

Die Pferde bewegten sich mit äußerster Behutsamkeit, da sie die verräterische Weichheit des modernden Bodens nicht gewöhnt waren.

Shara und Cho streiften durch die Farne, als hätten sie es im Blut. Shara winselte und wagte zaghaft den Versuch, vorzupreschen, blieb jedoch auf Raggars Knurren hin stehen. Gan gab beiden mit der Hand das Signal, ihnen den Weg zu zeigen.

Die Hunde brachten sie zu der Stelle, wo die Kinder auf ihre Feinde gestoßen waren. Ein Mann ging von einem zum anderen und bückte sich immer wieder fleißig, um etwas aufzuheben. Gemächlich legte Gan einen Pfeil auf. Er rief den Kerl an, kurz bevor er losließ. Der Mann richtete sich auf, und der Pfeil traf ihn, während er sich, von dem Zischen erschreckt, umdrehte. Die Hunde hatten ihn schon erreicht, ehe er noch gefallen war.

Clas blickte Gan fragend an, und der erwiderte: »Ich wollte, daß er ihn kommen sah.«

Daraufhin rief Gan die Hunde zu sich, ging hinüber und untersuchte den Mann. Ringe, Armbänder und eine goldene Halskette lagen um ihn herum verstreut. Zudem trug der Mann eine auffällige Narbe am Arm. Gan nahm sein Schwert, während sie den Schmuck aufsammelten. Dann untersuchten sie den Ort des Massakers. Die Leichen lagen überall, wie Spielzeug, das vor Wut verteilt worden war, und die Miniaturrüstungen der Jungen glänzten anzüglich hell und fröhlich. Gan schoß durch den Kopf, wie grausam die Sonne doch war, weil sie ausgerechnet an einem solchen Ort des schrecklichen Verlustes Farbe und Leben verstrahlte.

Die Jungen waren von rechts heruntergekommen. Acht Pferde waren durch Pfeile gestorben; Gan vermutete, die anderen würden, vor Erschöpfung eingegangen, auf dem Teil des Weges liegen, den sie vermieden hatten.

Die Angreifer hatten sich hakenförmig für ihren Hinterhalt aufgebaut, ein Flügel über den Weg, der längere dazu im rechten Winkel daran entlang. Als das erste Opfer die Männer erreichte, die den Weg versperrten, hatte ein Schwarm Pfeile die

Kolonne von vorn getroffen. Daraufhin war die lange Achse vorgedrungen und den verschreckten Kindern in die Flanke gefallen. Obwohl es um ihn herum still war, meinte Gan, in seinem Kopf die Schreie der Jungen noch widerhallen hören zu können.

So jung, so unerfahren.

Clas stellte fest: »Sie haben tapfer gekämpft. Der Baron sagte, außer seinem Sohn seien es zwölf gewesen. Einer fehlt.«

Den fand Cho schließlich. Gan beobachtete die Hündin, wie sie zielstrebig auf einen umgefallenen Baum in einiger Entfernung zulief. Er war bereits unterwegs, als sie sich umdrehte und winselte. Während er den bewußtlosen jungen Mann aus dem Loch unter dem Stamm holte, fragte er sich, welcher Instinkt Cho so hilflos machte. Sie wedelte heftig mit dem Schwanz und leckte dem Jungen das Gesicht ab, indes Gan ihn barg. Ein abgebrochener Pfeil ragte ihm aus dem Rücken. Die Metallplättchen seiner kleinen Rüstung waren nach innen gedrückt, Blut quoll aus der verborgenen Wunde. Sie entledigten ihn seiner Jacke. Gan entschied, die Behandlung Sylah zu überlassen.

Er band den Jungen auf seinem Sattel fest und konnte derweil den Blick nicht von den kleinen Leichen abwenden. Es war, als würden sie im endlosen Rennen und Schreien und Kämpfen der Kindheit die Verletzten spielen. Heute jedoch waren sie der Wirklichkeit in ihrer ganzen Härte begegnet. Der Ruhm und die Aufregung, die sie gesucht hatten und die zu erwarten man sie gelehrt hatte, waren in wenigen verheerenden Augenblicken des Schmerzes und des Schreckens hinfortgefegt worden, ehe die Knaben noch alt genug werden konnten, um die Bedeutung eines dieser beiden Worte zu verstehen.

»Arme Narren«, murmelte er in sich hinein. Dann sah er Clas, der ihm zuwinkte, und er seufzte und fügte hinzu: »Wie wir anderen auch.«

Zweiundzwanzig

Baron Jalails Burg zeichnete sich düster in der Dämmerung ab, als Tate den Wald endlich hinter sich ließ. Sie widerstand dem Drang zur Eile und redete sich ein, das Schlimmste liege jetzt hinter ihr. Trotzdem vermied sie jeden Blick zurück zum Wald, während sie sich nun umdrehte und sich der schwankenden Gestalt des Barons zuwandte. Die leisen Geräusche und der feuchte Geruch schienen ihr noch immer nachzuhängen. Das bereitete ihr eine Gänsehaut. Hastig zog sie weiter in die Felder, atmete tief ein und füllte die Lungen mit dem fruchtbaren Duft des beackerten Bodens. Dieses Land teilte die Sonne bereitwillig mit anderen, anstatt sie aufzusaugen. Sie hätte die Erde küssen mögen und mußte lachen. Doch in diesem schrillen Lachen schwang Hysterie mit. Nach einer Nacht nervösen Wachens hörte sie auf den röchelnden Atem des Barons. Sie hatte die Grenzen ihrer Kraft erreicht.

Sie streckte die Hand aus und stützte Jalail, während sie seinen Puls fühlte. Der ging schwach, aber gleichmäßig.

Vom nächstgelegenen Bauernhaus war sie nur noch wenige Meter entfernt, da trat ein Mann heraus. Er war auf dem Weg zu den Nebengebäuden, stopfte sich gerade das Hemd in die Hose und kratzte sich verschlafen. Beim Klang ihrer Stimme fuhr er zusammen. Als er sie sah, erstarrte er und riß Mund und Augen weit auf. Sie wiederholte, was sie gesagt hatte.

»Ruf Hilfe! Baron Jalail ist verletzt!«

Der Mann fuchtelte wild mit den Armen. Tate schrie: »Lauf schon!«

Mit einem Luftsprung setzte sich der Mann endlich in Bewegung und rief: »Es ist die Schwarze! Sie hat den Baron! Sie braucht Hilfe!« Er verschwand im Haus, wobei seine Stimme ätherisch nachhallte, und dann stürmte er aus der Vordertür, rannte auf die Burg zu und brüllte die Neuigkeit bei jedem Schritt heraus.

Kurz darauf hatte Tate mehr Gesellschaft und Helfer, als sie benötigte.

Neela und Ops führten die Gruppe an, die aus der Burg auf sie zugeritten kam. Neela bestand darauf, Tate solle sich für das letzte Stück, mehrere hundert Meter, auf ihr Pferd setzen. Sie ging neben ihr und berichtete, Sylah kümmere sich um die anderen Verletzten. »Sie sitzt schlafend in einer Ecke, und sonst fragt sie nur ständig, ob Clas zurück sei.« Zögernd fuhr sie fort: »Waren Gan und Clas wohlbehalten, als du sie verlassen hast?«

Tate nickte nur, weil sie Angst hatte, sie würde nuscheln, wenn sie sprach. Nachdem Neela sie gefragt hatte, ob sie überhaupt geschlafen habe, drängte es sie, wieder so hysterisch zu lachen. Geschlafen? wollte sie sagen, ich hatte sogar zuviel Furcht, um zu blinzeln. Sie schloß die Augen, damit nicht etwas Dummes über ihre Lippen kam.

Dann schlug sie sie wieder auf und starrte auf eine Decke aus Balken und Brettern. Wie sie in dieses Zimmer gelangt war, konnte sie kaum mehr sagen. Sie zog die Wolldecke bis zum Hals hoch und setzte sich auf. Der Raum war sehr klein, aber sauber, seine Einrichtung bestand aus einem Bett, einem Tisch und einem Stuhl. Sonnenlicht drang durch ein einziges Fenster herein. Daneben hing ihre Kleidung an Haken in der Steinwand. Hastig zog sie sich an, da sie nicht wußte, wie spät es war. Da die Fensterbank sehr warm war, ging sie davon aus, daß es schon Nachmittag sein mußte.

Sie öffnete die Tür und sah in den Gang, wo sie ein friedliches Gesicht mit einem Lächeln begrüßte. »Ich habe gewartet«, sagte die Frau.

»Worauf?«

»Auf dich, Reisende. Ich gehöre dir.«

Die Antwort klang, als wäre dies das Normalste der Welt, und Tate fühlte sich ein wenig dumm. Sie reagierte mit ungewohnter Schärfe. »Ich heiße Donnacee Tate; nenn mich nicht Reisende. Und was meinst du damit, du gehörtest mir?«

Die Frau wirkte verunsichert. »Ich bin eine Gefangene. Sie haben mir aufgetragen, mich um dich zu kümmern.« Während sie sprach, erhob sie sich, und jetzt legte sie die Hand ans Kinn, genauso wie Ops gestern den Baron begrüßt hatte. Der Bauer hatte das gleiche getan; jetzt fiel es Tate wieder ein. Die Frau ließ dieser Geste eine leichte Verneigung folgen. »Mein Name ist Myrs Talasho. Ich bin deine Dienerin. Und freundlich gesinnte Fremde nennen wir stets Reisende. Man hat mir berichtet, du seist freundlich. Habe ich dich beleidigt?«

Tate winkte sie in ihr Zimmer und zeigte auf den Stuhl. Myrs stellte sich daneben, bis Tate darauf bestand, daß sie sich setzte.

Die Frau war im mittleren Alter und rang die blaugeäderten Hände im Schoß, nachdem sie Platz genommen hatte. Ihr Kleid hatte einen U-Ausschnitt und reichte ihr bis zu den Knöcheln. Es war diagonal schwarzweiß gestreift und aus schwerer Wolle, deren Anblick allein Tate ins Schwitzen brachte. Ihr Haar war ergraut, und ihre Augen glänzten schwarz wie Kaffee.

Tate fragte: »Sind meine Freunde schon aus dem Wald zurück? Wie geht es Jones? Und dem Baron? Wo sind Neela Yan und die Rosenpriesterin?«

Myrs versicherte ihr, allen ginge es gut, nur die beiden Wilden, die Hundekrieger, wären noch unterwegs.

Daraufhin bat Tate um etwas zu essen, und Myrs schlug vor, in die Küche der Burg zu gehen. Dort würde sie für gewöhnlich arbeiten. Tate wollte daraufhin wissen, wie lange schon, und die Frau antwortete vage, daß es bereits fast ein Jahr sein müsse. Sie erwähnte auch, ihre Aufgaben – alle Aufgaben – würden ihr von einem Mann aus dem Stab des Barons zugeteilt, der Nummer Eins heiße. Tate blieb abrupt stehen.

Myrs sah sie fragend an. Tate erkundigte sich: »Der Mann, der den Menschen die verschiedenen Aufgaben zuweist, heißt Nummer Eins?«

»Das ist nicht sein richtiger Name. Er wird so genannt, nachdem der Baron ihm diese Stellung gegeben hat, genauso wie derjenige, der sich um die Vorräte und sonstigen Dinge des Barons kümmert, Nummer Vier heißt.«

Tate schwirrte der Kopf. Das war Militärterminologie aus ihrer Zeit. Sie ermahnte sich, ihre Aufregung zu verbergen. Myrs vertraute ihr an, nachdem sie sich mit einem raschen Blick vergewissert hatte, daß sie niemand hören konnte, der Mann, dem die Spione des Barons unterstanden, hieße Nummer Zwei. Er reiste viel und schickte oft Commers zur Burg. Manchmal bekamen die Commers ihre Befehle auch direkt von Jalail. Für Tate war es ein rascher Sprung von *Commers* zu *Kommunikation*. Damit erklärte sich auch dieser seltsame Faustgruß: sie taten so, als hielten sie sich ein Funkgerät vor den Mund.

Sie betraten die Küche, während Tate noch immer mit diesen Neuigkeiten beschäftigt war. Der große Raum lenkte sie jedoch davon ab. Das Personal, durch die Bank Frauen, war in Wollblusen und -röcke gekleidet, die wie eine Uniform alle die gleichen Streifen von Myrs' Kleid zeigten. Auf Tates Bemerkung hin erklärte Myrs, alle Dienstboten trügen die Farben des Barons.

Eifrig tischten sie Tate Essen auf. Es gab blaumarmorierten Käse mit einer Schärfe, die einem die Zehennägel aufrollte, und dazu Sauerteigbrot. Auf einem anderen Teller lagen Apfelscheiben, und in einem dickwandigen Keramikbecher bekam sie heißen Tee. Tate glaubte, sie habe aus dem Tee einen Hauch Zimt herausgeschmeckt. Demnach mußte ihr Handel viel weiter reichen, als sie bisher angenommen hatte. Sie schlang alles herunter, und derweil bombardierten die Frauen sie mit Fragen über ihre Reise, ihren Kampf mit den Bergmenschen und ihre Herkunft. Auf Myrs' Bitten hin erlaubte sie der Oberköchin zu versuchen, ihr die Farbe von der Haut zu reiben. Sie fragte sich, wie lange sie derlei Untersuchungen wohl noch ertragen würde, erinnerte sich jedoch daran, daß ihr kaum eine andere Wahl blieb.

Daraufhin bat sie Myrs, sie zu Sylah und Neela zu führen, wo sie vermutlich auch Jones und den Baron finden würde.

Auf dem Weg dorthin berichtete ihr Myrs, Sylah habe darauf bestanden, der Baron solle solange im Heilungshaus bleiben, bis sie ihn von dort entlasse. Darüber hatte er sich zwar beschwert, nichtsdestotrotz war er noch immer dort.

Tate betrachtete aufmerksam ihre neue Umgebung. Die steinernen Verteidigungsmauern waren viel weiter vom Hauptgebäude entfernt, als ihr zunächst aufgefallen war. Mehrere Häuser waren mit dem Rücken gegen die Mauer gebaut, und Tate fühlte sich an einen ländlichen Marktplatz erinnert. Aus der Ferne hörte sie den Lärm einer Schmiede. Aus einem Laden, vor dem eine hölzerne Schuhnachbildung hing, drang der Geruch von Leder und das schnelle Tack-tack-tack eines Hammers heraus.

Alle starrten sie mit offener Neugier, aber freundlich an. Die Frauen trugen Blusen, die über die Hüfte reichten, und lange Röcke bis zur Wadenmitte. Ein Gürtel um die Taille gab ihren Kleidern Form, und bei der Auswahl der Farben und Muster des Stoffes hatten sie ihrer Phantasie keine Grenzen gesetzt. An jedem Gürtel hing, stets in anderer Ausfertigung, ein Geldbeutel. Die Männer trugen schlichte Hemden und dunkle Hosen. Letztere steckten in mit Perlen und Ringen verzierten Stiefeln, die manchmal geradezu protzig wirkten.

Sie kamen an einem langgezogenen, einfachen Gebäude vorbei, das sich an die Burgmauer drückte. »Hier wohne ich jetzt«, erklärte Myrs.

Die unterschwellige Traurigkeit in ihrer Stimme brachte Tate dazu, sich das Haus genauer anzusehen. Es bestand aus grobem, verwittertem Holz. Das schiefe Dach reichte bis zur Höhe des Wehrgangs hinauf, und in den Wänden war kein einziges Fenster. Nun erinnerte sie sich an Myrs' seltsame Worte, sie sei eine »Gefangene«. Und sie hatte ebenfalls gesagt, sie »gehöre« ihr. Diese Begriffe hatte Tate einfach so hingenommen, weil sie davon ausging, daß sie hier eine spezielle Bedeutung haben mußten. Angesichts des häßlichen Gebäudes bezweifelte sie das nun.

Sie ignorierte Myrs, die an ihrem Ärmel zupfte, und ging auf die Tür in der Mitte des Hauses zu. Das einzige Licht in dem scheunenartigen Raum drang durch abgeschirmte Ventilationsöffnungen herein und wurde verstärkt durch ein Dutzend Kerzen, die in der Dunkelheit flackerten. Sie erinnerten Tate an ferne Lagerfeuer in einem Tal.

Nachdem sich ihre Augen an das Dämmerlicht gewöhnt hatten, erkannte sie, daß alle Kerzen auf winzigen Tischen standen, von denen sie bleiche, verängstigte Gesichter anstarrten. Die Stille machte sie auf den Gestank aufmerksam, die abgestandene Luft. Niemand bewegte sich. Erinnerungen an Klassenräume, in denen jede Bewegung mit den Augen schon als Verstoß gegen die Disziplin aufgefaßt wurde, erwachten in ihr. Sie haßte sie.

Und sie haßte diesen Ort.

Ein Flüstern ging durch den Raum, das Klagen in der Falle sitzender Vögel. Nun erkannte sie, daß die Gesichter zu Frauen gehörten, die alle genauso wie Myrs angezogen waren. Sie wandte sich ihrer Führerin zu. »Gefangene?«

Myrs nickte.

Ihr Rücken kribbelte. »Was haben sie angestellt?«

Sie ließ sich von Myrs nach draußen und fort von dem Haus ziehen. Als die ältere Frau endlich etwas langsamer wurde, stemmte Tate die Füße in die Erde und weigerte sich weiterzugehen. »Ich will es wissen: Was haben sie verbrochen? Und was hat du getan?«

»Du hättest dort nicht hineingehen sollen! In den Gewahrsam ist nur den Gefangenen der Zutritt erlaubt.«

Grob packte sie Myrs an der Schulter. »Erklär's mir«, verlangte sie.

Myrs blickte auf ihre Hände herab, die mit den Falten ihres Kleides spielten. »Ich war eine gute Frau«, erzählte sie. »Ich habe gut auf die Kinder aufgepaßt, gleichgültig, was er sagt.«

»Was sagte wer?«

Die Frage überraschte sie. »Mein Ehemann.«

Als Tate daraufhin nichts erwiderte, fuhr Myrs fort und starrte dabei ins Leere. »Zehn kleine Kinder. Keins ist mehr übrig. Ich habe sie alle geliebt. Aber es gab so viele Schwierigkeiten. Die Krankheiten. Die Sklavenjäger.« Sie preßte die Lippen so fest aufeinander, daß Tate an eine Narbe denken mußte. »Wenigstens hat es meine kleine Hübsche nicht mehr erlebt, von diesen dreckigen Sklavenjägern verschleppt zu werden. Für sie war es besser zu sterben. Aber warum mußte sie das? Oder ihre Brüder und Schwestern?«

Tates Magen wollte angesichts dieses klagenden Singsangs rebellieren, aber Myrs war noch nicht fertig. »Er hat mich in den Gewahrsam einsperren lassen, nachdem ich mich geweigert habe, weitere Kinder zu bekommen. Ich war zweiundfünfzig, als wir das letzte verloren haben.«

»Wie bitte? Er hat dich in den Gewahrsam sperren lassen, weil du dich in dem Alter geweigert hast, noch Kinder zu bekommen?«

Myrs umklammerte ihren Arm und sah sich erneut verängstigt um. »Wir dürfen über diese Zeit nicht sprechen. Ich meine, über diese Zeit, die Frauen in diesem Alter durchmachen. Das unterliegt der Geheimhaltung.«

Wieder dieser vertraute Jargon, der in dieser Umgebung so verzerrt wirkte. Tate faßte Myrs am Ellbogen und zog sie weiter, während sie die nächste Frage stellte.

Myrs' Ehemann bewies, daß er noch Vater werden konnte, indem er eine – viel jüngere – andere Frau schwängerte. In Harbundai wurde die Schuld demnach Myrs zugeschoben. So kam sie in den Gewahrsam, wo sie ihre Schande mit anderen Unfruchtbaren sowie Ehebrecherinnen und einfachen Dieben teilte. Da Myrs Mörderinnen nicht erwähnte, beschloß Tate, in diesem Punkt nicht weiter nachzubohren.

Doch als Myrs die eingesperrten Witwen erwähnte, platzte sie abermals heraus: »*Witwen*?«

Erneut schockierte Tates Unwissenheit die Frau. »Natürlich. Eine ehrbare Frau braucht einen Beschützer, oder etwa nicht? Gewöhnlich nimmt jemand nur die Kinder, und wenn es den Gewahrsam nicht gäbe, wäre eine Witwe gezwungen, zu stehlen oder ihren Körper zu verkaufen oder etwas noch Schlimmeres zu tun. So ist es doch nur zu ihrem eigenen Besten, nicht?«

»Warum kann sie nicht einfach arbeiten und sich selbst ernähren?«

»Und einem Mann oder einer gebärfähigen Frau die bezahlte

Stellung wegnehmen? Deshalb gibt es doch den Gewahrsam; wir nähen und weben und bearbeiten Leder, und der Baron verkauft, was wir erzeugen.« Sie blickte über die Schulter. »Wenn du im Schloß arbeitest, bekommst du sogar manchmal Fleisch.«

Tate lehnte sich an die Wand des Heilungshauses, und die Sonnenwärme, welche die Steine gespeichert hatten, lockerte ihre verspannten Muskeln. Sie dachte an die Nächte im Zelt mit Sylah, die ihr von den Härten des Lebens in Ola erzählt hatte. In Harbundai sei es *besser*, hatte sie gesagt. Carter, Anspach, Bernhardt. Sie hatten drei Männer bei sich, aber würde das genügen? Ohne die wären die drei Frauen hilflos. Sie schauderte. »Hilflos« erlangte in dieser Welt eine ganz andere Dimension. Noch nie zuvor war ihr aufgefallen, wie ähnlich das Wort »hoffnungslos« klang.

Bevor sie nach drinnen gehen konnte, um die anderen zu suchen, erhob sich am Haupttor ein Stimmengewirr. Eine Glocke im Turm läutete. Sylah und Neela eilten aus dem Heilungshaus und entdeckten sie mit freudiger Überraschung. »Das müssen sie sein«, rief ihr Neela im Vorbeilaufen zu. »Gan. Und Clas und die Jungen.«

Ihr Weg führte Gan und Clas durch ein Dorf, das dem, welches überfallen worden war, stark ähnelte. Menschen strömten aus den Häusern und von den Feldern herbei und beobachteten sie, während sie vorbeiritten. Manche boten ihnen Wasser, andere Essen an. Fast jeder erkundigte sich nach dem Schicksal der Gefährten des verwundeten Jungen, und die Antwort löste überall Tränen und verärgertes Raunen aus. Eine Stimme rief nach Männern, die losziehen sollten, um die Leichen zu holen.

Zum ersten Mal konnte Gan die Menschen von Harbundai ausgiebig betrachten. Die vielen verschiedenen Hauttöne der Soldaten des Barons waren ihm bereits aufgefallen, und er hatte sich gefragt, ob es in Harbundai tatsächlich auch so viele sehr helle und sehr dunkle Typen gäbe. Die Dorfbewohner bestätigten dies; ihre Hautfarbe ähnelte der seines Stammes in keiner Weise.

Im allgemeinen verwunderten ihn die Menschen hier. Jeder sah wohlgenährt und gesund aus, die Kinder bewegten sich viel und schienen Kraft zu besitzen, aber die Erwachsenen wirkten irgendwie lustlos. Zuerst schrieb er dies den jüngsten Ereignissen zu, doch es waren die Häuser, die ihn davon überzeugten, daß dieser Zustand schon länger andauerte. Die Gebäude waren weder schmutzig noch verfallen, sondern eher ungepflegt, als würden ihre Eigner ihnen gerade so viel Aufmerksamkeit zuwenden, wie notwendig war. Verziert waren sie fast nie. Blumen fielen geradezu auf, so selten sah man sie, obwohl selbst die kleinste Hütte einen Gemüsegarten hatte. Das aufstrebende Grün der jungen Pflanzen bildete einen beschämenden Gegensatz zu der tristen Umgebung. Die Farbe mancher Geschäftsschilder blätterte ab; andere waren vor Verwitterung nahezu unlesbar.

Gan blickte über die Schulter an Clas vorbei. Das Schwarzgrün der Bäume erhob sich vor dem Himmel. In der Ferne bildeten sie bis zu den Seiten den Horizont. Er hatte das Gefühl, als würde der Wald lauern, um etwas zu verlangen, was er für sein Eigentum hielt. Das Dorf schien das ebenfalls zu spüren, und es verkroch sich wie ein kleines Tier in seinen Bau und wagte sich nicht nach draußen, fürchtete sogar, etwas könnte mit Gewalt eindringen.

Während sie sich der Burg näherten, eilten Diener in ihrer gestreiften Kleidung durch das massive zweiflüglige Tor des Haupteingangs auf sie zu und hoben die kleine Gestalt, die in Gans Mantel eingehüllt war, von seinem Pferd. Ihr Jammern und Lamentieren nahm noch zu, als der Hundekrieger ihnen mitteilen mußte, bei dem Jungen handele es sich um den einzigen Überlebenden.

Beide winkten den drei Frauen zu, und Gan fragte einen der Diener nach dem Zustand des Barons. Der Mann machte die gleiche Geste, die auch Ops benutzt hatte, und legte die geschlossene Faust mit den Fingern ans Kinn. Dazu jedoch schüttelte er die Faust, dann den Kopf. Das alles vollzog sich in

Schweigen. Inzwischen hatten Tate und Neela sie erreicht, und die schwarze Frau erklärte: »Er grüßt dich. Wenn er den Kopf und die Hand auf die Weise schüttelt, meint er, glaube ich, er dürfe nicht mit dir sprechen. Oder er will nicht.«

»Ich habe einen Diener rufen hören, der Überlebende sei nicht der Sohn des Barons«, sagte Neela.

Gan antwortete: »Wir wußten es nicht. Ich wünschte, er wäre es.«

»Aber es gibt noch schlechtere Nachrichten.« Neela mußte sich offensichtlich erst innerlich wappnen, bevor sie fortfahren konnte. Clas war schon aus dem Sattel und lief zu Sylah. Sie untersuchte den Jungen und erwiderte Clas' besorgte Miene mit einem kurzen, müden Lächeln.

Als Sylah mit dem Verletzten hineinging, begleitete Clas sie und überließ es Gan, sich Neelas Neuigkeiten anzuhören. Indem sie Tate mit einbezog, berichtete sie: »Ola hatte angegriffen, während der Baron unterwegs war. Der König hat all seine Männer in die Schlacht geworfen.«

Tate wußte, etwas Wichtiges war noch unausgesprochen geblieben. Eine schreckliche Vorahnung befiel sie. »Ist noch einem Sohn des Barons etwas zugestoßen?«

»Beide wurden getötet. Der König benutzt dies als Vorwand, um dem Baron ›Hilfe‹ zu schicken; einen ehrgeizigen Neffen. Niemand will es laut aussprechen, aber alle wissen: Mit diesem Zug will er Jalail aus dem Weg schaffen.«

Tate rief Sylah zu: »Wie geht es Jones? Und dem Baron?«

»Die Verletzung sieht gut aus. Aber ich mache mir nach all diesen Verlusten Sorgen um sein Herz.« Sie schnitt eine Grimasse. »Jones erholt sich ebenfalls. Aber irgend etwas … er wirkt so seltsam. Und der Baron wirft ihm vor, die Schuld an der Verzögerung zu tragen, mit der wir hier eingetroffen sind. Darüber mache ich mir Gedanken.«

In gedämpfter Lautstärke brachte sich das Trio gegenseitig auf den neuesten Stand der Dinge, während es sich zum Heilungshaus aufmachte.

Als Diener zu ihnen kamen, um sich der Pferde anzunehmen, übergab ihnen Gan den geretteten Schmuck. Auch überließ er einem von ihnen das Schwert und wies denjenigen an, den Sohn des Lederhandwerkers zu suchen und ihm die Waffe zu überbringen. »Vom Baron«, fügte er hinzu.

Er versuchte zu verbergen, wie sehr ihn die Größe und die Bauweise des Heilungshauses beeindruckte. Die Anzahl der behandelten Kranken darin war ebenfalls größer, als er erwartet hatte. Die Sklavenjäger hatten ganz sicher beabsichtigt, unter den Zurückgebliebenen Angst und Schrecken zu verbreiten. So ging er zwischen den Reihen von Betten hindurch. Hier im Inneren der dicken Steinwände war es wesentlich kühler, fiel ihm auf, doch fröstelte ihm eher wegen der vielen weißen Laken.

Der Baron hatte eine Ecke für sich allein. Gan entdeckte ihn rasch, denn die rundliche Gestalt saß auf einem Stuhl mit hoher Lehne. Beim Näherkommen sah er, daß in den fächerförmigen Teil über Jalails Kopf eine Jagdszene geschnitzt war, in der ein Speerträger einen Tiger tötete. Das Ganze war mit Einlegearbeiten aus geschliffenen Steinen verziert. Die Enden der Armlehnen hatte man aus Jade gearbeitet.

Die roten Wangen des Burgherrn hoben sich deutlich von seinen bleichen Gesichtszügen ab. Er begrüßte sie mit: »Habt ihr schon von dem großzügigen Angebot meines Königs gehört, mir zu ›helfen‹? Andere Barone marschieren auch bereits gegen mich, um mir einen Gefallen zu erweisen. Oder mich auszuplündern. Oder auch nur, um den Fall eines Mannes mitanzusehen.«

Gan erwiderte: »Du weißt, wenn der Mann des Königs einmal hier ist, wird er nicht wieder gehen.«

»Natürlich weiß ich das. Nur weil ich Narr genug war zu warten, während deine Kriegsheilerin wegen eures Verrückten meine Zeit und das Leben meines Sohnes verschwendete, mußt du mich nicht für vollkommen dumm halten.«

Gan breitete die Arme zu einer entschuldigenden Geste aus. »Du hast von diesen anderen Baronen und den Ländereien gesprochen, die sie regieren. Gibt es eine Karte?« Er zeigte auf ein zusammengerolltes Papier in einem Korb neben dem Stuhl des Barons. Der ältere Mann reichte es ihm mit bemühter Grazie und runzelte mißtrauisch die Stirn, während Gan es auf dem Boden ausbreitete.

Aus den Augenwinkeln bemerkte er, wie Tate näher heranrückte. Zunächst belustigte ihn ihre Neugier, dann verwirrte ihn der heftige Schmerz, der über ihr Gesicht huschte. Das Gefühl war rasch verschwunden, dennoch wußte er, sie hatte mit dieser Miene etwas preisgegeben. Einmal mehr spürte er Geheimnisse, die sie am liebsten teilen würde. Warum umgab sie sich – die wichtigen Bereiche ihrer Seele – mit einer so hohen Mauer?

Er richtete seine Aufmerksamkeit auf die Karte. Welch erhebendes Gefühl! Das Innere Meer! Die Zeichnung stellte nur einen Teil dar, so riesig war es, doch selbst die Abbildung von so viel Wasser erfüllte ihn mit Aufregung.

Das dargestellte Land umfaßte nur einen Bruchteil der riesigen Entfernungen, die sein eigenes Volk auf seinen Wanderungen zurücklegte. Erinnerungen an lange Abende mit seinem Vater wurden in ihm wach, wenn sie sich über die Bedeutung von Bündnissen, Feldzügen uncl Verteidigungsmaßnahmen gestritten hatten. In seinen Ohren hallten spöttische Forderungen nach Begründungen und höhnische Widerlegungen seiner Meinung nach. Wie oft war er einfach davongestürzt, voller Haß auf die verdrehten, bohrenden Fragen seines Vaters? Wieviel hatte er gelernt? Und wieviel mehr hatte ihn sein aufbrausendes Temperament gekostet?

Tate drängte sich dicht an ihn, während er die Karte studierte, und zwischen sich schoben und zerrten sie die hilflose Abbildung hin und her wie ein Wiesel, das ein Ei aufbrechen will. Und wie das Wiesel durchbrachen sie am Ende die Schale der Verwirrung. Jeder breitete seine Überlegungen aus, und der andere wies etwas auf, das dagegen sprach. Die Ländereien des Barons grenzten im Osten an die Berge, im Süden an Ola und im Westen an eine weitere Baronie mit Namen Malten. Malten hatte bis zum Inneren Meer die Grenze mit Ola gemeinsam. Die anderen sechs

Barone von Harbundai herrschten im Norden, wo der Einfluß aus der Neuen Stadt des Königs größer war. Baron Jalail erklärte, nachdem sie ihn gefragt hatten, die Olaner würden für gewöhnlich nahe an der Küste angreifen, da ihre Schiffe so die Truppen mit Nachschub versorgen und gleichzeitig die fliehenden Fischer und Händler plündern konnten. »Demnach ist die Grenze von Malten von großer Bedeutung«, sagte Tate nachdenklich. »Bei den Bestrebungen deines Königs, dich aus dem Weg zu räumen, geht es nicht nur um eine politische Laune, sondern darum, die Verteidigung des Königreichs neu zu ordnen. Er wünscht sich hier eine starke Macht, und zwar östlich der normalen Marschroute der Olaner. Falls Ola nach Norden zieht, kann Jalail von Westen her in die entblößte Flanke einfallen. Er könnte sogar tief ins feindliche Land marschieren und den Gegner von hinten angreifen.«

Bislang nicht weiter beachtet, machte sich Ops nun bemerkbar. »Das alles stimmt wohl, aber ich bin mir nicht sicher, ob sich der König einen Angriff auf uns leisten kann. Im Augenblick ist seine Position nicht die stärkste. Falls er den Baron vertreiben will, muß er rasch und entschlossen gewinnen. Einen Bürgerkrieg darf er auf keinen Fall vom Zaun brechen.«

»Warum?« fragte Tate. »Geht im Moment etwas Besonderes vor sich?«

»Die Jahreszeit«, erklärte Ops, von ihrer Unwissenheit überrascht. »Er kann nur wenige Männer von den Feldern abziehen. Die Holzfäller werden sich weigern, ihrer Arbeit fernzubleiben, und die Fallensteller müssen ihre Beute zum Markt bringen. Ähnliches gilt für die Fischer – wenn sie sehen, daß das Wetter gut wird …« Er warf die Hände in die Luft.

»Und in Jalail ist das genauso?« fragte Tate aufmerksam.

»Natürlich.«

»Gibt es so etwas wie eine Meldeliste? Ich meine, weiß jemand, wie viele Männer die Baronie zählt? Und ihr Alter? Was für Berufe sie haben?«

»Meine Adligen haben einen guten Überblick über die Menschen auf ihren Ländereien. Zwar sind sie nicht immer ehrlich, aber Ops läßt sich in dieser Hinsicht nichts vormachen. Nicht wahr, Ops?«

Die Schmeichelei verschlug dem Mann fast die Sprache. Er brachte ein zaghaftes Lächeln zustande und errötete.

Der Baron wandte sich von Ops ab, und seine warmherzige Miene zeigte nun ausgebrannte Traurigkeit. »Meine Söhne ... Ich habe keinen Nachfolger mehr. Das Volk wird sich für die Interessen des Königs einsetzen und einen starken Anführer begrüßen.«

Gan blickte Tate an. Er sah, wie sie ihm die stumme Frage vom Gesicht ablas. Der Baron stellte sie auf die Probe, und er war sicher, das hatte sie ebenfalls begriffen. Ihre Erwiderung erfreute ihn. Sie grinste und zwinkerte. Das Gewehr hatte sie um die Schulter geschlungen, und mit einer Bewegung rutschte es herunter und fiel ihr mit befriedigendem Klappern in die Hände.

Gan drehte sich zum Baron um und deutete mit dem Kopf auf sie. »Der König wird von uns gehört haben. Das gibt ihm sicherlich etwas zu denken.« An Tate gerichtet fügte er hinzu: »Oder was meinst du?«

»Ich brauche Informationen«, sagte die schwarze Frau. »Ops, auf welche Adligen können wir uns verlassen? Sollten wir manche besonders gut im Auge behalten? Bestehen irgendwelche offenen Streitigkeiten? Müssen die Adligen dem Baron im Kriegsfall eine bestimmte Anzahl Männer stellen? Wie viele kannst du einberufen, ohne die Adligen zu fragen? Ich möchte außerdem wissen, welche Anzahl der König mit seinem Neffen schicken wird und wie gut diese Soldaten sind; zudem wünsche ich alle Informationen über den Truppenkommandanten und den Neffen. Und ich muß mir unbedingt unsere Vorräte ansehen. Was und wieviel können wir für die Truppen in der Nähe verwenden? Niemand zieht hungrig in den Krieg. Wir werden auch Wagen für den Nachschub brauchen. Und Packpferde. Aber zuallererst muß ich wissen, wie viele Männer im kriegsfähigen Alter die Baronie besitzt. Darauf werde ich meine Pläne aufbauen.«

»Langsam, langsam!« lachte Gan und hob die Hand. Einen

Moment lang wirkte sie überrascht, dann stimmte sie in sein Lachen mit ein. »Entschuldige uns bitte, Baron«, sagte sie, »und auch du, Gan, wenn es recht ist. Ich glaube, Ops und ich haben ein sehr langes Gespräch vor uns.« Sie faßte den verblüfften Ops am Ellbogen, zog ihn praktisch auf die Zehenspitzen und führte ihn hinaus.

Der Baron fragte bissig: »Du, Clas, sie und was immer ihr an Männern zusammenkratzen könnt, denkt ihr wirklich, wir könnten die zwei- oder dreihundert Soldaten besiegen, die den Neffen des Königs begleiten?«

Gan begann auf und ab zu schreiten. »Kämpfen hier alle so wie du, zu Fuß und mit Speeren? Ein paar Bogenschützen an der Front und an den Flanken?«

»Natürlich. Schon immer –«

»Wir werden das ändern.« Er grinste den Baron an, fast spitzbübisch in seinem raschen Wiederaufleben von Freude und Sicherheit. »Dein König hat dich überrascht. Nun werden wir ihn überraschen. Clas na Bale ist der beste Kampfausbilder, der jemals gelebt hat.«

Für einen kurzen Augenblick erfaßte den Baron Gans Begeisterung, und er lachte, zuckte jedoch zusammen, da seine Wunde bei jeder Bewegung seines runden Körpers weh tat. Stöhnend hielt er inne. »Zumindest verursacht der König mir keine Schmerzen.« Nüchterner schüttelte er den Kopf. »Ich wünschte, ich wäre jung genug, um genauso viel Hoffnung zu hegen wie du, aber wir haben weder die Zeit noch einen Grund, uns zu widersetzen.«

»Er wird mindestens einen Monat abwarten.« Gan achtete nicht auf die verwirrte Verblüffung des Barons und erklärte: »Verschiebe die Beerdigungen unter jedem Vorwand, der recht ist. Sende den anderen Baronen Boten mit Geschenken für ihre Unterstützung in der Vergangenheit und Einladungen zu der Zeremonie, und verhänge eine dreißigtägige Trauerzeit, die den Feierlichkeiten vorausgehen soll. Bis nicht alles vorüber ist, wird der König keinen Zug wagen. Ach, und laß unter deinem Volk verbreiten, daß du im Andenken an deine Söhne für ein Jahr keine Steuern erheben wirst. Damit bietest du den Menschen einen Anreiz, zu dir zu halten. Wir können die Baronie retten. Du mußt uns nur die nötige Zeit verschaffen.«

Während Gan sprach, verhärtete sich die Miene des Barons. Der Hundekrieger begegnete dem starren Blick mit gleicher Kühle, obwohl er mit dem Mann mitfühlte. Die Beisetzung seines Sohnes als taktischen Zug in Betracht zu ziehen mußte ihm das Herz aus dem Leib reißen, insbesondere, wenn dies ein Fremder vorschlug. Gan redete sich ein, das mache keinen Unterschied; der Baron war zum Scheitern verurteilt, solange er nicht jede Waffe einsetzte, derer er habhaft werden konnte.

Und er und seine Freunde waren gefährdet.

Baron Jalails rundes Gesicht war in unbeugsamer Würde angespannt. Seine Lippen bewegten sich kaum. »Also. Ich benutze den Tod meines Sohnes, um meine Schwächen zu überdecken. Soll ich vielleicht wie eine Frau klagen und mir das Gesicht zerkratzen? Meinen verbrüderten Baronen die Wunden zeigen und mir so ihr Mitleid erkaufen? Oder noch besser, ich kann von einem Dichter die erste und letzte Schlacht meines jüngsten Sohnes besingen lassen.«

Gans Entschluß wankte unter dieser ehrlich gemeinten Verachtung. Der Baron fuhr fort: »So sehr ich dich bewundere, Gan Moondark, du hast etwas Bedrohliches an dir. Ich sehe mich die Hand nach dir ausstrecken wie ein durstiger Mann nach einem Becher Wasser. Doch du stellst viele Becher dar, und wenigstens in einem, das weiß ich, befindet sich Gift. Viele Männer werden glauben, sie hätten dich benutzt, und werden die Wahrheit erst dann erkennen, wenn es zu spät ist.«

Er holte tief Luft und stieß sie zischend aus. »Es soll geschehen, wie du vorschlägst. Sollte ich fallen, dann nur mit einem Kriegsschrei auf den Lippen.«

Dreiundzwanzig

Sylah stützte sich an dem Krankenhausbett ab. Sie reckte sich und bewegte ihre Schultern. Ihre schmerzenden Muskeln stellte sie sich wie alte Lederstreifen vor.

Eine Dienerin ging vorbei und trug einen Mop und einen Eimer, der mit einer Art starkem Minztee gefüllt war. Manche behaupteten, diese Lösung töte die Unsichtbaren. Dessen war sich Sylah nicht sicher, doch zog sie den durchdringenden Duft dem schweren Geruch des überfüllten Hospitals vor. Sie sollte dankbar sein, weil es so warm war; zumindest konnte man die Fenster öffnen und lüften.

Die Frau in dem Bett schlug die Augen auf. Sylah verwunderte es, wie hell und aufmerksam sie funkelten, denn während sie die Verletzungen dieser Frau behandelt hatte, hatte sie sich nicht anmerken lassen, ob sie bei Bewußtsein war oder nicht, aber dieser Blick gehörte nicht zu jemandem, der gerade aufwachte. »Ich danke dir für deine Hilfe, Priesterin, aber das wird nichts ändern.«

»Ändern?« Diese Bemerkung traf sie unerwartet.

Die Frau fummelte an einer silbernen Kette herum, die unter ihre Bluse verborgen war. Sie zeigte die polierte Silberscheibe an ihrem Ende. »Wir haben keine Angst vor euch.«

Das kreisrunde Stück war dünn, die Kettenglieder klein und grob. Der Schmuck stellte keinen großen Wert dar, dennoch war er kostbarer, als sie es bei einer Bauersfrau erwartet hätte. Der Anblick rief ihr etwas in Erinnerung. Hatte sie den Schmuck nicht gesehen, während sie die Frau behandelte? Oder andere Ketten von gleicher Machart? Sie dachte nach, konnte es jedoch nicht genau sagen. Schließlich hatte sie sich um so viele Menschen bemüht, und sie war erschöpft. Warum sprach die Frau von Angst? Fasziniert griff Sylah nach dem Gegenstand. Die Frau zog ihn mit einer Heftigkeit zurück, die an ihren gebrochenen Rippen zerrte und sie zusammenzucken ließ. »Das darf die Kirche nicht berühren!« fauchte sie.

»Tut mir leid«, entschuldigte sich Sylah automatisch, aber aufrichtig, was der Frau ein scharfes und anstößiges Lachen entlockte.

»Dir tut es nur leid, daß wir stark genug sind, um euch Widerstand zu leisten. Du glaubst, weil du ein paar kleine Verletzungen versorgst, scharen wir uns wieder um euch.«

Das reichte Sylah. »Ich weiß nicht, wovon du sprichst. Und ich will nichts von dir.«

»Außer meiner Seele, meinem Körper und meinen Steuergeldern, die der Baron aus uns herauspreßt, damit er und ihr euch behaglich damit die Bäuche füllen könnt.« Die Frau drückte sich auf einen Ellbogen hoch. »Von mir kriegst du gar nichts, und falls der Baron Verstand hätte, würdest du von ihm das gleiche bekommen. Allerdings gehört er ja immer noch zu euch, und deshalb werdet ihr weiterhin wunderbar leben.«

Sylah stellten sich die Nackenhaare auf. »Am besten sagst du nichts weiter. Das ist ein gefährliches Terrain.«

»Nicht für mich.« Sie lächelte herausfordernd. »Ich bin eine Mondtänzerin.«

»Ich habe keine Ahnung, was das ist«, war die einzige Erwiderung, die Sylah zustande brachte.

Unglauben vertrieb das Grinsen. »Du hast wirklich keine Ahnung ...?«

»In Ola gibt es so etwas nicht, und auch nicht bei den Berg- oder Hundemenschen. Falls du es eine Religion nennst, wird dir klar sein, daß es verboten ist. Deine Seele steht auf dem Spiel.«

Die Frau gab ein Geräusch von sich, als würde sie spucken. »Die Bedrohungen eures Unterlands ängstigen uns nicht. Das Elend haben wir hier, während unseres Lebens. Aber es gibt auch Vergnügen und Reichtum. Der Mondtanz schenkt uns Kraft und Anführer. Bald werden wir uns alles nehmen, was wir wollen.«

In den Gängen der Abtei hatte sie Gerüchte gehört, verstohlene Worte und atemlose Geschichten über Sekten und Kulte, die sich offen gegen die Kirche stellten. Sylah hatte sie nur halb glauben können. Andere Auserwählte hatten sich jedoch daraufhin in Gebeten versenkt. Gelegentlich hatte sie sich gefragt, wie es sein mochte, einer Sünde von dieser Größe gegenüberzustehen. Jetzt war dieser Fall eingetreten, und der äußerliche Rückhalt, den ihr die Sicherheit der Abtei gegeben hatte, löste sich auf. Sie wäre am liebsten davongelaufen, um Hilfe zu suchen. Ehe sie an das Bett hinter sich stieß, wurde ihr gar nicht bewußt, daß sie zurückwich.

Schlimmer noch, es war Jones' Bett. Selbst die Bosheit dieser fremden Frau verblaßte angesichts der Aussicht auf eine weitere seiner verbitterten Schmähreden. Er schlief, als würde er niemals wieder aufwachen, und wenn er es nicht tat, beschwerte er sich, er würde keine Ruhe finden. Von einem zaghaften und zurückhaltenden Mann hatte er sich zu einer grausamen und beleidigenden Person entwickelt. Er knurrte tief, schlief jedoch weiter.

Die Zeit genügte ihr, um die Fassung wiederzuerlangen. Sie zwang ihre Beine, sich vorwärts zu bewegen, und erinnerte sich selbst daran, daß sie wußte, wo sie Clas finden konnte. Er hatte sie verlassen und war zu Gan gegangen, als er sah, wie angespannt die Besprechung mit dem Baron wurde. Es war die einfachste Sache der Welt, denn sie mußte nur den Blick heben und ihn ansehen. Dann würde sie seine Nähe und seine Hilfsbereitschaft spüren, falls sie ihn brauchte – das würde ihr schon genügen.

Sie verwarf den Gedanken. Diesen Kampf mußte sie aus eigener Kraft gewinnen – oder verlieren. Und sie wußte nichts über diese Frau, die ihr mit solcher Feindschaft entgegentrat. »Erzähl mir über diesen Mondtanz.«

»Damit du zu deiner Schwester Mutter laufen kannst – wenn die überhaupt existiert – und ihr berichtest, was du in Erfahrung gebracht hast?«

Sylah stellte ihre nächste Frage mit der Milde, mit der man ein aufsässiges Kind zur Vernunft ruft. »Was würde dich das kümmern? Du hast gesagt, von der Kirche hättest du nichts zu fürchten, aber klingt deine Antwort in deinen Ohren nicht auch ängstlich?«

Errötend erwiderte die Frau: »Wir beanspruchen die Nacht für uns. Ihr singt über die wundervolle Sonne und das Leben, aber ihr schweigt über die Jungfrau und den Sohn, den sie der Welt geschenkt haben soll. Und warum? Weil die Männer regieren und euch verbieten, die Geschichte einer Frau zu verbreiten, die ohne einen Kerl ein Kind geboren hat. Jeder weiß, das haltet ihr für euer Geheimnis, nur nehmen die Männer das lediglich deshalb hin, weil es euch ruhig hält, wie Kühe in einem Stall. Die Männer dürfen über den Einen, Der Zwei Ist, den Sohn in der Sonne, sprechen, aber was geschieht mit dir, wenn du das wagst?«

Sichtlich zufrieden mit den blutleeren Lippen, die Sylahs Schock verrieten, fuhr die Frau fort. »Unser Symbol ist der Mond. Er gibt uns das Licht, das wir in unserer auserwählten Zeit brauchen. Wir weisen euer Licht zurück. Wir sind die Dunkelheit.«

Die Antwort bedurfte Sylahs ganzer Anstrengung. »Jeder Mann wird die Hand gegen euch erheben. Die Kirche wird euch wie Unkraut auf den Feldern ausreißen.«

»Bei uns haben wir genauso viele Männer wie Frauen. Und ständig stoßen weitere zu uns. Hast du dich noch nicht gefragt, warum es in dieser Burg keine Frau von der Kirche gibt? Weil wir ihr gesagt haben, sie solle ihre falsche Zunge und ihre Salben nehmen und von dannen ziehen, solange sie noch am Leben sei. Und du wirst das gleiche tun.«

»Das glaube ich kaum.« Der Groll verlieh ihr Kraft. Sie war es leid davonzurennen.

Die Frau schloß grinsend die Augen. Eine Weile lang wartete Sylah, dann wurde sie sich der Erschöpfung bewußt, die sie befallen hatte. Wenn sie etwas ausrichten wollte, brauchte sie einen klaren Kopf. Die Kranken bedurften der Pflege. Außerdem gab es vermutlich noch andere Mondtänzer; sie würde jedes Wort aufschnappen müssen und alles, was sie hörte und sah, genauestens überdenken. Wachsamkeit.

Sie schlief fast schon im Stehen.

Jemand hatte ihr gesagt, sie habe ein Zimmer – wo? Ach ja, Neela. Aber wann? Die Stunden verschwammen in einem Mosaik verwundeter Leiber und schwerer Entscheidungen. Wenn sie nur mehr wüßte, mehr begriffe?

Zunächst einmal brauchte sie Schlaf. Die groben Steine des Bodens schienen unter ihren Füßen zu schwanken, nach oben zu greifen und nach ihren weichen Ledersohlen zu schnappen. Sie stolperte häufig. Eine feste Hand packte sie, als sie fast gestürzt wäre, und zog sie hoch. Sie wollte ihrem Helfer danken und hob den Blick. Mit Freuden stellte sie fest, daß es sich um Clas handelte.

»Du bist doch wohl hoffentlich auf dem Weg ins Bett«, sagte er. Auf ihr Nicken hin machte sein besorgter Blick einem Lächeln Platz. »Ich habe mir schon Sorgen wegen dir gemacht. Zwar wollte ich dir auftragen, eine Pause einzulegen, aber ich wußte, du würdest nicht auf mich hören.«

»Wir hätten vielleicht unseren ersten Streit gehabt.«

Er grinste. »Dazu werden wir noch Gelegenheit bekommen.«

Ein heiserer Schrei ließ sie stehenbleiben. Widerwillig drehte sich Sylah um. Jones kämpfte sich in eine sitzende Haltung hoch und warf die Decken zur Seite. Noch ehe Sylah zurückeilen konnte, lief Tate zu ihm. Neela gesellte sich ebenfalls zu ihr und scheuchte Sylah mit einem Winken davon. In schweigender Übereinstimmung zog Clas sie am Arm weiter.

Sie zögerte an der Tür, denn sie hatte keine Ahnung, in welche Richtung sie sich wenden sollte, und er fragte: »Du weißt noch nicht einmal, welches dein Zimmer ist?« Das mußte sie tatsächlich eingestehen, und er führte sie nach rechts, wobei er sie förmlich aufrecht halten mußte.

Während sie mit der Mondtänzerin gesprochen hatte, war er in der Burg gewesen. Unterwegs sprach er über das Bauwerk, über die Stärke der Mauern, über die Größe der Räume und über die Länge der Gänge. Belustigt dachte sie daran, wie klein und schäbig dieser Ort im Vergleich zu Altanars Burg war. Bald jedoch schweiften ihre Gedanken wieder zu der unangenehmen Szene mit der Frau ab.

Der Mondtanzkult konnte für Gan und sie selbst zu einem Problem werden. Gan wollte sich zum Kommandanten der kämpfenden Truppe des Barons aufschwingen; das war ihr so klar, als würde er ein Schild vor der Brust tragen. Darüber hinaus wäre das noch lange nicht das Ende. Die Frage, die ihr auf der Seele brannte, betraf die Größe seines Ehrgeizes. Bilsten hatte behauptet, der junge Hundekrieger würde sich selbst nicht kennen, und sie neigte dazu, dieser Meinung zuzustimmen. Gan konnte den Adlerblick in seinen Augen nicht sehen. In seiner eigenen Vorstellung war er vielleicht nicht mehr als der rachsüchtige Sohn eines ungerecht behandelten Kriegshäuptlings.

Sie stolperte über die Türschwelle und griff mit der freien Hand vor ihrem Körper nach Clas.

»Ich habe dich«, sagte er und berührte ihr Haar flüchtig mit den Lippen. »Sie haben übrigens Duschen hier. Die sind fast so schön wie die bei uns im Lager.«

Abermals mußte sie ein Lächeln unterdrücken. Die Soldaten des Barons hatten ihn enttäuscht, daher verwunderte es ihn, an ihnen oder ihrem Land überhaupt etwas nett zu finden. Seinem Denken zufolge besaß ein Mann, der gut kämpfen konnte, auch sonst bestimmt gute Eigenschaften, auch wenn man danach suchen mußte; von einem schlechten Kämpfer dagegen erwartete man schlechtes Benehmen, auf das man gut aufzupassen hatte. Dennoch war er unvoreingenommen genug und gestand dem Volk des Barons zu, daß es gut bauen konnte, und das erkannte er durchaus an. Sie wandte ihm den Blick zu und wollte ihm antworten, zögerte und dachte bei sich, wie sehr sie alles in Ehren hielt, was sie an ihm entdeckte, wie sehr sie es genoß, einfach nur an ihn zu denken. Auf ihr Schweigen hin nahm sein Gesicht einen besorgten Ausdruck an.

»Ja, eine Dusche wäre jetzt schön«, sagte sie. »Wo finde ich Seife und Handtücher?«

»Sie sind schon da. Zusammen mit einem frischen Kleid, das

ich von einer Dame geliehen habe, die ungefähr deine Größe hat.« Er grinste sie mit sich selbst zufrieden an. »Nur für den Fall, daß du eins wolltest.«

Sie drückte seine Hand und ließ sich von ihm zu den Duschen führen, wo er sich an die gegenüberliegende Wand lehnte, während sie die Tür schloß.

Bei den Duschkabinen handelte es sich um Steinabteile, die aus dem eigentlichen Hauptgebäude herausragten. Sie waren so hoch wie sie, obwohl das Dach gute drei Fuß höher lag. Ein Wandschirm aus Stoff sorgte für Ungestörtheit, wenn man hineinging. Mit einem Griff konnte man das einzige Rohr über dem Kopf bedienen, und vorsichtig drehte sie daran, wobei sie hoffte, das Wasser möge nicht zu kalt sein. Statt dessen war es fast unangenehm heiß und trug den Geruch von heißen Ziegeln und Sonne. Es kam aus einer Zisterne auf dem Dach und erinnerte sie mit seinem durchdringenden Duft an erfrischende Regenfälle, die auf die sonnenerhitzten Gebäude von Ola niedergingen.

Unter dem sanften Druck entspannte sich ihr Körper, und ihr fiel die Äbtissin ein, die die Hitze nicht mochte. Sie fragte sich, wie die alte Frau den Sommer wohl überstehen würde, bei all den Sorgen, die sich vor ihr auftürmten.

Ihre Gedanken schweiften von den Problemen der Äbtissin zu ihren eigenen, und eine Weile lang versuchte sie, über ihre Verbannung aus der Kirche zu grübeln. Die Unfähigkeit, sich auf dieses Thema zu konzentrieren, erschreckte sie. Und noch mehr schockierte es sie, daß der Grund dafür in einem Mangel an Betroffenheit lag. Es interessierte sie schlicht nicht.

Also verscheuchte sie den Gedanken und stand mit der Seife an den Hals gedrückt einfach nur so da, während sie mit leerem Blick die kahlen Wände anstarrte. Eine ganze Weile verstrich, bevor sie sich abwesend weiter wusch.

Vielleicht würde die Kirche nicht so streng sein. Ihr vorrangiger Auftrag hatte darin bestanden, die Hundemenschen aus Altanars Krieg gegen Harbundai herauszuhalten, und das war ihr gelungen.

Diese ganze Angelegenheit bedeutete ihr eigentlich sehr wenig, und sie entschied, daß dies mit dem in ihr aufkeimendem Gefühl zusammenhing, sich mehr als je zuvor auf dem Pfad der Wahrheit zu befinden.

Irgendwie war Gans Erfolg mit dem ihren verbunden. Er war der Sturm, der alle hinter sich herzog und sie der Tür näher brachte. Sie wußte nicht, weshalb sie sich dessen so sicher war, trotzdem war dies der Fall.

Während sie sich rasch abtrocknete, wandte sie sich weniger ernsten Themen zu.

Neela hielt sehr gut durch, trotz Gans beklagenswerter männlicher Blindheit und seinem Mangel an Begriffsvermögen. Unglaublich zwar, aber er übersah die Myriaden von Zeichen, die ihm das arme Mädchen sandte. Gleichzeitig seufzte sie über Neelas allzu weibliche Weigerung, ihre Gefühle schlicht zu offenbaren und es der Wahrheit zu überlassen, die Dinge zu richten.

Sie lächelte trocken. Schließlich hatte sie sich selbst auch nicht an diesen Leitsatz gehalten. Nun, das durfte sie nicht vergessen, und sie mußte versuchen, stets entsprechend zu handeln.

Indem sie sich das saubere Kleid anzog, richtete sie ihre Aufmerksamkeit auf die andere Frau in ihrer Gruppe. Tate war eine noch faszinierendere Frage, eine Person, die beobachtete, zuhörte und sich ihren eigenen Reim auf alles machte. Sylah konnte sich an keine andere Frau erinnern, die mit solchem Sachverstand über Kriegführung gesprochen hatte. Tatsächlich besaß Tate eine körperliche Anmut und ein Selbstvertrauen, das auf einige Kampffähigkeiten hindeutete. Dennoch steckte noch mehr dahinter, und auf ihre Weise hatte sie genauso viele Sorgen wie Neela. Dies zeigte sich in einer zurückgehaltenen, vor sich hin schwelenden Wut, die ihren Augen eine rauchige, nach innen gekehrte Distanz verlieh, wenn sie sich unbeobachtet glaubte.

Sie zog das Kleid an, wickelte ihre Sachen zusammen und trat in den Gang.

Clas richtete sich ruckartig auf und gab vor, er habe so lange warten müssen, daß er eingeschlafen sei, woraufhin sie eine Grimasse schnitt und ihren Arm in seinen hakte. Er führte sie die Treppe hinauf und dann durch den folgenden langen Gang. »Da wären wir dann endlich«, sagte er. »Du kannst dich ausruhen.« Er geleitete sie in einen kleinen Raum, kaum größer als ihre Studierzelle in der Irisabtei. Mit einer umfassenden Geste fügte er hinzu: »Das ist alles deins. Du brauchst es mit niemandem zu teilen. Selbst der Schrank ist leer.«

Sie wollte auf diesen unbeholfenen Humor etwas Scharfes erwidern, da bemerkte sie, es war ihm ernst mit diesen Worten. Sie legte die Arme um ihn, beugte sich zum Kuß vor und staunte, weil so wenig Leidenschaft darin brannte. Daraufhin zog sie die Arme zurück, verschränkte sie vor der Brust und schob gereizt schmollend die Unterlippe vor. Er schüttelte langsam den Kopf. »Ich wage es nicht.« Die Worte knirschten wie Kies. »Wenn ich dich länger als einen Herzschlag in den Armen halte, weiß ich nicht, ob es mir gelingt, dich wieder loszulassen. Bitte, schlafe. Du brauchst Ruhe, und ich brauche dich.«

Das war schon besser, dachte sie, und diesmal küßte sie ihn richtig, kürzer als sie wollte zwar, doch voller Verheißungen. Auf seinem Weg nach draußen fummelte er verlegen am Türknauf herum.

Die Tür war aus starker Eiche und mit Eisen verstärkt, und der dumpfe Knall, mit dem sie zufiel, hätte sie trösten sollen. Eine solche Tür versperrte jedem dem Zutritt, es sei denn, derjenige wäre zum Äußersten entschlossen, und sie sicherte Ungestörtheit vor neugierigen Spionen. Diese Tür hätte ihr eine Zuflucht bieten sollen.

Nachdem sie geschlossen war, fühlte sich Sylah jedoch, als sei gleichzeitig das offene Fenster hinter ihr zugeschlagen und Luft wie Licht seien auf magische Weise aus dem Zimmer gesogen worden. Statt einen schützenden Eindruck zu machen, erschienen Holz und Eisen nun wie Teile eines Gefängnisses, und sie saß mitten in der Falle.

An die Rückseite der Tür waren die Rosen genagelt, blutrot.

Das Zeichen, welches ihr die Äbtissin zugesagt hatte.

Doch war dies kein Symbol des Schutzes. Das war reiner Schrecken. Schlaff und verdorrt hingen die Blumen dort, als wäre ihre zarte Frische verglüht. Ein einziger schwarzer Faden hielt die grünen Stengel zusammen. An der Stelle waren alle sorgsam abgeschnitten, und so baumelten sie schlaff am Holz und zeigten wie drei blutige Fingerspitzen auf sie. Und an das Ende des Fadens war die Rassel einer Klapperschlange gebunden.

Vierundzwanzig

Gan betrachtete die angetretenen Männer und hoffte nur, er würde seine wahren Gefühle verbergen können. Eine Woche hatte es ihn und Clas gekostet, bis der Baron die Notwendigkeit eingesehen hatte, sie zu versammeln, und eine weitere Woche hatte es gedauert, sie zusammenzutreiben. Sie stellten einen armseligen Haufen dar, alles andere als den Kern einer Kampftruppe. In fünf Gruppen zu jeweils hundert Mann standen sie beieinander. Sie waren unter den Siebzehn- bis Zwanzigjährigen der Baronie ausgewählt worden. Nach dem, was Gan von dem Mann mit dem Titel Nummer Zwei erfahren hatte, kämpften die Soldaten aus einem Bezirk traditionsgemäß in einer Einheit, und zunächst hatte er dieses System beibehalten wollen. Dann hatte ihn Tate sehr diskret darauf hingewiesen, daß sie jedoch in letzter Zeit dazu neigten, gemeinsam zu desertieren. Es war vernünftig, dem ein Ende zu bereiten, und so hatte er ihren Vorschlag aufgegriffen, woraufhin die Männer aus jedem Bezirk nun zufällig in jedem Hundert verteilt waren.

Tölpelhaft standen sie nun vor ihm auf dem Grund vor der Burg. Er wünschte nur, sie würden ihn nicht so sehr an eine Herde zusammengetriebener Wildrinder erinnern. Zwar waren ihre Körper muskelbepackt, doch wie bei den Rindern hatte diese Kraft etwas Nervöses, Unsicheres an sich, das gleichermaßen in Panik wie auch in Tapferkeit umschlagen konnte. Er versuchte seine Niedergeschlagenheit zu überwinden, indem er sich einredete, sie seien nur ein wenig eingeschüchtert und noch nicht mit ihren Kameraden vertraut.

Clas stöhnte hörbar neben ihm, und Gan stieß ihm den Ellbogen in die Rippen. »Wehe, der Baron bekommt das mit«, flüsterte er. »Er könnte sie zurück auf ihre Bauernhöfe und in die Wälder schicken.«

»Was für ein entsetzlicher Verlust«, murmelte Clas sarkastisch. »Dummköpfe und Trottel, die ich zu Kriegern machen soll, und die meisten davon sind kaum in der Lage, ein Pferd zu besteigen. Die werden niemals einen Tag erleben, an dem die olanischen Berufssoldaten ihnen nicht in der Anzahl überlegen sind, und wir sollen diese eisernen Schildkröten nicht nur bekämpfen, sondern besiegen.«

»Wir müssen.« Die brüchige Heftigkeit in seiner Stimme brachte ihm einen scharfen Blick von Clas ein, der zu überlegen schien, ob er etwas erwidern sollte, jedoch nur mit den Schultern zuckte.

Baron Jalail bestieg die kleine Plattform, die man zu diesem Anlaß auf die Burgmauer gebaut hatte. Das Murmeln der Männer und ihrer Offiziere verebbte zu einem erwartungsvollen Schweigen.

Eine solche Plattform hatte Gan noch nie gesehen, und wenn das Publikum der Situation nicht mit ernsthaftem Respekt begegnet wäre, hätte er laut darüber gelacht. Statt einer gewöhnlichen Bühne, die ihn über die Brüstung erhoben hätte, besaß dieses Gestell ein zusätzliches Viereck aus schmalen Brettern an der Front, das wie ein Fenster aussah. Wenn Jalail die Arme ausbreitete, berührte er fast die Seiten.

Unten im Hof der Burg trat nun ein Mann, den man den Hausleiter nannte, in Aktion. Er war für die Organisation des Personals und solcher besonderer Ereignisse zuständig. Zu dieser Gelegenheit trug er über seiner schwarzweißen Uniform eine ärmellose Jacke mit roten und weißen Karos. Zudem schmückte ihn eine Halskette aus regenbogenfarbenen runden Muscheln.

Nachdem der Baron nun seine Position eingenommen hatte, fuchtelte der Hausleiter wild herum, und eine Gruppe Männer stürzte zum Haupttor. Die riesigen Angeln quietschten und ächzten, und die Militärkapelle marschierte hinein. Trompeten und schrille Flöten erklangen. Kleine Trommeln erzeugten einen raschelnden Wirbel. Verglichen mit den tristen Männern, die dieses Schauspiel verfolgten, erstrahlten die Musiker einheitlich in den Streifen des Barons in der Sonne. Ihre Instrumente glänzten und funkelten. Lange Federbüsche, ebenfalls in Schwarz und Weiß, wippten auf ihren Helmen. Staub wogte träge hinter ihnen auf. Die Kapelle drehte sich langsam den Männern zu.

Fünf Meter unter dem Baron brüllten die Offiziere Befehle. Die nicht ausgebildeten Soldaten drängten vorwärts und bildeten unten an der Mauer einen engen Halbkreis.

Der Hausleiter war inzwischen die Treppe hinaufgerannt und hatte sich neben der gerahmten Plattform und dem Baron, der noch immer unbeweglich dastand und die Arme ausgebreitet hielt, aufgestellt. Auf ein weiteres Zeichen des Hausleiters hin verstummte die Musik. Einen Augenblick lang wartete er, um der Situation ein wenig Dramatik zu geben, dann rief er mit tiefer, schwankender Stimme: »Hört alle her! Baron Jalail spricht zu euch!«

Auf diese einleitende Zeremonie folgte eine kurze Rede, die wenig begeisterte und kaum mehr als Erklärungen enthielt. Die Streitkräfte Olas hätten sich deutlich von der Grenze zurückgezogen, doch drei ihrer besten Divisionen stünden noch nahe genug, um jederzeit ohne Vorwarnung anzugreifen. Die Baronie brauchte eine Streitmacht, die sich stets bereit hielt, einen Angriff abzuwehren. Die eingezogenen Männer bildeten den Teil einer neuen Politik; von nun an würden alle im Alter von siebzehn

Jahren für zwei Jahre zum Dienst verpflichtet. Die Baronie hätte damit eine stehende Armee von fünfhundert Mann Stärke. Obwohl die offizielle Trauerzeit noch nicht um war, würde ihre Ausbildung sofort beginnen.

Der Baron trat auf der Plattform zurück. Gan und Clas fiel die Kinnlade herunter, denn der Hausleiter riß an einer bis dahin verborgenen Leine, und von dem Rahmen senkte sich ein schwarzer Vorhang. Dahinter nickte der Baron den beiden Hundekriegern pflichtschuldig zu und stieg nach unten. Die Offiziere ließen die Männer unten an der Mauer abtreten.

Clas sagte als erster etwas. »Warum konnte er nicht einfach gehen, wie alle anderen auch? Diesen Menschen gefällt es, Wirbel zu machen«, beschwerte er sich. »Diese ganzen Dummheiten, nur damit diese Herde erfährt, daß sie zur Verteidigung ausgebildet wird.«

»Ich möchte die Offiziere sehen, die diese Männer hierhergebracht haben«, sagte Gan. »Sie sollen mit den fünfzig Kerlen zur Waffenkammer kommen, die am wahrscheinlichsten zu Anführern geeignet sind.« Gan hörte die kalte Exaktheit in seiner eigenen Stimme und fühlte sich davon abgestoßen. Clas reagierte ebenso. Sein Gesicht zeigte zuerst überraschte Kränkung, dann nur mehr leeren Gehorsam. Ohne ein Wort ging er davon.

Gan drehte sich um. Seit dem Tod seines Vaters verspürte er in sich den an Heftigkeit zunehmenden Streit zweier vollkommen unterschiedlicher Menschen. Sein Befehl an Clas grenzte an Beleidigung – *Befehle* an einen Mann, der ihn unterrichtet, ihn mit aufgezogen hatte –, doch diese neue Persönlichkeit verlangte Gehorsam. Er brüllte Clas an, und der Gan, für den er sich eigentlich hielt, haßte dieses Verhalten. Der andere Teil jedoch war erst zufrieden, wenn die Anweisungen augenblicklich ausgeführt wurden.

Die Geisterstimme, die seiner Mutter gehörte, hatte es offen ausgesprochen: *Das Leben hat mir zwei Herzen im gleichen Körper gegeben, und ich hinterlasse dir einen Sohn, der genauso ist.*

Hatte sie das gemeint, diesen eiskalten Mann, der die Liebe

seiner Freunde im Namen der Autorität mißachtete? War er dazu geboren worden? Handelte es sich bei dem, das sie bewegt hatte, um Liebe oder um Haß?

Weit im Südosten glänzte der zerklüftete Gipfel des Schneevaterberges weiß. Noch weiter im Nordosten ragte sein Bruder auf, der Zerstörer. Die Hundemenschen kannten ihn hauptsächlich dem Hörensagen nach und wagten sich selten weit in die Berge seiner Umgebung vor. Die Pracht der beiden Gipfel erzählte ihm von der Welt auf ihrer anderen Seite, der Welt, in der er seine Kindheit verlebt hatte. Dieses Land ähnelte in nichts der Prärie, deren Schweigen den Geist befreite. Hier gab es Grenzen und Einfriedungen, Menschen, die sich in Komplotte verstrickten, deren Leben und Geschichte ein Wirrwarr wechselnder Bündnisse darstellte.

Seine Erinnerungen stammten vielleicht aus einer Vergangenheit, die nie wieder zur Gegenwart werden würde.

Was auch immer den Menschen das Streben nach mehr Macht eingeimpft hatte, jetzt hatte es die Hundemenschen ebenfalls erreicht. Dieses Streben hatte zum Tod seines Vaters geführt. Hatte seinen besten Freund und ihn selbst zu Flüchtlingen gemacht. Hatte ihn dazu gebracht, diesen Freund zu verletzen.

Und Neela.

Sie hatte das Erlebnis scheinbar zu ihrem Besten genutzt und war gewachsen. Er vermißte zwar noch immer ihre Spontaneität, obwohl sie von Zeit zu Zeit einmal lachte. Und wenn sie lachte, vermochte sie ihn an den Frühling zu erinnern und erzeugte eine Helligkeit in ihm, die das graueste Grau verscheuchte. Lange Tage – und dazu längere Nächte – hatte er sich gefragt, ob sie sich jemals wieder Freude gestatten würde. Erst kürzlich hatte sie offensichtlich wieder zu sich gefunden.

Das war ebenfalls so eine zweischneidige Situation. Die Neela, die er sehen wollte, war jene unbeschwerte Neela, die Mädchen-Frau, die das Leben besang und ihr Herz und ihre Seele kannte.

Der schmerzliche Gedanke ließ einen roten Blitz brennend

durch seinen Verstand schießen. Für einen Augenblick wurde jegliche Vernunft ausgeblendet.

Er war eifersüchtig. Sich das eingestehen zu müssen verdroß ihn, weil die Eifersucht eine zerstörerische Macht war, obwohl die Erkenntnis des Problems ihm die einzige Hoffnung bot, gefährlichere Möglichkeiten auszuschließen.

Die Logik seiner Reaktion bekümmerte ihn noch mehr. Er wollte in Wut ausbrechen, wollte toben und jemanden schlagen. Aber wen? Und wieso? Clas hatte Neela nichts angetan. Er nahm das Mädchen kaum wahr.

Aus diesem Grund war ihr Gesichtsausdruck, wenn sie Clas ansah, neutral, eine Maske, die Interesse zeigte, falls notwendig, stets Freundlichkeit und selbst die angemessene Erheiterung, falls diese verlangt wurde. Nur an ihren Augen, die so aufmerksam alles beobachteten, erkannte er, daß ihr Verhalten vorgetäuscht war. Warum sonst sollte sie ihre Reaktionen verbergen und zu vorsichtig sein, um das zu enthüllen, was sie erwartete.

Er wußte es.

Tief in ihrem Inneren begehrte sie noch immer Clas.

Die neue Neela belohnte Gan mit ihrer Gesellschaft. Ihr Lächeln war warmherzig, ihre Zuwendung aufregend. Öfter und öfter erinnerte er sich an ihren goldenen Kopf, den sie an seine Brust gedrückt hatte, ihre schlanken, festen Arme um seinen Leib, an die Art, wie ihr Körper mit seinem verschmolzen war. Er sehnte sich danach, sie abermals so zu halten, und mußte beschämt zugeben, wie wenig ihn interessierte, ob sie ihn aus Freude oder aus Traurigkeit aufsuchte, wenn sie nur überhaupt käme.

Ihr Glauben in ihn, er könne große Dinge vollbringen, gab ihm Selbstvertrauen, ihre Sorge vervielfältigte seine Entschlossenheit. Nach den langen Beratungen mit dem Baron hatte er sie in ihrem Zimmer besucht. Die Treffen waren ermüdend und besorgniserregend, da Jalail sich so unentschlossen zeigte. Allen Tatsachen zum Trotz sehnte er sich nach einem Kompromiß und einer Einigung mit seinem König, und zwischendurch ergriff ihn die blanke Niedergeschlagenheit ob des Verlustes seiner Söhne und angesichts der Streitkräfte, die gegen seine Baronie aufgeboten wurden.

Neela war eine Erleichterung. Sie hörte ihm zu und stellte die Schwächen seiner Meinung und die der Argumente des Barons heraus. Darüber hinaus fühlte sie mit ihm. Niemals erwähnte sie die Unsicherheit in ihrer aller Leben, niemals sprach sie über die schreckliche Einsamkeit, die sie alle in jedem unvorsichtigen Moment befiel. Sie trug ihren Schmerz und teilte seinen ohne Klage.

Diese Stunden mit ihr verliehen ihm seine ganze Kraft.

Ein schrilles Pfeifen riß ihn aus den Gedanken. Clas zog gerade die Finger aus dem Mund, als Gan zu ihm hinunterblickte. Das Signal sollte Gan mitteilen, daß die Männer, die er verlangt hatte, auf ihn warteten. Zunächst reagierte er gereizt. Er wollte das erste Treffen mit diesen Leuten in solider Würde angehen, und herbeigepfiffen zu werden, konnte dies im Keim ersticken. Also mußte er den Vorfall zum besten ausnutzen, entschied er; die Männer hatten zu lernen, wie man sich in der Schlacht verständigte, und die Pfeiftechnik der Hundemenschen war wesentlich durchdringender als die Stimme. Clas hatte sehr leicht seine Aufmerksamkeit erregt, und das würde er ihnen erklären. Damit räumte er jeden Gedanken aus, er sei ein Mann, mit dem man respektlos umgehen könnte.

Er rief die Hunde zu sich und ging zu seinem ersten Kommando.

Gan bereitete sich aufs Abendessen vor, da erschien eine Dienerin in seinem Zimmer und teilte ihm mit, der Baron ersuche um seine Gesellschaft. Sobald die Frau gegangen war, setzte er sich nachdenklich. Für gewöhnlich aß der Baron allein mit seiner Gemahlin, einer angenehmen, stillen Frau, die sich nach dem Verlust ihrer Söhne noch tiefer in sich zurückgezogen hatte als Jalail selbst. Sylah berichtete, sie spräche oft davon, sich in die Abtei in der Neuen Stadt zu begeben, der Baron hingegen weigerte sich, sie gehen zu lassen. Gan verstand den Grund. Seine Gemahlin war einer der wenigen Menschen, in deren Gegenwart er sich frei fühlen konnte.

Veränderungen stellten das gesamte Königreich auf die Probe, forderten die alten Sitten heraus und suchten fruchtbaren Boden. Neela hatte Geschichten über eine neue Religion gehört, die sich in den Dörfern ausbreitete. Clas' Gespräche mit den Männern, die gegen die regulären Truppen von Ola gekämpft hatten, deuteten auf eine wachsende Hilflosigkeit gegen die Professionalität der befeindeten Streitkräfte hin. Bei dem Gefecht, in dem Baron Jalails Söhne gefallen waren, hatte es sich nur um eine kleinere Auseinandersetzung gehandelt, doch die Niederlage hatte Harbundai weit über das Ausmaß der Verluste hinaus entmutigt.

Gan fühlte, bei dem Überfall war es nur um ein Vorspiel gegangen. Diese Meinung wurde dadurch unterstützt, daß in jüngster Zeit Berichte über Kriegergruppen der Teufel laut geworden waren. Es gab jedoch nicht nur schlechte Nachrichten; auch aus anderen Landesteilen hörte man Gerüchte über zunehmende Unruhe.

Das dringendste Problem allerdings bestand in der Hartnäckigkeit, mit der der König darauf beharrte, sein Agent in der Burg solle vom Baron als »Berater« akzeptiert werden.

Das Abendessen war ein perfektes Beispiel dafür, wie Jalail sich weigerte, sich seinen Schwierigkeiten zu stellen. Statt eines Kriegsrates beim Essen wurde es eine ruhige, elegante Angelegenheit. Während Gan Kundschafter und Spione am Tisch versammelt hätte, die alles, was sie über die Lage wußten, erzählen konnten, hatte der Baron Musiker kommen lassen, die in einer Ecke des Raums die Saiten ihrer Instrumente anschlugen. Sogar eine Sängerin trat auf, ein kleines Mädchen, das wie ein Vogel über die Liebe und den Frühling und treue Herzen trällerte.

Bei Tische verbat sich der Burgherr jedes andere Thema außer dem Essen selbst, obwohl das mehr dem Geschmack des Barons als Gans entgegenkam. Die Bauern und Fischer von Harbundai erledigten ihre Arbeit gut, und die Köche der Burg gehörten zu den besten. Der Tisch war gedeckt und wurde noch einmal abgewedelt, bevor die verschiedenen Speisen aufgetragen wurden. Der Salat bestand aus gemischten Gemüsen, die mit Brunnenkresse angemacht und mit Pfeffer gewürzt waren. Daraufhin folgte ein Fischeintopf, dann eine weitere Suppe und schließlich gefrorene Kirschen. Den Hauptgang bildete ein Schweinebraten. Gan fand das Fleisch milder und weniger herzhaft als die Wildschweine, die im Lager der Hundemenschen verspeist wurden. Und das Gemüse war übermäßig lange gekocht. Gans Volk glaubte, je weniger man Gemüse behandelte, desto besser. In Harbundai wurde es fast zu Brei gekocht und mit einer fetten Soße übergossen.

Während des letzten Gangs, Bier und Käse, hielt der Baron plötzlich in seiner unbeholfenen, befangenen Konversation inne. Er schickte die Diener und Musiker nach draußen. »Du hast die neuen Männer beeindruckt.«

Gan nickte und wartete ab. Der Baron spielte mit seiner Gabel herum und fuhr schließlich fort: »Sie haben dich mit mir verglichen. Dabei habe ich nicht sehr gut abgeschnitten.« Er versuchte zu lächeln, was ihm wegen des schweren Widerstreits, der sich hinter seiner Fassade verbarg, nicht gelang.

»Sie sind jung.«

Der Baron lachte kurz. »Du bist auch kaum dem Knabenalter entwachsen. Sie empfinden bei dir das gleiche wie ich – Führerschaft. Und sie haben keinen Grund, dich zu fürchten.«

»Ich ebenfalls nicht.« Er erhob sich. »Ich bin deine Waffe. Als die diene ich dir, bis wir beide in der Meinung übereinstimmen, ich dürfe dich in Ehren verlassen. Eines Tages, das habe ich dir bereits gesagt, werde ich zu meinem Volk zurückkehren. Diesen Tag werde ich auswählen – oder du. Falls du dich entscheidest, gegen deinen König zu kämpfen, stehe ich an deiner Seite. Falls nicht …« Er zuckte mit den Schultern. »Dann werde ich weiterziehen.«

Baron Jalail bedeutete ihm mit einer ungeduldigen Geste, er möge sich wieder setzen. Sein Gesicht spannte sich voller Scharfsinn an. »Bereitet dir eine Bedrohung wie der König keine Sorgen?«

»Jede Bedrohung bereitet mir Sorgen. Aber jede Gefahr bietet auch eine Möglichkeit.« Er beugte sich in seinem Eifer vor. »Ich habe mich mit Clas unterhalten. Und mit Tate. Sie besitzt ungeheure Kenntnisse darüber, wie andere Menschen kämpfen; über Taktiken, Waffen, Organisation. Mit diesen fünfhundert Mann werden wir die Männer des Königs von hier fernhalten, und ich kann dir noch etwas versprechen: Innerhalb von zwei Jahren werden dir alle anderen Barone die Treue geschworen haben.«

»Ich glaube wohl, daß du dies bewerkstelligen könntest.« Der Baron stürzte den Rest seines Biers in einem langen Zug hinunter und tupfte sich die Lippen mit der Serviette ab. »Trotzdem werden wir niemals erfahren, ob das gelungen wäre. Im Augenblick versammeln sie sich um den König wie Schakale, die dem Tiger bei der Jagd zuschauen.«

Gan schlug auf den Tisch. »Du hast es selbst schon einmal gesagt. Er macht sich viel zu viele Gedanken über Ola, um im Moment gegen dich vorzugehen. Und wir stellen eine ausgebildete Truppe auf.«

»Dazu wird dir nicht genug Zeit bleiben. Ich lasse nicht zu, daß du meine Leute für nichts und wieder nichts in Gefahr bringst, Gan. Einen Bürgerkrieg, den zu verlieren ich gewiß bin, werde ich nicht riskieren. Kein Risiko für den Ruhm. Falls du mir helfen willst, meine Baronie zu verteidigen, bist du herzlich willkommen, aber nur zu meinen Bedingungen. Habe ich mich deutlich ausgedrückt?«

»Ich brauche einige Zugeständnisse«, erwiderte Gan, und der Baron hob hartnäckig sofort die Hand.

»Nicht noch mehr Männer«, entgegnete er. »Deine Forderungen –«

Gan schnitt ihm das Wort ab. »Die Frauen«, erklärte er, und Jalail blieb vor Staunen der Mund offenstehen. »Manche der Männer sind verheiratet. Ich möchte die Erlaubnis, daß ihre Frauen in der Nähe des Lagers wohnen dürfen.«

»In der Nähe des Lagers? Wohnen? Wer soll die Unterkünfte bauen? Und wovon sollen sie leben?«

»Die Einheit selbst wird die Häuser bauen. Neela und Tate haben sich bereit erklärt, die Frauen zu betreuen, die zu ihren Ehemännern stoßen. Manche werden sie unterstützen – kochen, die Uniformen flicken, die Schuhe reparieren, ein paar Arbeiten an den Waffen –, und die Baronie wird sie dafür bezahlen. Anderen wird gezeigt, wie sie Waren herstellen, die man verkaufen kann. Das gesamte eingenommene Geld wird gerecht unter allen Familien verteilt. Was, glaubst du, werden diese Männer für dich tun, wenn sie wissen, daß du ihre Familien beschützt?«

Der Baron schüttelte stur den Kopf. »Um die Familien kümmert man sich bereits. Die Kinder werden von anderen Eltern aufgenommen, für die Frauen gibt es den Gewahrsam.«

»Was wäre, wenn du stirbst? Würdest du dir das für dein Weib wünschen?«

»Du gehst zu weit. Ich bin ein Adliger! Ich bin der Baron!«

Gan trat einen Schritt in Richtung Tür. »Bitte denke darüber nach, und zwar nicht als Baron, sondern als Mann. Mit deiner Erlaubnis werde ich mich jetzt entschuldigen, und wir können später weiter darüber reden.«

»Da gibt es nichts zu bereden. Du hast deine Soldaten. Wenn du sie gut genug ausbildest, kannst du den König vielleicht überzeugen, mich hier im Amt zu lassen. Mir genügt es, mich unter seinem Hieb zu ducken; ich habe keinen Grund, ihm gleich die Hand abzuhacken.«

Mit seinem letzten Blick, bevor er die Tür schloß, sah Gan das runde, wütende Gesicht des Barons. Er ging in sein Zimmer, wehrte abwesend das herzliche Willkommen der Hunde ab und befahl ihnen, ihm zu folgen. Er mußte hier raus und nachdenken. Die Wachen am Haupttor ließen ihn mit ihrem eigentümlichen Gruß passieren. Einer von ihnen rief ihm zur Warnung hinterher, er möge vorsichtig sein.

Damit meinten sie wilde Tiere, wie Gan wußte. Gelegentlich kam ein Tiger von den Bergen herunter, um sich aus dem Vieh der Bauern eine leichte Beute zu holen, und manchmal suchten Bären die Bienenstöcke auf, die sie aus dem Wald rochen. Es war ungewöhnlich, daß so etwas in der Nähe der Burg geschah, aber es war schon vorgekommen. Gan überprüfte seinen Murdat und genoß den soliden Klang, mit dem er in die Scheide zurückglitt. Zur gleichen Zeit fiel ihm auf, wie ausgelassen die Hunde waren. Er fragte sich, ob sie sich ebenfalls schon zu sehr an den Schutz der Burg gewöhnt hatten.

Unter dem Vollmond wanderte er los und erlaubte den Hunden, frei zu laufen. Sie sprangen wie Welpen herum, verschwanden manchmal außer Sicht und verrieten ihre Anwesenheit dann nur noch durch ihren heiseren Atem und die schweren Schritte. Diese Geräusche aus der Dunkelheit ließen sein Herz stets etwas schneller schlagen.

Er gab es auf, seinen Weg aus dem Labyrinth zu finden, das sich gegenwärtig vor ihm ausbreitete. Nachdem er tief in Gedanken versunken meilenweit getrottet war, hatte er sich einer Antwort noch immer nicht genähert. Eine sichere Möglichkeit, dem König zuvorzukommen, schien es nicht zu geben. Baron Jalail würde einem Kampf nicht zustimmen, und ohne seine Befehle waren Gan die Hände gebunden.

Jedenfalls sah die Lage so aus. »Ich muß mich bereit halten«, sagte er zu sich selbst und sehnte sich nach der Sicherheit, die ihm der Klang seiner eigenen Worte bot. Raggar blieb abrupt neben ihm stehen, woraufhin Shara ausweichen mußte, um nicht mit ihm zusammenzuprallen. Er streckte die Hand aus und kraulte dem größeren Hund den Kopf. »Mit dir habe ich nicht geredet, alter Freund, aber das werde ich jetzt tun. Du hörst besser zu als jeder andere, nicht wahr? Die Sache ist nur, ich weiß nicht, was uns erwartet. Tate hat einige sehr gute Ideen, wie man in diesem Land kämpfen sollte und wie man die Männer einzusetzen hat, aber ich kann den Baron nicht zurückhalten, wenn er sich zur Aufgabe entscheidet oder wenn er sich zu einem Strohmann für den Gesandten des Königs entwickelt. Ich brauche Gefolgsleute.«

Da gab es noch mehr, das er zu sagen beabsichtigte, das er zu besprechen wünschte, nur blieben ihm die Worte in der Kehle stecken. Der Schneevaterberg glänzte im Mondlicht wie eine Fackel, die ihn anlockte, wie eine Mauer, die ihm den Weg verstellte.

Was hatte er dem Baron erklärt? »Dann werde ich weiterziehen.« Eine solch kurze Aussage. Vielleicht war er schon zu weit gezogen.

Fünfundzwanzig

Tate saß allein in ihrem Zimmer und trug nur einen lockeren Kittel. Sie hielt ein Stück Stoff im Schoß, und in furioser Geschwindigkeit nähte und sprach sie mit sich selbst. Eine bewegte Miene jagte die andere über ihr Gesicht. Sie unterstützte ihre Bemerkungen mit körperlicher Aktivität und stach die Nadel mit Inbrunst durch den Stoff, zerrte am Faden und zog die Stiche fest.

»Ich gäbe alles dafür, wenn ich nur wüßte, wer diese Gesellschaft aufgebaut hat. Dieser Baron auf seiner Bühne. Und der Hausleiter; habe nie einen zweiten Gedanken an diesen Titel verschwendet, bis ich ihn gestern in Aktion sah. Verdammt. Wie eine TV-Produktion wirkte das, und er selbst stand im Rampenlicht. Und dann ein Stromausfall, als die Sache vorbei war. Fernsehen als antike Sozialanthropologie. Das bringt mich um, bringt mich schlicht um.«

Sie hob den Rock in die Höhe und drehte ihn prüfend ins Licht, das durch das einzige Fenster hereinfiel. Er ähnelte der Kleidung, wie sie die hiesigen Frauen trugen, zeigte jedoch einige persönliche Ausschmückungen. Sie legte den Kittel ab, stieg in den Rock und zog sich dann die Bluse über den Kopf. Während sie den Kampfgürtel mit der automatischen Pistole hinzufügte, schnitt sie eine Grimasse. «Na, der letzten Mode entspricht das nicht.«

Sie verdrehte und bog sich und versuchte einen Eindruck der ganzen Kombination zu bekommen, indem sie sich die einzelnen Bilder ihres kleinen Spiegels zusammenreimte. Jeder Beobachter hätte ihre Meinung bestätigt. Die Bluse war dunkelblau, und in den Stoff war ein etwas hellerer Faden eingewebt. Kragen und die dreiviertellangen Ärmel waren mit dem gleichen helleren geometrischen Design bestickt, und der Rock ebenfalls. Der letztere hatte die grausilberne Farbe verwitterter Wolle. Die schweren, von der Regierung vorgeschriebenen Stiefel hatte sie abgelegt. Statt dessen trug sie neue wadenhohe, geschmeidige Lederschuhe, die an der Seite geschnürt wurden. Ihre dramatischen Gesichtszüge und ihr dunkles kurzes Haar gaben ihrem Aussehen etwas Exotisches.

Sie zog die Bluse aus, um den Saum auszubessern. Ihre Gedanken schweiften ab.

Fetzen der Vergangenheit drifteten vorbei; die kommen wie psychische Heckenschützensalven, dachte sie. Bei jedem Ereignis wie der TV-Show des Barons oder auch nur solchen Kleinigkeiten wie vertrauten Phrasen werde ich fast verrückt, weil ich mich frage, woher diese Menschen ihre Hybridkultur haben. Da überstand man diesen offenen Krieg und traf dann auf eine verdammte Plage nach der anderen, wobei man nie wußte, ob die Radioaktivität des Ortes, an dem man sich befand, ein Überleben erlaubte. Erwachsene gaben sich zu sehr der Sorge hin, das nackte Leben zu erhalten, um sich Gedanken darüber zu machen, die Tatsachen in ihren Geschichten über »die guten alten Zeiten« geradezurücken; bei den Kindern ging das alles in einen Bereich des Mythischen und Legendären über. Und am besten für alle war es, wenn man die eigene Gruppe als wichtigste betrachtete und ihr vor allem anderen Vorrang einräumte.

»Wann war es überhaupt mal anders?« fragte sie sich laut und hörte aus ihrer Stimme den Zynismus heraus.

Gesichter tauchten vor ihrem inneren Auge auf – Falconer,

Anspach, Conway. Was stellten die an? Lebten sie überhaupt noch?

Falconer und Conway. Das war ein Gespann. Zwischen den beiden hatte es dauernd Funken gesprüht. Sie hätten einen Wandel zustande gebracht. Fortschritt.

Vielleicht konnte sie etwas in dieser Richtung tun?

Was? Ihr fiel Madge Mazzoli ein. Hätte sie damals geahnt, wie falsch Madge lag, wäre sie niemals einverstanden gewesen, ihr friedliches Tal zu verlassen. Diese Menschen hier wußten über Technik mehr als sie. Und über Weben. Über Landwirtschaft. Über was auch immer. Sie hob das Kinn und wandte sich an die Steinmauern: »Ich kann mit Hilfe der Sterne den Weg finden. Ich kann die Zeit nach der Sonne bestimmen. Ich weiß, daß es sich bei den Unsichtbaren in Wirklichkeit um Bakterien handelt.«

Sie hob den Spiegel. Das Gesicht, welches sie daraus anstarrte, wirkte frustriert. Vielleicht ein wenig gedemütigt. »Ich weiß mehr als jeder andere in diesem Königreich über Kriegführung. Wundervoll. Diese ganze Welt braucht einen Soldaten so dringend wie ich eine Warze auf der Nasenspitze.«

Sie ließ den Spiegel fallen und sprang hinterher, um ihn aufzufangen, als er auf das Bett fiel. Die Aussicht, er könne zerbrechen, entsetzte sie.

Im Krieg leisteten diese Menschen ihren besten Job. Aus dem besten Stahl wurden Waffen geschmiedet, die besten Gebäude stellten Forts und Burgen dar. Selbst die hochgeschätztesten Hunde und Pferde wurden für den Kampf ausgebildet.

So mußte es doch nicht sein. Sylah nannten sie eine Kriegsheilerin, dabei war sie in allererster Linie eine Heilerin. Sie hatte Jones vor dem sicheren Tod bewahrt.

Bei dem Gedanken mußte sie grinsen. Sie war sich so sicher gewesen, Sylah würde ihn mit ihrer »drastischen« Behandlung umbringen.

Plötzlich fragte sie sich, ob Sylah daran nicht letztlich besser getan hätte, und die Unwürdigkeit dieser Überlegung versetzte ihr einen Stich wie von einem Skorpion.

Es war nur logisch, daß er verärgert war.

Sie konnte genausogut auch ehrlich mit sich sein. Der Mann war nicht verärgert, er war mit voller Absicht uneinsichtig, streitsüchtig und beleidigend. Da: Sie gestand also ein, wie sie fühlte, und das war eine rechte Erleichterung.

Aber wie hart mußte es für ihn sein! Für einen Mann, der wußte, daß friedliche Vernunft und Kompromisse den Weg zur Lösung von Problemen darstellten. Sein ganzes Leben lang hatte er geglaubt, sein sanfter, weißer Jesus biete die Antwort auf Haß und Gewalt, und dann ließ der ihn dabei zusehen, wie sich die Welt selbst umbrachte. Und nach all dem wachte er in diesem Schlachthaus auf. Er hatte am meisten gelitten.

Was auch wieder nicht wirklich stimmte. Mazzoli und Yoshimura hatten einen höheren Preis zahlen müssen. Und Harris und Karoli. Zumindest lebte Jones. Und er könnte sich schon ein wenig anstrengen, um etwas Freude über diese Tatsache aufzubringen und seinem Leben einen Sinn zu geben.

Sie ging zum Fenster und blickte hinaus. Das kleine Haus, wo Jones wohnte, war kaum zu sehen, so versteckt lag es hinter einer Baumgruppe am Rand des nächsten Dorfes außerhalb des ummauerten Bereichs. Sie lehnte sich auf die Fensterbank und seufzte. Ihr blieb keine andere Wahl, als den Mann zu besuchen.

In seiner Umgebung vermied man alle Anzeichen, die davon künden könnten, daß man auch Interesse an sich selbst hatte. Er war auch dann noch bösartig, wenn man ihm einredete, jeder Gedanke würde nur ihm gelten. Falls er nur vermutete, man könnte an etwas anderes als an ihn denken, wurde er unerträglich.

Was alles nicht das Entscheidende war. Denn eine Sache stand ohne Wenn und Aber fest: Er war die einzige Verbindung zu der Realität, der sie angehörte.

Diese Welt war nicht die ihre. Tate stammte aus einer Welt, die niemand hier begreifen konnte. Ohne Jones, ohne die Sicherheit seiner Anwesenheit, fürchtete sie durchzudrehen.

Plötzlich quollen Tränen des Grolls aus ihren Augen hervor.

Sie wischte sie mit raschen, heftigen Bewegungen fort. Die Augen getrocknet, die Zähne zusammengebissen, blickte sie erneut aus dem Fenster. Ein Adler kreiste über dem Land und hob sich hell gegen die Berge im Hintergrund ab. Das, redete sie sich ein, das ist die Realität, und an diesem Ort gibt es Schönheit und Leben. Die Vergangenheit ist doch nichts weiter als das Gestern. Sie drehte sich zur Tür um und holte tief Luft, bevor sie nach draußen trat.

Jones bestand auf einem Maximum an Zurückgezogenheit, und der Baron war froh, ihn aus den Augen zu haben. Da er Jalail fortwährend an das Unglück seines Sohnes erinnerte, war er bestenfalls unwillkommen. Seine neue Reizbarkeit machte ihn buchstäblich für sich und andere zur Gefahr. Tate war erleichtert, als ihm der Auszug erlaubt wurde, obwohl ihr recht klar war, daß es sich dabei mehr um eine Verbannung denn um eine Freiheit handelte. Sylah hatte ihm das Haus mit zwei Zimmern und eine Haushälterin besorgt, die ihn rund um die Uhr pflegte.

Der Spaziergang zum Dorf und wieder zurück gehörte zu den schöneren Seiten eines Besuchs bei ihm, überlegte sich Tate reumütig. Inzwischen akzeptierten die Menschen hier sie, obgleich sie ihr mehr Neugierde entgegenbrachten, als ihr lieb war. Im Augenblick amüsierte es sie, wie einige der Frauen betont auf ihre Kleidung starrten; sie konnte das schockierte Luftschnappen mancher und die vorsichtigen Einschätzungen anderer geradezu hören.

Ganz offen wendete sie ihre Aufmerksamkeit dem Vieh zu. Oft blieb sie auf ihrem Weg stehen und riß ein paar besonders köstlich aussehende Grasbüschel aus, um sie den Tieren anzubieten. Sie hatte eine Zeitlang gebraucht, um sich an die Lamas zu gewöhnen – in ihren Augen waren das noch immer Zootiere –, aber mittlerweile konnte sie ihnen nicht mehr widerstehen. Dabei war sie halb überzeugt, unter ihnen habe sich das herumgesprochen, nachdem sie das erste gefüttert hatte, denn von dem Zeitpunkt an versammelten sie sich stets am Weidezaun und betrachteten sie aus sanften, herzbewegenden Augen, wenn sie vorbeiging. Sie schimpfte sie aus, weil sie ihretwegen durch das Unkraut stapfen mußte, das ihr die Stiefel zerkratzte, und sie nickten geduldig und freuten sich auf ihre Geschenke.

Jones begrüßte sie von einem Bett vor seinem Haus aus. Er lag im Schatten und trank etwas aus einem hohen Keramikzylinder. »Na, sind Sie gekommen, um den Invaliden zu bemitleiden? Damit Sie sich nachher sagen können, wie gut es um Ihre eigene Gesundheit steht?«

Tate erwiderte rasch etwas, bemerkte das nervöse Zittern ihrer Stimme und hoffte, es würde ihm entgehen. »John, Sie wissen doch, es ist nicht gut, wenn Sie so reden. Jedenfalls werden Sie jeden Tag kräftiger.«

Sein Gesicht zuckte zu einem verschlagenen Grinsen zusammen, und er berührte seine Schläfe mit dem Zeigefinger. »Das bleibt unter uns«, sagte er. »Die müssen ja nicht alles erfahren.«

Gegen ihren Willen folgte ihr Blick Jones' Zeigefinger, und ehe sie noch vollkommen begriff, was geschah, hatte er den turbanartigen Verband abgenommen, und sie starrte auf eine rosafarbene Vertiefung in seinem Schädel. Sauber rasiert war sie und schien zu pulsieren, und die roten Linien der Narbe wirkte unangemessen zart.

Jones strich jedoch zart darüber und schenkte ihr einen brennenden Blick. »Häßlich. Grotesk. Das denken Sie doch. Bedenkt man die Primitivität dieser Wilden, ist es das reinste Wunder, nicht? Aber das würden Sie so nicht ausdrücken, oder? Nein, ganz gewiß nicht. Sie betrachten sie bereits als ganz gewöhnliche Leute. Sind sie aber nicht. Sie sind verlorene Seelen. Verdammte.«

Tate kniete neben ihm und drückte ihn mit der Hand zurück, als er sich erheben wollte. Er gestattete ihr das. Seine Venen im Nacken schwollen an, und das Fleisch über der Verwundung schien durchsichtig zu werden. Sie wandte sich ab, weil sie fürchtete, durch die Haut ein pochendes, fieberheißes Hirn zu sehen.

Ein Fleckchen weißen Schaums zeigte sich auf seiner Oberlippe. »Nehmen Sie die Hand weg; Sie wissen doch, ich hasse jede Berührung.« Er verdrehte die Augen, guckte in alle Richtungen und ließ sich wieder zurücksinken. Schwer atmend fuhr er fort: »Machen Sie sich keine Sorgen, ich weiß, daß man nicht über Religion reden darf, solange diese Heiden in der Nähe sind.« Flüsternd fügte er hinzu: »Sie wissen nicht, daß ich es bin. Und solange nicht die rechte Zeit gekommen ist, sollten sie das auch nicht. Ich werde sie retten. Ihre Gebräuche sind schwach und unwissend, und ich werde ihnen Weisheit und Stärke bringen. Sie, Tate, haben natürlich Ihre Grenzen, weil Sie aus einer industrialisierten Gesellschaft stammen. Zum Glück für diese Menschen kenne ich die Wahrheit. Das Problem liegt allein in einer Sache: Den Luxus der Überredung kann ich mir nicht leisten. Königreiche werden geschmiedet, und aus ihnen gehen Imperien hervor. Natürlich werden sie alle über Demokratie schwatzen. Doch mit ihren politischen Spielereien kann ich mich nicht abgeben. Bestimmt werden Sie einsehen, wie kindisch solche Dinge auf mich wirken. Ich wurde angewiesen – Nein, das wollte ich nicht sagen! Legen Sie mir nicht ständig die Worte in den Mund! Und gucken Sie mich nicht so überlegen an!«

Tate versuchte, ihn zu trösten, doch er schlug ihre Hand zur Seite. »Oh, ich weiß alles über Sie«, fauchte er. »Sie interessieren sich mehr für ein gemütliches Alltagsleben als für Ihre unsterbliche Seele.«

»Mir sollten Sie die Worte ebenfalls nicht in den Mund legen. Ich möchte, daß es Ihnen wieder bessergeht. Ich will Ihnen doch nur helfen.«

»Verlangen Sie dafür keine überschäumende Freude von mir, obwohl ich angewiesen wurde – und man es von mir erwartet –, jegliche Unterstützung willkommen zu heißen. Aber trotzdem werde ich auch sehr gut ohne Sie zurechtkommen, wenn es sein muß. Darüber zerbrechen Sie sich bloß nicht den Kopf.«

Instinktiv hob sie das Kinn, beherrschte sich jedoch und sprach beschwichtigend auf ihn ein. »Geben Sie nur Obacht. Natürlich werden Sie Ihre Fähigkeiten einsetzen; Sie können gut überzeugen und führen. Falls Sie mir persönlich einen Gefallen tun wollen, so erklären Sie diesen Menschen doch, daß auch Frauen eine Seele haben. Ich bin mir nicht sicher, ob sie das begriffen haben.«

Augenblicklich gab er sich wieder heimlichtuerisch. »Einige schon. Und jeden Tag erlangen weitere dieses Bewußtsein. Sie kommen und lernen, die Dinge aus einer neuen Sicht zu betrachten. Sie verstehen –« Er unterbrach sich, drückte sich auf die Ellbogen hoch und blickte sich um, wobei sein Kopf von einer Seite zur anderen zuckte. Nachdem er sich wieder hingelegt hatte, grinste er sie höhnisch an. »Na, machen Sie sich nichts draus. Vielleicht ein andermal, wenn Sie es verdient haben.« In seiner Stimme schwang ein neuer Unterton mit, eine völlig unerwartete Bedrohlichkeit, die ihr einen kalten Schauer über den Rücken jagte. »Jetzt bin ich müde. Denken Sie jedoch daran, in meinem Palast werden Sie stets einen sicheren Platz finden, wenn sich Ihr Kriegerfreund gegen Sie stellt. *Wenn* sie alle sich gegen Sie stellen.«

Sie erhob sich, verabschiedete sich rasch und schritt mit angemessener Würde davon. In sich hegte sie einen tiefen Groll, weshalb sie sich nicht einmal umdrehte, um ihm ein letztes Mal zuzuwinken.

Die Stichelei zum Schluß hatte sie tiefer getroffen, als Jones ahnen mochte. Trotz all des Vertrauens, das Gan und Clas ihr entgegenbrachten, behandelten die anderen Männer sie wie ein Monster. Clas akzeptierte sie grundsätzlich als Kriegerin; soweit es ihn betraf, gab es sowieso nur eine Frau auf Erden, und die hieß Sylah. Ende der Geschichte. Bei Gan lag die Sache anders. Manchmal schien er sie aus einer anderen Sphäre anzusehen und mit ihr zu sprechen. Besser konnte sie es jedenfalls nicht ausdrücken. Wenn er sich so verhielt – und sie hätte nicht einmal irgendwelche körperlichen Veränderungen bei ihm verzeichnen können –, fiel ihr nur ein Wort ein: »mystisch«. Nicht auf die Weise von Jones' Geschwätz über Errettete und Verdammte, sondern im Sinne eines blinden, *unvermeidlichen* Handelns. Sie spürte, daß Gan dem nicht ausweichen konnte, und sie hatte ebenfalls nicht mehr Wahlmöglichkeiten als er.

Die Frauen waren allerdings eine Freude. Neela verhielt sich so freundlich, wie es zwischen zwei verschiedenen Kulturen nur möglich war. Sylah war darüber hinaus eine wahrhaft intelligente Person, nicht nur eine Freundin. Sie war jemand, der wachte, Gans psychologisches Gegenteil. Während er sich am liebsten von einem Wirbelwind vorantreiben ließ, der ihn dorthin führte, wo er wollte, war Sylah eher darauf aus, sich selbst und ihr Schicksal zu kontrollieren. Früher oder später, so sagte sich Tate, würden die beiden mit gesenkten Köpfen gegeneinanderrennen. Hoffentlich bewegten sie sich dann sehr, sehr langsam.

In Anbetracht ihrer Freundschaft und ungeachtet ihres geteilten Hasses für die Rollen, welche die Gesellschaft ihnen zudachte, konnte sich jedoch keine Frau dieser Welt, dachte Tate, ihre speziellen psychischen Qualen vorstellen. Bei den wenigen Gelegenheiten, zu denen sie voreilig ihre Ansichten über Heirat und gemeinsame Verantwortung eines Paares offenlegte, hörten sie mit höflicher Anspannung zu, wie Menschen, denen man Scheußlichkeiten über das Familienleben erzählt. Zunächst hatte sie dies amüsiert. Doch nachdem sie Tate auf freundliche Weise aus ihren Gesprächen ausschlossen, setzte die Depression ein. Jetzt vermieden sie stillschweigend dieses Thema.

Diese Zurückweisung erinnerte sie nicht unbedingt an Rassismus. Trotzdem tat sie genauso weh.

Sie hielt an und fütterte ihr Lieblingslama. Das Männchen hatte ein braunes Gesicht mit einem weiß umkreisten Auge. Dies verlieh ihm eine Ähnlichkeit mit einem hochnäsigen, Monokel tragenden Aristokraten. Sie kratzte sein Kinn, und er starrte zufrieden ins Leere. »Wissen Sie, Eure Lordschaft«, sagte sie, »manchmal glaube ich, der Unterschied zwischen uns beiden besteht lediglich darin, daß dir schlicht alles egal ist. Und um jemanden nur deswegen zu beneiden, müßte ich schon ziemlich dumm sein, oder?«

Wieder auf der Straße, drehte sie sich noch einmal zu dem

Lama um. Es drückte sich an den Zaun, und als sich ihre Blicke trafen, schüttelte es den Kopf und schien ihr deutlich widersprechen zu wollen. Das hätte eigentlich lustig wirken sollen, doch irgendwie war ihr das Lachen vergangen.

Sechsundzwanzig

Der Wirbel der Trommeln und das Plärren der Trompeten aus der Burg hätten Clas' unterdrücktes Stöhnen beinahe übertönt, und so glaubte Sylah fast, sie habe sein Unbehagen eher gespürt als tatsächlich gehört. Sie hielten sich in einiger Entfernung von den aufgereihten Totenbahren auf.

In einer Geste der Verbundenheit hatte der Baron für alle Jugendlichen, die während des Sklavenjägerüberfalls an der Seite seines Sohnes den Tod gefunden hatten, die gemeinsame Verbrennung angeordnet. Sein Sohn hatte den Ehrenplatz erhalten, nördlich der anderen, und sein Sarg erhob sich einige Fuß höher auf einem einzigen Pfahl. Im Osten saß der König mit seinem Gefolge auf den Tribünen. Jenseits davon biwakierte eine Einheit seiner Truppen.

Sylah langte hinüber zu Clas' Hand, die auf dem Sattelknauf ruhte. »Sie werden Gan keinen Ärger machen«, beruhigte sie ihn. »Der König hatte die Barone angewiesen, die Regeln der Höflichkeit zu befolgen.«

»Höflichkeit«, spottete Clas. »Baron Jalail hat ihn in die Falle gelockt. Falls irgendeiner der anderen Barone Schwierigkeiten macht, beleidigt er die Familie jedes einzelnen Kindes. Eine einzige Zeremonie für alle war ein sehr kluger Zug.«

»Denkt Gan das auch?«

»Sicherlich. Er hat es selbst gesagt. Trotzdem gefällt es mir nicht, daß er sich bei so vielen Leuten aufhält, die ihn nicht mögen. Insbesondere, da mir nicht erlaubt wurde, ihn zu begleiten.«

Sie wollte etwas erwidern, überlegte es sich jedoch anders. Beide kannten seine Aufgabe. Clas beobachtete die Vorgänge, während sich die neue Einheit hinter ihm im Wald versteckte, und wartete auf das Signal. Sollte es zum Verrat kommen, würde die erste Schlacht unverzüglich beginnen.

Sylah bemerkte den Schweiß auf seiner Stirn. So warm war es nicht. Er sorgte sich um Gan und die kaum ausgebildeten Männer, die zu seiner Rettung eilen mußten, wenn der äußerste Fall einträte. Unter Gans und Clas' Führung hatten sie Begeisterung entwickelt, dennoch waren sie noch immer schlechte Krieger. Sie hatte Clas' Einschätzung der Reiterübung gehört, die an einem der Nachmittage vor kurzem stattgefunden hatte, und der Erfindungsreichtum seiner Sprache hatte sie verblüfft. Bislang hatte sie ihn für wortkarg gehalten, doch anscheinend wurde er recht gesprächig, sobald er nur ein bißchen Verärgerung verspürte. Ihr Gesicht wurde heiß, als ihr einige der Ausdrücke wieder einfielen. Vielleicht wäre »deftig« die treffendere Beschreibung. Gleichgültig, entschied sie schniefend; die Jungen verstanden ihn.

Gan erschien, derweil sich die Prozession weiter aus der Burg wand. An jeder Seite von ihm schritt ein Hund und Raggar vorneweg. Sein Pferd tänzelte königlich und war sich bewußt, daß alle Blicke auf sie gerichtet waren. Tate folgte ihnen in einer wallenden scharlachrot-gelben Robe.

Sylah lächelte; das Benehmen der schwarzen Frau erinnerte sie stets an die Irisäbtissin in ihrer Jugend. Dies wiederum ließ sie daran denken, weshalb sie nicht an der Zeremonie teilnahm. Das Lächeln verschwand. Sie war schließlich froh, ihre Freiheit zu haben, redete sie sich ein, und gebot der leisen Stimme Einhalt, die beharrlich darauf hinwies, wie sehr sie es haßte, von einem solchen Ereignis ausgeschlossen zu sein. Der Baron hatte es klar zum Ausdruck gebracht: Der König würde keinen Ungehorsam gegenüber der Kirche dulden. Die Königinmutter hatte am Ende ihren lebenslangen Kampf um Einfluß auf ihren Sohn verloren. Was herrische Barone nicht zustande gebracht hatten, erledigte so die Zeit von allein. Ihr Grund, der sie in ihrem Kampf, die Kirche und die Erhebung der Frauen für Gleichheit statt Dienerschaft zu vermischen, geführt hatte, löste sich auf. Und damit auch die Organisation. Die Kirche war in Unordnung geraten. Die Frauen warteten ängstlich schweigend auf eine neue Führerin.

In Anbetracht von Sylahs Verwicklung in diese neue Situation hatte der König klargestellt, solange ihr Verfahren noch nicht abgeschlossen wäre, wollte er nichts mit ihr zu tun haben. Falls die Kirche sie ausstieß, würden Entscheidungen getroffen werden müssen. Bis dahin sollte sie ihm aus den Augen bleiben.

Der Zug näherte sich ihnen in der milden Abendsonne wie ein Fluß der Farben. Baron Jalail bildete die Spitze. Er erreichte die versammelten Zuschauer, die auseinandertraten, um ihn durchzulassen. Langsam schritt er weiter und nickte zur Antwort auf das, was Sylah als Beileidsbekundungen auffaßte. Der König erhob sich, um seinen Gruß zu erwidern. Der Neffe, den er ausgesucht hatte, um die Verantwortung der Herrschaft über die Baronie zu teilen, stand neben ihm. Sylah meinte, Baron Jalail erstarren zu sehen, als er das Lächeln des anderen Mannes bemerkte, doch vermutlich handelte es sich dabei um bloße Einbildung. Sie waren viel zu weit entfernt, um so etwas zu erkennen. Dennoch war die achtsame Distanz, die die anderen Barone zwischen sich und ihrem Gastgeber hielten, ausgesprochen deutlich.

Aus ihrer langen Erfahrung heraus konnte sie Verhaltensmuster genauso deutlich lesen wie Clas die Anzeichen für das Wetter. Die Adligen würden sich höflich und freundlich benehmen. Am Ende könnte Baron Jalail vielleicht einen Weg aus seiner gegenwärtigen Gefahr finden, und warum sollte man sich ohne Not Feinde machen? Lohnte es sich jedoch, ihm in den Rücken zu fallen, war dies auf der anderen Seite leichter durchzuführen, wenn man ihm keinen Grund lieferte, es zu erwarten.

»Sieh sie dir an«, entfuhr es Clas angewidert. »Diese anderen Barone. Sie hängen hinter dem König wie die Kojoten hinter einem Bär.«

Die Bemerkung ließ Verlegenheit in ihr aufsteigen. Er sah, was ihr entging; sie hatte angenommen, das könne er nicht. Erneut wurde ihr Gesicht heiß, aber glücklicherweise sprach er weiter, während der Rest der Burgbewohner auf die Tribünen strömte. »Ich halte sowieso nicht viel von diesen Verbrennungssitten«, fügte er hinzu. »Für sie mag das eine große Bedeutung haben, mir kommt das Ganze übertrieben vor. Selbst die Särge wirken eher lustig.«

Zwar erwiderte sie nichts, die Wahrheit war jedoch, sie stimmte mit ihm überein. Die Särge waren in einer V-Formation angeordnet, und jeder einzelne bildete ebenfalls ein V. Alle zeigten nach Norden. Der innere Bereich war rechteckig und enthielt den Leichnam. In der Mitte der Kopfseite war ein seltsames Dreieck angebracht, und zwei weitere, größere Dreiecke saßen an den Seiten der Kiste, auf jeder eins. Es wirkte so, als hätten die Särge Flügel und einen Schwanz; wenn sie auch nicht unbedingt Pfeilspitzen oder Vögeln ähnelten, so erweckten sie doch den gleichen Eindruck von Geschwindigkeit.

Der Brauch, die Leichen mit konservierenden Ölen und Kräutern zu behandeln und danach in Baumwollstreifen einzuwickeln, unterschied sich von dem, was sie kannte, ebenso die Verschiebung der Verbrennung um dreißig Tage. Sie murmelte ein stilles Dankgebet dafür, daß dieser Brauch für gewöhnlich Adligen vorbehalten blieb. Sie kannte keine Kultur, die dies ähnlich handhabte, da die Gefahr von Krankheit und Vergiftung so groß war. Mit einem letzten Zugeständnis hatte Jalail zwei Jugendliche in die Zeremonie mit eingeschlossen, deren Rang eigentlich zu niedrig war. Die Menschen hatten dem von ganzem Herzen zugestimmt.

Sie beobachtete den König, während die letzten Mitglieder des Trauerzugs die Tribüne erreichten. Selbst aus dieser Entfernung bemerkte sie den funkelnden Lichtertanz seiner Juwelen. Er trug am Oberkörper eine Rüstung aus poliertem Metall, die mit Perlmutt, Obsidian und Amethysten besetzt war. Der Stoff seines Hemdes und seiner Hose war rot; die Gemahlin des Barons hatte sich geschmeichelt gefühlt, denn das Rot war die Trauerfarbe seines Clans. Zusätzlich zu den Edelsteinen auf der Rüstung trug er mehrere Ringe an den Fingern. Reife schmückten seinen Arm bis hinauf zum Ellbogen. Goldene Anhänger baumelten von jedem Ohr. Die Barone, Jalail eingeschlossen, hätten normalerweise protzig gewirkt. In Gegenwart des Königs dagegen erweckten sie eher einen schlichten Eindruck.

Ein tiefes, durchdringendes Summen unterbrach sie in ihren Betrachtungen, und sie blickte sich nach der Quelle um. Clas war ebenso überrascht, und sie wechselten schweigend einen verwunderten Blick. Gleichzeitig erkannten sie, daß es von der versammelten Menge herrührte. Da hatte es schon ein wenig an Lautstärke zugenommen und schwoll weiter an. Der Ton hatte etwas Aufdringliches, Forderndes an sich. Zunächst machte es Sylah gereizt, dann verspürte sie ein wenig Furcht. Sie rückte näher an Clas heran, und er legte, als hätte er dies erwartet, den Arm um sie und zog sie zu sich heran, während er den Ort der Verbrennung nicht aus den Augen ließ.

»Das sind Stimmen«, erklärte er, »nur Stimmen. Vermutlich handelt es sich um einen Teil der Zeremonie.«

»Das ist richtig.« Sie erinnerte sich an das, was man ihr gesagt hatte, und war erleichtert, weil sie dem seltsam anrührenden Benehmen einen Namen geben konnte. »Das ist das Abschiedslied. Wenn es seinen Höhepunkt erreicht, zünden sie das Feuer an.«

Er sah sie an. »Was hält denn die Kirche davon?«

»Alle Menschen haben ihre eigenen Zeremonien. Die Kirche hat nichts dagegen einzuwenden.«

Er zuckte mit den Schultern und wandte sich wieder der Verbrennung zu. Das Summen war nun zu einem Brüllen geworden, und alle Anwesenden standen da, legten den Kopf in den Nacken und gaben den lautesten, langanhaltendsten Ton von sich, den sie erzeugen konnten. Knurrende Bässe vermischten sich mit hohen Sopranen in einem stürmischen Fluß des Klangs. Mittlerweile lag ein Drängen darin, ein Sehnen nach Befreiung. Ein hysterischer Schrei schnitt mitten hinein, ein scharfes Kreischen, bei dem sich Sylahs Nackenhaare aufstellten. Clas' Armmuskeln zuckten und zogen sie so fest an ihn, daß sie fürchtete, er würde die Luft aus ihren Lungen pressen.

Der Baron trat von der Tribüne, nahm vom Hausleiter eine Fackel entgegen und warf sie in den offenen Raum zwischen sich und den Holzhaufen unter den Pfählen, auf denen die Särge ruhten. Sylah und Clas wußten, das Holz war mit Öl getränkt, daher waren sie darauf gefaßt, daß es rasch Feuer fangen würde, doch keiner von beiden hatte diesen verdrießlichen Knall erwartet oder mit einem solchen heißen Windstoß gerechnet. Der Baron, der viel näher dran war als sie, geriet sichtlich ins Taumeln und wich eilig zurück, wobei er das Gesicht mit den Händen schützte. Die Menschen auf der Tribüne duckten sich oder wandten sich ab, und die Menge, die beständig nach vorn gedrängt hatte, zog sich vor den Flammen zurück, die rasch die Särge auf den Pfählen einhüllten.

Letztere waren, wie Sylah jetzt erkannte, so schlank, daß sie von der Hitze in Bewegung gerieten. Schwankend und schaukelnd schienen sich die Särge vorzubeugen, als wollten sie eine Reise antreten. Bald kippten die ersten herunter, und jeder Fall ließ die Versammlung laut klagen. Nachdem der letzte in einem Funkensturm herabgestürzt war, begannen jene Beobachter, die nicht auf der Tribüne saßen, aufzubrechen. Es gab kein Signal, das Sylah bemerkt hätte, dennoch kehrten sie wie ein Mann dem Scheiterhaufen den Rücken zu und gingen davon. Wieder erhoben sie die Stimmen zu einem Lied, doch diesmal unterschied es sich deutlich von dem vorherigen Ein-Ton-Gesang. Diese Melodie klang leise und traurig und trieb Sylah die Tränen in die Augen, während die Menschen sich auf den Feldern verteilten.

Nun verließen auch die Familien der Betrauerten und die offiziellen Gäste die Tribünen. Am Abend würde der Baron ein feierliches Essen geben, während das Volk in den Genuß eines Festes kam, das er und die Angehörigen der anderen Dahingeschiedenen ausrichteten. Auf dem Ritt zum hinteren Tor der Burg, auf einer Route, bei der sie dem König nicht über den Weg laufen würden, stellte Sylah fest: »Glücklicherweise dürfen wir am Rest der Feierlichkeiten nicht teilnehmen. Die Verbrennung wäre schon schlimm genug gewesen, aber beim Abendessen mit all den Gesprächen ...« Sie ließ den Satz mit einem Schaudern ausklingen.

Clas lächelte verständnisvoll. »Das gleiche habe ich auch gedacht.« Auf ihren Blick hin fuhr er fort: »Nur eins habe ich herausgefunden, seit wir hier angekommen sind: Die Situation dieser Menschen ist noch komplizierter als die bei uns zu Hause im Lager. Ich weiß nie, was ich zu jemandem sagen soll.«

»Sei ganz du selbst. Wenn du ehrlich bist –«

Er unterbrach sie. »Ich verärgere alle. Gan meint, ich sei zu offen.«

Sylah machte den Mund auf, um das zu bestreiten, schloß ihn jedoch rasch, da sie an ihr eigenes Verhältnis zur Ehrlichkeit dachte. »Du bist nicht wirklich zu offen.« Damit entfernte sie sich nicht allzu weit von der Wahrheit. »Er sollte besser vorsichtig sein, sonst wird er noch wie sie und verlernt den Unterschied zwischen Takt und Lüge.«

»Er bestimmt nicht.« Clas brauchte über seine Antwort nicht nachzudenken. »Inzwischen kennt er ihre Regeln. Er wird andere Menschen vielleicht denken lassen, was er möchte, das sie denken sollen, doch lügen wird er nicht.«

Und was unterscheidet eine offene Lüge von einer versteckten, welche die Wahrheit verbirgt? wollte sie fragen, wußte jedoch, daß sie es nicht tun würde. Selbst wenn er Gan verteidigte, beschrieb Clas unabsichtlich einen Mann, der sich zusehends veränderte. Sie beobachtete ihn, bemerkte sein starres Kinn und die Entschlossenheit, bei seinem Freund keine Schwächen einzugestehen.

Die Vehemenz ihres Urteils richtete ihre Aufmerksamkeit auf eine andere Frage: War sie auf die Freundschaft zwischen den beiden eifersüchtig? Sie wollte Clas für sich, ganz und unabänderlich. Dies zu bestreiten war sinnlos.

Ohne Vorwarnung beugte er sich zu ihr herüber, ergriff ihre

Hand und zügelte beide Pferde. Ihres scheute überrascht ein paar Schritte lang, aber er bekam es leicht wieder in die Gewalt und wandte währenddessen nicht den Blick von Sylahs Augen ab. Einige Herzschläge lang sah er sie durchdringend an, als könnte sein Wille ihre innersten Gedanken enthüllen. Sie haßte dieses Starren, fürchtete es und trotzdem fehlte ihr die Kraft, sich daraus zu befreien. Und als sie protestieren wollte, blieben ihr die Worte in der Kehle stecken.

»Ich möchte, daß du meine Frau wirst. Ich liebe dich«, sagte er. Und endlich entließ er sie aus diesem Starren und betrachtete ihrer beider Hände, die einander hielten. Er fuhr fort: »Was in den Bergen geschah, wo du in die Falle geraten bist, und die Art, wie ich jetzt des Nachts von Schatten zu Schatten zu deinem Zimmer schleiche, darauf bin ich nicht stolz. Ich möchte dich an meiner Seite haben. Ich will die wichtigste Wahrheit in meinem Leben nicht unterdrücken müssen.«

Sie hatten einen Obstgarten erreicht und ritten eine duftende Gasse entlang, die an den Seiten von knorrigen Stämmen begrenzt wurde, deren Äste sich über ihnen wölbten. Dicke, runde Wolken sprenkelten den ansonsten makellosen Himmel. Klee bedeckte den Boden einem Teppich gleich, und das Summen der emsigen Bienen stürmte auf sie ein und bildete einen Kontrapunkt zu dem plötzlichen Klopfen ihres Herzens. Seine ersten Worte gingen ihr durch den Sinn, der Rest wurde aufgenommen, begrüßt und vergessen. Nur daß er sie gebeten hatte, ihn zu heiraten, war von Belang.

Sie sog den Augenblick in sich auf, ihre Sinne zogen alles an sich heran, und sie wollte nichts von diesem Moment verlieren, wollte ihn auf ewig in Erinnerung bewahren, solange sie lebte.

Wärme erfüllte sie, führte die Freude zu ihrem Höhepunkt. Sie wollte lachen und weinen. Und sie wußte, nun brauchte sie nichts mehr zurückzuhalten, Mißverständnisse mußte sie im Keim ersticken unter einer scheinbar unversehrten Oberfläche. »Ich liebe dich, Clas. Mehr, als ich glaubte, je einen Menschen lieben zu können. Aber Heirat ... Unser Leben unterscheidet sich von dem anderer Leute. Wir sind Flüchtlinge. Und darüber hinaus wird die Kirche vielleicht entscheiden, ich müsse an König Altanar ausgeliefert werden.«

Clas lachte und vollführte mit dem freien Arm eine ausladende Geste in Richtung Osten. »Die Straße zur Sonne kennt kein Ende. Wenn wir für immer Flüchtlinge sind, mag es eben so sein.«

»Du kennst Altanar nicht. Er wird mich jagen lassen.«

»Es dauert Monate, bis der Beschluß der Kirche den König von Harbundai erreicht hat. In dieser Zeit kann sich vieles ereignen. Vielleicht gibt es Kämpfe. Altanar ist nicht unsterblich.«

Du jedoch auch nicht! Der Gedanke flößte ihr Furcht ein. Unerwünscht trat ihr das Bild vor Augen, wie Gan in aller Einsamkeit den treuen Scar in die nächste Welt geschickt hatte. Und sie erinnerte sich an die Flammen der gerade beendeten Zeremonie, sie sah die Särge im Funkengestöber, wenn sie von den Pfählen fielen. Die roten Flammen nahmen eine Gestalt an, und jetzt erkannte sie darin die beängstigend blutroten Rosen, die an ihrer Tür gehangen hatten.

Sie beugte sich vor und wollte ihn küssen, legte ihm die Hände auf die Schultern, erfreute sich an seiner Körperlichkeit, an der Wirklichkeit seiner Gegenwart. Das Morgen hatte die Eigenschaft, sich aufzulösen oder in einer Gestalt zu erscheinen, die niemand erwartet hatte. »Ich werde dich heiraten«, sagte sie. »Stolz und glücklich.«

Siebenundzwanzig

Das gute Wetter hielt sich den ganzen Sommer über. Nur an den Grenzen, wo sich Sklavenjäger herumtrieben, unternahm die olanische Armee gelegentlich Vorstöße, und noch seltener bereiteten Überfälle der Teufel dem Königreich Schwierigkeiten. Dieser vergleichsweise friedliche Sommer gereichte Baron Jalail sehr zum Vorteil. Bei der Aussicht auf eine hervorragende Ernte fiel es dem König schwer, den anderen Baronen jene Männer abzuziehen, die er brauchte, um Jalails Ländereien zu erobern. Die Menschen arbeiteten fleißig, und der König mußte ungeduldig zusehen, wie die Zeit verstrich.

In diesem Jahr nahm auch eine ungewöhnlich große Anzahl Reisender und Händler den Weg durch Jalails Baronie. Viele von ihnen hatten nervöse Blicke, in denen Fragen lauerten, und interessierten sich für die neue Truppe, die die Hundekrieger des Barons aufbauten. Einer war dumm genug, einem Rekruten Geld zu bieten, damit der ihn regelmäßig über den Stand der Ausbildung, die Ausrüstung und die Namen Unzufriedener in Kenntnis setzte. Niemand erfuhr je, ob dieser Fremde sein nächstes Ziel erreichte, doch wurde bekannt, daß der Mann plötzlich hinkte, als er die Baronie verließ, und daß er den Teil eines Ohres verloren hatte.

Die Erntezeit stellte das reinste Fest dar. Die jungen Soldaten aus Gans Kommando wurden dabei vermißt, aber die Feldfrüchte wurden ohne Verluste eingefahren, und im Winter würde es ausreichend zu essen geben. Das Vieh wurde fett und gebar gesunden Nachwuchs. Heringe und Lachse überschwemmten Flüsse und Bäche. Wilde und kultivierte Obstbäume trugen reichlich, vor allem Brombeersträucher und Heidelbeerbüsche, die unter dem Gewicht ihrer Früchte fast zusammenbrachen und die Luft mit ihrem Duft versüßten.

Mit dem ersten Hauch des Herbstes nahm das Laub von Ahornen und Erlen eine neue Farbe an, und jedes Dorf lag unter dem weißen Dunst und mundwässernden Geruch der Räucherfeuer, mit denen Fleisch konserviert wurde, und dem feineren Duft trocknenden Gemüses.

An einem solchen Tag trottete Gan an der Spitze einer schlangenähnlichen Kolonne seinen Soldaten voraus. Er schätzte die Zeit, die seine Leute noch brauchen würden, bis sie das Dorf, durch das sie gerade marschierten, hinter sich gelassen hätten, und wandte sich dann an den Mann neben sich. »Ich verlasse euch hier«, verkündete er. »Halte die Kolonne an, wenn ihr den großen Felsen neben dem Bach vor uns erreicht. Stellt Wachen auf und laßt Essen fassen. In einer Stunde geht es weiter.«

»Ich höre.« Der Mann hob die Hand und berührte sein Ohr. Dieses Zeichen hatte Gan eingeführt, um auszudrücken, daß man einen Befehl verstanden hatte. Vorgeschlagen hatte es Tate, und sie hatte auch den Rat gegeben, Spiegel zur Verständigung über weite Distanzen einzusetzen. Die meisten ihrer Ideen erwiesen sich als wirkungsvoll. Er beobachtete die Männer, ihre müden, ausdruckslosen, verschwitzten Gesichter, und dachte bei sich selbst, wie notwendig er solche Verbesserungen brauchte. Er und seine Freunde würden die mangelnde Größe der Truppe durch überlegene Fertigkeiten und Ausrüstung ausgleichen müssen.

Er wartete, bis ihn die Offiziere am Ende der Kolonne erreicht hatten, und winkte sie zu sich an den Rand. Einer davon war Tate, die in der gesprenkelten Kleidung, die sie aus ihrem Land mitgebracht hatte, aus dem Rahmen fiel. Belustigt verfolgte Gan, mit welcher Sorgfalt sie die Uniform pflegte. Sie wusch sie persönlich und so vorsichtig, als würde es sich bei dem unglaublich festen Stoff um feinste Seide handeln. Jeden Riß, wie klein er auch sein mochte, flickte sie umgehend. Dennoch trug sich die Kleidung langsam ab, und alle Anzeichen dafür wurden bitterlich von ihr beklagt. Er hatte sich bereits vor einiger Zeit überlegt, daß die Kleidung innerhalb von Tates Stamm eine besondere Bedeutung besitzen mußte, und deshalb zog er die schwarze Frau nicht damit auf und gestattete das auch niemand anders. Sie hatte ein Recht auf ihre Eigenheiten.

Trotzdem ärgerte sie sich darüber, kein eigenes Kommando zu haben, und sie bestand darauf, in die gesamte Ausbildung mit eingeschlossen zu werden. Er dachte überhaupt nicht daran, sie auf eine riskante Position zu setzen, gab ihr gegenüber jedoch offen zu, wie sehr er ihre Gegenwart begrüßte. Die Angelegenheit war ein wenig heikel.

Nicht für die Soldaten allerdings. Vom ersten Tag an, als sie mit auf einen Trainingslauf gekommen war und zu den besten gehört hatte, wurde sie akzeptiert. Nachdem die Männer bemerkt hatten, mit welcher Inbrunst ihre Hundefreunde über sie wachten, verwandelte sich jedes mögliche Interesse persönlicherer Natur in einen distanzierten, wenngleich freundlichen Respekt.

Bei dem anderen Offizier handelte es sich um den grauhaarigen Kerl, der sich an jenem Tag, an dem sie in der Burg angekommen waren, so barsch an Gans Pferd angelehnt hatte. Nun wirkte er erschöpft, doch war er sauber rasiert, trug das Haar kurz geschoren und hielt seine Ausrüstung in bester Ordnung.

Die Kolonne marschierte davon, und die donnernden Fußtritte klangen wie ein Herzschlag und klopften den Staub aus der Erde. Die beiden Männer lehnten sich an die Wand eines Hauses, und Tate grinste sie müde an. »Na, wie sind wir denn bisher?« fragte sie, obwohl sie sich sehr wohl bewußt war, daß alles sehr gut lief.

»Sehr gleichmäßig. Fünf Meilen in der Stunde.«

Tate lachte lautlos. »Falls mir jemand je hätte erzählen wollen –«

Sie unterbrach sich, und sofort dachte Gan: Da, schon wieder. Für einen Augenblick flammte erneut diese Sehnsucht auf. Ich weiß nie, was diese Stimmung bei ihr erzeugt, und sie dauert auch stets nur ein paar Sekunden an, aber sie wirkt so schmerzlich. Warum kann ich nicht einfach den Arm um sie legen und sie damit trösten, daß wir doch ihre Freunde sind?

Und dann hatte sich Tate gefaßt und fuhr fort, als sei nichts geschehen. »Falls mir jemand hätte erzählen wollen, ich würde den Tag erleben, an dem ich zwischen Frühstück und Mittagessen zwanzig Meilen renne und bis zum Abendessen noch fünfzehn weitere schaffen soll, hätte ich ihn für besinnungslos betrunken erklärt.«

»Ich wünschte, ich wäre es.« Das kam von dem zweiten Mann, und seine leuchtenden Augen straften seine mürrische Miene

Lügen. »Fünfunddreißig Meilen! Ich frage mich, warum ihr uns nicht gleich mit Hafer füttert. Vielleicht werden wir am Ende ja noch gestriegelt, wie richtige Pferde.«

»Hm, Hafer. Ich denke …«, überlegte Gan mit vorgetäuschtem Ernst, und der Mann spuckte auf den Boden.

Tate sagte: »Emso, wenn du ihm noch einmal so eine Idee einredest, wird der Rest von uns dich zur ständigen Nachtwache einteilen.«

Emso brachte ein schwaches Lächeln zustande. »Du hast den Jungs gutgetan, Gan. Das sind stolze, starke Männer. Die besten Soldaten, die mir je untergekommen sind, und ich bin schon vor Olas Elitetruppe davongerannt. Clas hat richtige Kämpfer aus ihnen gemacht. Früher habe ich mit dem Schwert jeden Kerl in der Baronie besiegt. Heute, glaube ich, würde mich wenigstens die Hälfte dieser Halbstarken niederringen.«

»Sie werden langsam besser. Trotzdem würde ich nicht gegen dich wetten. Du bist zu listig.«

»Ich.«

»Genau du. Ich erinnere mich noch sehr wohl, wie du mich an dem Tag, als die Sklavenjäger das Dorf überfielen, aufs Kreuz gelegt hast.«

Emsos gefurchtes Gesicht strahlte noch heller. »Du hast mich doch aufs Kreuz gelegt. Jedenfalls habe *ich* es so in Erinnerung.«

»Du wolltest nur sehen, was ich tun würde. Und die Männer sollten es sehen.«

»Bist mir also auf die Schliche gekommen. Hatte ich mir gedacht. Meinte damals, die Männer sollten mitkriegen, wie du deine Muskeln spielen läßt, falls du welche hättest. Dennoch hättest du nicht gleich das Pferd auf mich hetzen müssen. Das hatte ich nicht erwartet.«

»Das Unerwartete zählt stets mehr als alle Muskeln. Das weißt du auch.«

Tate streckte sich und stöhnte. Abrupt hielte sie inne. »Irgendwer räuchert hier Lachs. Mit Knoblauch. Honig. Und – und … ja, Pfeffer.« Wie an der Nase gezogen, verschwand sie um die Ecke des Hauses. Dahinter nahmen ein alter Mann und eine Frau Holzstückchen aus einem ledernen Wassereimer und warfen sie in ein Loch. Dampf- und Rauchwölkchen stiegen auf, und der Mann verschloß das Loch rasch mit einem Metalldeckel. Ein kleiner Erdhaufen markierte einen Tunnel, der von der Feuergrube zum eigentlichen Räucherofen führte, einem flachen, irdenen Viereck ein paar Meter entfernt. Aus dessen oberen Lüftungsschlitzen quoll nun der Rauch hervor. Das hatte Tate gerochen, denn durch die Verlängerung verteilte sich auch der Geruch des Fisches und seine Pökellake.

Die beiden blickten erschrocken auf, und der Mann salutierte, wie es in der Baronie üblich war. Gan erwiderte den Gruß und nickte der Frau zu. »Wir sind unterwegs«, erklärte er und zeigte auf Tate. »Meine Freundin wollte sich ansehen, was ihr hier tut. So etwas Leckeres hat noch niemand von uns gerochen.«

Die Frau strahlte. »Danke. Die Menschen scheinen es zu mögen.«

»Weil wir den richtigen Fisch aussuchen. Habe Jahre gebraucht, bis ich es gelernt hatte«, erklärte der Mann. Aus den Augenwinkeln bemerkte er den harten Zug um den Mund seiner Frau, und so fügte er hastig hinzu: »Meine Frau hat natürlich eine geheime Mischung für die Lake. Die macht den Unterschied aus. So etwas wie das gibt es kein zweites Mal.« Er lächelte sie an, doch die Erwiderung war eher kühl.

Sie wandte sich erneut Gan zu, zeigte auf die Lüftungslöcher des Ofens und erläuterte: »Wir räuchern langsam und kalt. Dadurch hält sich der Fisch länger.«

Als Gan von offenem Räuchern und Sonnentrocknen sprach, schnalzte die Frau mitleidig mit der Zunge. Sie wollte ihm die Köstlichkeiten nicht länger vorenthalten, obwohl er protestierte und sagte, er habe schon hundertmal in Harbundai Lachs gekostet. Ihr Mann gab sich ähnlich beharrlich und verkündete, solange sie den ihren nicht probiert hätten, wäre ihnen das Beste entgangen. Und der war tatsächlich gut. Tate zählte ein Dutzend Kräuter auf und versuchte, weitere schwer zu fassende Aromen herauszuschmecken, und die Frau lachte schwach über ihre Verblüffung.

Während sie sich zum Aufbruch anschickten, ging Gan zum Brunnen, wo er Wasser zum Händewaschen heraufzog. Er sah, wie der Mann herbeieilen wollte, um ihm zu helfen, und wie die Frau ihn zurückhielt. Sie stritten sich mit zusammengesteckten Köpfen über etwas und beäugten ihre Gäste vorsichtig. Dann holte der Mann tief Luft, als Gan zurückkehrte. »Meine Frau … wir haben eine Bitte.«

Auf Gans Nicken fuhr er fort: »Unser Sohn gehört zu den jungen Männern, die der Baron in seine Dienste gerufen hat. Sein Weib lebt bei ihm im Lager.« Er zögerte und richtete ein vertrauensvolles Grinsen auf Tate. »Vor einiger Zeit war er für einen Tag zu Hause. Da haben wir von dir erfahren. Er sagte, die ganze Ausbildung beruhe auf deinen Plänen. Stimmt das?«

»Ich arbeite mit Clas und Emso zusammen. In meinem Land mußten wir ebenfalls unerfahrene Soldaten ausbilden. Dieses Wissen ist mir sehr hilfreich.«

Der Mann grunzte. »Wenn sie alle so viel gelernt haben wie mein Sohn, hast du wahrlich gezaubert. Ich wollte es ihm nicht so deutlich zeigen. In ihm wohnt jetzt ein Stolz, den ich bei ihm noch nie erlebt habe, und er ist doppelt so stark geworden. Er ist nicht mehr nur ein Bauernjunge mit einem Schwert. Ich hab's selbst gesehen, nun ist er ein Krieger, ein Mann, den andere Männer anerkennen.« Er wandte sich wieder an Gan. »Und er hat uns auch erzählt, unter welcher Anstrengung du es möglich gemacht hast, daß die Soldaten ein Lager bekommen, wo sie mit ihren Frauen zusammenleben können, und daß die Frauen lernen, Arbeiten zu verrichten, mit denen sie etwas Geld verdienen. Wir stehen tief in deiner Schuld. Ich möchte dich nur fragen, ob ich einem deiner Soldaten ein wenig geräucherten Lachs für unseren Sohn mitgeben darf. Und auch dem Mann namens Clas würden wir gern etwas schicken. Zudem wäre es uns eine Ehre, wenn auch ihr ein wenig mitnehmen würdet. Das ist zwar nicht viel, aber auf diese Weise möchten wir dir unseren Stolz kundtun, daß unser Sohn einer von deinen Wölfen ist und uns bei dir für alles bedanken, was du für sie getan hast, Murdat.«

»Was?« Vollkommen verblüfft platzte Gan mit der Frage heraus. Der alte Mann riß die Augen auf und zuckte zusammen, als dränge ihn ein Instinkt davonzurennen, während der Verstand ihm den Gehorsam versagte. »Wie hast du mich genannt? Was für Wölfe?«

Emso ergriff das Wort und schnitt so das Gestotter des Mannes ab. »Die Fünfhundert haben die Geschichten über dich und die Wölfe gehört. Hundekrieger können sie ja nicht sein, deshalb sind sie Wölfe. Und sie nennen dich Murdat, weil ein Anführer einen Titel haben sollte.«

Gan durchbohrte Tate mit Blicken. Er ignorierte das jetzt plappernde Pärchen. »Du hast das doch gewußt, oder? Und Clas auch? Wer noch?«

»Alle außer dir, glaube ich«, antwortete Tate. »Niemand war sicher, wie du darauf reagieren würdest.«

»Ich bin Gan Moondark. Das genügt als Anrede.«

Tate und Emso schüttelten in gemeinsamem Widerspruch feierlich den Kopf. Sie sagte: »Die Männer wollen es aber anders, Gan. Dein Vater hieß auch nicht nur einfach Col, sondern Kriegshäuptling.«

Und Emso fügte hinzu: »Das ist nur eine Ehrenbezeugung. Wenn du sie zurückweist, weist du damit auch die Männer zurück.«

»Wölfe.« Gans emotionaler Aufruhr verschaffte sich in Spott Luft. »Bisher sind sie nicht ein einziges Mal in die Schlacht gezogen. Was wissen sie schon?«

»Sie werden kämpfen.« Das kam von ihrem Gastgeber, und der war über die Bemerkung überraschter als die anderen. Alle Blicke richteten sich auf ihn, und er schluckte vernehmlich und wagte sich dann weiter vor. »Sie sind aufgewachsen, während der Baron und seine Söhne schwächer und schwächer wurden. Statt die übrigen Barone zu bekriegen, schließt Baron Jalail Bündnisse, und unser König tut das gleiche. Wenn die olanischen

Sklavenjäger hier auftauchen, sind unsere Adligen von geringem Nutzen. Sie greifen niemanden an, und falls doch, werden sie zurückgeschlagen. Mein Sohn sagt, die Dinge stünden jetzt anders. Wir haben jahrelang Erfahrungen darin sammeln können, uns vor den Sklavenjägern zu verstecken. Und schlimmer noch, wir wußten stets, Ola würde eines Tages mit ganzer Stärke über uns herfallen. Um uns das Land zu nehmen. Und vermutlich auch das Leben. Heutzutage, so sagt mein Sohn, könnten wir sie aufhalten. Durch dich.« Er zögerte, schluckte abermals und schien sich etwas durch den Kopf gehen zu lassen. Dann setzte er noch hinzu: »Murdat.« Das klang richtig trotzig.

Gan blickte ihn an, und Tate mußte grinsen. Sie versuchte es zu unterdrücken, was ihr gänzlich mißlang. Gan überlegte, ob er den Streit fortführen wollte, hielt sich jedoch an Emsos Rat. Niemand kannte sich besser mit der Natur des Respekts aus als er selbst. Die jungen Männer seines Stammes, die sich gegen seinen Vater stellten, hatten dies getan, weil Col mit Entschlossenheit den Frieden verteidigen wollte. Das war allerdings lediglich eine Ausrede. In Wirklichkeit hatten sie den Respekt vor ihren traditionellen Feinden verloren und würden möglicherweise angegriffen werden, wenn sie es am allerwenigsten erwarteten.

Im Hintergrund hörte er Tate sagen: »Wir nehmen den Fisch für euren Sohn und Clas mit. Der wird ihnen ganz bestimmt genauso gut schmecken wie uns.«

Die Frau wandte sich an Gan und verlangte seine Aufmerksamkeit. »Zuerst waren wir wütend, als du ihn eingezogen hast«, beichtete sie. »Jetzt aber wünschen wir dir – und ihm – Erfolg. Trotzdem wünschte ich, er wäre noch immer zu Hause.«

Gan bedankte sich für ihre Gastfreundlichkeit und bei dem Mann für seine Offenheit. Daraufhin beugte er sich vor und küßte die Frau auf die Stirn. »Ich wünschte auch, dein Sohn könnte zu Hause sein, Mutter.« Rasch drehte er sich um, rief die Hunde zu sich und überließ es Tate und Emso, sich zu verabschieden.

An diesem Abend aßen sie zusammen in Clas' und Sylahs

neuem Haus. Es war klein, nur wenig geräumiger als die benachbarten Häuser der verheirateten Wölfe. Den größten Unterschied bildeten die Fenster. Jedes Gebäude besaß mindestens ein Fenster aus Glas, welches man aus Gottestoden gewann. Für gewöhnlich bestanden sie aus einem Flickwerk von Scherben, die manchmal verschiedene Farben und Stärken aufwiesen und von Pech oder Harz gehalten wurden. In den ärmeren Hütten verwendete man gewachstes Papier oder Tuch. Clas und Sylah hatten in allen sechs Fenstern Glas, und zwar jeweils ein einziges Stück in der Größe der Brust eines Mannes. Die Scheiben waren wie eine abgeschnittene Pyramide geformt, trotzdem bewunderten sie alle und lobten, daß es keine trübenden Falten aufwies.

Gan war keine gute Gesellschaft, das spürte er, und deshalb wirkte auch die Fröhlichkeit der anderen so aufgesetzt auf ihn. Vor allem Neela schien ihn unbedingt aufheitern zu wollen, und deutlich wandte sie ihm mehr Aufmerksamkeit zu, seit sie Clas' und Sylahs neues Heim betreten hatten. Er redete sich ein, das sei eine Reaktion auf die offensichtliche Zuneigung, die zwischen dem Paar herrschte. Eine Stimme in seinem Kopf fragte jedoch, ob nicht Eifersucht dahintersteckte.

Tate schien die unglückliche Richtung, die seine Gedanken einschlugen, zu spüren, und so brachte sie das Gespräch auf ein Thema, das seine Laune bisher immer aufgemuntert hatte. Sie wandte sich an Clas und köderte ihn: »Sicherlich hast du die Männer sehr gut ausgebildet, aber was sie wirklich zu besseren Kämpfern macht, ist das Programm, das wir für die Frauen aufgestellt haben. Die Soldaten wissen, wir unterstützen sie.«

Clas nickte weise. »Die Frauen sind ausgesprochen wertvoll. Und das wissen wir sehr wohl zu schätzen. Da die Frauen jetzt ihr eigenes Haus haben, kochen sie auch besser, und dadurch werden sie gesünder und bringen größere, bessere Kinder zur Welt, und – äh!« Er grunzte und fuhr zur Seite, da Sylah ihm den Daumen in die Rippen piekte.

Tate sprach nun Gan an. »Erinnerst du dich noch, wie wir dir erklärt haben, wir würden sie Waren herstellen lassen, die sie in der Neuen Stadt verkaufen können? Neela hat heute morgen die erste Ladung Körbe abgeschickt. Sylah unterrichtet die Frauen in grundlegenden medizinischen Dingen. Wir nennen es Erste Hilfe.«

»Ich glaube«, erwiderte Gan, »der Baron wird auch das Gesetz über den Gewahrsam für Witwen ändern. Nachdem wir erst einmal bewiesen haben, daß unsere Einheit sich versorgen kann und wir uns selbst um unsere Leute kümmern, wird er einsehen, wieviel Gutes wir seinem Land bringen, anstatt es auszusaugen.«

»Trotzdem haben wir ein Problem«, warf Neela ein. »Die Adligen des Barons mögen uns nicht. Sie sagen, wir würden uns zu sehr absondern. Und sie weigern sich, weitere junge Männer an die Einheit zu verlieren. Dazu sind sie verärgert, weil der Baron jedem Verheirateten ein Stück Land schenkt.«

Gan schlug mit der Hand auf den Tisch. »Das Land und die Häuser gehören der Einheit; wenn ein Mann nach Hause zurückkehrt, bekommt es ein anderes verheiratetes Paar. Und was, wenn wir uns absondern? Keiner von denen hat bislang den Versuch unternommen, sich mit uns anzufreunden.«

»Zu mir waren sie immer sehr gut.« Wegen ihrer Nervosität klang Tates gewöhnlich sanfte Stimme überraschend angespannt. »Ein paar sind sogar meine Freunde geworden.«

»Deine Freunde oder die von Jones?« Auf Gans Frage hin erstarrten die Mienen am Tisch.

Tate ließ sich Zeit mit der Antwort, und sie überlegte sie sich gut. »Von uns beiden, hoffe ich. Sie hören uns zu und versuchen, seine Botschaft zu verstehen.«

Gan sagte zu Sylah: »Jones gibt sich mit irgendeiner neuen Religion ab. Wird die Kirche ihm das durchgehen lassen?«

Tate öffnete, bleich vor Wut, den Mund und wollte etwas entgegnen, doch Sylah gebot ihr mit einem Wink Schweigen. »Laß mich selbst drauf antworten, Donnacee. Um dieses Thema sind wir bisher immer herumgeschlichen wie um den heißen Brei. Du weißt nicht, wie das Leben bei uns ist, und aus diesem Grund habe ich den Punkt vermieden. Aber wir können gern offen darüber reden. Die Kirche wird jeden angreifen, der ihre Führerschaft in Frage stellt.«

»Jones redet von Reformen und von Gleichheit. Sind das nicht auch die Ziele der Kirche?«

»Sicherlich, aber –«

»Dann hilf ihm doch.«

Sylah rang die Hände. »Das kann ich nicht. Und du darfst es nicht. Wandel und Wissen müssen von der Kirche kommen, von denen, die die Kirche ernannt hat.«

»Habt ihr deshalb dieses Ritual, das ihr Rückgabe nennt, in dem alles verbrannt wird, was die Menschen ausgraben und wo Buchstaben oder Zahlen draufstehen? Wie ich erfahren habe, benutzt ihr Steine und Ziegel von verschütteten Gebäuden. Dagegen hat die Kirche nichts einzuwenden, und ich habe kürzlich einen Stein gesehen, auf dem ein Wort stand.«

»Das sind zwei unterschiedliche Dinge. Diese Gegenstände haben die Riesen zurückgelassen, und niemand wird sie jemals begreifen. Die Kirche will lediglich die Macht des Wissens in den richtigen Händen halten. Dem Gesetz nach sollte sie alles Wissen kontrollieren; nur sie ist moralisch dazu in der Lage, die Menschen anzuleiten, da sie weder Ambitionen noch das Verlangen zu herrschen hat.«

Angesichts der Aufrichtigkeit in den Worten ihrer Freundin verbiß sich Tate eine Erwiderung. Zu gern hätte sie Sylah erzählt, wie sehr sich ihre Rede nach reiner Propaganda anhörte. Und darüber hinaus hielt sie das Ganze für ein offenes Eingeständnis der Entschlossenheit, das Kommando über etwas zu haben, dessen Werkzeug die Bildung darstellte. Zudem wollte sie die andere Frau daran erinnern, daß Jones ihr Landsmann war.

Seltsamerweise kam ihr das Wort *Freund* in den Sinn, entglitt ihr jedoch und wirkte plötzlich schwer definierbar.

Gan hörte nicht mehr zu, denn seiner hatte sich eine Enttäuschung bemächtigt, die der Verzweiflung nahekam. Er hatte sich nie mit Jones verbunden gefühlt. Bei Tate lag das anders. Sie war eine Gefährtin, eine Verbündete und – es fiel ihm noch immer schwer, dies einzugestehen – eine Beraterin. Falls er sie zwang, sich zwischen Jones und ihm zu entscheiden, würde sie den anderen Mann vielleicht aufgeben, doch Gan würde nie erfahren, ob ihr bei dieser Entscheidung wohl zumute wäre.

Der Gedanke ließ ihn aufmerken. In einer anderen Zeit hätte er niemals die Treue eines Mitmenschen in Frage gestellt. Wie weit entfernt lag diese Welt, in der Freund und Feind als solche erkennbar waren und ein Mann wußte, wer was war?

Das Wort, welches alles änderte, war natürlich »Mann«. Mit der reinen Gewißheit der Jugend hatte der Junge die Unterscheidung sicher und deutlich treffen können. Der Mann dagegen war verwirrt; er lernte, daß es eine Trennung gab, aber sie war nur eine nebelhafte, verräterische Linie, die ein Bild erzeugen mochte, das sich als ebenso trügerisch und gefährlich wie eine Fata Morgana erwies.

Groll verscheuchte die Enttäuschung. Er hatte um nichts von all dem gebeten. In seinem Traum hatte er sein Volk verteidigen wollen und nicht angreifen. Oder sonst jemanden. Eigentlich hätte er am liebsten sein ganzes Leben auf der Nachtwache verbracht, wo er nur für seinen eigenen Bereich zuständig und mit seinen Hunden und seinen Fähigkeiten allein war. Dieses Gerede von Macht, diese Verantwortung für die Ausbildung Hunderter Männer, die er zum Gipfel ihrer individuellen und gemeinsamen Stärke bringen mußte, obwohl er wußte, daß er sie irgendwann in die Schlacht zu werfen hatte, die nicht jeder überleben würde – davon hatte er ganz bestimmt nicht geträumt.

Eine Frage zog die nächste nach sich, und dann klopfte jemand an die Tür und riß ihn zurück in die Gegenwart und die aufgepeitschte Diskussion um ihn herum. Alle hatten sich daran beteiligt, und er wünschte, er hätte dem Streitgespräch mehr Aufmerksamkeit gewidmet. Clas, der der Tür am nächsten saß, öffnete. Einer der schwarzweiß gekleideten Diener des Barons wartete draußen ungeduldig. »Der Baron wünscht Gan Moondark sofort zu sprechen«, sagte er.

Gan erhob sich rasch und las dem Boten die Besorgnis vom Gesicht ab. »Was ist passiert?« fragte er.

Der Blick des Mannes ging bedeutungsvoll zu den anderen und kehrte zu Gan zurück. Er machte ein Zeichen, das wohl bedeuten sollte, niemand dürfe etwas hören. Clas sagte: »Ich komme mit. Wenn er mit dir unter vier Augen reden will, warte ich in der Nähe.«

Beim Aufbruch war er erleichtert, da Sylah zu Tate meinte: »Ich glaube, wir werden gebraucht.« Tate pflichtete dem murmelnd bei. Die Meinungsverschiedenheiten zwischen den beiden waren zumindest vorerst aus dem Weg geräumt.

Der Baron war äußerst aufgeregt. »Ich wünschte, du wärest allein gekommen«, begrüßte er Gan bockig, »aber vermutlich ist das gleichgültig. Anscheinend bist du sofort zu ihnen gegangen. Na, das ist nicht wichtig. Trotzdem habe ich nach dir geschickt und nicht nach euch allen.« In dieser Richtung lamentierte er noch eine Weile lang fort, und Gan wartete geduldig, während er hoffte, Clas würde sich zusammenreißen und keine unbedachte Bemerkung von sich geben. Nachdem der Baron aufs Thema zu sprechen gekommen war, erfuhr Gan die erschreckenden Nachrichten. »Die Lage sieht schlimmer aus, als wir erwartet haben. Die olanischen Truppen – du kannst dich doch an die drei Abteilungen erinnern, die angeblich aus dem Grenzgebiet abgezogen sind? – marschieren in unsere Richtung. Das sind zweitausend Mann Infanterie und fünfhundert Kavallerie, insgesamt fünfundzwanzig mal hundert Mann.«

»Auf welchem Weg? Kommen sie durch die Baronie im Westen oder ziehen sie an der Grenze entlang bis zu uns? Woher wissen wir, daß dein Land ihr Ziel bildet?«

»Die Spione des Königs haben das in Erfahrung gebracht. Und was für einen Unterschied bedeutet es, welche Route sie eingeschlagen haben? Uns bleibt keine Zeit mehr, weitere Männer einzuberufen. Die anderen Barone behaupten, sie könnten keine erübrigen, außer Baron Galmontis aus den nordwestlichen Ländereien. Er hat versprochen, in zehn Tagen mit zweitausend Soldaten hier zu sein. Und natürlich kommt auch der König selbst – mit seinem ernannten Helfer, der mich dabei ›unterstützen‹ soll, die Baronie zu verteidigen und nach der Schlacht zu verwalten.«

»Falls es eine Schlacht geben wird.«

Der Baron blickte ihn verschlagen an. »Der Gedanke ist mir auch schon gekommen.«

Die ganze Sache roch Gan zu sehr danach, daß sie zu lange in der Sonne gelegen hätte, und das teilte er dem Baron auch mit. Die Spione des Königs hatten allein Wochen gebraucht, um herauszufinden, wo die olanischen Abteilungen ihr Lager aufgeschlagen hatten, und nun, indem sie losmarschierten, wußten sie plötzlich, wohin, wann und sogar warum. Zwar war er darauf vorbereitet zu reagieren, aber mit den Truppen aus einem so entfernten Landesteil konnte Jalail kein Bündnis schließen und sich dem König entgegenstellen.

Der Baron sprang von seinem Stuhl auf und schritt nervös hin und her. »Ich werde den Gesandten des Königs eben akzeptieren müssen. Hoffentlich werde ich ihn so schnell wie möglich wieder los.«

Clas brachte einen halb erstickten Einwurf hervor, und Gan ergriff rasch das Wort. »Wir könnten die Truppen des anderen Barons an der Grenze abfangen und ihnen den Zutritt auf unser Gebiet verwehren.«

»Verwehren?« Der Baron hielt mitten im Schritt inne, beugte sich vor und verdrehte unbeholfen den Kopf, um Gan schockiert ungläubig anzustarren. »Der König ist bei ihnen! Selbst wenn ich sie erfolgreich fernhalte, haben dann alle anderen Barone einen Vorwand, mich des Verrates zu beschuldigen. Innerhalb einer Woche haben sie dann die Baronie unter sich aufgeteilt! Nein, nein, nein.« Er schüttelte den Kopf. »Wir konnten die Pläne des Königs für mein Land bis hierhin vereiteln, doch jetzt gibt es keine Ausflucht mehr. Wir akzeptieren den Gesandten und warten ab, bis er wieder verschwindet.«

»Baron, selbst wenn der König beabsichtigt, dir das Leben zu lassen, glaubst du nicht, daß sein Günstling dich am Ende töten wird?«

Die rundliche Gestalt sank in sich zusammen, als hätten die offenen Worte sie wie Fausthiebe getroffen. Er schleppte sich zu seinem Stuhl und ließ sich hineinfallen. Sein Blick suchte das Familienbanner, welches schlaff von einer Stange in einer der Steinmauern hing. Feuchtigkeit glänzte auf der schmalen Linie seiner Lider, als er die Augen schloß und eine Grimasse schnitt. Er wischte sie abwesend weg. Schließlich sagte er: »Ich muß meinem König vertrauen. Ihn werde ich nicht angreifen.« Plötzlich lachte er, schockierend scharf, fast schrill. »Hör mir zu. ›Ihn angreifen‹, in der Tat. Womit? Mit fünfhundert Mann gegen tausend und mehr? Fünfhundert halbausgebildete Knaben? Und was ist, falls wirklich olanische Truppen planen, das Königreich zu überfallen? Dann stünde ich als Verräter da, dem alle Ländereien und Ehren genommen werden.« Er richtete sich auf, und seine wiederhergestellte Würde verscheuchte die selbstmitleidigen Tränen und das niedergeschlagene Erscheinungsbild. »Falls diese Baronie den Besitzer wechselt, so soll niemand sagen können, Verrat wäre daran schuld. Sollen der König und seine Kojoten doch mit dem Wissen leben, das Land dem letzten Jalail gestohlen zu haben. Die Schande wird ihnen überallhin folgen. Entlasse deine Soldaten. Schick sie nach Hause. Und treffe für dich jene Vorkehrungen, die auch immer dir angenehm sind. Und jetzt laß mich allein.«

Gan nickte und hätte fast salutiert, wie es in der Baronie üblich war, doch unter diesen Umständen brachte er das nicht fertig.

Im Gang sprach ihn Clas an. »Sein Mut ist gebrochen. Er ist ein toter Mann. Wohin gehen wir jetzt?«

Achtundzwanzig

Gan hatte Clas noch immer nicht geantwortet – er hatte noch nicht einmal einen Laut von sich gegeben –, während sie den Gang entlang zu Gans Zimmer schritten. Unbewußt gingen sie im Gleichschritt, und das herzschlagartige Klacken ihrer Absätze auf dem Stein war das einzige Geräusch, das sich vernehmen ließ. Der Rhythmus hallte pochend in Gans Kopf wieder, während er schweigend Clas' Frage wiederholte: Wohin gehen wir jetzt? Wohin gehen wir jetzt?

Plötzlich erklang eine Stimme aus einem dunklen Seitengang. Trotz deren drängendem Ton mußte Gan genau hinhören, um sich zu vergewissern, daß da tatsächlich jemand seinen Namen gerufen hatte. Er wußte, der Gang führte zu einem Lagerraum, der nur eine Tür und vier fensterlose, feste Steinwände hatte. Mit einer Hand zog er Clas am Arm und schob ihn hinter sich, wobei er ihm gleichzeitig in Handsprache mitteilte, er solle nach hinten Ausschau halten. Vorsichtig bewegte er sich voran und versuchte, etwas zu erkennen. Das Licht der Fackeln aus dem Hauptgang schien nicht bis hierher, und so konnte er in der Dunkelheit nichts sehen.

»Komm hervor«, sagte er und zog mit der freien Hand den Murdat halb aus der Scheide.

Zur Antwort ertönte ein leises Kichern. »Ich glaube, besser nicht«, erwiderte die Stimme. Gan wußte, er hätte sie einordnen können müssen. Die Gereiztheit verstärkte seine Anspannung, und er zog die Klinge ganz heraus. Die Stimme lachte erneut. »Die Waffe brauchst du nicht, junger Moondark. Jedenfalls jetzt noch nicht.«

Endlich wußte Gan Bescheid. »Bilsten?« Er blinzelte in die Düsternis. Eine schwache Bewegung im Schwarz enthüllte sich zu der vertrauten Gestalt. »Was macht du hier? Wie bist du hereingelangt?«

»Nicht so laut, junger Freund, oder ich gelange nicht wieder nach draußen.« Eine weiße Hand berührte Gan am Schwertarm. »Ein Mann wie ich darf nicht überall hingehen, aber er muß schließlich auch überleben, und so habe ich gelernt, wie ich die Orte erreiche, zu denen ich muß. Und an den Teufeln habe ich dich ebenfalls vorübergeführt, oder etwa nicht?«

»Wir mußten uns den Weg freikämpfen. Und sie wußten über unser Kommen Bescheid.« Clas sprach an Gan vorbei und drängte sich näher heran.

Der junge Hundekrieger gebot ihm mit einem Wink Schweigen und fragte Bilsten: »Was willst du?«

Der Händler schien zu verblassen, als er sich erneut in die Dunkelheit zurückzog. »Ich bringe dir etwas, das dir von Wert sein könnte.«

»Ich kann nichts bezahlen.«

Wieder wurde ein Kichern laut. »Wenn ich darum bitte, wirst du schon. Deine Schulden bei mir habe ich nicht vergessen, und du bist zu stolz, um mich darum zu betrügen. Ich habe gehört, du und deine Freunde seien bei Baron Jalail gelandet, und du würdest einen Haufen Krieger für ihn ausbilden.«

»Da hast du richtig gehört.«

»Dem König von Harbundai gefällt das aber gar nicht. Wie mir zu Ohren kam, will er diese Baronie seiner Familie einverleiben, da die Linie der Jalails angeblich ausgestorben ist.«

»Und?«

Bilsten seufzte beifällig. »Nicht schlecht, junger Freund; nichts bejahen oder verneinen. Ich glaube, du hast ein bißchen dazugelernt. Wie auch immer – weiter. Baron Jalail hat dir berichtet, die olanischen Truppen im Westen marschieren gen Osten, wodurch sie an seine Grenze geraten –«

Gans ausgestreckte Hand erwischte Bilsten knapp unterhalb des Halses und knüllte sein Hemd zusammen. Er zog ihn zu sich und hätte ihn beinahe ins Licht gezerrt. Das wäre ihm nicht weiter schwergefallen, da der Händler kaum mehr Widerstand leistete als ein leerer Sack. Langsam griff der bärtige Mann nach oben und löste Gans Finger, dann schlüpfte er zurück in die Dunkelheit. Gelassen fuhr er fort: »Das habe ich lediglich vermutet. Warum sonst sollte er dich mitten in der Nacht herbeirufen, wenn nicht, um dir wichtige Informationen mitzuteilen, und habe ich nicht mein armes Maultier fast zuschanden geritten, damit ich rechtzeitig eintreffe? Und kommt es dem König nicht gerade recht, der lange auf einen Grund gewartet hat, seinen Neffen herzuschicken? Erscheint dir das nicht irgendwie seltsam?«

»Doch, doch. Aber du ebenfalls. Worauf willst du also hinaus?«

»Ich habe einige höchst interessante Dinge in Erfahrung gebracht«, sagte Bilsten, und Clas gab daraufhin ein harsches Grunzen von sich. Nach einer beleidigten Pause fuhr Bilsten fort: »Vor einer Woche hat mich ein olanischer General in sein Zelt befohlen. Wie der Zufall es will, hatten ausgerechnet seine Truppen den Überfall gemacht, bei dem Jalails ältester Sohn den Tod fand. Sie lagerten auf einer Hochebene oberhalb der Mündung eines Flusses, den man Bärenpfote nennt. Kennst du ihn? Er heißt so, weil er ein flaches, fünfarmiges Delta bildet – einen Sumpf –, wo er sich in das Innere Meer ergießt.«

Gan nickte, und Bilsten setzte seine Erzählung fort. »Er zeigte mir einen Dolch. Ohne Scheide – die Waffe war nur in ein Tuch gewickelt. Fragte mich, was er wohl wert sei. Ich erkannte natürlich sofort den Handwerker und das Material. Eigentlich kannte ich sogar das Stück selbst. Es stammt von den Kwa, die oben im Norden leben, und beim letzten Mal, als ich es gesehen hatte, besaß es noch eine Scheide. Und zwar mit Edelsteinen, die weitaus mehr wert sind als die im Griff. Die Waffe gehörte dem königlichen Neffen, der Baron Jalail ersetzen soll.«

Grinsend erwiderte Gan: »Du hast gerade mehrfachen Verrat begangen. Ich könnte dich bei lebendigem Leib häuten und den Krähen als Futter vorwerfen lassen.«

Bilsten schob sich ins Licht vor. Im flackernden Schein der Fackeln glänzte seine Haut wie Gold. Er senkte die Stimme noch mehr. »Ich bin durchaus mehr wert denn ein bißchen Unterhaltung für eine blutdürstige Menge.«

»Möglich. Und jetzt sag mir, was du über die olanischen Truppenbewegungen weißt.«

Bilsten holte aus seinem Mantel ein weißes Rohr hervor. »Die Route und das Ziel sind auf dieser Karte verzeichnet. In etwa drei Tagen werden sie hier eintreffen. Sie marschieren langsam und haben keine Sicherheitsmaßnahmen getroffen.« Er reichte Gan das Papier und seufzte erneut. »So ist die Welt nun einmal. Ich gebe die Zukunft einer ganzen Baronie aus den Händen, und dennoch hege ich nur den bescheidensten aller Wünsche.«

Gan spürte, wie sich seine Rückenmuskulatur anspannte. »Aha, jetzt sind wir also soweit. Was ist dein Preis?«

»Eine Botschaft. An die Rosenpriesterin. Du wirst ihr folgendes überbringen: ›Vergiß nie; der Rosenpfad führt zu der unerwarteten Tür.‹«

»Ist das alles?«

Zähne leuchteten auf und verschwanden wieder. »Das genügt. Wirst du es ihr sagen? Das stellt doch keinen so großen Dienst dar, nicht wahr?«

Bilsten zog sich bereits in die Dunkelheit zurück. »Bitte, geht. Ich habe bereits lange genug getrödelt.«

Einen Augenblick lang wog Gan die Karte in der Hand. Er platzte vor Neugier. Dann machte er auf dem Absatz kehrt.

»Wir sollten ihm hinterhergehen«, schlug Clas vor, der ihm widerstrebend folgte, und fügte hinzu: »Ich traue ihm nicht.«

»Ich auch nicht.« Gan verlangsamte den Schritt nicht. »Er benutzt uns. Solange wir aber beide Vorteile daraus ziehen, ist das in Ordnung.«

In Gans Zimmer, wo die Frauen warteten, stürzte sich Tate auf die Karte wie ein Fuchs, der eine Maus aufgespürt hat. Sylah und Neela sahen hochinteressiert zu, zeigten allerdings nicht ihre Versessenheit.

»Das ist echte Qualitätsarbeit«, lobte Tate. »Seht mal, er hat Routen eingezeichnet, die zu den besten Angriffsmöglichkeiten führen. Zudem hat er sogar Beobachtungspunkte markiert.«

Trocken gab Gan darauf zurück: »Du kannst sicher sein, es

gibt noch andere, nicht eingezeichnete Wege. Bilsten behält seine Geheimnisse für sich.«

Zusammen mit Clas besprachen sie das Gelände, und währenddessen hatte Gan das Gefühl, er würde etwas übersehen. Der voraussichtliche Lagerplatz der Olaner lag an einer günstigen Stelle, da er Zugang sowohl zum Weg nach Harbundai als auch zu guten Straßen bot, die sich an beiden Ufern des Flusses entlangzogen.

Tate wies auf eine wichtige Einzelheit hin. »Schaut mal. Es gibt nur einen Weg, der von dem Lager nach Osten zu den Feindseligen Bergen führt. Falls der olanische Kommandant von den Teufeln angegriffen wird, hätte er praktisch keine Chance, sie zu verfolgen.«

Clas lächelte höhnisch. »Darüber wird er sich wohl keine Gedanken machen. Schließlich sind sie inzwischen vermutlich Verbündete.«

Gan fuhr auf. Plötzlich stellte sich die Karte vollkommen anders für ihn dar. Ihm war, als hätte er auf ein Dickicht gestarrt, und eine zufällige Bewegung hätte ihm das Tier enthüllt, das darin lebte. Er beugte sich wieder vor und setzte den Rest der Bestie zusammen.

»Was ist los, Gan?« fragte Tate. »Was hast du entdeckt?«

Er fragte zurück: »Warum haben so viele Teufel am Wolkenruhepaß gelagert?«

Sie wußte darauf keine Antwort, und er erklärte: »Nicht um uns zu fangen. Dazu waren sie schon viel zu weit, und sie hatten es sich zu gemütlich gemacht. Das Lager ist für Krieger gedacht, zur Vorbereitung eines Angriffs in Richtung Westen.«

Tate sog langsam Luft ein. »Willst du damit sagen, Ola würde nicht gemeinsame Sache mit dem Mann des Königs machen, sondern ihn in die Falle locken? Das ergibt Sinn. Die Soldaten, die Baron Jalail ›besuchen‹, können kaum länger als einen Monat oder sechs Wochen bleiben, dann müssen sie zurück nach Hause und sich um die Ernte oder ihre Geschäfte oder was auch immer kümmern. Wenn sie eine Leibwache für den Mann des Königs hierlassen, werden das höchstens zweihundert Soldaten sein, oder? Demnach schlagen die Teufelskrieger am Wolkenruhepaß und die Olaner erst zu, nachdem die Hauptstreitmacht abgezogen ist. Die Baronie im Westen wird umgangen. Dadurch wären Ola und seine Verbündeten in der perfekten Position, einerseits überraschend eine Kolonne durch die Ausläufer der Feindseligen Berge nach Norden zu schicken, andererseits entlang der traditionellen Route an der Küste anzugreifen. Harbundai wird vom Bullen auf beide Hörner genommen.«

Gan grinste breit. »Du hast es ebenfalls erkannt. Gut.«

Clas wandte ein, es gäbe so weit östlich keine Brücken über den Bärenpfotenfluß, und bis weit flußaufwärts vom vermuteten Lager der Olaner keine Furten. »Sie wollen die Abteilungen mit der Fähre übersetzen lassen.«

»Wir könnten sie erwischen, während sie an Land gehen«, schlug Gan vor. »Dann wird ein Durcheinander herrschen, das sie verwundbar macht.«

Tate und Clas wechselten einen Blick. Unsicher und besorgt sah Clas zur Seite. Er runzelte die Stirn und wußte nicht recht, was er als nächstes sagen sollte. Tate faßte mehr Mut. »Der Fluß ist keine Mauer. Selbst wenn, können wir uns nicht so gut verteidigen, wie sie angreifen. Wir sollten den Fluß besser nicht als Stolperdraht betrachten, der sie ins Taumeln bringt, sondern als Amboß, auf dem wir sie zerschmettern können.«

»Sie zerschmettern?« zweifelte Gan.

»Sicherlich. Sie können ihre Männer überall dort landen lassen, wo sie wollen. Wir vermögen sie zu verletzen, aber nicht aufzuhalten. Lassen wir sie also kommen. Sieh dir nur an, wie das Gelände auf unserer Seite ansteigt. Wir geben ihnen ein wenig Boden und locken sie dorthin, wo es uns gefällt. Wenn wir sie geschlagen haben, fehlt ihnen jede Rückzugsmöglichkeit.«

»Wenn wir sie geschlagen haben.« Gan zwinkerte Clas an. »Wie sollen wir etwas gegen ein solches Selbstvertrauen setzen?« Nichtsdestotrotz lächelte er sie an. »Ich stimme zu; sie dürfen in Ruhe übersetzen. Auch deine Blitzwaffe würde nicht garantieren, daß wir sie aufhalten können. Was das betrifft, würde ich sie sowieso erst dann benutzen, wenn sich der Wind der Schlacht dreht und uns ins Gesicht bläst. Sie soll eine Überraschung werden. So, und nachdem das klargestellt ist, welche Magie hast du sonst noch für uns?«

»Keine Magie, Murdat. Studium. Das Werk meines Lebens. Nur dadurch vermag eine Frau in dieser Männerwelt mitzuhalten.« Ihre Hände schossen über die Karte und unterstützten anmutig und unheilverkündend zugleich die Beschreibung ihrer Vision der bevorstehenden Schlacht. »Wir müssen uns auf List verlassen. Dazu lassen wir ihnen Boden, bis sie das Schlachtfeld erreicht haben, das für uns günstig ist. In unserer Terminologie heißt das Umfassungsangriff, da wir den Feind von beiden Seiten angreifen.«

Gan nickte, nun ernst, und alles Lächeln und Scherzen war vergessen. »Mein Vater hat es immer eine Schlinge genannt. Dazu braucht man einen großen Führer. Ich weiß nicht, ob ich die Kraft habe, einen solchen Plan zu verwirklichen. Sollte ich versagen …«

»Das wirst du nicht. Werden wir nicht.« Clas knurrte fast bei dieser Unterbrechung. »Du bist unser Anführer. Sobald wir das Gelände sehen, wirst du die letzten Einzelheiten deines Plans entwerfen. Wir werden an deiner Seite kämpfen. So soll es geschehen.«

So leise, daß sie fast nicht gehört wurde, mischte sich Sylah zum ersten Mal ein. »Soll es immer und immer wieder *so* geschehen?«

»Uns bleibt keine andere Wahl«, erwiderte Clas.

»Also werden wir endlich erfahren, wie gut wir sind«, meinte Gan. Er erhob sich und rollte dabei die Karte zusammen. »Weck die Männer. Wir brechen in zwei Stunden auf. Aber leise.«

Neela durchbrach das schockierte Schweigen. »Gan! Das sind die Männer des Barons. Das darfst du nicht!«

»Wenn er aufwacht, werden wir schon verschwunden sein. Falls wir gewinnen, denkt er nicht an Strafe. Verlieren wir, braucht er nicht an Strafe zu denken.« Er zuckte mit den Schultern.

Kühl fragte Tate: »Und ich?« Er antwortete nicht schnell genug, um sie zufriedenzustellen, und so fuchtelte sie verärgert herum. »Ich habe genauso hart wie alle anderen gearbeitet. Härter. Ich hab's verdient, berücksichtigt zu werden.«

Er erwiderte: »Du willst nicht berücksichtigt werden. Du willst in die Schlacht ziehen.«

»Dreh mir nicht die Worte im Mund herum. Ich will die Männer anführen, die ich mit ausgebildet habe. Das ist nur gerecht. Mein Leben lang habe ich für diese Gelegenheit geschuftet. Einmal haben sie mich bereits darum betrogen. Das wird mir nicht wieder passieren.«

»Sie? Wer?«

»Meine Leute. Ich habe intensiv studiert und wurde nur von den Besten ausgebildet. Dann hat man mir die Möglichkeit, mich zu beweisen, genommen. Trotzdem habe ich meine Pflicht erfüllt. Seit wir uns begegnet sind, habe ich dir treu gedient. Behandle mich nicht so wie sie.«

»In meinen Augen bist du mehr wert als jede Anzahl Krieger. Du warst es, die den Baron ausgefragt hat und herausfand, wie viele Männer wir einziehen und ausbilden konnten. Sieh dir Clas an! Und Emso! Das Wissen aus deiner Kultur half ihnen, ihre einzigartige Ausbildung zu verwirklichen. Wer unterstützt sie, wenn du stirbst? Warum sollte ich deine Fähigkeiten aufs Spiel setzen?«

»Weil ich auch einer von deinen Wölfen bin und weil ich darum bitte. Oder bin ich dein Gefangener?«

Sein Gesicht flammte auf, und einen Augenblick lang enthüllte seine Miene reinsten Zorn. Mehrere Sekunden herrschte angespanntes Schweigen, bis er sich wieder im Griff hatte, und die Gedanken, die ihm während dieser Zeit durch den Kopf schossen, waren schwerwiegend. Sie hatte recht; und sie verdiente, worum sie bat. Die Männer würden das vermutlich verstehen. Dennoch, in der Schlacht Befehle von einer Frau zu empfangen – in ihrer ersten Schlacht –, damit verlangte er sehr, sehr viel. Darüber hinaus schwang in ihrer Forderung mehr mit als nur der Wille, sich zu beweisen. Das war sicherlich auch eine Sache, die sie antrieb, aber er würde keine Wette darauf eingehen, daß sie selbst alle anderen Dinge kannte, die sie so heftig drängten. Er wünschte nur, er könnte ihr das bieten, was sie brauchte, um die Leere zu füllen, die sie manchmal zu verschlingen drohte. Tödlich war die nicht gerade. Dessen war er sicher. Aber dennoch würde Tate dort hingehen, wo sie tödlich werden könnte.

Also gut. Traurigkeit trübte sein wachsendes Kampffieber. Er mußte Herzlichkeit in seine Worte legen. »Du wirst eine der Flanken befehligen. Allerdings erwarte ich, daß du dich aus dem Kampfgeschehen heraushältst, bis wir deine Blitzwaffe brauchen. Verstanden?«

Sie nickte, lächelte nicht, akzeptierte die Belohnung. Seine Bewunderung für sie nahm noch zu.

Clas sagte ihr nur, sie müßten sich nun eiligst bereit machen. Im Trab brach er mit Tate auf. Neela beobachtete, wie die beiden loszogen, dann wandte sie sich an Sylah. »Ich gehe zu den Frauen und beruhige sie. Kommst du mit?«

»Natürlich.« Ihr Blick hing an der Tür, vor die Gan hinausgetreten war. Sie erhob sich, folgte dem Mädchen erst auf dessen Wink. Nachdem sie Neela erreicht hatte, blieb sie stehen. Worte waren nicht gewechselt worden, dennoch hatte Gan bemerkt, daß die beiden eine Botschaft zwischen sich ausgetauscht hatten. Fast unmerklich bekam Neelas Gesicht etwas mehr Farbe. Sylah setzte den Weg allein fort.

Neela sah ihn an, und ihr Gesicht bot ein Kaleidoskop verschiedener Ausdrücke, die sich zu rasch änderten, um ihre Bedeutung zu verstehen. Er wußte, sie wollte mit ihm reden, aber er konnte sich nicht vorstellen, was er sagen sollte, und aus Angst, die falschen Worte von sich zu geben, war er buchstäblich sprachlos. Schließlich murmelte er: »Wenn wir nicht zurückkommen –« Und sie hing an ihm, bevor er noch begriffen hatte, was geschah. Ihr Körper zitterte, drängte sich an seinen. Ihr

Atem ging schnell, fast waren es kurze, scharfe Seufzer. Er hielt sie fest, sagte keinen Ton. Nach und nach wurde sie ruhiger, und als sie zurücktrat, mußte er lächeln, so stolz reckte sie ihr Kinn vor.

In ihrer Stimme schwang beherrschte Gewißheit mit. »Du wirst zurückkommen. Wir haben einiges zu bereden, du und ich. Unsere Pläne und Ziele. Meine sind nicht so groß wie deine, aber mir sind sie wichtig genug. Und dir sollten sie das auch sein.«

Er nahm das alles als eine niederschmetternd enttäuschende Bemerkung wahr, Worte, die nur dem Ehrgeiz entsprangen. Mit einem schrecklich flauen Gefühl erkannte er, wie sehr er gehofft hatte, sie würde über ihn sprechen, über sie beide. Er wollte, daß sie sich Sorgen um *ihn* machte.

Ein Bild erfüllte ihn, schien die Zeit in ihren Wurzeln zu verdrehen.

Neela saß da und hatte die Arme um einen kleinen goldblonden Jungen in ihrem Schoß geschlungen. Sein Gesicht war eine Miniatur des ihren. Beide starrten ihn mit einem steten Blick an, in dem unverständlicher Schmerz lag.

Das Bild verschwand.

Er schnappte nach Luft. Er sehnte sich danach, ihr von seinem eigenen Schmerz, seinen Gedanken, seinen Gefühlen zu erzählen, wie er es sich erträumte, seit er sie das erste Mal im Arm gehalten hatte.

Als ihr bewußt geworden war, daß sie Clas verloren hatte.

Narr, schrie er sich im stillen an; sie kann dich niemals so lieben wie ihn.

Er ließ die Hände an die Seiten fallen und trat zurück. »Ich verstehe deine Pläne. Ich verspreche dir, wenn wir wieder bei unserem Volk ankommen, wird dein Familienname so ehrenvoll klingen wie je zuvor. Und das werden wir, du sagst es, zusammen vollbringen.«

Sie erbleichte. Vermutlich dachte sie an die riesige Herausforderung, die ihnen bevorstand. Dann reckte sie sich und küßte ihn auf die Wange, und er wollte sich gerade abwenden, da küßte sie ihn erneut, jetzt auf den Mund. Dabei benahm sie sich ungeschickt, und das Unerwartete an dieser Geste ließ ihn taumeln. Die Hand vor den Mund geschlagen, errötete sie und beobachtete, wie er sein Gleichgewicht wiederfand. Die Tränen, die sie bisher so erfolgreich unterdrückt hatte, bahnten sich nun den Weg nach draußen und liefen ihr in glänzenden Bahnen über die Wangen. Dann rannte sie davon.

Als er das Quartier erreichte, hörte er überall gemurmelte Flüche, Geklapper und geknurrte Befehle. Nirgends war Licht zu sehen, nicht einmal der Mond schien, aber er wußte, alles lief bestens. Wie schlau es war, sich einen Platz so weit von der Burg auszusuchen, hatten sie bisher nicht so recht begriffen. Und glücklicherweise, so sagte er sich, hatten sie keine größeren Probleme. Die Niedergeschlagenheit nach dem Gespräch mit Neela nagte irritierend an ihm.

Einige Male mußte er fragen, dann hatte er Clas gefunden, der schon mit gesattelten Pferden wartete. Die Hunde begrüßten ihn aufgeregt und sprangen ihn freudig an. Tate und Emso stießen zu ihnen und berichteten, die vorderste Kompanie sei in ein paar Minuten bereit zum Abmarsch. Clas würde mit der Kavallerie und den leichten Nachschubwagen den Schluß bilden.

Gan vergewisserte sich, ob es auch in den anderen Kompanien entsprechend gut voranging, als in einem der Häuser der verheirateten Soldaten eine Laterne flackerte. Zerstreut fragte er sich, ob das Neela war oder Sylah, und plötzlich fiel ihm Bilstens Botschaft ein.

Er riß sein Pferd herum und suchte sich seinen Weg durch die durcheinanderlaufenden, murmelnden Soldaten. Schließlich erreichte er Clas, erinnerte ihn an die Unterhaltung mit dem Händler, und beide versuchten, sich den genauen Wortlaut ins Gedächtnis zu rufen. Endlich hatten sie ihn, und Clas gab den Befehl über die Kavallerieeinheit an einen Offizier weiter und machte sich auf die Suche nach Sylah. Gan kehrte an die Spitze der Kolonne zurück.

Sylah war sicher, daß es sich bei dem Mann, der auf sie zuritt, um Clas handelte, und zwar lange, bevor sie ihn richtig erkennen konnte. Sie rief ihn leise, und er glitt aus dem Sattel und schloß sie in die Arme. Nach einem Kuß sagte er: »Das war natürlich der bessere Grund, warum ich noch einmal zu dir gekommen bin, aber es gibt einen zweiten. Dieses alte Wiesel Bilsten hatte eine Botschaft für dich. In der ganzen Aufregung haben wir sie vergessen. Entschuldige. Jedenfalls nehme ich an, sie kommt von deiner Abtei – genau hat er sich nicht dazu geäußert.«

Sie zwang sich, ruhig zu sprechen. »Clas, nun sag schon!«

Ein wenig eingeschnappt fuhr er fort: »›Vergiß nie; der Rosenpfad führt zu der unerwarteten Tür.‹«

Sie schnappte nach Luft. Sein Gesicht leuchtete, als er sich vorbeugte. »Hat das etwas zu bedeuten?« fragte er, und instinktiv log sie. »Nein. Ich meine, ja, natürlich hat es etwas zu bedeuten, aber nichts Wichtiges. Meine Äbtissin will mir nur mitteilen, wie unvorhersehbar das Leben verläuft. Und ich soll die Hoffnung niemals verlieren.«

»Also, warum sagt sie das dann nicht? Erscheint mir sehr dumm. Ich muß los.« Erneut küßte er sie, und in diesem einen Augenblick vergaß sie die verdorrten Rosen, die an die Tür genagelt waren, vergaß ihre Ziele und konnte nur daran denken, wie er nun in die Nacht davonritt und vielleicht niemals zurückkehrte. Er wollte sich von ihr lösen, und sie umklammerte seine Jacke. Daraufhin befreite er sich mit dieser sanften Kraft, die sie stets so überraschte, aus ihrem Griff. Seine Zähne glänzten, während er schief lächelte. »Mach dir keine Sorgen um mich. Und paß gut auf dich auf.«

»Da ist etwas –« Sie unterbrach sich. »Gleichgültig. Du wirst tun, was du tun mußt. Ich bin stolz auf dich.«

Ein letztes Mal drückte er ihre Hand, und schon war er aufgestiegen und ritt davon. Die leiser werdenden Hufschläge spotteten ihrem fortgesetzten Herzklopfen.

Gan hörte den Hufschlag ebenfalls und hoffte, daß zu dieser späten Stunde niemand mehr auf der Straße unterwegs war, der

Bericht über ihren heimlichen Aufbruch hätte erstatten können. Nur für alle Fälle ließ er die Männer schneller marschieren. Dadurch würden sie zwar eher ermüden, doch Entfernung zwischen sich und die Burg zu bringen stellte im Moment den entscheidenden Faktor dar; schlafen sollten sie morgen.

Neunundzwanzig

Friedlich wand sich der Bärenpfotenfluß durch sein breites Tal und zeichnete sich dunkel glänzend gegen den grauen, im Licht der Dämmerung liegenden Wald auf seinen Ufern ab. Ein riesiger Reiher kreiste darüber und zog graziös seine Runden über dem Strom. Die alte Straße auf der Nordseite war, abgesehen von einem kleinen Trupp olanischer Wachen, leer. Die Männer nahmen es mit der Aufmerksamkeit nicht so genau, sondern bereiteten sich entweder gerade ihr Frühstück zu oder rollten ihr Bettzeug zusammen.

Weiter unten am Fluß, am Südufer gegenüber von Gans Beobachtungspunkt, herrschte im Lager der olanischen Abteilung ein Gewimmel wie in einem Ameisenhaufen. Der Mann neben Gan sagte: »Genau hinter der Fichte, die vom Blitz getroffen wurde, schlagen sie Holz für Flöße, Murdat.«

Gan zuckte zusammen. Noch jetzt, wo die bevorstehende Schlacht sein vorrangigster – sein *einziger* – Gedanke sein sollte, rief der Titel eine Reihe beunruhigender Gefühle in ihm wach. Am Ende hatte er sich überlegt, das liege daran, weil er sich selbst dadurch in einem anderen Licht betrachtete. Die Männer identifizierten ihn damit. Für ihn, Gan Moondark, jedoch war der Murdat eine fremde, unbekannte Person. Er hatte doch gerade erst begonnen, sich zu entdecken; wer dieser Murdat war, das wußte er nicht.

Der Soldat fuhr fort: »Sie bauen nicht viele, weil sie denken, sie müßten nur wenige Pferde auf einmal befördern. Die Boote, die sie beschlagnahmt haben, liegen dort am Ufer.«

»Wann werden sie mit dem Übersetzen anfangen?« fragte Gan.

»Heute.« Dessen war sich der Kundschafter sicher, und Gans fragender Blick brachte ihm ein Lächeln ein. »Sie packen bereits die Küchenausrüstung ein. Das bedeutet, daß sie erst wieder auf dieser Seite essen wollen.«

»Sie könnten sie auch zurücklassen oder von anderen Vorräten leben, wie wir in den letzten zwei Tagen, damit es keinen Rauch gibt.«

Der Mann trat von einem Fuß auf den anderen und starrte zu Boden. Gan klopfte ihm auf die Schulter. »Aber ich glaube, du hast recht. Du hast deine Sache gut gemacht. Sag deinem Kommandanten, ich würde ihn zu dir beglückwünschen.«

Indem er sein Ohr berührte, erwiderte der Soldat: »Ich höre«, und trabte sofort davon. Gan gefiel es, wie der Mann selbstzufrieden lächelte, nachdem er sich unbeobachtet fühlte.

Während er nun seinen Beobachtungspunkt verließ, dachte er daran, wie wichtig dieser Geist im Kampf werden würde. Zahlenmäßig unterlegen, standen seine Leute einer sieggewohnten Streitmacht gegenüber.

Noch als er die Stelle erreichte, an der Clas und Tate mit den Hunden warteten, versuchte er, diese wachsende Unsicherheit zu unterdrücken. Er zwang sich zur Entschlossenheit. »Heute«, sagte er, und die beiden anderen nickten. Dann fragte er: »Haben alle Kommandanten ihre Aufgaben begriffen? Ein Fehler« – er hielt einen Finger in die Luft – »und wir werden heute nacht in der nächsten Welt schlafen.«

Tate antwortete: »Der Plan ist gut. Er wird funktionieren.«

Clas war auf die Schlacht vorbereitet. Unnatürlich hell glänzten seine erweiterten Pupillen und verrieten seine Erregung, bevor er ruppig zurückgab: »Nimm doch Rücksicht auf meine Gefühle. Ich habe sie zu Kriegern ausgebildet. Welche Befehle du uns auch immer erteilen magst, wir erfüllen unsere Aufgabe. Wir werden unseren Feind vernichten.«

Gan streckte die Hand aus und ergriff seinen Freund am angespannten Schwertarm. »Dein Kampf ist das einzige, auf das ich mich wirklich ohne Zweifel verlassen kann, mein Freund.« Er ging einige Meter von ihnen fort und wandte sich um. Vor ihm stieg die Sonne feurig leuchtend über die Feindseligen Berge. Er versenkte sich in seine Narameditation und hatte große Schwierigkeiten, die hartnäckigen Bilder des Kämpfens zu verscheuchen. Endlich leerte sich sein Kopf, und er konnte ohne Störung tief in sich hineinsehen. Nun war er empfänglich, unbelastet von Voreingenommenheit oder Zögern. Als er seine Seele in sich spürte und den Tag umarmte, vollführte er das Dreizeichen. Anschließend gesellte er sich wieder zu den anderen. »Alle auf ihre Posten. Clas, du wirst mit deiner Einheit angreifen, wenn du den rechten Moment für gekommen hältst. Falls ihr vorher entdeckt werdet, zieht ihr euch zurück. Dann werden wir es irgendwo anders versuchen. Einverstanden?«

»Ja.« Clas ging davon, ohne zu salutieren. Gan grinste hinter ihm her. Sein Freund würde sich niemals ändern.

Daraufhin wandte er sich Tate zu. »Ich gebe dir das Signal mit den Kriegstrommeln. Deine Blitzwaffen benutzt du nur zur Selbstverteidigung, und ich möchte, daß du hinter den Männern bleibst. Die Olaner sollten dich besser nicht erkennen.«

»Ich höre.« Tate zwinkerte und zupfte sich am Ohr, dann schnitt sie eine Grimasse in Richtung von Clas und machte sich so über dessen einstudiertes Beharren auf seinem gewohnten Gruß lustig. Gan lachte, und zum ersten Mal seit Wochen fühlte er sich befreit. Plötzlich schien ihm die Kette, die ihn an diese Welt – die er weder mochte noch begriff – band, zerrissen zu sein. Wäre dadurch nicht der Feind alarmiert worden, hätte er seinen Schlachtruf vor Vorfreude in den Morgen hinausgebrüllt.

Er nahm seinen Posten auf dem Berg ein und beobachtete Clas' Kolonne, die langsam zum Fluß schlich und dabei jede Deckung ausnutzte. Dann krochen sie auf den Bäuchen weiter zu dem Feld landeinwärts vom Landeplatz der Olaner. Eine halbe Meile weit stieg das Gelände vom Fluß aus an.

Die Ironie der Situation ließ seine Gedanken abschweifen. Wenn die olanischen Sklavenjäger die Gegend mit ihren Überfällen nicht unbewohnbar gemacht hätten, würde das Feld jetzt keine Deckung bieten, da es entweder bereits abgeerntet wäre oder Vieh darauf weiden würde. Doch sie hatten die Bauern vertrieben, und daraufhin hatte die Natur das Land wieder für sich beansprucht. Heute war es von herbstfarbigem Unkraut und fast schulterhohen Büschen überwuchert. Und weil Clas sich mit seinen Leuten darin verbergen konnte, hatten die Wölfe eine Chance.

Er grinste vor sich hin. Wölfe. Sie würden es schon lernen.

Die ersten olanischen Soldaten bestiegen die Boote und die Fähre am Südufer.

Der leichte Wind tarnte die Bewegung von Clas' Abteilung, obwohl Gan die winzigen Unregelmäßigkeiten im Schwanken des Buschwerks bemerkte, die ihm Aufschluß darüber gaben, daß die Soldaten nun in Position gingen. Er stellte sich vor, wie sie sich verteilten, wie sie die drei Fuß langen Schleudern entrollten und wie sie die Ledersäcke mit den Steinen bereit machten. Er vermeinte das Scharren von Stahl auf Stahl zu hören, als manche prüften, ob ihre Murdats locker genug in der Scheide saßen.

Auf seiner Stirn bildeten sich Schweißtropfen. Er wollte sie mit der Hand wegwischen, doch die war ähnlich naß. Raggar stupste ihn an und winselte leise. »Halt dich bereit, alter Freund«, flüsterte Gan und kraulte sein Fell. Shara gesellte sich dazu und verlangte die gleiche Aufmerksamkeit, und das ältere Männchen überraschte Gan, indem es keinen Widerspruch erhob.

Ihm blieb keine Zeit, lange darüber zu grübeln. Tate war unterwegs und führte ihre Einheit in den Wald am nördlichen Rand des Feldes. Clas' bemitleidenswert kleine Truppe von Schleuderern schien ihm viel zu weit südlich zu liegen.

Er fragte sich, was sie bei der Suche nach einem Schlachtfeld noch hätten berücksichtigen müssen, wie sie die Männer noch besser hätten vorbereiten können, welche Ausrüstung sie noch hätten anfertigen sollen, um sie zu unterstützen.

Ein düsteres Lächeln verzog seine Mundwinkel, als er an Tates Verbesserungen dachte. Ihr Volk mußte aus unglaublichen Kriegern bestehen; sie kannte Taktiken und Ausrüstungen, von denen er nie zuvor gehört hatte. Manchmal staunte er nur darüber, was ein so junger Mensch, dazu eine Frau, über die Schlacht wußte.

Der neue Schild war dafür das beste Beispiel. Aus Korbgeflecht und Fell gefertigt, wurde er von dünnem Metall verstärkt. Damit konnte man jeden Pfeil und jedes Schwert abwehren. An der oberen Kante war ein messerscharfes Eisenband angebracht. Im Nahkampf war dies genauso gefährlich wie ein Schwert. Und aus der Mitte des Schilds ragte eine kurze Klinge heraus. An der Innenseite fand ein zwanzig Zentimeter langes Kampfmesser seinen Platz, dessen Ende eine große Bleikugel bildete, die, als Waffe eingesetzt, einen Schädel zerschmettern mochte. Sogar die Schleudern hatte sie verbessert und von den Schmieden Holzkugeln anfertigen lassen, aus denen lange Eisenstacheln hervorlugten. Wie auch immer sie abgeschossen wurden, sie landeten mit wenigstens zwei Spitzen nach oben. Trafen sie einen Mann, um so besser, doch ihr Zweck – und der Gedanke an ihre grausame Wirkung widerte ihn an – bestand einfach darin, auf dem Boden zu liegen und Kavallerieangriffe zu behindern.

Sein Blick schweifte nach hinten, wo Emso die Kavallerie der Wölfe befehligte. Hier gab es nicht genug offenen Raum, um nach Art der Hundereiter in weiten Kreisen den Feind zu umreiten, daher würde Emso die Sache gut unter Kontrolle haben. Clas' Standkraft war beim ersten Kontakt sowieso von wesentlich größerer Bedeutung.

Emsos steife Körperhaltung war unverkennbar, auch wenn er eine dieser neuen Kriegsmasken trug, die wie bei den Hundekriegern sein Gesicht verhüllten. Die Männer hatten sie nach eigenem Gutdünken bemalen dürfen. Die Masken zeigten einige höchst interessante Fratzen.

Die zweite Welle der Boote bereitete sich zum Ablegen vor. Männer schoben sie dutzendweise ins Wasser. Sie erinnerten

Gan an ungelenke Tiere, die aufs Wasser zukriechen, doch schwammen sie erst, wirkten sie wieder graziös. Soldaten sprangen hinein, ergriffen die Ruder und hielten auf das nördliche Ufer zu. Selbst aus dieser Entfernung war der Lärm Tausender Männer und Hunderter Pferde noch einzigartig laut. Trotz all des verwirrten Grollens und des Mangels an Dringlichkeit schwang Gewalttätigkeit darin mit.

Er sprang auf die Beine, und mit trockenem Mund wunderte er sich abermals, wie ungewöhnlich heiß die Morgensonne war, obwohl ein Felsvorsprung das meiste Licht abschirmte.

Nachdem die olanische Infanterie gelandet war, zog sie ein Stück landeinwärts, wo sich die Soldaten in ihren Abteilungen sammelten und sitzend warteten, bis sich die anderen Einheiten einfanden. Der Rand des Feldes vor Clas' versteckter Truppe füllte sich mit Männern, die sich wie ein brauner Fleck ausbreiteten, als würde der Fluß über die Ufer treten. Mit ihrer wachsenden Anzahl nahm auch der Lärm zu, und die Boote fuhren weiter hin und her.

Das erste Anzeichen einer Gefahr, das die meisten Olaner mitbekamen, waren die Schmerzensschreie der Verwundeten in der vordersten Reihe. Clas' Schleuderer reagierten zugleich auf das aus drei Tönen bestehende, gepfiffene Signal, die langen Lederbänder ihrer Waffen summten verärgert, und dann zischten die ersten Geschosse unter die zusammengedrängten Feinde. Auf diese Entfernung ging kein Wurf daneben, und die schweren Steine richteten angsterregenden Schaden an. Dutzende Männer fielen zu Boden, manche von ihnen bewegten sich noch oder schrien, andere lagen für immer still.

Das Gemetzel löste Panik aus. Die Masse der Überlebenden überrannte ihre Offiziere, die sie in Verteidigungsstellung bringen wollten, und drängte zum Fluß zurück. Clas' Männer strebten nun voran, und seine erste Reihe zog die Schwerter für den Nahkampf, während die hinteren weiter ihre Schleudern mit tödlicher Wirkung gegen die entfernteren Olaner einsetzten. Gan hielt die Luft an, als einer seiner Leute weit zu einem Hieb ausholte. Der Gegner wehrte ihn leicht mit dem Schild ab. In diesem Moment schlug der junge Wolf mit der tödlichen Kante seines Schilds zu, genauso, wie man es ihm beigebracht hatte. Der Olaner taumelte mit aufgeschlitzter Kehle zurück.

Die Soldaten am Fluß konnten nicht weiter zurückweichen. Kühlere Köpfe formten aus Schilden Wände und beruhigten die aufgescheuchten Männer. Vorgewarnte Einheiten sprangen in voller Rüstung und mit gezogenen Waffen aus den Booten. Unter dem fortwährenden Beschuß mit Steinen schienen sich die olanischen Regimenter zu ordnen.

Gan gab Emso das Signal.

Inzwischen flogen Steine zurück auf die Wölfe, dazu Pfeile. Und noch etwas anderes sauste glitzernd auf seine Männer zu. Gan erkannte darin Chings, rasiermesserscharfe Wurfscheiben. Mit fünfzehn Zentimetern Durchmesser konnten sie einen Mann enthaupten, wenn sie an der richtigen Stelle trafen. Auf jeden Fall garantierten sie üble Wunden.

Ein Wolf fiel. Das Feld war mit olanischen Toten übersät – er schätzte sie auf wenigstens dreihundert –, doch sie konnten sich leicht die doppelte Menge erlauben. Den Wölfen dagegen würde jeder einzelne Mann fehlen.

»Zieht euch zurück«, murmelte er und überhörte dabei Raggars mitfühlendes Knurren. »Jetzt, Clas.« Er flehte seinen Freund an und ballte die hilflosen Hände zu Fäusten.

Seine vorherige freudige Erregung wandelte sich zu kalter Verbitterung. Er spuckte aus, obwohl er einen brennenden Durst verspürte, und versuchte den ekligen Geschmack im Mund loszuwerden. Seine Männer starben, seine Wölfe, die von ihm erwartet hatten, daß er sie zu Sieg und Ruhm führen würde. Er glaubte, die Verwundeten an ihren Schreien erkennen zu können, und er hörte sich selbst stumm brüllen, wortlos, von Sinnen vor Zorn.

Und dann wurde er ruhig, und sein Nara hatte ihn fest im Griff. Die Verbitterung wich, doch die Kälte blieb.

Er bestieg sein Pferd und trieb es zu der Stelle, wo seine Einheiten auf ihn warteten. Während er auf sie zustürmte, sah er ihre Augen, die vor Angst hinter der falschen Wildheit der Masken weit aufgerissen waren. Zu jenen in seiner Nähe sagte er: »Eure Kameraden haben ganze Arbeit geleistet. Jetzt kommen die Olaner langsam wieder auf die Beine. Wir greifen in ein paar Minuten an, zusammen mit Tates Abteilung. Später wird sich Emso dazugesellen.«

Diejenigen, die ihn gehört hatten, schwenkten ihre Murdats. Diese fast stille Begeisterung war unheimlich; sie wußten, die Überraschung stellte ihre beste Waffe dar, und nur Schweigen gewährleistete sie. Und stummes Brummen ging durch die Einheiten, derweil ein Mann den nächsten in Kenntnis setzte.

Inzwischen ritt Gan zu einem verborgenen Beobachtungspunkt am Rand des Waldes. Clas' Truppe rannte nun förmlich vor dem Feind davon. Die Olaner waren kaum zu kontrollieren, sie wollten den demütigenden, peinlichen Anfang der Auseinandersetzung auswetzen. Hörner und Flöten erteilten Befehle, die Formationen zu schließen und den Vormarsch zu verlangsamen. Doch die Soldaten achteten nicht darauf.

Gans leichtbewaffnete und schnellere Männer hielten genug Abstand, um es nicht zum Nahkampf kommen zu lassen, während sie immer wieder einen äußerst unangenehmen Hagel von Steinen und Pfeilen ertragen mußten. Bald näherten sie sich jedoch der Waldgrenze. Die Olaner verdoppelten ihre Anstrengungen, sie einzuholen.

Auf Clas' Signal hin wurden die Männer langsamer und bildeten eine Verteidigungslinie. Jubel brandete unter den Olanern auf, da sie nun sahen, daß die Gejagten stehenblieben.

Gan fühlte sich an den Präriehund erinnert, den er einmal dabei beobachtet hatte, wie er einem Bären entkommen wollte. Weit von seinem Bau entfernt lief er, bis der Bär ihn einholte. Dann drehte er sich um, stellte sich auf die Hinterläufe und fauchte trotzig und erschrocken. Er biß nach der Nase des Bären, und die Prärie bebte unter dem unglaublichen Schmerzgebrüll von Meister Petz.

Dann hatte der Bär das kleinere Tier mit einem einzigen Hieb getötet.

Dieses letzte Bild stand ihm deutlich vor Augen, als die olanische Horde gerüsteter Infanterie nun rachedurstig vorwärtsstürzte.

Olanische Kavallerie galoppierte heran und überholte die Infanterie, da sie begierig darauf war, als erste zuzuschlagen. Ein paar Wölfe rannten nach hinten. Die Infanterie jubelte abermals bei diesem Anblick und übersah, daß die Flüchtenden kurz vor dem Wald erneut stehenblieben. Die Soldaten waren ebenfalls so aufgeregt, daß sie sich keine Sorgen wegen der Lücken machten, welche die Schleuderer in die Reihen der Kavallerie gerissen hatten, weil das Feld mit nagelbewehrten Kugeln übersät war. Pferde stolperten. Viele der Reiter würden sich nie wieder erheben.

Auf Gans Handzeichen hin schoß ein versteckter Bogenschütze zuerst einen pfeifenden Pfeil und daraufhin einen Rauchpfeil ab. Inmitten des Getümmels gab letzterer einen so kleinen Punkt ab, daß Gan fürchtete, er könnte übersehen werden. Mit großer Erleichterung bemerkte er sodann Emsos Kavallerie, die auf den Fluß zuhielt.

Nun befahl Gan seine Abteilung in raschem Marsch vorwärts. Der Lärm der Schlacht und das Brummen der olanischen Kriegshörner trieben sie erwartungsvoll voran, und ihre Bewegung durch den Wald erzeugte ein Geräusch wie ein besorgtes Flüstern. Erst als sie die Bäume hinter sich gelassen hatten und bereits ins Feld strömten, wurde sich die Masse der Feinde ihrer überhaupt gewahr. Bei ihrem Anblick verstummte der Jubel. Die Kriegshörner und Flöten schlugen Alarm.

Und in diesem Augenblick tauchte Tates Flügel auf der anderen Seite des Feldes auf.

Auch ihre Mannen marschierten in grimmigem Schweigen rasch vorwärts.

Vor der olanischen Streitmacht wichen Clas' Männer nun bis zu dem Punkt zurück, wo die nach hinten gezogenen Soldaten standen. Zwischen ihnen erschien nun die Hauptmacht der Wölfe. Auf ein Pfeifsignal hin knieten sie nieder, obwohl die feindliche Kavallerie sie fast erreicht hatte. Wie durch Magie bildeten sie einen Wall und hoben die riesigen Speere an, die bis vor einem Moment zu ihren Füßen verborgen gewesen waren. Die längsten, die die Männer in den hinteren Reihen hielten, maßen wenigstens sechs Meter. Die in der ersten und zweiten Reihe waren entsprechend kürzer, und so formten sich die Speere, sobald ihre Enden in die Erde gedrückt waren, zu einer einheitlichen Barriere aus wartendem Stahl. Nicht mehr in der Lage anzuhalten oder zu mutig, um es zu versuchen, krachten die ersten Reiter in diese Mauer hinein. Die dahinter folgenden stießen mit ihnen zusammen. Sofort stürzten sich die Wölfe mit blitzenden Murdats in das Gemenge gefallener Männer und Pferde.

Die triumphierenden Rufe der olanischen Infanterie klangen plötzlich nur mehr verwirrt, da die Einheiten der Wölfe sie von Westen und Osten einschlossen. Verschlimmert wurde ihre Lage durch die zurückweichende Kavallerie, die durch das Gewimmel der Fußsoldaten stürmte und verzweifelt versuchte, sich neu zu formieren.

Und jetzt fielen Emsos Männer ihnen in den Rücken. Zur gleichen Zeit schlugen Gan und Tate zu. Pfeile und Steine summten über ihre Köpfe hinweg. Auch Clas rückte vor, wobei viele seiner Männer die olanischen Pferde bestiegen und ihre Speere als Lanzen einsetzten.

Umzingelt und von sich selbst eingeengt, bot die zahlenmäßige Überlegenheit den Olanern keinen Vorteil mehr – im Gegenteil. Jene an den Rändern kämpften wacker, doch ihnen wurde von Männern zugesetzt, die zu oft hatten mit ansehen müssen, wie ihr Volk und ihr Land ausgeplündert wurde.

Das mochte man nicht mehr Sieg nennen, das war ein Massaker. Zunächst griffen die Wölfe mit einem Grimm an, der aus dem Bewußtsein rührte, siegen oder sterben zu müssen, dann allerdings mit der Ungezwungenheit von Männern, die plötzlich entdecken, daß sie nicht auf alle Zeiten die Rolle des Prügelknaben spielen müssen.

Gan ließ weitere Rauchpfeile abschießen und wies Emso damit an, den Weg zum Fluß zu öffnen, und die ersten Olaner stürzten davon, in der Meinung, ihnen böte sich eine Fluchtmöglichkeit. Die Männer in der Falle spürten den nachlassenden Druck in ihrem Rücken. Automatisch wandten sie sich um. Ein Kriegshorn verlangte plärrend nach Ordnung. Auf den Befehl einer Kriegstrommel hin versammelte sich der Gegner in der Mitte. Gan rief seinen Hunden zu, sie sollten sich mit ihm ins Getümmel stürzen, da er beabsichtigte, die Instrumente zum Verstummen zu bringen. Raggar an seiner Seite, Shara und Cho als Rückendeckung, sah er nur den ersten Mann klar, der sich ihm entgegenstellte; alle folgenden Gesichter verschwammen – Schwerthieb, Abwehr, eine Blöße, die einen Treffer erlaubte. Von Instinkt und Ausbildung getrieben, war er eher eine Macht denn ein Mann. Seine Wölfe erblickten ihn, heulten beifällig und verdoppelten ihre Anstrengungen.

Gan hackte sich einen Weg zu einem Gewirr von Menschen frei. Einer davon hielt ein Horn, mit dem er Befehle verkündete. Die Trommel stand neben ihm auf einem Ständer. Der Trommler nahm seine Umwelt überhaupt nicht wahr, sondern konzentrierte sich ausschließlich auf die Nachrichten, die er weiterleiten sollte. Ein weiterer Mann mit einer solch verzierten Rüstung, wie Gan sie noch nie gesehen hatte, warf sich vor die beiden, um sie zu beschützen. Er war ein ausgezeichneter Kämpfer, und er wehrte sich mit der Wut eines stolzen Mannes, der seine Sache verloren weiß. Ein Befehl an die Hunde sicherte Gans Rücken und Flanken und gab ihm die Freiheit, sich mit dem Offizier zu beschäftigen. Die Tiere taten ihr Bestes. Zweimal beschützte Gans Rüstung ihn vor Verletzung; ein Hieb nach seiner Kehle hätte seine Kriegsmaske fast in zwei Stücke geteilt. Sowohl er als auch sein Gegner mußten einem zweitrangigen Kampf ausweichen, da Raggar und Cho einen Speerträger in einem tobenden Gewühl zur Strecke brachten. Dann erkannte Gan seine Chance.

Der Mann bemerkte es im gleichen Augenblick wie Gan und schrie »Nein!«, ehe der Murdat ihn traf. Noch aus dieser Bewegung wirbelte Gan herum und zerschmetterte die Trommel. Der Mann mit dem Horn warf sein Instrument zu Boden, fiel darüber und bedeckte den Kopf mit den Händen. Gan wich aus dem Getümmel zurück und wurde vom heulenden Jubel der Wölfe begrüßt. Der Zusammenbruch der Olaner war offensichtlich, und wie Wellen durchs Wasser ging ein Schaudern durch die Einheiten.

Die Panik erwies sich als Verbündeter der Wölfe und umklammerte die Olaner ohne Gnade.

Die Anzahl derer, die durch die von Emso geschaffene Lücke flohen, stieg. Innerhalb von Augenblicken wurde sie zur reinsten Flut.

Die Wölfe drängten hinterher, blieben an den Flanken und machten die wenigen Tapferen nieder, die den Rückzug, der sich zu einer wilden Flucht entwickelte, decken wollten.

Es war ein Gemetzel.

Als Gan den Wölfen befahl einzuhalten, standen keine zweihundert überlebende Olaner mehr am Ufer.

Sie hinterließen eine stumme, bedrohliche Wache bei den zermalmten Überresten des Gegners und zogen sich über das Schlachtfeld zurück, wobei sie ihre eigenen Toten und Verwundeten aufsammelten; Tate bildete die Nachhut. Sie war allein, als sie den gefallenen olanischen Kommandanten entdeckte, neben dem sein Helm lag. Dessen Gold und Silber waren zerkratzt und verbeult. Sie stieg ab und hob ihn auf. Einen Moment lang stand sie da und dachte daran, wie sehr er doch jenen Stücken ähnelte, die sie in Museen und Geschichtsbüchern gesehen hatte. Dann ließ sie den Blick über das Schlachtfeld und die Toten darauf schweifen. Ohne die Angst und die Erregung des Kampfes erschien es ihr so sinnlos. Das war die Welt, aus der sie geflohen war.

Sie fragte sich, was aus den anderen geworden war, und Einsamkeit lastete plötzlich auf ihren Schultern und drohte sie zu erdrücken. Wie ging es den Frauen? Schulte Falconer die Olaner so wie sie die Wölfe? Und falls, würden sie dann irgendwann gegeneinander kämpfen?

Dann dachte sie an Jones, ihren einzigen Kontakt zu ihrer wirklichen Existenz. Der wurde verrückt. Unversehens und unwiderstehlich drängte sich ihr der Gedanke auf, sie müsse ihre Freunde wissen lassen, wo sie war und was sie tat. Sie zog ihr Bajonett und überlegte, ob sie eine Botschaft in den Helm kratzen sollte, hielt jedoch inne. Schrift wäre einfach zu verräterisch. Sie mußte einen Weg finden, wie sie nur ihre Leute erreichte. Zwei Wölfe gingen vorbei und unterhielten sich aufgeregt. Zwar hörte sie nur wenig von dem, was sie sagten, dennoch genügte das, ihr Problem zu lösen. Mit der Spitze ihres Bajonetts ritzte sie eine häßliche, anatomisch aber korrekte Kuh in den Helm. Rechts davon fügte sie zwei Federkiele hinzu.

Gan hatte bestimmt, es dürfe keine Plünderungen oder Bestrafungen geben, wenngleich alle Waffen und Rüstungen eingesammelt werden sollten. Unverletzte Gefangene mußten entweder den Streitkräften von Harbundai beitreten oder in Arbeitsmannschaften Dienst leisten; niemand sollte mißhandelt werden. Verwundete wurden nach Ola zurückgeschickt. Was die Gefallenen betraf, so schichtete man bereits Holz für die zeremoniellen Scheiterhaufen auf.

Sie wandte ihre Aufmerksamkeit dem Rest der Ausrüstung des Mannes zu ihren Füßen zu, und sie bemerkte, daß einer seiner Arme ein Messer an seinem Gürtel verbarg. Innerlich wand sie sich, während sie die Waffe samt Scheide losmachte. Gan zufolge hatte Bilsten ein Messer erwähnt, das dem olanischen Kommandanten als Bestechungsgeld gezahlt worden war. Sie stopfte es in ihre Jacke und ging weiter. Erneut dachte sie an den Helm, und sie fragte sich, ob sie diese Entscheidung nicht noch bedauern würde. Was sie getan hatte, konnte auch leicht als Kommunikation mit dem Feind mißverstanden werden.

Sie suchte Emso auf und warf ihm den Helm zu. »Der geht mit den verwundeten Gefangenen zurück nach Ola.« Er erwiderte nichts. Sie drängte ihm ihre Erklärung auf. »Das Stück muß auf jeden Fall zu ihrem König gelangen. Dadurch wird er wissen, daß wir seinen Kommandanten hier getötet haben.« Inzwischen drehte Emso den Helm in den Händen. Beim Anblick der eingeritzten Zeichen wirkte er besorgt. Er blickte Tate fragend an, und in seinen Augen funkelte Verärgerung. Sie breitete hilflos die Arme aus. »Das ist eine Botschaft, Emso. Meine Freunde werden sie verstehen. Sonst niemand, das schwöre ich. Sie sollen nur wissen, daß ich noch lebe, mehr nicht. Falls sie dort sind«, beendete sie den Satz und sah zu Boden.

Emso fragte: »Warum glaubst du, deine Freunde bekommen das zu Gesicht?«

Ihre Miene hellte sich auf. »Der König wird sie in seiner Nähe halten, oder nicht? Und selbst wenn nicht, werden die Leute über die Symbole sprechen. Jeder wird neugierig deswegen sein. Meine Freunde werden davon hören, ganz sicher.«

»So sicher erscheint mir das nicht.«

»Nun gut, nicht ganz sicher. Aber die Chance besteht. Bitte, Emso, für mich, als Freund?«

»Gan ist unser beider Freund. Er sagte, ihm wäre nicht recht, wenn die Olaner von dir erfahren würden.«

»Das werden die Olaner auch nicht. Nur meine Freunde. Wem kann das schaden?«

»Ich weiß nicht.« Stirnrunzelnd starrte er den Helm an und verfluchte ihn, dann blickte er ihr in die Augen. »Ich denke drüber nach. Du verlierst kein weiteres Wort darüber, verstanden? Niemandem gegenüber, und du wirst auch nicht fragen, wie ich entschieden habe. Das alles ist überhaupt nicht passiert.«

Sie nickte nur. Emsos Steifheit, mit der er ihr den Rücken zukehrte, beschämte sie, und sie hob halb die Hand und wollte sie ihm auf die Schulter legen, ließ sie jedoch wieder sinken. Dabei fiel ihr das Messer unter ihrer Rüstung ein und erinnerte sie, daß sie noch immer ein Geheimnis hegte.

Aber sie redete sich ein, das Messer sei lediglich ein legitimes Souvenir, eine Kriegsbeute. Die Sache mit dem Helm war so gut wie Loseziehen. Emso könnte ihn in den Fluß werfen, und sie würde es niemals erfahren. Und ob jemand die Bedeutung der Botschaft begreifen würde, war ebenfalls nicht garantiert. Das hatte jetzt das Schicksal in den Händen.

Trotzdem fühlte sie sich schmutzig.

Auf ihrem Weg zurück zu Gan bemerkte sie auf der anderen Flußseite eine Bewegung, eher verschwommen, eine Ahnung von etwas, das nicht dort hingehörte. Überrascht nahm sie zur Kenntnis, wie nervös sie plötzlich wurde und wie ihr die Verstohlenheit ein Kribbeln über den ganzen Körper jagte. Sie gab sich den Anschein, als würde sie nicht hinblicken, und sie wurde belohnt, da sie eine Gestalt auf dem Rücken eines Pferdes über eine Lichtung reiten sah. Dann plötzlich bemerkte sie mehr, mindestens zwanzig.

Das Verhalten verwunderte sie. Die Olaner, die noch auf der anderen Seite waren, vielleicht einige hundert Meter flußabwärts, gaben sich keine Mühe, sich zu verbergen. Diese berittene Gruppe dagegen benahm sich anders. Sie huschten durch den Wald wie wilde Tiere, die sich unbeobachtet fühlen. Und dann wußte sie, um wen es sich handelte. Teufelskrieger.

Sie lief zu Gan und beschrieb ihm die Position der Reiter, wobei sie nicht dorthin zeigte, und ehrfurchtsvoll nahm sie zur Kenntnis, mit welcher Leichtigkeit er sie entdeckte. Clas war sogar noch besser und zählte sie, als würden sie einer Parade gleich vorbeidefilieren. Keiner von beiden sagte viel, obwohl Clas vorschlug, sie könnten die Kavallerie ausschicken und die Teufel gefangennehmen. Gan lehnte das ab, und dann merkte Tate an, die Reiter müßten den Schlachtlärm gehört haben und gekommen sein, um sich die Sache anzuschauen.

Gan schüttelte den Kopf. Er wirkte ausgesprochen zufrieden. »Sie waren bereits hier. Habe ich mir schon gedacht.« Er nickte und schien damit etwas zu bestätigen, das ihm durch den Sinn ging.

Tate fragte sich, was das sein mochte. Nur einer Sache war sie sicher – er hatte seinen nächsten Zug bereits geplant.

Dreißig

Die Siegesfeier begann, als die ersten zurückkehrenden Wölfe aus dem Wald marschierten und die letzte Etappe bis zur Burg angingen. Von diesem Punkte an säumten Menschen die Straße bis hin zu den Mauern des Sitzes von Baron Jalail. Der Jubel der Menge vertrieb den Mangel an Ruhe, die sie seit dem Ende der Schlacht nicht gefunden hatten; die Soldaten hoben die Köpfe und nahmen Haltung an. Sie grinsten ihre Freunde, ihre Verwandten und sonst jeden an. Schließlich erschien die Infanterie, und der Applaus nahm kein Ende und erreichte seinen Höhepunkt, da Gan, der den Soldaten vorausritt, den Murdat zog, damit herumfuchtelte und auf seine Männer zeigte. Diese zogen ebenfalls die Schwerter und winkten; einer begann, einen Rhythmus auf seinen Schild zu klopfen, und die Idee fand rasch Anhänger. Bald bewegte sich die gesamte Truppe zum Krachen von Stahl auf Stahl und brüllte: »Murdat! Murdat!«, wodurch sie sogar die Zuschauer zu übertönen drohte, bis auch diese in den Ruf einstimmten.

Gan sog jede Einzelheit in sich auf. Einen Augenblick wie diesen würde er niemals wieder erleben, wurde ihm bewußt. Sicherlich folgten weitere Schlachten; ein erster Sieg jedoch nicht. Sein Blick fing die Details ein und brannte sie in sein Gedächtnis ein. Ihm fiel auf, daß er die Augen kurz schließen konnte und dennoch jedes Gesicht lebhaft vor sich sah. Ein Mädchen mit langem wallenden Haar und aufgeblähtem Rock löste sich aus der Menge und drängte sich durch zwei Reihen Soldaten, um den Mann zu erreichen, den sie wollte. Sie küßte ihn leidenschaftlich und kehrte dann zu ihrem Platz zurück, und während sie in der Menge verschwand, errötete sie so intensiv, daß jede Rose vor Neid geplatzt wäre. Ein kleiner Junge rannte los, ergriff Gans Stiefel und blinzelte mit einer solchen Mischung von Beklommenheit und Vergötterung zu ihm auf, daß er lachen mußte.

Ein älteres, besorgtes Gesicht suchte die vorbeimarschierenden Reihen ab. Die grauhaarige Frau hatte die Hand einem Mann auf die Schulter gelegt, der genauso alt war wie sie, und sie reckte sich und stellte sich auf die Zehenspitzen. Bestimmt war das ihr Ehemann, und Gan drehte sich um, ob einer seiner Soldaten reagierte. Tatsächlich winkte einer, ein Gruppenführer. Einen kurzen Moment lang suchte der Blick des Soldaten den der Frau, dann den des Mannes. Traurig und feierlich schüttelte er den Kopf. Daraufhin wandte er sich wieder nach vorn und weigerte sich, sie erneut anzusehen, obwohl er so dicht an ihnen vorbeiging, daß sie ihn hätten berühren können. Der nicht nachlassende Jubel erstickte den qualvollen Schrei, der sich von den Lippen der Frau löste. Ihr Gesicht war schmerzvoll verzogen. Der Mann legte die Arme um sie und stützte sie. Tränen strömten ungehindert über seine Wangen.

Das tun wir also, dachte Gan. Jeder Sieg geht mit einer schrecklichen Niederlage einher. Wir versuchen, dies zu verdrängen, weil wir versklavt werden, wenn wir nicht kämpfen. Und doch sind die alte Frau und ihr Mann nun trotzdem Sklaven, gefangen in ihrem Verlust.

Er erinnerte sich an seinen Vater, der von der Hand seines eigenen Volks gestorben war, weil er weise genug gewesen war, Frieden und Ehre in einem Atemzug zu nennen.

Jemand in der Menge rief Gans Namen, und er richtete den Blick dorthin, winkte automatisch und wurde sich des Stirnrunzelns bewußt, das seine Gedanken hervorgerufen hatten. Er zwang sich zum Lächeln und redete sich ein, er solle jetzt nicht über diese Dinge nachgrübeln.

Das alte Paar hatte seine Freude jedenfalls getrübt. Seine Seele würde von der Süße des Triumphs nicht mehr beschwichtigt werden. Seine Aufmerksamkeit wandte sich anderen Problemen zu.

Die Teufel hatten erwartet, zusammen mit den Olanern einen Überraschungsangriff zu starten und leicht Gebiet zu erobern. Die Wölfe hatten ihnen verdeutlicht, daß beides unmöglich war.

Unglücklicherweise würden die Hundemenschen die Folgen dieser Enttäuschung tragen müssen. Alle Anzeichen, die er auf seiner Flucht nach Harbundai bemerkt hatte, wiesen auf eines hin: König Altanar hatte geplant, die Teufel sollten die Hundekrieger hinterrücks überfallen, wenn diese einen der Pässe nach Harbundai überquerten. Ein Sieg der Teufel hätte die Hunde aus dem Rennen geworfen und es Ola erlaubt, sein Territorium auszudehnen, sobald Harbundai unterworfen war. Die Teufel waren auf Krieg und Plünderung vorbereitet. Jetzt lag es an Altanar, entweder an ihrer Seite zu kämpfen oder sie als Verbündete zu verlieren. Das einzige wahrscheinliche Opfer ihrer vereinten Feindseligkeit stellten die traditionellen Gegner der Teufel dar, der Stamm, den sie am meisten haßten.

Der Winter würde sich für die Hunde härter als gewöhnlich gestalten.

Er dachte an sie. An sein Volk. Er erinnerte sich an den Schmerz der alten Frau. Hatte sie einen Sohn verloren? Einen Enkel? Wie viele Frauen der Hundekrieger würde in diesem Winter das gleiche Leid heimsuchen?

Das Gefühl der nutzlosen Verschwendung, welches ihn beim Anblick der jugendlichen Burgwache des Barons ergriffen hatte, die von den Sklavenjägern niedergemetzelt worden war, kam ihm in Erinnerung. Verhöre mit Gefangenen nach der Schlacht hatten die Vermutungen bestätigt. Der Angriff, der den beiden älteren Söhnen des Barons den Tod gebracht hatte, war nur erfolgt, weil die Einheiten von Harbundai unvorbereitet und unterlegen waren. Darüber hinaus hatte man drei Tage vor dem Überfall eine Gruppe ihrer Kavallerie zu der Stelle geschickt, wo die Truppen schließlich übersetzten und die Schlacht mit den Wölfen stattgefunden hatte. Ihr Auftrag: Sie sollten einer rückkehrenden Sklavenjägertruppe Schutz gewähren und nach einem Gebiet suchen, wo eine große Armee den Fluß überqueren konnte.

Wie die Olaner ebenfalls wußten, hatte ihr General hartnäckig auf Altanar eingewirkt und ihn überzeugt, nur ein gemeinsamer Angriff ihrer Truppen mit den Bergkriegern zusammen auf Jalail würde zum Fall Harbundais führen. Der General hatte darauf bestanden, den Überfall selbst anzuführen. Die Gefangenen waren sicher, er habe den Angriff über den Bärenpfotenfluß erst *nach* dem Gefecht in der östlichen Baronie vorgeschlagen.

Später überreichte ihm Tate den juwelenbesetzten Dolch, und nun bekam Gan die Antwort dafür, warum sich der General so verhalten hatte. Auf den ersten Blick wußte er, es handelte sich um die Waffe, die Bilsten beschrieben hatte, das Schmuckstück, das als Bestechung gedient hatte. Die Klinge für den ersten Teil, die Scheide nach Vollendung.

Nun trug Gan die Waffe unter seiner Jacke.

Das Auftauchen des Barons und der offiziellen Begrüßungsgesellschaft riß ihn aus seinen Überlegungen, und dann sah er Neela und konnte an nichts anderes mehr denken. Sie trug Reithosen und eine schwarzrote Bluse, die ihn an sonnengereifte Brombeeren erinnerte. Wegen der herbstlichen Kälte trug sie einen hellgelben Mantel. Andere hatten ebenfalls solch helle Farben angelegt, doch für Gan stach sie einzigartig aus der Menge hervor. Er wußte nicht, wie lange sie ihm schon zuwinkte, als er die Geste endlich erwiderte, doch inzwischen winkten fast alle Soldaten irgend jemandem zu, und sein Arm war nur einer unter Hunderten.

Die Gesellschaft bot einen prächtigen Anblick voller Farbe und Bewegung. Das persönliche Banner des Barons, ein Rabe mit ausgebreiteten Flügeln auf weißem Grund, flatterte im frischen Wind. Um die Wahrheit zu sagen, gefielen Gan die Banner Harbundais nicht. Sie waren aus Tuch gemacht und bildeten ein Viereck, dessen Seiten etwa die Länge des Armes eines Mannes maßen. Mit Streben wurden sie oben und unten an ihrer Stange befestigt; dadurch konnte man sie bei Wind nur schwer halten, was das Schwanken ihrer Träger bestätigte. Trug man sie in die Schlacht, konnten sie von vorn oder hinten leicht erkannt werden, doch nicht von den Seiten. So erfüllten sie zwei Aufgaben: Der Feind wußte, wen er vor sich hatte, und die Soldaten hinten hatten einen zuverlässigen Führer. Trocken dachte Gan, in der Vergangenheit hätten sie allzu oft die Position der Männer des Barons verraten. Die Wölfe trugen viel kleinere Banner ohne Querstreben. Sie waren lang und schmal, ließen sich leichter einrollen und verbergen, bis sie gebraucht wurden. Zusammengepackt stellten sie kein Hindernis dar.

Da sich nun der Baron näherte, gab Gan Zeichen, daß man seine Wolfskopfstandarte zeigen solle. Er täuschte vor, den lauten Jubel nicht zu vernehmen, der die fauchende Maske an der Spitze seiner fünfhundert Mann begrüßte. Der Baron hatte ihn allerdings bemerkt, und über die fünfzig Meter hinweg, die sie noch trennten, erkannte Gan, wie er im Sattel erstarrte.

Der Baron zügelte sein Pferd und ließ seine Gruppe anhalten, wobei er die Reiter herumwinkte, damit sie sich an seiner Seite aufstellten. Die Kriegstrommeln griffen den Takt der Wölfe auf, und ihre Wirbel gesellten sich zu dem Krachen der Schwerter auf Schilden, während die Blasinstrumente sie willkommen hießen. Zum ersten Mal erlebte Gan die Baronie in ihrem ganzen Pomp, und er war beeindruckt. Die Pferde glitzerten in poliertem Zaumzeug, die Musikinstrumente blitzten in der schwachen Herbstsonne, und die verzierte Kleidung der Adligen schien zu strahlen. Selbst seine Soldaten sahen besser aus, dachte er, während er sich umblickte. Viele versuchten verstohlen, sich Flecken von den Jacken zu reiben, oder schnippten Schlamm von Stiefeln und Schilden.

Er merkte sich für zukünftige Empfänge, daß er sich angemessen darauf vorbereiten wollte.

Emso führte die Kavallerie zur Seite und ließ sie so Aufstellung nehmen, daß Gan zwischen den beiden Einheiten auf den Baron zuritt. Er hielt an und salutierte mit der Faust. Im Hintergrund entdeckte er Neela, die lächelte und winkte. Sylah stand viel beherrschter neben ihr und hatte nur Augen für Clas.

Die Soldaten unterbrachen ihren Rhythmus, und die Trommeln verstummten. Erwartungsvolle Stille schloß sich an, und dann folgte ein mächtiger Wirbel der Kriegstrommeln, auf den hin die Trompeten einsetzten. Der Baron nickte, und allein näherte sich Gan ihm, nachdem die Musik ausgeklungen war. Sein Pferd tänzelte aufgeregt und ganz vom Augenblick ergriffen. Die Hunde dagegen trotteten neben ihm her, als würden sie sich langweilen.

Gan erwartete keine herzlichen Worte vom Baron, und so kam es auch. Streng beglückwünschte Jalail ihn und die Wölfe zu ihrem Dienst für ihn und die gesamte Baronie. Nur einmal verrieten seine Augen keine unterdrückte Wut, während er einen Boten erwähnte, der am Tag zuvor vom König eingetroffen sei. Er hatte eine Warnung gebracht, derzufolge die olanischen Streitmächte möglicherweise an der Fähre über den Bärenpfotenfluß einfallen würden. Der König hatte ihn überdies beruhigt, die olanische Truppe sei nur klein, dennoch würde er Verstärkung unter dem Befehl seines Neffen schicken, um »die Stabilität in der Baronie zu gewährleisten«. Der Baron fuhr fort: »Es war mir eine große Genugtuung, den Boten mit der Nachricht zurückzuschicken, daß drei olanische Abteilungen versucht hätten, nach Harbundai einzudringen, und vernichtend geschlagen worden wären und daß ich mich recht gut in der Lage fühle, mein Land selbst zu verteidigen. Nummer Zwei teilte mir mit, die ›Verstärkung‹ sei bereits umgekehrt.«

»Deine Soldaten haben wacker gekämpft«, sagte Gan. »Wir haben neunzehn Mann verloren, dreiundzwanzig sind verwundet. Bis auf sieben werden alle Verletzten wieder zum Dienst erscheinen können. Wir hatten das Glück auf unserer Seite.«

»Mir erscheint es eher wie ein Wunder«, berichtigte ihn der Baron. »Ich möchte die Einzelheiten erfahren. Komm in mein Quartier, nachdem du dich ausgeruht hast. Dann werden wir reden. In zwei Tagen wird die offizielle Feier stattfinden. Mein Volk hat sich lange nach einem Sieg gesehnt.«

Auf Gans Gruß hin zog er sein Pferd herum und ritt durch die Gasse davon, die sein Gefolge für ihn öffnete. Gan gab Neela ein Zeichen, sie möge ins Lager der Soldaten kommen, und achtete nicht auf die Beobachter, die wissend lächelten und grinsten.

Die Wölfe hatten die Zeremonie, mit der sie begrüßt worden waren, nicht erwartet, und während sie leichten Fußes den Rest des Marsches hinter sich brachten, unterhielten sie sich über die bevorstehende Feier und über ihren Anteil an dem Sieg. Gan amüsierte sich darüber, wie riesig der plötzlich geworden war, derweil sich seine Leute überlegten, was für Geschichten sie erzählen sollten. Als sie schließlich das Lager erreichten, hätte er schwören mögen, sie müßten wenigstens doppelt so viele Abteilungen und dazu noch in der halben Zeit geschlagen haben.

Er kümmerte sich um die Versorgung der Verwundeten und erließ letzte Befehle an die Truppe. So leid es ihm tat, mußte er darauf bestehen, daß die Wachsamkeit auf keinen Fall nachließ. Der Plan für die Nachtwachen müsse weiterhin eingehalten werden, wobei den Männern, wie er fand, die Hunde fehlten. Aus diesem Grund standen die Wölfe gegen die Einsamkeit zu dritt Wache, wobei stets ein Mann nicht schlafen durfte. Die Soldaten murrten, doch sie hatten das Unmögliche vollbracht, und nun würden sie das Unangenehme akzeptieren.

Gan freute sich über den Ton ihrer Klagen. Sein Vater hatte stets gesagt, kein Mann ist so unbezähmbar wie derjenige, der eine Mißhandlung hinnimmt und darüber triumphiert. Er wünschte nur, Col hätte seinen Haufen hören mögen; bestimmt hätte er geglaubt, mit ihnen die ganze Welt erobern zu können.

Neela kam in die kleine Hütte gestürmt, die das Kommandohauptquartier bildete, und salutierte wie ein Wolf. Er grinste sie an und erwiderte den Gruß mit spöttischem Ernst. Sie sagte: »Muß ich das machen, damit ich deine Aufmerksamkeit erlange? Soll ich erst mit einem Schwert auf einen Schild schlagen, um dir ins Gedächtnis zu rufen, daß ich auf dich warte? Hier gibt es nichts mehr zu tun. Komm zurück in die Burg. Und zwar jetzt.«

Er sprang auf. »Wie du befiehlst. Aber nur, wenn wir gehen. Ich möchte so lange wie möglich mit dir allein sein.«

Sie lächelte und eilte ohne Antwort nach draußen, und er

folgte ihr verwirrt. Vor der Hütte band sie Sonnenflieger an eine Wimpelstange. »Ich werde jemanden schicken, der ihn abholt«, erklärte sie und schob den Arm durch seinen.

Auf dem Weg zur Burg fragte sie ihn über den Verlauf der Schlacht aus. Sie hörte ihm zu und unterbrach ihn nicht, hakte nur gelegentlich nach, wenn er zögerte oder sich der nächsten Phase der Kampfhandlungen zuwandte. Endlich war sie zufrieden, weil sie alles erfahren hatte, und erkundigte sich über seinen persönlichen Anteil an dem Erfolg. Er erklärte ihr, seine Aufgabe habe darin bestanden, die genaue Ausführung des Plans zu überwachen, und bevor er hätte eingreifen können, sei es vorbei gewesen. Er erzählte ihr von dem Angriff auf das olanische Kriegshorn, wobei er verschwieg, daß er den Kommandanten erschlagen und damit das Schicksal des Feindes besiegelt hatte.

Auch berichtete er ihr von dem Dolch, den Tate gefunden und ihm gebracht hatte, und er fügte hinzu, daß er glaube, es handele sich um die Waffe, mit der ein olanischer Kommandant bestochen worden war, wie Bilsten beschrieben hatte. Nachdem er fertig war, erreichten sie die Burg, aber statt geradewegs einzutreten, führte er sie zur Seite. Der Mauer zugewandt und von allen Seiten vor Blicken geschützt, zog er Dolch und Scheide unter seiner Jacke hervor und zeigte sie ihr. Er war befriedigt, weil die Waffe noch immer die Pracht ausstrahlte, die er in Erinnerung hatte. Ohne sich dessen bewußt zu werden, beugte er die Schultern vor, als wolle er sie schützend mit seinem eigenen Körper umhüllen.

Er zog die Klinge ein Stück weit aus dem verzierten Futteral, damit sie den Stahl bewundern konnte, und sah sie an, um ihre Reaktion zu beobachten. In ihrem Gesicht oder ihrer Stimme zeigten sich keine wahrnehmbaren Veränderungen, dann spürte er bei ihr eine Verwirrung und einen Widerstand, als habe sie etwas Abstoßendes erblickt und könne trotzdem die Augen nicht mehr davon abwenden.

Das ergab doch keinen Sinn; an der Waffe war nichts anderes zu bemerken als ihre wundervolle Schönheit, und dennoch wurde er das Gefühl nicht los, irgend etwas beunruhige sie zutiefst.

Während er den Dolch wieder verstaute, steigerte sie seine Verwirrung noch, indem sie ihn anlächelte, seinen Arm nahm und ihn zum Burgtor führte, derweil sie leise die Freude schilderte, die sie bei seinem Erscheinen hatte. »Du hast prächtig ausgesehen«, sagte sie. »Ich war so glücklich, einmal für dich, zum anderen, weil du heil zurückgekehrt bist, glaube ich. Das mag seltsam klingen, aber ich meine nur, ich weiß, wieviel es für dich bedeutet, Macht zu gewinnen, um den Tod deines Vaters rächen zu können.«

Inzwischen hatten sie den Burghof betreten und wurden von lauten Rufen begrüßt. Sie umklammerte seinen Arm und zog ihn mit sich, und er ging weiter und war mehr als glücklich, nachdem sie endlich das Gebäude erreicht und die Gratulanten hinter sich zurückgelassen hatten. Sie kamen am Waschraum vorbei, in dem jemand duschte, und plötzlich fühlte er eine Erschöpfung, in der sich alle Anstrengung seit dem nächtlichen Aufbruch zur Schlacht niederzuschlagen schien. Das Rauschen und der Geruch des fließenden Wassers brachen durch die Mauer, hinter der er seine Müdigkeit in den letzten Tagen verschanzt hatte, und er begann zu wanken.

Neela stützte ihn und warf den Kopf in den Nacken. »Wieviel Schlaf hast du eigentlich gefunden?«

»Ich weiß nicht«, antwortete er und hielt die Lüge für unbedeutend. Wenn er ihr erzählte, er habe jeden Tag nur drei Stunden geschlafen und dabei nur einmal zwei Stunden am Stück, würde sie das nicht gern hören. Sie runzelte die Stirn, und er fügte hinzu: »Ich hatte viel zu tun. Daher werde ich mich jetzt vor dem Abendessen ausruhen.«

»Aber ganz bestimmt«, schimpfte sie. Praktisch schob sie ihn in sein Zimmer und wartete, bis er im Morgenrock wieder herauskam. »Du duschst«, befahl sie, »und ich bin zurück, bevor du fertig bist.«

Er war zu erschöpft, um sie zu fragen, wohin sie wolle. Allerdings eilte sie bereits wieder in den Gang, als er sein Zimmer sauber und geduscht erreichte. Sie trug eine kleine Tasche. »Was ist das?« fragte er mißtrauisch ob ihres mütterlichen Blicks, der ihn nervös machte.

Ihre Antwort half ihm auch nicht weiter. »Das wird dir guttun«, erklärte sie und folgte ihm in sein Zimmer. Dann fand er heraus, daß es sich lediglich um eine übelriechende Medizin handelte, die er schlucken sollte, und erleichtert ließ er sich von ihr herumdrehen und aufs Bett drücken. Er spiegelte Protest vor, obwohl es ihm eigentlich gefiel, wie sie sich um ihn kümmerte. Sie zog ihm den Morgenrock von den Schultern, entblößte seine Arme und den Oberkörper, dann kletterte sie aufs Bett, kniete zwischen seinen Beinen und massierte seinen Rücken und seinen Nacken. In der Tasche befand sich duftendes Öl, und er genoß das Kneten ihrer erstaunlich starken Finger, die Schmerz und Verspannungen aus den Tiefen seiner Muskeln strichen, wenngleich er sich daraufhin leer und ausgelaugt, fast in einem hypnotisierten Zustand fühlte. Der Raum füllte sich mit dem Aroma des nach Zedern riechenden Öls.

Während sie ihn bearbeitete, sprach sie so, als wäre sie allein, doch in einem Winkel seines Verstandes löste das Alarm aus, denn sie machte Vorschläge, ohne dabei allerdings aufdringlich zu werden. Sie redete über die Verwicklungen, die sich aus dem doppelten Sieg des Barons über Ola und seinen eigenen König ergaben. Es würde eine Weile ins Land gehen, bevor sich einer der anderen Barone mit ihm würde anlegen wollen; jetzt hatten sie Angst vor ihm. In vielen Ratsversammlungen und geheimen Besprechungen würden die Machtgrenzen neu gezogen werden. Während König und Barone sich stritten, wäre der Zeitpunkt vielleicht ideal, die Teufel in ihrem neuen Kriegslager anzugreifen. Im Augenblick stellten sie die größte Bedrohung dar.

Sie zögerte einen Moment lang, und er kämpfte gegen die Müdigkeit an, die ihn übermannen wollte, und hoffte, sie würde fortfahren. Ein anderer Duft stieg ihm in die Nase, und er brauchte eine Weile, bis er milden Balsam erkannte. Irgendwie hatte sie das Öl erwärmt, und dort, wo sie zuvor seine Muskeln geknetet hatte, durchströmte ein Gefühl Haut, Fleisch und Blut, das nicht nur den Schmerz, sondern auch die Sorgen vertrieb.

Ihre Stimme verlor die Festigkeit, verklang zu einem fernen Summen. Der Duft diente seinem Verstand als Ruhekissen.

Ein Schwert blitzte vor ihm auf. Shara sprang.

Das Zucken, welches den Schlaf ankündigte, hätte ihn fast aus dem Bett geworfen, und dann war er hinweggedämmert. Neela erhob sich vorsichtig, verschloß die Fläschchen und drehte sich zu ihm um. Sie holte ein Tuch aus der Tasche, wischte sich die Hände ab, kniete sich hin und brachte ihr Gesicht dicht an seines heran. Dort betrachtete sie seine Augenbrauen, die sich über seine Stirn schwangen, und die Stoppeln seines Bartes, die das Licht einfingen und ständig anders spiegelten, während sie sich vor seinen geschlossenen Augen vor und zurück bewegte. Seine Lippen waren so voll und enthüllten, kaum geteilt, nur wenig von seinen kräftigen, weißen Zähnen. Indem sie näher kam, spürte sie seinen Atem. Er roch stark und feucht, erinnerte sie an den eines Tieres und erzeugte verschwommene Bilder von Schwere und Muskelkraft, Bilder, die noch eindrucksvoller waren als jene zuvor, die sie gesehen hatte, da ihre Finger die Gebirge von Gans Muskeln unter seiner überraschend geschmeidigen Haut erkundet und vermessen hatten.

Sie überbrückte die verbliebene Distanz zwischen ihnen und küßte ihn, berührte so sanft wie nur möglich seine Lippen mit den ihren. Daraufhin erhob sie sich und eilte aus dem Zimmer.

Einunddreißig

Gan saß mit Neela am Tisch des Barons und beendete gerade das Dessert, den letzten Gang des Mahls. Es bestand aus Blaubeeren, die mit einem hauchfeinen Teig umbacken waren, der bei der leisesten Berührung abblätterte. Der sommerliche Geruch der heißen Früchte vermischte sich mit dem Aroma des honiggesüßten Himbeertees, der dazu gereicht worden war. Der belebende Duft bildete einen scharfen Gegensatz zu der fast greifbaren Spannung, die dem abendlichen Beisammensein einen steifen Charakter verliehen hatte. Die Gemahlin des Barons hatte sich auf Kopfschmerzen berufen und sich bereits entschuldigt. Das Gespräch stockte ständig, und mehrfach hatte Neela schutzsuchend nach seiner Hand gegriffen.

Baron Jalail warf sich schwer gegen die Lehne seines Stuhls, hob die Hände und spreizte sie vor sich flach auf dem Tisch. Verdrossen stellte Gan fest, daß er ihnen noch nie Beachtung geschenkt hatte. Erst jetzt bemerkte er, wie riesig sie waren. Zeichen großer Kraft wurden angesichts des vielen Fetts fast unsichtbar. Die rauhe Haut zwischen Daumen und Zeigefinger mochte von harter Schwertarbeit stammen. Daneben verlor sie an Farbe, als würden die Schwielen zur Handfläche hin weniger. Die schweren Knöchel waren dick und steif, und an der linken zeigte sich eine striemenartige Narbe. Insgesamt enthüllten sie Niederlage und die Aushöhlung einer einst festen Entschlossenheit durch Jahrzehnte der Kompromisse und unsicherer Manöver.

Gan entschied sich, diese Lektion nicht zu vergessen.

Der Baron wandte sich an Neela: »Ich habe dich gebeten, heute abend mit Gan zu erscheinen, weil du ein Teil der Probleme bist, mit denen ich es nun zu tun habe. Gewiß hast du von dem Boten gehört, der heute eingetroffen ist. Der König hat seinen Besuch abgesagt – ›Staatsgeschäfte‹ halten ihn ab, hat er behauptet. Das ist eine glatte Lüge. Kaum zehn Tage sind vergangen, seit unsere Männer die olanischen Abteilungen zerschlagen haben, aber die Geschichte ist bereits jedem zu Ohren gekommen. Niemand will sich auf einen Kampf mit den Wölfen einlassen. Und darin besteht das Problem.«

Verwirrt wartete Gan auf nähere Erklärungen. Jalail sagte: »Die Wölfe empfinden nichts für mich.« Er deutete mit dem

Kopf auf Neela. »Sie und diese schwarze Frau und die Priesterin lassen ihre Frauen Waren herstellen. Wie ich erfahren habe, wollen sie ein Boot kaufen, damit sie ihren Handel bis zum Inneren Meer ausdehnen können. Deine Männer und ihre Frauen werden in der ganzen Baronie und darüber hinaus beneidet. Und trotzdem rühmt niemand meinen Namen.« Er keuchte, nachdem er verstummt war.

Gan versuchte, sich die Betroffenheit nicht in der Stimme anmerken zu lassen. »Wir sind dein Volk. Deine Männer wissen, wer dem Plan der Frauen seine Erlaubnis gegeben hat. Und indem sie Geld verdienen, bauen sie deine Macht aus. Die Schlacht am Bärenpfotenfluß wurde zu deinem Wohl geschlagen.«

»Zu meinem Wohl? Aber ohne meine Erlaubnis! Bin ich dazu verdammt, gnädig zuzusehen, was sich in meiner Baronie zuträgt? Soll ich keine anderen Gefühle außer Dankbarkeit hegen? Und was ist mit diesem Verrückten, diesem Jones? Er bereitet sich auf eine Konfrontation mit der Kirche vor – und wie dient das meinem Wohl?«

»Du magst die Kirche nicht. Das hast du selbst gesagt.« Neelas leise Entschlossenheit entging ihm nicht, und er wandte sich ihr zu. Finster starrte er das Mädchen an. »Trotzdem möchte ich mich nicht mit ihr anlegen. Im Augenblick beherberge ich schon eine abtrünnige Priesterin.«

»Vielleicht wird die Kirche sie gar nicht verbannen. Dann hättest du ihrem Willen entsprochen.«

»Du unterschlägst die andere Möglichkeit, Kind.« Er richtete seine Aufmerksamkeit wieder auf Gan. »Versteh mich nicht falsch. Ich vertraue dir ganz und gar. Jetzt jedenfalls. Früher oder später wird sich der König jedoch überlegen, dir könnte der Gedanke gefallen, mir nicht mehr verpflichtet zu sein. Er wird dich mit Träumen von Unabhängigkeit einlullen und dich dann im Spinnennetz der Bündnisse einwickeln. Deine Absicht ist es, den Mann zu vernichten, der deinem Vater seinen Rang genommen hat. Dazu brauchst du aber Männer. Eine Grundlage.« Er zögerte und musterte Gans Gesicht mit traurigen, verständnisvollen Augen. Sein kurzes Lächeln riß seine Miene auf wie eine Wunde. »Armer Gan. Du willst so viel, und du lernst gerade, wie grausam du sein mußt, wenn du es dir holen willst. In der Zwischenzeit dienst du mir. Nur wird dir der König bestimmt ein goldenes Angebot machen.«

Gan holte hörbar Luft. »Kein Mann, dem etwas an seinem Leben liegt, wird versuchen, mich zu bestechen.«

Der Baron lachte. »Im Augenblick brütet er bereits darüber, was er dir anbieten könnte. Vergiß nur eins nicht: Ich fürchte mich nicht vor deinem Ehrgeiz, sondern vor seinem.«

»Einen Mann, der sich mir gegenüber so großzügig erwiesen hat, könnte ich niemals verraten.«

»Ein Verstand wie deiner bringt solche Worte mit Leichtigkeit über die Lippen. Ein Verstand wie meiner glaubt sie jedoch nur mit Schwierigkeiten.« Die Traurigkeit eroberte wieder die Augen des Barons. »Nun, mach dir nichts draus. Ich kann solche Dinge nicht besonders gut ausdrücken.«

Neela fragte: »Hat sich der König über die Selbsthilfe der Frauen beschwert?«

»Noch nicht. Er hat sie allerdings zur Kenntnis genommen, und es gefällt ihm überhaupt nicht. Falls seine Mutter ...« Er zuckte mit den Schultern. »Nummer Zwei berichtet, eure kleine Leistung habe sie sehr aufgeregt.« Das runde Gesicht verzog sich zu einem verbitterten Stirnrunzeln, welches seine Gefühle für die Haltung der Königinmutter deutlich ausdrückte. Gan wollte das Thema schon fallenlassen, da fügte der Baron hinzu: »Im Augenblick wird der König die Arbeit noch nicht verbieten.«

Gan fuhr auf. »Verbieten? Die Wölfe haben dabei doch wohl auch noch ein Wörtchen mitzureden. Und ich ebenfalls.«

»Diese Frauen verstoßen gegen die Bräuche, an die wir uns stets gehalten haben. Nicht einmal die Kirche heißt solche radikalen Veränderungen gut.«

Unbeeindruckt erwiderte Gan: »Bräuche, die keinen Sinn ergeben, verdienen es, abgeschafft zu werden.«

Sehr leise entgegnete der Baron daraufhin: »Ich bin sicher, genau das gleiche hat sich auch Faldar Yan eingeredet, als er den Sturz deines Vaters geplant hat.« Gan erhob sich aus seinem Stuhl, doch Jalail wies ihn mit einer fast sorglosen Geste zurück. »Greife niemals die Wahrheit an, und vergiß nie: Der Ehrgeiz findet immer einen Grund, der seine Handlungen rechtfertigt. Mich würde es schmerzen, die Freundschaft eines jungen Mannes zu verlieren, der mich daran erinnert, zu was meine Söhne hätten heranwachsen können. Und ich glaube, jetzt sollten wir unser Gespräch besser beenden.«

Gan stimmte nur allzu glücklich zu. Diese Überlegungen waren ihm nicht neu, doch da er sie nun aus einem anderen Mund gehört hatte, waren sie noch schwerer zu akzeptieren. Ihm kam es so vor, als hätte der Baron sich in seine Gedanken eingeschlichen und sie nur zu gut durchschaut.

Während sie den Gang entlang zu ihren Zimmern unterwegs waren, bemerkte er Neelas forschenden Blick, und bei der Aussicht, sie könnte ihn womöglich ähnlich leicht durchschauen wie der Baron, sank sein Mut. Falls dies der Fall war, wußte sie, was er für sie empfand, und er hatte bei ihr noch nicht das leiseste Anzeichen für ebensolche Gefühle entdeckt.

Sie mochte ihn. Sie vertraute ihm. Eines Tages hätte sie sich sogar von ihrer Verliebtheit in Clas erholt. Sein Leben würde jedoch erst vollständig sein, wenn sie ihm Ähnliches entgegenbrachte.

Er mußte sich in Geduld üben. Wenigstens wollte er ihre Wärme und ihre Zuneigung gewinnen, wenn schon nicht ihre Liebe.

Sie lächelte ihn an, als er ihre Hand ergriff. Er machte einen kleinen Scherz über die Nervosität des Barons, und sie lachte unbekümmert. Trotzdem lag in dieser Äußerung Besorgtheit; sie bedauerte den Mann, sagte sie, weil ihn der Verlust seiner Kinder so erschüttert habe. Daraufhin drückte sie Gans Hand und fügte hinzu, sie hoffe, keiner von ihnen beiden würde je Opfer eines derartigen Komplotts.

Zu gleicher Zeit dämmerte ihnen, daß sie beide bereits sowohl in den Plänen des Barons als auch in ihren eigenen einen festen Platz eingenommen hatten, und bis sie sich in gedämpfter Stimmung vor ihrer Tür voneinander verabschiedeten, stockte die Unterhaltung.

In seinem Zimmer entließ Gan den Diener für die Nacht. Nachdem der Mann gegangen war und Gan die Tür mit dem schweren Riegel gesichert hatte, trat er zu dem grobgezimmerten Schreibtisch unter dem einzigen Fenster des Raums und zog einen in Tuch gewickelten Gegenstand hervor. Als er ihn von seiner Hülle befreit hatte, strahlte er im Licht wie eine lebendige, bunte Flamme. Die edelsteinbesetzte Scheide und der Elfenbeingriff erglühten. Kühl lag die Waffe in seiner Hand.

In der Tat handelte es sich um ein stattliches Bestechungsgeld.

Die Juwelen und die Metalle verliehen Griff und Scheide eine einzigartige Kostbarkeit. Der Wert der Klinge lag trotz ihrer Verzierungen in ihrer kühlen Bedrohlichkeit. Einen ganzen Fuß lang, hatte sie einen starken Rücken und eine rasiermesserscharfe Schneide. Einen solchen Stahl hatte er nie zuvor zu Gesicht bekommen, und die Schneide war von einer Schlangenlinie gezeichnet, die ihn an die runden Wellen eines Flusses erinnerte. Diese Linie zog sich an der ganzen Klinge entlang, der obere Teil wies allerdings eine etwas andere Färbung auf. Dieser Unterschied versprach ein Geheimnis, ein verborgenes Wissen, so wie die trüben Fluten eines Flusses in ihren Tiefen Dinge für sich behalten.

Poliert und gewetzt, spielte das Messer mit dem Licht wie ein Kind mit dem Feuer.

Gan hob es hoch und probierte einige kurze Hiebe und Stöße mit der Waffe. Er bewegte sich geschmeidig, obwohl seine Muskeln in Unterarm und Hand verhärtet waren. Dabei setzte er eine entrückte Miene auf, und seine Augen verrieten Sinnlichkeit. Die sanften Spiegelungen der Klinge tanzten über die dunklen Steinwände, bis er den Dolch in die Scheide schob. Vorsichtig fuhr er noch mit einem Finger über die Schneide, und ein einziger Blutstropfen quoll hervor.

Nachdem er das Messer sicher verborgen hatte, starrte er die hölzerne Front der Schublade an.

Abermals wie in jeder Nacht, seit Tate ihm die Waffe übergeben hatte, sagte er sich, er hätte sie dem Baron aushändigen sollen. Zumindest hätte er ihm mitteilen sollen, daß es sich laut Bilsten um diejenige handelte, mit welcher der Neffe des Königs den olanischen General bestochen hatte.

Er wußte, das würde er nicht tun. In jeder folgenden Nacht fiel es ihm leichter, sich einzugestehen, daß er es nicht tun würde.

Er wollte es. Er wünschte, er hätte zwei, damit er einen Dolch Clas schenken könnte. Kein anderer Mann würde verstehen, wie wichtig es war, eine solche Waffe zu besitzen, wie notwendig es war, einer derartig furchterregenden Schönheit die angemessene Ehre zu erweisen.

Baron Jalail würde sie tragen, um sich damit zu zeigen. Der olanische Narr, der dafür seine Treue verkauft hatte, hätte vermutlich niemals daran gedacht, sie zu benutzen, und sich statt dessen auf einfachen Stahl verlassen, der die gleiche Qualität wie ein Ziegelstein besaß.

Der Dolch mußte in Händen bleiben, die ihn zu würdigen wußten.

Dennoch hörte er in seinem Kopf eine leise, höhnende Stimme, als er sich schlafen legte. Auch dieser Gefährte leistete ihm jede Nacht Gesellschaft und erschien stets kurz, bevor ihn der Schlaf übermannte und er schon zu müde war, um sich zu verteidigen.

»Behalte das Messer«, wisperte diese Stimme und erzeugte eine Gänsehaut auf seinem Arm. »Du hast den Mann getötet, der es besudelt hatte, weil er sich damit bestechen ließ, oder etwa nicht? Wenn du es behältst, wirst du vielleicht irgendwann dem Mann gegenübertreten, der es entwürdigt hat, indem er es als Bestechungsgeld anbot. Es ist nur recht, wenn du es behältst, und klug dazu, wenn du niemanden etwas darüber wissen läßt. Der weise Gan lernt, wie er seinen eigenen Rücken deckt.«

Schließlich schlief er ein, während in seinen Ohren verschlagenes Gelächter verhallte und er die Zähne so fest zusammengebissen hatte, daß seine Kiefer schmerzten.

In einem ganz ähnlichen Zimmer saß Sylah mit dem Rücken zur Tür, die auf den Gang hinausführte, in einem wuchtigen Stuhl mit gerader Lehne. Zu ihrer Rechten stand ein Tisch, auf dem Kerzen brannten, und sie sah aus, als wäre sie durch ein seltsames Gewirr von Fäden und viereckigen Karten, die mit ihrem Gürtel verbunden waren, an die Wand ihr gegenüber gefesselt. Zumindest war dies Clas' erster Eindruck bei seinem Eintreten. Er blieb stehen, starrte sie an, und sie sah sich über die Schulter zu ihm um und lächelte.

»Ich webe«, erklärte sie, doch die Falten auf seiner Stirn wurden nur noch tiefer.

»Wie?« fragte er. »Du hast doch gar keinen Webstuhl? Geht es dir auch gut?«

»Komm.« Sie winkte ihn lachend zu sich, bis er neben ihr kniete. Sie zeigte ihm, wie die Webfäden von einem Haken in der Wand durch Löcher in den Karten führten. Jede Karte hatte vier Löcher, insgesamt waren es zwanzig Karten. Die Löcher waren von eins bis vier numeriert, und sie erläuterte ihm, wie alle angeordnet waren, damit die Nummern paßten. Jeder Garnstrang – sie nannte sie »Webfäden« – lief von der Wand durch ein Loch in einer Karte bis zu dem Gürtel, den sie um die Taille trug, wo er festgebunden war. Sie drehte die Karten mit einer Bewegung um, als wären sie alle auf einer zentralen Achse angebracht. Dadurch entstand eine Lücke, durch die sie einen einzelnen Faden – den »Schußfaden« zog. Anschließend drehte sie die Karten erneut um und zeigte ihm das entstandene Gewebe.

Herausgekommen war ein Muster aus blauen Pfeilen auf rotem Hintergrund. Er grinste sie stolz an. »Für meine ungeschickten Finger ist das zu verzwickt, aber du machst es wundervoll. Du läßt es ja sogar rückwärts laufen – die Hälfte der Pfeile zeigt in diese, die andere in jene Richtung!«

Sie küßte ihn auf die Wange. »So muß das auch sein. Beim

Kartenweben dreht sich der Faden um sich selbst, und deshalb muß ich die Karten in die andere Richtung wenden. Dabei kehrt sich das Muster um. Ganz einfach, wie?«

»Für dich. Ich bekomme davon Kopfschmerzen, wenn ich nur darüber nachdenke. Lieber sehe ich mir das fertige Produkt an. Und dich.« Er erhob sich, ging zu einem zweiten Stuhl und nahm einen Apfel aus einem Korb auf dem Schrank, in dem er seine Rüstung und seine Waffen verstaute. Die Frucht krachte, als er hineinbiß, und sie wandte sich ihm bei dem Geräusch zu.

»Ich habe gerade versucht herauszufinden, warum du dich in mich verliebt hast«, verkündete er.

Ihre Wangen brannten, und beinahe wäre sie aufgestanden und hätte so die Spannung in den Fäden verloren, riß sich jedoch rechtzeitig zurück. Ihr versagte die Stimme, und so brachte sie nur ein schockiertes Krächzen zustande. »Clas! Von allen eitlen, selbstzufriedenen, arroganten –« Mitten in ihrem Ausbruch hielt sie inne, weil sie nach Worten suchte und weil er sie mit vor Überraschung großen Augen anstarrte.

Heroisch schluckte er den Mundvoll Apfel und eilte sich, seine Bemerkung zu erklären. »Nicht doch! Ich habe doch nur über Gan nachgedacht. Ich glaube, er ist unglücklich, zumindest nicht so glücklich wie ich, und ich weiß, warum ich glücklich bin, und vermute, das ist der Grund, warum er nicht glücklich ist.«

Vorsichtig meinte sie: »Soll daraus einer schlau werden?«

»Wir.« Er fuchtelte mit dem Apfel herum und biß erneut ab, diesmal aber nicht so viel. »Wir haben uns. Gan und Neela stehen sich scheinbar nahe, dennoch fehlt noch etwas. Und beide benehmen sich – ich weiß nicht – unterschiedlich.«

Sie begann, sich von der Webarbeit zu befreien, nutzte die Zeit und überlegte sich eine Erwiderung. »Du hast recht. Ich glaube, sie hatte einige Pläne mit dir – früher.«

Die schwarze Tätowierung verschwand fast, als sein Gesicht aufglühte. »Sie hat ihre Augen auf jeden Mann im Stamm geworfen. Nur mich hat sie niemals eines Blickes gewürdigt.«

»Ach? Aber ich?«

Sie hätte es nicht glauben mögen, doch das Rot seiner Wangen wurde noch tiefer. Er wollte etwas sagen, brachte es nicht heraus, versuchte es ein zweites Mal. »Sei nicht so, Sylah. Du weißt, was ich gemeint habe.« Er warf die Hände in die Luft. »Wie konnte das passieren? Ich wollte lediglich wissen, auf welche Weise wir eine Frau für ihn finden könnten. Ich weiß ja selbst nicht mehr, was ich eigentlich meine.«

»Ich schon.« Sie ging zu ihm und setzte sich auf seinen Schoß. »Ich weiß immer, was du meinst, mein Clas, auch wenn ich die Worte nicht verstehe, die du benutzt.« Sie nahm sein Messer und den Apfel, schnitt für jeden eine Scheibe ab und fuhr fort: »Inwiefern ist Gan anders?«

»Er wächst. Nicht körperlich, obwohl es mir manchmal so vorkommt. Du siehst es daran, wie er Ideen aufgreift, wie er sich in die Männer versetzt und ihre Probleme versteht. Hast du eine Ahnung, was er heute gemacht hat? Wir haben am Bärenpfotenfluß zwei verheiratete Männer verloren. Beide Witwen haben jeweils zwei Kinder. Heute besuchte er das Webhaus. Die Aufsicht dort schlug ihm vor, daß die Witwen ihre Kinder mitbringen könnten und dann den ganzen Tag über auf die Kinder der anderen Weberinnen aufpassen. Gan stimmte sofort zu. Die Witwen brauchen daher nicht in den Gewahrsam, und ihre Kinder müssen nicht zu fremden Leuten. Glaub mir, die Wölfe sind ausgesprochen glücklich darüber.«

»Wenn er sich so gut macht, warum bist du dann so besorgt?«

Er beschrieb seine Wutausbrüche, seine häufige Zurückgezogenheit und, was ihn am meisten beunruhigte, Anzeichen, die auf tiefe Depressionen hinwiesen.

Sie überlegte sich, das könne mit dem wachsenden Gewicht der Verantwortung zusammenhängen, die auf seinen Schultern lastete, und erschrocken stellte sie fest, wie wenig Zeit erst vergangen war, seit der junge Krieger sich ihr auf der kalten, beängstigenden Prärie so verwegen entgegengestellt hatte. Tatsächlich war Gan gewachsen und wuchs noch immer, doch seine Bürden hatten sich in Größe und Zahl vervielfältigt.

Sie küßte Clas auf die Stirn und kehrte zu ihrer Webarbeit zurück, in deren eintönigen Bewegungen sie Erholung suchte.

Ein Lächeln verzog ihre Mundwinkel, als sie an Gans Besuch bei den Weberinnen dachte. Er würde niemals erfahren, wie hart Tate daran gearbeitet hatte, ihm die Idee für diesen Besuch einzuflüstern, und wie genau sie die kleine Szene einstudiert hatte, in der die Frau vorschlagen sollte, die Witwen könnten doch auf die Kinder aufpassen.

Clas ließ ihr keine Zeit, den kleinen Triumph auszukosten. Er legte ihr die Hand auf die Schultern, beugte sich zu ihrem Ohr vor und hauchte, er müsse sich einmal richtig ausschlafen. Sie lachte laut, weil es ihm nicht gelungen war, seine geheimsten Wünsche zu verhüllen, und lehnte sich an ihn. Ein paar Augenblicke später schockierte sie ihn mit der Feststellung, Schlaf sei vermutlich besser als das, was er offensichtlich im Sinn habe. Mit unwiderlegbarer Logik drehte sie seine Worte um. Er habe schließlich Schlaf angesprochen, und demnach solle er ihn auch haben. Erfreut sah sie, daß ihm die Wortklauberei genauso viel Spaß machte wie ihr und daß er ebenso voller Erwartung war. Während sie sich abermals aus dem Garngewirr befreite, dachte sie über die Widersprüche in seiner Person nach, über diese unbeholfene Kraft, die sich plötzlich in so geschickte Zärtlichkeit verwandelte, wenn sie sich liebten. Wer war dieser sprachunfähige Kerl, der sich normalerweise in gebrüllten Befehlen ausdrückte, und was ging in diesem Mann vor, wenn sie mit dem anderen zusammen war, der auf unerklärliche Weise die richtigen, zärtlichen, flammenden Worte fand, um ihr Blut siedend heiß durch die Adern strömen zu lassen?

Dann hatte sie sich aus dem Garn gelöst, lag in seinen Armen, ihr Kleid fiel auf den Boden, und alle weiteren Fragen waren vergessen.

Am nächsten Morgen gingen sie zusammen in die Küche. Mit den Eßgewohnheiten hatte er sich noch immer nicht richtig angefreundet, und sie schlug vor, sie könnten die Feuerstelle in ihrem Haus benutzen.

»Der Baron besteht darauf«, erwiderte er. »Ich nehme an, einige der Adligen haben ihn überzeugt, ich solle täglich meine Aufwartung machen. Eines Tages werde ich das herausfinden. Im Augenblick erhält es den Frieden.«

Sie wechselte das Thema. Solange sie in Ola gelebt hatte, kannte sie nur gemeinschaftliche Mahlzeiten, und so stellte dies für sie kein Problem dar. Eigentlich genoß sie die Küche mit ihren mundwässernden Gerüchen und appetitanregenden Anblicken sogar. Vor allem die riesigen Kupfertöpfe, die hell glänzten und in denen Eintöpfe oder Suppen vor sich hin köchelten. Das Essen selbst war faszinierend, das strenge Aroma von Zwiebeln und Knoblauch, das helle Orange von Karotten und das gegensätzlich lebhafte Grün von Broccoli oder Mangold oder das lindere Grün des Kopfsalates. Morgens wurde dazu Brot gereicht; was schmeckte besser als eine Scheibe, die man sich heimlich von einem unbewachten Laib geschnitten hatte?

Der Unterschied zwischen der Küche in Ola und dieser hier bestand vor allem darin, daß man sich in der Burg des Barons das Essen aussuchen durfte. Eier wurden extra zubereitet, man konnte aus einer ganzen Reihe Früchte auswählen – die es, im Sommer frisch, ansonsten eingekocht gab –, und für gewöhnlich bekam man auch das, was die Menschen in Harbundai Eierkuchen nannten. Die kannte sie als Pfannkuchen, wie sie richtig hießen. Woher Clas' Männer den Ausdruck Weizen dafür hatten, vermochte sie sich nicht vorzustellen. Auf jeden Fall war das vollkommen gleichgültig, denn der Anblick ihrer flachen, braun werdenden Form in den Pfannen überzeugte sie davon, sie zu essen.

Ein Diener brachte die Mahlzeit auf einem dicken Keramikteller, dazu auch schwere Becher mit heißem Apfelmost. Einen Augenblick lang dachte Sylah daran, wie sie mit der Irisäbtissin den exotischen Osh getrunken hatte.

Doch diese Erinnerung verwandelte die Steinwände nur in ein Gefängnis. Selbst das Feuer, das in dem großen Herd flackerte, konnte sie nicht mehr aufheitern, und die Farben der hellen Banner, die am Kamin hingen, verloren ihren Glanz.

Clas fiel ihr Stimmungswechsel sofort auf. »Was ist los? Schmeckt dir das Essen nicht?«

»Nein. Ich habe mich gerade an etwas erinnert.« Zum ersten Mal war sie glücklich, daß sie wegen des Klassensystems an einem der Tische für die Hofadligen saßen. Bei den gemeinen Leuten war es zu bevölkert, um sich vertraulich zu unterhalten.

»Du hast an Ola gedacht.«

Manchmal war er beängstigend aufmerksam. Sie nickte. Er fügte hinzu: »Gewisse Dinge, die du mir darüber erzählt hast – die Art, wie die Kirche dich behandelt hat, und die Art, wie sie dich jetzt behandelt ...« Er hielt inne und zuckte mit den Schultern. »Mich überrascht es, daß du doch schöne Erinnerungen hast, die dich jetzt so traurig aussehen lassen.«

»Es gab schon wunderbare Augenblicke. Aber die verblassen im Vergleich mit dem, was ich nun habe. Welche Entscheidung die Kirche in meiner Angelegenheit trifft, kümmert mich nicht.«

Die Entschlossenheit in ihrer Stimme gefiel ihr zunächst, dann erschrak sie fast, da sie erkannte, wie sehr es der Wahrheit entsprach. Rasch widmete sie sich wieder ihrem Frühstück und wandte sich von Clas ab, um über ihren Sinneswandel nachzudenken.

Gewiß hing der mit Bilstens Botschaft zusammen. Nur die Äbtissin wußte über ihr Interesse an der Tür Bescheid, und demnach mußte sie es gewesen sein, die ihm die Nachricht anvertraut hatte.

Priesterin Lanta aus der Veilchenabtei, die die Gedanken anderer Menschen lesen und Teile der Zukunft sehen konnte, fiel ihr ein. Besaß Bilsten eine ähnliche Gabe? Darüber mochte sie lieber nicht nachgrübeln. Sie lenkte ihre Überlegungen in eine andere Richtung.

Die Botschaft war offensichtlich rätselhaft formuliert worden, damit Bilsten ihre Bedeutung nicht verstehen konnte. Ärgerlicherweise war sie derer selbst nicht ganz sicher.

Nachdem sie ihr Mahl beendet hatte, fragte Clas: »Darf ich dich zur Arbeit begleiten?« Sie nahm seine Einladung an und freute sich vor allem, weil er begriff, wie sehr sie ein wenig stille Zeit für sich brauchte. Sie näherten sich bald den Werkstätten, wo zwei Frauen bereits Töpferwaren in einen Pferdekarren luden. Der Mann, dem dieser gehörte, blickte zuerst Clas an, dann die Frauen und schließlich wieder Clas, ehe er eine hilflose Geste machte, als würde er um eine Erklärung dafür bitten, warum die Welt sich so im Wandel befand.

Clas wechselte ein Grinsen mit Sylah, wurde jedoch wieder ernst, bevor er sagte: »Ich weiß nicht genau, was dir Sorgen bereitet, und ich habe mir selbst versprochen, dich niemals nach deiner Vergangenheit zu fragen. Denk nicht, ich hätte Angst davor oder würde mich nicht dafür interessieren. Aber du sollst mir erst davon erzählen, wenn du den rechten Zeitpunkt für gekommen hältst. Verstehst du?«

»Ja. Danke.«

Er drückte ihr die Hände und verließ sie.

Sie blickte ihm noch hinterher, als die Aufseherin vor der Töpferei eintraf. Sie beugte sich geheimniskrämerisch zu Sylah vor. »Da ist jemand, der dich sprechen will. Die Person behauptet, sie kenne dich.«

»Mich. Hier?«

»Ja.« Die Frau nahm sie am Ellbogen. »Sie hat nur wenig Zeit.«

Sylah unterdrückte jede weitere Frage und eilte mit der Frau mit, die sie am Arm führte. Während sie sich unter der niedrigen Tür der Werkstatt duckte, blickte sie sich um. Alles sah ganz gewöhnlich aus, an jeder Töpferscheibe saß eine Frau, an den Tischen andere, welche die ungebrannten Waren mit Mustern bemalten. Plötzlich wurde sie herumgezogen und stürzte fast auf den Sitz vor einer der Töpferscheiben. Neben ihr hockte eine Frau, ein Lehrling, der saubermachte. Die Frau, die Sylah hereingebracht hatte, war bereits wieder verschwunden.

Der Lehrling zog die Kapuze zurück, und Sylah gelang es nur knapp, einen überraschten Schrei zu unterdrücken. Sie starrte Priesterin Lanta in die Augen. Alles, was ihr zu sagen einfiel, war: »Ich habe gerade heute morgen an dich gedacht.«

Auf Lantas Gesicht wollte sich ein Lächeln ausbreiten, doch ihre Nervosität verdeckte es. »Ich mußte zu dir kommen. Die Irisäbtissin hat mich darum gebeten.«

Sylah unterbrach sie. »Bist du hier, um mir die Botschaft zu erklären?«

Lanta blinzelte. »Ich habe selbst eine Botschaft zu überbringen. Die Äbtissin hat es geschafft, das Weiterreichen der Bitte König Altanars um deinen Ausschluß an die Schwester Mutter zu verzögern. Nun, da es so eine lange Reise ist, noch dazu sehr gefährlich, wird vor dem Frühjahr niemand damit losgeschickt werden.«

»Was noch? Läßt sie mir nichts von sich ausrichten?« Sylah mußte sich mit ganzer Kraft zusammenreißen, um die Antwort nicht aus Lanta herauszuschütteln.

»Natürlich.« Lanta blickte zur Seite, und ihre Augen wirkten plötzlich trüb und verschwommen. Sie fuhr fort: »Die Äbtissin hat mich danach gefragt, was ich gesehen habe. Ich sagte: ›Sylah wird Schande und Ruhm erfahren, Verlust und Triumph. Sie wird sich über Zerstörung zur Schöpfung erheben.‹« Ihre Stimme war nur noch ein dünnes Flüstern. Sie senkte den Kopf, und durch diese Bewegung rutschte die Kapuze über ihr Haar, so daß sie im Dämmerlicht der Werkstatt aussah wie ein unordentliches Bündel, das auf dem Boden liegt.

Sylah legte Lanta die Hände auf die Schultern, richtete sie auf und wischte ihr die Tränen aus den Augen. »Nicht doch«, tröstete sie. »Du wiederholst nur, was dir enthüllt wird. Die Irisäbtissin hat dich gebeten, für sie zu *sehen*?«

»Ja. Sie machte sich Sorgen um dich.« Lanta runzelte die Stirn. »Ich fühlte mich schrecklich, als ich ihr mitteilen mußte, was mir die Stimme gesagt hat, aber sie erschien fast zufrieden. Was du jedoch verlieren sollst, konnte sie sich auch nicht vorstellen. Ich möchte nicht, daß du irgend etwas verlierst. Und ich hasse es, dir diese Botschaft überbringen zu müssen.«

»Sie versteht Dinge, die sich uns verschließen. Und, was bringt dich in dieses Land?«

»Meine Äbtissin hat mich als Missionarin geschickt. Die Irisäbtissin erfuhr davon und fragte mich, ob ich nicht hier vorbeischauen könnte, da versprach ich ihr, es zu versuchen.«

»Du bist so weit von deiner Route abgewichen? Dann wirst du zu spät in der Neuen Stadt eintreffen. Deine Äbtissin –«

»Du wirst Gutes tun.« Sie zuckte hilflos und verwirrt mit den Schultern. »Was ich sehe, ängstigt mich; es geht um eine Prüfung. Dennoch *fühle* ich, daß sich aus deinem Handeln Gutes ergeben wird. Deine Äbtissin hat das bereits vor langer Zeit gespürt. Das hat sie mir erzählt. Ein kleines Risiko, um dich zu unterstützen, ist doch gar nichts. Meine Pflicht.«

Die Aufseherin eilte auf sie zu. Sylah las das Drängende von ihrem Gesicht ab und zog Lanta auf die Füße. »Offensichtlich kommt jemand.«

Die Frau, inzwischen nahe genug, um sie zu hören, nickte. »Zur Hintertür hinaus«, rief sie. »Wir passen auf dich auf.«

Sie schleppte Lanta praktisch zu zwei anderen Frauen an der Tür, die sofort mit ihr verschwunden waren. Sylah schnappte sich die Aufseherin. »Wer sucht nach ihr?«

»Ihre Eskorte. Die haben sie vor drei Tagen verloren. Wir werden sie so losschicken, daß sie die Priesterin heute nachmittag finden.«

»Was meinst du mit ›wir‹? Ich verstehe nicht. Sie hat ihr Leben riskiert und –«

Die Frau unterbrach sie mit erhobener Hand. »Viele Menschen haben ihr Leben riskiert, um ihr zu helfen, und weitere werden es noch tun. Du sagst, du verstehst nicht; verstehst du denn sonst immer alles, was du nicht kennst? Ich glaube nicht.«

»Wer bist du, daß du es wagst, darüber zu sprechen, was ich verstehe und was nicht?«

Gelassen antwortete die Frau: »Ein Niemand, das ist wohl wahr. Aber ich glaube, du solltest dich nicht um das kümmern, was du nicht kennst, denn davon gibt es eine ganze Menge.«

Damit drehte sie sich um und stolzierte davon. Sylah war versucht, ihr zu folgen, doch plötzlich brach die Sinnlosigkeit dieses

Tuns über sie herein, zusammen mit vielen anderen Dingen – der Versuch, das Rätsel der Rosen an der Tür zu lösen, das mögliche Vorgehen der Kirche, die Bedeutung von Lantas Vision, die Nutzlosigkeit, diese verknöcherte Frau dazu zu bringen, sich ihr anzuvertrauen. Sie ließ sich auf den Sitz der Töpferscheibe sinken und stützte den Kopf in die Hände.

Verlust.

Clas verlieren? Die Äbtissin? Ihren Traum von der Tür?

Worum konnte es sich handeln? Was konnte sie opfern, um einen Verlust zu vermeiden?

Zweiunddreißig

Das Geschrei kleiner Jungen weckte Gan, und für einen Augenblick durchfuhr ihn der verstörende Gedanke, er habe viel zu weit in den Tag hinein geschlafen. Er fuhr hoch, wobei ihm vor Schreck flau im Magen wurde, bis er begriff, wo er sich befand. Daraufhin beruhigte er sich und lachte; er konnte sich nicht erinnern, in seinem Leben je so tief geschlafen zu haben. Ein weiteres erstes Mal. Er schwang seine Füße aus dem Bett und ging zum Fenster, um die Quelle des Lärms zu untersuchen.

Eine Gruppe Jungen hatte Drachen steigen lassen, deren Farben in der Sonne vor dem klaren, blauen Morgenhimmel wie Juwelen leuchteten. Fast perfekt wie Diamanten geformt, schwebten und sausten sie durch die Luft. Die Drachen seiner Kindheit waren stets steil in den Himmel aufgestiegen. Diese flogen beinahe wie Vögel, wobei die Jungen sie mit ihren Leinen lenken konnten. Während er zusah, schickte einer seinen blauen Diamanten auf die Verfolgung einer scharlachroten Version, die darauf wild die Flucht ergriff und abtauchte. Das leise Geräusch ihres Zusammenpralls rief unter den Knaben Jubel hervor. Einen Moment später taumelte der Scharlachrote kühn wieder nach oben und ging zum Gegenangriff über. Durch einen Riß in seinem Stoff pfiff der Wind wie in schrillem Trotz.

Gan zog sich vom Fenster zurück und machte sich guter Laune für den neuen Tag fertig, oder für das, was davon noch geblieben war, sagte er sich.

Eine Stunde später verließ er die Küche und traf auf Neela. Die beiden rangen ein wenig mit ihrer Verlegenheit und versuchten, gegenseitig ihre Gedanken zu lesen. Er blickte sich rasch um und stellte fest, daß sie allein waren, woraufhin er sie in die Arme schloß und mit einer Innigkeit küßte, die sie zunächst überrascht erstarren ließ, bis sie sie erwiderte. Als sich ihre Lippen voneinander trennten, hielten die zwei sich weiter in den Armen, suchten jedoch den Gang ab, ob sie jemand beobachtete. Da niemand zu sehen war, schauten sie sich wieder in die Augen, wurden sich bewußt, was sie gerade getan hatten, und mußten lachen.

Gan sagte als erster etwas. »Danke, daß du mir gestern geholfen hast.«

Sie senkte den Blick. »Das hat mir doch Spaß gemacht. Du warst so müde.«

»Jetzt bin ich ausgeruht. Laß uns ausreiten. Hat sich Sonnenflieger erholt?«

»Ja. Er steht im Stall. Wo willst du hin?«

Die Worte schienen ihm in der Kehle festzustecken. »Ist mir gleichgültig. Solange wir nur allein sind. Ich muß mit dir reden.«

Sie löste sich aus seinen Armen und ergriff seine Hände. »Ich wollte auch schon mit dir sprechen«, antwortete sie, und während sie sich daraufhin rasch abwandte, hoffte er nur, das geschähe aus der gleichen Schüchternheit und Unsicherheit, die auch er verspürte. Der Gedanke erfüllte ihn mit Scham. Warum konnte er darüber froh sein, bei ihr dieselbe Unbeholfenheit wie bei sich festzustellen? Das war es nicht, was er wollte. Eigentlich hoffte er doch nur, sie würde die gleiche Nervosität empfinden, weil in ihrer Brust dieselben Gefühle wie in seiner wohnten. Aber dann würde es ihr nicht weniger miserabel gehen als ihm.

Warum mußte das alles so verwirrend sein? Das ergab doch

keinen Sinn. Vor ein paar Tagen hatte er Hunderte Männer in eine todbringende Schlacht geführt, aber die Momente der Unsicherheit hatte er da ganz anders erlebt. Dort hatte es ihn zum Handeln angetrieben. Hier zur Unbeweglichkeit. Ständig schwirrte Neela in seinem Kopf herum, und er schien nichts dagegen unternehmen zu können. Es war lächerlich. Wie konnte ihn dieses Mädchen, das er bereits sein ganzes Leben lang kannte und mochte, plötzlich in ein gaffendes, stotterndes Bärenjunges verwandeln? Vor allem ein so kleines Mädchen? Ein so sanftes, hübsches?

Jetzt wollte er nur noch eins: ihr sagen, welche Liebe er für sie hegte.

Er versuchte, das Grübeln zu unterlassen. Seine Knie drohten unter ihm nachzugeben.

Die Stallgehilfen sattelten ihre Pferde, während die beiden sich bemüht über die Drachen unterhielten, die noch immer im Himmel ihre Kreise zogen. Er zeigte auf eine Frau, die von einem Tablett vor ihrem Bauch Kuchen verkaufte. Begeistert schwatzte er über die ungewöhnlich große Anzahl von Bienen für diese Zeit des Jahres. Sie beteiligte sich an dem Gespräch, und dennoch wurde er das Gefühl nicht los, daß sich hinter ihren leisen Antworten eine Flut von Gelächter verbarg, die nur darauf wartete, ihn zu ertränken. Während sie losritten, knurrte er den Hunden in strengem Ton Befehle zu, woraufhin Raggar beleidigt und eingeschnappt den Schwanz einkniff. Seine Stimmung besserte sich, als sie endlich die Wege erreichten, die durch Felder führten. Der frische Wind wehte den Duft von Regen und die raschelnden Seufzer der Erde, die sich auf die Winterruhe einrichtete, herbei. Rauch stieg aus Schornsteinen auf und verbreitete den Geruch brennender Erlen und Zedern. Zusammen mit einem Schwarm Gänse erreichten sie einen kleinen Bach. Sie hörten das Schnattern, bevor sie die Tiere sahen. Etliche Vögel flogen weiter, und ihre V-Formationen hingen wankend im Himmel und schienen ihn mit unendlichen Schriftzeichen zu bedecken.

Er erwähnte es Neela gegenüber. »Die Art ihrer Linien – dabei muß ich immer daran denken, wie Olaner auf Papier schreiben. Als ich ein Junge war, hat mir mein Vater einmal eine Botschaft gezeigt. Seitdem stelle ich mir jedesmal vor, wenn ich Gänse und Schwäne sehe, sie hätten ihre eigene Sprache, die Menschen nicht verstehen dürfen.«

»Tiere brauchen keine Sprache«, erwiderte sie, während sie abstieg, und er folgte ihr rasch und blickte sie wegen ihrer letzten Bemerkung fragend an. Sie lächelte. »Sie müssen nicht sprechen. Deine Hunde wissen, wann du glücklich oder wütend bist. Sonnenflieger kann mich auf hundert Meter sehen und einschätzen, wie ich mich fühle.«

»Das ist doch nicht das gleiche wie Sprechen.«

Sie zuckte mit den Achseln und blickte ihm in die Augen. »Warum soll Sprache eine so schöne Sache sein? Die wichtigen Sachen sagen wir doch nicht; und wenn wir einen Weg finden, es zu tun, stellen wir uns dabei so ungeschickt an, daß niemand versteht, was wir meinen.«

Drei einfache Wörter. So wichtig. Sie hatte recht. Er wollte sie so dringend aussprechen, daß er schon Angst hatte, er könne platzen, und trotzdem brachte er sie nicht über die Lippen. Endlich fuhr Neela in Anbetracht seines Schweigens mit leiser, verletzter Stimme fort: »Manchmal glaube ich, mein ganzes Leben lang habe ich nie das gesagt, was ich wirklich sagen wollte, und habe statt dessen die Dinge gesagt, die jemand anders mich sagen hören wollte.«

Sie stiegen auf einen Baumstamm, der eine natürliche Brücke über den Bach bildete, setzten sich und ließen die Füße ein paar Zentimeter über der Wasseroberfläche baumeln. Einige Meter entfernt beschrieb das Bachbett eine scharfe Biegung, wo das Wasser gegen einen großen Felsen trieb und seitlich davon in eine winzige Bucht strömte, die es aus dem Ufer gespült hatte. Dort wirbelte blubbernd ein Strudel, und immer, wenn sich das Wasser etwas beruhigte, konnte man eine schlanke Forelle erkennen, die dort stand und auf Beute wartete.

Neela hatte sich an Gan gedrängt, und ihre Körper berührten sich von Schulter bis Hüfte. Sie drehte sich zu ihm um und wollte etwas sagen, doch die leichten Veränderungen des Drucks verwirrten seine Sinne so, daß er beinahe ihre Worte nicht verstanden hätte. »Du wolltest mit mir sprechen?«

Er versank in den blauen Tiefen ihrer Augen. »Ich weiß nicht, wo ich beginnen soll. Mir fallen einfach nicht die richtigen Worte ein.«

Feierlich nickte sie. »Manchmal geht es mir genauso. Aber wenn ich es dann einfach sage, selbst wenn es nicht ganz so klingt, wie ich eigentlich wollte, fühle ich mich hinterher besser.«

Er wandte sich ihr halb zu und nahm ihr Gesicht in die Hände. Sie schien zu erzittern oder sich zu bewegen, woraufhin er sie vor Schreck beinahe wieder losgelassen hätte, doch sonst geschah nichts, und er wagte sich weiter vor. »Dann werde ich es also sagen. Auf die einzige Weise, die mir einfällt. Ich liebe dich.«

Ihre Augen trübten sich, und ihm wollte das Herz gefrieren, da erst bemerkte er ihr Lächeln. Wieder war er verwirrt. Sie erwiderte: »Ich bin so glücklich. Du kannst dir gar nicht vorstellen, wie glücklich ich bin. Ich liebe dich auch. Ich habe darüber nachgedacht und wieder darüber nachgedacht, und ich glaube, ich habe dich schon immer geliebt und es nur nicht gewußt. Manchmal denke ich daran, was geschehen wäre, wenn ich bei unserem Volk geblieben wäre und das getan hätte, was Bay von mir verlangte.« Sie beugte sich vor und legte ihren Kopf an seine Brust und die Arme um seine Schultern. Sie klang, als würde sie weinen, während sie hinzufügte: »Ich möchte bei dir bleiben, Gan. Was immer uns auch widerfahren mag, ich möchte an deiner Seite stehen.«

»Das verspreche ich dir«, erwiderte Gan. »So lange ich lebe.«

Sie hob den Kopf, lächelte, und er küßte sie.

Gan beobachtete die Vorbereitungen für die offizielle Siegesfeier der Schlacht am Bärenpfotenfluß mit einem Gefühl, als würde er nicht dazugehören. Das Ganze wurde durch widersprüchliche

Befehle von Nummer Eins und Nummer Vier gestaltet, wobei sich auch Ops und der Hausleiter voller Uneinigkeit einmischten. Jeder behauptete, er besitze die Vollmacht für jedes Häppchen Essen oder jede vorgesehene Aufstellung oder jede Anweisung an die Handwerker und Diener – bis irgend etwas schiefging; dann schrien sie alle auf und schoben sich gegenseitig die Schuld zu. Trotz ihres Gerangels nahmen die Vorbereitungen langsam Gestalt an. Wegen der reichlichen Ernte lag kein Grund vor, sich sparsam zu zeigen, und so ächzten die Wagen unter der Last der Früchte, des Obstes, des Fleisches und Wildbrets und wurden früh am Morgen an einer Stelle kurz vor dem Haupttor entladen. Zelte wurden aufgeschlagen, die wie mehrfarbige Muscheln erstrahlten. Pfähle wurden eingelassen, damit jene, die zu Pferde eintrafen, ihre Tiere festbinden konnten, und bald schon wurde der Platz knapp. Kleine Jungen übernahmen die Zügel und erhielten ein paar Münzen für das Füttern und Tränken der Tiere. Stunde um Stunde wuchs die versammelte Menge an. Musiker mit Flöten, Trompeten, Trommeln und einem halben Dutzend Saiteninstrumenten rangen um Publikum und Geld, während an anderen Stellen Jongleure mit ihrer Art Unterhaltung um Zuschauer buhlten. Selbst drei Akrobaten waren angereist, zwei Brüder und ihre Schwester, die mit einer Trommel und einem gesplitterten, eigentümlich klingenden Becken Leute um sich scharten. Sie sprangen übereinander und untereinander und aneinander vorbei, daß man kaum seinen Augen trauen mochte. Gan bewunderte besonders das Mädchen, das keine Knochen im Leib zu haben schien. Sie verbog ihren Körper in Stellungen, bei denen er allein vom Zusehen schon Schmerzen bekam, einmal gelang es ihr sogar, sich so weit rückwärts zu beugen, daß ihr Gesicht zwischen den Knöcheln wieder zum Vorschein kam. Daraufhin ließ sie sich von ihren Brüdern wie ein Stein durch die Luft schleudern.

Gan schüttelte verwundert den Kopf und setzte seinen Spaziergang fort. Den ganzen Morgen über hatte er oben von der Mauer aus beobachtet, wie alles aufgebaut wurde. Nun, nachdem er eine Stunde herumgegangen war, machte er sich wieder ins Innere der Burg auf.

Angesichts all der Hektik war ihm unbehaglich zumute. Zwar war er für die Feier verantwortlich, und trotzdem hatte er keinen Anteil daran.

Und etwas anderes lenkte ihn ab. Etwas, das ihn selbst betraf.

Das alles und dazu noch eine Heirat, dachte er, und er fragte sich, ob er die ganze Sache wohl durchstehen könnte, ohne daß sich seine Nervosität verraten würde. Falls seine Männer bemerkten, wieviel Angst er hatte – er schauderte. Die massiven Messingbolzen, die die Balken hielten, waren auf Hochglanz poliert worden und strahlten golden, und er verlor sich in der Betrachtung eines von ihnen. Mit der Hand stützte er sich an das grobe Holz und starrte vor sich hin und fragte sich, ob es jemals eine so liebenswerte Frau gegeben habe, ob je ein Mann so verliebt gewesen sei, ob je ein Mann von einer solch wundervollen Frau so geliebt worden sei.

Es hatte eine Zeit gegeben, da war ihm Liebe wie eine Komödie erschienen. Er hatte andere beobachtet, die sich unter ihrer Last krümmten und taumelten, als wäre ihr Verstand so davon erfüllt, daß kein Platz mehr blieb, die Muskeln zu kontrollieren. Fast jede Woche hatte er einen Kampf gesehen, bei dem es um nichts anderes als das Recht ging, der einzige zu sein, der einem Mädchen nachstellte, das möglicherweise einfach sagte, es wolle in Ruhe gelassen werden. Das hatte ihn stets vor Rätsel gestellt. Damals war es ihm so sinnlos vorgekommen; Mädchen gab es überall, wohin man nur blickte. Manche waren hübscher oder stärker oder klüger. In Wahrheit hatten sie ihm immer nur im Weg gestanden. Schlimmer noch, in dem Alter, da man den Heranwachsenden mit einer Zeremonie ins Erdherz eingeführt hatte, hatte er die glasigen Augen mancher Erwachsener gesehen, wenn die Sprache auf Sex kam, und er vermutete, etwas, das ansonsten intelligente Männer dermaßen durcheinanderbrachte, mußte wirklich gefährlich sein.

Er dachte an jene Zeiten zurück und erinnerte sich an die finsteren Gefühle, die er in seinem Herzen hegte, als er geglaubt hatte, Neela wolle nur mit Clas zusammen sein.

Die Frage war nur, was war gefährlicher: Liebe oder Sex?

Erschütterte ihn der Gedanke, sie möge Clas lieben, oder nur die Vorstellung, sie könnte in seinen Armen liegen? Wenn er daran dachte, sie zu verlieren oder sie niemals zu besitzen, was bedrückte ihn dann mehr?

Doch er würde sie ja nicht verlieren und brauchte nicht zu fürchten, sie niemals zu besitzen. Und in Clas' Armen würde sie auch nie liegen, sondern in seinen.

Der Gedanke brach den Damm, hinter dem sich all die brennenden, schaudererregenden Phantasien stauten, die er so lange unterdrückt hatte. Einst hatte er sie als etwas so Wunderschönes betrachtet, das nur bewundert werden durfte. Und sollte sie berührt werden, dann nur voller Verehrung. So sah er es noch immer. Er blickte sie an und bemerkte ihre vollen Brüste und das Spiel ihrer festen Muskeln unter einer Haut, die so geschmeidig und weich wie Daunen war. Das lange, geflochtene Haar lenkte seinen Blick auf ihren Hintern, auf den leichten Gang ihrer langen, anmutigen Beine. Manchmal sang seine Seele, so liebenswert wirkte sie auf ihn. Doch von einem Moment auf den anderen konnte sich das verändern, und dann vergaß er die Welt und stellte sich sie und ihn vor, wie sie schwitzend in atemloser Ekstase verschlungen dalagen. Dinge, die er nie zu denken gewagt hatte, plagten ihn nun. Sie beherrschten seinen Verstand zu den unpassendsten Gelegenheiten und ließen seinen Körper vor Verlangen brennen. Jetzt fürchtete er das und sorgte sich, weil ihn sein sexueller Hunger dazu verleiten mochte, ihr Schmerz zuzufügen.

Einen Augenblick lang taten ihm Clas und Sylah leid. Sie würden zur gleichen Zeit heiraten, doch konnten sie niemals dieselbe Leidenschaft, dieselbe Zärtlichkeit wie er und Neela erfahren. Das war schlicht unmöglich.

Neela schlich sich unbemerkt heran und ergriff seinen Arm. Er wandte sich um und sah ihr Gesicht in einem glühenden Nimbus, undeutlich, aber strahlend.

»Na, willst du dich nicht ein bißchen mit mir unterhalten?« fragte sie, und ihm fiel auf, daß er sie nur angestarrt hatte.

Das dümmliche Grinsen auf seinem Gesicht ermüdete plötzlich. Er versuchte, eine ernste Miene aufzusetzen, und spürte, wie ihm das mißlang. »Ich wollte dich gerade fragen: Würde uns irgend jemand vermissen, wenn wir uns vor diesem blöden Fest drücken?«

»Ich wünschte, das wäre möglich!« An ihm vorbei blickte sie auf die wachsende Zeltstadt. Sie hatte sich zum Reiten angekleidet, trug ein perlenverziertes Hemd und eine Hose aus Hirschleder. Auf dem Umhang, den sie um die Schulter gelegt hatte, prangte der Rabe des Barons, auf hellem grün-blauen Hintergrund. Kurz stellte er sie sich auf einem Pferd vor, wie der Umhang und das gelöste Haar hinter ihr herwehten, einer Sonne gleich, die durch die Wolken bricht. Sie fuhr fort: »So muß es auf einem olanischen Handelsplatz im Frühling zugehen«, bevor sie auf seine Frage zurückkam. »Das wäre dem Baron gegenüber höchst unhöflich. Er hat sich so viele Umstände gemacht.«

»Aber größtenteils dafür, den Sieg zu feiern. Die Doppelhochzeit ist erst später ins Gespräch gekommen.«

»Sicherlich. Die Baronie gehört ihm. Und unsere Leben uns. Er braucht nichts für uns zu tun.«

Er legte ihr den Arm um die Hüfte, und sie gingen hinunter in den Burghof. Er sagte: »Du hast recht. Er war gut zu uns. Ich meine ja nur, wir sollten nicht vergessen, daß wir uns das auch verdient haben.«

»Du hast es verdient.« Er blickte sie an und erwartete halb, sie wollte ihn mit dieser Bemerkung ärgern, doch sie sah ihn vollkommen ernst an. »Du bist der Anführer, Gan. Mir ist es gleichgültig, was die Prophezeiung deiner Mutter besagt, und auch, was dein Vater meinte. Du bist, was du bist, und du brauchst nicht mehr als das.«

»Ich brauche dich.«

Sie drückte seine Hand. »Das hoffe ich.«

Tates Stimme unterbrach sie, und beide reckten den Hals über die Schultern. Die schwarze Frau rannte fast auf sie zu. Sie wirkte nicht gerade glücklich, und sobald sie nah genug war, um mit normaler Stimme zu sprechen, bestätigte sich das. »Neela, wie willst du heute abend fertig sein, wenn wir nicht bald anfangen? Wir müssen noch eine Menge nähen, und die Frauen warten.«

»Ich war es leid herumzusitzen. Außerdem war ich nur ein paar Minuten fort. Jedenfalls wollte ich mich mit Gan unterhalten.«

»Wo ich herkomme, bringt es Unglück, wenn die Braut den Bräutigam am Tag der Hochzeit sieht.«

»Und wie heiratet ihr dann?« fragte Gan.

»Bis zur Zeremonie natürlich. Hör mit deiner Wortklauberei auf. Für die Truppen bist du vielleicht der Murdat und für den Baron ein Held, und dieses arme Kind hat sich möglicherweise in dich verliebt, aber in meinen Augen bist du ein ganz gewöhnlicher Mann, dem die Zunge wie ein nasser Ärmel aus dem Munde hängt. Laß das Mädchen in Ruhe. Wir haben noch viel Arbeit zu erledigen.«

Gan verneigte sich vor Neela, richtete sich wieder auf und zwinkerte ihr zu. Als er zu Tate sagte: »Paß gut auf sie auf«, rümpfte diese die Nase und eilte mit dem Mädchen davon.

Die Feierlichkeiten waren bereits in vollem Gange, bevor die Zeremonie offiziell begann, und so wurde das Erscheinen des Barons auf der Bühne, die extra zu diesem Zweck errichtet worden war, mit dem lauten Jubel Tausender Menschen begrüßt, die sich darauf freuten, unterhalten zu werden.

Er gab den Wölfen das Signal anzutreten. Eine Trompete plärrte, und der Lärm der Menge ebbte zu einem erwartungsvollen Raunen ab, während die Leute für die Soldaten eine Gasse bilden mußten. Männer eilten mit Stroh und Holz beladen los und errichteten eine Reihe Stapel, die draußen in der Dunkelheit verschwanden. In der Ferne antwortete eine Trompete mit dem Drei-Ton-Ruf. Bei der zweiten Wiederholung stimmten alle zehn Instrumente der Abteilung ein, und dann folgte das Krachen der neuen Kriegstrommeln. Zwei Feuer flammten fast in der Nähe des Lagers der Wölfe gleichzeitig auf, und daher waren die Gestalten, die an ihnen vorbeimarschierten, nur klein und undeutlich zu erkennen. Rasch jedoch leuchteten zwei weitere Feuer auf, und so wurde, während sich die vordere Reihe der zehn Männer den vorbereiteten Holzhaufen näherte, schnell augenscheinlich, daß diese Freudenfeuer den Anmarsch erhellen sollten.

Nun war die erste Reihe nur noch etwa zweihundert Meter entfernt, und die Männer begannen, mit den Schwertern gegen ihre Schilde zu schlagen, und zwar in einem langsameren Takt als ihrem Marschrhythmus. Die Trommeln dröhnten zur Begleitung.

Die Regimenter erreichten die freie Stelle vor der Bühne und teilten sich in ihre jeweiligen Hundertschaften auf. Sie schoben derweil ihre Murdats in die Scheiden, so daß der Rhythmus, der kurz vor dem Platz zu einem Crescendo angeschwollen war, langsam, Regiment um Regiment, verklang, bis lediglich noch die Trommeln den Takt hielten. Die Kavalliere kam als letztes an und nahm hinten Position ein, wobei die Trommeln zwischen ihr und den Fußtruppen standen. Die gesamte Aktion wurde von den Sergeants geleitet, und erst, nachdem der älteste von ihnen zufrieden war, verkündete er Gan, der neben dem Baron stand, die Wölfe seien angetreten. Während er salutierte, setzten die Trommeln zu einem furiosen Wirbel an, und die Menge brüllte wie aus einem Mund.

Gan bestieg nun sein Pferd und postierte sich vor der Einheit. Die anderen Offiziere, einschließlich Clas, Tate und Emso, bildeten eine eigene Reihe hinter ihm. Sie salutierten ebenfalls vor dem Baron, der Clas nach vorn winkte. Dieser ritt bis auf ein paar Meter vor die Bühne, schwang sich dann aus dem Sattel, trat vor sein Pferd und hob den Murdat zum Gruß. Wieder brüllte die Menge beifällig, aber Gan war allein an der Reaktion des Barons interessiert. Hierbei handelte es sich um eine spontane Geste, und der ältere Mann nahm sie mit einem überraschten, zufriedenen Lächeln entgegen. Er rief Gan und Clas zu, sie sollten sich mit ihren Bräuten zu ihm auf die Bühne gesellen. Mit einer kurzen Rede dankte er den Wölfen, die zur Antwort abermals auf ihre Schilde schlugen.

Nachdem Gan das Wort erhalten hatte, wußte er eigentlich nicht recht, was er sagen sollte, und die stetig wachsende Stille der versammelten Menschen machte es ihm unmöglich, einen klaren Gedanken zu fassen, bis er hinter sich Neela mahnend hüsteln hörte. Er räusperte sich und begann.

»Ihr seid die Wölfe. Bald wird es weitere Soldaten geben, Hunderte, vielleicht Tausende oder mehr. Doch niemals wird es andere geben, die wie ihr die ersten waren. Ihr habt die zweitwichtigste Schlacht in der Geschichte der Wölfe gewonnen, die erste. Und wir müssen hart zusammenarbeiten, damit wir auch die wichtigste gewinnen: die letzte. Wir, eure Offiziere, fühlen uns geehrt, euch führen zu dürfen. Wenn unsere Fähigkeiten den euren gleichkommen, wenn unser Mut dem euren entspricht, wird uns keine Macht bezwingen können. Ich verneige mich vor euch.«

Nachdem wieder Ruhe eingekehrt war, fuhr er fort: »Heute abend heiratet Clas na Bale die Rosenpriesterin Sylah. Neela Yan wird meine Frau werden. Falls irgendeiner von euch glaubt, ich würde meine Zeit jetzt mit einer langen Rede an euch verschwenden, gehört er nicht mehr zu den Wölfen, denn Dummköpfe können wir da nicht gebrauchen. Und jetzt – ein Hoch auf Baron Jalail!«

Wieder wurde die Nacht von Stimmen zerrissen, und diesmal fielen Trommeln, Trompeten und alles, womit die Menschen Lärm erzeugen konnten, mit ein. Gan trat zurück an seinen Platz neben Neela, die ihn lächelnd anblickte und verlegen war, weil sie im Mittelpunkt solcher Aufmerksamkeit stand – und genau aus diesem Grund auch stolz. Rasch küßte er sie. Der Baron winkte der Menge in noch besserer Laune zu, war sich dabei dessen, was hinter seinem Rücken vor sich ging, nicht bewußt, und bezog die Freude der Menge fälschlicherweise auf sich.

Die Wölfe durften abtreten, und nun führte Baron Jalail persönlich die Heiratszeremonie durch. Sie war bereits zuvor allen Beteiligten erklärt worden, und als diese bemerkten, mit welchem Ernst Jalail die Sache behandelte, hatten sie die fremden Worte akzeptiert. Sylah hatte darauf hingewiesen, daß sie sich nur wenig von denen in Ola oder bei den Hundemenschen unterschieden. Diese Bemerkung hatte schließlich auch Neela beschwichtigt, die dem Baron, ohne ein Blatt vor den Mund zu nehmen, gesagt hatte, sie trüge sich nicht mit der Absicht, ihre Unabhängigkeit als Hundefrau gegen die Knechtschaft für Harbundai einzutauschen. Jalails rauhes Lächeln bei ihrer Verkündung war schließlich in eine schockierte Miene übergegangen, da ihm auffiel, mit welchem Stolz Gan das Mädchen, betrachtete.

Jetzt auf der Bühne vor den Tausenden von Menschen, hielten sich die Paare an den Händen und drängten sich zur gegenseitigen Unterstützung aneinander, während der Baron die vorgeschriebenen Formeln rezitierte. Vor allem dem letzten Teil des Rituals widmete Gan seine Aufmerksamkeit. »Ihr seid eins geworden, doch eure Kraft hat sich vervielfältigt, nicht addiert, weil ihr in allen Dingen mehr sein werdet als nur zwei. Schwört einander bei eurer Liebe, daß ihr diese Ehe nicht eingehen würdet, wenn ihr krank wärt. Schwört einander bei eurer Liebe, daß ihr es eingestehen werdet, wenn ihr krank werdet. Schwört einander, daß ihr im Herzen wie im Verstande Mann und Frau seid, in Wahrheit und vor dem Gesetz.« Er wartete, bis sie ihren Eid geleistet hatten, dann wandte er sich der verstummten Menge zu. Er hob die Arme und schrie, so laut er nur konnte: »Ich verkünde hiermit, damit es alle vernehmen und beherzigen: Gan und Neela sind Mann und Frau; Clas und Sylah sind Mann und Frau!«

Diesmal dauerte der Beifall länger und ebbte erst ab, nachdem die vier von der Bühne gestiegen waren und die ersten Gratulationen entgegennahmen. Musikklänge begleiteten ihren Weg durch den Tumult, der sie schließlich verschluckte. Am Rande des Feldes warf ein Jongleur Fackeln hoch in die Luft und erzeugte so einen Wirrwarr flammender Kreise. Teile der Menge strömten zu den Zelten, wo Speis und Trank warteten. Andere versammelten sich um den Jongleur. Manche Musiker schlossen sich zu einer Stegreif-Kapelle zusammen, und bald begannen die Feiernden zu tanzen.

Gan hielt auf den Schatten neben der Bühne zu, wo sein Pferd angebunden war. Gemeinsam bedankten sich er und Neela knapp für die vielen Glückwünsche. Auf ihrer Flucht kamen sie nur langsam voran, doch blieben sie nie stehen. Aus den Augenwinkeln bemerkte er Clas und Sylah, die ebenfalls das Weite suchen wollten. Als einen Augenblick Ruhe um sie einkehrte, packte er Neela am Arm und flüsterte: »Schnell, zu den Pferden.« Sie liefen die letzten Meter und saßen fast schon im Sattel, als das Gelächter und die Rufe begannen. Von einem Chor zweideutiger Vorschläge begleitet, erlangten sie endlich ihre Freiheit. Gan blickte sich um und stellte erleichtert fest, daß ihnen niemand folgte. Ihm reichte es mit der Beteiligung der Öffentlichkeit an seiner Hochzeitsnacht, die ihm jetzt bevorstand. Verstohlen sah er Neela an, die neben ihm ritt. Ihr weißes Kleid leuchtete im blassen Licht der Sterne in der Neumondnacht. Er konnte sie kaum erkennen, doch spürte er ihre Gegenwart, und die ließ ihn vor Erwartung erbeben.

In raschem Trab ritten sie auf dem Burghof ein, und Gan sprang hastig aus dem Sattel, packte Sonnenflieger an den Zügeln und brachte ihn grob zum Stand, dann reichte er die Pferde an einen wartenden Stallburschen weiter, dessen schlecht verhohlenes Grinsen ihm entging. Nun half er Neela beim Absteigen, wobei er gleichzeitig versuchte, sich ruhig zu geben und sich zu beeilen, aber sie lehnte sich zurück und schlug ihren eigenen Schritt an. Er wollte sie nicht antreiben, aber trotzdem erreichten sie ihr neues Quartier an der Westmauer der Burg in einer guten Zeit. Schattenhafte, kichernde Gestalten stoben auseinander, als sie sich näherten.

Eine einzige Kerze, die nach Rosen duftete, erleuchtete ihr Schlafzimmer, und ihr Licht fiel durch die Tür in den Hauptraum, wo es den Schein der Glut im Kamin kaum zu verstärken vermochte. Auf dem neuen Boden waren überall Kräuterblätter verstreut, so daß bei jedem Schritt das Aroma von Thymian, Majoran, Lavendel oder Estragon aufstieg und sich mit dem Geruch des frischen Zedern- und Fichtenholzes des Hauses vermischte. Zwei Tassen mit Löwenzahnwurzeltee dampften auf der Herdplatte vor dem Kamin. Wer immer sie dorthin gestellt hatte, er hatte außerdem einen Stapel Pelze davor ausgebreitet.

Keiner der beiden wollte das Schweigen brechen. Gan schloß die Tür hinter ihnen und setzte sich zu Neela an den Tisch. Sie saßen auf den Fellen nebeneinander, er hatte den Arm um ihre Schultern gelegt, und gemeinsam betrachteten sie die Glut im Kamin. Sie nippten an ihrem Tee und stellten die Becher dann in unausgesprochenem Einverständnis zur Seite. Einen Augenblick später drehte er ihren Kopf zu sich um und küßte sie sanft, wollte sie in Sicherheit wiegen und ihr gleichzeitig sein wachsendes Verlangen mitteilen. Sie erwiderte den Kuß mit gleicher Zärtlichkeit, obwohl er das Zittern spürte, daß durch ihren Körper lief. Dadurch war er bereits auf ihren sorgenvollen Blick vorbereitet, als sie sich von ihm zurückzog. »Ich habe Angst«, brachte sie heraus und starrte rasch wieder in die Kohlen. Sie hob einige der Blätter vom Boden auf und warf sie ins Feuer. Die knisterten und rollten sich zusammen und verschwanden in winzigen roten Punkten, von denen duftender Rauch aufstieg.

»Ich auch ein bißchen«, gestand er, »aber nur, weil ich nichts falsch machen möchte.«

»Davor habe ich auch Angst.«

»Ich dachte, du hättest Angst, weil – nun, sie sagen immer, Männer wären manchmal ein bißchen grob.«

»Du würdest mir niemals weh tun.« Sie nahm seine Hände in die ihren. »Ich möchte alles sein, was du dir von mir erträumst, aber ich weiß nicht, ob ich das bin. Oder sein kann. Oder wie auch immer. Siehst du, ich kann es nicht einmal richtig sagen.« Sie wandte sich halb um und drückte ihr Gesicht an seine Schulter.

»Darüber brauchen wir nicht zu sprechen«, antwortete er, und seine Stimme klang so heiser, wie er sie noch nie gehört hatte. Seine freie Hand schien plötzlich ein Eigenleben zu führen. Sie schob sich zum Kragen ihrer Bluse vor, und er blickte an ihren goldenen Haaren und der hellen Linie ihres Gesichts vorbei hinunter, wo er sich unbeholfen damit abmühte, einen Knopf zu öffnen. Er dachte, er könnte sich eine Menge Zeit sparen, wenn er nur einmal kräftig ziehen würde, doch in dem Moment gab der Knopf nach und brachte ihn glücklicherweise von diesem Irrweg ab. Die anderen folgten rasch, er zog die Bluse zur Seite, entblößte erst die eine Brust, dann die andere, und das Fleisch glühte rosenrot im Schein des Feuers, und die Brustwarzen hoben sich wie dunkle, lockende Knospen daneben ab. Er berührte eine von ihnen und vermochte kaum zu glauben, daß er ihre feste Weichheit wirklich in den Händen hielt. Ihr Seufzen, fast ein Stöhnen, bestätigte es ihm allerdings, und sein Verlangen wuchs mit unwiderstehlichem Drang an. Er rückte ein wenig von ihr ab, drückte sie auf das Fell und begann sich auszuziehen. Währenddessen richtete sie sich auf, strich sich die Bluse vom Leib und lächelte rätselhaft. Das weiche Licht betonte den verträumten Ausdruck ihres Gesichts und fügte noch eine Aura der Verletzlichkeit hinzu. Sie zog sich die Stiefel aus, während er das gleiche tat, und dann entledigte er sie des Rocks und kniete lange genug über ihr, um den Anblick ihrer nackten Schönheit für immer in seinem Gedächtnis einzufangen, bevor er sich auf sie niederließ.

Es war ein Moment der Unbeholfenheit, in dem beide Angst verspürten, aber doch nicht sprechen oder innehalten konnten. Gan war sicher, sie würde darauf bestehen abzuwarten, noch sicherer war er, daß er das möglicherweise nicht konnte. Dann führte sie ihn plötzlich, half ihm, und er drang in sie ein. Sie schrie leise auf, und er erstarrte. Doch sie zog ihn nur noch enger an sich, ihre Hände spreizten sich auf seinem Rücken, während sie sich ihm fordernd entgegenwölbte.

Nachdem es vorüber war, lag er erschöpft da, und Dinge, die keine wirklichen Erinnerungen zu sein schienen, sondern so lebendig waren wie die Gegenwart, schossen ihm durch den Sinn. Er dachte an Worte, an Gefühle, die ihm nachhingen und die in ihrer Heftigkeit die Wirklichkeit verleugneten.

Er hatte noch nie ein Delirium erlebt. Er hatte es nur gesehen. Jetzt dachte er, falls ein Delirium schön sein könnte, dann müßte es genau so sein wie dieser Akt.

Neela bewegte sich unter ihm und fuhr ihm mit den Händen durch die Haare. »Ich liebe dich«, hauchte sie, und er hob den Kopf, blickte ihr in die Augen und wiederholte den gleichen Satz. Sie war schüchtern und nervös.

»Ich habe es mir nie so schön vorgestellt«, flüsterte er. »Ich weiß gar nichts zu sagen.«

»Gut. Ich war auch so überrascht. Alles, was mir die älteren Frauen erklärt haben, stimmt, aber das Wichtigste haben sie irgendwie vergessen.« Sie kicherte und zog ihn zurück an ihre Brust. Er vergrub sein Gesicht in ihrem goldenen Haar und war verblüfft, als er plötzlich merkte, daß er ganz und gar nicht müde war. Ihr Lachen daraufhin erklang tief aus der Kehle und verkündete eher Vergnügen denn Nervosität. Sie knabberte an seinem Hals. Nur einen Augenblick verschwendete er an den Gedanken, ob sie in dieser Nacht je den Weg ins Bett finden würden.